**HEYNE ‹**

W0064731

**Fantasy**

Von HARALD EVERS erschien in der Reihe
HEYNE SCIENCE FICTION & FANTASY:

*Höhlenwelt-Saga*

# HARALD EVERS

# Das magische Siegel

*Vierter Roman*
der
HÖHLENWELT-Saga

**Originalausgabe**

WILHELM HEYNE VERLAG
MÜNCHEN

HEYNE SCIENCE FICTION & FANTASY
Band 06/9196

2. Auflage

Originalausgabe 7/2002
Redaktion: Angela Kuepper
Copyright © 2002 by Harald Evers
Copyright © 2002 by
Wilhelm Heyne Verlag GmbH & Co. KG, München
http://www.heyne.de
Printed in Germany 2003
Umschlagbild: Hans-Werner Sahm/Galeria Andreas S.L., Spanien
www.sahm-gallery.de
Umschlaggestaltung: Nele Schütz Design, München
Technische Betreuung: M. Spinola
Satz: Schaber Satz- und Datentechnik, Wels
Druck und Bindung: Elsnerdruck, Berlin

ISBN 3-453-21378-5

Nun, da der vierte Band meiner Höhlenwelt-Saga erscheint, möchte ich mich bei allen bedanken, die mir bei der Verwirklichung dieses (nicht eben schmalen) Werkes geholfen haben:

Hans-Joachim Alpers und Michael Meller für ihre Tätigkeit als Vermittler und Agenten; Friedel Wahren und Angela Kuepper für das Lektorat und ihre Geduld mit meinem Temperament; Daniel Aigner für einige wirklich zündende Ideen; Dorothea Wagner, Achim Groeling, Sandra Kopp, Tanja Kasper, Alex Haas, Dirk Dürholz und Uli Wagnhuber für das Korrekturlesen und den Gedankenaustausch sowie Franz Hetzer für technische Beratungen

*Harald Evers,*
im Januar 2002

# Inhalt

## Teil I: Der Sturm

## Teil II: Der Weg der Shaba

## Teil III: Das Salz der Erde

# Teil I

◆

# Der Sturm

# 1 ◆ Waldleben

Rox, alter Knabe! Sieh nur, die Drachen fliegen hoch. Wir werden wieder einen schönen Tag bekommen!«

Rox schnaubte und stampfte mit dem rechten Vorderhuf auf, doch es klang eher wie ein Protest. Marko von Phyrras, Provinzkommissar zu Ross und Protektor von Nieder-Kambrum, schüttelte den Kopf. »Ich frage mich, alter Freund, ob du je schon mal den Felsenhimmel gesehen hast? Ich meine – dort oben!« Er deutete hinauf, wo sich in milchig blauer Höhe, sieben oder acht Meilen über dem Land, weitläufige Felsstrukturen abzeichneten. »Kommt dir das bekannt vor? Na?«

Rox, Schlachtross und von nicht minder hoher Geburt, schüttelte ungeduldig seinen massigen Schädel und stieß erneut ein Schnauben aus.

Marko seufzte. »Ich bezweifle, dass dies überhaupt so etwas wie eine Antwort war.«

Er stieß Rox leicht mit den Hacken in die Seiten, woraufhin das Pferd federnd den lichten Waldweg entlangtrabte. Rechts und links strebten über den Baumwipfeln die Flanken zweier mächtiger Stützpfeiler in die Höhe; weiter südöstlich erstrahlte die blendende Helligkeit eines Sonnenfensters über dem Land.

Marko drückte seinen Rücken durch und bog die Schultern nach hinten, um eine Verspannung zu lockern. »Weißt du, was dein Fehler ist, alter Knabe?«, fragte er gedehnt. »Du bist nur verrückt aufs Kämpfen und aufs Saufen. Und natürlich auf die Frauen!« Er hob einen belehrenden Finger in die Luft, den Rox jedoch nicht sehen konnte. »Und da du mit Frauen deiner Art nicht allzu häufig zusammentriffst, bleiben dir bloß das Kämpfen und das Saufen. Das aber macht Männer dumm!«

Rox schien zufrieden damit zu sein, dass er wieder laufen durfte; er würdigte seinen Herrn keiner Reaktion.

»Und dass du dumm bist, mein Guter, sieht man wiederum daran, wie du mit Frauen umgehst. Weißt du noch, die hübsche Stute, neulich im Stall des Wirtshauses von Sekamidaan?« Er beugte sich vor und zischte dem Hengst ins Ohr: »Du hast sie gebissen, du Bestie!«

Rox warf den Kopf hoch, gerade so als wollte er seinen Herrn ebenfalls beißen. Marko richtete sich rasch wieder auf und gab ihm einen kräftigen Klaps hinters Ohr. Rox quittierte dies lediglich mit einem weiteren verächtlichen Schnauben. Allzu oft hatte er dergleichen nun schon hinnehmen müssen, und wahrlich nicht grundlos.

Marko seufzte noch einmal. »Ach, ich wünschte, ich hätte ein Menschenmädchen von ähnlicher Anmut getroffen! Weißt du, was ich getan hätte?«

Rox trabte ein Stück nach links, wo ein kräftiger Ast quer über den Weg ragte. Marko nahm den Hut ab, beugte sich geschmeidig unter dem Ast hindurch und schüttelte den Kopf. »Ich hätte ihr Blumen geschenkt. Hätte sie zu einem Spaziergang an einem stillen Seeufer eingeladen. Hätte sie mit netten Worten überschüttet. Jawohl, das hätte ich getan!« Er wischte sich einen Zweig aus dem lockigen Haar und setzte den Hut wieder auf. »Im Übrigen habe ich diesen Attentatsversuch auf der Liste deiner Schandtaten vermerkt, mein Bester.« Er klopfte Rox freundlich auf den muskulösen Hals. »Eines Tages, wenn du mit nichts Bösem rechnest, werde ich Rache an dir üben. Du wirst sehen.«

Plötzlich verlangsamte Rox seinen Schritt.

Marko richtete sich im Sattel auf und blickte nach vorn. Auf dem Weg, drei Dutzend Schritt entfernt, sah er einen kleinen rundlichen Mann, der sich über ein am Boden liegendes Pony beugte. Ein einachsiger Karren stand mit in die Luft gereckter Deichsel in der Wegmitte.

Marko ließ Rox langsamer werden. Misstrauisch näherte er sich dem Ort des Geschehens. Er war wachsam. Nicht selten griffen Räuber zu solchen Tricks, um Reisende zu Pferde aufzuhalten. Er öffnete unauffällig den Sicherungsriemen seines Schwertes, das am Sattel in einer Scheide steckte, und prüfte den Sitz seines Bogens, den er auf dem Rücken trug. Als geübter Schütze war er in der Lage, ihn zu ziehen, einen Pfeil aus dem Köcher auf der anderen Seite des Sattels zu reißen, ihn aufzulegen und auf die Reise zu schicken, ehe ein Räuber, der sich im Gebüsch verstecken mochte, auch nur fünf Schritt getan hatte. Wenn es allerdings mehrere Räuber waren, wurde es schwieriger. Dann musste er sich auf sein Schwert und auf Rox verlassen. Eine Begegnung mit seinem Schlachtross war jedoch niemandem zu wünschen.

»He da!«, rief er. »Wollt Ihr den Weg nicht freigeben, kleiner Mann?«

Der Rundliche sah erschrocken auf. »Ich … oh, bei den Kräften … mein Pony!«, rief er und hob die Arme in die Luft. Er wandte sich wieder seinem Tier zu, das mit bebenden Flanken am Boden lag. Es hatte Schaum vorm Maul.

Plötzlich sah Marko eine Bewegung.

Er tat genau das, worauf er sich vorbereitet hatte. Ein Griff hinter den Rücken, einmal umgreifen, schon hatte er seinen Bogen in der Hand. Währenddessen fuhr seine freie Hand zum Köcher und zog einen der drei ausgewählten Pfeile hervor, die er dort ständig bereithielt. Als er den Pfeil auf die Sehne legte und durchzog, warf der kleine Mann den Kopf herum und starrte ihn mit großen Augen an. Schon ging der Pfeil mit einem Sirren ab. Haarscharf flog er zwischen dem Mann und dem Pony hindurch und bohrte sich, keine drei Schritt weit von ihm entfernt, in den Boden.

Der Mann keuchte und ließ sich auf den Hintern plumpsen.

Marko leistete sich ein zufriedenes Lächeln, warf das linke Bein über Rox' Kopf hinweg auf die andere Seite und kam kurz darauf mit einem lockeren Sprung auf dem Boden zu stehen. Befriedigt hängte er sich den Bogen wieder über den Rücken und vollführte mit den Fingern der rechten Hand eine grazile Lockerungsbewegung.

Der kleine Mann ächzte noch immer, als Marko an ihm vorbeischlenderte, das Pony umrundete und den Pfeil aus dem Boden zog. An seinem spitzen Ende wand sich ein kurzes, schlangenähnliches Tier in seinen letzten Zügen und erschlaffte dann. Marko wandte sich dem Mann zu und setzte ein noch breiteres Lächeln auf.

»Gestatten: Marko von Phyrras, Provinzkommissar zu Ross, Protektor des Landes Nieder-Kambrum, Brunnenmeister und Oberster Landvermesser von Soligor sowie Beschützer der braven Leute und Schrecken aller Banditen und Räuber. Darüber hinaus noch Schriftgelehrter, Schwertkämpfer und meisterlicher Bogenschütze, wie Ihr eben zweifellos feststellen konntet. Ich erbitte Euer Wohlwollen und Eure lobende Erwähnung bei Hofe.« Er räusperte sich. »Sofern Ihr dazu in der Lage seid.«

Der kleine Mann kämpfte sich auf die Füße. Er trat zu Marko hin und betrachtete das tote Tier an der Pfeilspitze. »Eine Feuerschnecke! *Galandrum Ursupandrar*, wenn ich recht sehe. Die angriffslustige Art.

14

Schnell und heimtückisch. Sie tötet große Tiere mit ihrem Giftbiss und nistet ihre riesige Brut darin ein. Meister … äh …?«

»Marko. Einfach nur Marko. Ich bin nicht fürs Förmliche.«

Der kleine Mann streckte strahlend die Hand aus und schüttelte die seines Gegenübers heftig. »Provinzkommissar Marko! Ihr habt mir das Leben gerettet. Wie soll ich Euch danken?«

Marko hob die Schultern. »Ich wünschte, Euer Pony könnte mir noch danken. Aber seht nur – es ist tot!« Er deutete hinab.

Der kleine Mann stieß einen Laut des Bedauerns aus. Er kniete sich hin und berührte das Tier am Brustkorb. Es lag völlig still da, die Augen waren gebrochen. »Wie furchtbar«, sagte er traurig. »Das arme Tier. Ich hatte es zwar noch nicht lange, aber es hat mich treu über mehr als hundert Meilen bis hierher gebracht. Es ist schon das zweite, wisst Ihr?«

»Das zweite?«

Der kleine Mann erhob sich. »Ja. Das erste starb an der Sieche. Ein verbrecherischer Händler aus meinem Heimatdorf, den ich zu kennen glaubte, hat es mir verkauft. Meinen letzten Folint habe ich danach für dieses ausgegeben … aber jetzt ist es tot.«

Marko verzog streng das Gesicht und stemmte die Fäuste in die Hüften. »Und was wollt Ihr nun tun?«

Der Mann blickte sich unschlüssig um. »Nun, ich weiß nicht. Ich muss dringend nach Savalgor. Vielleicht könnt Ihr mich … ah, übrigens: Mein Name ist Izeban, ebenfalls Schriftgelehrter. Außerdem noch Medikus, Erfinder, Mechanikus und äh … Logiker. Letzteres ein von mir selbst erfundener Titel.« Er lachte leise auf.

Sie standen nebeneinander und waren der vollkommene Gegensatz – Marko ein großer, gut gebauter und mit weltmännischer Art auftretender Adeliger, wenn auch fast noch jugendlichen Alters, und Izeban ein kleiner, rundlicher und quirliger Mann, nicht mehr ganz jung, dem nur wenig blaues Blut durch die Adern floss. Doch die Klugheit sprühte ihm geradezu aus den Augen. Während Marko Kleider in Grün und Braun trug, die auf geheimnisvolle Weise selbst nach langer Reise noch immer gepflegt aussahen, hatte der kleine Gelehrte schlecht sitzende, derbe Sachen an, die zwar sauber, aber doch sichtlich zerschlissen waren. Markos dunkelblonde Locken wallten auf seine Schultern herab und er trug einen schönen Waidmannshut mit breiter Krempe und einer schillernden Babbu-Feder im braunledernen Hutband. Izeban hingegen hatte wirre, grau-weiße Haare und trug gar keine Kopfbedeckung.

»Wo wollt Ihr denn hin, Herr Kommissar?«, fragte Izeban.

Marko schnaufte. Ihm schwante Übles. »Ebenfalls nach Savalgor.«

»Ach? Ist das nicht ein glücklicher Zufall? Da könnt Ihr mich doch bestimmt mitnehmen!«

Marko verzog das Gesicht. »Ich fürchte, das wird nichts werden. Habt Ihr Euch mein Ross schon angesehen?« Er deutete auf Rox.

»O ja! Ein prachtvolles Tier! Stark genug für fünf von uns!«

»Stimmt!«, bestätigte Marko nickend. »Und auch böse genug! Es wirft zwar kein gutes Licht auf mich, aber dieser Hengst – er ist eine Bestie! Ein Ungeheuer! Eben ein Schlachtross, wie es sein muss. Kleine Gelehrte wie Euch verspeist er zum Frühstück – bei allem Respekt, Meister Izeban!«

»Haha!«, machte der kleine Mann, trat zu Rox und tätschelte ihm freundlich die Nase. Er zog etwas aus seiner Tasche, hielt es Rox hin und der mächtige

Hengst zupfte ihm es sanft und geschickt aus der Handfläche – ohne ihm dabei den Arm abzubeißen.

Marko traute seinen Augen nicht. Er trat vor seinen Hengst, die Fäuste entrüstet in die Hüften gestemmt und wohlweislich zwei Schritte Abstand haltend. »Du Verräter! Du hinterlistige Bestie! Mir machst du jeden einzelnen Tag meines Lebens zur Hölle, und diesem … *Meisterlein* da, dem frisst du aus der Hand! Das ist ja die Höhe!«

Rox stand nur friedlich mampfend da. Marko hätte schwören mögen, dass Rox ihn in diesem Augenblick hämisch, schadenfroh und gehässig angrinste.

*

Der Provinzkommissar hoffte, dass ihnen bis Savalgor niemand mehr begegnete.

Der Anblick, den sie boten, war unter aller Würde. Meister Izeban war klein gewachsen und hätte seine Beine weit spreizen müssen, um auf Rox' breitem Hinterteil Platz nehmen zu können. Das hätte ihm an seinen edelsten Körperteilen reichliche Schmerzen beschert. Also saß er vorne. Wie ein kleines Kind hatte er vor Marko Platz genommen, dabei wie eine Dame beide Beine nach rechts geschwungen, und starrte aus der enormen Höhe kindlich-staunenden Blickes auf die Welt hinab. Es stimmte schon: Die eine Elle, die man auf Rox' Rücken höher saß als auf gewöhnlichen Pferden, gewährte dem Reiter einen ganz anderen Blickwinkel.

Schlimmer aber war Meister Izebans Karren, den Rox nun zog. Er erinnerte an ein Kinderspielzeug, das mit Seilen an sein mächtiges Hinterteil gebunden war. Es war leider notwendig gewesen, denn sie hatten keinen Weg gefunden, all die Kisten und Säcke Rox aufzuladen. Doch das stolze Schlachtross schien sich ebenso wenig an seiner kuriosen Last zu stören wie an den Zärtlichkeiten, die ihm der Gelehrte angedeihen ließ. Er fütterte Rox mit kleinen Leckereien, streichelte seinen mächtigen Hals und flüsterte ihm freundliche Worte ins Ohr. Marko war überzeugt, dass der Hengst dies alles nur tat, um ihn zu ärgern.

»Wie weit ist es wohl noch bis Savalgor?«, wollte Izeban wissen.

»Zwei Tage noch ungefähr«, erwiderte Marko seufzend. »Allerdings ... bei diesem Tempo wohl eher sechs.«

»Darf ich fragen, was Ihr in Savalgor für Geschäfte habt, Hoher Kommissar?«

»Es genügt, wenn Ihr mich mit Marko anredet, Izeban. Ich habe einen wichtigen Besuch abzustatten.«

»Einen wichtigen Besuch? Bei wem denn?«

»Neugierde zählt für Euch wohl nicht gerade zu den Untugenden, was?«

»Nein«, grinste der Meister. »Im Gegenteil. Ich halte sie für eine Tugend. Gelehrte wie meinesgleichen leben geradezu davon.«

»Soso.«

»Nun, wollt Ihr es mir nicht sagen?«

Marko richtete sich würdevoll auf. »Die Zeiten sind schlecht und es gibt allerlei ungute Gerüchte. Zugleich heißt es, die Thronfolgerin suche nach einem Gatten. Nach einem Vater für ihr Kind und einem klugen Regenten, der an ihrer Seite über das Land herrscht!«

»Und das wollt Ihr sein?«

Marko maß Meister Izeban mit scharfen Blicken.

»Oh«, beeilte sich Izeban zu versichern, »nicht dass ich an Euren Fähigkeiten zweifelte, verehrter Marko. Aber ich meine gehört zu haben, dass es sich um den echten Vater ihres Kindes handeln muss. Das jedenfalls verlangt der Hierokratische Rat. Seid Ihr etwa ... der *echte* Vater?«

»Natürlich nicht. Ich pflege keine Damen zu beglücken, ohne davon zu wissen. Dennoch – was dem Land ganz offensichtlich fehlt, ist ein Mann von Stil und Gewicht. Ein Mann, der mit dem Schwert oder dem Bogen in der Hand ebenso schnell ist wie mit den Gedanken im Kopf. Einer, der Ausstrahlung und Autorität besitzt und gleichzeitig ein galanter Liebhaber und guter Vater sein kann. All diese Fähigkeiten vereine ich in mir.«

»Zweifellos, zweifellos«, grinste Izeban.

Marko ignorierte das. »Außerdem soll sie die schönste und anmutigste Frau von ganz Akrania sein, sagt man. Niemand anderem als mir gebührt eine solche Frau. In Zeiten, da Männer von höherem Blute nicht mehr viel gelten und Titel und Ehrenämter wie Ramsch gehandelt werden, wird es Zeit, dass ein Mann von Würde einer Frau wie ihr zu Glanz und Ansehen verhilft. Meint Ihr nicht auch, Meister Izeban?«

Izeban blickte ihn schelmisch über die Schulter an. Der kleine Mann war nicht dumm, und ihm war anzusehen, dass er Markos überzogenes Getue durchschaute. Aber die Unterhaltung schien ihm Vergnügen zu bereiten. »Doch, ja, natürlich. Ich wünsche Euch viel Glück, Marko!«

Marko brummte etwas. Er war nicht sicher, ob Izeban sich über ihn lustig machte. Was ihn selbst anging, so zweifelte er nicht daran, dass er die Thronfolgerin zu beeindrucken vermochte. Ob sie ihn erwählen würde, stand auf einem anderen Blatt. Aber er hatte sich vorgenommen, es zu versuchen. Seit er seinen Besitz an die Kämmerer verloren hatte und allein seine Titel und seine Herkunft aufweisen konnte, reiste er durch die Lande und versuchte sich als ehrenvoller Streiter für die Gerechtigkeit einen Namen zu machen – was ihm hier und da sogar schon gelungen war. Als er dann aber die Geschichte von der schönen, unglücklichen Thronerbin vernommen hatte, war er sofort nach Savalgor aufgebrochen. Marko hatte eine Schwäche für schöne Frauen; je schöner sie waren, desto größer seine Bereitschaft, alles für sie zu tun – wirklich alles.

»Und Ihr, Izeban?«, fuhr er im Plauderton fort. »Was habt Ihr in Savalgor vor?«

»Oh, ich will mich einer Gilde anschließen. Den Schiffsbauern oder den Baumeistern. Vielleicht sogar der Armee, als Waffenbauer. Ich hocke schon zu lange in meinem kleinen Dorf, und alles, was die Leute von mir wollen, ist die Reparatur eines *Türschlosses* oder einer *Öllampe*.« Er sprach die Worte voller Verachtung aus. »Dabei habe ich große Erfindungen gemacht! Eine Maschine zum Teigrühren zum Beispiel oder eine dreischüssige Armbrust!«

»Eine ... *dreischüssige* Armbrust?«

»Ja! Mit nur einer Sehne! Ein kleiner Handgriff und schon ist sie wieder schussbereit! Zudem arbeite ich gerade an einer fünfschüssigen.«

»So? Die müsst Ihr mir aber mal zeigen!«

»Jederzeit. Ich habe alles bei mir.«

Plötzlich ertönte neben ihnen ein dumpfer Schlag. Rox zuckte zusammen und tänzelte, erstaunlich leichtfüßig für ein so großes Pferd, zur Seite. Direkt auf dem Weg neben ihnen rollte, wie aus dem Nichts erschienen, ein beachtliches Stück Holz daher. Es drehte sich noch einmal um die eigene Achse und kam dann zum Liegen.

Marko hatte die Zügel angezogen. »Nanu – wo kommt das denn her?«

Izeban rutschte sogleich vom Sattel herab, kam erstaunlich gewandt auf die Füße und flitzte zu dem Holzstück hin. »Ein Teil eines Astes, eine Elle lang und so dick wie ein Männerarm!«, rief er.

Marko, der seinen Bogen bereits wieder gezückt

hatte, suchte misstrauisch die Umgebung ab, konnte aber nichts entdecken.

»He! Was ist das?«, rief Izeban. »Hört Ihr nicht, Herr Kommissar?«

Marko rutschte nun ebenfalls aus dem Sattel und lauschte angestrengt in den stillen Wald hinein. »Nein, was soll da sein?«

»Geräusche! Dumpfe Schläge … Da – aus dieser Richtung!« Er deutete nach Westen und starrte dann in die Luft hinauf, wo über dem Weg, zwischen freien Baumwipfeln hindurch, der graublaue Felsenhimmel in einigen Meilen Höhe zu sehen war. »Das Holz kann nur von dort oben heruntergekommen sein. Seine Kanten sind frisch geborsten. Es muss Dutzende von Schritt weit geflogen sein!«

Marko starrte Izeban an. »Von da oben? Ich verstehe nicht …«

»Ein Kampf zwischen Drachen vielleicht«, rief Izeban. »Oder Magie!« Er sprang auf, zog einen winzigen Dolch aus seinem Stiefel und rannte in Richtung der Geräusche, die er gehört zu haben glaubte.

Marko folgte ihm mit einem ungläubigen Kopfschütteln. Der kleine Mann war voller Überraschungen. Er schien geistig sehr wach zu sein und bewies spontanen Mut, der beinahe schon an Übermut grenzte. Vielleicht war das die unstillbare Neugierde, von der er gesprochen hatte.

»Wartet, Izeban!«, zischte Marko, doch der Meister war längst zwischen den Büschen verschwunden. Marko sputete sich und hatte ihn mit seinen längeren Beinen bald eingeholt. Er packte ihn am Arm. »Halt! So macht doch langsam! Wo wollt Ihr denn hin?«

»Dort entlang!«, rief Izeban aufgeregt, »Ich muss mir das ansehen. Schnell, kommt mit, Herr Kommissar!« Er riss sich los und lief weiter.

Auch Marko vernahm jetzt die Geräusche: ein Wummern und Zischen, das, durch den dichten Wald gedämpft, aus einiger Entfernung zwischen den Bäumen hindurchschallte. Neugierig folgte er Izeban.

Plötzlich sah Marko helle Lichter aufblitzen, grünlich und orangerot. Sie durcheilten soeben eine kleine Senke. Nahe der Kuppe warf Izeban sich auf den weichen Waldboden und kroch die letzten Ellen. Marko tat es ihm gleich. Als er bei Izeban angelangt war, hatte er freie Aussicht in eine weitere Senke. Dort tat sich Unglaubliches vor ihren Blicken auf.

Es waren ein Mensch und drei Tiere und sie lieferten sich dort unten in der Talsohle einen heftigen Kampf. Weitere drei Tiere lagen reglos am Boden. Aber schon im nächsten Augenblick fragte sich Marko, ob dies im strengen Sinn Tiere sein konnten. Sie sahen zwar entfernt danach aus, verhielten sich aber nicht im Mindesten so. Sie standen aufrecht und wirkten Magien auf den einzelnen Mann, der sich in eine weißliche Aura gehüllt hatte. Ihre Magien prallten von der Aura ab, aber der Mann, zweifellos ebenfalls ein Magier, hatte seine liebe Not, ihre Angriffe abzuwehren. Er bewegte sich rückwärts.

Es handelte sich um sehr ungewöhnliche Magien. Die Tiere oder Wesen, oder wie auch immer man sie bezeichnen musste, hielten dicke, dunkelgraue und unregelmäßig geformte Stäbe in den Händen, mit denen sie aus Hüfthöhe auf den Magier zielten. Eine Flut von wummernden Lichtkugeln und orangeroten Blitzen ergoss sich aus ihnen auf die Schutzaura des Magiers. Die meisten zerplatzten dort oder wurden in blendenden Lichterscheinungen aufgesogen, manche aber prallten daran ab und schlugen in die umstehenden Bäume ein, die krachend zerbarsten. Holzstücke und brennende Scheite flogen durch die Luft.

Meister Izeban zischte Marko etwas zu und deutete nach links. Nicht weit vom Schauplatz des Kampfes entfernt, auf einer kleinen Lichtung, stand ein seltsames Gebilde auf dem Waldboden. Es war so dunkelgrau wie die Magiestäbe der seltsamen Wesen, ruhte auf drei spinnenartigen Beinen und besaß etwa die Ausmaße einer kleinen Hütte, war jedoch eher lang gestreckt und recht flach. Was das nur sein mochte?

»Auf welcher Seite stehen wir?«, flüsterte Marko.

»Ich würde sagen, auf der des Magiers. Solche Kreaturen sind mir noch nie begegnet!«

Marko nickte entschlossen. »Gut. Das sehe ich auch so. Leider habe ich nur einen Pfeil bei mir, die anderen habe ich vergessen. Wie lange braucht Ihr, um sie mir zu holen?«

»Drei oder vier Augenblicke!«, sagte Izeban und war schon auf dem Rückweg. Er flitzte zwischen Bäumen und Sträuchern hindurch und hatte kurz darauf Markos Blickfeld verlassen.

Marko lächelte leicht. Der kleine Meister gefiel ihm. Selten noch hatte er einen Mann von solch geistiger Beweglichkeit und spontaner Entschlusskraft getroffen.

Er wandte sich wieder um und beobachtete die Szene. Für den Magier dort unten wurde es langsam brenzlig. Marko überlegte, ob er den Kampf mit einem Treffer auf eine der Kreaturen für ein paar Sekunden so durcheinander bringen konnte, dass der Magier eine Atempause erhielt. Blieb nur zu hoffen, dass die fremden Wesen dann nicht auf ihn losgingen. Gegen diese seltsamen Magiestöcke würde er entweder ebenfalls eine Schutzaura benötigen oder rechtzeitig genug zwei weitere Pfeile.

Er kniete sich hin, legte einen Pfeil auf und visierte sorgfältig eine der Kreaturen an, die wie eine aufrecht gehende Eidechse aussah. Sie schien eine Art Körperpanzer zu tragen, aber der Hals war frei. Der Hals war immer der beste Punkt, wenn man jemanden schnellstmöglich fällen wollte. Durch den Hals musste man

atmen. Er hoffte nur, dass diese Eidechsen das überhaupt taten.

Augenblicke darauf sirrte der Pfeil los und Marko
ließ sich sofort wieder fallen.

Der Pfeil traf genau. Die Kreatur stieß einen hohen,
zischenden Schrei aus und drehte sich wie ein Korken-
zieher zu Boden. Befriedigt stellte Marko fest, dass das
Feuer aus den Stäben der beiden anderen Kreaturen
nachgelassen hatte. Erschrocken sahen sie nach ihrem
gefallenen Gefährten.

Diesen Moment nutzte der Magier.

Als das Feuer kurz ganz erlosch, fiel auch seine
Schutzaura in sich zusammen. Er vollführte ein rasche
Geste mit der Hand und rief ein lautes, seltsames Wort
aus. Wie eine schnellfüßige große Spinne krabbelte
plötzlich ein hell leuchtendes Gebilde aus blauweiß
strahlendem Feuer auf einen seiner Gegner zu. Die
Kreaturen fuhren herum und wollten ihre Feuerstäbe
sprechen lassen – doch die Schutzaura des Magiers
flammte im selben Augenblick wieder auf. Sekunden
darauf erreichte die weiß glühende Feuerspinne das
rechte der beiden Wesen und hüllte es in ein beißen-
des, Funken schlagendes Gespinst. Das Wesen schrie
auf wie eine gequälte Katze, wurde in einem Knistern
und Zischen aus stygischer Energie geschüttelt und ge-
beutelt – und dann stob aus seinem seltsamen Körperpanzer plötzlich eine Dampfwolke. Augenblicke
später klappte es in sich zusammen und starb mit
einem gänzlich unmenschlichen Röcheln.

Das letzte der Wesen feuerte seine Magien nur umso
stärker auf seinen Gegner. Marko blickte zurück – wo
blieb nur Meister Izeban? Als er sich wieder dem
Kampf zuwandte, sah er, dass das fremde Wesen den
Stab seines toten Gefährten aufgehoben hatte und nun
die Aura des Magiers doppelt beschoss. Sie flimmerte – und Marko wusste genug von Magie, um zu

ahnen, dass das ein schlechtes Zeichen war. Er musste handeln. Leise erhob er sich, zog seinen langen Dolch aus dem Gürtel und schlich sich leichtfüßig, die Deckung der Bäume nutzend, von hinten an das Wesen heran. Ein paar Schritte noch, dann hätte er sein Ziel erreicht.

Die Aura des Magiers indes glühte schon, viel Zeit blieb nicht mehr. Marko handelte.

Er vollführte eine Hechtrolle und landete genau in der richtigen Position zu einer Beinschere hinter der Kreatur. In diesem kurzen Augenblick sah er erst, wie groß sie war. Sie hatte einen langen Echsenschwanz, der mit scharfen Horngraten besetzt war. Marko würde sich daran verletzen.

Aber dann war es schon geschehen. Seine Beinschere schnappte zu und holte die grässliche Kreatur von den Füßen. Das Wummern der Magie brach sofort ab, als die Bestie zu Boden stürzte. Aber es ging nicht so einfach, wie er gehofft hatte. Mit Hilfe des Schwanzes sprang die Kreatur wieder auf die Beine. Sie fuhr herum und wandte sich mit einem bösen Zischen Marko zu. Sprungbereit kauerte das Wesen vor ihm, hatte zwar beide Stäbe verloren – aber Marko sah, dass das Ungeheuer regelrechte Klauen besaß und sein Körper förmlich überall mit scharfen Graten und Spitzen besetzt war. Geduckt stand er da, seinen Dolch in der Hand. Der Magier auf der anderen Seite war mit einem Stöhnen in sich zusammengesunken.

Marko suchte nach einer Stelle, wo er den Dolch ansetzen konnte. Er fand keine. Mit einem Langbogen war das etwas anderes; Pfeile kamen mit Wucht und hätten die schuppige Haut der Bestie überall durchbohrt – wahrscheinlich sogar ihren Panzer. Im Augenblick sah es übel für ihn aus.

Das Biest zischelte wie eine Schlange, hob die krallenartigen Hände und schnellte vor. Marko warf sich zur Seite, sein Gegner verfehlte ihn. Er hieb mit dem Dolch nach ihm, aber der Stahl glitt am Panzer und der harten, glatten Haut des Wesens ab. Ein ekliger Geruch wehte ihm entgegen, ein fauliger, süßlich herber Gestank. Er musste sofort wieder auf die Beine kommen, denn das Wesen war verteufelt schnell.

Kaum stand er, war es schon wieder heran. Und in diesem Augenblick erkannte Marko, dass er zu spät war. Von der Seite kam der Echsenschwanz herangeschnellt und erwischte ihn mit scharfen Kanten schmerzhaft in Höhe der Fußgelenke. Ächzend schlug er auf dem Boden auf, verlor den Dolch. Sein linker Knöchel brannte wie Feuer. Als er aufblickte, stand das Monstrum über ihm, bereit, ihm den Rest zu geben.

Dann aber, nur einen Sekundenbruchteil später, hörte er ein scharfes Zischen. Danach noch eins und noch eins. Ehe er verstand, was geschehen war, sank sein Gegner schon über ihm zusammen. Schnell wälzte er sich zur Seite, um möglichen Verletzungen durch die Knochengrate zu entgehen. Kaum war er weg, schlug die Kreatur neben ihm dumpf und leblos auf den Waldboden.

Marko stieß ein Keuchen aus. Aus der Seite des Wesens ragten, knapp nebeneinander, drei Armbrustbolzen. Sie hatten glatt den Körperpanzer durchschlagen. Meister Izeban kam in die Senke gerannt.

»Verzeiht, Hoher Kommissar!«, rief er. »Was für eine dumme Sache! Ich kam nicht an die Pfeile heran! Euer edles Ross hat so hohe Schultern – ich hatte nicht daran gedacht. Unverzeihlich, wirklich!«

Marko schnaufte, sein Herz pochte noch immer wild. »Ist das da Eure dreischüssige Armbrust, Izeban?«

Der kleine Gelehrte nickte und reichte sie ihm. Marko sah sich das Ding an, das ihm das Leben gerettet hatte.

»Und das da? Ist das ebenfalls eine Feuerschnecke?«

»Tja«, sagte Izeban und kniete sich neben der Kreatur nieder. »Ich denke, die Gattung der Schnecken können wir getrost ausklammern. Das scheint mir eher ein … eine …« Er schüttelte den Kopf. »Es tut mir Leid, aber ich weiß nicht, was das ist. So etwas habe ich noch nie gesehen. Unverzeihlich!«

Ein leichtes Zischen war zu hören und Marko beugte sich nieder. Er deutete auf die Stelle, wo die drei Armbrustbolzen aus dem Panzer des Wesens ragten. »Da pfeift's!«, stellte er fest, nicht ganz schlüssig, was er daraus herleiten sollte. Izeban betrachtete die Stelle und nickte. Aber auch er hatte keine Antwort.

Sie hörten ein Ächzen hinter sich.

Der Magier hatte sich aufgerappelt, schwankte und schien kaum in der Lage, sich auf den Beinen zu halten. Er hob die Hand und stützte sich seitlich an eine junge Birke. »Das, meine Herren«, keuchte er, »ist ein Drakken.«

## 2 ♦ Stadt in Flammen

D ie Stadt brannte wieder.

Sie sahen es schon von weitem, von den Rücken der Drachen aus, und es war ein hässliches Bild. Der Tag war trübe und grau, die Wolken hingen tief und es nieselte. Schon zur Mittagszeit hatte sich der Himmel mit großen, grauen Wolken verzogen, nachdem sie am frühen Morgen bei schönem Wetter von dem großen Stützpfeiler an der Ishmar losgeflogen waren.

Leandra und Victor saßen zusammen auf Nerolaans Rücken. Der große graue Felsdrache hatte erst vor kurzem die Wolkendecke durchstoßen, aber sie spürten schon, wie die Nässe auf ihre Haut durchdrang, und begannen zu frieren. Die anderen Drachen waren zu ihrem Schutz mit herunter gekommen, ständig auf der Suche nach Anzeichen von Flugschiffen der Drakken. Aber wenigstens *das* blieb ihnen für den Augenblick erspart.

Dafür aber bot Savalgor ein Bild des Schreckens.

Die stolze Hauptstadt von Akrania, eingebettet zwischen zwei gewaltigen Felsmonolithen im Osten und Westen, schien an diesem Abend neben dem Großen Savalgorer Stützpfeiler einen weiteren aufzuweisen, der zwischen den Bauten aufragte. Erst wenn man näher kam, erkannte man, dass es nichts als eine gewaltige, schwarzgraue Rauchsäule war, die sich aus dem hell in Flammen stehenden Händlerviertel erhob. Im dämmrigen Licht konnte man weitere Brandherde ausmachen.

»Ob das die Drakken sind?«, rief Victor durch den Wind und Regen. Er deutete Richtung Savalgor.

Leandra antwortete nicht und fragte stattdessen ihren Drachenfreund. *Nerolaan! Habt ihr immer noch keine Drakken entdeckt?*

Der Drache verneinte. *Inzwischen wundert es mich ebenfalls. Es ist kein einziges ihrer Schiffe mehr zu entdecken. So als wären sie plötzlich wieder verschwunden.*

Leandra stöhnte leise. Das war wohl nur ein frommer Wunsch – nichts als die Ruhe vor dem Sturm. Sie wandte sich um und sah nach Victor, der unmittelbar hinter ihr saß. Er hielt das Gesicht in den Wind, kümmerte sich nicht um den Regen und starrte nach Südosten, wo die Stadt noch etwa sieben oder acht Meilen entfernt lag.

»Bevor wir landen, müssen wir erst herausfinden, was da unten los ist«, rief sie ihm zu.

»Was ist mit dem *Roten Ochs*?«, rief er zurück.

Leandra dachte kurz nach, dann nickte sie. »Ja, eine gute Idee! Zuletzt war er noch in der Hand von Jackos Leuten. Wenn sie dort immer noch das Sagen haben, ist es wahrscheinlich der einzig sichere Ort für uns in Savalgor.«

»Es wäre aber gut«, erwiderte er, »wenn einer von uns erst einen Erkundungsflug durchführen würde – bevor wir mit den Drachen in irgendeiner Gasse landen.«

»Ja, das stimmt.«

*Nerolaan!*, hörte er Leandras Stimme im *Trivocum*. *Lass uns an einem sicheren Ort landen. Wir müssen erst herausfinden, was in der Stadt geschehen ist!*

Der Drache sandte ihr eine Bestätigung zu und kurz darauf vernahm sie im *Trivocum* seinen Befehl an die übrigen Sippenmitglieder, abzudrehen. Er stellte die Schwingen ein wenig in den Wind und ließ sich emportragen. Augenblicke später schon flogen sie wieder in die grauen Wolken hinein, und für ein paar Minuten kämpfte Nerolaan sich durch die graue, nasse Waschküche der Wolkendecke höher. Doch dann waren sie hindurch, stießen in den freien, von goldenem Abendlicht durchfluteten Raum über den Wolken. Ein großes, lang gestrecktes Sonnenfenster zog sich über ihnen nach Nordosten.

Leandra ließ sich zurücksinken und lehnte sich an Victor, der sie von hinten umarmte. Überall um sie herum stießen andere Drachen durch die Wolken hindurch. Es war ein fast berauschender Moment, der etwas von Unendlichkeit und Zeitlosigkeit in sich trug. Leandra spürte Erleichterung, aber auch eine gewisse Schwermut, denn dieser schöne Eindruck war nur allzu kurz bemessen.

Victor drückte sie fest an sich. Die Luft war deutlich wärmer geworden und all das schlechte Wetter lag nun unter ihnen. Man konnte mächtige Stützpfeiler glasklar bis in weite Entfernungen erkennen, und überall dort, wo sich Sonnenfenster befanden, ruhten riesige, helle Lichtflecken auf der Wolkendecke. Die Welt hier oben, im hohen Reich der Drachen, bot immer wieder neue, erhebende Anblicke.

*Wie findest du den großen Stützpfeiler dort nordwestlich von uns?*, vernahm sie eine Stimme, die irgendwo aus dem Nichts zu ihr drang.

Verwundert wandte sie sich um. Quendras blickte zu ihr herüber. Nein, er hatte nicht gerufen, sondern seine Stimme war über das Trivocum zu ihr gelangt. Sie hörte so etwas wie ein verzerrtes Lachen und anschließend die Worte: *Warum sollten wir untereinander nicht auch so reden wie die Drachen? Es ist überhaupt nicht schwierig! Versuch es selbst!*

Leandra zögerte. Sie verspürte eine gewisse Neugier, es tatsächlich einmal zu versuchen. Doch es gab ein Gesetz im *Gildenkodex*, das jedem Magier verbot, seine magischen Sinne zu benutzen, um ›in den Köpfen anderer herumzuforschen‹. Aus diesem Grund gab es in der Elementarmagie nicht einmal magische Schlüssel für so etwas. Wäre dieser Weg frei, könnte jeder Magier nach Belieben in den Gedanken anderer Menschen lesen. Nein, sagte sie sich, das durfte nicht sein.

»Was hast du?«, fragte Victor.

Leandra erklärte es ihm, aber er fand den Gedanken nicht weiter schlimm. »Forsch ruhig in meinem Kopf nach!«, erklärte er leichthin. »Du wirst sehen, dass ich dich wirklich liebe!«

Sie langte nach hinten und klopfte mit dem Knöchel leicht gegen seine Stirn. »Denk nach, du tumbes Mannsbild!«, sagte sie tadelnd. »Was, wenn Alina Magierin wäre und in deinen Schädel gucken könnte, ob du sie überhaupt willst – und du könntest es im Gegenzug nicht! Würde dir das gefallen?«

Victor drehte auch diese Frage so, dass sie ihm passte. »Das wäre genau das Richtige«, erwiderte er. »Sie soll ruhig wissen, dass ich sie nicht will. Und ob sie *mich* will, interessiert mich nicht!«

Leandra stöhnte.

»Die Drachen tun es doch auch! Warum nicht wir?«

»Bei ihnen ist das etwas anderes. Es ist einfach ihre Sprache. Ich habe noch nie bemerkt, dass sie damit meine Gedanken zu lesen versuchten. Außerdem: Wie sollen sie sich sonst während eines Fluges verständigen? Sich ständig gegenseitig etwas zuschreien?«

Victor lachte auf. »Ja, da hast du wohl Recht.«

Sie näherten sich dem Felspfeiler. Victor beobachtete, wie vor der gewaltigen grauen Wand ein schlanker, weiblicher Drache seine mächtigen Schwingenschläge verlangsamte, um auf einem Felssims zu landen. Auf dem Rücken des Tieres saßen Hochmeister Jockum und Quendras. Roya hingegen war seit gestern Morgen nicht mehr bei ihnen; sie war mit Leandras Drachenfreund Tirao im Ramakorum-Gebirge zurückgeblieben, um einen jungen, verletzten Feuerdrachen zu pflegen.

Leandra umfasste den großen Hornzacken fester, der vor ihr aus Nerolaans Rückenkamm aufragte, und Victor klammerte sich ebenfalls fest. Eine Drachenlandung war gewöhnlich eine sehr sanfte Angelegenheit, hier jedoch musste Nerolaan einen Felssims in großer Höhe ansteuern.

Der Drache stellte die Schwingen in den Wind, wurde daraufhin ein Stück in die Höhe getragen und landete geschickt und trotz der Schwierigkeit vergleichsweise ruhig auf dem Sims. Fünf Drachen waren bereits da, die anderen näherten sich gerade. Victor und Leandra glitten von Nerolaans Rücken herab.

So hoch droben an einem Felspfeiler waren sie bisher noch nie gelandet. Der Sims war ein wenig abschüssig, er befand sich auf gut zwei Dritteln Weg hinauf zum Felsenhimmel. Bis ganz hinunter in die Ebene mochten es fünf Meilen sein. Leandra hielt sich weit hinten an der rückwärtigen Felswand und ließ furchtsame zehn Schritt Abstand zur Felskante, unterhalb derer es in bodenlose Tiefen ging.

Quendras und Hochmeister Jockum traten zu ihnen. »Was mag da nur vorgefallen sein?«, fragte der Primas besorgt und starrte hinab auf das Wolkenmeer, unter dem Savalgor lag. Von hier oben sah man nichts davon, dass die Stadt dort unten brannte.

»Ich werde mir das ansehen!«, sagte Leandra entschlossen. »Ich fliege mit Nerolaan hinab und versuche herauszufinden, was in der Stadt passiert ist.«

Victor berührte sie am Arm. »Das ist gefährlich, Leandra! Du könntest ...«

»Stimmt«, erwiderte sie mit ernster Mine. »Es ist gefährlich! Aber ich bin die Einzige von uns, der überhaupt etwas zustoßen *dürfte!* Du, Victor, musst Alina auf den Thron verhelfen, indem du dich zur Vaterschaft bekennst, Quendras muss nach Torgard, um den Kryptus zu entschlüsseln, und der Primas ... nun, der ist ... *nass*.«

»Du etwa nicht?«

Es folgte der übliche Zank, wer nun eine solche Gefahr auf sich nehmen durfte und wer nicht, aber Leandra setzte sich durch. Sie wirkte sehr entschlossen – auf eine so finstere Weise, dass ihr niemand zu widersprechen wagte. Zum Abschied winkte sie betont knapp und stieg auf Nerolaan.

Bald darauf warf sich der große, graue Felsdrache wieder in die Luft, und Leandra, die auf seinem Rücken saß, atmete auf. Für eine angenehme Minute ließen sie sich durchs warme Licht des Abends treiben. Dann aber ging es wieder hinab, in Richtung der grauen Wolkendecke, unter der eine Welt des Kampfes und des Krieges lag.

\*

»Es ist so etwas wie ein Fahrzeug«, erklärte der Magier. »Man kann damit fliegen.«

Er hatte sich als Jerik vorgestellt, Altmeister und Einsiedlermagier. Er war dürr und mittelgroß, vielleicht Anfang oder Mitte der Sechzig, hatte buschige Augenbrauen und eine hohe, lichte Stirn; am Hinterkopf wuchs ihm grauweißes Haar, das ihm bis zur Schulter reichte. Über seinen einfachen Kleidern trug er eine erdbraune Robe. Er hatte einen Wanderstab aus Wurzelholz bei sich, ein sehenswert verwachsenes und verdrehtes Exemplar. Erst jetzt, da sie vor dem fremdartigen, angeblich flugfähigen Ding standen und es betrachteten, fiel Marko auf, dass der Magier an einem Augenproblem leiden musste. Er richtete zwar stets seinen Kopf der Sache zu, über die er sprach, aber seine Augen bewegten sich nie und er blinzelte auch sehr selten.

»Er benutzt das Trivocum, um zu sehen«, flüsterte Meister Izeban, der Markos fragend-forschende Blicke bemerkte. »Seine Augen müssen geblendet sein!«

»Geblendet?«, fragte Marko erstaunt.

Jerik wandte sich ihm zu und nickte. »Nun, Ihr habt es bemerkt, junger Mann, nicht wahr?« Er schickte seinen Worten ein Lächeln hinterher. »Ja, es stimmt, ich kann nicht mehr sehen. Ein Glück immerhin, dass meine Augen nicht verbrannt oder zerstört sind. Die Menschen sehen einem nicht gern ins Gesicht, wenn die Augen so … *hässlich* sind.«

»Aber Ihr könnt mich dennoch sehen?«

»Aber ja! Ihr habt dunkelrote Haare, ein hellrotes Gesicht … und da, Euer Fußknöchel … nun, der ist ganz blau.«

Marko nickte und blickte an sich herab. Es war die Stelle, wo ihn das fremde Wesen mit seinem Echsenschwanz getroffen hatte. »Ich verstehe. Das Trivocum. Es ist rot, nicht wahr?«

»Rötlich – ja, das ist richtig.«

Izeban schien sich mehr für das seltsame Gebilde zu interessieren, das vor ihnen auf einer kleinen Lichtung stand. »Eine Flugmaschine, sagt Ihr? Seid Ihr sicher, Herr Jerik?«

Der Einsiedlermagier nickte.

Sie umrundeten es einmal gemeinsam. Das Gerät war geformt wie ein lang gestrecktes Insekt, ruhte auf dünnen Metallbeinen und besaß rechts und links kurze, stummelartige Flügel. Das Hinterteil war etwas dicker und hatte einen Wulst, aus dem drei fassgroße Röhren herausragten. Seitlich gab es eine Tür, die offenbar verschiebbar war, aber sie war geschlossen.

»Was ist das eigentlich, ein Drakken?«, fragte Marko, während Izeban eine weitere Runde um das Fahrzeug drehte.

Jerik zögerte. »Nun, um die Wahrheit zu sagen, diese

Wesen stammen nicht von dieser Welt. Und sie sind auch nicht hier, um Gutes zu tun.«

Marko versteifte sich. »Nicht ... von dieser Welt?« Er schüttelte lächelnd den Kopf. »Ihr meint ...?« Fragend blickte er in Richtung Izeban, der wieder zu ihnen kam. »Nun, ich habe in letzter Zeit seltsame Gerüchte über ein fremdes Volk gehört, das uns angeblich überfallen will. Meint Ihr etwa *das*?«

Jerik nickte ernst.

Marko schnitt ein betont ungläubiges Gesicht. Er wusste nicht, ob Jerik das wahrnehmen konnte. »Dann wäre dies unter allen verrückten Gerüchten dieser Welt das erste, das sich als wahr herausstellt!«

Jerik hob nur die Schultern.

»Aber ... was soll dieser Unfug mit *nicht von dieser Welt*?« Er lachte spöttisch auf und deutete in die Höhe. »Gibt es denn noch andere Welten? Etwa da oben, jenseits des Felsenhimmels?«

Jerik nickte. »Ja. Das wäre eine Möglichkeit.«

Marko, der schon weiterspötteln wollte, blickte Richtung Felsenhimmel. »Was wollt Ihr mir da erzählen, Jerik? Von so etwas habe ich noch nie gehört!«

Jerik wandte sich dem Kampfplatz zu und deutete dorthin. »Nun, diese getöteten Bestien sollten Euch doch zu denken geben, oder? Habt Ihr solche Wesen in unserer Welt etwa schon einmal gesehen?«

Marko betrachtete ratlos die toten Kreaturen.

Izeban meldete sich zu Wort. »Verzeiht, werter Magier ... aber was habt *Ihr* mit diesen Kreaturen zu schaffen? Da Ihr so viel über sie wisst, scheint mir das keine zufällige Begegnung zu sein.«

»Tja, das ist in der Tat seltsam, nicht wahr?«, gab er zu. »Aber da ich nun auf Eure Hilfe angewiesen bin, muss ich Euch wohl einweihen.«

»Allerdings!«, forderte Marko.

Jerik kaute unentschlossen auf der Unterlippe herum. »Es ist so, dass ich Jagd auf diese Wesen mache. Oder besser gesagt: auf eines von ihnen. Dass mir das nun gelungen ist, habe ich wohl Euch zu verdanken. Und auch mein Leben. Die Waffen dieser Fremden sind unerhört stark – worauf ich nicht vorbereitet war. Nun muss ich eine dieser Kreaturen nach Savalgor schaffen, und zwar schnell. Ich nehme an, Ihr seid mit Mulloohs unterwegs. Oder etwa zu Pferd? Wir müssten so etwas wie eine Trage bauen, etwas, das ein Zugtier hinter sich her schleifen kann.«

»Ich habe einen Karren!«, sagte Izeban. »Und er hat ein starkes Pferd ...«

Ein vernichtender Blick von Marko traf ihn und er verstummte.

Marko wandte sich dem Magier zu. »Ihr habt tatsächlich *Jagd* auf diese Wesen gemacht?«

Jerik hob eine Hand. »Ich weiß, es klingt seltsam. Aber ich bitte Euch: Helft mir und lasst uns versuchen, eines dieser Wesen auf Euren Karren zu laden. Wir müssen so schnell es geht nach Savalgor, es ist sehr wichtig! Unterwegs erkläre ich Euch mehr. Einverstanden?«

Marko blickte noch eine Weile umher, so als könnte ihm irgendein Baum oder ein Strauch Aufschluss über all seine Fragen und Ungewissheiten geben. Schließlich nickte er grummelnd und hob die Hände. »Also gut, Magier! Ich hoffe, meine Gutmütigkeit wendet sich nicht noch gegen mich!«

Sie machten sich an die Arbeit.

Marko holte Rox samt dem Karren herbei. Meister Izebans Gepäck musste weichen. Er trennte sich von einigem Ballast, und der Rest, der nicht mehr auf den Karren passte, hing bald an Stricken befestigt über Rox' breiten Rücken. Ans Reiten und an ein schnelles Vorankommen war jetzt nicht mehr zu denken. Sie würden bis Savalgor neben Rox herlaufen müssen.

Dann luden sie gemeinsam eines der Wesen auf die Ladefläche.

Marko musste zugeben, dass dieses fremdartige Biest Jeriks seltsamen Behauptungen nicht unbedingt widersprach. Seine Körperhöhe lag ein gutes Stück über der eines Menschen – etwas über vier Ellen, fast einen ganzen Kopf größer als ein erwachsener Mann. Dabei aber schien es erstaunlich leicht zu sein. Marko schätzte es auf höchstens 140 Pfund – wohl 20 Pfund weniger als er selbst wog, wiewohl er ein gutes Stück kleiner war. Das Wesen steckte in einer grauschwarzen Schale; es musste sich um einen Panzer oder eine Rüstung handeln, die den Oberkörper und den Unterleib einhüllte. Arme und Beine sowie der etwa zweieinhalb Ellen lange Echsenschwanz lagen frei. Das Augenfälligste waren wohl die grünschwarze Schuppenhaut und die scharfen Knochengrate, die der Drakken überall aufwies. Schultern, Ellbogen, Handgelenke und Klauenfinger besaßen harte, scharfe Kanten; ebenso verhielt es sich mit den Knien, Waden und Füßen, dem Kopf und vor allem dem Reptilienschwanz. Die gesamte Kreatur war an sich schon eine Waffe. Und Marko hatte erlebt, wie schnell sich diese Wesen bewegen konnten. Zusammen mit der Schalenrüstung und den Waffen, die Feuerblitze verschleudern konnten, war so ein Drakken ein wahrer Kampfkoloss. Sie hatten Glück, jetzt als Sieger dazustehen.

Das Abstoßendste an dem Wesen waren sein Schädel und sein Geruch. Es hatte das Gesicht eines bösen, alten Mannes, mit riesigen Tränensäcken und hängenden Wangen, die seine stetig herabgezogenen Mundwinkel noch betonten. Die Lippen waren schmal, grauschwarz glänzend und von ledriger Beschaffenheit. Zwei Reihen winziger, nadelspitzer Zähne verliehen dem Mund etwas unangenehm Gefährliches, obwohl Marko bezweifelte, dass ein solches Wesen *zu-*

*beißen* würde. Die Gesichtszüge indes schienen wie zu immerwährender Verächtlichkeit erstarrt und hinzu kam noch ein widerwärtiger Gestank nach altem Urin und Moder.

Marko hatte sich in seltsamer Faszination lange nicht vom Anblick des toten Drakken losreißen können. Er fragte sich, welche Laune der Natur eine solche Kreatur erschaffen hatte, deren Daseinszweck offenbar darin bestand, Leid zu verbreiten. Die Vorstellung, dass es unter diesen Drakken männliche und weibliche Wesen gab, die sich lieben und zärtlich berühren mochten, grenzte geradezu ans Groteske. Die Frage ihrer Fortpflanzung erschien deswegen umso interessanter: Vielleicht legten die Weibchen Eier, welche dann in ihrer Abwesenheit von den Männern befruchtet wurden – irgendwie so musste es funktionieren. Welchen Geschlechts der getötete Drakken war, vermochten sie nicht zu sagen.

Inzwischen lag das Echsenwesen unter einer großen Plane, die Meister Izeban über den Wagen gebreitet hatte. Sie hatten auch eine der seltsamen Waffen mitgenommen und die anderen getöteten Drakken in der kleinen Senke unter Blätterhaufen begraben.

Jerik bestand zuletzt noch darauf, alles möglichst unauffällig zu hinterlassen. Im Besonderen galt das für das fremde Fahrzeug: Er wollte es in eine illusionäre Schutzaura hüllen. Der Einsiedlermagier schien ein Mann von beachtlichem Können zu sein.

Marko beobachtete ihn fasziniert beim Wirken seiner kunstvollen Magie. So etwas hatte er noch nie zuvor gesehen. Nach kurzer Konzentration erhob Jerik beide Hände. Etwas Unnennbares entstand zwischen ihnen, wie ein Hitzeflimmern über einem heißen Stein im Sommer. Es begann sich träge zu bewegen, breitete sich aus und umfloss dann mit einem mystischen Rauschen den lang gestreckten Körper des Flugschiffs. Die

Magie zwischen Jeriks Händen versiegte und sie traten zurück.

Marko stieß einen Laut der Überraschung aus, als er nach dem Schiff sah. Er hätte nun nicht mehr so recht sagen können, ob es noch da war oder nicht. Jemand, der steif und fest behauptete, dass dieses Ding hier auf der Lichtung stand, hätte es wohl aus den Augenwinkeln irgendwie sehen können, vielleicht sogar auch dann, wenn er direkt auf die Stelle starrte und seine Form im Geiste nachzubilden versuchte. Marko jedoch war überzeugt davon, dass ein Nichteingeweihter nur etwas Unbestimmbares *fühlen*, es aber nicht wirklich sehen konnte. Er würde sich höchstens fragen, was in aller Welt ihm hier, auf dieser Lichtung, ein so seltsames Gefühl eingab! Es war wirklich faszinierend.

Jerik erklärte, dass sie gut daran täten, diesen Ort innerhalb weniger Tage wieder aufzusuchen, um sicher zu gehen, das Flugschiff unberührt wieder zu finden. Die Magie würde an Kraft verlieren und sich schließlich auflösen. Als Marko wissen wollte, was Jerik später mit ihm vorhatte, zuckte der Magier nur die Schultern. »Ich weiß es noch nicht. Wir sollten es erforschen. Es ist möglich, dass diese fremden Wesen uns mit solchen Fahrzeugen anzugreifen versuchen – da kann es nicht schaden zu wissen, wie sie beschaffen sind, nicht wahr?«

Marko schluckte. Vor kaum mehr als einer Stunde war die Welt noch ein friedlicher Ort voller Sonnenschein für ihn gewesen. Jetzt hingegen sollte er hinnehmen, dass sie kurz davor stand, von fremden Bestien überrannt zu werden. Das wollte ihm nicht so recht gelingen.

Als sie die kleine Senke in Richtung der Straße verließen, blieb Jerik noch einmal stehen. »Wartet«, bat er. »Mir ist noch etwas eingefallen. Bevor wir gehen, sollten wir das mitnehmen.«

Marko und Meister Izeban hoben erstaunt die Brauen, als sich Jerik zurück auf die Lichtung begab, um vom Boden etwas aufzulesen.

»Steine«, sagte er, als er wieder bei seinen Weggefährten war, und hob einen davon in die Höhe – ein ganz gewöhnliches Exemplar. »Sie haben hier Steine eingesammelt.«

»Steine?«

Jerik zuckte die Achseln. »Ich weißt nicht, warum sie das taten. Aber wir werden diese hier untersuchen. Vielleicht enthalten sie etwas Wertvolles. Ein Mineral oder ein Edelmetall.«

Meister Izeban nahm ihm den Stein aus der Hand. »Das ist nichts als gewöhnlicher Stein. Wolodit, soweit ich sehe. So ziemlich das Häufigste, was es überhaupt gibt.«

»Irgendeinen Grund müssen sie gehabt haben«, meinte Marko.

Jerik nickte. Er setzte sich in Bewegung und Izeban nahm Rox' Zügel. Gemeinsam machten sie sich auf den Weg zur Straße. »Wenn wir in Savalgor sind«, sagte Jerik, »müssen wir unbedingt ...«

»Aha!«, unterbrach ihn Izeban. »So etwas dachte ich mir schon. Wir sind also nicht entlassen, sobald wir die Stadttore erreicht haben? So wie Ihr sprecht, benötigt Ihr unsere Hilfe weiterhin!«

»Bei Euch muss man aufpassen, wie man sich ausdrückt, Izeban!«, erwiderte Jerik gutmütig. »Ja, Ihr habt Recht. Die Wahrheit ist: Ich darf es als einen echten Glücksfall bezeichnen, Euch getroffen zu haben, meine Herren. Nicht nur, dass Ihr mir das Leben gerettet habt und nun Euer Gaul unseren Fund nach Savalgor transportiert ...«

»Mein ... *Gaul*?«, entfuhr es Marko, und selbst Rox blieb stehen, so als hätte er es verstanden.

Jerik grinste. »Verzeiht, Marko. Mein Blick durchs

Trivocum muss schlechter sein, als ich gedacht hatte. Euer Ross, meinte ich natürlich. Wie auch immer: ich brauche tatsächlich Hilfe – von klugen und tatkräftigen Männern wie Euch. Jetzt, nachdem in Savalgor diese Palastrevolte stattfand, habe ich ...«

»Eine Palastrevolte?«

»Jawohl. Ich komme aus Savalgor. In der Stadt herrschen Unruhen. Nachdem der Palast nun wieder in der Hand der Shaba ist, scheint das größte Problem vorerst gebannt zu sein. Aber inzwischen sind vier Tage vergangen und es kann allerlei geschehen sein. Wir müssen uns beeilen.«

»Soso«, sagte Marko gedehnt. »Eine Revolte im Palast! Interessant. Wisst Ihr etwas über die Shaba?«

Jerik schnaufte. »Sie ist immer noch nicht anerkannt. Die Garde steht zwar auf ihrer Seite, verhält sich aber still. Der Rat ist entzweit. Eine wirklich schwierige Situation.«

*

Leandra war froh, als sie den Felssims hinter sich gelassen hatte. Der Kopf tat ihr weh und die neuen, sich anbahnenden Schwierigkeiten hatten ihre anfangs noch zuversichtliche Stimmung getrübt. Gestern noch hatte sie gehofft, Savalgor früh genug zu erreichen, um etwas in Sachen *Kryptus* unternehmen zu können. Aber schließlich war sie aus dem Kerker des Palasts ausgebrochen und vor den Augen ihrer Verfolger Richtung Hammagor geflohen – da war es wohl etwas einfältig zu glauben, dass der Hierokratische Rat tatenlos so lange warten würde, bis sie wieder zurück nach Savalgor kam. Selbstverständlich hatte man in der Zwischenzeit etwas unternommen! Und das, was in der Stadt geschehen war, musste unmittelbar damit zusammenhängen.

Nerolaan glitt ruhig durch die Luft, verlor dabei

rasch an Höhe und näherte sich der Wolkendecke. Der Wind pfiff Leandra um die Ohren, aber sie war dankbar dafür. Der dumpfe Kopfschmerz, der sie seit Tagen immer wieder plagte, wollte nicht weichen. Manchmal fühlte sie stechende Schübe, dann verebbten die Schmerzen wieder. Leider nahm die Häufigkeit dieser Anfälle eher zu. Noch immer fehlte ihr jede Vorstellung davon, was sie da mit sich herumschleppte. Besonders beunruhigend empfand sie in diesem Zusammenhang jene Magie, die sie vor zwei Tagen gewirkt hatte, als sie in den Bergen von den Drakken angegriffen worden waren. Es war eine Ekel erregende, magische Dreckbrühe gewesen, die sie da erbrochen hatte, und sie hatte damit zu ihrem maßlosen Erstaunen ein ganzes, riesiges Drakkenschiff vernichtet. Doch was war das überhaupt gewesen? Was für eine Art Magie war das und woher war sie gekommen? Das ungute Gefühl, dass mit ihr etwas nicht stimmte, vertiefte sich immer mehr.

Sie spürte, wie Nerolaan langsamer wurde.

Er stellte die Schwingen auf, ließ sich aber nur unwesentlich in die Höhe tragen. Innerhalb kurzer Zeit verminderte er sein Tempo so sehr, dass Leandra glaubte, sie würden in der Luft stehen.

*Nerolaan – was ist?*, fragte sie besorgt.

Der Drache antwortete nicht gleich. Er segelte sehr langsam, hielt die Balance zwischen Auftrieb und geringst möglicher Geschwindigkeit. Dabei waren sie noch weit oberhalb der Wolken – eine ungewöhnliche Höhe für ein solches Flugmanöver.

*Ulfa*, hörte sie endlich seine Stimme durchs Trivocum. *Leandra … es ist Ulfa!*

Der große, graue Felsdrache hatte offenbar noch nie zuvor Kontakt mit Ulfa, seinem Urvater, gehabt. Während Leandra sich mit einer Mischung aus Freude, Erleichterung und Aufregung umblickte, war dieser Moment für Nerolaan offenbar etwas, das ihn vor Ehrfurcht erzittern ließ. Da sah sie ihn: ein kleiner, grauer Fleck, der sich von Nordwesten her rasch näherte. Irgendetwas Wichtiges, Dringliches musste passiert sein.

Nerolaan wurde nun wieder ein wenig schneller. Bald darauf flog der kleine Baumdrache, in dem der Geist des Urdrachen Ulfa steckte, auf gleicher Höhe neben ihnen her. Doch er blieb seltsam weit entfernt; es waren bestimmt hundert Ellen bis zu ihm.

*Ich spüre deine Frage, Leandra*, hörte sie endlich seine Stimme; sie klang seltsam verzerrt. *Leider kann ich nicht näher kommen. Ich müsste dich sonst ... töten.*

Der Schreck, der sie bei Ulfas letztem Wort durchfuhr, hätte sie beinahe ihren Halt auf Nerolaans Rücken gekostet. Sie zuckte zusammen wie unter einem Hammerschlag. Ein stechender Schmerz, wie von einem glühenden Messer, fuhr durch ihr Hirn.

*Töten?*, stammelte sie voller Entsetzen. *Warum töten? Was ist passiert? Habe ich etwas ... falsch gemacht?*

Für Augenblicke herrschte Schweigen. Sie hatte den Eindruck, dass Ulfas Entfernung zu ihr noch weiter wuchs. Als er antwortete, klang seine Stimme noch undeutlicher und verzerrter; es war, als spräche er durch einen endlos langen, hohlen Baumstamm zu ihr, in dem ein Volk giftiger Wespen umhersurrte.

*Nein, Leandra*, hörte sie ihn wieder. *Du trägst keine Schuld. Aber ... es ist etwas passiert. Etwas Schreckliches. Ich erzählte dir einmal ... von den Spielregeln. Erinnerst du dich?* Es war, was würde seine Stimme unterbrochen, und für ein paar Sekunden hörte sie nur noch Fetzen seiner Worte. Sie suchte ihn mit Blicken in der anbrechenden Abenddämmerung, aber er war klein geworden, so klein, dass sie ihn kaum mehr sehen konnte.

*Die Spielregeln, Ulfa? Was ist mit den Spielregeln?*

*Sie wurden gebrochen, Leandra.* Jetzt hörte sie ihn wieder deutlicher. *Wenn ich bei dir bleibe, dir sage, was passiert ist, oder dir gar zu helfen versuche, breche ich sie abermals. Das würde alles nur verschlimmern.*

Leandras Atem ging stoßweise. *Ulfa!*, schrie sie verzweifelt durch das Trivocum. *Bleib hier! Du musst mir sagen, was passiert ist!*

Sie verlor ihn aus den Augen. Kurze Zeit später hörte sie zum letzten Mal seine Stimme. *Sei wachsam, Leandra! Jemand versucht dir übel mitzuspielen! Versuche nach Möglichkeit, keine Magien mehr zu wirken. Du könntest sonst zu einer Gefahr werden! Zu einer Gefahr für die ganze Höhlenwelt!*

Leandra lehnte sich nach vorn, klammerte sich verzweifelt an Nerolaans Hornkamm fest. *Eine Gefahr?* Ihr Herz drohte zu zerspringen. *Sie sollte eine Gefahr für die Höhlenwelt sein?*

Voller Panik suchte sie nach Ulfa, aber der kleine Baumdrache war nirgendwo mehr zu sehen. Sie spürte, dass er vor ihr geflohen war, vor irgendetwas Namenlosem, das sie an oder in sich trug, und sie wusste nicht, was es war.

Ihr Herz pumpte verzweifelt Blut ins Nirgendwo, ihr Atmen war eine Last, ihre Brust und ihre Schultern fühlten sich an, als lägen sie unter tonnenschwerem Gewicht. Was hatte Ulfa gemeint? Die grässliche Magie kam ihr in den Sinn, die sie gegen das große Drakkenschiff gewirkt hatte. War es *das?* Gab es irgendeine unergründliche Quelle, ein schwarzes, Tod bringendes Loch in ihr, das ihr neue Kräfte eingab, die sie aber weder wollte noch beherrschen konnte? *Die Spielregeln wurden verletzt*, schossen ihr Ulfas Worte durch den Kopf. Was für ein neues, schreckliches Rätsel lag hinter diesen Worten?

*Hast du das mitbekommen, Nerolaan?*, fragte sie nach einer Weile unsicher ihren Drachenfreund.

Er antwortete nicht gleich. *Du hast mit ihm gespro-*

*chen, nicht wahr? Nein, ich habe nichts davon wirklich hören können. Waren es schlechte Nachrichten?*

Leandra holte tief Luft. *Nein, es ist schon gut. Sorge dich nicht.*

Nerolaan schwieg, aber es war für Leandra nicht schwer zu erraten, dass er ihr nicht glaubte. Er hatte bestimmt gespürt, wie es ihr während des kurzen Kontakts mit Ulfa ergangen war. Ihr Herz wummerte noch immer und ihr Atem ging schwer.

Nerolaan hatte wieder zu seinem alten Tempo zurückgefunden und näherte sich der grauen Wolkendecke unter ihnen.

*Können wir zuerst eine Runde über die Stadt fliegen, Nerolaan?*, fragte Leandra. *Möglichst hoch, knapp unter den Wolken? Nur für den Fall, dass vielleicht doch Drakkenschiffe da sind.*

*Ja, natürlich*, antwortete der Drache.

Gleich darauf stießen sie in die Wolken hinein, und als ein seltsamer Geruch um sie herum aufkam, wusste sie, dass sie die gewaltige Rauchsäule, die aus dem Händlerviertel aufstieg, durchflogen haben mussten. Eine halbe Minute später waren sie durch die Wolken hindurch. Jetzt, da es dort unten dunkler geworden war, konnte sie sehen, wie sehr die Stadt brannte. Es schien ein regelrechter Krieg in Savalgor zu herrschen.

\*

Rasnor marschierte unruhig in dem weißen Raum auf und ab. Seit über einer Stunde schon wartete er hier, und es war nicht das erste Mal, dass er seine Zeit auf diese Art und Weise verplemperte. Langsam stieg eine unbestimmbare Wut in ihm auf.

Den siebten Tag war er nun schon bei den Drakken.

Er hatte sich an ihre gewaltigen Flugschiffe gewöhnt, an ihre unglaublichen technischen Errungenschaften, an ihre seltsamen, silbrigen und zeltartigen Gebäude, deren hauchdünne Wände hart wie Tharuler Stahl zu sein schienen, und er hatte sich sogar an ihre ewig übellaunigen Gesichter gewöhnt, obwohl das wohl keine Grundhaltung, sondern eher ein Merkmal ihres Aussehens war. Woran er sich aber wohl nie gewöhnen würde, war ihre Dummheit. Diese Wesen waren zu eigenständigem Handeln einfach nicht in der Lage.

Er schnaufte unwillig und trat zum Türdurchgang. »Ist denn der *uCuluu* immer noch nicht zurück?«, herrschte er den dort stehenden Drakken an. Bei ihm handelte es sich um irgendeine Unterart eines *aZhool*, er trug eine dieser typischen Drakken-Rüstungen, die jedoch einen ungewöhnlichen, gelblichen Schimmer aufwies. Vielleicht war er so etwas wie ein persönlicher Adjutant des *uCuluu*.

»Ihr könnt jetzt zu ihm«, sagte das Wesen mit seiner kalten Stimme.

Rasnor stöhnte auf. Er setzte sich in Bewegung und maulte ihn im Vorbeigehen an. »Und wie lange schon? Hättest du das nicht gleich sagen können, du Blödian?«

Der Drakken blieb völlig ungerührt. Das war ebenfalls etwas, das Rasnor immer wütender machte: die völlige Gefühllosigkeit dieser Wesen. Er hätte sogar einen *Liin*, einen hohen Drakkenoffizier, auf die ärgste Weise verfluchen und beschimpfen können – das Wesen hätte nicht einmal mit der Wimper gezuckt. Diese Bestien zeigten keinerlei Gemütsregung. Es war zum Auswachsen!

Die Tür zum Audienzraum des *uCuluu* glitt auf und Rasnor stampfte mit ärgerlichen Schritten hinein. Der *uCuluu*, ein sehr großer Drakken von ungewöhnlicher weißlicher Färbung, stand vor einem großen, flachen Tisch, der aber völlig leer war. Sonst befand sich nichts in dem Raum. Rasnor blickte nach links – der Muuni war da: eine hässliche, wurmartige Kreatur auf vier Watschelbeinen, die Rasnor bis zur Gürtelhöhe reichte. Der Muuni war eine Art Medium, das dem Obersten Drakken angeblich Inspiration und Bewusstseinserweiterung verschaffte.

»Wir müssen angreifen!«, rief Rasnor voller Wut und marschierte auf den *uCuluu* zu. »Jetzt! Sofort!«

»In drei Tagen«, sagte der *uCuluu*. »Nicht eher! Wir haben noch nicht Gefechtsstärke erreicht. Es ist schließlich eine ganze Welt, die wir kontrollieren müssen.«

»Ach was, eine ganze Welt!«, ereiferte sich Rasnor. »Ich habe es Euch gestern schon erklärt! Akrania ist der einzige Kontinent, der besiedelt ist! Veldoor, Vulkanoor … dort leben seit dem Dunklen Zeitalter kaum Menschen – alles ist stygisch verseucht! Und Og, da gibt es so gut wie niemanden – dort herrschen nur diese Oga-Bestien. Höchstens auf den Inseln von Chjant leben ein paar Leute. Aber Akrania, und vor allem Savalgor – *das* ist es: das Herz der Welt, die größte und wichtigste Stadt! Wenn wir Savalgor in der Hand haben, haben wir die ganze Welt!«

Der *uCuluu* schüttelte seinen massigen Echsenschädel. »Nicht eher!«, beharrte er.

Erstaunlich, dass diese seltsamen, bedrohlichen Wesen so sehr menschliche Verhaltensweisen angenommen hatten. Auch all die Gebäude, Räume und Anlagen auf der Insel waren eigentlich weniger fremdartig, als Rasnor erwartet hätte. Im ersten Moment wirkten die silbernen Kuppeln aus hauchdünnem Material fremd und Angst einflößend, aber man gewöhnte sich schnell an sie. In ihrem Inneren gab es die üblichen Räume, Hallen und Gänge und die Türen, Tische und Sitzmöbel waren allenfalls von etwas ungewöhnlicher Form und Machart.

Die Gewöhnung, aber auch die auf seltsame Weise nur mäßige Fremdartigkeit der Drakken und ihrer

Welt waren der Grund, aus dem Rasnor es inzwischen wagte, recht laut und fordernd zu werden. Er hatte die unmittelbare Angst vor diesen Wesen verloren. Sie handelten immer nur streng nach einem Plan. Er konnte nach Belieben herumtoben und seine Wut rauslassen, niemand störte sich daran. Einmal hatte er vor lauter Zorn sogar einen im Weg stehenden Drakken-Wachsoldaten gegen eines seiner gepanzerten Beine getreten. Nichts war geschehen. Der Soldat hatte seine Positur korrigiert und war dann wieder in bewegungslose Ruhe verfallen.

Bei einer derart straff geordneten Lebensweise, die nur auf einen militärischen Erfolg ausgerichtet schien, hätte Rasnor auch so etwas wie eine gnadenlose Hackordnung erwartet. Aber selbst in dieser Hinsicht waren die Drakken anders. Ihre schlanken, hoch gewachsenen Leiber waren zu unfassbar schnellen Bewegungen in der Lage, und all die scharfen Kanten und Knochengrate, die sie an den Ellbogen, Schultern, Knien und am Schwanz besaßen, deuteten auf ein Dasein als Kriegerrasse hin. Schließlich waren sie ja auch hier, um Krieg zu führen. Aber innerhalb ihrer Gesellschaft war davon nichts zu spüren. Er hatte in den sieben Tagen keinen einzigen Rivalitätskampf gesehen. Es gab keine Rangeleien oder Auseinandersetzungen; nicht einmal ein lauter Ruf oder Befehlston war an Rasnors Ohr gedrungen. Sie lebten hier auf dieser Insel, wo zwischen den sieben mächtigen Stützpfeilern nicht viel Platz war, in einer sehr engen Gemeinschaft. Soweit er es mitbekommen hatte, nächtigten die Truppen in silbrigen Kuppelbauten, aber er hatte Probleme, sich vorzustellen, wie sie dort überhaupt allesamt hineinpassten. Sie mussten auf äußerst engem Raum eingepfercht sein, anders wären diese Massen an Kreaturen nicht unterzubringen gewesen. Aber auch diese Enge schien ihnen keine Probleme zu bereiten.

Rasnor war noch immer wütend wegen der Planung des *uCuluu*. »Das ist verschwendete Zeit! Und es gibt Leandra und ihren Leuten die Möglichkeit, den Kryptus vielleicht doch noch zu entschlüsseln! Wenn ihnen das gelingt – was wollt Ihr dann tun?« Als der Oberste Drakken nicht antwortete, winkte Rasnor ab. »Dann *könnt* Ihr gar nichts mehr tun. Dann sind nämlich alle tot!«

Auch diese Aussage befand der *uCuluu* nicht einer Antwort wert. Rasnor fragte sich, warum die Drakken den Kryptus plötzlich nicht mehr zu fürchten schienen. Leandra und ihre Freunde arbeiteten mit Sicherheit in fieberhafter Eile daran, diese uralte Magie zu entschlüsseln. Das hätte die Drakken eigentlich zu allergrößter Eile antreiben müssen. Aber seit er bei ihnen war, war davon nichts zu spüren.

Nicht, dass die Drakken getrödelt hätten – im Gegenteil, hier auf der Insel lief alles in hoher Geschwindigkeit und mit äußerster Genauigkeit ab. Die gewaltige Apparatur in sieben oder acht Meilen Höhe unter dem Felsenhimmel spuckte stündlich mehr und mehr ihrer Flugschiffe aus, und hier am Boden wurden in endloser Folge Geräte, Kisten und Truppenteile verladen und in Marsch gesetzt. Aber nirgends war auch nur ein Quäntchen Unruhe oder Furchtsamkeit zu verspüren. Während all die einfachen Drakkensoldaten so minderbemittelt oder gefühlskalt sein mochten, dass ihnen das nichts ausmachte, hätte wenigstens der *uCuluu* Unruhe ausstrahlen sollen. Aber da war einfach nichts.

Vielleicht lag das an diesem Muuni, dem wurmähnlichen Begleiter des *uCuluu*. Außer ihm gab es noch andere; sie bewegten sich ungelenk auf verkümmerten Beinchen durch die Gänge und starrten stumpf und blöd vor sich hin. So auch dieser hier: Es saß in einer Raumecke und tat nichts, als mit abgewandtem Blick und kriecherisch zur Seite geneigtem Kopf stumpf die Wand anzuglotzen. Seine Haut war grau und ledrig und er war nichts als ein fetter, schwabbeliger Wurm auf Stummelbeinchen.

»Was ist mit dem Kryptus?«, platzte es aus Rasnor heraus. »Warum fürchtet Ihr den Kryptus nicht mehr, *uCuluu*?«

»Unserer Einschätzung nach ist die Struktur des Kryptus nicht innerhalb so kurzer Zeit zu entschlüsseln. Diese Magie ist zweitausend Jahre alt«, erklärte das hoch gewachsene Echsenwesen.

Rasnor verdrehte die Augen und stöhnte auf. »Ja, ja – bei den Kräften! Das habe ich euch selbst gesagt! Ich habe aber auch gesagt, dass sie womöglich einen Fachmann haben, der es doch schafft! Wenn Quendras meine Magie überlebt haben sollte – und wir haben seine Leiche in Hammagor nicht finden können –, dann ist er bei ihnen! Quendras war über Jahre hinweg ein Mann, der sich ausschließlich mit den Strukturen der Rohen Magie beschäftigt hat. Womöglich gibt es niemanden sonst, der sich so gut damit auskennt. Wie kann es sein, dass Euch das völlig kalt lässt? Vielleicht tut es in der nächsten Minute einen Knall, und ihr löst euch alle in Luft auf!« Er hob die Hand und schnippte mit den Fingern. »Oder wie auch immer dieser Kryptus wirken mag!«

»Wir haben berechnet …«

Rasnor warf die Arme in die Luft und wandte sich entnervt ab. »Berechnet! Wenn ich das schon höre! Wie soll man denn so etwas denn *berechnen* können …?«

»… berechnet«, fuhr der *uCuluu* ungerührt fort, »dass diese Gefahr nicht groß genug ist, um das Risiko eines verfrühten Angriffs zu rechtfertigen.«

Rasnor schlug die Hände vors Gesicht und schüttelte den Kopf. Es war hoffnungslos. Er erinnerte sich an sein erstes Gespräch mit dem *uCuluu*, bei dem der

Drakken noch erstaunlich viel Gemütsregung gezeigt hatte. Ja, er hatte sogar gespottet und Anspielungen geäußert ... vielleicht hatte er da seinen dämlichen Gemütswurm nicht dabei gehabt – Rasnor konnte sich nicht mehr erinnern. Aber ein heißes, wütendes Wortgefecht über den Unsinn ihres Verhaltens wäre Rasnor viel lieber gewesen und hätte ihm womöglich eine kleine Befriedigung verschafft. Inzwischen verhielt sich der *uCuluu* jedoch so unglaublich ignorant, dass es Rasnor den letzten Nerv kostete. Was ihm hier fehlte ... das war ein Mensch aus Fleisch und Blut, jemand, mit dem er sich nach Herzenslust streiten, dem er seine Wut ins Gesicht schmettern könnte. Selbst wenn es dieser dreimal verfluchte Victor gewesen wäre.

Plötzlich fiel ihm etwas ein. Er fuhr herum und starrte den *uCuluu* an. »Drei Tage, sagt Ihr? Drei Tage dauert es noch?«

Für Augenblicke glaubte er ein Aufblitzen in den Augen dieses sturen Drakken gesehen zu haben. So als hätte er erkannt, dass Rasnor irgendetwas im Schilde führte. Dann nickte der Drakken leicht – schon wieder eine verblüffend menschliche Verhaltensweise. »Ja«, sagte er. »Drei Tage.«

Rasnor nickte zurück. »Gut. Dann habe ich drei Tage lang nichts zu tun, oder? Mir ist gerade eine Idee gekommen. Eines eurer Flugschiffe und ein paar Mann werde ich ja wohl bekommen, nicht wahr?«

Noch einmal blitzten die Augen des Drakken auf. »Was habt Ihr vor?«, fragte er.

# 3 ✦ Rückkehr zum
## *Roten Ochsen*

Es war schon dunkel, als Leandra zurückkehrte.

Nerolaan tat ihr zuliebe das, was Drachen sonst gar nicht gern taten: Er flog bei Nacht. Dabei gebrauchte er seine Sicht auf das Trivocum, und Leandra wusste nur zu gut, dass dies nicht mit dem normalen Sehen zu vergleichen war. Der Blick durchs Trivocum zeigte die Welt nur als rötliches Schemen und vor allem reichte er nicht allzu weit. Es war ein schlechter Ersatz, und für einen Drachen, der sich meist schnell bewegte, eine gefährliche Sache.

Als sie nach ihrem Erkundungsflug die Wolkendecke wieder durchstießen, gelangten sie in eine stille Welt, die von Sternenlicht durchflutet war. Leandra atmete auf. Hier konnte selbst Nerolaan wieder gut genug sehen und musste vielleicht nur noch bei der Landung kurz von seiner Sicht auf das Trivocum Gebrauch machen.

Bald darauf kam der Stützpfeiler in Sicht und wenige Minuten später landete Nerolaan. Nur Victor war noch wach, alle anderen schliefen schon. Er hatte eine Fackel bei sich.

»Was bin ich froh, dass dir nichts passiert ist«, sagte er erleichtert, als sie vom Rücken des Drachen glitt. Er nahm sie in die Arme.

»Ich hatte Glück«, sagte sie leise. »In der Stadt herrschen Nebel und Regen und Nerolaan fand einen Landeplatz ganz oben auf dem westlichen Monolithen.«

»Und? Hast du etwas in Erfahrung gebracht?«

»Ja. Ich habe einen Weg in den Hafen gefunden und dort einen alten Mann und zwei Mädchen aufgetrieben, die sich in einem Lagerschuppen versteckt hatten.«

»Versteckt?«, fragte Victor. »Das klingt nach Kämpfen.«

»Leider. Es gab eine Palastrevolte und der Hierokratische Rat hat wieder einmal das Kriegsrecht über die Stadt verhängt.«

»Eine Palastrevolte? Bei den Kräften – Jacko und Hellami sind dort noch im Kerker eingesperrt!«

Leandra nickte. »Ja, und Meister Fujima und Gildenmeister Xarbas auch. Ich mache mir Sorgen um sie. Es kann alles Mögliche passiert sein. Allerdings, der *Rote Ochs* scheint immer noch in der Hand von Jackos Leuten zu sein.«

»Dann müssen wir jetzt gleich aufbrechen. Niemand dort ahnt etwas von uns. Wir sollten möglichst vor Mitternacht dort eintreffen.«

Sie nickte und gab dem plötzlichen Wunsch nach, ihn zu umarmen. Wenn sie erst in Savalgor waren, würden sich ihre Wege bald trennen müssen.

Victor erriet ihre Gedanken. »Was macht dich glauben, dass ich auf ewig bei Alina bleiben würde?«, fragte er, um einen sanften Ton bemüht. »Ich liebe dich, und das wird sie verstehen müssen.«

Leandra studierte sein Gesicht und schüttelte den Kopf. »Was ahnst du davon, was es für eine Frau bedeutet, ein Kind zu haben?«, fragte sie milde. »Und was es für Alina bedeutet, ihres unter diesen Umständen bekommen zu haben – von einem unbekannten Vater, während sie entführt, gefangen gehalten und vergewaltigt wurde? Willst du es ihr antun, jetzt nur noch eine Marionette zu sein? Eine Puppe, die jemanden heiraten soll, um einen Thron zu besteigen, damit sie irgendeine Pflicht gegenüber dem Land erfüllen kann? Woher soll sie den Mut und die Selbstachtung für ihre Aufgabe nehmen?«

Victor starrte sie nur missmutig an.

Sie legte ihm beide Hände auf die Schultern. »Nein, Victor, das kannst du nicht verlangen. Keiner ahnt, was sie durchgemacht hat. Sie hatte das schlimmste Los von uns allen zu ertragen. Neun Monate in der Gewalt dieses Scheusals Chast! Ein Kind im Leib, und nicht wissend, ob es nun tatsächlich von dir, dem zufälligen Vater, oder nicht doch von Chast stammte! Kannst du dir das überhaupt vorstellen?« Sie musterte kopfschüttelnd sein Gesicht. »Ich könnte nicht mehr in den Spiegel sehen, wenn ich dich jetzt zu ihr schickte und dir sagte: Heirate sie, verlasse sie wieder, so schnell du kannst, und dann komm zurück zu mir. Nein, Victor, das kann ich einfach nicht. Sie hat den besten Mann und den besten Vater für ihr Kind verdient, den es nur gibt. Und das bist du!«

Sie sah ihm an, dass ihm tausend Dinge auf der Zunge lagen, er sich aber trotzdem zurückhielt. Ihr zuliebe.

»Nur du kannst ihr die Selbstachtung und die Kraft geben, die sie braucht. Victor, ich möchte, dass du sie liebst. Sie hat es verdient für all das Leid, das ihr zugefügt wurde. Sie hat niemanden außer dir, der ihr das geben kann. Sie ist klug, hat eine unglaubliche Ausstrahlung und ist die schönste Frau, die du dir überhaupt nur vorstellen kannst!« Ein schwaches Lächeln glitt über ihr Gesicht. »Überleg nur: Was für ein Glück! Sie hätte ja auch eine dumme, hässliche Gans sein können!«

Sein Gesicht verfinsterte sich. »Willst du sie mir etwa schmackhaft machen?«

Leandra sah ihn nur schweigend an, versuchte, seinen Zorn mit ihrer Liebe zu ihm zu ersticken.

»Und wie kommst du darauf, dass sie mich überhaupt mögen würde?«, fragte er.

Leandra erwiderte abermals nichts. Mit der Zeit entspannte sich Victors Gesichtsausdruck. Schließlich seufzte er. »Vielleicht ist sie ja ... wirklich nett. Aber dich dafür zu verlieren?« Er schüttelte den Kopf. »Du bist so ...« Ihm fiel nichts ein und er hob hilflos die Schultern. »Ich frage mich nur, wie du so viel mehr Mitgefühl für *andere* aufbringen kannst als für dich selbst. Du denkst ja mehr an Alinas verletzte Seele als an deine eigene. Fragst du dich manchmal auch, wie es dir selbst geht?«

Leandra sah zu Boden, sie wusste keine Antwort auf seine Frage.

»Es erinnert mich an Cathryn, deine kleine Schwester«, sagte Victor. »Selbst damals, als ich dich nach Angadoor zurückbrachte, halb tot und zu keiner Bewegung mehr fähig, hast du dich mehr um Cathryn gesorgt als um dich selbst. Dafür habe ich dich damals zwar sehr bewundert, aber auch kaum verstanden. Du hast mich fortgeschickt, damit ich deinen Tod nicht mit ansehen musste, wo du doch das Recht gehabt hättest, dass deine besten Freunde bis zum letzten Augenblick bei dir sind.«

Sie ließ ihn los und wandte sich von ihm ab. Tränen liefen ihr über die Wangen. Es waren Tränen um ihretwegen, wegen dieser fatalen Neigung zu dem, was Victor gerade beschrieben hatte. Warum konnte sie nicht ein einziges Mal zuerst an sich selbst denken? Einfach zusammen mit Victor verschwinden und sich nicht darum kümmern, was hinter ihr geschah? Sie würden schon irgendwo einen Ort finden, an dem sie sich vor der Welt verkriechen konnten.

Nein, das konnte sie nicht. War das ihr Fluch – dass sie immer nur *helfen* wollte? Der Fluch, durch den sie zur wichtigsten Figur in diesem Kampf gegen die Bruderschaft und die Drakken geworden war, der ihr aber jetzt zugleich ein Bein zu stellen drohte? Leandra schob diese Gedanken mühevoll beiseite. »Lass uns aufbrechen, Victor. Wir müssen bald den *Roten Ochsen* erreichen.«

*

Sie waren mit nur zwei Drachen losgeflogen. Es waren zwei junge männliche Tiere – Leandra und Victor saßen auf dem Rücken von Meanak; Hochmeister Jockum und Quendras flogen mit Lanianis. Leandra wollte direkt den *Roten Ochsen* ansteuern, und das würde, auch wenn es dunkel war, ziemliches Aufsehen erregen. Denn so etwas hatte es ganz gewiss in Savalgor noch nie gegeben: die Landung eines leibhaftigen Drachen mitten in den Gassen der Stadt.

Die Brände in Savalgor hatten nachgelassen, doch noch immer waren viele Brandherde sichtbar. Nun boten sie ihnen traurige Orientierungspunkte. Während Meanak tiefer ging, stellte Leandra erleichtert fest, dass der Nieselregen aufgehört hatte. Auch die Luft war nicht mehr so schwanger vom Qualm wie noch Stunden zuvor.

*Hast du etwas über Drakkenschiffe gehört, Meanak?*

*Im Augenblick nicht,* antwortete der junge Drache. *Weit westlich von hier, über dem Flussland, wurden einige Schiffe gesichtet. Aber hier in der Nähe dieser Stadt ist keines.*

»Wir haben Glück«, meinte Victor zuversichtlich, der hinter Leandra saß und sie fest mit beiden Armen umschlungen hielt. »Noch.«

Leandra seufzte sorgenvoll. Sie suchte in der Tiefe nach Anhaltspunkten für den Ort, den sie ansteuern wollten, und wurde schließlich fündig. *Siehst du die beiden kleinen Brände dort links unten, Meanak? Unterhalb des Monolithen, in der Nähe des Hafens?*

*Ist dort dieses Haus, zu dem ihr wollt?*

*Ja. Eine breite Gasse verläuft knapp vor dem Monolithen in Richtung Süden. Am nördlichen Ende steht ein alter, verlassener Turm der Stadtwache. Dort in der Nähe müsste ungefähr der* Rote Ochs *sein.*

Über das Trivocum bekam sie mit, wie Meanak seinem Artgenossen Lanianis mitteilte, wohin es ging. Dann drehte er nach rechts ab, glitt in die Tiefe und schwenkte in eine weite Linkskurve ein, um sich dem alten Turm von Norden her zu nähern. Kurze Zeit später glitten sie schon über die Dächer dahin, fanden ohne Schwierigkeiten die entsprechende Gasse, und Meanak stellte die Schwingen auf, um langsamer zu werden. Die Mühelosigkeit, mit welcher der Drache sein Ziel fand, war beinahe bestürzend. Wie lange hätte man zu Fuß oder zu Pferd für einen solchen Weg benötigt?

Das große Gebäude des ehemaligen Hurenhauses, das seit der Schlacht von Savalgor Jackos Leuten gehörte, war gut auszumachen. Der Drache wurde immer langsamer, bis er zuletzt, kurz vor dem *Roten Ochsen*, in Höhe der Dachgiebel fast in der Luft stand. Als Landeplatz hatte er sich eine Kreuzung ausgesucht, die ein kleines Stück nördlich des Gebäudes lag. Mit sparsamen Schwingenschlägen sank er herab und seine mächtigen Klauen setzten mit vernehmbarem Klacken auf dem harten Pflaster der Straße auf. Gleich danach sprang er ein Stück nach vorn, um Lanianis Platz zu machen. Leandra und die anderen rutschten vom Rücken der Drachen und waren, nach langer und gefährlicher Reise, endlich wieder zurück in Savalgor.

Trotz der Flugkünste der Tiere waren bei der Landung einige Fensterscheiben und Dachziegel zu Bruch gegangen. Ein einsamer nächtlicher Passant, der die Gasse heraufkam, suchte entsetzt das Weite. Die kleine

Kreuzung war von den mächtigen, muskulösen Leibern der beiden Drachen beinahe vollständig erfüllt. Fensterläden öffneten sich und Lichter flammten in den Häusern auf, während Ausrufe der Überraschung hörbar wurden. Leandra verspürte einen gewissen Stolz, über so mächtige Freunde zu verfügen. Obwohl es schon ein gutes Jahr her war, dass die Menschen wieder erste Kontakte zu den Drachen aufgenommen hatten, ahnte bis heute so gut wie niemand etwas davon, dass diese uralte, zerbrochene Freundschaft zwischen den beiden Rassen langsam wieder aufzuleben begann. Die Menschen hielten die Drachen für eine unintelligente Rasse einfacher Tiere, nur wenige wussten es besser.

Leandra wandte sich um und sah nach Lanianis, Quendras und dem Hochmeister. Endlich hatte sie einmal keine Kopfschmerzen mehr.

»Welches von den Gebäuden ist der *Rote Ochs*?«, wollte Victor wissen.

Leandra deutete auf das große Haus, das sich schräg vor ihnen in den dunklen Nachhimmel erhob. Es war hoch und schmal gebaut und schmiegte sich in die Reihe all der anderen, seltsam turmartigen Häuser von Savalgor. Die gesamte Gasse hätte man als Schlucht bezeichnen können; die Häuser ragten weit auf, viele von ihnen fünf oder sechs Stockwerke hoch. In dem engen Savalgor waren fast alle Häuser auf diese Weise gebaut, und dort oben in der Höhe, wo sie sich mit Verstrebungen und Balkenwerk gegenseitig stützten und wo es zahllose Treppen, Brückchen, hängende Wege und Stege gab, existierte eine ganz eigene Welt. Savalgor war berühmt dafür.

»Dort waren wir damals eingesperrt«, sagte Leandra und nahm Victor an der Hand. Schräg gegenüber dem Haus blieb sie stehen, so als erwartete sie nichts Gutes von ihm. »Ich und die sechs anderen Mädchen. Hier fing alles an.«

Victor betrachtete das Haus. Es war inzwischen schon geradezu berühmt, aber er hatte es noch nie gesehen. »Schau mal, da kommen Leute!« Er deutete hinüber, wo sich im schmalen Eingang zum *Roten Ochsen* mehrere Personen versammelten. Und plötzlich kamen zwei von ihnen auf sie zu. Es waren Caan und Harnas.

Leandra stieß einen Schrei aus, rannte los und warf sich Caan, ihrem alten Kampfgefährten, in die Arme. »He!«, brummte der. »Wenn das keine Überraschung ist! Unsere kleine Kriegerin ist wieder da!«

Leandra ließ ihn gleich wieder los und umarmte auch Harnas. »Harnas! Was bin ich froh!« Sie ließ von ihm ab und betrachtete ihn von oben bis unten. »Dir geht es ja wieder gut!«

Harnas lächelte schief und hielt den verbundenen rechten Arm in die Höhe. »Es wird langsam wieder«, sagte er.

Nun kamen weitere Männer heraus – wenn auch zögernd, da ihre ersten Blicke unweigerlich auf die beiden Drachen fielen, die nur zwanzig Schritte weiter hinten in der Gasse warteten, ungeduldig mit den Schwingen schlugen und mit den langen Schwänzen hin und her peitschten.

Immer mehr Leute traten ins Freie. Leandra erkannte viele Gesichter – Kampfgenossen aus den Tagen des Aufstands gegen die Bruderschaft. Sie schüttelte Hände, tauschte Umarmungen aus; es war erleichternd, sich wieder in den Schutz so vieler Gesinnungsgenossen zu begeben. Leandra stellte ihren alten Freunden Victor und Quendras vor – den Primas kannten die meisten Männer bereits. Etliche Neugierige begaben sich zögernd zu den beiden Drachen und blieben ehrfurchtsvoll vor ihnen stehen.

Plötzlich traten Jacko und Hellami vor die Tür des *Roten Ochsen* – und auch Yo war da. Leandra stieß ein

59

Jauchzen aus und rannte zu ihnen. Yo kam ihr entgegen und fiel ihr in die Arme, in unendlicher Dankbarkeit, dass sie wohlauf und in Freiheit war. Hellami kam herbei und nach kurzem Zögern tat sie es Yo gleich. Ein Stein fiel Leandra vom Herzen. Ihre Freundschaft hatte Sprünge bekommen, aber Hellami schien ihre Wut inzwischen wieder vergessen zu haben. Neben ihr klopften sich Victor und Jacko unter rüden Anspielungen auf die Schultern, sie hatten sich über ein Jahr nicht gesehen, dafür aber ihre kleinen Rivalitäten in freundschaftlicher Wärme bewahrt.

Hellami trat zu Victor und knuffte ihn in die Seite. »Na, du Weiberheld?«, sagte sie. »Victor – Valerian – Vincent? Wie soll ich dich nun nennen?«

Er lächelte sie unsicher an und streckte die Hand aus, um die ihre zu schütteln. »Hallo, Hellami. Schön, dich gesund wiederzusehen.« Sie ignorierte seine Hand und umarmte ihn.

»Wie wär's mit Shabib?«, mischte sich Leandra ein und verschränkte die Arme vor der Brust.

»Shabib?«, wiederholte Hellami.

»Na ja, dazu wird es nicht ganz reichen. Aber er wird immerhin der Ehemann der Shaba sein. Er ist der Vater von Maric.«

Hellami ließ von Victor ab und starrte ihn mit großen Augen an. »*Du*?«

Leandra hakte sich bei Victor unter. »Ausnahmsweise kann er nichts dafür. Lasst uns erst einmal hineingehen. Es gibt viel zu berichten!«

Sie bat die Drachen, noch eine Weile zu warten, bis sie ihnen die wichtigsten Neuigkeiten mitgeben konnte. Ein paar Männer, angstvoll wie auch neugierig, wollten es übernehmen, für die Drachen Wasser zu holen und in große Bottiche zu gießen.

Bald darauf saßen Leandra und ihre Freunde gemeinsam bei einem Nachtmahl an den Tischen im *Roten Ochsen.* Die Küche war noch immer rund um die Uhr in Betrieb, von fleißigen Helferinnen umsorgt, da das ehemalige Hurenhaus nach wie vor der wichtigste Stützpunkt von Jackos Leuten war. Von hier aus stemmte man sich ungebrochen gegen die Duuma und den korrupten Hierokratischen Rat.

»Nachdem du geflohen warst«, berichtete Jacko, »gab es eine Palastrevolte. Der Rat hatte uns zum Tode verurteilt, aber die Gefängniswache machte da nicht mit. Seitdem ist Lambert mein bester Freund!« Er klopfte seinem Nachbarn so heftig auf die Schulter, dass dieser ein Stück Fleisch, das er gerade kaute, wieder ausspuckte.

Leandra erkannte ihn als den Wachsoldaten, der sie damals so kommentarlos die Zelle hatte wechseln lassen. Ein Grinsen erschien auf ihrem Gesicht, und einer plötzlichen Laune folgend, stand sie auf, ging zu ihm und drückte ihm, unter zotigen Beifallsrufen der Anwesenden, einen schmatzenden Kuss auf die Wange. Lambert ächzte.

»Danke«, sagte sie. »Durch dich konnte ich aus dem Gefängnis fliehen!«

Er nickte grinsend und biss ein Stück Brot ab. »Bedank dich aber lieber bei Alina. Sie bat mich, dir gefällig zu sein.« Er stieß ein Lachen aus. »Dass du durch diese Röhre abhauen würdest, ahnte ich nicht. Der Wachkommandant hat mir ganz schön die Hammelbeine langgezogen!«

Sie gab ihm noch einen dankbaren Kuss.

»Vorsicht!«, warnte Jacko sie lautstark. »Der Bursche ist ein Frauenheld, schlimmer noch als unser Freund Victor. Er hat allen Ernstes gestanden, dass er sich in unsere Shaba vergafft hat, obwohl er sie nur ein- oder zweimal gesehen hat!«

Großes Gelächter erhob sich am Tisch. Lambert quittierte es mit einem vergnügten Grinsen. »Kann mir das jemand verdenken?«, rief er in die Runde.

Fröhlich zustimmende Rufe waren die Antwort. Leandra registrierte erleichtert, dass Alina nach wie vor hohes Ansehen genoss. Sie blickte sich um. »Wo ist sie?«, fragte sie und musterte die Reihen der Leute. »Ist sie nicht hier bei euch?«

Jacko hörte auf zu kauen, richtete sich auf und sah sie ernst an. »Leider nicht, Leandra. Sie ist im Palast. Zusammen mit Meister Fujima. Das Letzte, was wir in Erfahrung bringen konnten, ist, dass sie sich mit einem Teil der Palastgarde in den oberen Stockwerken verschanzt hat.«

Leandra fühlte einen Knoten im Magen. »Sie ist noch im Palast? Bei den Kräften – ihr darf nichts geschehen! Ohne sie ist alles verloren!«

»Ihre Männer stehen zu ihr«, entgegnete Jacko. »Dessen sind wir sicher. Wir bekommen noch immer Nachrichten aus dem Palast, wenn auch nur über Umwege. Doch sie hat mindestens hundertfünfzig Mann bei sich.«

»Aber … was tut ihr dann hier? Warum versucht ihr nicht, sie zu befreien?«

Jacko verstand ihre Sorge. »Wir haben alles versucht, aber … nun, es ist der *Palast*, Leandra! Wie sollen wir ihn angreifen? Weitere hundertfünfzig Mann der Garde unterstehen immer noch dem Rat und …«

»Hundertfünfzig Mann nur?«, fragte Leandra. »Aber … so viele bringt ihr doch leicht auf die Beine! Und wenn Alina ebenfalls hundertfünfzig hat, warum versucht sie dann nicht durchzubrechen?«

Jacko schüttelte den Kopf. »Es sind mächtige Magier im Palast, auf Seiten des Rates. Natürlich Magier der Bruderschaft. Aber außer Meister Fujima ist, soweit wir wissen, kein weiterer Magier bei Alina. Er ist zwar eine kleine Armee für sich, aber er kann nicht überall zugleich sein.«

»Magier im Palast?«, fragte Victor. »Laut Gesetz ist das gar nicht erlaubt.«

Jacko stieß ein spöttisches Lachen aus. »Im letzten Jahr hat sich viel geändert – und ganz besonders in den letzten beiden Wochen. Seit Tagen ist hier in Savalgor die Hölle los. Überall gibt es Kämpfe und Scharmützel. Zuerst wussten wir nicht, wer dahintersteckt. Nun aber haben wir gehört, dass die Bruderschaft ein neues Oberhaupt haben soll.«

Leandra stieß ein Ächzen aus. »Ein neues Oberhaupt? Schon wieder?«

Jacko nickte ernst. »Woher sollen sonst plötzlich all diese Magier kommen? Auch im Rat hat die Bruderschaft inzwischen das Übergewicht. Wir wissen, dass Primas Fellmar tot ist. Es hieß, er wäre an einer Herzschwäche gestorben. Aber viele im Palast glauben, dass er von den Schergen der Bruderschaft ermordet wurde. Damit haben sie im Rat momentan das Übergewicht, und das genügt, um Alina weiterhin den Zugang zum Thron zu verwehren.«

»Und um uns zum Tode zu verurteilen«, fügte Hellami hinzu.

Leandra stieß einen Fluch aus. »Verdammt!«, rief sie. »Dieses Pack macht vor nichts Halt!«

Jacko nickte. »Ja, eine Schande. Aber das ist nicht das Schlimmste. Sogar die Bevölkerung ist gespalten. Das ist auch der Grund für die Unruhen in der Stadt. Die einfachen Leute wollen unbedingt eine neue Shaba. Sie hoffen, dass die Zeiten für sie wieder besser werden. Die Bürgerlichen und die Reichen hingegen setzen auf den Rat. Und das tun auch Teile der Landbevölkerung. Sie sehen nicht, was hier in Savalgor vor sich geht. Die Bruderschaft tritt draußen im Land noch immer als *Duuma* auf und macht die Leute glauben, der Rat wäre ein Garant für Ruhe und Ordnung.« Er nickte bitter. »Wie haben sie unterschätzt, diese Bruderschaft – sehr sogar. Sie drehen schon seit langer Zeit an den Schrauben der Macht.«

»Es wird Zeit, dass wir diese Pest davonjagen!«, rief jemand.

Aber es folgte nur Schweigen auf diesen Ausruf. Der hilflose Zorn der Leute war beinahe mit Händen zu greifen. Leandra blickte in die Runde und studierte die Gesichter, die, wie früher schon, wieder einmal hoffnungsvoll in das ihre blickten. Sie kannte diese Männer, wusste, dass kein einziger Feigling unter ihnen war, keiner, der es nicht wagen würde, sich gegen die Bruderschaft und den Rat zu erheben. Aber es war die Wahrheit: Den Palast anzugreifen war selbstmörderisch. Er war in den Fels des großen Savalgorer Stützpfeilers hineingehauen und galt als uneinnehmbar. Eine Hand voll Soldaten war leicht in der Lage, das große Haupttor gegen eine riesige Streitmacht zu verteidigen, und nun, da es angeblich auch noch Magier im Palast gab, war es ein hoffnungsloses Unterfangen, gegen diese Festung anrennen zu wollen.

Aber etwas musste geschehen, das stand außer Frage. In den Gesichtern, die sie anstarrten, konnte sie die Hoffnung lesen, dass sie dieses Wunder in Gang bringen würde. Sie war schon drauf und dran, etwas zu sagen, den Leuten neuen Mut zu machen, doch dann wurde ihr plötzlich etwas klar.

Diese Menschen wussten noch immer nichts von den Drakken!

Sie blickte in die Gesichter und sah ihre Befürchtung bestätigt. Niemand hier ahnte etwas von der Gefahr durch die fremden Echsenwesen und von dem Pakt, den sie vor zweitausend Jahren mit der Bruderschaft geschlossen hatten! Sie selbst hatte erst vor wenig mehr als einer Woche davon erfahren.

Hilfe suchend sah sie zu Hochmeister Jockum. Er stand auf, kam zu ihr, und flüsternd erzählte sie ihm, was ihr soeben klar geworden war. Jockum wurde ebenso blass wie sie. Im Augenblick schienen sich die Schwierigkeiten bis zum Felsenhimmel auftürmen zu wollen. Aber sie konnten diese ganze Last nicht allein tragen.

Leandra hob die Hände. »Es … es gibt wichtige Neuigkeiten«, sagte sie. Noch einmal blickte sie zu Hochmeister Jockum, aber der schnaufte und nickte nur leicht. Leandra holte Luft und ließ die Hände wieder sinken. »Es tut mir Leid, dass ich die schlechten Nachrichten noch schlimmer machen muss. Aber das, was sich im Moment im Palast abspielt, ist längst nicht unser Hauptproblem. Es gibt noch etwas viel, viel Schlimmeres!«

Die Leute verstummten.

Die eben noch erkennbare Zuversicht war aus den meisten Gesichtern gewichen, und an den vielen Mienen, die auf ihre Nachricht hin starr geworden waren, konnte sie ablesen, dass sich zumindest Gerüchte herumgesprochen hatten.

»Die Fremden?«, fragte Caan halblaut. »Meinst du die Gerüchte über diese fremden Wesen?«

Sie starrte Caan an, wusste nicht, wie sie beginnen sollte. Schließlich nickte sie nur.

Nun stand auch Jacko wieder auf. »Das ist nicht dein Ernst!«, beklagte er sich. »Die Leute erzählen sich wirres Zeug über ein Volk von Fremden, die über uns herfallen wollen!« Er hob die Arme und stieß ein spöttisches Lachen aus. »Wo sollen die denn plötzlich herkommen – so viele, dass sie Akrania überfallen könnten? Das ist doch blanker Unfug!«

»Sie kommen aus einer anderen Welt und haben einen Pakt mit der Bruderschaft geschlossen!«, rief jemand lautstark.

Leandra stöhnte innerlich auf. Es war offenbar eine Menge, was sich da herumgesprochen hatte.

Jacko fuhr herum und fasste den Störenfried scharf ins Auge. »Halt die Klappe! Mir reicht es langsam mit diesem Blödsinn! Haben wir nicht schon genug Ärger?«

Plötzlich sagte niemand mehr etwas. Leandra stand bewegungslos da und starrte nur die Leute an, während die Leute zu ihr zurückstarrten. Es schien, als wäre ihr Schweigen geradezu eine Bestätigung für die Ungeheuerlichkeit, die dieser Mann soeben in den Schankraum des *Roten Ochsen* hinausgeschrien hatte.

Hochmeister Jockum trat vor sie und sagte: »Bitte hört mir zu. Ich werde euch jetzt von etwas berichten, das sich in euren Ohren wie ein dummes Märchen anhören wird. Manche von euch haben schon Gerüchte vernommen, andere nicht. Aber vergesst jetzt erst einmal alles. Was ich euch erzählen werde, entspricht der Wahrheit, und wir können uns viel Zeit sparen, wenn ihr es einfach so hinnehmt, wie ich es euch berichte. Ich war nämlich dabei.«

Leandra atmete auf. Dass ihr der Primas diese Sache abnahm, erleichterte sie über die Maßen.

»Es gibt genügend Zeugen, die jedes Wort bestätigen können«, sagte der Hochmeister. »Dazu zähle ich selbst, unser Freund Victor hier und … nicht zuletzt Magister Quendras.« Er nickte dem großen Mann zu, der zwischen den Leuten am Tisch saß. »Quendras ist ein ehemaliges Mitglied der Bruderschaft. Nun aber steht er auf unserer Seite.«

Befremdete, teils auch misstrauische Blicke trafen Quendras. Er nickte befangen in ihre Richtung.

»Ihr könnt Quendras vertrauen. Mein Wort als Primas der Gilde darauf!«

Dann begann Jockum mit seinem Bericht. Er erzählte ausführlich von Sardin und der Gründung der

Bruderschaft vor zweitausend Jahren in Hammagor. Als die ersten Worte von den Drakken über seine Lippen kamen, erhob sich Gemurmel. Viele sahen sich offenbar in dem bestätigt, was sie gehört hatten, andere hatten Schwierigkeiten zu glauben, was Jockum da behauptete. Es dauerte beinahe eine halbe Stunde, ehe der Hochmeister das Wichtigste erklärt hatte. Er schloss damit, dass sie in Hammagor den Pakt gefunden hatten und nun eine entscheidende Waffe im Kampf gegen die Drakken besäßen. Jetzt ging es darum, dass Quendras den Kryptus, das *magische Siegel* des Paktes, schnellstmöglich entschlüsselte, damit sie auch über diese Waffe verfügen konnten. »Es ist von höchster Wichtigkeit, Alina zu befreien und ihr auf den Thron zu verhelfen. Damit das Land gegen die Gefahr durch die Bruderschaft und die Drakken vereint ist!«

»Und ihr habt ihn hier, diesen Pakt?«, fragte jemand.

Victor hob eine Hand. »Ja, wir haben ihn. Deswegen waren wir in Hammagor.«

»Dann lasst uns diese Drakken davonjagen, und zwar gleich!«, rief ein anderer. Zustimmende Rufe erhoben sich.

»So schnell geht das leider nicht!«, rief der Primas. »Die magischen Strukturen dieses Siegels sind zweitausend Jahre alt. Wir müssen sie erst entschlüsseln. Das wird einige Tage dauern.«

Leandra trat zu Jacko. »Siehst du nicht doch einen Weg, in den Palast zu gelangen?«, fragte sie leise. »Kann man da irgendwie eindringen?«

Er schüttelte den Kopf. »Wir haben es nicht gewagt. Der Palast ist eine Festung. Du weißt das, Leandra. Wenn wir versuchen, ihn anzugreifen, dann werden viele von uns sterben und wir werden es trotzdem nicht schaffen.«

»Wir haben außerdem kaum mehr Magier in unseren Reihen«, sagte Yo, die zugehört hatte. »Bei den Kämpfen kamen viele um. Und Meister Fujima, der Primas und du … ihr wart nicht da. Bei der Bruderschaft allerdings …«

Jacko nickte. »Ja, Yo hat Recht. Bei der Bruderschaft scheint es ganz anders auszusehen. Sie haben plötzlich Verstärkung aufgefahren. Vielleicht aus Hegmafor – wir haben ja immer schon vermutet, dass dort ein Nest der Bruderschaft ist. Die *Kräfte* wissen, wie sie so schnell hierher gelangen konnten.«

Es blieb bei ratlosen Gesprächen und Diskussionen. Niemand hatte eine Idee, was auch nicht verwunderlich war. Ein Bollwerk wie den Palast von Savalgor konnte man nicht so einfach überrumpeln. Irgendwann endete das Nachtmahl schweigend, viele Leute zogen sich zurück.

Quendras drängte darauf, nach Torgard zu gehen, um sich dort, in seinen ehemaligen Arbeits- und Studierzimmern, der Entschlüsselung des Kryptus zu widmen. Jacko gab ihm ein paar Männer und Verpflegung mit und Quendras machte sich auf den Weg.

*

Um die Mitternachtsstunde war dumpfes Brüten im *Roten Ochsen* eingekehrt.

Jedem Einzelnen war anzumerken, dass er nach einem Weg suchte, Alina und ihren Leuten zu Hilfe zu eilen, aber es schien undenkbar, auch nur in den Palast zu gelangen. Zweimal kehrten Männer von nächtlichen Streifen zurück; sie berichteten von vereinzelten Kämpfen im Händlerviertel und davon, dass nach einem Scharmützel am östlichen Stadttor eine Gruppe Soldaten der Stadtwache zu ihnen übergelaufen sei. Im Reichenviertel, ganz auf der anderen Seite der Stadt, treibe irgendeine Plündererbande ihr Unwesen, wahrscheinlich waren es welche von Guldors Leuten. Sie mussten einen sehr gefährlichen Magier bei sich haben.

Nach einer trübsinnigen Stunde ohne irgendwelche Fortschritte setzte sich Victor neben Lambert, den Soldaten der Kerkerwache, und begann leise mit ihm zu reden. Nach einer Weile nickte er, stand auf, kam zu Leandra und beugte sich zu ihr herab. »Mir ist eine Idee gekommen, Leandra. Lass uns woandershin gehen, wo wir ungestört sind.«

Sie holten den Hochmeister, Jacko, Hellami, Lambert und Caan mit hinzu und gingen hinauf in den ersten Stock. Leandra wählte das schicksalhafte Zimmer, in dem sie und die anderen Mädchen damals eingesperrt waren. Hier hatte die ganze Geschichte angefangen. Die strohgefüllten Säcke, die ihnen einst als karge Matratzen gedient hatten, waren noch immer da, und sie setzten sich, nur mit dem Licht einer einzelnen Öllampe ausgestattet, dort nieder.

»Hoffentlich findet ihr meine Idee ebenso gut wie ich«, sagte Victor. »Aber ich dachte, wir könnten vielleicht die Drachen um Hilfe bitten.«

»Ein Angriff mit den Drachen?«

Victor schüttelte den Kopf. »Kein Angriff. Du sagtest, Jacko, dass sich Alina und ihre Leute in den obersten Stockwerken verschanzt hätten. Richtig?«

»Ja, das stimmt.«

»Gut. Ich habe eine ungefähre Vorstellung vom Palast und … nun, Lambert kennt ihn noch besser. Ich habe schon mit ihm geredet.« Er wandte sich an den Wachmann. »Ganz oben auf dem Palast gibt es doch den alten Stützpunkt der Drachenmeister, nicht wahr? Der ist aber, wie du sagtest, zurzeit verlassen.«

Lambert nickte. »Früher waren manchmal ein oder zwei Sonnendrachen da. Aber als vor einem Jahr das Kriegsrecht verhängt wurde, wurde der Stützpunkt verlegt. Seither ist der Drachenhorst verlassen.«

Leandra hob die Schultern. »Und was nützt uns das?«

»Ich denke, wir können davon ausgehen«, sagte Victor, »dass sich *oberhalb* von Alina und ihren Leuten keiner ihrer Gegner mehr befindet. Lambert ist ebenfalls dieser Meinung.«

Lambert nickte bestätigend. »Der Drachenhorst liegt sehr hoch und es führt nur eine einzige, große Treppe hinauf. Dazwischen ist, soweit ich weiß, nichts.«

»Das ist genau das, was ich hören wollte!«, rief Victor und deutete hinaus in Richtung der Gasse vor dem *Roten Ochsen*. »Da draußen warten noch immer Lanianis und Meanak! Bis zur Morgendämmerung sind es drei, vielleicht vier Stunden. Wenn es uns gelingt, in dieser Zeit unbemerkt ein paar gute Magier und drei oder vier Dutzend entschlossene Kämpfer dort hinauf zu bringen, dann könnten wir zu Alina stoßen und von oben her den Palast in einem Überraschungsangriff erobern!«

Für Augenblicke herrschte überraschtes Schweigen.

Doch dann begriffen sie: Verstärkung mithilfe der Drachen! Victors Idee war hervorragend.

»Eine fabelhafte Idee!«, sagte der Hochmeister.

»Ja«, bestätigte Jacko. Er klopfte Victor anerkennend auf die Schulter und fügte flüsternd hinzu: »Ich dachte, du hättest nur *Frauen* im Kopf!«

Victor reagierte mit einem bitteren Lächeln. »Es wird zum Kampf kommen«, sagte er. »Wahrscheinlich zu einem heftigen. Es wird Opfer geben.«

Jackos Gesicht wurde wieder ernster. Er blickte fragend zu Hochmeister Jockum, dann zu Leandra.

»Die andere Möglichkeit wäre, Alina und Meister Fujima herauszuholen«, fügte Victor hinzu. »Nur die beiden. Wir könnten sie mit einem Drachen in Sicherheit bringen – sofern es uns gelingt, auf dem Drachenhorst zu landen und mit ihnen Kontakt aufzunehmen.«

»Und Alinas Leute sollen wir im Stich lassen?«, fragte Yo empört. »Die sich ihr angeschlossen und für sie gekämpft haben? Das meinst du nicht im Ernst!«

Victor hob abwehrend die Hände. »Keine gute Idee, tut mir Leid. Ich … ich habe nur überlegt, wie wir ein Blutbad vermeiden könnten.«

»Dieses Blutbad könnte noch schlimmer werden …«, hob Lambert an, aber der Primas unterbrach ihn.

»Vergesst diese Möglichkeit!«, sagte er scharf. »Wir brauchen den Palast! Und auch den Teil der Garde, der zu Alina steht. Ohne diese Leute kann Alina unmöglich Shaba werden! Auf welchen Thron sollen wir sie setzen, wenn sie hier bei uns ist? Welche Garde wird ihre Regentschaft verteidigen und welcher Rat wird sie als Shaba bestätigen?« Er schüttelte den Kopf. »Nein, Freunde – der Palast muss uns gehören! Wenn wir einen schnellen Sieg erringen, wird auch noch der Rest der Palastgarde zu uns überlaufen! Die Garde ist dem Hierokratischen Rat verpflichtet, aber auch der Shaba! Und ich wette, inzwischen haben die Soldaten genug von diesen Pack!«

Leandra war erleichtert. Sie hatte nicht mehr damit gerechnet, dass ihnen heute Nacht noch etwas Aussichtsreiches einfallen würde. »Los jetzt!«, verlangte sie. »Die Idee ist gut. Gibt es jemanden, der Bedenken hat?«

Niemand meldete sich.

Sie nickte entschlossen. »Jacko, du solltest drei oder vier Dutzend der besten Kämpfer aussuchen. Aber erst mal kein Wort darüber, was wir vorhaben. Es muss unbedingt geheim bleiben!« Sie überlegte kurz. »Von meinem abendlichen Erkundungsflug weiß ich eine gute Stelle, oben auf dem westlichen Monolithen. Von dort aus könnten die Drachen unbemerkt die Leute zum Palastdach bringen. Und einen Weg vom Hafen dort hinauf zum Monolithen weiß ich auch.«

»Gut«, meinte Jacko. »Dann schicken wir Vierer-gruppen von Männern hinauf – aber sie sollen erst oben erfahren, was wir vorhaben. Die Drachen bringen sie dann von dort auf das Palastdach.«

Niemand hatte einen Einwand. Jacko wandte sich an seinen Gefährten Caan. »Los, Caan, ab mit dir! Du hast alles gehört. Und du auch, Yo – ihr beide macht das. Und vergesst nicht: Kein Wort zu einem der Leute! Niemand darf zu früh erfahren, was wir vorhaben!« Caan und Yo nickten und erhoben sich.

»Wie viele Magier bringen wir zusammen?«, fragte Leandra, nachdem die beiden gegangen waren.

»Xarbas ist bei uns«, sagte Jacko, »und Jerosh, ein alter Freund von mir.« Er lächelte den Primas schief an. »Nicht gerade ein Gildenmitglied ... aber ein gefähr-licher Bursche. Und Harae, seine Schülerin. Sie ist auch nicht ungeschickt. Dann du, Leandra, und der Pri-mas ... Nun, wir werden sicher noch ein paar finden.«

Sie besprachen letzte Einzelheiten, dann verteil-ten sie sich zu ihren jeweiligen Aufgaben. Eine halbe Stunde später waren alle Vorbereitungen getroffen und die erste Gruppe setzte sich in Bewegung, um an jener Stelle, an der Leandra am Abend mit Nerolaan gelan-det war, mit den Drachen zusammenzutreffen.

*

Altmeister Ötzli tobte.

»Wo ist dieser Mistkerl, dieser Verräter?«, brüllte er. »Ich werde ihn zerreißen! Mit bloßen Händen!«

Cicon und Vandris standen bei ihm, und jeder von ihnen wäre am liebsten wieder aus den Katakomben verschwunden – so schnell es nur ging. Ötzli war kurz davor, irgendetwas zu zerstören, und dass er es mit Hilfe von Magie tun würde, lag auf der Hand. Das würde gefährlich werden.

Er baute sich vor Vandris auf. »Hast du keine fähigeren Leute, verdammt? Es kann doch nicht so schwierig sein, einen solchen Mann aufzutreiben! Er ist so hässlich und entstellt, dass nicht mal ein Blinder ihn übersehen könnte!«

Vandris trat einen Schritt zurück und schüttelte angstvoll den Kopf. »Ohne den Glatzkopf sind unsere Verbindungen in die Savalgorer Unterwelt nicht besonders gut«, sagte er und hob hilflos die Schultern. »Niemand von unseren Leuten konnte ihn bisher auftreiben. Auch Guldors Leute nicht.«

»Beim Stygium!«, fluchte Ötzli und hob eine geballte Faust. »Wenn ich diesen Verräter zwischen die Finger kriege! Er wollte hundert Mann aufbringen, darunter mächtige Magier, und noch ein Dutzend von uns dazuholen! Und was ist passiert?« Er warf die Arme in die Luft. »Diese dreimal verfluchte Leandra ist in aller Seelenruhe mit ihren Drachen in der Stadt gelandet!«

In der Nähe standen noch andere Männer, in dunkle Kutten gehüllt und die Häupter gesenkt. Jeder von ihnen wusste es: Nachdem Rasnor, ein weiterer Verräter, nichts mehr von sich hatte hören lassen, waren Leandra und ihre Freunde nach Savalgor zurückgekehrt. Das bedeutete, dass sie den Pakt tatsächlich gefunden hatten. Und diesen Pakt brauchte Ötzli, denn er hatte versprochen, ihn den Drakken zu bringen. Nur dann hätten sie noch eine kleine Chance, den Überfall der fremden Echsenwesen zu verhindern, und ihnen eine Zusammenarbeit mit der Bruderschaft abzuringen. Das war zwar keine wirkliche Rettung, aber immerhin das weitaus kleinere Übel. Außerdem würde es ihnen eine bessere Stellung und viel mehr Macht einbringen.

Doch alles war schief gegangen. Der Glatzkopf, ein alter, entstellter Kerl, der sich bisher als über die

Maßen nützlich erwiesen hatte, war im entscheidenden Moment plötzlich verschwunden. Ötzli hatte schon zwei Abende zuvor etwas Ungutes verspürt. Er war mit dem Glatzkopf in der alten Seilerei im Hafen verabredet gewesen, wie schon etliche Male zuvor, aber der hässliche Kerl war nicht erschienen. Weitere Versuche, ihn aufzutreiben, waren ebenfalls fehlgeschlagen. Gestern Abend dann hatte Ötzli vorsichtshalber eigene Leute postiert – oben auf den Monolithen und ein paar hohen Gebäuden der Stadt. Aber das Wetter war schlecht gewesen, und bevor er die ersten Leute außerhalb der Stadt hatte platzieren können, war es geschehen. Vor nicht ganz einer Stunde hatte man ihm die Nachricht überbracht, dass in der Gasse beim *Roten Ochsen* zwei Drachen gelandet waren.

Beim *Roten Ochsen!*

Er fluchte verbissen in sich hinein, dass er nicht selbst darauf gekommen war! Natürlich – dort hätte man sie erwarten müssen! An welchen anderen Ort hätte Leandra sonst zurückkehren sollen? Der *Rote Ochs* war seit zwei Wochen in der Hand ihrer Leute, und es gab keinen anderen Ort, den sie hätte ansteuern können!

»Geht!«, rief Ötzli. »Verschwindet! Ich muss nachdenken!«

Eilig wandten sich Cicon und Vandris um und verschwanden durch einen Tunnel, in dem zwei Fackelträger auf sie warteten. Die anderen Brüder zogen sich zurück, gingen zu ihren Büchern, Tischen und Regalen, die sie hier unten aufgebaut hatten, um ihren unerfindlichen Tätigkeiten nachzugehen. Ötzli hatte keine Ahnung, was sie überhaupt taten; es kam ihm vor wie eine Verlegenheitsarbeit. Irgendwas mussten sie ja tun, dieses unnütze Pack, wenn sie nicht mit Tod und Zerstörung beschäftigt waren. Der Gedanke, ausgerechnet mit diesen Leuten die Welt regieren zu wollen, bereitete ihm Magenweh. Allerdings standen die Aussichten dafür zurzeit mehr als schlecht.

Aber egal, sagte er sich, eins nach dem anderen. Erst musste er das Leandra-Problem lösen, dann das mit den Drakken. Sobald ihm das gelungen wäre, würde er Mittel und Wege finden, sich dieser Hohlköpfe zu entledigen – oder wenigstens derer, die nichts taugten.

Gerade als der Lichtschein der Fackelträger in der Ferne des Tunnels verblasste, kam aus einer anderen Richtung Bruder Zelko geeilt. Er trug seine Fackel selbst, und seine Miene verriet, dass er Wichtiges erfahren hatte.

»Hoher Meister!«, rief er keuchend, als er vor Ötzli stehen blieb. »Wir ... wir haben zwar den Glatzkopf nicht finden können, aber ich habe etwas Wichtiges in Erfahrung gebracht!« Zelkos rundes Gesicht war gerötet und kleine Schweißperlen standen auf seiner Stirn. Er musste seine Pfunde über die Maßen schnell hierher bewegt haben.

Ötzli musterte ihn mit warnenden Blicken.

»Sie wollen den Palast angreifen und die Shaba befreien, heute Nacht noch!«, sagte Zelko.

Ötzli starrte ihn misstrauisch an. »Bist du sicher? Woher weißt du das?«

»Ich habe jemanden in den *Roten Ochsen* geschmuggelt, letzte Woche schon.«

Ötzlis Mine hellte sich auf. »Tatsächlich?«

Ein glückliches Lächeln breitete sich auf Zelkos Gesicht aus.

Doch Ötzlis Miene verfinsterte sich wieder. »Den Palast anzugreifen wäre selbstmörderisch! Hast du erfahren, wie sie das anstellen wollen?«

Zelko hob die Achseln. »Leider nicht, Hoher Meister. Aber mein Mann schwor, dass er zwei Leute über einen Angriff auf den Palast hat reden hören. Noch heute Nacht. Und den Pakt haben sie auch.«

Ötzli stand schweigend da und überlegte, ob dies vielleicht nur eine List war. Ein Ablenkungsmanöver und zugleich eine Täuschung über das Vorhandensein des Paktes, den sie gar nicht gefunden hatten. Aber zu welchem Zweck? Was könnte dahinter stecken? Sein Blick schweifte hinüber zu den Mönchen, die etwas abseits mit ihren Schriftrollen hantierten. Was könnte es schaden, diesen Kerlen zumindest für den Rest der Nacht eine sinnvolle Tätigkeit zu geben?

»Also gut!«, sagte er schließlich. »Wenn das stimmt, haben wir vielleicht doch noch eine Gelegenheit, die Schlappe mit dem Glatzkopf wieder wett zu machen. Hole alle Leute zusammen! Den Palast haben wir ohnehin unter Kontrolle. Ich will, dass binnen einer Stunde sämtliche verfügbaren Brüder bereitstehen, und zwar bei den alten Kanälen unterhalb der Palastkerker – du weißt, wo! Sie sollen ihre Duuma-Kutten anziehen, verstanden? Dort sollen sie dann auf weitere Befehle warten.« Er massierte sich nachdenklich das Kinn. »Wie spät mag es sein? Schon nach Mitternacht?«

»Aber ja, Meister. Bestimmt schon zwei Stunden danach!«

»So? Na, macht nichts. Ich bin der Ratsvorsitzende. Ich werde eine Sitzung einberufen, und zwar jetzt gleich! Schließlich soll der Palast angegriffen werden. Ich werde dafür sorgen, dass der Rat entscheidet, die Palastwache durch unsere Leute zu verstärken. Besser, wir machen das im offiziellen Rahmen.« Er legte Zelko eine Hand auf die Schulter. »Dazu brauche ich dich und die anderen! Ruf all unsere Ratsleute zusammen! Cicon und Vandris sind gerade gegangen – wahrscheinlich zum Ordenshaus. Soll sie doch angreifen, diese Leandra!« Er ballte in einem plötzlichen Aufbranden von Wut die Hände zu Fäusten. »Heute Nacht ziehen wir einen Schlussstrich! Unter sie, die Shaba und all ihre verfluchten Freunde!«

»Ja, Meister. Ich gehe sofort!«

Ötzli nickte Zelko zu. Der dickliche kleine Mann wandte sich um und eilte davon; Ötzli sah ihm mit Befriedigung hinterher. Dann fiel ihm etwas ein und er wandte sich um. »Jennas«, rief er, »Jennas! Ist Jennas hier?«

Eine Weile tuschelten die Brüder untereinander, dann liefen zwei in verschiedene Richtungen davon. Kurze Zeit später kamen Jennas und einer der Männer im Laufschritt aus einem der vielen Gänge, die in diese Halle einmündeten. »Ja, Hoher Meister?«

»Jennas! Ist dieser … Siong schon eingetroffen? Der Mann, den ihr aus Hegmafor herbeordert habt?«

Jennas nickte. »Ja, Meister, gerade vor einer Stunde. Er ist beim Essen.«

Ötzli hob die Brauen. »Tatsächlich? Dann schick ihn zu mir – ins Ordenshaus. Ich gehe jetzt hinauf.«

Jennas verneigte sich gehorsam und wandte sich um.

Ötzli wandte sich in den Hauptgang, der nach Nordosten führte. Innerhalb weniger Tage waren die Katakomben bereits zu einem vertrauten Ort für ihn geworden, aber dennoch: er mochte sie nicht besonders. Der größte Teil der Bruderschaftler hielt sich hier ständig auf. Diese Leute schienen lichtlose und kalte Orte geradezu zu lieben. Er hingegen war froh, wenn er wieder hinauf ans Licht, in die Luft und Sonne kam. Oder sei es nur in die Nacht, so wie jetzt.

Er durcheilte die weitläufigen Gänge, die spärlich von Fackeln oder Öllichtern beleuchtet waren; gerade ausreichend, um Orientierungspunkte zu liefern. Nach einer Weile erreichte er die Treppe, die zu einem Schacht in einen alten, verlassenen Turm der Stadtwache hinaufführte. Er nickte zweien seiner Brüder zu, die dort auf Posten standen, und lief die schmale, gewundene Treppe hinauf, bis er eine frisch einzementierte Eisenleiter erreichte.

Oben angekommen, nickte er zwei weiteren Posten der Stadtwache zu, die offiziell im Dienst der Duuma stand. Er verließ den alten Wachturm, trat auf die kopfsteingepflasterte Gasse hinaus und sah sich kurz um. Die Gasse war dunkel und menschenleer, nur gegenüber, am großen, hölzernen Tor des Ordenshauses, brannte in einer schmiedeeisernen, verglasten Wandhalterung eine Öllampe. Ötzli überquerte das vom letzten Regen noch glänzende Pflaster und klopfte an das Holztor. Ein Guckloch öffnete sich und jemand sah kurz heraus, dann öffnete sich das Tor.

Wenige Minuten später hatte er das Turmzimmer erreicht, die ehemalige Studierstube von Hochmeister Jockum, dem Primas des Cambrischen Ordens. Jockum war ein alter Freund von Ötzli, aber die Zeiten hatten sich gewandelt. Ötzli ließ sich auf den Stuhl hinter dem kleinen Schreibtisch fallen. Das Möbel ächzte.

Er blickte zu dem winzigen Fenster, erinnerte sich, wie er einst an diesem Fleck gestanden und zum Palast hinüber gestarrt hatte, mit Tränen in den Augen. Damals war Munuel hier herein gekommen, hatte die stille Trauer um Lakorta unterbrochen, Ötzlis Schüler, der das erste Opfer in dem damals beginnenden Konflikt um die Bruderschaft geworden war. Ötzli indes hatte zu jenem Zeitpunkt bereits gewusst, was bis heute wohl kaum jemand auch nur ahnte: Lakorta, ein Mann, für den Ötzli beide Hände ins Feuer gelegt hätte, war ein Verräter gewesen. Nicht er war im Turm der Stürme Opfer eines Dämonen geworden, nein – Lakorta war erst später umgekommen, gejagt und getötet von den Schattenwesen der Bruderschaft. Lakorta war Ötzlis Schüler gewesen.

Damals war für Ötzli eine Welt zusammengebrochen. Lakorta hatte die Aktivitäten des Cambrischen Ordens an die geheimen neuen Machthaber im Shabibs-Palast verraten. Ötzli hatte stets an die Rechtschaffenheit der guten Tat geglaubt, auch wenn sie von großer Strenge gekennzeichnet war – und er, als Altmeister des Cambrischen Ordens, hatte sich ein Leben lang für diese Rechtschaffenheit eingesetzt. Mit Jockum und Munuel hatte er gegen Dämonen, Abtrünnige und Verräter gekämpft und hart durchgegriffen, wenn ihm falsche Propheten oder undisziplinierte Adepten untergekommen waren: stets und vor allem anderen bereit, den Kodex der Gilde zu verteidigen.

Als Lakorta, sein bester und aussichtsreichster Schüler, damals wegen ein paar lumpiger Goldfolint die rechtschaffene Arbeit des Cambrischen Ordens verraten hatte – nein, da hatte Ötzli seinen Glauben verloren. Oder besser: einen großen Teil seines Glaubens. Der Rest war gefolgt, als Leandra, dieses dumme, überhebliche Kind, vor seinen Augen zur Trägerin des legendären Schwertes, der Jambala, geworden war. Und Jockum, sein alter Freund und Kampfgenosse, hatte das auch noch gebilligt! Inzwischen war er sogar ein Mitstreiter dieses fluchenswerten Weibsstücks … Ötzli schnaufte vor kaum beherrschtem Ärger und Zorn. Was war nur aus dieser Welt geworden?

Es klopfte.

Ötzli erschrak regelrecht – aber einen Augenblick später durchfuhr ihn ein Gefühl von Neugierde und heißer Vorfreude. Ja, das war vermutlich dieser seltsame, rätselhafte Siong, den er zu sich befohlen hatte.

»Ja?«

Die Tür öffnete sich leise. Bruder Jennas kam herein und brachte einen Mann mit sich. »Das ist Bruder Siong aus Hegmafor«, sagte er und verbeugte sich leicht.

Fasziniert stand Ötzli auf und starrte den Mann an. Er winkte Jennas hinfort. »Geh, lass uns allein!«

Jennas verbeugte sich nochmals und verschwand. Die Tür fiel hinter ihm ins Schloss.

Ötzli umrundete den Mann, der mit starrem Gesicht in der Mitte des Raumes stand. Dann blieb er direkt vor ihm stehen. »Du also bist Bruder Siong!«

Der Mann stieß ein seltsames Grunzen aus.

Ötzli nickte lächelnd. »Fein, Siong. Setz dich. Ich habe eine ganz besondere Aufgabe für dich.«

# 4 ♦ Kampf um den Palast

Tief in der Nacht flog der erste Drache hinauf zum Savalgorer Stützpfeiler. Es waren nur noch etwa zwei Stunden bis zum Morgengrauen, und sie mussten sich beeilen, wenn sie sicher gehen wollten, nicht entdeckt zu werden. Fast lautlos hob Lanianis vom westlichen Monolithen ab, ließ sich, mit drei Männern und Frauen auf dem Rücken, seitlich in die Tiefe fallen, fing mit seinen Schwingen den Wind und glitt, zunächst außerhalb des Stadtgebietes von Savalgor, in Richtung der Küste. Dort arbeitete er sich mit kräftigen Schwingenschlägen in die Höhe und flog dabei allein mithilfe seiner Sicht auf das Trivocum durch die fast völlige Dunkelheit. Da es draußen über dem Meer jedoch keine sonderlich große Gefahr gab, auf ein Hindernis zu stoßen, war das Wagnis annehmbar.

Als Lanianis sich von Südosten her dem Stützpfeiler wieder näherte, verlangsamte er so sehr, wie es ihm nur möglich war. Leandra und Hochmeister Jockum halfen nach Kräften mit, das Trivocum weit genug zu durchdringen, um dem Drachen Warnungen zuflüstern zu können, sollte die Landung gefährlich werden. Aber es wurde nicht notwendig. Lanianis fand nach zwei engen Schleifen über dem Palastbau einen kleinen, an die Plattform des Drachenhorstes angrenzenden Sims, auf dem er niedergehen konnte. Weniger als eine Viertelstunde nach dem Start hatten sie den Punkt erreicht, zu dem sie wollten.

Leandra und der Primas nahmen vorsichtig die

weite, schon seit einem guten Jahr nicht mehr benutzte Fläche in Augenschein. Es handelte sich um ein kleines, natürliches Plateau, das hier und dort mit Umrandungsmauern und Ähnlichem versehen war. Eine Menge Flugsand und niederer Grasbewuchs in den Ritzen zeugten davon, dass lange niemand mehr hier gewesen war.

Bis der nächste Flug eintraf, hielten sie sich leise flüsternd ganz am südöstlichen Rand der Plattform auf, im tiefen Schatten der Nacht, und berieten über das, was folgen sollte. Mit dem dritten Flug kam Yo herauf. Sie war bei Quendras in Torgard gewesen und berichtete, dass er sich mit Eifer an die Arbeit gemacht hätte. Sie trug inzwischen wieder ihr grimmig-spöttisches Lächeln und bezeichnete Leandra, so wie früher, als *Zuckerpüppchen* – ein sicheres Zeichen dafür, dass sie bereits das Fieber des bevorstehenden Kampfes verspürte.

So wurde ihr die erste wichtige Aufgabe zugeteilt: sie sollte versuchen, mit Alinas Leuten Kontakt aufzunehmen. Niemand konnte besser mit den Schatten verschmelzen als sie.

»Jetzt bist du dran!«, flüsterte Leandra. Sie deutete auf einen kleinen, flachen Bau am westlichen Ende der Plattform, wo sie eine Treppe vermuteten.

»Gut. Bin schon weg.«

Leandra hielt ihre Gefährtin am Arm zurück. »Wenn dir etwas passiert, sterbe ich vor Kummer! Komm heil wieder zurück, verstanden?«

Yos Grinsen war im ersten Hauch der Dämmerung nur zu erahnen. »Solange ich durch keinen Tunnel muss …« Leandra ließ Yo los, und die junge Diebin verschwand in dem Treppengang, der sich vor ihnen auftat.

Lanianis flog siebenmal, Meanak achtmal. Sie näherten sich dem Landeplatz stets von der Seeseite her und hielten auf diese Weise die Gefahr einer zu frühen Entdeckung sehr gering. Als die Morgendämmerung so weit fortgeschritten war, dass sie die Flüge einstellen mussten, kauerten 57 schweigende Männer und Frauen auf der oberen Plattform: 16 Magier und 41 erfahrene Kämpfer. Beide Drachen warteten am äußersten Ende des Felssimses; Leandra hatte sie gebeten, in der Nähe zu bleiben, falls sie fliehen oder Alina in Sicherheit bringen mussten. Yo war nun schon über eine Stunde fort, und es wurde Zeit, dass sie zurückkehrte.

Seit der erste Mann hier gelandet war, hatten sich die Leute auf dem Dach des Palasts völlig still verhalten. Es war beeindruckend, wie diszipliniert die Kämpfer waren. Jedem schien klar zu sein, dass sie keinen zweiten Versuch haben würden. Leandra stand hin und wieder auf und ging herum, aber sie konnte in der nächtlichen Dunkelheit nicht mehr als eine Anzahl dunkler, sitzender oder liegender Körperumrisse wahrnehmen, von denen man kaum mehr als das Atmen vernahm. Selbst das Flüstern leiser Unterhaltungen war nicht zu hören.

»Wo Yo nur bleibt?«, fragte Victor leise.

Leandra setzte sich und blickte angespannt in Richtung des flachen Baus am östlichen Ende der Plattform. »Hoffentlich ist ihr nichts passiert«, sagte sie bang. Sie blickte über die Schulter zu ihm. »Du bleibst hinten, verstanden?«, mahnte sie ihn. »Dein Leben ist zu kostbar. Dir darf nichts passieren.«

»Ach, Mist«, sagte er missgestimmt. »Ich würde meins geben, um deinen kleinen Finger zu retten. Und außerdem: Was kümmert es mich, was aus euch wird, wenn ich tot bin?«

Sie nahm seine Hand und drückte sie. Ihr ging es ähnlich. Was war das Leben eines Helden oder einer Heldin schon wert, wenn es immer nur mit Schmerzen verbunden war? Für Momente verspürte sie große

Lust, mit Victor tatsächlich einfach auf einen Drachen zu steigen und mit ihm bis ans Ende der Welt zu fliegen. Sie würden schon einen Flecken finden, an dem sie sich vor allem verkriechen konnten.

»Wie ist er denn so – der Kleine?«, wollte er wissen.

Sie drückte seine Hand noch ein bisschen fester. »Niedlich.«

»Denkst du, er wird mich mögen?«

Sie versuchte sich mit einem Scherz. »Dich? Wer mag dich schon?«

»Tja«, meinte er.

Mehr nicht. Ihre Versuche der gegenseitigen Aufmunterung waren nach wie vor vergebens. Wieder schwiegen sie, lauschten in die Dunkelheit, ob Yo wiederkam.

»Wirst du jetzt auch ein Kind von mir haben?«, fragte er.

Sie sah ihn erstaunt an.

»War das nicht deine Absicht, Leandra? Die vielen Male in den letzten Tagen, als du mich nicht loslassen wolltest, wenn wir miteinander schliefen?«

Sie seufzte. »Ja, kann schon sein. Aber mach dir keine Sorgen. Wenn es passiert, dann ist es ganz allein meins. Ich kümmere mich darum.«

»Du denkst, ich wäre nicht gern der Vater deines Kindes?«

»Doch, natürlich. Aber du hast ein wichtigeres Kind.«

Victors Gesicht versteinerte sich. »Ich kann diesen Mist nicht mehr hören«, sagte er und stand auf. Er verschwand in der Dunkelheit. Leandra blieb sitzen und weinte. Es half ihr ein wenig – auch deswegen, weil keiner kam, um sie zu trösten. Es gab einfach niemanden, der das vermocht hätte. Sie musste lernen, selbst damit fertig zu werden.

Endlich kam Yo wieder und Leandra war dankbar.

Kampf war keine gute, aber wohl die wirkungsvollste Ablenkung von allzu verzweifelten Gedanken.

*

Yo war es gelungen, zu Alinas Leuten vorzudringen. Vier Soldaten der treuen Palastgarde begleiteten Yo, um sich von der Wahrheit ihrer Worte zu überzeugen. Als sie Leandra erblickten, waren sie nahe daran, in Jubel auszubrechen. Jeder kannte inzwischen ihr Gesicht.

Es war der Augenblick, auf den Jacko gewartet hatte. Er erteilte den Befehl vorzurücken.

Keiner der Kämpfer zog seine Waffe – jetzt ging es allein darum, möglichst leise hinab in die oberen Stockwerke des Palasts zu gelangen und zu Alinas Streitmacht aufzuschließen. Dies erwies sich als völlig unproblematisch. Es gab nichts als eine breite Wendeltreppe, allerdings führte sie endlos hinab, so als wollte sie gar nicht mehr aufhören. Alinas Leute waren ziemlich überrascht gewesen, als sie durch Yo von der Ankunft einer Verstärkung erfahren hatten. Entsprechend groß war die Erleichterung, als die einundvierzig Kämpfer und sechzehn Magier zu ihnen stießen.

Auch die Wiedersehensfreude mit Alina und Meister Fujima war groß. Victor hielt sich im Hintergrund und beäugte Alina misstrauisch. Als Yo kurz den kleinen Maric auf dem Arm hatte, war er plötzlich da und erbot sich, das Kind zu halten. Leandra beobachtete die Szene mit Unbehagen.

Victor stand mit Maric ein wenig im Hintergrund, während Alina und Meister Fujima sich mit Yo, Leandra und dem Primas unterhielten und Neuigkeiten austauschten. Er studierte das Gesicht des Säuglings und zog dabei eine Miene, als würde er einen kleinen, hässlichen Käfer untersuchen.

Leandra bemühte sich, Alinas Aufmerksamkeit auf sich zu lenken. Das Herz schlug ihr bis zum Hals; sie sandte mehrere Stoßgebete zu *den Kräften*, dass die Situation jetzt nicht außer Kontrolle geriet. Victor war bis zum Äußersten angespannt, das konnte sie sehen. Verständlich – eine Begegnung dieser Art widerfuhr einem auch nicht jeden Tag. Alina, die von allem nichts zu ahnen schien, zeigte sich völlig unbewusst von ihrer allerbesten Seite. Sie sah einfach hinreißend aus, war liebenswürdig und freundlich zugleich, bewies in wenigen Sätzen Scharfsinn, Stil und Herzenswärme – sie war einfach, so dachte Leandra, zum Verlieben. Victor jedoch warf ihr Blicke zu, als stünde er vor Chast oder Sardin.

Ein Sturm der Gefühle tobte in Leandra. Immerhin empfand sie für Alina eine derart große Zuneigung, dass sie ihr Victor gönnte. Sie liebte ihn nach wie vor, aber wenn sie ihn schon an eine andere Frau verlieren musste, dann an keine andere als Alina. Irgendwie empfand sie es als beruhigend, dass Alina von all dem nichts ahnte. Sie war vollkommen unschuldig – sie hatte nichts Verräterisches getan, sich nicht zwischen Leandra und Victor gedrängt, auch wenn Victor das so sehen mochte.

Dann kam der Moment, da Alina Maric wiederhaben wollte.

Sie trat zu Victor, lächelte ihn freundlich an und streckte die Arme nach ihrem Sohn aus. Victor reichte ihn ihr. Sie nahm ihr Baby an sich, aber in dem Augenblick, da sie sich von Victor abgewendet hatte, zögerte sie. Sie drehte sich wieder um und suchte Victors Blick.

Aber da war er schon abgetaucht und in der Menge der Leute verschwunden. Alina blieb kurz stehen, begab sich dann aber zu Leandra und den anderen.

Alle Hallen, Zimmerfluchten und Korridore hier oben waren voller Männer, es waren inzwischen, wie

Jacko berichtete, weit mehr als zweihundert, zu allem entschlossen. Sie wollten einen harten, schnellen Schlag führen, und alles so schnell wie möglich hinter sich bringen. Meister Fujima war zuversichtlich, dass sie Erfolg haben würden. Der Schlüssel, so meinte er, bestand in den sechzehn zusätzlichen Magiern, die jetzt zu ihnen gestoßen waren.

»Der Hierokratische Rat hält sich im Hintergrund«, berichtete Alina. »Sie wollen den Eindruck erwecken, als hätten sie mit all dem nichts zu tun. Sie benutzen die verbliebenen Ratsmitglieder, die auf unserer Seite stehen, gewissermaßen als Deckung. Es fehlt nur der Primas Fellmar. Sie haben ihn hinterrücks ermordet.«

Leandra nickte. »Das haben wir schon erfahren. Weißt du, wie viele Leute sie haben?«

»Nicht genau. Meister Fujima glaubt, es sind weniger als wir ... ich meine, als wir es heute Nacht noch waren. Vielleicht siebzig oder achtzig Mann. Dazu kommen allerdings mindestens zwei Dutzend Magier von der Bruderschaft. Sie haben uns schwer zu schaffen gemacht. Wir hingegen hatten nur ihn hier.« Sie lächelte den Meister an, der nahe bei ihr stand. »Aber sie hatten keine Ahnung, wie gut er ist.«

Leandra warf ihrem alten Kampfgefährten einen dankbaren Blick zu. Er sah aus, wie zu erwarten war: geschwärzte und zerrissene Robe, angekohltes Haar und ein ansteckendes Lächeln im Gesicht. Er hatte einmal gesagt, dass solch ein Kampf ihm direkt Spaß machen würde, wenn es keine so gewalttätige Angelegenheit wäre.

Alina nahm Leandra beiseite. »Sag mal, Leandra«, fragte sie, »wer war dieser Mann? Der Maric vorhin gehalten hat?«

Leandra schluckte den Kloß in ihrem Hals hinunter. »Das war ... Victor. Du hast ihn schon mal gesehen – in

Unifar. Er hat damals mit uns gekämpft. Er war derjenige mit der Trommel – der Canimbra.«

»Ach so«, sagte Alina. Ihr Blick war nachdenklich, aber sie schien mit der Antwort zufrieden zu sein.

Leandra atmete innerlich auf. Wenigstens hatte sie diese schwierige Sache nicht gleich mit einer Lüge begonnen. Es traf zu, was sie gesagt hatte. Nur dass Victor zugleich der Mann in dem Verlies gewesen war – der Vater von Alinas Sohn, – hatte sie verschwiegen. Nach dem Kampf war noch genug Zeit für diese Offenbarung.

Jacko und Victor kamen zu ihr. Jacko berichtete, dass man zum Angriff bereit wäre. »Es wird Zeit loszuschlagen. Sonst riskieren wir, dass die dort unten irgendetwas mitbekommen.« Er hatte seine Worte wie eine Meldung an einen Kommandanten vorgetragen.

Leandra fasste ihn am Handgelenk. »Jacko«, bat sie. »Übernimm du das Kommando. Ich weiß gar nicht, warum ihr mich immer zur Anführerin machen wollt. Du weißt doch viel besser als ich über solche Kämpfe Bescheid. Ich bleibe in Alinas Nähe.«

Er studierte voller Sorge ihr Gesicht und nickte dann knapp. Wie ein Vater strich er ihr mit dem Finger über die Wange und schenkte ihr ein aufmunterndes Lächeln. »Du hast eigentlich Recht, Prinzessin«, sagte er, und es war das erste Mal seit langem, dass sie wieder jemand so nannte. So wie Munuel es früher getan hatte. »Eigentlich hast du keine Ahnung von Schlachten und Taktik. Ich weiß auch nicht, warum ich dich immer wieder behandle wie … eine Shaba.«

Sie warfen alle drei einen Blick zu Alina, die ein Stück abseits stand und mit Hochmeister Jockum sprach. So als hätte sie es gespürt, blickte sie zu ihnen.

»*Sie* ist die Shaba!«, sagte Leandra leise. Sie sah kurz zu Victor, dann wieder zu Jacko. »Diesen Respekt hat *sie* verdient, nicht ich!«

Victors Blicke hafteten noch immer auf Alina, dann nickte er schwach, erwiderte aber nichts.

Leandra spürte einen Schauer ihren Rücken hinabgleiten. Sie wandte sich an Jacko. »Wir dürften jetzt in der Übermacht sein«, sagte sie. »Bringt niemanden unnötig um – besonders niemanden von der Palastgarde. Die Leute tun bloß ihre Pflicht. Nur die Magier von der Bruderschaft müssen wir schlagen. Und auch dem Rat darf nichts geschehen! Ich will, dass er bis zur Mittagszeit Alina als Shaba anerkannt hat!«

Jacko seufzte. »Du bist sehr zuversichtlich, mein Herz. Ich hoffe, es klappt!«

»Tu es einfach!«, bat sie ihn. »Ich bin des Kämpfens müde.«

Wieder nickte er, drehte sich um und ging davon. Victor folgte ihm zögernd. Leandra blieb bei Alina. Sie hatte oft genug ihr Leben riskiert. Wenn es irgend ging, wollte sie sich aus diesem Kampf heraushalten.

*

Es wurde in der Tat nicht so einfach, wie Leandra es sich erhofft hatte.

Bald nachdem Jacko davongegangen war, ertönte plötzlich ein gewaltiges Gebrüll aus zweihundert Kehlen. Männer stürmten die Treppen hinab und stürzten sich auf den Feind. Zuerst war nur Schwertergeklirr und Gepolter zu hören, dann aber erklangen die ersten unguten Geräusche, die auf Kampfmagien schließen ließen. Furchtbare Schreie gellten durch die Korridore und Gänge; Leandra stockte der Atem. Sie schaffte es nicht, ruhig im Hintergrund zu bleiben.

»Ich muss gehen und nachsehen«, sagte sie voller Elend zu Alina, drückte sie am Arm und wandte sich um.

Alina hielt sie am Ärmel fest. »Ich würde mit dir gehen, wenn ich könnte«, meinte sie.

Leandra glaubte ihr das. Aber Alina war weder Magierin, noch hatte sie jemals ein Schwert geführt. Dafür hielt sie Maric im Arm.

»Schon gut, Alina«, sagte Leandra.

»Warte!«

Leandra blickte noch einmal in ihr Gesicht. Mit Überraschung sah sie, dass Alinas Augenwinkel feucht waren. »Was ist denn?«

»Er ist es, nicht wahr?«

Leandras Herzschlag setzte für einen Moment aus. »Was … was meinst du?«

Ein Träne rann Alinas Wange hinab. »Du weißt, was ich meine. Victor. Der Mann, den du liebst. Du hast mir oft genug von ihm erzählt. Er ist es. Er ist Marics Vater, nicht wahr?«

Ein krachender Schlag fuhr hinter ihnen durch den Korridor, gefolgt von grellem, weißblauem Aufleuchten. Sie fuhren zusammen und Maric begann vor Angst laut zu weinen. Schreie des Entsetzens gellten durch die Gänge und ein ekelhafter Gestank wehte über sie hinweg.

»Später«, keuchte Leandra, wandte sich um und rannte davon.

»Gib auf ihn Acht«, rief Alina ihr hinterher.

Leandra wusste zuerst nicht, wen sie meinte, und dann ging schon ihr Ruf in einem weiteren scharfen Krachen unter. Sie war bereits ein Stück den Korridor hinabgeeilt, hinter dessen Biegung ein heißer Kampf entbrannt zu sein schien. Ehe sie überhaupt die Orientierung gewinnen konnte, befand sie sich schon mitten im Kampfgeschehen. Eine Gruppe Gegner, offenbar alles Kampfmagier, brach von unten durch. Es gab nur ein Ziel, auf das sie es abgesehen haben konnten: Alina.

Als der Erste von ihnen aus dem Treppenaufgang hinter der Biegung sprang, war Leandra noch zu überrascht, um handeln zu können. Einen Augenblick später sah sie schon eine seltsame, grünlich-weiße Feuerwolke auf sich zurasen. Sie ließ sich instinktiv fallen, rollte unter der Wolke hindurch und blieb benommen liegen. Der Magier rannte auf sie zu, sprang über sie hinweg und eilte weiter in Richtung der kleinen Halle, in der sich Alina und mehrere Soldaten der Palastgarde aufhielten.

Weitere Männer sprangen über sie hinweg; es war reines Glück, man schien sie für tot zu halten. Um sie herum lagen andere – und die waren wirklich tot. Bevor sie einen Gedanken auf Alina richten konnte, schoss ihr die ohnmächtige Frage durch den Kopf, was mit Victor sein mochte. Sie hatte ihn seit Minuten nicht gesehen. Lebte er noch? Oder war er den Bruderschaftsmagiern direkt in die Arme gelaufen? Doch dann wurde ihr klar, dass die Magier Alina in Kürze erreicht haben würden. Keuchend stemmte sie sich auf die Knie, konzentrierte sich kurz und hieb ein machtvolles Aurikel ins Trivocum.

*Keine Magie*, schoss ihr Ulfas Warnung durch den Kopf, aber sie verwarf sie in der nächsten Sekunde. Wenn Alina jetzt etwas zustieß, war alles vorbei.

Sie erinnerte sich noch genau an diese eine Magie, die sie damals in Torgard angewandt hatte – diese wahrhaft bösartige Kampfmagie. Sie war so verachtenswert tödlich, dass Leandra sie nie wieder hatte wirken wollen, aber in diesem Augenblick war es notwendig. Sie schickte sie den laufenden Männern hinterher. Es war der fadendünne, bläuliche Blitz, den sie einst gegen die Ghouls und die Verfolger in Torgard angewandt hatte, und er schoss keine Sekunde zu früh aus der grell leuchtenden Aura, die vor ihrer erhobenen Hand entstanden war.

Der Blitz arbeitete sich mit einem leisen, aber hässlich scharfen Geräusch vorwärts und bohrte sich dem ersten Magier in den Rücken. Der Mann ging – vollständig von dieser unfassbaren Hitze durchbohrt – zu Boden. Ein anderer merkte, was sich hinter ihm tat, aber auch für ihn war es zu spät. Er wurde beinahe in zwei Teile zerschnitten. Leandra fühlte sich zwischen zwei Erkenntnissen hin und her gerissen: Ihre Magien schienen zu funktionieren, ohne dass etwas Unberechenbares geschah, so wie nach Ulfas Warnung zu befürchten stand. So gesehen war das, was sie tat, vom Glück gesegnet. Aber als sie ein weiteres Mal die verheerende Wirkung ihrer Magie mit ansah – diesmal gegen Menschen gewandt –, schossen ihr verzweifelte Tränen in die Augen. Sie begann die Magie zu hassen.

Helfen und heilen sollte sie, so stand es im Kodex. Das hatte sie auswendig lernen müssen, zusammen mit all den anderen Regeln, die zu kennen ihr Lehrer Munuel einst unnachgiebig von ihr verlangt hatte. Heilen und helfen. Und was tat sie damit – sie *tötete!* Vielleicht war allein das schon das Verhängnis, das Ulfa hatte andeuten wollen. Hilflose Wut stieg in Leandra auf.

Ein dritter Magier vor ihr wollte in diesem Augenblick um eine Ecke verschwinden, aber auch er wurde in der Sekunde gefällt, da der Blitz ihn berührte. Leandra kämpfte sich in die Höhe und begann zu rennen. Sie schrie Alinas Namen, wusste nicht, ob es drei oder vier Männer gewesen waren, die über sie hinweg gesprungen waren. Sie rannte so schnell sie konnte dorthin, wo sie Alina zuletzt gesehen hatte.

Als sie die Ecke erreichte, an der sie den dritten Magier erwischt hatte, bot sich ihr ein Bild des Grauens. Ein einzelner, schwarz gekleideter Mann mit einem blutroten Leibriemen stand breitbeinig in der kleinen Halle, um ihn herum leblose Körper. Es waren sechs oder sieben, lauter Männer der Palastgarde, die geschworen hatten, Alina mit ihrem Leben zu verteidigen. Zwei von ihnen *brannten!* Ein junger Magier, der ebenfalls bei Alina geblieben war, lag zerschmettert und mit grotesk verrenkten Gliedern in einer Ecke auf den steinernen Kacheln. Alina lag keuchend am Boden; Maric war, in seine Deckchen gehüllt, weit von ihr weggeschleudert worden und lag nun rechts in der Nähe einer Wand. Er schrie jämmerlich.

Leandra konnte ihren eiligen Lauf nicht mehr schnell genug abbremsen. Sie glitt auf den blank polierten Kacheln aus, schlitterte in die Halle hinein und schrie dabei verzweifelt Alinas Namen.

Der Magier fuhr zu ihr herum.

Es war ein beängstigend großer Mann, glatzköpfig, mit blutunterlaufenen Augen und krallenartig gekrümmten Händen. Leandra sah sofort, dass er verrückt war, im wahrsten Sinne des Wortes ein Irrer – ein von der Bruderschaft herangezüchteter Mörder ohne Hirn und Verstand, nur mit dem Auftrag zu töten. Entsprechend schnell schlug er auch zu.

Leandra wunderte sich, dass sie es fertig brachte, so rasch eine Verteidigungsmagie aufzubauen. Und noch immer blieb sie von irgendwelchen schlimmen Auswirkungen verschont, die laut Ulfas Prophezeiungen hätten eintreten müssen. Sie hüllte sich in einer blind losschnappenden Magie in das Erste und Einzige, was ihr gerade einfiel: eine Aura verdichteter Luft.

Als die glühende Druckwelle des Glatzköpfigen heranraste, wurde sie mit Macht davongehoben und krachte, etwa sieben Schritt entfernt, gegen die südliche Wand der Halle. Allein ihre Magie, ein reiner Glücksgriff, erwies sich als ihr Retter. Hätte sie irgendetwas anderes gewählt, wäre sie an der Wand zerschmettert worden. Wahrscheinlich war auch der junge Magier so gestorben.

Ihre Aura aber fing die schlimmsten Auswirkungen des Stoßes ab. Sie hörte es in ihren Knochen knacken und alle Luft wich ihr aus den Lungen. Um sie herum herrschte für Sekunden ein tosender Orkan glühender Hitze.

Aber sie gab nicht nach. Sie hatte schon oft genug gekämpft, um über Reflexe zu verfügen, die jetzt die Oberhand gewannen. Keuchend schnappte sie nach Luft. Ohne dass sie sich bewusst dazu entschieden hätte, sogen ihre magisch geschulten Sinne mehr und mehr Energie durch das Aurikel und pumpten sie in ihre Aura hinein. Sie weitete sich aus und die mörderische Hitze ließ nach. Der Glatzköpfige stieß ein wütendes Grunzen aus und trat näher auf sie zu. Leandra kämpfte sich auf die Knie, schloss die Augen und mobilisierte noch mehr Kräfte.

Doch dann, als sie ein weiteres Mal ihren tödlichen Fadenblitz aufbauen wollte, spürte sie etwas.

Es war, als stünde sie auf dem Deckel eines riesigen eisernen Kessels, in dem eine heiße, Furcht erregende Brühe kochte, und es war nur ein winziger Augenblick, der sie davon trennte, diesen Deckel zu öffnen und eine namenlose Gewalt zu entfesseln. Der irre Magier würde das nicht überleben, das spürte sie, aber sie hatte auch keine Vorstellung, was *noch* passieren würde. Alina und ihr Kind wären in höchster Gefahr, womöglich auch sie selbst und andere Leute in der Nähe. Was aber noch schlimmer wog, war die Ungewissheit über das, was sie sich im Moment *gar nicht vorzustellen* vermochte. Ulfa hatte sie gewarnt, und sie wusste, dass es *genau dies* war, was er gemeint hatte – diese magische, fremdartige Gewalt, die ihr zu Gebote stand, über deren Herkunft, Sinn und Wirkung sie jedoch keine Vorstellung besaß. *Jemand will dir übel mitspielen*, schoss es ihr durchs Hirn, und: *Sei wachsam.*

Leandra setzte das Norikel.

Sie wusste, dass dies ihren Tod bedeuten konnte, vielleicht auch den Tod Alinas, all ihrer Freunde und sogar Akranias und somit des letzten Fünkchens Hoffnung und Freiheit, das hier glomm. Aber lieber wollte sie sterben und das alles aufgeben, als sich selbst zu einem Monster zu machen.

Ihr wahnsinniger Gegner jedoch wurde von keinem Zwiespalt dieser Art geplagt. Schon schoss eine neue, heiße Druckwelle auf sie zu. Sie konnte sich nur retten, indem sie davonsprang – aus dem Knien heraus hechtete sie nach vorn und rollte aus der Druckwelle heraus.

Trotzdem wurde sie erwischt. Ihre Beine bekamen einen so heftigen Stoß ab, dass sie in ihrer Rolle herumgewirbelt wurde. Ein furchtbarer Schmerz durchzuckte ihre Beine, ein Schmerz, der ihr mehr Tränen in die Augen trieb, als sie an einem ganzen kummervollen Tag hätte weinen können. Sie schrie auf. Gleich darauf spürte sie, dass ihre Hosenbeine brannten. In diesem Augenblick wusste sie, dass es aus war.

Sie war kampfunfähig, konnte sich vor Schmerzen auf keine Magie mehr konzentrieren und ihr Gegner schien das sogar zu wissen. Mit einem meckernden Lachen riss er die Arme in die Höhe und wandte sich um.

Zwischen Schüben von Schmerz und durch den Tränenvorhang hindurch sah sie, wie er Alina abermals zu Boden warf, sie an den Haaren wieder hochriss und sie dann über den Kachelboden schleifte – in Richtung Maric. Mit einer Hand packte der Irre das hilflose Baby wie ein Stoffbündel, riss es mit einem triumphierenden Lachen hoch und schwenkte es über seinem Kopf. Leandra heulte vor Schmerz, versuchte ihre brennenden Hosenbeine mit der Hand auszuschlagen und gleichzeitig zu erspüren, ob sie vielleicht *doch* noch eine ungefährdete Magie wirken könnte. Aber es mangelte ihr allein an Konzentration, das Trivocum auch nur ertasten zu können. Ihre Beine schmerzten, als steckten sie in kochendem Öl. Sie wusste nicht mehr, was sie noch tun sollte.

Doch in dem Moment, da sie alles verloren glaubte, geschah eines dieser unfassbaren Wunder. Ein Wunder, das aus namenlosen Sphären immer wieder zu ihr herabstieg, wenn nur noch das Allerschlimmste übrig geblieben war und sie zu verschlingen drohte. Dieses Mal kam es in Gestalt von Victor.

Er erschien unverhofft wie ein Engel, wie damals schon, als sich die beiden Soldaten in der Scheune bei Tulanbaar über sie hatten hermachen wollen. Damals hatte er eine Heugabel in der Hand gehalten – diesmal war es ein langes Messer. Mit einem wütenden Schrei stürzte er sich von hinten auf den Glatzköpfigen, landete im nächsten Moment auf seinem Rücken – und schon zog er das Messer durch und sprang sofort wieder davon. Ein ekelhafter, breiter Strahl von Blut schoss aus der Kehle des Riesen und überschüttete Alina, deren Haare er noch immer in seiner Kralle hielt. Dann sank er gurgelnd zusammen.

Leandra erschien es wie eine Ewigkeit, bis er endlich am Boden lag; sekundenlang fürchtete sie, er wolle sich der tödlichen Verletzung nicht beugen und zu neuer, furchtbarer Kraft erstarken. Aber es ging dennoch zu Ende mit ihm. Noch bevor er auf die Knie gesunken war, hatte Victor ihm Maric aus der Hand genommen, hielt das schreiende Kind mit beiden Armen an sich gedrückt und setzte im nächsten Moment dem Wahnsinnigen, der gurgelnd auf die Knie gesunken war, den Fuß auf den Rücken, um ihn mit einem verächtlichen Tritt zu Boden zu werfen.

Leandra hörte noch, wie er beruhigend auf seinen kleinen Sohn einredete. Dann verlor sie das Bewusstsein.

# 5 ◆ Shaba

Als sie wieder zu sich kam, waren der Primas und Meister Fujima bei ihr.

Sie lag noch an der gleichen Stelle, aber man hatte ihr die Hose ausgezogen und ihre Beine waren in feuchte Tücher gewickelt. Stöhnend hob sie den Kopf. Hochmeister Jockum drückte sie gleich wieder nach unten.

»Ruhig, Leandra«, sagte er sanft. »Alles ist gut. Wir haben die Bruderschaft geschlagen. Der Palast ist in unserer Hand.«

Sie ächzte, wollte nicht liegen bleiben und wehrte sich gegen Jockums Versuche, sie unten zu halten. Wieder stemmte sie sich hoch, suchte mit Blicken nach Victor, Alina und dem Kind – und sah sie endlich.

Victor saß noch immer an derselben Stelle, hielt das kleine Bündel in den Armen. Alina saß im Schneidersitz ihm gegenüber – sie sah grotesk aus. Ihre Haare waren wirr und vom Blut des Wahnsinnigen verklebt, ihr langes, weißes Kleid von zahllosen roten Spritzern befleckt und zerrissen. Sie schienen leise miteinander zu reden.

»Was ist mit Maric?«, fragte Leandra voller Sorge.

»Es geht ihm gut«, erwiderte Meister Fujima und blickte zu Victor hinüber. »Sie haben es alle drei gut überstanden.«

Leandra stieß einen tiefen Seufzer der Erleichterung aus. Sie sah nach ihren Beinen, ließ sich wieder zurücksinken.

»Deine Hose hat das meiste abgehalten«, erklärte

Meister Fujima lächelnd. »Du hast nur ein paar gerötete Stellen an den Beinen. Allerdings: Schade um das gute Stück. Es war hervorragendes Leder.«

»Wie ist es verlaufen?«, fragte sie matt. »Gab es viele Opfer?«

Hochmeister Jockum sah sie verdrossen an. »Ja, leider. Viele Männer sind gestorben, zu viele. Unter ihnen leider auch einer, der uns sehr nahe stand: Xarbas.«

Leandra schloss die Augen und stieß einen Klagelaut aus.

»Er hat sich mit Todesverachtung in den Kampf geworfen. Ich hätte es wissen müssen, hätte ihn gar nicht mitnehmen dürfen. Ich glaube, er hat den Tod gesucht. Dass seine Gablina in Torgard umkam, hat er nicht verwinden können.«

»Und es hätte sogar noch schlimmer kommen können«, sagte Meister Fujima. »Man könnte es Glück im Unglück nennen.«

Der Primas nickte bestätigend. »Die meisten der Palastgarde haben schnell die Waffen niedergelegt. Sowohl auf unserer wie auch auf der anderen Seite. Sie wollten nicht gegen die eigenen Kameraden kämpfen. Aber die Kampfmagier der Bruderschaft – eine boshafte Bande. Sie griffen mit aller Brutalität an. Mir scheint fast, als hätten sie doch von unserer Ankunft erfahren. Anders kann ich es mir nicht erklären, dass sie so schnell und mit so einer Wucht von Leuten durchbrachen. Sie sind wie ein Wirbelsturm durch unsere Männer hindurchgepflügt und haben sich sofort in Richtung Alina gewandt.« Er blickte zu ihr und Victor hinüber. »Es grenzt an ein Wunder, dass ihr nichts geschehen ist. Das haben wir wohl dir zu verdanken, was?«

Leandra blinzelte müde. »Ich hatte Glück. Sie hielten mich für tot und ich konnte sie von hinten angreifen. Nicht gerade eine Ruhmestat.«

»Sie wollten Alina töten!«, warf Meister Fujima ein.
»Was hättest du tun sollen?«

Leandra schnaufte nur. »Sind die Kämpfe nun vorbei? Ich meine, endgültig? Können wir endlich damit aufhören, uns gegenseitig umzubringen?«

»Die Bruderschaftsmagier sind besiegt«, erwiderte der Primas. »Neun von ihnen haben sich ergeben, sie werden gerade ins Palastverlies gebracht. Der Rest von ihnen ist tot oder geflohen, ungefähr fünfzwanzig. Es war keine schöne Schlacht. Sie hatten mehrere unfassbar brutale Leute dabei. Regelrechte Irre, die nur das Töten im Sinn hatten.«

Leandra nickte. »Ja. Hier war auch so einer. Eine wahre Bestie.« Sie nickte in Richtung des Glatzköpfigen, der noch immer in der Mitte der Halle am Boden lag.

Meister Fujima befeuchtete ihre nassen Beinwickel mit kaltem Wasser. Leandra verzog das Gesicht. »Ich staune mal wieder«, sagte er, »dass du mit deinen einundzwanzig Jahren ein solches Monstrum besiegen konntest, mein Kind.«

»Inzwischen zweiundzwanzig!«, erwiderte sie seufzend. »Aber es hätte auch so nicht gereicht. Victor hat ihn erledigt.«

»Victor?«

Leandra nickte. »Ja. Plötzlich war er da. Er hat das Talent zum Lebensretter – im letzten Augenblick taucht er auf. Glaubt mir, Meister, ich war zuletzt sicher, dass es aus mit mir wäre. Auch mit Alina und Maric.« Sie stemmte sich auf die Ellbogen und blickte hinüber zu den dreien. Sie saßen noch immer da, Alina in einigem Abstand zu Victor; sie wechselten einzelne Worte. Leandra wusste nicht, was sie über die beiden denken sollte. Dass soeben eine plötzliche Liebe zwischen den beiden aufflammte, war wohl eine groteske Vorstellung. Und Leandra konnte auch keinen Geschmack daran finden. Ausgerechnet Alina und Victor – das waren im Moment die einzigen beiden Menschen, mit denen sie ihren Kummer hätte teilen mögen.

»Jacko hat eine Armverletzung davongetragen. Aber es geht ihm einigermaßen. Hellami kümmert sich um ihn, als wäre er ein kleines Baby. Sie hat übrigens gekämpft wie eine Furie. Mit diesem … seltsamen Schwert.«

Sie nickte verstehend und seufzte. »Und unsere Männer? Die Palastgarde?«

»Wir haben ungefähr vierzig Mann verloren«, sagte Hochmeister Jockum. »Die meisten durch Kampfmagien. Und es gibt noch einmal so viele Verletzte. Ein hoher Preis, ich weiß. Aber wenn die Kräfte uns beistehen, können wir jetzt einen neuen Anfang machen.«

Leandra sah ihn zweifelnd an. Das größte Problem lag noch vor ihnen, das musste auch dem Primas klar sein: der Rat und Alinas Weg auf den Thron. Aber dennoch, es war etwas anderes, wenn man an einem Strang zog. Sie hoffte nur, dass es Alina auch wirklich auf den Thron schaffte. Dann hatten sie vielleicht eine Chance gegen die Drakken.

»Und ich?«, fragte sie. »Sind meine Beine noch zu etwas nütze? Oder werdet ihr sie mir abschneiden?«

»Du kannst ja schon weder Witze machen!«, sagte Meister Fujima. »Also wirst du es überstehen.«

Leandra blickte zu Alina und Victor. »Da bin ich nicht so sicher«, entgegnete sie. Wieder spürte sie Tränen in den Augenwinkeln.

\*

Altmeister Ötzli saß schweigend neben Victor an einem Tisch, die Augen geschlossen. Seine Linke umfasste Victors rechtes Handgelenk, mit der anderen

Hand berührte er Marics winzige Stirn. Alinas Sohn lag, leise brabbelnd und in weiße Tücher gewickelt, vor ihm auf dem Tisch. Um den Tisch herum standen, in stummer Konzentration und mit geschossenen Augen, die restlichen Mitglieder des Hierokratischen Rates, nur mehr zehn Köpfe zählend. Sie hatten sich die Hände gereicht, sodass sie einen durchgehenden Kreis bildeten. Dabei hielt Primas Ulkan Victors Linke, und Altmeister Lormas, der auf der anderen Seite des Kreises stand, berührte wiederum Maric. Der Kleine hielt in typischem Säuglingsreflex Lormas' Zeigefinger umklammert. Auf diese Weise konnten auch die Mitglieder des Rates, die nicht über magisch geschulte Sinne verfügten, am Prozess der Wahrheitsfindung teilhaben: nämlich ob Victor tatsächlich Marics Vater war oder nicht.

Um den Kreis der Hierokraten herum herrschte ebenso tiefes Schweigen. Mitglieder der Palastgarde waren hier im großen Sitzungssaal des Rates anwesend; es waren, einem raschen Abkommen zufolge, zwei Gruppen zu je fünfzig Mann, die sich an den Wänden drängten. Die eine rekrutierte sich aus dem Teil der Garde, der sich nach wie vor zum Hierokratischen Rat bekannte – aus Gründen der Pflicht und des soldatischen Eides. Die anderen fünfzig gehörten zu den Soldaten, die sich dazu entschieden hatten, diesen Kodex zu ignorieren, und sich unter den Befehl von Alina gestellt hatten. Zuversichtlich nannten sie sie bereits Shaba. Zwischen den beiden Gruppen herrschte ein unausgesprochener Waffenstillstand. Zwei hohe Offiziere mit goldenen Helmen in der Armbeuge flankierten Alina und den unbesetzten Thron. Nur eines hatten die Soldaten gemein: Sie hofften auf eine Lösung ihres Konflikts, und zwar noch in dieser Stunde.

Oben auf der breiten Empore des Sitzungssaals drängte sich eine weitere Gruppe von Leuten: hunderte von Bürgern aus Savalgor, die herbeigeströmt waren, als bekannt worden war, dass der Hierokratische Rat in Kürze eine Entscheidung über die Thronfolge fällen würde. Leandra und ihre Freunde besetzten eine breite Bank unten im Sitzungssaal. Es war dieselbe Bank, auf der sie vor nicht allzu langer Zeit schon einmal zur Anklage Platz genommen hatten. Aber dieses Mal waren sie freie Bürger.

Trotz all der Hoffnung, welche die Herzen der Leute erfüllte, herrschte ein tiefer Zwiespalt im Saal. Die Palastrevolte war von der Kerkerwache ausgegangen, deren Hauptmann sich geweigert hatte, das Todesurteil gegen die vier nach Leandras Flucht verbliebenen Gefangenen – Jacko, Hellami, Xarbas und Meister Fujima – zu vollstrecken. Dieses Urteil jedoch war rechtmäßig durch Ratsmehrheit gesprochen worden, und so war die Tatsache, dass sich gut die Hälfte der Palastgarde aufgelehnt hatte, eine Gesetzesverstoß, auf den normalerweise der Tod stand. Ein weiterer, schwerer Bruch des geltenden Rechts war die stillschweigende Waffenniederlegung des ratstreuen Teils der Garde. Sie hätten die Pflicht gehabt, alle Fahnenflüchtigen gefangen zu nehmen. Entweder machte dies die Garde zu einem Trupp von Gesetzesbrechern oder den Rat zu einem vollkommenen Possenkabinett. Da jedoch allein die Garde die militärische Gewalt innehatte, wäre der nächste, logische Schritt die Zerschlagung oder wenigstens die Auflösung des Hierokratischen Rates gewesen. Das aber wollte der ratstreue Teil der Garde nicht zulassen, zumal die Stadtwache, die nicht im Palast zugegen war, ebenfalls noch dem Rat unterstand.

Als Ergebnis herrschte eine höchst heikle Pattsituation, die in ein furchtbares Blutbad hätte umschlagen können, wäre da nicht die klare Weigerung der Palastgarde gewesen, gegen die anderen Mitglieder der

Garde zu kämpfen. Allein dies hielt die Situation in der Schwebe.

Jeder der Anwesenden hoffte auf eine gütliche Einigung, aber die Beklemmung der Leute war beinahe mit den Händen zu greifen. Jeder wusste: Es kam darauf an, wie der Rat urteilen würde. Das Schicksal des gesamten Landes hing davon ab. Und da Akrania das Land mit der weitaus größten Bevölkerung war, ging es hier im Grunde um die gesamte Höhlenwelt.

Leandra war von der Unruhe angesteckt worden. Nervös blickte sie in die Runde. Die Beine taten ihr noch immer weh; obwohl der Primas all seine Heilkünste eingesetzt hatte, brannte die Haut wie Feuer. Oder vielleicht gerade deswegen. Im Moment ignorierte sie den Schmerz verbissen. Trotz ihrer begründeten Hoffnung hatte sie ein ungutes Gefühl beschlichen. Es lag etwas in der Luft, das ihr nicht gefiel, aber sie wusste nicht recht, was es war. Dazu kam noch, dass schon wieder Drakkenschiffe gesichtet worden waren. Die Drachen berichteten, dass die Drakken von weit im Westen über das Meer her kämen und dort irgendwo ihr Stützpunkt sein müsse.

Plötzlich kam Unruhe auf. Ehe Leandra verstand, was geschah, verfiel die Menge der Anwesenden in einen wahren Sturm aus Jubel, Geschrei und Hochrufen. In der Mitte des Saals strebten die Hierokraten, die sich an den Händen gehalten hatten, auseinander. Leandra sah noch, wie sich einige von ihnen zunickten. Victor war offenbar tatsächlich als Vater von Maric anerkannt worden.

Altmeister Ötzli erhob sich von seinem Stuhl und hob Einhalt gebietend die Arme. »Der Hierokratische Rat«, verkündete er mit lauter Stimme, »erkennt den hier anwesenden jungen Mann namens Victor als Vater dieses Jungen an. Seine Aura gleicht der des Kindes auf unmissverständliche Weise. Der Beweis ist erbracht!«

Das Jubelgeschrei und die Hochrufe brausten zu einem neuen Höhepunkt auf. Leandra starrte mit steinernen Blicken in die tobende Menge und fragte sich, was sie an dem störte, was sie dort sah. War es der Schmerz des eigenen Verlusts, der ihre Gefühle trübte, der Schmerz, dass sie Victor nun tatsächlich verloren hatte – oder war es etwas anderes? Sie stand regungslos da und starrte zu Victor, der ebenfalls ihren Blick suchte. Plötzlich wünschte sie sich, er wäre *nicht* Marics Vater. Sie blickte in Richtung Alina, die sich gerade in Bewegung setzte, um ihren Sohn auf den Arm zu nehmen.

Dann ebbte der Lärm plötzlich ab.

Die Mitglieder des Rates hatten sich in der Saalmitte versammelt, und da bemerkte Leandra, dass etwas sehr Seltsames passiert war. Es war deutlich zu erkennen, dass sie zwei Gruppen bildeten, eine Fünfer- und eine Vierergruppe. Nur Altmeister Ötzli hielt sich als Ratsvorsitzender abseits von ihnen. Aber diese beiden Gruppen schienen für alle sichtbar Position zu beziehen. Die eine bestand aus den Prälaten Ulkan, Oppen, Therbus und Hennan, und es war klar, dass diese vier auf Seiten Alinas standen. Die anderen fünf – Zelko, Vandris, Lormas, Uddrich und Cicon, standen auf der entgegengesetzten Seite. Sie würden zu verhindern suchen, dass Alina Shaba wurde. Die Spannung, die zwischen diesen beiden Gruppen herrschte, hatte auf seltsame Weise vom gesamten Sitzungssaal Besitz ergriffen und vertiefte in diesem Zusammenspiel nur das, was Leandra seit Minuten empfand. Die Leute starrten gebannt auf die Männer des Rates.

»Es ist nicht so«, rief Cicon unvermittelt mit lauter Stimme in den abebbenden Lärm, »dass diese junge Frau hier – ein entferntes Mitglied der früheren Shabibsfamilie – nun ganz von selbst Shaba wäre! Nein, so ist es nicht!«

Zornige Widerworte erschallten aus allen Richtungen, auch aus den Reihen der Soldaten. Aber es gab auch zustimmende Rufe. Leandra sah sich überrascht um. Sie kannte niemanden von denen, die Cicons Rede zustimmten. Was waren das für Leute? Hatte die Bruderschaft etwa Gesinnungsgenossen unter das Publikum geschleust?

»Auf Beschluss des Rates hin«, fuhr Cicon mit scharfer Stimme fort, »müssen diese beiden hier, die Thronanwärterin und der junge Mann, die Ehe schließen, um dem Volk nicht nur eine gesetzliche, sondern auch eine moralisch einwandfreie Regentschaft zu gewährleisten.«

»Moralisch einwandfrei?«, bellte Ulkan seinem Amtskollegen entgegen. »Machen wir doch erst einmal *den Rat* moralisch einwandfrei! Indem ihr Bruderschaftler euch endlich packt und verschwindet!«

Atemloses Schweigen breitete sich im Saal aus.

Cicon sah sich demonstrativ unter den Leuten seiner Gruppe um und blickte dann kopfschüttelnd zu Ulkan. »Bruderschaftler? Was meinst du damit? Was soll das sein?«

»Das weißt du ganz genau, verehrter Ratsbruder!«, erwiderte Ulkan scharf. »Ich meine damit dich und deine vier Kumpanen, die unser geschätzter, aber inzwischen leider verblichener Bruder Chast hier vor einem Jahr eingeschleust hat!«

Leandra sah einen gefährlichen Konflikt aufkommen, nicht zuletzt auch dadurch, dass Ulkan den Fehler begangen hatte, aus reiner Wut heraus einen Angriff auf seinen Ratsbruder loszubrechen. Einen Angriff, der nur wenig beweiskräftig war und den ein gewiefter Redner nur allzu leicht zurückschlagen konnte. So geschah es denn auch.

Primas Uddrich trat hinter Cicon hervor und hob die Hände. »Bürger, hört mich an!«, rief er den Anwesenden zu. »Es gibt hier eine Gruppe von Leuten, die versuchen wollen, den Rat zu sprengen! Das darf nicht geschehen! Seit Jahrhunderten ist der Hierokratische Rat ein Garant für die Sicherheit und die Stabilität im Land! Als die Cambrier die Shabibsfamilie ermorden ließen ...«

Augenblicklich brach ein Tumult los. Leute schrieen erzürnt auf, andere schrieen zurück. Leandra erschrak. Ihnen war ein schlimmer Denkfehler unterlaufen. Sie hatten das Gefühl der Rechtschaffenheit ihrer Taten, das sie erfüllte, einfach auf die Masse der Leute übertragen.

»Wir haben uns getäuscht ...«, flüsterte sie Hochmeister Jockum zu, der neben ihr saß. Er sah sie mit gerunzelter Stirn an. »... sogar *sehr* getäuscht!« Aus ihrer Stimme sprach Bitterkeit. »Es sind beileibe nicht alle Leute auf unserer Seite.«

Jockum nickte, während er mit finsteren Blicken die heftig durcheinander schreiende Menge maß. »Ich habe mir schon etwas in dieser Art gedacht«, sagte er. »Die Bruderschaft wird nicht untätig geblieben sein, während wir fort waren. So nötig sie eigene starke Reihen braucht, so nötig hat sie auch den Rückhalt in der Bevölkerung. Und die jetzige Lage ist ein fabelhafter Nährboden für Gerüchte und Verleumdungen.«

»Ruhe, oder ich lasse den Saal räumen!«, rief Ötzli so laut er konnte durch den Lärm. »Ruhe, so behaltet doch Ruhe!«

Das lähmende Gefühl einer bevorstehenden üblen Niederlage machte sich in Leandra breit. Schon einmal war sie in diesem Saal vom Hierokratischen Rat gedemütigt und verstoßen worden; ja, man hatte sie sogar als Mörderin gebrandmarkt und in den Kerker werfen lassen. Sie wusste nicht, wie sie reagieren würde, wenn ihr das ein zweites Mal angetan werden würde – und dazu noch von dem Volk, für das sie gekämpft und ihr Leben aufs Spiel gesetzt hatte.

Die Leute hatten auf Ötzlis Androhung einer Saalräumung hin mürrisch die Stimmen gesenkt und starrten ihn an. Noch immer stand er mit erhobenen Armen in der Mitte des Saals. Um ihn herum standen seine Ratsbrüder, Victor, Alina und die Gardeoffiziere. »Ich werde hier keine Debatten über die Gesinnung einzelner Leute mehr dulden!«, rief er mit gebieterischer Stimme. »Es gab bislang keine Beweise für irgendeine dieser Anschuldigungen! Weder dafür, dass der Cambrische Orden hinter der Ermordung der Shabibsfamilie steckte, noch dafür, dass es irgendwelche Ratsmitglieder gibt, die einer Bruderschaft angehören! Also Schluss damit!«

»Sehr richtig!«, rief Ulkan und trat auf Ötzli zu. »Dann können wir ja nun zum entscheidenden Punkt kommen, nicht wahr? Nach einem Beschluss des Hierokratischen Rats hatte die Thronanwärterin Alina den Vater ihres Kindes vorzuweisen. Das hat sie getan. Also steht ihr der Weg auf den Thron offen!«

»Einen Augenblick!«, rief Vandris und trat ebenfalls vor. »Wie bereits erwähnt, gibt es eine zweite Forderung. Nämlich die, dass sie den Kindsvater ehelichen muss!« Er fuhr herum und trat einen herrischen Schritt auf Alina zu. Mit anklagendem Zeigefinger deutete er auf Victor und rief laut: »Was ist nun, junge Frau? Wirst du diesen Kerl heiraten?«

Leandra schnappte nach Luft. Sie konnte sich nicht mehr beherrschen und sprang von der Bank auf. Ihre frisch verbundenen Beine schmerzten, aber sie achtete nicht weiter darauf.

»Was für eine Schweinerei ist hier jetzt wieder im Gange?«, rief sie wütend und kämpfte sich durch die Umstehenden in die Saalmitte vor. Sie baute sich vor

Vandris auf und stemmte die Fäuste in die Hüfte. »*Kindsvater!*«, wiederholte sie anklagend. »*Forderung!* Dieser *Kerl!* Und dieses brüske Geschrei ... Gebärdet man sich bei euch in der Bruderschaft auf diese Art, wenn man einen Menschen über seine tiefsten Gefühle befragt? Und das vor zwei- oder dreihundert Leuten?«

Vandris richtete sich zu voller Größe auf und sah zu Leandra herab, wie man auf eine Schlange blickt. Augenblicke später hatten sich Cicon und Lormas neben ihm aufgebaut. »Was soll das?«, herrschte er sie an. »Wer bist du und was willst du hier, Weib?«

Leandra kochte. Sie war drauf und dran, ihn zu ohrfeigen.

Hochmeister Jockum erkannte die Gefährlichkeit der Situation und eilte mit entschlossenen Schritten zu ihr. »Leandra!«, zischte er ihr zu und legte ihr den Arm über die Schulter, um sie von Vandris fortzuzerren. »Beherrsche dich! Sonst machst du alles zunichte!«

Leandra fuhr herum und wandte sich an die Menge. »Er fragt, wer ich bin!«, rief sie laut. »Das ist genau die Art von Spott und Hohn, mit der er nun versucht, Alina, eure rechtmäßige Shaba, einzuschüchtern!«

»Rechtmäßige Shaba!«, äffte Cicon. »Eine Frau, die sich wie eine Hure verhält, darf niemals Shaba von Akrania sein!«

Nun brauste lautstarker Protest auf. Wütendes Geschrei brach im Sitzungssaal aus und das Gegengeschrei war nicht minder laut. Leandra hielt nur mit Mühe an sich.

»Ratsherr Cicon!«, rief der Primas. »Wenn du eine Frau, die sich der Schwangerschaft durch einen Schänder entziehen will, Hure nennst, – wie nennst du dann einen Ratsherrn, der aus Geld- und Machtgier seine Seele an einen Mörder, Verräter und Vergewaltiger verkauft? Wie nennst du den?«

»Ich weiß nicht, wen du meinst, alter Mann!«, erwiderte Cicon kalt.

»O doch!«, rief Jockum zurück. »Das weißt du sehr wohl!« Inzwischen stand auch ihm der heilige Zorn ins Gesicht geschrieben. Er deutete auf Alina. »Was hätte sie deiner Meinung nach tun sollen? Lieber den Bastard des Chast austragen? Neun Monate das Kind eines verhassten Schänders im Leib tragen? Und die Schmerzen der Geburt aushalten, nur um einem verfluchten Geschöpf das Leben zu schenken?«

»Hätte sie doch den Freitod gewählt!«, warf jemand verächtlich ein. »Lieber das als so eine ruchlose Tat!«

Leandra ging schnurstracks auf die Person zu, die sich auf diese Weise geäußert hatte. Es war ein dürrer, langer Kerl in feinen Kleidern, der sie spöttisch von oben herab anstarrte. »Dir wäre es also lieber, wenn sie sich umgebracht hätte, du herzloser Kerl?« Sie suchte verzweifelt nach Worten, um all ihre Abscheu auszudrücken, aber dann spürte sie plötzlich Jockums Hand auf ihrer Schulter.

»Bürger von Savalgor!«, rief der Primas in die Runde. »Wir stehen vor einer schwierigen Zeit! Böse Mächte haben sich gegen uns erhoben, und es ist wichtig, dass Akrania geeint ist! Deshalb müssen wir unbedingt …«

»Nein!«

Wie ein scharfer Donnerschlag fuhr dieses Wort durch den Saal und alle wandten sich um. Es war Altmeister Ötzli, der es ausgerufen hatte.

Mit wenigen ausholenden Schritten stand er vor Leandra und Jockum. »Ebenso wenig, wie ich die Streitereien der Mitglieder des Rates geduldet habe«, rief er brüsk, »werde ich es dulden, dass seine Befugnisse untergraben werden!« Leandra und Jockum starrten ihn erschrocken an. »Dies hier ist der Sitzungssaal des Hierokratischen Rates, und der Rat ist zurzeit die einzig rechtmäßige, gesetzliche und richterliche Gewalt in diesem Land!«

Unter der Wut seiner Worte war auch der letzte Flüsterer verstummt.

»Der Rat hat die Entscheidungsgewalt und dabei bleibt es! Und der Rat hat in ordentlicher Abstimmung beschlossen, dass der Vater des Kindes gefunden werden und dass eine Eheschließung stattfinden muss! Ist das nun ein für alle Mal klar?«

Leandra erkannte plötzlich, was hier gespielt wurde. Ötzli gehörte zu denen, die diese Hochzeit verhindern wollten.

Schwungvoll wandte er sich um und trat zu Alina. Sie stand noch immer in der Nähe des Throns, nach wie vor von den beiden Offizieren flankiert, und drückte Maric gegen ihre Brust. Der Kleine wimmerte leise. Ötzli baute sich vor ihr auf und stemmte die Fäuste in die Seiten.

»Willigst du nun in diese Heirat ein?«, fragte er laut. Die Verächtlichkeit in seiner Stimme war gewiss niemandem entgangen. Leandra dachte bei sich, dass er anstelle von ›Heirat‹ auch ›teuflischer Pakt‹ hätte sagen können.

Alina hatte den Blick erhoben. Sie sah ruhig in Ötzlis Gesicht und wandte die Augen nicht einmal für eine Sekunde nach rechts oder links. Leandra erkannte plötzlich, dass ihre Freundin tatsächlich die Kraft besaß, sich durch diese Demütigung nicht aus der Fassung bringen zu lassen. Ihr Mund formte ein einfaches, klares »Ja«. Es war leise gewesen, aber jeder hatte es hören können.

Es brausten keine Jubelstürme auf. Die Leute starrten sie nur mit offenen Mündern an, in den Bann geschlagen von ihrer Kraft, diesem Versuch, ihre Seele zu erniedrigen, widerstehen zu können. Nicht einmal Unmut, Ärger oder verletzter Stolz waren ihr anzumerken. Leandra hätte viel darum gegeben, in diesem Augenblick Ötzlis Gesicht sehen zu können – aber er wandte ihr den Rücken zu.

»Gut«, hörte sie ihn nach einer Weile knurren. Er drehte sich um und fasste Victor ins Auge.

Der hatte sich schon vor Minuten von seinem Sitzplatz erhoben. Zwischen ihm und Alina lagen viele Schritte und noch mehr Weg. Ötzli wusste das.

Doch langsam ging Leandra auf, dass Ötzli gerade einen kapitalen Fehler begangen hatte. Er hatte gehofft, diese Hochzeit verhindern zu können, indem er entweder Alina oder Victor durch seine demütigenden Worte dazu nötigte, nein zu sagen. Aber er hatte sie beide unterschätzt. Auflehnung gegen Unterdrückung war das vornehmliche Merkmal, das sowohl Leandra wie auch all ihre Freunde auszeichnete, und ausgerechnet an diesem Punkt den Hebel ansetzen zu wollen war grundfalsch.

Ein grimmiges, kleines Lächeln stahl sich auf ihre Züge, als sie Victors Gesicht musterte. Alina hatte es ihm vorgemacht, und wiewohl er sich heute morgen vielleicht noch mit Händen und Füßen gegen eine Heirat gesträubt hätte, war jetzt plötzlich alles ganz anders.

Leandra kannte ihn. Niemals würde er dem verfluchten Ötzli diesen Triumph lassen. Und Ötzli erkannte das in diesem Moment selbst. Leandra konnte sein Gesicht nun sehen – es war grau und wie zu Stein erstarrt.

Victor kam ihm zuvor. Er beantwortete die Frage, bevor Ötzli sie überhaupt stellen konnte. Er nickte leicht und ein leises Lächeln umspielte seine Mundwinkel. »Ich bin ebenfalls einverstanden«, sagte er.

*

Es herrschte eine seltsame Stimmung in der Stadt, als Marko, Meister Izeban und Jerik das nördliche Stadttor erreichten. Ein einfacher Blick durch die riesige Toröffnung genügte, um zu erkennen, dass in Savalgor ein Aufstand getobt hatte. Verkohlte Häuserfassaden und Dachstühle, umgeworfene Karren und auf der Gasse herumliegender Unrat zeugten von Unruhen und Kampfgeschehen. Mehrere Soldaten waren gerade damit beschäftigt, vor dem Stadttor Barrikaden wegzuräumen.

Erstaunlicherweise wirkten diese Männer geradezu begeistert; sie konnten gar nicht schnell genug die schweren Balken und Stellböcke wegschaffen, hatten dabei ihre Rüstungen von sich geworfen und wuchteten mit schwungvollen Bewegungen und aufgeregtem Gerede das Barrikadenmaterial zur Seite. Sie schmissen es auf einen großen Haufen neben dem Tor – in geradezu verächtlicher Weise. Sogar der Wachmann am Durchlass wirkte eher so, als hätte er lieber mit angepackt, als hier zu stehen.

Eher verunsichert und zögernd begaben sich die drei zum Stadttor, Rox mit seinem Karren im Gefolge. Der Wachmann empfing sie mit aufgehellter Miene.

»Was ist denn los, Soldat?«, fragte Jerik und deutete auf die arbeitenden Männer.

Der Wachmann schien geradezu begierig, sie mit den neuesten Neuigkeiten einzudecken. »Ein Wunder!«, rief er aus. »Ein Wunder ist geschehen! Verdammt – was habt ihr für ein Glück, dass ihr gerade jetzt kommt! Gestern noch hätten wir euch vielleicht davongejagt oder am Ende noch beschossen. Wir werden eine neue Shaba bekommen! Endlich! Endlich ist dieser verfluchte Krieg vorbei.«

Die drei blickten sich überrascht an, und selbst Jerik beteiligte sich daran, obwohl er nicht wirklich sehen konnte. »Eine neue Shaba?«, fragte Marko und eine gewisse Bestürzung in seiner Stimme war nicht zu überhören.

»Ja, junger Herr!«, sagte der Wachmann und nickte eifrig. »Die Thronanwärterin Alina! Der Vater ihres Sohnes wurde gefunden und er hat in die Hochzeit eingewilligt! Obwohl er sie nicht einmal kennt!«

Abermals blickten sich die drei an.

Aberwitziger Ärger stieg in Marko auf. »Wo gibt's denn so was?«, schimpfte er. »Sie heiratet irgendeinen dahergelaufenen Kerl! Bist du sicher, dass er wirklich der Vater ist, Soldat?«

Der Wachmann drohte ihm gutmütig grinsend mit dem Finger. »Beherrsch dich, junger Herr! Der Rat hat es bestätigt, nach einer Prüfung auf magischem Wege! Und glaube nicht, dass dieser Rat das gern getan hätte. Ja, es ist wahr, der richtige Vater ist gefunden!«

»Und die beiden heiraten so einfach? Unfassbar!«

Der Mann hob die Schultern. »Ja, das stimmt schon. Aber es ist ein einziges Glück! Seit Wochen schon herrscht dieses Gezerre in der Stadt. Einmal unterstehen wir der Duuma, dann wieder dem Rat, dann niemandem mehr. Daraufhin spaltet sich die Palastgarde in zwei Lager, aber zu wem gehören wir? Währenddessen brechen Unruhen in der Stadt aus, es gibt Kämpfe zwischen verfeindeten Ganovenbanden, ehemaligen Cambriern, aufgebrachten Bürgern und diesen verfluchten schwarzen Brüdern. Zuletzt haben wir uns nicht anders zu helfen gewusst, als die Stadt abzuriegeln und uns selbst zu verteidigen! Und dann noch diese seltsamen Gerüchte über diese Fremden! Habt ihr davon gehört?«

Ein drittes Mal sahen sich die drei Ankömmlinge viel sagend an. Langsam gewöhnte sich Marko daran, dass Jerik durchaus etwas ›sehen‹ konnte und weiterhin seinen alten Gewohnheiten folgte. Kurz spielte er mit dem Gedanken, dem euphorischen Wachmann einen Dämpfer zu versetzen, indem er ihn einen Blick unter die Plane auf Rox' Karren werfen ließ. Aber mit so einem Fremden würde der Mann gewiss nichts anzufangen wissen – es würde ihn nur verunsichern und ihm Angst einjagen. Kaum jemand dürfte eine Ahnung haben, was für Wesen es tatsächlich waren, die sie da bedrohten. Sie mussten mit dem toten Drakken zuerst zur Shaba.

Diese Aussicht allerdings trübte Markos Laune nur umso mehr. »Fremde?«, fragte er barsch. »Keine Ahnung, wovon du da redest, Mann!«

Die Freundlichkeit des Soldaten kühlte infolge Markos rüder Worte langsam ein wenig ab. »Na ja, ich hoffe, da ist nichts dran! Aber egal. Jetzt, da die Thronfolge endlich geregelt ist, und in der Stadt wieder Ruhe und Ordnung einkehren werden, kriegen wir diese Kleinigkeit wohl auch noch in den Griff, was?«

»Wollen wir's hoffen!«, murmelte Marko missmutig.

Der Wachmann legte den Kopf schief. »Was ist? Gefällt dir das etwa nicht? Dass wir jetzt wieder Frieden bekommen?«

Marko schnaufte und studierte das Gesicht seines Gegenübers. Verständlich, dass ihm sein unwirsches Verhalten seltsam vorkam, aber er konnte ja nichts davon ahnen, dass er gekommen war, um der Shaba den Hof zu machen. Doch das hatte sich ja jetzt wohl ohnehin erledigt. »Schon gut, alles klar«, sagte Marko ungeduldig und winkte ab. »Dürfen wir jetzt endlich hinein?«

Plötzlich war das Gesicht des Wachmanns nicht mehr so freundlich wie zuvor. Marko schien seinen Ärger beschworen zu haben. Er sah nach hinten zu Rox, dessen Zügel Izeban hielt. »Was habt ihr dabei?«, fragte er.

Nun drängte sich Jerik an Marko vorbei. »Nichts Besonderes«, sagte er mit ruhiger, freundlicher Stimme. »Mein Freund hier ist wohl etwas ärgerlich, weil er sich Hoffnungen auf die Shaba gemacht hat!« Jerik schickte ein Lachen hinterher, in der Hoffnung, durch diesen Witz, der eigentlich die Wahrheit war, die Laune des Wachmanns wieder zu verbessern. Der aber zeigte sich unbeeindruckt. Er hakte die Daumen in seinen Gürtel und spazierte um Marko herum. Jerik unterdrückte einen Fluch.

Der Soldat blieb neben dem Karren stehen und blickte auf die Plane. Seine betont lässige Körperhaltung signalisierte schon, dass er sich auf seine Macht als Torwächter besonnen hatte und sich nun für Markos rüdes Verhalten zu revanchieren gedachte.

»Nichts Besonderes?«, fragte er herausfordernd. Er deutete auf etwas, das hinten unter der Plane hervorschaute. Es war nur ein kleiner Teil der länglichen Drakkenwaffe, doch man konnte auf den ersten Blick erkennen, dass es durchaus etwas Besonderes war.

Jerik eilte zu ihm. »Das ist nur …«

Er kam zu spät. Der Soldat hatte sich bereits niedergebeugt und die Plane zurückgeschlagen. Die Waffe kam größtenteils zum Vorschein und dazu noch beide Beine des toten Drakken bis hin zu den Kniegelenken. Der Soldat machte einen Satz zurück.

»Warte!«, rief Jerik und hob beide Arme. »Versteh das nicht falsch! Ich …«

»Was ist das?«, kreischte der Soldat und deutete entsetzt auf seinen Fund.

Jerik blieb stehen. Augenblicke später waren auch Marko und Izeban herangeeilt. Mit einem Klirren fuhr das Schwert des Wachmanns aus der Scheide und er hielt es ihnen direkt entgegen.

Jerik wandte sich ärgerlich zu Marko um. »Vorlauter Bengel!«, fuhr er ihn an. »Da hast du's! Hättest du nicht deinen Schnabel halten können?«

»Ich frage nicht noch einmal!«, unterbrach sie der

Soldat scharf. »Was ist das? Ihr sagtet, ihr hättet nichts Besonderes dabei.«

»Beruhige dich, Soldat«, sagte Jerik mit aller Ruhe. »Wir müssen zur Shaba, um ihr dieses Wesen zu zeigen. Du hast selbst von den Gerüchten über die Fremden gesprochen. Dies hier ist so einer. Wir haben ...«

Der Soldat starrte sie entgeistert an, blickte dann auf die Drakkenbeine und trat einen Schritt zurück, das Schwert immer noch erhoben. Er schrie so laut er konnte: »Torwache! Torwache ... Zu mir!«

# 6 ♦ Dunkle Pläne

Es war keine Wut mehr, die Ötzli empfand, sondern nur noch Taubheit. Sein
gesamtes Inneres fühlte sich an, als wäre es durchgewalkt und geprügelt worden und läge jetzt leblos am
Boden.

Irgendetwas in ihm weigerte sich zu begreifen, dass
tatsächlich keiner seiner Pläne funktioniert hatte. Er
hatte das Land vor dieser Pest einer Weiberherrschaft
bewahren wollen, vor Alina und vor allem vor Leandra und ihrem Pack. Erst hatte ihn dieser Rasnor im
Stich gelassen, dann war der seltsame Glatzkopf un-
tergetaucht – und jetzt hatte Leandra auch noch den
Pakt gefunden und nach Savalgor gebracht. Zuletzt
war sogar das eigentlich Unmögliche noch geschehen:
Diese beiden dummen Kinder hatten in eine Heirat
eingewilligt, obwohl sie sich nicht einmal kannten.
Unfassbar!

Inzwischen wusste er nicht einmal mehr, wie viel
Zeit noch von den zwei Wochen übrig war, die ihm
die Drakken zugebilligt hatten, um ihnen den Pakt zu
bringen. Er hatte es nach Kräften versucht, aber jämmerlich versagt. Inzwischen glaubte er nicht mehr an
diese verrückte ›Glückssträhne‹, die Leandra immerzu
hold sein sollte; nein, wahrscheinlich war es Bestim-
mung und das Schicksal dieser Welt, von einem dummen, jungen Mädchen ins Unheil gestürzt zu werden.

Das alles enttäuschte ihn über die Maßen. Er schämte sich ehrlichen Herzens für seine Herkunft, für seine
Abstammung aus einem Volk von Dummköpfen und

Ignoranten, die mit einem *Hurra* auf den Lippen und dem Wort *Freiheit* auf den Fahnen in ihren eigenen Untergang rannten. Hätte er die Möglichkeit gehabt, wäre er bereit gewesen, sich von diesem Volk von Blödianen abzusetzen und einen anderen Weg zu gehen. Aber dergleichen stand ihm nicht offen.

Er sah nur noch einen Weg. Den der Rache.

Er verspürte nicht einmal mehr ein Gefühl der Leidenschaft bei diesem Gedanken. Er war ein alter Mann und sein Leben neigte sich dem Ende zu. Als Magier hatte er es verstanden, seine Gesundheit in guter Form zu halten, und wäre jetzt noch einmal eine große Aufgabe auf ihn zugekommen, hätte er sich zweifellos aufgemacht, um etwas zu bewegen. Im Moment aber bestanden seine Zukunftsaussichten nur noch aus der Abfolge einiger trister Jahre, gezeichnet vom Untergang seines Lebenswerks als Ratsmitglied des Cambrischen Ordens, der zerschlagen war, und als Vorsitzender des Hierokratischen Rates, welcher diesem Schicksal bald folgen würde. Selbst sein lächerliches Amt als neuer Hoher Meister der Bruderschaft blickte einem unrühmlichen Ende entgegen, denn sie würde in Kürze zweifellos zerschlagen sein. Sein ganzes bescheidenes Leben lang hatte er sich nach ein wenig Ruhm und Anerkennung für seine Verdienste gesehnt, aber nie etwas davon erhalten.

Doch nun, da sein Ende in absehbarer Zeit bevorstand, begann sich sein Ich dagegen zu sträuben, den Dummen das Feld des Ruhmes zu überlassen. Nein, den Ruhm würde *er* sich nun holen, selbst wenn er sich damit gegen den Rest der Welt stellen musste! Den Gedanken, sang- und klanglos abzutreten, ohne dass man noch ein einziges Mal über ihn oder sein Lebenswerk sprach, empfand er als unerträglich. Dann würde er lieber schon eine Berühmtheit als Teufel und Vernichter erlangen, mit der eigenen Gewissheit darüber, dass er wenigstens zu dem gestanden hatte, was er dachte und fühlte.

Er war einer der fähigsten Magier der heutigen Zeit, und es gab überhaupt keinen Zweifel daran, dass es ihm gelingen würde, diese Leandra zu vernichten, wenn er sich der Sache persönlich annahm. Sie ahnte nichts von seinen Absichten, und er würde wohl kaum auf Schwierigkeiten stoßen, wenn er sich ihr näherte. War ihm das gelungen, so wäre es für ihn kaum mehr als ein Fingerschnippen, sie in die Hölle zu befördern. Man flüsterte sich Wunderdinge über sie zu, aber sie zählte kaum mehr als zwanzig Jahre, und es war völlig unmöglich, dass sie gegen ihn ankam. Vor allem dann nicht, wenn sie nicht damit rechnete. Ja, das würde seine letzte Tat werden. Alles, was danach kam, war ihm egal.

Wütend erhob er sich von dem unbequemen Stuhl, auf dem er seit Stunden wie betäubt gesessen hatte, nunmehr von einem neuen Entschluss beseelt. Ja, er würde es tun! Ihm war durchaus bewusst, wie oft Leandra schon Situationen überlebt hatte, in denen andere sie hatten töten wollen. Aber niemand hatte sein ganzes Leben lang Glück.

Ötzli trat kurz zum Fenster und sah hinaus. Es war später Nachmittag und irgendwo dort draußen waren sie schon wieder am Werk. Sie bereiteten die Hochzeitszeremonie vor, bauten den Cambrischen Orden wieder auf und versuchten den Kryptus zu entschlüsseln. Diese Narren! In wenigen Tagen würden die Drakken kommen, das stand völlig außer Frage, und anstatt sich mit ihnen zu arrangieren, erhoben sie sich zum Widerstand!

Und er sollte dabei zusehen? Nein, ein solcher Abgang kam für ihn nicht in Frage. Morgen zur Mittagsstunde würde diese lächerliche Hochzeit stattfinden und genau dann würde er zuschlagen! Als Ratsvorsit-

zender würde er einen Ehrenplatz nahe beim Brautpaar einnehmen und damit auch nahe bei Leandra,
denn sie würde ganz sicher anwesend sein. Niemand
ahnte, mit welcher Absicht er sich trug. Und was niemand ahnte, konnte auch niemand verhindern! Er
wusste eine Magie ... ach was, er wusste eine *ganze*
*Reihe* von Magien, mit denen er sie wie mit einem Blitz
fällen konnte. Und dann hätte er, wenn man es so betrachtete, sogar noch die Gelegenheit, gänzlich reinen
Tisch zu machen! Alina und dieser Victor stünden
schließlich ebenso wehrlos vor ihm. Der Primas wäre
auch anwesend, und vielleicht würde er es sein, der
Ötzlis Taten schließlich ein Ende setzte ... Er lachte bitter auf. Vielleicht war das gar kein so schlechter Abgang.

Ötzli nickte verbissen. Ja, genau das würde er tun. Er
würde keine Seele auf dieser Welt von seiner Absicht
in Kenntnis setzen und vollkommen überraschend
handeln. Und er würde ein Zeichen setzen, indem er
dieses Weib Leandra vom Antlitz der Welt tilgte! Ob er
Alina tötete, konnte er sich bis morgen noch überlegen,
schließlich war sie Mutter und er war kein Unmensch.
Aber für Leandra würde es endgültig vorbei sein! Endgültig!

*

»Er behauptet, er hieße Munuel, Hauptmann«, flüsterte der Soldat seinem Vorgesetzen zu. Er stand in
strammer Haltung gleich neben dem Gitter, hinter dem
die drei Ankömmlinge eingesperrt waren.

Nur Augenblicke, nachdem der Wachmann um Hilfe
geschrien hatte, waren sie von Soldaten umringt
gewesen und man hatte sie abgeführt. Nun saßen sie
in einer Zelle eines Wachturms der Stadtwache, der
gleich hinter dem Nordtor an der Stadtmauer empor-
ragte.

»Munuel ist tot!«, flüsterte Marko dem Mann zu, den er als Jerik kannte. »Das weiß jedes Kind!«

»Munuel ist tot!«, stellte der Hauptmann draußen vor den Gitterstäben fest, als wäre er das Echo von Marko. »Das ist allgemein bekannt. Er starb vor über einem Jahr bei einer Schlacht in der Nähe von Tharul. Du kannst nicht Munuel sein! Ich kannte ihn persönlich. Sogar sehr gut!«

»Soso«, meinte Jerik.

»Ganz recht«, erwiderte der Hauptmann herablassend. Er war ein großer, dicker Kerl mit einem flachen Gesicht und roten Wangen, die sich hinter einem militärischen Prachtstück von Zwirbelbart verbargen. Seine Augen waren kohlschwarz.

»Hört auf mit dem Quatsch, Jerik!«, zischte Marko. »Ihr reitet uns nur noch tiefer hinein!«

Der Magier ignorierte ihn. »Du kanntest Munuel also persönlich, Hauptmann?«

»In der Tat. Und er war nicht blind!« Sein Gesicht spiegelte Triumph. »Was ist mit deinen Augen, Scharlatan? Du siehst wohl übers Trivocum, was? Nein, mich täuschst du nicht!«

»Eine Frage, verehrter Hauptmann, wenn es gestattet ist.«

Der Mann blies sich auf, als könnte ihn nichts auf der Welt erschüttern. »Was?«, fragte er barsch.

»Woher kanntest du Munuel? Aus seinem Heimatdorf? Oder vom Ordenshaus?«

»Richtig. Das Letztere. Vom Ordenshaus her.«

»Aha. Das Cambrische Ordenshaus hat ja auch viel mit der Stadtwache zu tun, nicht wahr?«

Der Hauptmann zögerte. »Nun ja, nicht direkt …«

»Also indirekt? Welche Funktion hatte Munuel dort inne, wenn du schon behauptest, ihn persönlich gekannt zu haben?«

»Welche … Funktion?«

»Ja! Welchen Posten, welches Amt – innerhalb des Cambrischen Ordens?«

»Ich … äh …«

»Sieh an, das weißt du also gar nicht! Aber du kanntest ihn persönlich und sogar sehr gut!«

Das Gesicht des Hauptmanns zuckte. »Was soll das werden – ein Verhör? Du Laus! Weißt du nicht, dass du hier der Gefangene bist und ich der Wachoffizier?«

»Ich weiß nur, dass ich es hier mit einem Aufschneider zu tun habe!«, rief Jerik wütend. »Munuel war nur sehr selten in Savalgor, und wenn, dann vertrat er den Primas! Doch der Primas hat nicht das Geringste mit der Stadtwache zu schaffen – weder er noch sonst irgendwer vom Cambrischen Orden! Und einen Hauptmann wie dich kannte er mit Sicherheit nicht, denn *ich* tue es nicht und ich bin Munuel! Und wenn du dir also viel Ärger ersparen willst, dann lässt du uns auf der Stelle hier heraus, denn wir müssen dringend zur Shaba und zum Primas des Cambrischen Ordens!«

Der Hauptmann war immer blasser geworden. Aber es gibt Leute, die werden trotzig anstatt reumütig, wenn sie einer Lüge überführt werden, und der Hauptmann war so einer. Er wandte sich an den Wachsoldaten. »Verschärfte Bewachung für die drei!«, presste er wütend hervor. »Und hol mir einen Magier her, meinetwegen einen von dieser Duuma, wenn da noch einer zu finden ist! Bis morgen die Feierlichkeiten vorüber sind, will ich absolute Ruhe haben! Niemand darf die Zeremonie stören, hast du verstanden?«

Damit wandte er sich um und stampfte wütenden Schrittes aus der Wachstube. Der Soldat warf ihnen einen schadenfrohen Blick zu.

»Munuel ist tot!«, erklärte Marko noch einmal flüsternd.

»Ist er *nicht!*«, zischte der Mann, der Jerik oder Munuel hieß, zurück.

Schließlich mischte sich auch Meister Izeban in die Diskussion mit ein. »Verzeiht meine Unwissenheit, meine Herren. Ich habe noch nie von einem Munuel gehört. Wer soll das sein?«

»Munuel ist ein legendärer Held!«, erklärte Marko. »Ein Magier mit überragenden Fähigkeiten, ehemaliger Begleiter und Geliebter von Leandra, der Befreierin von Akrania. Er war stark und hoch gewachsen, Anfang dreißig und außerdem ein Meister im Schwertkampf, im Gesang und dem Spiel auf der Guitare. Und er war nicht blind, wie der Hauptmann richtig bemerkte. Munuel starb vor etwa vier Jahren bei einer Schlacht in der verfluchten Ruinenstadt von Thoo, als er Leandra gegen eine Horde von viertausend Dämonen verteidigte. Und wenn er sich, was nicht möglich ist, hier im Raum befände, hätte er längst mit einem Fingerschnippen diese eisernen Gitterstäbe wie Butter in der Sonne zerschmelzen lassen und wäre mit uns geflohen.«

Izeban wandte sich an den alten Magier. »Und dieser Munuel … das seid *Ihr*?«

»Ganz recht!«

»Aha«, sagte Izeban.

# 7 ◆ Hochzeitsvorbereitungen

Er sollte wenigstens einmal mit ihr reden!«, flüsterte Jacko.

»Er will einfach nicht«, erwiderte Hellami schulterzuckend. »Was soll man da schon machen?«

Victor saß dumpf brütend am anderen Ende des Raumes. Das nicht enden wollende Getuschel ging ihm gehörig auf die Nerven. Es waren nicht nur Jacko und Hellami, die sich ständig etwas zuflüsterten; auch Hochmeister Jockum war anwesend, dazu irgendein alter Magierfreund von ihm, der sich plötzlich veranlasst gefühlt hatte, hier anwesend zu sein, und es waren auch noch Yo, Harnas und ein Dutzend anderer Leute da. Die einzige Person, die er gern bei sich gehabt hätte, wäre Leandra gewesen, aber die hatte er seit dem vergangenen Abend nicht mehr gesehen.

Sie war bei Alina, mit dem Rest der sorgenvollen Abordnung: Meister Fujima, Caan, Quendras, der eigentlich über seinen Büchern und dem Pakt brüten sollte, sowie Azrani, Marina und wer weiß noch alles. Zweifellos stellten sie das Gleiche mit Alina an, und Victor empfand auf spöttische Weise sogar Mitgefühl mit der Ärmsten. Es war Vormittag, und zur Mittagsstunde stand das auf der Tagesordnung, was ihm mittlerweile wie ein Gang zum Richtblock vorkam: die Hochzeitszeremonie.

Er kannte seine Braut so gut wie überhaupt nicht. Sie hatten miteinander ein Kind gezeugt – zugegebenermaßen einen süßen kleinen Jungen, aber das war alles, was sie verband. Als sie versucht hatte, Kontakt mit ihm aufzunehmen, gestern Morgen, kurz nach dem Kampf gegen diesen Irren, hatte er sie zurückgewiesen. Während sie dort zu dritt am Boden gesessen hatten, hatte er nur ein bisschen mit seinem Sohn gespielt und ihre zaghaften Versuche, mit ihm zu reden, gar nicht beachtet. Inzwischen tat es ihm Leid. So unangenehm war sie gar nicht, nein – *er* war es eigentlich, der diesen Makel trug. Er hatte sich wie ein Ekel verhalten und danach trotzdem in die Heirat eingewilligt.

Dieser Irrwitz war es, der ihn nun durcheinander brachte und ihm inzwischen wie ein Stück faules Fleisch im Leib steckte. Erst hatte er ihr und dem Kind das Leben gerettet, dann wollte er nichts mehr von ihnen wissen. Er empfand sie keinesfalls als unangenehme Gesellschaft, aber irgendein hässliches Gefühl flüsterte ihm ein, dass er sie hassen sollte, furchtbar hassen, und dass das Kind ein Bastard wäre. Was war das nur für eine Stimme? Die Stimme des Teils in ihm, der Leandra liebte und der diese Liebe nicht opfern wollte? Eine seltsame Stimme für etwas, das eigentlich gutartig sein sollte: die Liebe.

Aus irgendeinem Grund wünschte er sich jetzt, er brächte den Mut auf, Alina in die Augen zu sehen, denn sein Verstand sagte ihm, dass sie nichts als eine vom Schicksal geprügelte junge Frau mit guten Absichten war. Aber alles, was er bisher getan hatte, versperrte ihm den Weg zu ihr. Seit gestern weigerte er sich, sie zu sehen, obwohl er vor dem Hierokratischen Rat *ja* gesagt hatte. Aus reinem Trotz gegen diesen Ötzli und seine Bande von aufgeblasenen Ratsherren.

Ja, in jenem Augenblick hatte sie ihm imponiert, als sie ihm so unbewegt und kühl vorgemacht hatte, wie es ging – wie man seinem Feind eine Ohrfeige verpasste und trotz aller Peinlichkeit einer Situation die Würde behielt. Er hatte ihr nicht nachstehen wollen, indem er sich blöd und geistlos davonstahl. Aber inzwischen bereute er es. Oder nicht?

Es war ein furchtbarer Zwiespalt, in dem er steckte. Er stieß ein gequältes Seufzen aus.

Prompt wandten sich ihm ein Dutzend Gesichter zu, offenbar in der Hoffnung, seine Laune hätte sich irgendwie geändert und sein Inneres wäre in plötzlicher Liebe zu Alina entflammt. Er konnte nicht anders, als ihnen mit einem spöttischen Auflachen und verächtlichen Blicken zu antworten.

Mit plötzlich aufschäumender Wut fuhr er hoch. »Ich gehe!«, rief er. »Und wenn ihr mich *wieder* verfolgt, dann werde ich gefährlich, habt ihr das verstanden?«

»Aber Victor …!«, rief Hochmeister Jockum.

Er mochte den alten Herrn, aber an diesem Morgen fand er seine väterlich-fürsorgliche Art unerträglich. Abwehrend hob er eine Hand und warf dem Primas warnende Blicke zu. Der alte Herr verstummte.

Jacko trat drohend auf ihn zu. »Du bleibst hier!«, sagte er scharf.

Victor verspürte eine viel zu brennende Wut und Verzweiflung in sich, als dass ihm ein Jacko, auch wenn er beinahe einen Kopf größer und doppelt so stark war, irgendwie den Weg hätte versperren können. Er marschierte geradenwegs auf ihn zu und stieß ihn wütend mit beiden Händen vor die Brust. Jacko musste nur einen Schritt zurück tun.

»Was ist?«, schrie Victor ihn an. »Willst du dich mit mir prügeln? Nur zu! Das wär mir gerade recht! Dann könnte ich mit ein paar blauen Flecken auf dieser Hochzeit antanzen und käme mir wenigstens nicht so sehr wie ein verfluchter Verräter vor!«

Jacko starrte Victor nur böse an.

Victor hob einen drohenden Finger. »Ich will allein sein, versteht ihr? Ich gehe jetzt, und wenn mir auch

nur einer von euch folgt, dann schlage ich um mich!«
Fast zwei Dutzend Augenpaare starrten ihn entgeistert an.

Victor marschierte festen Schrittes auf die große Doppeltür zu, riss sie auf und trat hinaus. Mit einem heftigen Ruck zog er sie hinter sich wieder zu, sodass sie krachend ins Schloss fiel. Dann blieb er stehen.

Es dauerte immerhin ein paar Augenblicke, ehe sie geöffnet wurde, dann aber stand Harnas glotzäugig vor ihm. Sie hatten ihn vorgeschickt.

»Hau ab!«, brüllte Victor ihm entgegen.

Harnas verzog das Gesicht, als hätte ihm jemand eine Ohrfeige gegeben, dann rummste die Tür wieder zu. Victor drehte sich auf dem Absatz um und rannte, so schnell er konnte, den langen Palastkorridor hinunter.

Die bevorstehende Hochzeitszeremonie hatte alles, was in der Stadt Rang, Namen und Beine hatte, herbeigerufen, und an jeder Gangbiegung, an Zimmereingängen oder Treppenfluchten tummelten sich Gruppen von Leuten.

Mit einem Fluch bremste er ab, hoffte darauf, dass man sein Gesicht noch nicht kannte, und schlängelte sich durch die Reihen der Menschen. Ein besonderes Ziel hatte er nicht vor Augen, doch ein Blick nach hinten zeigte ihm, dass sich seine Verfolger bereits formiert hatten. Er erkannte Jacko und Harnas, sie versuchten über die Köpfe der Leute hinweg nach ihm Ausschau zu halten. Er duckte sich und lief weiter. Mit ein bisschen Glück würde es ihm vielleicht gelingen zu verschwinden. Ob er nur seine Ruhe haben oder tatsächlich seiner Hochzeit fern bleiben wollte, wusste er noch nicht.

Nachdem er etliche Gänge und Säle mit Menschen durchquert hatte, war ihm das Glück hold: Am anderen Ende eines Saals lag der Aufgang zu einer hohen

Wendeltreppe. Er glaubte sie zu kennen, es musste diejenige sein, die an den oberen Stockwerken vorbei bis ganz hinauf zum alten Drachenlandeplatz führte. Vielleicht war dort niemand. *Dann kann ich mich wenigstens in Ruhe in die Tiefe stürzen,* dachte er.

Er erreichte die Treppe und huschte hinauf.

Der Palast war groß, und auch auf der Treppe begegnete er vielen Menschen – hier schien ihn jedoch keiner zu kennen. In den Korridoren der nächsten Stockwerke sah er immer noch Leute. Er stieg höher und höher, während das Gedränge langsam nachließ. Irgendwann begegnete er niemandem mehr, aber da war er schon sehr weit hinaufgestiegen. Sein Herz klopfte und er schnaufte von den vielen Stufen, doch er ging weiter. Es folgte ein Teil, in dem es keine abzweigenden Gänge mehr gab, nur hin und wieder fiel ein wenig Licht durch schmale Scharten herein, die in die nördliche Wand des weiten Treppenhauses gehauen waren. Teilweise fehlten sie sogar und es wurde vollkommen dunkel, aber er stieg weiter und weiter hinauf. Je höher er kam, desto lieber war es ihm. Endlich erreichte er den obersten Treppenabsatz, der unter einer runden, hohen Kuppel lag. Schnaufend blieb er stehen. Es war mühsam gewesen, aber er hatte das Gefühl, dass diese Anstrengung seinen Geist geklärt hatte. Vielleicht konnte er jetzt besser denken. Es waren noch gut zwei Stunden bis zur Mittagszeit, und vielleicht fiel ihm bis dahin ein, was er tun sollte. Zuversichtlich war er nicht.

Ein paar niedrige Gänge zweigten von hier in mehrere Richtungen ab, aber die mochte er nicht nehmen. Sie waren finster, und er wusste nicht, wohin sie führten. Eine letzte breite Treppe führte direkt zu einer schweren Holztür, und dahinter lag das letzte Treppenstück, das bis ganz hinauf auf das Palastdach führte. Victor ging weiter.

Als er oben anlangte, wurde er von einem grauen, wolkenverhangenen Himmel begrüßt. Er passte bestens zu seiner Stimmung. Trüben Gemüts blickte er über die weite Fläche ostwärts. Einen Steinwurf rechts von ihm strebte die gewaltige Felswand des Savalgorer Stützpfeilers in die Höhe; dort lagen auch große, mit Holztoren verschlossene Öffnungen – die ehemaligen Drachenquartiere. Links ging es jäh in die Tiefe, es musste über eine Drittelmeile sein. Er trat an den Rand der Felsplattform und starrte auf Savalgor hinab, das sich unter ihm wie eine Spielzeugstadt ausbreitete.

Leandra zu verlieren, um diese Fremde zu heiraten, war für ihn ein unerträglicher Gedanke. Es würde ein hässliches Leben in Politik, höherer Gesellschaft und voll offizieller Pflichten sein. Ein Leben an der Seite einer Frau, die er niemals lieben konnte, und als Vater eines Kindes, das er sich nicht gewünscht hatte. Eine schreckliche Aussicht.

Er trat wieder von der Kante ab und ging ein paar Schritte ostwärts. Links stand eine halb verfallene Holzbaracke, dann kam er an einem verrotteten Bretterstapel und einigen großen Bottichen vorbei, die nicht besser aussahen. Hier wuchs Gras in den Ritzen und überall hatte sich Flugsand angesammelt. Die Vergänglichkeit, die aus all diesen Dingen sprach, empfand er aus irgendeinem Grund als tröstlich. Bald hatte er den östlichen Rand der Plattform erreicht und ließ sich seufzend auf einem Steinblock nieder.

Über eine Stunde saß er da und das Gefühl eines unsäglichen Verlustes drohte ihn aufzufressen. Nein, er würde sicher nicht in die Tiefe springen, das lag nicht in seiner Natur, aber der Wunsch, einfach zu fliehen, selbst wenn er Leandra nie wieder sah, wurde immer mächtiger in ihm. Diese vollkommen widersinnige Hochzeit drückte ihm die Kehle zu. Allein der Gedanke, aufzuspringen und davonzurennen, erzeugte ein kitzliges Gefühl der Vorfreude. Vorfreude deswegen, weil er sich immer sicherer wurde, dass er es wirklich tun würde. Die Zeit arbeitete für ihn. Noch ein paar Minuten, dann war er innerlich soweit. Das spürte er.

Plötzlich hörte er hinter sich ein Geräusch.

*

Leandra hatte Victor schon am vergangenen Abend verlassen, denn er war teufelswütend gewesen und haderte mit der ganzen Welt und der Häme des Schicksals. Das Schlimme war: Sie fühlte sich schuldig und geriet immer mehr in Zweifel, ob sie das Richtige getan hatte. Dazu kamen noch ihre lähmenden Kopfschmerzen, die sie seit gestern Abend wieder quälten. Ihre Bemühungen, Victor als den Vater von Alinas Kind öffentlich zu machen, waren zwar an sich richtig, aber sie hatte inzwischen das Gefühl, damit beiden etwas Schreckliches angetan zu haben.

Wie wenig verstand sie doch von menschlichen Gefühlen! Victor wollte von ihr nichts wissen – er weigerte sich hartnäckig, sie zu sehen. Wie sollte Alina das überstehen? Es war ein einziges Drama. Und ihre Kopfschmerzen wollten auch nicht nachlassen. Manchmal glaubte sie sogar schon, Stimmen im Kopf zu hören.

Es klopfte.

Sie befand sich in einem der Zimmer, die Alina schon seit ihrem Einzug in den Palast bewohnte; eine verschwenderisch ausgestattete Reihe von Räumen mit hoher Decke, kostbaren Teppichen und vielen Fenstern, von denen man die Stadt überblicken konnte. Die riesige Tür war mehr ein Portal zu nennen, die Klinke lag in Augenhöhe, und in diesem Moment starrten alle Anwesenden in ihre Richtung. Ein jeder hier im Raum schien die Hoffnung zu hegen, dass endlich einmal eine *gute* Nachricht überbracht wurde.

Azrani sprang auf und eilte zur Tür, um sie zu öffnen. Draußen standen der Primas, Jacko, Hellami, Yo und Harnas.

Schon am Gesichtsausdruck des Primas erkannte Leandra, dass er *schlechte* Neuigkeiten brachte. »Der Tag scheint unter keinem guten Stern zu stehen«, brummte er, als er den Raum betreten hatte. »Ich habe drei schlechte Nachrichten und weiß nicht einmal, welche davon die schlimmste ist.«

Leandra blickte zu Alina, die sich aufgerichtet hatte. Sie war bereits halb für die Hochzeit angekleidet, ihre glatten, hellbraunen Haare fielen ihr sanft und leuchtend über die Schultern. In ihrer Schönheit und Traurigkeit bot sie einen Anblick, der einem die Tränen in die Augen treiben konnte.

»Die erste ist: Quendras hat Probleme mit dem Kryptus. Er versteht einige entscheidende Dinge nicht und befürchtet, dass er noch viele Tage, vielleicht Wochen brauchen könnte. Er muss manches ausprobieren, was nicht ungefährlich ist.«

Leandra ließ einen leisen Fluch hören.

»Die zweite schlechte Nachricht: Victor ist verschwunden. Vor einer halben Stunde ist er wie von Dämonen gejagt aus seinem Zimmer geflohen. Wir können ihn nicht finden.«

Alina stieß einen Laut der Verzweiflung aus, wandte sich auf der Stelle um und floh in einen anderen Raum. Dass sie weinte, war nicht zu überhören. Azrani, Marina und Hellami folgten ihr, doch Leandra blieb, wo sie war. Denn der Primas hatte gleich darauf *sie* in den Blick gefasst. Sie spürte, dass die dritte schlechte Nachricht sie selbst betraf. Ihr Herz begann dumpf zu pochen.

Der alte Magier trat direkt vor sie und sie stand auf.

»Irgend etwas ist mit Angadoor«, sagte er.

Sie schluckte. »Mit Angadoor?«

Er nickte. »Eine Meldung hat uns erreicht. Ich weiß nicht genau, was geschehen ist. Eine Art Überfall oder ... ein Unfall. Mehr haben wir nicht erfahren.«

Leandra starrte ihn mit offenem Mund an. »Ein Unfall?«, stammelte sie.

»Oder ein Überfall. Die Nachricht war sehr unbestimmt.«

»Woher stammt eigentlich diese Nachricht?«, wollte Meister Fujima wissen.

Der Primas zuckte die Schultern. »Das ist es ja, leider! Einer der Cambrier kam zu uns und sagte, er habe es von einem Hauptmann gehört, der mit seinen Leuten heute Morgen in die Stadt kam. Wir konnten es nicht zurückverfolgen.«

Leandra hatte das Gefühl, als hätte sie Sand im Mund. Sie war viel zu lange nicht mehr daheim gewesen. »Gibt es ...«, stammelte sie weiter, »... ich meine, ist irgendjemandem etwas passiert?«

Der Primas hob die Schultern. »Ich weiß es leider nicht. Es quält mich, dir so eine ungenaue Nachricht überbringen zu müssen, mein Kind. Vielleicht ist überhaupt nichts passiert. Ich habe schon überlegt, dir gar nichts davon zu sagen. Was aber, wenn nun *doch* etwas geschehen ist ...?«

In Leandras Kopf hatte sich ein Räderwerk in Gang gesetzt. Angadoor war etwa dreihundert Meilen entfernt. Wenn sie schnell genug einen der Drachen auftreiben konnte, dann würde sie es noch bis zum Abend nach Hause schaffen.

»Ich werde fliegen!«, sagte sie mit plötzlicher Entschlossenheit. »Jetzt gleich. Ich muss ...«

»Warte, Leandra!«, warf Meister Fujima ein. »Nicht so schnell!«

Leandras Kopf fuhr herum. »Die Hochzeit kann

auch ohne mich stattfinden!«, sagte sie, und es lag so etwas wie Ärger in ihrer Stimme. »Es wird sogar das Beste sein, ich bin gar nicht dabei, oder?«

Der Primas schüttelte den Kopf. »Warum?«, fragte er verwirrt.

»Warum? Schließlich habe ich das ganze Unheil hier in Gang gebracht! Victor ist verschwunden, Alina weint … und ich …« Sie unterbrach sich, als sie spürte, wie ihr selbst Tränen in die Augen stiegen. »Ich muss …«

Plötzlich brach das ganze Elend aus ihr heraus. Sie konnte die Tränen nicht mehr zurückhalten, hob die Hände vors Gesicht und wandte sich von Meister Fujima und Hochmeister Jockum ab.

Gleich darauf spürte sie Jockums Arm um ihre Schulter. »Na, komm schon, mein Kind«, sagte er ruhig. »Ist ja gut. Du kannst doch gar nichts für all das …« Er führte sie aus dem Raum in ein angrenzendes Zimmer und drückte sie in einen Sessel. Sie bekam noch mit, dass Meister Fujima ebenfalls mit hereingekommen war und hinter sich die große Doppeltür zuzog. Zum Glück war es nicht das Zimmer, in das Alina geflohen war.

Sie saß schluchzend da und kam sich, trotz ihres Elends, unsagbar dumm vor. Im Gegensatz zu Victor und Alina hatte sie denkbar wenig Probleme und trotzdem heulte sie hier wie ein kleines Kind. Wenn ihr nur der Kopf nicht auch noch so weh getan hätte!

Der Primas und Meister Fujima flüsterten ihr eine ganze Weile Trost zu, ehe ihr Tränenstrom versiegte. Endlich hatte sie die Beherrschung wiedergewonnen. Aber sie fühlte sich nun umso mehr verpflichtet, nach ihrer Familie zu sehen.

»Das gefällt mir nicht recht, Leandra«, meinte Meister Fujima. »Diese Nachricht ist reichlich vage und ich kann mir keinen Reim darauf machen. Was soll in Angadoor passiert sein?«

»Deswegen will ich ja nachsehen!«, beharrte sie.

»Und wenn dich jemand von hier fortlocken will? Oder wenn es eine Falle ist?«

»Eine Falle?«, fragte sie ungläubig. »Wie kommt Ihr denn auf so etwas? Wer sollte mir eine Falle stellen?«

Meister Fujima hob die Schultern. »Es gibt sicher einige, die Groll gegen dich hegen!«

Der Primas nickte bedächtig. »So ganz falsch ist das nicht«, räumte er ein. »Da wäre dieser unbekannte neue Anführer der Bruderschaft. Oder gewisse Leute aus dem Hierokratischen Rat. Es sind sicherlich einige, die Rachegedanken hegen könnten.«

Leandra schüttelte den Kopf. »Das glaube ich nicht. Wenn jetzt jemand noch etwas ausrichten wollte, dann müsste er die Hochzeit verhindern! *Ich* bin doch inzwischen nur noch eine Nebenfigur!«

Der Primas sah seinen alten Freund Fujima viel sagend an. »Es gehört nicht einmal allzu viel dazu, *diese* Hochzeit zu verhindern!«

Leandra stand auf. »Das stimmt. Ihr müsst sehen, dass Victor gefunden wird und dass Alina sich beruhigt. Vielleicht ist es wirklich das Beste, wenn ich weit fort bin! Ich werde fliegen. Mit Glück bin ich noch vor Sonnenuntergang in Angadoor!«

»Auf mich kann die Hochzeit ebenfalls verzichten!«, sagte Meister Fujima. »Ich werde mit dir kommen, Leandra. Nur zur Sicherheit. Und sollte in Angadoor tatsächlich etwas passiert sein, kann ich vielleicht helfen.« Er lächelte ihr aufmunternd zu. »Ich kenne einige Tricks, weißt du?«

Sie musterte ihn kurz und nickte dann seufzend. »Also gut. Dann fliegen wir zu zweit.«

Beide sahen sie den Primas an. Sein Einverständnis war zwar nicht zwingend erforderlich, aber als Oberhaupt des Cambrischen Ordens war sein Segen allemal der bessere Weg. Hochmeister Jockum nickte. »Aber kommt schnell zurück. Ihr wisst, dass wir die schlimmste Gefahr noch nicht beseitigt haben: die Drakken.«

*

Victor hätte mit vielen Leuten gerechnet, nur nicht mit Alina.

Sein Herz machte einen Satz, als er sich umdrehte und sie erkannte. Sie war still an ihn herangetreten, hatte ihn womöglich eine Weile beobachtet. Das machte ihn nicht gerade glücklicher.

»Wie ... hast du mich gefunden?«, fragte er abweisend.

Sie starrte ihn eine Weile an; an ihren geröteten Augen und Wangen sah er, dass sie vor kurzem geweint hatte. Ihm fiel nichts ein, was er hätte sagen können. Außerdem verspürte er keine sonderlich große Lust, irgendwie *nett* zu ihr zu sein.

»Ich habe dich gesucht«, erklärte sie unsicher.

»Das tun im Augenblick wahrscheinlich alle.« Er wandte sich von ihr ab und starrte in die Ferne. »Und ausgerechnet *du* findest mich. Hoffentlich ist das kein Omen.«

Er hörte, dass sie einen leisen Laut ausstieß, es klang wie ein unterdrücktes Schluchzen. Er drehte sich um und sah sie an. Sie starrte an ihm vorbei, hinauf in den Himmel, so als könnte ihr irgendeine höhere Macht ein tröstendes Wort oder einen sinnvollen Rat geben. Plötzlich tat es ihm Leid, dass er sie so grob angemault hatte. Sie konnte nichts für all das, was geschehen war.

Er schnaufte, rutschte dann auf seinem Steinblock ein wenig zur Seite. »Komm, setz dich«, sagte er.

Sie wartete noch einen Moment, setzte sich dann aber auf den Sims der flachen Brüstung, die seinem

Platz gegenüber lag. So saß sie ihm schräg gegenüber, einige Schritte entfernt. Sie trug seltsame Kleidung: das Oberteil eines zartrosa seidenen Festgewands mit rotgoldener Schärpe, dazu jedoch einen einfachen, wenn auch fein gewebten Leinenrock, der bis zum Boden reichte. An den Schultern waren Spitzenbuketts angeheftet, der festliche Kragenspiegel aus steifem Batist jedoch hatte sich zur Hälfte wieder gelöst und stand auf der rechten Seite ulkig in die Höhe. Im Haar trug sie einen einfachen, weißen Reif, der gewiss nicht zum Festgewand gehörte; die Haare über dem rechten Ohr waren hochgesteckt, die übrigen nicht. An den Füßen trug sie nur einfache Sandalen, sie waren sogar ziemlich alt und ausgetreten.

Victor stellte fest, dass sie trotz ihres kuriosen Aufzuges ein außergewöhnlich schönes Mädchen war. Aber diese Feststellung war rein sachlich. Sie versüßte ihm keinesfalls den Tag.

Sie bemerkte seine Blicke und strich sich verlegen den Rock glatt.

»Du bist wohl auch abgehauen, was?«

Sie nickte zögernd.

»Wirklich ein Wunder, dass du mich hier gefunden hast. Ich sitze hier schon länger als eine Stunde.«

»Ist es dir lieber, wenn ich wieder gehe?«, fragte sie.

Spontan war er versucht, *ja* zu sagen, aber er hielt an sich und schüttelte den Kopf. Es gab keinen Grund, ihr noch mehr wehzutun. »Nein, bleib nur«, seufzte er. »Ist schon gut.«

Für eine Weile schwiegen sie.

Dann sagte Alina: »Der Primas kam und sagte, du wärest fort. Da ging ich dich suchen. Ich dachte …«

»… dass ich *ganz* fort wäre?«, fragte er herausfordernd. »Dass ich nicht zur Trauung käme?«

Wieder nickte sie zögernd.

Er lachte trocken auf. »Das klingt ja fast, als würdest

du Wert darauf legen, dass ich komme. Dass wir wirklich diese lächerliche Heirat vollziehen!«

Sie zuckte zusammen, das sah er deutlich. Dann aber schüttelte sie den Kopf. »Nein. Die Heirat ...« Sie suchte nach Worten, hob die Schultern. »Die Heirat ist nur ein Schauspiel. Für den Hierokratischen Rat. Aber ...«

Er legte den Kopf ein kleines bisschen schief. »Was?«

Alina wirkte im Augenblick nicht im Mindesten so selbstsicher wie noch am vergangenen Vormittag bei der Ratssitzung. Dort hatte sie Altmeister Ötzli mit bemerkenswerter Abgeklärtheit den Auftritt verdorben. Jetzt aber erinnerte sie eher an ein kleines, verunsichertes Mädchen. Sie hatte etwas auf dem Herzen, das spürte Victor, andernfalls wäre sie nicht hierher gekommen. Wollte sie ihn etwa zu dieser Heirat überreden?

»Es tut mir Leid, was ich dir angetan habe«, sagte sie leise.

Unwillkürlich versteifte er sich. Oder war es eher so etwas wie Entspannung, was er fühlte? Ein seltsames Gefühl war es jedenfalls, das da sein Rückgrat hinabstrich; dass Alina sich für irgendetwas entschuldigen wollte, hätte er nicht vermutet.

»Was ... meinst du?«, fragte er unsicher.

Sie sprach nicht gleich weiter, atmete einige Male langsam und tief ein, so als bereitete es ihr große Schwierigkeiten, damit herauszurücken. »Ich habe dir das angetan, was Chast mit mir vorhatte. Und ... was er schließlich auch tat. Genau das Gleiche. Es tut mir Leid.«

Victor brauchte eine Weile, ehe er verstand. »Eine Vergewaltigung?«, fragte er ungläubig. »Du meinst, du hättest mir ... Gewalt angetan?«

Sie hob die Schultern. »Das ist es doch, nicht wahr?«

Er lachte leise auf. »So habe ich das noch nie gesehen.« Er starrte kopfschüttelnd über die Brüstung hinweg in Richtung eines großen Pfeilers, der sich östlich von Savalgor in der milchigen Ferne abzeichnete. »Ich meine, es ist doch etwas anderes, oder? Schließlich musste ich kein Kind austragen! Mit ein bisschen Glück hätte ich nie etwas davon erfahren und ...«

Ihre Tränen kamen so plötzlich, dass er erschrak.

Sie schlug die Hände vors Gesicht und senkte den Kopf. Victor schluckte heftig, wusste nicht, was er getan hatte. Eine Stimme der Höflichkeit flüsterte ihm ein, dass er aufstehen und zu ihr gehen sollte, um sie zu trösten, aber er wusste nicht, wie er das hätte machen sollen. Mit einem unangenehmen Rumoren im Bauch blieb er sitzen und wartete, bis ihr Tränenfluss versiegte.

»Warum ... macht es dir so viel aus? Ich meine, ich bin für dich doch nur ein völlig beliebiger Kerl – irgendwer, der zufällig in einem Verlies eingesperrt war und schlief ...«

Sie hob den Kopf. »Bist du nicht!«, sagte sie, fast ein bisschen zornig, aber immer noch unter Tränen.

Das Bild des hilflosen, kleinen Mädchens vertiefte sich und Victor war kein Grobian. Sein innerer Widerstand gegen sie ließ nach. »Ich ... hätte eher gedacht, du würdest mich für ein Ekel halten. Ich habe dich schlecht behandelt.« Er schüttelte verständnislos den Kopf. »Ich verstehe dich einfach nicht – liegt dir denn tatsächlich etwas an mir?«

Sie blickte lange zu Boden, schien wieder nach Worten zu suchen. Er bemühte sich um einen einigermaßen entspannten Gesichtsausdruck. »Schon gut«, versuchte er sie zu beruhigen. »Sag's ruhig. Ich werde mein loses Mundwerk halten.«

Sie brauchte noch eine Weile; dann sagte sie, immer noch zu Boden blickend: »Ich habe das alles längst nicht so unbeteiligt erlebt wie du, weißt du?« Sie sah auf. »Ich … ich habe es mir stundenlang überlegt.« Ihre klaren, hellblauen Augen strahlten eine Offenheit aus, der er sich nicht so recht entziehen konnte.

»Übrigens war es unser Freund Quendras«, fuhr sie fort und ein schwaches Lächeln glitt über ihr Gesicht, »der dieses Duftöl auf Chasts Wunsch hin herstellte. Das Duftöl, mit dem er mich meiner Sinne berauben wollte, um …« Sie unterbrach sich und blickte zur Seite.

Victor nickte und fuhr an ihrer Stelle fort. »… um dich zu schwängern. Ja, ich weiß, dass es dieses alte akranische Gesetz gibt. Ein Mann kann eine Frau zur Heirat zwingen, wenn sie sein Kind zur Welt gebracht hat. Geradezu eine Einladung, Frauen Gewalt anzutun.«

Sie setzte ein ärgerliches Gesicht auf. »Sollte ich je Shaba werden, wird es das Erste sein, was ich abschaffe. Ich weiß gar nicht, aus welcher furchtbaren Zeit dieses Gesetz stammt.«

Plötzlich wurde ihm bewusst, warum er sich seit dem Augenblick, da er sie zum ersten Mal gesehen hatte, so sehr gegen sie sträubte: Er hatte Angst, sie zu *mögen*. Sie war schön, klug und – das wurde ihm jetzt schmerzlich klar – sie war *liebenswert*. Er schloss die Augen und dachte an Leandra. Es wäre ein verdammter Verrat, wenn er sich erlaubte, Alina zu mögen.

Sie bemerkte seine Verlegenheit, vielleicht spürte sie sogar, welchen Inhalts sie war, und fuhr rasch fort. »Ich war damals schon seit etlichen Tagen dort unten eingesperrt, in diesen Katakomben von Unifar. Ich hatte Sardin gesehen … und fürchtete mich zu Tode vor ihm. Er brüllte mit furchtbarer Wut, tötete Leute, nur weil er zornig war. Und er verlangte, dass Chast nach Savalgor zurückkehrte. Er hatte Pläne für die Machtergreifung, und es passte ihm nicht, dass Chast nach Unifar gekommen war. Chast lächelte immer nur und sagte ihm, dass sich all seine Feinde sehr bald in Unifar einfinden würden.«

Victor fand es interessant, die ganze Geschichte einmal aus dem Blickwinkel der anderen Seite zu erfahren. Er hatte schließlich zu den *Feinden* gehört, die kurz darauf in Unifar eintrafen. »Chast hat damit aber auch sich selbst gemeint, nicht wahr? Dass er selbst ein Feind Sardins war.«

Alina nickte. »Ja. Zu dieser Zeit wurde mir klar, dass er etwas plante. Aber ich wusste nicht, aus welchem Grund er mich nach Unifar gebracht hatte.«

»Du hattest keine Ahnung, dass du ein Kind aus einer früheren Ehe des Shabibs warst? Und damit eine mögliche Thronfolgerin?«

Sie schüttelte den Kopf.

»Und wie hast du's erfahren?«

Sie hob die Schultern. »Durch Zufall. Ich schnappte einen Satz im Vorbeigehen auf. Als mir ein Verdacht kam, begann ich zu lauschen.« Inzwischen waren Alinas Tränen versiegt und sie wirkte wieder ein wenig entspannter. Victor sah mit Beklemmung seine Barrieren gegenüber Alina einstürzen.

»Ich belauschte Chast, wo es nur ging. Er erwischte mich mehrmals, aber er hielt mich, glaube ich, immer nur für ein dummes Ding. Er konnte sich gar nicht vorstellen, dass eine Frau zu mehr in der Lage sein könnte, als nur hübsch auszusehen.«

»Und so bekamst du alles heraus, ohne dass er Verdacht schöpfte?«

Sie nickte. »Ja, all das über mich und die Thronfolge, über dieses alte Gesetz und vor allem über das Duftöl.«

»Wie hast du es geschafft, es zu stehlen? Das hätte er doch merken müssen!«

»Er hatte sich mehrere kleine Phiolen von Quendras vorbereiten lassen, winzige Fläschchen mit rotgoldenem Öl. Ich habe mir eine leere Phiole von Quendras gestohlen, und aus denen, die Chast besaß, jeweils eine Winzigkeit abgeschöpft. So kam ich zu einer eigenen.«

Victor grinste. »Gerissen«, bemerkte er.

Sie zog eine leichte Grimasse. »Wir Frauen verstehen uns auf so manches. Auf Heimlichtuerei, das solltest du eigentlich wissen.«

Wieder sog Victor unbemerkt die Luft ein. *Leandra dürfte mich so nicht sehen*, sagte er sich. *Ich fange tatsächlich an, mit dieser Alina Frieden zu schließen.*

»Das habe ich natürlich nicht gleich getan. Ich hatte ja noch gar keinen Grund, keinen Plan.« Sie blickte ihm geradenwegs in die Augen. »Den fasste ich erst, als ich dich entdeckt hatte.«

Victor musterte sie, und langsam, ganz langsam, begann er zu verstehen, was sie ihm sagen wollte.

»Seit Tagen wanderte ich durch die Katakomben«, fuhr sie fort. »Ich wusste von Chasts Plan, hatte die Phiolen entdeckt und wusste sogar, dass er mich beobachtete. Ich meine – er spionierte die Tage meiner Fruchtbarkeit aus.« Sie holte tief Luft. »Da er mehrere solcher Phiolen besaß, konnte ich mir leicht ausrechnen, was er vorhatte.«

Victor verstand und nickte. »Er wollte sichergehen, was? Er wollte dich an mehreren Tagen hintereinander vergewaltigen. Damit du wirklich schwanger wurdest.«

Sie blickte kurz auf, sah dann kopfschüttelnd wieder zu Boden. »Ich wäre beinahe durchgedreht. Mit fiel nichts ein, was ich hätte tun können. Hätte ich meiner eigenen Hinrichtung entgegengeblickt, hätte es nicht schlimmer sein können.«

Sie ahnte vermutlich nicht, wie gut er das nachvollziehen konnte. Er hatte selbst einmal in einer Todeszelle gesessen und genau das durchgemacht. Nur hatte er Glück gehabt – jemand war gekommen und hatte ihn gerettet. Leandra. Seit diesem Tag liebte er sie, und er würde sie niemals aufgeben, auch nicht für eine Frau, die so wunderschön und bezaubernd war wie Alina.

»Ich spielte tagelang mit dem Gedanken, mich selbst zu töten. Aber ich …« Alina seufzte und hob hilflos die Arme. »Ich konnte es einfach nicht. Vielleicht hätte ich den Mut doch aufbringen sollen.«

Er schüttelte den Kopf. »Nein«, sagte er, aber mehr fiel ihm nicht ein.

»Dann entdeckte ich dich«, fuhr sie fort. Ihre Stimme war leise geworden, unsicher. »Da war nur dieses kleine Viereck, durch das Licht auf dich fiel. Du lagst in diesem Verlies, mit ein bisschen Stroh bedeckt. Du hattest nichts an.«

Zum ersten Mal kam ihm in den Sinn, wie nahe er ihr eigentlich schon gewesen war. Sie hatten sich geliebt … ihre Haut hatte sich berührt – eine seltsame Vorstellung. Er konnte sich an nichts erinnern.

Sie seufzte tief. »Das brachte mich überhaupt erst auf die Idee. Ich wusste, dass ich Chast nur entgehen konnte, wenn ich den Mut aufbrachte, mich selbst zu töten …«

Er nickte. »Oder … wenn du bereits schwanger wärest.«

Ihr Blick war plötzlich voller Hoffnung auf Verständnis. »Glaub mir, ich habe es mir lange überlegt. Ich habe mir dein Gesicht stundenlang angesehen, während du dort schliefst. Ich sah deine Kleider, das Wasserbecken am anderen Ende des Raumes, und verstand, dass du sie zum Trocknen ausgelegt hattest. Und immer wieder habe ich mir dein Gesicht angesehen.«

Victor schloss die Augen. Es war so etwas wie eine kleine Liebeserklärung, die sie ihm da machte. Er wusste natürlich, dass sie ihn nicht liebte – jedenfalls hoffte er das –, aber er besaß genug Vorstellungskraft, um zu wissen, dass sich Alina nicht *jedem* auf diese Weise hingegeben hätte.

»Dann ging ich, um mir das Duftöl zu besorgen«, schloss sie.

Er sah sie lange an. Nun hatte er verstanden. Es ging nicht allein um die Tat, um die Entscheidung, dass *er* der Vater ihres Kindes sein sollte. Nein, sie hatte sich auch dafür entschieden, sein Gesicht neun lange, hässliche Monate, die sie in der Gewalt von Chast verbringen würde, als Hoffnung in ihrem Herzen zu bewahren. Als ein Bild vor ihrem geistigen Auge, das ihr helfen sollte, Liebe zu ihrem Kind zu entwickeln – trotz der furchtbaren Angst, dass es *doch* von Chast sein könnte.

»Hat er dich denn danach noch ...?«, fragte Victor befangen.

Sie seufzte, starrte zum Felspfeiler hinauf und nickte. »Wahrscheinlich mehrmals. Mein großes Glück ist, dass ich, ebenso wie du, keine Erinnerung mehr daran habe. Dieses Duftöl ... nun, es raubt einem wirklich die Sinne.«

Sie hatte das Wort *Glück* ganz leicht betont und er verstand die Anspielung. »Es tut mir Leid«, sagte er. »Es tut mir *ebenfalls* Leid. Ich verstehe jetzt, warum ich ... nun, in gewisser Weise wichtig für dich bin.« Die seltsame Formulierung störte ihn selbst, aber ihm war nichts Besseres in den Sinn gekommen. »Es wäre kein Glück gewesen, dich nie kennen gelernt zu haben.«

Ein erleichtertes Lächeln glitt über ihr Gesicht.

»Eine blöde Idee von mir, geglaubt zu haben, du hättest *jeden* genommen.« Er lächelte sie unsicher an. »Ich wusste gar nicht, dass ich *so* ein Gesicht habe!«

Sie sah ihn lange an, und ihr Blick wies die gleiche offene Klarheit auf wie in dem Moment, da sie Ötzli während der Ratssitzung angesehen hatte. Nur war er diesmal voller Wärme und Dankbarkeit. »Es hat mir und Maric das Leben gerettet«, sagte sie. »Ich bin neun Monate lang durch eine Hölle gegangen. Ohne die Erinnerung an dein Gesicht und die Hoffnung, die ich damit verband, hätte ich das nicht überstanden.«

Sein Herz pochte dumpf.

Sie erhob sich. Plötzlich war das kleine Mädchen von ihr gewichen und sie stand da als eine sehr selbstbewusste und starke junge Frau. »Danke, dass du mir die Möglichkeit gegeben hast, dir das zu sagen.« Sie schickte ein Lächeln hinterher. »Ich ... ich gehe dann jetzt.«

Sie setzte sich sogleich in Bewegung und er stand auf und starrte ihr nach.

Als sie ein Dutzend Schritte gegangen war, eilte er ihr hinterher. »Alina«, rief er.

Sie blieb stehen.

Als er sie erreicht hatte, holte er tief Luft. »Es tut mir wirklich Leid, dass ich dich so schlecht behandelt habe. Du bist in Wahrheit ... sehr nett.« Er versuchte ebenfalls ein Lächeln, aber so gut wie sie beherrschte er es längst nicht. »Trotzdem, Alina ... diese Hochzeit ... wie lange ist es noch?«

Sie hob die Schultern. »Eine Stunde vielleicht?«

Er senkte den Blick. »Für mich gibt es auch ein Gesicht, das ich niemals vergessen kann: Leandra.« Er schüttelte bedauernd den Kopf. »Ich ... ich werde zur Trauung nicht da sein.«

Sie nickte langsam. »Schon gut«, sagte sie, wandte sich dann um und ging davon.

Victor blickte ihr hinterher.

Sie war wirklich eine Schönheit. Hoch gewachsen und schlank, mit wundervollen, hellbraunen Haaren und einem sanften und zugleich markanten Gesicht. Sie bewegte sich geschmeidig, besaß eine Ausstrahlung, die einen regelrecht in den Bann schlug, und wirkte wie von allerhöchster Geburt. Und das Erstaunlichste an ihr war, dass sie als Ergebnis all dieser Eigenschaften einfach nur ein nettes Mädchen zu sein schien.

Victor war – in *seinem früheren Leben*, hätte er beinahe schon sagen mögen – ein Künstler gewesen; ein durch die Lande ziehender Musikant, Sänger und Dichter. Es mangelte ihm keinesfalls an Leidenschaftlichkeit, um für eine Frau wie Alina Begeisterung empfinden zu können. Aber er hätte sie dennoch niemals gegen Leandra eingetauscht. Besonders in diesem Augenblick, da er Alina beobachtete, wie sie in all ihrer Schönheit über den großen Platz des Drachenhorsts auf den Treppenabgang zuschritt, war er sich dessen gewiss. Nein, Leandra würde er niemals aufgeben.

Als sie verschwunden war, atmete er tief durch. Er wandte sich langsam um und wollte sich wieder zurück zu seinem Platz begeben. Doch da erkannte er eine vertraute Form am Himmel, weit entfernt, nördlich der Stadt und im milchigen Dunst der Ferne nur schwach erkennbar. Er hätte gern sagen mögen, dass diese vertraute Form ein Drache gewesen wäre.

Aber es war ein Schiff der Drakken. Sein Herz schlug plötzlich schneller, und er trat an den Rand der Plattform und blickte in den Himmel, ob noch weitere zu entdecken waren.

# 8 ◆ Verspätungen

Noch am Vormittag brachen Leandra und Meister Fujima auf. Leandra war es ohne größere Probleme gelungen, über das Trivocum mit Nerolaan Kontakt aufzunehmen. Der Sippenälteste hatte ihr abermals Lanianis und Meanak geschickt.

Dieses Mal lag ihr nichts daran zu vermeiden, dass man in Savalgor den Abflug bemerkte, denn sie hatte es eilig. Sie hatte die beiden Drachen gebeten, direkt auf dem großen Marktplatz vor den Toren des Palasts zu landen. Wegen der bevorstehenden Feierlichkeiten waren dort schon viele Leute versammelt; es herrschte reges Treiben, obwohl kein Markttag war. Die Landung der Drachen sorgte für entsprechend viel Aufsehen.

Als einzelne Leute Leandra erkannten, kam es zu Jubel- wie auch zu vereinzelten Schmährufen, aber sie achtete nicht weiter darauf und eilte mit Meister Fujima durch die Menge. Um die beiden Drachen herum hatte sich ein großer Kreis von Menschen gebildet; die Leute bestaunten die majestätischen Tiere mit offenen Mündern. Als Meister Fujima aufsteigen sollte, wurde Leandra klar, dass er noch nie zuvor auf einem solchen Tier geflogen war. Es störte sie ziemlich, ihn vor all den Zuschauern für den Flug einzuweisen – und dann musste sie ihn auch noch beruhigen. Trotz allen Mutes und aller Entschlossenheit hatte Meister Fujima plötzlich Angst vor dem Drachenflug.

Nach nervenaufreibenden Minuten hatte sie ihn endlich auf dem Rücken von Lanianis, der alles geduldig über sich ergehen ließ. Die Menge kommentierte die Prozedur mit allerlei Rufen, und Leandra war nahe daran, die Nerven zu verlieren. Eine schreckliche Unruhe rumorte in ihrem Magen.

Endlich waren sie so weit. Die Leute auf dem Platz hatten einen Teil ihrer Scheu vor den großen Tieren verloren und waren näher herangerückt. Leandra rief Meister Fujima zu, er solle sich gut festhalten. Dann gab sie Meanak das Zeichen, dass sie zum Start bereit seien.

Sie war inzwischen so geübt, dass sie den plötzlichen Energieausbruch des Starts mit wachen Sinnen verfolgen konnte und sich nicht wie früher krampfhaft festhalten musste, während sie das Gefühl hatte, von den auftretenden Kräften in zwei Teile zerrissen zu werden. Die Zuschauer dort unten jedoch hatten den Start unterschätzt. Die beiden Drachen sprangen fast gleichzeitig aus dem Stand um die zwölf Schritt in die Höhe und fingen mit gewaltigen Schwingenschlägen die Luft, um sich rasch in die Höhe zu arbeiten. Das löste einen regelrechten Orkan auf dem Marktplatz aus; Frauen kreischten erschrocken auf, und einige Männer, die sich allzu nahe herangewagt hatten, wurden von den Windböen erfasst und purzelten zu Boden. Mit Schadenfreude sah Leandra in die Tiefe und schickte noch einen saftigen Fluch hinterher. Aber den hörte dort unten wohl niemand mehr.

Wenige Augenblicke später hatten die beiden Drachen einiges an Höhe gewonnen. Leandra sah nach Meister Fujima. Er saß noch immer fest an seinem Platz auf Lanianis' Rücken. Leandra atmete auf – trotz der Gefahren eines solchen Starts war noch nie etwas passiert. Der Hornkamm eines Felsdrachen schien wie geschaffen dafür, einen Menschen an seinem Platz zu halten. Als sie einige hundert Ellen in die Höhe gestiegen waren, sah sie, dass Meister Fujima eine Faust hob und ihr zujubelte. Ja – so hatte sie sich bei ihrem ersten Drachenflug auch gefühlt.

Als sie das Stadtgebiet von Savalgor verlassen und die beiden Drachen zügig an Höhe gewonnen hatten, kam ihnen eine ganze Drachenschar zur Begrüßung entgegen. Es waren die übrigen Tiere von Nerolaans Sippe, die an dem großen Stützpfeiler im Norden von Savalgor ausgeharrt hatten. Für einige Minuten flogen sie gemeinsam, dann drehte Nerolaans Sippe Richtung Westen ab. Der alte Drache teilte Leandra mit, dass sie in ihre Heimat im Ramakorum zurückkehren wollten. Lanianis und Meanak würden vorerst noch bei ihr bleiben. Er selbst und seine Sippe wollten auf dem Rückflug nach Roya, Tirao und dem jungen, verletzten Feuerdrachen sehen.

Leandra dankte Nerolaan und seinen Sippenmitgliedern mit aller Herzlichkeit für seine Hilfe und verabschiedete sich. Dass Lanianis und Meanak bei ihr bleiben würden, beruhigte sie, obwohl sie es gern gesehen hätte, wenn die ganze Drachenstreitmacht in der Nähe von Savalgor ausgeharrt hätte. Aber Nerolaans Sippe war bereits seit einer guten Woche von zu Hause fort und sie wollte die Hilfsbereitschaft der Drachen nicht über Gebühr in Anspruch nehmen.

Als die Mittagszeit kam und sie im Osten das Akranische Felsengebirge erblickten, dachte Leandra kurz an das, was nun in Savalgor auf dem Tagesplan stand: die Hochzeitszeremonie und Alinas Krönung zur Shaba.

Ob sich dies allerdings wirklich so ereignete, war ungewiss. Doch sie hätte an *diesem* Verlauf der Dinge ohnehin nichts ändern können. Was jedoch eher in ihrer Macht lag, das betraf das Schicksal von Angadoor und ihrer Familie. Falls sie nicht zu spät kam.

*

»Ihr ... seid also wirklich Munuel?«, fragte Marko entgeistert. »Also, ich ...«

»Ja!«, knurrte der Mann, der sich bislang als Jerik ausgegeben hatte. Mit weit ausladenden Schritten marschierte er die Gasse hinab. »Der junge, gut aussehende *Geliebte* von Leandra!«, rezitierte er. »Der sie bei Thoo vor *viertausend* Dämonen gerettet hat! Weißt du überhaupt, was allein *ein* Dämon anrichten kann, Junge?«

Marko bemühte sich, mit ihm Schritt zu halten. Der alte Magier redete ihn nur mehr mit ›du‹ an, was ihm überhaupt nicht passte. Er fuchtelte mit den Armen in der Luft herum. »Wenn Ihr ein *so* mächtiger Magier seid, warum habt Ihr uns dann nicht einfach aus dieser Zelle herausgehauen! Dann kämen wir jetzt nicht zu spät zur Hochzeit!«

Munuel blieb abrupt stehen und wandte sich seinem jungen Begleiter zu. Marko musste scharf abbremsen, sodass Meister Izeban, der ihnen mit seinen kurzen Beinen halb im Laufschritt gefolgt war, gegen seinen Rücken prallte.

Munuel warf ärgerlich die Arme in die Luft. »Wie stellst du dir das vor, Dummkopf?«, schnauzte er. »Dass ich die Gitterstäbe *zerschmelze*, ein paar Wachsoldaten umbringe und wir anschließend unbehelligt auf diese Hochzeit gehen können?«

»Na ja«, meinte Marko großmütig. »Ihr hättet nicht unbedingt jemand *töten* müssen. Eine Schlafmagie hätte genügt ...«

Munuel stieß ein Ächzen aus, wandte sich um und nahm seinen ungeduldigen Marsch wieder auf. »Eine *Schlafmagie!*«, rief er. »Wo hast du das her, Junge? Aus einem Märchenbuch?«

»Nennt mich nicht immer Junge, ja? Ich bin Provinzkommissar und Protektor von Nieder-Kambrum! Außerdem ...«

»Großartig!«, unterbrach ihn Munuel ärgerlich. »Titel und Ämter! Du hattest wohl wirklich vor, in den Palast zu marschieren und aus dem Stand heraus bei Alina um ihre Hand anzuhalten, was? Bist du noch bei Sinnen? Hättest du deine Phantasie ein wenig besser im Griff und diesen Wachmann nicht geärgert, wären wir nicht in dieser Zelle gelandet, *Junge!*«

Der dunkle, anschwellende Klang eines riesigen Gongs breitete sich über die Stadt aus. Kurz darauf folgte ein weiterer und noch ein dritter Gongschlag.

»Die Mittagsstunde!«, rief Izeban aufgeregt. »Die Zeremonie – sie beginnt!«

Die Straßen und Gassen waren wie leer gefegt und der alte Magier und seine Begleiter verfielen in einen leichten Laufschritt. »Warum habt Ihr es so eilig … *Munuel?*«, rief Marko. »Jetzt ist es doch ohnehin zu spät.« Nach einer kleinen Pause fügte er hinzu: »Jedenfalls für *mich!*«

»Das erkläre ich dir später. Nun beeile dich. Deine Sachen hast du dir ja geholt – vielleicht kannst du dich doch noch nützlich machen!«

*

Ihre Hochzeit hatte sich Alina ganz anders vorgestellt. Ein Tag des Hochgefühls, im Kreis von guten Freunden, mit einem Mann, von dem sie geliebt wurde, und vor allem: einem, der *anwesend* war. Aber als sie erfahren hatte, dass Leandra zuvor mit einem Drachen zu ihrem Heimatdorf aufgebrochen war, war auch ihr letztes Fünkchen Hoffnung erloschen, dass heute irgendetwas so sein würde, wie sie es sich gewünscht hätte. Victor wusste mit Sicherheit ebenfalls von Leandras Aufbruch, und wenn er eine Gefahr für sie sah, war er ihr ganz gewiss gefolgt. Alina rechnete nicht einmal mehr damit, dass er überhaupt noch in der Stadt war.

Das Hochzeitskleid war fertiggestellt worden, ein wunderschönes, zartrosa Seidenkleid mit Schärpe und einer langen Schleppe in derselben Farbe. Ihr Haar war kunstvoll mit einem weißgoldenen Diadem und einge- flochtenen Perlen frisiert und hochgesteckt. Der Kra- genspiegel saß nun korrekt, sie hielt einen Brautstrauß aus Maione-Blüten, und an den Füßen trug sie hoch geschnürte Sandalen über seidenen Stümpfen. Es war mit Abstand das Schönste und Feinste, was sie je ge- tragen hatte; nur ihr selbst, die sie in diesen Kleidern steckte, war alles andere als festlich zumute. Sie hatte eher das Gefühl, als müsste sie sich nun vor großem Publikum an den Schandpfahl binden lassen. Bislang hatte sie niemandem gesagt, dass sie Victor gefunden hatte, und womöglich waren die meisten Leute noch immer davon überzeugt, dass auf das beiderseitige Ja- Wort vor dem Rat hin die Hochzeit heute stattfinden würde.

Aber das war nur ein dummer Wunschtraum. Alina hoffte auf ein Wunder. Vielleicht stürzten sich die wü- tenden Bürger ja auf die Ratsversammlung und hoben sie anschließend doch noch auf den Thron, was aller- dings nicht sehr wahrscheinlich war. Außerdem war ihr momentanes Verlangen nach dem Thron eher ge- ring.

Als zur Mittagsstunde die drei riesigen Cymbas im Großturm des Palasts angeschlagen wurden und sich ihr tiefer, anschwellender Ton über die Stadt ausbrei- tete, wusste sie, dass ihr ganz persönliches Drama nun seinen Lauf nehmen würde. Ihr wurde immer dump- fer in der Magengegend. In weniger als einer Stunde würde sie die meistverspottete Person im ganzen Land sein. *Die Shaba, die niemand haben wollte.* Der Rat nicht, die Leute nicht, nicht einmal der Mann, der ihr die Heirat versprochen hatte. Sie war den Tränen nahe.

Aber der Hochzeit jetzt einfach fern zu bleiben, wo

schon Victor nicht kommen würde und auch Leandra nicht da war, das wäre in den Augen der Leute ganz sicher feige und verwerflich gewesen. Es hätte sie das letzte Fünkchen Respekt gekostet, das ihr vielleicht noch blieb. Jemand musste wenigstens vor die Menschen treten und ihnen die Wahrheit sagen.

Sie nickte den Mädchen und Hilda zu, der treuen Seele, die sich die ganzen Tage schon um Maric kümmerte, und setzte sich in Bewegung. Inzwischen schien auch Hilda etwas zu ahnen, denn ihre Miene spiegelte bei weitem nicht das, was nette alte Tanten wie sie gewöhnlich empfanden, wenn ihre Schützlinge zur Trauung schritten.

Alina trat aus ihrem Zimmer hinaus auf den Gang. Draußen warteten Hochmeister Jockum, Jacko und Hellami – alle drei in festlichen Kleidern. Doch auch sie zeigten ernste Mienen, kaum weniger als sie, denn ihnen war bekannt, dass Victor noch immer fehlte. Alina warf ihnen ein gespieltes zuversichtliches Lächeln zu. Immerhin war sie nicht ganz allein.

Die Cymbas klangen noch immer, als sie losmarschierten. Sie verließen das dritte der unteren Stockwerke des Palasts, stiegen über weite Treppenfluchten und durch menschengesäumte Säle hinab in den Wappensaal. Überall standen Gardisten in Paradeuniform und bewachten ihren Weg, sie hielten aberhunderte von Schaulustigen und Gästen zurück, die dem hohen Ereignis beiwohnen wollten. Alina sah zuversichtliche Gesichter wie auch misstrauische. Niemand jedoch schien zu ahnen, welche Schmach und Schande ihr bevorstand. Tapfer schritt sie voran, gefolgt von ihren Freunden, einer Dienerschar und einem Trupp Gardisten.

Als sie in die Nähe des Wappensaals kamen, erschallte eine dröhnende Fanfare aus Tenorhörnern, dazu wurden weitere Cymbas angeschlagen, überdeckt vom feinen, silbrigen Klingen zahlloser Windglöckchen. Es war eine so beeindruckende Klangfülle, dass Alina unwillkürlich stehen blieb. So etwas hatte sie noch nie gehört. Schmerzlich wurde ihr bewusst, von welcher Tragweite die heutige Zeremonie war. All der Pomp und die Glorie hier im Palast waren ihr fremd und ungewohnt.

Als Ratsvorsitzender war Altmeister Ötzli der höchste Würdenträger, sah man einmal von Primas Clausis ab, der als Hoher Wächter der Cambrischen Basilika die Trauung vollziehen sollte. Ötzli würde es obliegen, die Zeremonie abzubrechen. Der Gedanke daran bereitete Alina Magenweh.

Sie hatte sich wieder in Bewegung gesetzt und erreichte mit ihrem Gefolge das riesige Portal zum Wappensaal, auf dem sich das Shabibszeichen befand. Drinnen war alles hell erleuchtet, gewaltige Lüster mit tausenden von Talglichtern schwebten unter der Decke und an den Wänden brannten zahllose bunte Öllampen. Der mit polierten Steinkacheln ausgelegte Boden maß an die einhundert Schritt im Quadrat und rundherum erhoben sich in Stufenbauweise mehrere Ränge, auf denen weit über tausend Menschen Platz hatten.

Der Wappensaal barst förmlich vor Anwesenden. Alina erschien es wundersam, dass sich innerhalb nur eines Tages eine derartig gewaltige Hochzeitsgesellschaft eingefunden hatte. Sie bemerkte, wie sich von hinten jemand unter ihr Gefolge mischte, dem Primas etwas zuflüsterte und dann wieder verschwand.

»Bei allen Dämonen!«, raunte der Primas ihr zu. Er war wütend. »Wir haben Victor immer noch nicht finden können. Wenn er uns sitzen lässt, kann er was erleben!«

Sie warf ihm einen resignierten Blick zu. Ihr fehlte der Mut, ihm jetzt die Wahrheit zu sagen. Die Augen wieder nach vorn gewandt, schritt sie in den weiten Saal hinein.

Am Kopfende des Saals war vor dem hohen Stufen-
podest für den Thron ein *Schrein der Kräfte* aufgebaut
geworden. Vor ihm sollte die Trauung stattfinden. Primas Clausis, den Alina noch nie zuvor gesehen hatte,
stand dort mit zwei Ordensschöffen und einem Zere-
moniengefolge, das sich hinter den drei Würdenträ-
gern stumm aufgereiht hatte. Sie hielten die Zwölf
Schriftrollen, in welchen die zwölf Gebote des Ehe-
gelübdes verzeichnet waren.

Der gewaltige Pomp begann wie ein unsägliches
Gewicht auf Alina zu lasten. Sie war nur ein einfaches Mädchen, hatte zeitlebens nichts von ihrem
Anrecht auf den Thron gewusst und eine Hochzeit
in einem solchen Rahmen erschien ihr plötzlich wie
eine Handlung von kosmischer Tragweite. Sie wagte
gar nicht daran zu denken, welche Ausmaße eine
solche Zeremonie gehabt hätte, wäre sie, wie gewöhnlich, drei oder sechs Monate im Voraus geplant
worden.

Als sie die Saalmitte erreicht hatten, verstummte der
reiche Klangteppich und von einem Augenblick auf
den anderen kehrte Schweigen im Wappensaal ein.
Ötzli und Clausis traten ihr entgegen. Der Primas war
ein rundlicher, großer Mann mit lustigem Gesicht und
einem väterlichen Lächeln. Er nickte Alina aufmunternd zu, während Altmeister Öltzli vortrat und sagte:
»Nun denn, so soll die Hochzeit stattfinden. Wo ist der
Bräutigam?«

Ötzli trug einen noch härteren Gesichtsausdruck als
sonst zur Schau. Seine Züge wirkten wie aus kaltem,
grauem Stein. Warum hatte er diese Hochzeit zu verhindern versucht? Wie konnte es sein, dass dieser Tag
so schrecklich für ihn war? Sie wusste, dass Leandra
und er sich nicht verstanden, aber er war ein alter
Freund von Hochmeister Jockum und hätte eigentlich
auf dessen Seite stehen müssen.

»Er kommt gleich«, warf Hochmeister Jockum ein. »Wir bitten um ein wenig Geduld!«

Ötzlis Blicke trafen ihn und sie waren von Missgunst erfüllt. Nichts kündete davon, dass diese beiden Männer eine jahrzehntelange Freundschaft verband. Alina wurde unruhig. Irgendetwas stimmte mit Ötzli nicht.

Er hob ein wenig das Kinn. »Ist er am Ende ... bei seiner *Leandra*?«, fragte er herausfordernd.

Jockum schien kaum besser aufgelegt. »Leandra ist gar nicht in der Stadt. Du kannst dich wieder beruhigen, Ötzli! Außerdem ...«

»*Das* ... ist mir bekannt«, erklärte der Altmeister.

Für Augenblicke blieben seine Worte im Raum stehen, so als hätte es irgendeine Bedeutung, ob Leandra da war oder nicht. Das Verhalten des Altmeisters wurde immer seltsamer.

»Nun gut. Warten wir noch ein Weilchen«, sagte er schließlich. Damit wandte er sich ab und begann leise mit Primas Clausis zu reden.

Alina stieß ein verzagtes Seufzen aus. Fast war es ihr so vorgekommen, als wollte Ötzli ausholen, um hier irgendetwas Furchtbares vom Zaun zu brechen. Mit dumpf pochendem Herzen wandte sie sich an den Hochmeister und flüsterte: »Was ist nur mit ihm los? Schon bei der Ratssitzung war er so furchtbar ...«

Der Primas schien sie gar nicht zu hören. Seine Blicke waren fest auf das Portal gerichtet. »Bei allen Dämonen!«, fluchte er. »Ich habe drei Dutzend Leute ausgeschickt und noch ein weiteres halbes Hundert helfen beim Suchen! Wenn sie diesen vermaledeiten Kerl nicht bald finden, dann wird es ...«

Plötzlich ging ein Raunen durch die Menge.

Zögernd bliesen die Tenorhörner eine neuerliche Fanfare, leicht unstimmig und nicht im Takt, dann dröhnten die Cymbas und auch die Windglöckchen erklangen. Als sich die Menge vor Alina teilte, sah sie mehrere Leute hereinkommen, mit einem Mann an der Spitze. Als sie Victor erkannte, machte ihr Herz einen Satz.

*Er war hier!*

Sie stand wie vom Donner gerührt, konnte nicht glauben, dass er sich überhaupt noch im Palast aufgehalten hatte. Aber einen Augenblick darauf kam die böse Erkenntnis. Die Häscher des Primas mussten ihn aufgestöbert und hierher gezerrt haben.

Das Gefühl einer bitteren Demütigung überkam sie. Lieber wäre es ihr noch gewesen, er wäre ganz fern geblieben, als dass er sich hier offen und vor allen Leuten *gegen* sie aussprach. Tränen bildeten sich in ihren Augenwinkeln.

»*Er ist da!*«, zischte ihr der Primas voll aufgeregter Freude zu und schüttelte sie am Arm. »Siehst du nicht, Alina! Er ist da!«

Sie nickte bitter. Die Tränen wurden dicker und verschleierten ihr den Blick. »Ja«, erwiderte sie mit zitternder Stimme. »Aber mehr wird nicht sein. Versteht Ihr nicht, Hochmeister? Er wird mich nicht heiraten. Niemals. Das hat er mir gesagt!«

Der Primas starrte sie entgeistert an, und am liebsten wäre sie ihm weinend in die Arme gesunken. Das Elend der ganzen Welt drohte über ihr zusammenzuschwappen.

Wäre da nicht diese eine seltsame Sache gewesen.

Irgendetwas kam ihr komisch vor, und sie wischte sich über die Augen, um einen klareren Blick zu bekommen. Victor hatte den Saal betreten, er kam auf sie zu, stopfte sich kurioserweise gerade noch das Hemd in die Hose und fuhr sich mit der Hand kämmend durchs Haar. Hinter ihm waren Leute, aber sie gingen in einigem Abstand. Irgendwie sah es nicht so aus, als würde er gewaltsam hergezerrt werden. Er kam ganz allein und genau auf sie zu.

Alina vergaß für Momente das Atmen. Verwirrt starrte sie ihn an, wusste nicht, was dies zu bedeuten hatte. Kurz darauf hatte er sie erreicht und blieb vor ihr stehen. Sie rang um Atem, völlig ungläubig und verwirrt. Der Brautstrauß fiel ihr aus der Hand und klatschte zu Boden. Victor bückte sich augenblicklich danach, hob ihn auf und reichte ihn ihr. Auf seinem Gesicht stand ein kleines Lächeln und er zwinkerte ihr zu.

»Du ... bist *hier!*«, flüsterte sie, um ihre Fassung kämpfend.

Tränen rannen ihr die Wangen herab. Im Wappensaal war atemlose Stille eingekehrt, aber zweitausend Personen konnten niemals völlig lautlos sein. So hatten sie und Victor in der Weite der Halle eine winzige, ganz persönliche Sphäre, in der sie miteinander reden konnten.

»Du auch«, flüsterte er. »Soll das heißen, dass du mich haben willst?«

Sie hätte nie gedacht, dass er ihr diese Frage jemals stellen würde. Wenn sie ehrlich war, hatte sie sich diese Frage selbst nie gestellt. *Ob sie ihn haben wollte.* Sie wusste es einfach nicht. Aber irgendetwas gab es an ihm, das sie über diese furchtbare Zeit in der Gewalt von Chast hinweg gerettet hatte, und sein Gesicht kam ihr, besonders jetzt, so unendlich vertraut vor. »Ja«, flüsterte sie.

Er lächelte leicht. »Gut. Dann tun wir unsere Pflicht!« Er fuhr sich noch einmal durchs Haar und bot ihr den angewinkelten Arm, damit sie sich unterhaken konnte. Eine Art Festgewand trug er nicht gerade, aber das zählte nicht.

Trotz der unverhofften Erleichterung überkamen Alina noch einmal Zweifel. »Bist du sicher?«, fragte sie. »Ich meine, willst du *mich* denn haben?« Ihre Stimme zitterte; in ihrem ganzen Leben hatte sie sich noch nie so verunsichert gefühlt.

Victor schien die Situation auf eine besonders lässige Weise meistern zu wollen. »Du bist ein nettes Mädchen«, sagte er und hatte plötzlich ein reichlich unverschämtes Grinsen auf dem Gesicht. »Das genügt mir vorerst. Gehen wir?«

Alina gab nach. Seine Worte hätten ihr normalerweise in keinem Fall genügt. Was er jedoch *getan* hatte, das war wichtig: Er war *gekommen*. Sie hoffte mit aller Kraft, dass sie ihn richtig einschätzte. Was ihn dazu bewogen hatte, plötzlich seine Meinung zu ändern, vermochte sie nicht einmal zu erahnen. Aber sie verspürte das Bedürfnis, ihm einfach blind zu vertrauen. Sie wischte sich die Tränen aus dem Gesicht, brachte ein kleines Lächeln zustande und nahm seinen Arm.

Gemeinsam wandten sie sich um und traten vor Altmeister Ötzli. »Wir wären dann soweit«, sagte Victor lächelnd.

Ötzli starrte sie an, als wollte er sie mit Blicken töten.

# 9 ◆ Hochzeit

A bermals schmetterten die Tenorhörner eine Fanfare durch den weiten Saal. Die Cymbas erzeugten einen gewaltigen, vibrierenden Ton, dann kamen Alt-Trombonen hinzu, die einen dramatischen Melodiebogen über die Klangfläche malten – den traditionellen Hochzeitsopus. Die Musik dauerte nur kurz an, so wie es für alle offiziellen Anlässe in Akrania typisch war: von gewaltiger Fülle, aber sehr kurzer Dauer.

Das Brautpaar stand vor Primas Clausis, einander zugewandt. Angstvoll forschte Alina in Victors Gesicht, ob vielleicht doch noch etwas schief gehen könnte, aber er warf ihr ein aufmunterndes Lächeln zu. Sie entspannte sich ein wenig.

Victor wurde von Clausis als Erster befragt. Alina bekam die lange, salbungsvoll klingende Spruchformel gar nicht recht mit, die der Primas aufsagte, sie starrte nur Victor die ganze Zeit angstvoll an. Zuletzt zwinkerte er ihr zu und sprach ohne Zögern das *Ja*.

Ein plötzlicher Weinkrampf drohte sie zu übermannen. Nur mit Mühe bewahrte sie die Fassung, während Clausis den Spruch, an sie gewandt, wiederholte. Sie hörte sich selbst ›Ja‹ sagen, es war wie in einem Traum, und dann lag sie in Victors Armen und konnte gar nicht glauben, was soeben geschehen war.

Sein Kuss auf ihrer Wange war nur flüchtig, aber das rettende Gefühl, das sie überschwemmte, raubte ihr fast die Sinne. Sie hatte nicht den Hauch einer Ahnung, warum sie sich so nach ihm sehnte, er war ja eigentlich nicht viel mehr als ein Fremder für sie, der zudem noch eine andere liebte. Aber das Gefühl war einfach überwältigend.

Primas Clausis hob die Arme, um die Menge zu beruhigen. »Nach den Gesetzen des Landes Akrania«, rief er, »richte ich hiermit die Frage an das anwesende Volk, ob irgendjemand einen Einwand gegen diese Hochzeit vorzubringen hat.«

Aus der Menge schallten vereinzelte, protestierende Rufe, aber Clausis beachtete diese Leute nicht weiter. Sein Gesicht spiegelte Zufriedenheit und er nickte Alina und Victor lächelnd zu. »Gut«, rief er und hob abermals die Arme. »Ich stelle fest: Außer ein paar Schreihälsen, die ohnehin gar nicht hier sein dürften, gibt es keine Einwände! Dann erkläre ich diese Hochzeit jetzt als ...«

»*Halt!*«

Der Ruf schallte wie ein Donnerschlag durch den Wappensaal. Augenblicklich kehrte Stille ein. Alina hatte die Stimme sofort erkannt – *Ötzli!*

Sie stöhnte leise. Was wollte dieser Kerl denn nun schon wieder? Victor hielt sie immer noch umarmt – es fühlte sich großartig an und flößte ihr so viel Zuversicht ein, dass sie sich weigerte zu glauben, dieser verdammte Störenfried von Ötzli könnte jetzt noch etwas gegen sie ausrichten.

Doch Ötzli schien fest entschlossen, Unheil zu stiften. »Ganz Akrania steht kurz davor, aufs Schlimmste betrogen zu werden!«, rief er mit wutentbrannter Stimme und deutete auf Alina.

Unwillig löste sie sich von Victor, wandte sich Ötzli zu und verschränkte trotzig die Arme vor der Brust. Mit zornigem Gesichtsausdruck schickte sie sich an, der dummen Rede dieses eitlen Eiferers zu lauschen. Sie hatte nicht die geringsten Befürchtungen, dass er irgendetwas von Belang vorzubringen haben könnte.

»Weiß hier jemand, was *das* ist?«, rief Ötzli und deutete nach rechts.

Einen Augenblick später flogen die beiden Türflügel des Ostportals auf und ein halbes Dutzend Männer eilte herein. Sie trugen eine große, viereckige Holztafel und lehnten sie respektlos an den Hochzeitsschrein. Ein großes, weißes Tuch hing über der Tafel.

Alina betrachtete die Tafel. Die Erhebungen unter dem Tuch deuteten darauf hin, dass etwas an der Tafel befestigt war. Ötzli ging mit einigen energischen Schritten zu ihr hin und riss heftig das Tuch fort.

Alina erstarrte.

Mit ihr erstarrte auch jeder andere im Wappensaal. Ein entsetztes Aufstöhnen wogte durch die Menge. An der Holztafel hing, mit einer Anzahl von Schnüren befestigt, eine reglose schwarzgraue Kreatur. Alina gefror das Blut in den Adern. Sie hatte Wesen dieser Art schon einmal gesehen. Was dort hing, war ein toter Drakken.

*

»*Verfluchter Mistkerl*!«, murmelte Marko wutentbrannt, als er sah, was unter dem Tuch zum Vorschein kam. Beinahe wäre er von der Kiste, auf der er saß, aufgesprungen und hätte in den Saal hinabgeschrieen, dass das *sein* Drakken war – dass dieser verdammte Ötzli ihn gestohlen haben musste! Ja, es war genau der Drakken, den Meister Izeban getötet hatte – die drei Armbrustpfeile ragten seitlich noch aus seinem seltsamen Panzer heraus! Ein verdammter Diebstahl war das!

Mit einem Seufzen ließ er sich wieder zurücksinken. Nun ja, überlegte er, es war eigentlich überhaupt nicht mehr von Belang. So wie diese Alina sich gerade dort unten ihrem Victor an den Hals geschmissen hatte, kam er, Marko, eindeutig zu spät. Er hatte gehofft, sie mit seiner Drakken-Trophäe beeindrucken zu können, aber inzwischen war sie eine verheiratete Frau.

Umso schmerzvoller erschien ihm dies, da er mit einem Blick erkannt hatte, dass sie in der Tat eine außergewöhnlich schöne Frau war. Hoch gewachsen, grazil und von geradezu königlicher Art, sich zu bewegen. Zugegeben, ganz genau konnte er sie von hier oben nicht in Augenschein nehmen, es waren etwa fünfzig Schritt bis hinab zu der Stelle, wo sie stand. Nah genug für einen guten Bogenschuss, aber zu weit, um Einzelheiten ihres Gesichts zu erkennen. Dennoch – allein ihre schlanke Gestalt verleitete seine Phantasie zur Schwärmerei.

Er warf einen Blick nach links hinab in die Menge und versuchte Munuel zu entdecken. *Auf mein Handzeichen*, hatte er gesagt. Makro seufzte noch einmal und hob wieder den Bogen.

Er erkannte nun auch Meister Izeban, der sich dort unten ganz in der Nähe der Shaba mit einem riesigen Blumenstrauß postiert hatte. Ein Blumenstrauß, in dem seine dreischüssige Armbrust versteckt war – eine Idee von Marko. Er selbst hatte die wachsamen Posten am Saaleingang nicht passieren müssen, denn Munuel hatte ihn ortskundig auf eine kleine Balustrade gelotst. Ein besonderer Platz, wie er erklärt hatte: Hier oben saß der Shabib, wenn er einer Versammlung beiwohnen wollte, ohne selbst gesehen zu werden. Es war ein kleiner, versteckter Balkon hoch droben im Schatten der natürlichen Felsdecke der Halle. Marko hatte von hier aus ein vorzügliches Blickfeld und konnte den ganzen Saal überschauen. Auf den kleinen Shabibsthron, oder wie immer man dieses Gestühl hier oben nennen sollte, hatte er sich nicht zu setzen gewagt. Doch draußen im Gang hatte er eine kleine, leere Kiste gefunden und sie herbeigerückt, sich auf ihre Kante gesetzt und seinen

Bogen gespannt. *Auf mein Handzeichen*, hatte Munuel gesagt.

Marko hob den Bogen leicht. Es würde anstrengend werden, ihn die ganze Zeit gespannt und schussbereit zu halten. Dieser Ötzli dort unten fing nun wieder an zu reden, und Marko war neugierig, was er sich zurechtlügen würde, um die Sache mit dem Drakken zu erklären.

»Ihr kennt mich alle!«, rief Ötzli durch den Saal. »Als Ratsmitglied und unbestechlichen Mann! Seit etwa einem halben Jahr habe ich nun den Ratsvorsitz inne – eine Position, die mir Zugang zu Quellen ermöglicht, die sonst kaum jemandem offen liegen. Und so bin ich einer ungeheuerlichen Verschwörung auf die Spur gekommen!«

Mit einem Mal wurde es noch stiller, als es schon gewesen war. *Verschwörung* ist ein fabelhaftes Wort, dachte Marko. Von einem Mann mit Gewicht in die Weite eines Saals hinausgerufen, erfüllte es die Menschen mit Furcht und Misstrauen. Marko visierte zur Probe die Shaba an, danach diesen Gift spuckenden Ötzli, zuletzt Victor. Wenn er *jetzt* losließ, überlegte er, könnte er beim nächsten Versuch einer Trauung vielleicht *selbst* dort unten stehen, neben dieser bezaubernden jungen Frau. Er ließ den Bogen sinken und grinste. Ja, das könnte er, und dabei das grässliche Gefühl im Nacken haben, dass gleich von irgendwoher ein Pfeil gezischt käme, um ihm den Hals zu durchbohren. Er lachte leise auf.

»In der Tat – eine Verschwörung!«, rief der Altmeister in das aufkommende Gemurmel. »Angezettelt von Leandra, die sich als Heldin in eure Herzen geschlichen hat, aber glaubt mir: Das ist sie nicht! Sie ist eine Verräterin und mit ihr auch *diese beiden* da!« Damit deutete er auf Victor und Alina, die ein Dutzend Schritte vor ihm standen.

Doch dieser Victor war nicht dumm, das musste Marko zugeben. Er reagierte schnell. Er trat zwei Schritte vor und rief: »Ach! Jetzt wirst du zweifellos als Nächstes behaupten, *wir* hätten mit den Drakken paktiert und wollten unsere Welt an sie verkaufen! Um ihnen die Geheimnisse der Magie zu offenbaren und von ihnen *was weiß ich was* dafür zu kriegen!«

»Jawohl!«, donnerte Ötzli zurück. »Genau so ist es! Der Beweis ist hier!« Er fuhr herum und deutete auf das Wesen, das dort an der Holztafel hing.

Marko lachte abermals leise auf. Ein verteufelt geschickter Zug, den toten Drakken als *Beweis* für diese Behauptung hinzustellen. Ein toter Drakken bewies *überhaupt nichts*, außer dass er tot war, aber in diesem Fall zählte nur das Spektakel, das Ötzli veranstaltete. Marko war gespannt, ob sich Victor da herauszureden verstand.

Der Altmeister hob wieder die Hände, um für Ruhe zu sorgen. »Ihr alle habt von den Gerüchten gehört! Den Fremden, die irgendwo lauern sollen, um uns zu überfallen. Aber keiner hat je einen davon gesehen, nicht wahr?« Er stemmte die Fäuste in die Hüften und blickte in die Runde. »Nun, hier ist einer! Ich habe ihn selbst getötet! Um einen Beweis für die ungeheuerliche Verschwörung erbringen zu können, die Leandra und ihre Bande gegen uns, das Land und die Welt angezettelt haben. Ich …«

»Was redest du da für einen Unsinn, Altmeister Ötzli!«, rief nun eine andere Stimme. Marko wandte sich um und suchte den Rufer mit Blicken – es war ein alter Mann in gestickter Robe, er kannte ihn nicht. Dem Aussehen nach irgendein Würdenträger … er war zusammen mit Alina und ihrem Gefolge in den Wappensaal gekommen, kurz nachdem Marko seinen Posten bezogen hatte.

»Und Hochmeister Jockum gehört ebenfalls dazu!«,

schrie Ötzli mit sich überschlagender Stimme. »Ebenso Meister Fujima und der gesamte Cambrische Orden. Ja, es ist wahr! Die Cambrier waren es, die vor knapp einem Jahr die gesamte Familie des Shabibs ermorden ließen, um mithilfe dieser *Hure* da und ihrem Bastard von einem Kind, gezeugt von dem Monstrum Chast, auf den Thron zu gelangen!«

Marko schüttelte den Kopf, während er Ötzli wieder anvisierte. »Eine *Hure*?«, wiederholte er leise. »Nun, jetzt übertreibst du aber ...«

»Die *Bruderschaft*«, rief der alte Herr wütend zurück, »war es, welche die Shabibsfamilie ermorden ließ, das ist längst bekannt, Ötzli! Und Chast war ihr Hoher Meister! Was, bei allen Dämonen, hast *du* mit ihnen zu schaffen, dass du jetzt Partei für sie nimmst?«

»Verleumdung!«, schrie Ötzli wütend. »Die *Bruderschaft!* Das ist noch so eine Erfindung von euch Cambriern! Eine Bruderschaft hat es nie gegeben! Alles, was ihr Pack hier aussprecht, ist eine einzige Lüge! Und du, Jockum, Primas des Cambrischen Ordens, bist der Urheber! Du und Leandra, die ihr eine Liebschaft miteinander hattet! Mein guter, alter Freund Munuel kam dahinter und wurde von euch getötet ...!«

Ein Aufstöhnen ging durch den Saal.

»Na, na ...«, murmelte Marko, »jetzt mischst du aber langsam alles durcheinander, was?« Er zog die Sehne probehalber noch ein Stück an. Doch dann entspannte er den Bogen wieder und ließ ihn schließlich ganz sinken.

*Konnte er da so sicher sein?*

War dieser Blinde, den er da getroffen und der ihn nun hier auf der Balustrade platziert hatte, tatsächlich dieser ... *Munuel*? Vielleicht log er ebenfalls! Vielleicht war hier in der Tat eine Verschwörung im Gange, deren Tragweite er gar nicht ermessen konnte! Und am Ende ließ er sich, ohne nachzudenken, für niederste

Zwecke einspannen und wurde gar zum Meuchelmörder? Marko schüttelte über die eigene Blauäugigkeit
den Kopf.

Ja, da war dieser tote Drakken, über dessen Herkunft Ötzli nachweislich gelogen hatte, und es war in
der Tat schwer vorstellbar, dass dieses wunderschöne
Mädchen dort unten eine *Hure* und *Verschwörerin* sein
sollte. Aber …

Marko schnaufte. Eine äußerst undurchsichtige Sache!
Er wusste eigentlich so gut wie gar nichts über all die
Verwicklungen und war dennoch drauf und dran, auf
jemanden zu schießen! Er hob den Bogen *nicht* wieder
und beschloss, sich ein eigenes Urteil zu bilden. Womöglich würde er auf jemand ganz anderen schießen
müssen, als dieser Munuel-Jerik-oder-sonstwer es von
ihm verlangte!

\*

Alina war verwirrt und verängstigt. Sie sah Schlimmes
nahen, und in ihr wuchs der Wunsch, Maric bei sich zu
haben; sie wusste nicht, ob ihr Kind wirklich in Sicherheit war.

Das Geschrei, das dieser Ötzli angestimmt hatte, versetzte die Leute in Unruhe, und der tote Drakken an
der Holztafel jagte ihnen zudem Angst ein.

Ötzli hob zu weiteren Beschuldigungen an, die sämt-
lich erlogen waren. Er behauptete, Leandra und Meister Fujima hätten bereits geahnt, dass er Bescheid
wusste, und wären beizeiten geflohen, und sagte weiterhin, er hätte vorgestern, als er im Sitzungssaal des
Rates Victors und Marics Aura überprüft hatte, einen
seltsamen Einfluss gespürt. Täuschung auf magischem
Wege wäre mit im Spiel gewesen! Einige Mitglieder
des Rates, die hier bei der Hochzeit anwesend waren,
traten sogar ganz plötzlich vor und bestätigten dieses
seltsame Gefühl mit entrüsteten Worten. Alina kannte

die Gesichter natürlich: Es waren Cicon, Vandris, Zelko und andere, die zweifellos zur Bruderschaft zählten.

Das ganze Gebrüll und Gezeter, die Anschuldigungen Ötzlis und die wütenden Widerworte Victors sowie des Hochmeisters verunsicherten die gut zweitausend Menschen in beängstigendem Maße. Alina vermochte sich nicht vorzustellen, was geschehen würde, wenn irgendein Schreier plötzlich eine Panik auslöste. Sie sah sich unruhig nach einem Fluchtweg um.

Plötzlich jedoch legte sich der Lärm.

Eine einzelne Person war vorgetreten, ein alter Mann, in Lumpen gehüllt und mit um den Kopf gebundenen Tüchern. Nicht sein Erscheinen war es, das die Leute verstummen ließ, sondern das unvermittelte Schweigen Ötzlis. Mit bleichem Gesicht wich er vor dem Mann zurück. »Der *Glatzkopf!*«, hörte man ihn keuchen.

»Schön, dass Ihr mich noch erkennt, *Hoher Meister!*«, sagte der Ankömmling mit meckernder Stimme. »Ihr scheint mein Auftreten zu fürchten! Warum?«

Ötzli brachte es immerhin fertig, stehen zu bleiben, aber er antwortete nicht. Hilfe suchend blickte er nach links und rechts.

»Passt es vielleicht nicht in Euren Plan, dass ich nicht die versprochenen einhundert Mann samt Magiern und Bogenschützen aufbrachte, um Leandra bei ihrer Rückkehr nach Savalgor abzufangen und zu töten – so wie Ihr es von mir verlangtet?«

Ötzli stammelte etwas Unzusammenhängendes.

»Oder seid Ihr wütend, dass es Euch trotz höchster Anstrengungen nicht gelang, *den Pakt* zu erbeuten, um damit selbst mit den Drakken ins Geschäft zu kommen, was Euch höchste Privilegien eingebracht hätte – womöglich sogar den Thron des Shabibs? Den Thron eines zerrissenen und unterjochten Landes, in der Gewalt fremder Wesen, denen Ihr Tür und Tor geöffnet hättet? Und das mithilfe der *Bruderschaft*, deren Existenz Ihr neuerdings so leidenschaftlich bestreitet?«

»Ich kenne diesen Mann nicht!«, schrie Ötzli. »Das ist schon wieder so ein verleumderischer Trick dieser Leandra und ihres Gefolges!« Er streckte die Fäuste von sich und rief: »Wo bist du, dämonisches Weib? Komm hervor und ich werde dich töten!«

Nun wurden die Massen wirklich unruhig. Jeder wusste, was ein magischer Kampf an einem Ort wie diesem bedeutet hätte. Der ›Glatzkopf‹ hob eine Hand, woraufhin ein kleiner, rundlicher Mann mit wirrem grauem Haar und einem riesigen Blumenstrauß in den Händen sich rechts aus der Menge löste und ein paar Schritte in Richtung der Streitenden tat.

»Ich warne dich, Altmeister Ötzli!«, rief der ›Glatzkopf‹. »Dies ist der Shabibspalast von Savalgor! Hier darf keine Magie angewandt werden! Das ist Gesetz!«

»Gesetz ist noch etwas ganz anderes!«, rief Ötzli zurück. »Du, Fremder, bist gerade dabei, es zu brechen, und das werde ich verhindern!«

»*Fremder*?«, rief der Glatzkopf. »Ich bin dir kein Fremder!«

Im nächsten Moment begann sich der alte Kerl aus seinen schäbigen Lumpen zu schälen. Unter den Bettlerkleidern kam plötzlich eine feine, gestickte Robe zum Vorschein. Altmeister Ötzli erstarrte. Als der Alte die fleckigen Tücher wegriss, die seinen Kopf umhüllten, kam das Gesicht eines Mannes zum Vorschein, den Alina schon einmal gesehen hatte.

Sie erinnerte sich.

Das erste Mal hatte sie ihn in der Festung von Tulanbaar gesehen. Sie befand sich in der Gewalt von Chast, der sie gezwungen hatte, sein Bett mit ihm zu teilen. Da war eines Nachts dieser Alte erschienen, wie ein Engel; sie hatte gehofft, er würde sie mit sich nehmen, fort von diesem Scheusal Chast. Kurze Zeit darauf hatte es der Alte sogar tatsächlich versucht: ein mörderischer, magischer Kampf war entbrannt, und später, in Unifar, folgte ein weiterer. Sie hatte nie mit ihm geredet, aber sie wusste seinen Namen: Es war Munuel! Der tot geglaubte Lehrer und Meister von Leandra.

Er hatte die Hand wieder erhoben. »Du kennst die alte Geschichte über den Magier und den Bogenschützen, Altmeister Ötzli!«, rief er. »Der Magier stirbt *immer*, auch wenn er den Schützen zuerst trifft! In diesem Augenblick ist eine Armbrust auf dich gerichtet – übrigens die Armbrust, die in Wahrheit diesen Drakken dort getötet hat. Außerdem zielt auch der Bogen eines Meisterschützen auf dich! Wenn ich diese Hand herunternehme, werden dich mindestens ein Pfeil und ein Bolzen durchbohren. *Denke* also nicht einmal daran, eine Magie zu wirken! Ich würde es sofort spüren!«

Ötzli rang noch immer um seine Fassung.

Munuel drehte sich der Menge zu. Alina erschrak. Einen Augenblick lang dachte sie, er habe nun Ötzli nicht mehr im Blickfeld und der Altmeister könnte ihn überrumpeln. Doch dann verstand sie, dass Munuel keine Sichtlinie zu Ötzli benötigte. Er musste nur das Trivocum beobachten. Ein Meister wie er konnte das wahrscheinlich im Schlaf.

Als er nur mehr drei oder vier Schritte von ihr entfernt war, spürte sie plötzlich eine gewaltige Woge der Erleichterung und das Bedürfnis, zu ihm zu treten und ihn zu umarmen.

»Hört mich an, ihr Leute!«, rief Munuel. »Einige von euch kennen mich. Allen anderen sei gesagt, dass mein Name Munuel ist, Altmeister, Mitglied des Cambrischen Ordens. Aber das ist jetzt nicht wichtig. Und eigentlich ist sogar auch dieser kleinliche Hass des Altmeisters Ötzli im Augenblick vollkommen unwichtig! Denn es geht um etwas viel Bedeutsameres!«

»Lüge!«, schrie Ötzli dazwischen. »Ein Possenspiel! Ein Verrat und eine Verleumdung, die ihresgleichen sucht! Dieser Mann dort ist nicht Munuel! Ich kenne Munuel – er war ein alter Freund von mir und starb vor über einem Jahr in Unifar. Das weiß jedes Kind!«

Munuel fuhr herum und trat wieder auf Ötzli zu. »Ach ja? Warst du denn dabei? Mein *alter Freund*?«

»Ich bin nicht dein *alter Freund*, du dahergelaufener Narr! Was hast du vor? Was willst du diesem Volk *noch* antun?«

»Ich will es vor einem tragischen Irrtum bewahren. Die Bruderschaft von Yoor, ihr Gründer Sardin und ihr Anführer Chast haben Verrat an uns begangen, und es gibt heute *noch immer* Leute, die sich an der bösen Saat dieses Verrats bereichern wollen – so wie du! Aber das darf nicht geschehen! Unser Volk muss geeint werden, damit es einer neuen, schrecklichen Gefahr widerstehen kann, von der es noch nicht einmal etwas weiß! Und du, Altmeister Ötzli, und dieses korrupte Pack da im Rat«, damit deutete auf die Gruppe der Hierokraten, die nahebei standen, »*ihr* seid die Schuldigen daran, wenn wir diesen Wesen ins offene Messer laufen!«

In Ötzlis Gesicht spielte sich Unerfindliches ab. Wären nicht Munuel und seine Schützen da gewesen, hätte Alina vielleicht ihrem dringenden Wunsch nachgegeben, von hier zu fliehen. In dieser Halle würde ein magischer Kampf zu einer Katastrophe führen.

Munuel wandte sich wieder der Menge zu. »Hört mich an, ihr Bürger von Savalgor. Ein Jahr lang glaubte man, ich wäre in Unifar umgekommen, von herabstürzenden Trümmern erschlagen. Aber das stimmt nicht – ich hatte großes Glück.«

»Ja, das sieht man«, rief von irgendwoher ein Spötter. »Von den Toten auferstanden!«

Munuel schüttelte den Kopf. »Nein, nicht auferstanden. Ich überlebte einfach nur. Ich wurde dort unten eingeschlossen und irrte tagelang ziellos in der Finsternis umher. Mein Augenlicht war zerstört. Schließlich kam jemand und rettete mich.«

»Ein Engel? Ein Dämon?«, rief der gleiche Mann wieder.

»Weder – noch«, antwortete Munuel. »Es war Ulfa. Ulfa, der legendäre Urdrache der Höhlenwelt.« Für Momente herrschte Schweigen, dann fing ein Einzelner an zu lachen. Gleich darauf stimmten andere mit ein und ein ungläubiges Raunen ging durch die Menge. Die Spötter versuchten, die Menge zum Lachen zu bringen, aber es gelang ihnen nicht recht; noch immer kippte die Stimmung im Saal nicht.

»Ihr glaubt mir nicht?«, rief Munuel. »Dann werde ich es euch beweisen.« Er hob den rechten Arm. »Ulfa, komm zu mir!«, rief er laut.

Augenblicke später entstand ein unbeschreibliches Vibrieren in der Luft. Ein kleines Etwas schoss über die Köpfe der Menschen hinweg, drehte einen weiten Kreis über der Saalmitte und sank dann auf Munuels ausgestreckten Arm herab.

Die Menge stöhnte auf, als sie das Wesen erkannte: Es war ein Baumdrache. Ein legendäres Wesen, dessen tatsächliche Existenz bisher noch niemand hatte beweisen können. Alina hatte von Leandra bereits Geschichten über Ulfa gehört, aber jetzt, da sie ihn zum ersten Mal leibhaftig sah, jagten auch ihr Schauer über den Rücken.

Etwas Unbenennbares hatte sich über den Saal gelegt, eine Aura, die jeder spüren konnte. Allein die Gegenwart eines solchen Wesens hätte Beweis genug sein müssen, dass der Mann, der sich für Munuel ausgab, nicht log, aber die Ausstrahlung des Baumdrachen, die sich über die Menschen breitete, ließ auch die letzten Zweifler verstummen. Alina sah zu Ötzli – sein zutiefst feindseliger, boshafter Blick hatte einer ehrlichen Verblüffung Platz gemacht. Er starrte ungläubig den kleinen Baumdrachen an.

Munuel, auf dessen Arm der kleine Drache nun saß, wandte sich zu Ötzli um. »Bevor ich weiterrede«, verlangte er scharf, »will ich, dass du gehst, Altmeister Ötzli! Verschwinde von hier! Du hast nur aus Eitelkeit und verletztem Stolz heraus gehandelt. Zu keiner Zeit hast du dich bemüht zu begreifen, was hier wirklich vor sich geht! Wie du zuvor schon sagtest, du hast ein Amt inne, das dir Zugang zu Wissensquellen ermöglicht, von denen andere nur träumen. Aber diese Quellen hast du nicht genutzt. Du warst eifersüchtig auf das Schwert Jambala, das Leandra zufiel, und du warst eifersüchtig auf ihre Rolle und die Bewunderung, die man ihr zollte! Du bist nur ein eitler, alter Mann, der seine dumme Rache haben will und denkt, allein *seine* Erfahrung und *sein* Verstand wären das Maß der Welt! Ich bin zutiefst enttäuscht von dir!«

Ötzli stand wie erstarrt. Nichts von dem, was hier passiert war, schien ihn zu berühren, sein Blick war trotzig und unversöhnlich.

»Geh!«, rief Munuel wütend und deutete mit dem freien Arm auf das Portal. »Du hast hier nichts mehr verloren!«

Es dauerte noch eine Weile, dann wandte sich Ötzli mit einer energischen Bewegung um, sodass seine weite, festliche Robe, die er für diesen Anlass angelegt hatte, flatterte. Mit verhärteter Miene und donnernden Schritten marschierte er in Richtung des Ostportals, so als könnte ihm dieser Abgang noch Respekt verschaffen. Die Menge teilte sich vor ihm und kurz darauf war er verschwunden.

Zurück blieb eine Versammlung von Menschen, die nicht recht wussten, wie ihnen geschehen war. Der kleine Drache saß noch immer reglos auf Munuels Arm und hatte den langen Schwanz mehrfach um Munuels

Handgelenk geschlungen. Seine machtvolle Aura lag über dem Saal, verlangte danach, dass die Leute Ruhe bewahrten. Es schien fast, als spräche er durch Munuels Mund.

»Ich bitte Euch, Bürger von Savalgor und Akrania«, rief Munuel, »führt die Zeremonie zu Ende und hebt diese junge Frau auf euren Thron! Und seid danach wieder ein Volk – wie noch zuzeiten des Shabibs Geramon!« Er trat einige Schritte auf die Holzwand zu, an welcher der tote Drakken festgebunden war. »Wir müssen zusammenhalten, sonst werden wir die nächsten Tage nicht überstehen. Diese Wesen hier sind kein Spaß. Sie sind wirklich hier!«

Hochmeister Jockum trat vor. »Meinst du damit, Munuel, mein alter Freund, dass sie uns … angreifen werden?«

Munuel wandte den Kopf zu dem kleinen Drachen auf seinem Arm. Er nickte bitter. »Ulfa weiß alles, was die Drachen wissen«, sagte er leise. »Von Westen her rückt eine riesige Streitmacht ihrer Flugschiffe auf uns zu. Sie werden in kurzer Zeit hier sein.«

# 10 ♦ Tödliche Falle

Seit drei Stunden schon folgte ihnen das kleine Drakkenschiff. Leandra und Meister Fujima gelang es einfach nicht, es abzuschütteln, so sehr sie und die Drachen sich auch abmühten. Mehrfach schon waren sie auf hoch gelegenen kleinen Simsen und Plateaus von Stützpfeilern gelandet, wobei das Schiff für einige Zeit außer Sicht geraten war. Sobald sie jedoch weiterflogen, dauerte es nur Minuten, dann war es wieder da.

Eigenartig war, dass das Schiff allein blieb und keine Verstärkung erhielt. Auch kam es ihnen nicht näher. Es hielt sich immer eine gute Meile entfernt, manchmal auch zwei, sodass sie es gerade noch sehen konnten. Es war klein und verhielt sich nicht feindselig, es verfolgte sie nur. Anfangs dachte Leandra, es wollte vielleicht herausfinden, wo Angadoor lag – aber woher sollten die Drakken wissen, wer da auf den Rücken der Drachen saß und wohin sie unterwegs waren? Vielleicht wollten die Drakken überhaupt nur herausfinden, wohin *irgendjemand* auf einem Drachen flog ... Aber irgendwie ergab das alles keinen Sinn.

Eine Weile spielte Leandra mit dem Gedanken, das Schiff anzugreifen. Zusammen mit den beiden Drachen waren sie vier magisch begabte Angreifer – eigentlich eine ausreichend starke Streitmacht gegen dieses kleine Schiff. Aber vielleicht wollten die Drakken genau das provozieren. Darüber hinaus war ein Angriff immer ein Risiko. Die Drakken waren nicht dumm und hatten zweifellos aus ihren bisherigen Fehlern gelernt. Auf engem Raum, zwischen Felswänden und Stützpfeilern, waren sie den Drachen fliegerisch unterlegen, im freien Luftraum aber waren ihre Schiffe wesentlich schneller. Vermutlich hatten sie noch andere Überraschungen zu bieten.

Im Augenblick waren Leandra, Meister Fujima und die Drachen wieder einmal in etwa vier Meilen Höhe auf einem Verstrebungsarm eines Stützpfeilers gelandet. Voller Unruhe starrten sie in die Tiefe hinab. Das Drakkenschiff war nicht zu sehen.

»Ich wette, es wartet irgendwo jenseits des Pfeilers, dass wir uns wieder zeigen!«, sagte Leandra. »Diese Dinger können in der Luft stehen bleiben.«

Meister Fujima nickte ernst.

»Was sollen wir tun?«

Meister Fujima hob unentschlossen die Schultern. »Entweder, sie wollen uns nur beobachten, oder ...«

»Was?«

»Vielleicht wollen sie mit uns Kontakt aufnehmen?«

»Kontakt?« Sie lachte spöttisch auf und schüttelte den Kopf. »Wozu Kontakt? Um Friedensverhandlungen zu führen?«

»Wer weiß? Vielleicht entschließen sie sich endlich, mit den richtigen Leuten zu reden? Nicht mit Bruderschaftlern – wie Chast oder Sardin. Das hat ihnen bisher nichts eingebracht.«

Sie legte zweifelnd die Stirn in Falten. »Ich habe schon einmal solch ein Gespräch mit ihnen führen wollen. Sie zogen es vor, auf uns zu schießen.«

»Du meinst, in Torgard? Wo du mit dem Primas eingedrungen bist? Nun, das dürfte nicht gerade eine Abordnung von Parlamentären gewesen sein, meinst du nicht? Wohl eher eine Kampftruppe.«

»Was macht Euch so sicher, Meister, dass es diesmal eine ist?«

Meister Fujima seufzte. »Sicher bin ich gar nicht,

mein Kind. Ich frage mich nur, wo es enden wird, wenn wir uns weiterhin vor ihnen zu verstecken suchen.«

Leandra nickte verdrossen und starrte wieder in die Luft hinaus. »Ihr habt Recht. Außerdem muss ich nach Angadoor.«

»Stimmt. Was also sollen wir tun?«

Sie schwieg nachdenklich. »Wenn wir auf sie zufliegen, könnten sie anfangen zu schießen.«

»Und wenn wir irgendwo landen? Auf einem freien Feld?«

»Haltet Ihr das für weniger gefährlich?«

»Es ist ein Zeichen. Wenn wir auf sie zufliegen, könnten sie das für einen Angriffsversuch halten. Aber wenn wir einfach irgendwo landen – weithin sichtbar? Sofern sie wirklich etwas von uns wollen, werden sie verstehen, dass wir Sicherheit brauchen. Sie werden irgendetwas tun, um uns zu signalisieren, dass sie uns nicht angreifen werden.«

»Oder das Ganze ist eine Falle.«

Er nickte und ließ ein Seufzen hören. »Oder das.«

Leandra erhob sich. »Mir ist nicht wohl dabei, aber ich bin dafür, wir probieren es. Sonst kommen wir nie von denen los. Wir können das Ganze ja immer noch abbrechen, wenn es uns zu gefährlich wird.«

Sie wandte sich zu den Drachen um und nahm über das Trivocum Kontakt mit ihnen auf. Rasch erklärte sie ihnen, was sie vorhatten. Den Drachen war, wie Meister Fujima spüren konnte, nicht sehr wohl dabei zumute, aber sie erklärten sich einverstanden.

Bald darauf waren sie wieder in der Luft. Es war Nachmittag geworden, das schlechte Wetter hatte sich schon tags zuvor verzogen und die Luft war warm und angenehm. Diesmal flogen sie eine Viertelstunde ganz allein und begannen schon zu hoffen, das Drakkenschiff hätte sie nun doch verloren. Dann aber deutete Meister Fujima nach Südosten.

Leandra blickte sich um. Ja, da war es wieder. Etwa zwei Meilen entfernt. Es folgte ihnen wie zuvor.

»Da vorn ist ein flacher Hügel!«, rief Meister Fujima und deutete nach Nordwesten. »Siehst du ihn?«

Leandra blickte in die angegebene Richtung. Ja, sie sah, was er meinte. Der Hügel schien von niedrigem braunem Gras bewachsen zu sein und seine Kuppe war groß genug für ihre Zwecke.

Leandra wandte sich wieder um und betrachtete das Schiff eingehend. Im Vergleich zu anderen Drakkenschiffen, die sie bisher gesehen hatte, schien es ziemlich klein zu sein und wirkte auch nicht sonderlich gefährlich. Besonders da es immer auf respektvoller Distanz blieb, so als hätte es vor den Magien der Drachen Angst. Dennoch war ihr nicht wohl bei der Sache. Die Drakken waren gekommen, um der Höhlenwelt etwas zu entreißen, aber die Art und Weise, wie sie das taten, warf mehr Fragen auf, als sie beantwortete. Sie hätten einfach fragen können, ob die Menschen der Höhlenwelt bereit wären, das Wissen über die Magie mit ihnen zu teilen. Das aber hatten sie nie getan und sich stattdessen auf einen sehr fragwürdigen Pakt mit einer noch fragwürdigeren Gruppe eingelassen. Warum? Hätte das alles nicht auch ohne Streit und Krieg bleiben können?

Nein, irgendetwas anderes musste noch dahinter stecken – hinter dieser brutalen Vorgehensweise der Fremden. Wiewohl sich Leandra einen friedlichen Verlauf wünschte, fürchtete sie sich davor, dass sie die Wahrheit verkannte und sich allein aus ihrem Wunsch nach Frieden heraus jetzt falsch verhielt. Sie bat Meanak, eine Weite Schleife über dem Hügel zu fliegen, um noch ein wenig Zeit zum Nachdenken zu bekommen.

Doch diese Zeit bekam sie nicht. Meister Fujima missdeutete das Flugmanöver ihres Drachen und landete mit Lanianis auf der Hügelkuppe. Leandra blieb nichts anderes übrig, als ihm zu folgen. Mit unruhigen Blicken starrte sie in den Himmel hinauf und suchte das Drakkenschiff. Es war näher gekommen.

*

Primas Clausis stand wiederum mit erhobenen Händen da und versuchte die Menschen zur Ruhe zu bewegen. »Wollen wir die Trauung doch nun endlich zu Ende bringen!«, rief er.

Der kleine Drache hatte sie wieder verlassen – auf geheimnisvolle Weise war er in einem mystischen Aufblitzen weit oben unter der hohen Saaldecke verschwunden.

Das aufgeregte Gemurmel verebbte. Alina schöpfte Mut, dass ihre Hochzeit nun doch noch zu einem guten Ende kam.

Doch die Neuigkeiten, die Munuel berichtet hatte, waren erschreckend. Die meisten Leute hatten vermutlich nicht mitbekommen, was er über die von Westen anrückenden Drakkenschiffe gesagt hatte. Sie hingegen hatte es gehört und es versetzte sie in aufkommende Panik. In wenigen Augenblicken würde sie die Shaba von Akrania sein, doch die Geschwindigkeit, mit der sie in die erste Notlage ihres Landes gestürzt würde, war atemberaubend. Ihre erste Krise wies beste Voraussetzungen auf, zugleich auch ihre letzte zu sein.

»Das *Jawort* betrachte ich als bereits gegeben?«, stellte Clausis mit strengen Blicken zu Alina und Victor fest. Die beiden sahen sich an und nickten.

»Fein. Ich frage nun also noch ein letztes Mal, ob irgendjemand einen … *berechtigten* … Einwand gegen diese Trauung hat!« Er hatte die Worte mit solcher Schärfe gesprochen, dass schon ein Chast hätte auferstehen müssen, um jetzt noch einen Widerspruch zu wagen. Niemand sagte etwas darauf.

Der Primas strahlte. »Sehr schön. Dann also erkläre ich diese Hochzeit für rechtens und die Trauung des Brautpaares für vollz ...«

Im aufbrausenden Jubel und den schmetternden Fanfaren, die über den Saal hereinbrachen, sah Victor nur ein kurzes Aufblitzen von rechts. Sekunden später fühlte er einen entsetzlichen Schmerz, der gleich einem Blitz durch seine rechte Körperhälfte fuhr. Er stieß einen Schrei aus und krümmte sich zusammen.

Für Augenblicke drohte ihn das Bewusstsein zu verlassen – der Schmerz war brennend und stechend zugleich. Dann gelang es ihm endlich, die Stelle auszumachen, von der er ausging. Mit vor Schmerzen geschlossenen Augen tastete er zu seinem rechten Oberschenkel und schrie ein weiteres Mal auf. Dann hörte er nur noch das Aufbrausen von Geschrei und Gebrüll und ihn verließen gnädig die Sinne.

Als er wieder zu sich kam, konnte erst eine Minute vergangen sein. Er spürte, dass etwas in ihm steckte ... nein, *zwei* Dinge steckten in ihm! Das erste war einigermaßen angenehmer Natur. Es war ein Gefühl der Lähmung und Leichtigkeit, und nach kurzer Zeit wurde ihm klar, dass es eine Magie sein musste, von Munuel oder Jockum gewirkt, die sein Herz beruhigt und sein Schmerzempfinden gedämpft hatte. Das zweite Ding sah er, als er die Augen öffnete. Es war ein Pfeil, der tief in seinem rechten Oberschenkel steckte. Er keuchte – allein der Anblick drohte ihm schon wieder das Bewusstsein zu rauben.

»Bei den Kräften!«, keuchte er, »wer *schießt* da auf mich?«

Mehrere Leute standen über ihn gebeugt, er sah Hochmeister Jockum, Jacko, Hellami ... und dann erkannte er Alina. Sie kniete hinter ihm und hielt seinen

Kopf in ihrem Schoß. Verzweifelte Tränen liefen über ihre Wangen. Ein schmerzverzerrtes Lächeln überzog sein Gesicht. Sie war einfach bezaubernd, selbst wenn er im Moment nicht wusste, woher ihn plötzlich dieses leidenschaftliche Gefühl überkam. War das eine Nebenwirkung der Magie? Er fühlte sich wie betrunken. Zumindest jetzt hatte er das schöne und beruhigende Gefühl, wenigstens nicht *die Falsche* geheiratet zu haben.

Plötzlich gellte eine Stimme durch den Saal. »*Marko!*« Es war Munuels Stimme und dann hörte er: »Izeban! Schnell, lauft hinauf und passt auf, dass dieser Verrückte nicht verschwindet! Ich will ihn hier sehen – und zwar *gleich!*«

Jemand lief davon, dann erschien Munuels besorgtes Gesicht. Er war tatsächlich erblindet, seine Augäpfel waren starr und reglos.

»Munuel!«, sagte Victor mit Schmerzenstränen in den Augenwinkeln und streckte seine Hand nach der des alten Magiers aus. »Gut, dich zu sehen, alter Freund! Aber … wer ist dieser Marko?«

Munuel knurrte. »Einer, dem du gleich deine Faust ins Gesicht hauen darfst, und zwar mit aller Kraft, während *ich* ihn festhalte!«

»Der Schütze?«, stöhnte Victor. »Du … du kennst ihn?«

»Ja. Es war wohl der schwärzeste Tag meines Lebens, als ich diesen dummen, eitlen Gockel traf!«

Victor bekam nur am Rande mit, wie der Saal geräumt wurde. Zum Glück war keine Panik ausgebrochen und die Palastgarde konnte zügig die Menschen nach draußen schleusen.

»Gib nun Acht, Victor!«, sagte Hochmeister Jockum. »Ich werde noch einmal eine kleine Magie durch dich fließen lassen. Erschrick nicht. Anschließend werde ich den Pfeil entfernen!«

»Einen Augenblick noch!«, warf Munuel ein. »Warte, bis dieser vermaledeite Marko hier ist. Wir müssen ihn fragen, was für eine Sorte Pfeil das ist, verstehst du? Welche Form die Spitze hat.«

Hochmeister Jockum nickte.

»Natürlich erst, nachdem ich ihm die Ohren abgerissen habe, diesem Wahnsinnigen!«

Victor spürte den Pfeil als hitzigen, dumpf pulsierenden Punkt in seinem Oberschenkel. Zum Glück war der Schmerz durch die Magie nicht wirklich präsent. Dafür aber kam ihm die ganze Sache zunehmend kurios vor, lustig sogar, aber auch das musste eine Auswirkung von Hochmeister Jockums Magie sein. In Alinas Schoß fand er es plötzlich sehr behaglich. Er blickte nach oben in ihr sorgenvolles Gesicht und hob eine Hand, um ihr eine Träne von der Wange zu wischen. Sie schniefte und warf ihm ein Lächeln zu. Konnte es sein, dass sie ihn wirklich liebte? Unvorstellbar.

Es dauerte noch eine Weile, während die Gardesoldaten die letzten Leute aus dem Saal drängten. Dann erhoben sich einige seiner Freunde, denn der Missetäter schien einzutreffen. Victor kämpfte sich in die Höhe, um nur nichts zu verpassen, und Jacko stützte ihn. Er sah einen jungen Kerl, knapp über zwanzig, der mit einem Langbogen in der Hand über den polierten Kachelboden des Wappensaals dahergeschlendert kam. Nein, es war kein Schlendern, sondern ein zögerlicher Gang; er schien zu ahnen, dass man hier ärgerlich auf ihn war. Sehr ärgerlich. Er trug feine Waidmannskleidung, einen Hut mit einer Babbufeder und wirkte irgendwie, als wäre er gerade einer feinen Jagdgesellschaft entsprungen.

Munuel erwartete ihn mit in die Seiten gestemmten Fäusten. »Sag mal, bist du noch bei Trost?«, herrschte er den Burschen an.

Der warf Victor einen unsicheren Blick zu und hob

dann entschuldigend die Schultern. »Tut mir Leid ... es war ein Versehen.«

»Ein *Versehen*?«, rief Munuel. »Ha! Dass ich nicht lache! Nachdem Ötzli fort war, gab es keine Gefahr mehr in diesem Saal. Und auch keinen Grund, deinen Bogen noch auf *irgendwen* gerichtet zu halten, oder?«

Wieder zuckte er mit den Achseln, lächelte dabei entschuldigend. »Nun ja – ich war mir plötzlich nicht mehr so sicher, wer hier zu wem gehörte, und dachte, ich passe aus Sicherheitsgründen lieber auf ... und dann ist mir die Sehne abgerutscht ...«

»Lügner!«, rief Munuel. »Willst du mir etwa einreden, du hättest während der Trauung aus *Sicherheitsgründen* auf den Bräutigam gezielt?«

Der Gescholtene erwiderte nichts, sondern zeigte nur ein verlegenes Lächeln. Munuel wandte sich um. »Dann will ich euch mal erzählen, was dahinter steckt!«, rief Munuel. »Dieser verrückte Kerl hat ...«

»Wartet, Munuel ...«, rief Marko und hob beschwichtigend die Hände, »Ihr könnt doch nicht ...«

Munuel fuhr herum. »*Schweig!*«

Marko verstummte. Er ließ die Hände wieder sinken, sein Gesicht spiegelte wider, wie peinlich ihm das alles war. Als Munuel fortfuhr, verdrehte er die Augen.

»Dieser dumme Junge hat ein Schnapsgläschen blaues Blut in den Adern und bildet sich offenbar ein, er habe ein *natürliches* Anrecht auf eine Ehe mit Alina! Er kam allen Ernstes nach Savalgor, um sie zu heiraten!« Munuel drehte sich mit verschränkten Armen zu Marko um, der junge Mann hob entschuldigend die Schultern.

»Nur passte ihm nicht in den Kram«, fuhr Munuel fort, »dass da plötzlich ein Rivale aufgetaucht war – nämlich Victor!« Er wandte sich wieder den Anwesenden zu. »Soll ich euch sagen, was ich glaube? Nein, ich bin sogar sicher, dass dieses dumme Kind *aus Eifer-*

*sucht und Rache* diesen Schuss auf Victor abgegeben hat! Er wollte ihm wehtun!«

»Aber nein, Munuel, ich …«

»Sei still! Ich habe selbst erlebt, wie gut du als Bogenschütze bist! Schließlich lebe ich deswegen noch! Und aus diesem Grunde habe ich dich ja da oben postiert! Versuche mir nicht weiszumachen, dass du *zufällig* Victors Oberschenkel getroffen hast! Du dummer, eitler Gockel!«

Victor, der sich benebelt fühlte wie nach einem halben Dutzend Gläsern Wein, konnte sich nicht mehr beherrschen. Es war ganz bestimmt nichts als die Nebenwirkung der Magie, aber er begann hilflos zu kichern, bis ihm die Tränen kamen. Seine Wunde tat dabei entsetzlich weh, neue Schmerzschübe pulsten durch seinen Oberschenkel. Er verlor das Gleichgewicht, glitt dem verblüfften Jacko aus dem Griff und fiel auf den Hintern. Wie er da auf dem Boden saß, jammerte und kicherte er zugleich. Seine Freunde starrten ihn entsetzt an.

Alina beugte sich mit sorgenvoller Miene zu ihm herab, doch als er sie ansah, wurde er Zeuge, wie sich ihre Züge zu Stein verwandelten. Sie erhob sich wieder, marschierte zu Marko, holte weit aus und versetzte ihm eine schallende Ohrfeige.

Marko wankte nicht, obwohl die Ohrfeige mit Kraft ausgeführt worden war. Er starrte Alina an, hob die rechte Hand, um sich die geschlagene Wange zu halten, dann aber stellte sich auf seinem Gesicht ein überrascht-freudiger Ausdruck ein, so als hätte sie ihn gerade geküsst. Victor musste schon wieder loslachen – unter Tränen des Schmerzes.

Alina wandte sich schwungvoll um und kehrte zu Victor zurück. Er verstummte, als er sich als Nächstes Opfer einer Ohrfeige sah. Aber sie verschonte ihn und kniete sich, noch immer eine Träne im Auge, zu ihm nieder. Victor konnte gar nicht glauben, wie schön sie war.

Als sie ganz nahe bei ihm war, flüsterte er: »Huh – deine erste Amtstat als Shaba! Ich sehe bessere Zeiten auf uns zukommen!«

Sie lachte leise auf und ein paar aufgeregte und glückliche Tränen waren auch noch dabei. Leicht küsste sie ihn auf die Wange.

*Sie liebt mich wirklich,* dachte er.

Die nächste Minute wurde weniger angenehm. Der Pfeil besaß laut Marko keine Widerhaken, und nach einer weiteren schmerzlindernden Magie des Hochmeisters, die Victors Hochgefühl für Sekunden zur Volltrunkenheit steigerte, zog Jacko mit einer raschen, energischen Bewegung den Pfeil heraus. Victor heulte auf, sein Geist trudelte in die Besinnungslosigkeit davon und kehrte wieder. Das Blut begann hervorzusprudeln und man verband ihm die Wunde. Nach einer Weile wurde es besser und sein protestierend pochender Puls beruhigte sich wieder.

Alinas sorgenvolles Gesicht rührte ihn. Man half ihm in die Höhe, und plötzlich nahm ihn Jacko wie ein kleines Kind hoch, um ihn aus dem Wappensaal zu tragen.

Das war ihm zu viel.

Protestierend bestand er darauf, selber zu gehen. Jacko brummte ärgerlich, setzte ihn dann aber wieder ab. Er stützte ihn und Alina tat dasselbe von der anderen Seite her. Ein schmerzhafter Stich fuhr bei jedem Auftreten durch seinen Oberschenkel, aber das nahm Victor in Kauf.

Als sie den Ausgang des Wappensaals erreichten, kamen ihnen zwei Gardehauptmänner entgegengeeilt. Sie blieben stehen, ließen sich beide auf das rechte Knie nieder und senkten den Blick. Es war das erste Mal, dass jemand eine solche Ehrenbezeigung vor Alina machte.

»Bin ich ... denn jetzt schon Shaba?«, fragte sie Victor flüsternd. »Ich meine – sind wir wirklich verheiratet? Es gab doch schon wieder ...«

Victor nickte ihr aufmunternd zu. »Ich denke schon«, sagte er. »Diesmal kam der Attentäter zu spät.«

Sie warf ihm ein kleines, unsicheres Lächeln zurück, und irgendwie hatte er sich mit dieser Feststellung selbst überrascht. Er seufzte leise. Nun war es also geschehen. Er war ein verheirateter Mann.

Die beiden Hauptleute erhoben sich wieder.

»Shaba«, sagte der linke der beiden, noch schnaufend, denn offensichtlich waren sie gerannt. »Es gibt schlechte Nachrichten. Diese Fremden – sie ... sie kommen!«

Alina starrte ihn erschrocken an. »Sie kommen? So schnell?«

»Ja, Shaba. Mit fliegenden Schiffen! Es tauchen immer mehr über der Stadt auf.«

Alina wurde bleich und sie war nicht die Einzige.

Sie sah Hilfe suchend zu Jacko und Victor. Aber nun war es an ihr, sie war die höchste Befehlshaberin. »Dann ... versetzt die Garde und die Stadtwache in Kampfbereitschaft! Und das Militär! Die Leute sollen in ihre Häuser gehen, niemand darf hinaus auf die Straßen!« Sie wandte sich zu ihren Freuden um. »Ihr müsst mir helfen. Ich kenne mich in militärischen Dingen nicht aus. Wir müssen etwas planen. Wir treffen uns in fünf Minuten in ... in ...« Sie hob die Schultern.

»Am besten in der Wachkommandantur, Shaba«, half ihr einer der beiden Hauptleute aus. »Sie liegt am Ende des Großen Portalgangs, ein Stockwerk höher – leicht über die Nordtreppe zu erreichen.«

Sie nickte. »Ja, gut. Bringt mir alles an erfahrenen Soldaten mit, was ihr finden könnt. Und überlegt euch, wie wir die Bürger schützen können. Ich hoffe, es kommt in der Zwischenzeit zu keinem Angriff. Wenn doch, wehrt euch. Aber ich will auf keinen Fall, dass ein Angriff von uns ausgeht, verstanden? Vielleicht haben wir noch eine Möglichkeit, das Blutvergießen zu verhindern!«

»Ja, Shaba.«

»Gut. Dann fort mich euch, schnell!«

Die Männer eilten davon. Alina blickte sich suchend um, entdeckte schließlich Yo und winkte ihr.

»Weißt du schon etwas von Quendras?«

Yo eilte herbei und schüttelte den Kopf. »Ich habe ihn heute Morgen zuletzt gesehen. Aber ich werde gleich zu ihm gehen!«

»Gut, beeile dich! Ich muss wissen, wie weit er ist. Nimm dir Leute zu seinem Schutz mit, ja?«

Yo nickte, wandte sich um und verschwand ebenfalls.

Alina wandte sich an Victor. »Und du … du brauchst einen richtigen Verband.« Sie blickte an sich herab und strich mit den Händen über ihr schönes, rosafarbenes Brautgewand. »Und ich muss mir etwas anderes anziehen.« Sie sah wieder auf. »Jacko, du *trägst* ihn jetzt! Ich befehle es! Wir haben keine Zeit für kleinlichen Stolz!«

\*

»Ich habe Angst, dass wir einen furchtbaren Fehler begehen«, flüsterte Leandra Meister Fujima zu.

»Ja, ich auch«, gab er zu.

Sie standen nebeneinander auf der Hügelkuppe, zwei Dutzend Schritt von den Drachen entfernt, die hinter ihnen am Boden kauerten, und beobachteten das Drakkenschiff, das eben auf der anderen Seite des Hügels zur Landung ansetzte.

Leandra schalt sich, dass sie auch noch so dumm gewesen war, gleich neben Meister Fujima zu landen. Sie hätte wenigstens ein bisschen Platz zwischen ihnen lassen sollen. Wenn die Drakken mit ihren Blitzwaffen angriffen, lagen gleich beide Drachen im Schussfeld. Leider war es jetzt zu spät.

Irgendetwas in dem Drakkenschiff jaulte in den höchsten Tönen, als es die letzten Ellen herabsank. Die Drachen waren sehr unruhig, ihre Flanken zitterten und sie hatten ihre Schwingen halb entfaltet, bereit, sich beim kleinsten Anzeichen einer Feindseligkeit in die Luft zu werfen und davonzufliegen.

*Greift das Schiff an*, sandte Leandra den Drachen zu, *wenn es irgendetwas Verdächtiges unternimmt! Wir werden es auch tun!* Anschließend konnten sie nur noch warten, während auf der anderen Seite des Hügels das Schiff landete.

Es war wirklich sehr klein, kaum größer als ein ausgewachsener Drache. Auf der Oberseite befand sich eine flache Kuppel mit widerspiegelnden, metallisch blauen Flächen. Womöglich waren es Fenster – fünf oder sechs nebeneinander. Rechts und links hatten sich Klappen geöffnet, durch die sich jetzt seltsam dünne, metallene Beine herausschoben. Das Schiff setzte auf und die Beine federten. Das jaulende Geräusch erstarb, dafür ertönte ein anderes, unheimlich grollend und zischend. Leandra hatte noch nie etwas dergleichen gehört.

Die steinige Hügelkuppe mit ihrem niedrigen, gelbbraunen Bewuchs lag im Sonnenlicht, das durch ein großes Fenster direkt über ihnen drang. Die Sonne stand nicht direkt über ihnen, sonst wäre es hier sehr heiß geworden, aber das Fenster brach ihre Strahlen so, dass sie im hellen Licht standen. Wenigstens das war beruhigend. Sie konnten alles sehen, was sich hier abspielte.

»Bis jetzt ist alles so geschehen, wie wir vermutet haben«, flüsterte Meister Fujima. »Vielleicht haben wir ja Glück!«

Leandra schlug das Herz bis zum Hals. »Ja, das hoffe ich.«

Auch das dunkle Grollen verebbte nun und für einige Minuten stand das Schiff völlig still und unbewegt da. Aus einer Öffnung quoll ein dünnes Dampfwölkchen, das rasch verflog. Die Luft über dem Hügel flimmerte in der Hitze des Nachmittags.

Endlich passierte etwas. Ein neues, ebenso fremdartiges Geräusch ertönte, und an der vorderen Unterseite des Schiffs, genau ihnen zugewandt, öffnete sich eine weitere Klappe. Sie erinnerte an ein großes Maul und für Augenblicke nahm das fremde Schiff das Aussehen eines monströsen Gesichts mit aufgerissenem Rachen an. Dann erschien ein Drakken in der Öffnung und trat ins Freie auf den Hügel heraus.

Leandra schaffte es, einigermaßen ruhig zu bleiben. Meister Fujima hingegen, der noch nie so ein Geschöpf erblickt hatte, trat entsetzt einen Schritt zurück. »Bei den Kräften …«, flüsterte er.

Der Drakken war ein gutes Stück entfernt von ihnen, aber er kam Leandra in diesem Augenblick sehr bedrohlich vor. Man konnte seine hoch gewachsene, schlanke Gestalt und die scharfen Grate, mit denen sein Körper überall besetzt war, gut genug erkennen. Irgendwie erinnerte er sie an die Ghouls aus Torgard, die ihrem Freund Vendar zum tödlichen Verhängnis geworden waren. Der Gedanke, dass dieses Wesen gekommen war, um mit ihnen zu verhandeln, erschien ihr plötzlich völlig absurd.

Der Drakken kam nicht näher, dafür erschien ein zweiter in der Öffnung und trat ins Freie. Leandra kniff die Augenlider zusammen. Dieser war deutlich kleiner, sah dem ersten nur wenig ähnlich …

»Ein Mensch!«, hauchte Meister Fujima. »Einer von uns!«

Leandra versuchte, ihr wummerndes Herz zu beruhigen. Ja, er hatte Recht. Das dort war kein Drakken. Es war ein Mensch. Er schien kurz mit dem Drakken zu reden, dann wandte er sich um und kam mit entschlossenen Schritten auf sie zu.

»Vielleicht … ist das schon einer!«, sagte Meister Fujima aufgeregt. »Ich meine, vielleicht haben die Verhandlungen schon begonnen, und das ist jemand von uns, der …«

Leandra hob die Hand, Meister Fujima verstummte. Irgendetwas kam ihr an dieser Person bekannt vor und mit jedem weiteren Schritt wuchs ihre Gewissheit … und damit ihre Bestürzung.

»*Rasnor!*«, keuchte sie. »Es ist Rasnor!«

»Rasnor? Wer soll das sein?«

Sie stöhnte. »Ein widerlicher Kerl! Ein Bruderschaftler, der von Chast nach Hammagor geschickt wurde, um Victor und Roya den Pakt abzujagen. Aber wir haben ihm seine Suppe gehörig versalzen!« Sie knirschte leise mit den Zähnen. »Leider nicht genug, wie es scheint.«

Meister Fujima deutete verwirrt auf den kleinen, untersetzten Mann, der ihnen mit forschen Schritten entgegenkam. Die Hälfte der Entfernung hatte er bereits geschafft. »Aber … wie kommt er zu den Drakken?«

Leandra wusste es. »Er muss sich mit ihnen verbündet haben«, sagte sie mit plötzlich aufbrausender Wut. »Dieses Dreckstück muss sich tatsächlich mit ihnen verbündet haben!«

Ein Dutzend Schritte vor ihnen blieb Rasnor stehen. Er trug die typische Kutte der Bruderschaft und dazu seinen roten Leibriemen, so als bestünden die Duuma und der Orden von Yoor noch immer und er wäre ein offizieller Abgesandter. Er hob die rechte Hand und rief: »Hallo, schöne Leandra! Wen hast du da mitgebracht? Jemand vom Cambrischen Orden?«

An der Art, wie er sie angeredet hatte, erkannte

Leandra schon, was nun folgen würde. Sie hatte ihn in Hammagor gedemütigt und davongejagt und nun würde er sich zweifellos rächen wollen.

»Wir hätten dich in Hammagor zur Hölle jagen sollen, du Verräter«, rief sie ihm entgegen. »Du machst gemeinsame Sache mit den Drakken!«

»Nicht nur ich!«, rief er fröhlich zurück. »Auch du wirst dich mit ihnen verbünden, schöne Leandra! Wie findest du das?«

»Ich?« Sie lachte höhnisch auf. »Niemals!«

»Na, dann pass mal auf!« Er wandte sich um und winkte zurück zum Drakkenschiff. Augenblicke später erschienen dort zwei weitere Drakken, sie trugen etwas. Langsam kamen sie näher, und sie hatten es offenbar nicht leicht, denn das, was sie trugen, bewegte sich. Ziemlich heftig sogar.

Leandra sank auf die Knie. »*O nein!*«, keuchte sie.

Als die Drakken ihre Fracht die Hälfte der Strecke getragen hatten, hob Rasnor abermals die Hand und sie blieben stehen. Auf ein weiteres Handzeichen hin setzten sie ihre Fracht ab, und dann sah Leandra, dass ihr erster Eindruck sie nicht getäuscht hatte. »Cathryn«, flüsterte sie.

»Lauf, kleiner Sonnenschein!«, rief Rasnor. »Lauf zu deiner großen Schwester!«

Meister Fujima, der die Szene schweigend beobachtet hatte, warf fragende Blicke zu Leandra, während das kleine Mädchen dort drüben bei den Drakken plötzlich losrannte, so schnell es nur konnte.

Leandra befürchtete das Schlimmste, etwa, dass Rasnor oder die Drakken auf Cathryn schießen würden. Aber nichts geschah. Sekunden später fiel Cathryn Leandra weinend um den Hals.

Meister Fujima kniete sich hinzu. »Was ist hier los, Leandra?«, zischte er. »Das macht doch keinen Sinn! Was will der Kerl von uns? Uns alle drei umbringen?

Ich kann ihn sofort angreifen. Innerhalb einer Sekunde ist er tot.«

Leandra wusste keine Antwort. Sie spürte die alarmierende Unruhe von Lanianis und Meanak hinter sich, die Verwirrung von Meister Fujima, die Angst und Hoffung ihrer achtjährigen Schwester und zugleich die triumphierende Selbstsicherheit von Rasnor, der über allem zu stehen schien.

»Leandra!«, jammerte die Kleine. »Ich hab Angst!«

Cathryn klammerte sich so fest an sie, dass sie kaum Luft bekam. Leandra verstand einfach überhaupt nichts mehr. Verwirrt blickte sie zu Rasnor auf. Er schien sie und Meister Fujima als Magier nicht im Geringsten zu fürchten und das ergab keinen Sinn. Er *musste* wissen, dass er, seine Drakken und selbst das Flugschiff nur einen Schritt von einem magischen Feuersturm entfernt standen, der sie innerhalb von Augenblicken vernichten könnte.

»Wie niedlich!«, rief Rasnor und klatschte in die Hände. »Welche Wiedersehensfreude! Ich bin wirklich gerührt.« Er kam herbeispaziert und gesellte sich zu ihnen.

Leandra erhob sich und verbarg Cathryn hinter sich. »Bleib zurück!«, fauchte sie ihn an. »Was willst du?«

Er blieb stehen, ging zwei Schritte zurück und hob bedauernd die Hände. »Nicht doch«, sagte er lächelnd. »Keine Sorge, ich werde niemandem etwas tun!«

Leandra war angewidert von dem überheblichen Auftreten dieses kleinen Kriechers, der sich nur dann groß aufspielen konnte, wenn er einen Trumpf im Ärmel versteckt hatte. Und zugleich wurde ihr klar, dass er einen besitzen musste. Einen sehr großen sogar, sonst hätte er sich nicht auf dieses waghalsige Spiel eingelassen.

Er wandte sich Meister Fujima zu und hob einen Zeigefinger. »Ah – ich glaube, jetzt erkenne ich Euch an Euren Zügen. Ihr müsst aus Chjant stammen, nicht wahr? Dann seid Ihr bestimmt Meister Fujima, der große Philosoph des Trivocums, wie man sagt, nicht wahr? Welche Ehre!«

Meister Fujima erwiderte nichts. Leandra zweifelte nicht daran, dass er diesen aufgeblasenen Rasnor mit einem Fingerschnippen von dieser Welt befördern konnte. Aber er schien ebenso wie sie zu ahnen, dass Rasnor irgendetwas Übles ausgeheckt hatte.

»Nun sag endlich: Was willst du?«, herrschte Leandra ihn an.

Rasnor legte den Kopf schief. »Nichts Besonderes. Nur, dass du mir Gesellschaft leistest. Ich meine, du bist doch jetzt wieder … *frei*. Nicht wahr?«

Leandra fand das nicht lustig. Sie warf Meister Fujima einen Seitenblick zu. »Frei? Was meinst du damit?«

»Nun, dein liebster Victor!« Er blickte blinzelnd zum Sonnenfenster hinauf. »Die Mittagszeit ist doch vorbei, oder? Er dürfte inzwischen mit dieser süßen Alina verheiratet sein! Macht dich das nicht rasend? So ein Schuft!«

Leandra erwiderte nichts.

»Ah, ich sehe, du fragst dich, woher ich das alles wissen kann, was?«

»Nein. Das ist mir egal.«

Rasnor schien von seinem überheblichen Auftritt nicht genug bekommen zu können. »Doch, meine Schöne!«, schnauzte er sie plötzlich an. »Du bist geradezu versessen auf überhebliche Kerle, sonst hättest du dir nicht diesen widerlichen Victor ausgesucht, diesen Verleumder, diesen Verräter!«

»Verleumder und Verräter?«, schnauzte sie zurück. »Bist du noch bei Verstand? Einer wie du sollte solche Worte nicht mal in den Mund nehmen!«

Rasnor umrundete Leandra schleichend. Cathryn

wimmerte und verbarg sich dicht hinter ihr. »Ich habe mir nur die Verdienste geholt, die mir andere vorenthielten! Chast. Victor. Und natürlich Quendras, dieser Dreckskerl! Den werde ich mir auch noch schnappen!«

»Wenn du nicht endlich sagst, was du willst, klettere ich jetzt mit meiner Schwester auf diesen Drachen und fliege davon. Egal, was du noch alles für Dummheiten zu erzählen hast!«

Er hob wieder die Hände. »Das wirst du leider nicht können, meine Schöne.« Er kniete sich zu Cathryn nieder und streckte seine Hand nach ihrem hübschen Gesicht aus, das von einer ungestümen, rotbraunen Lockenpracht umrahmt war – genau wie das ihrer großen Schwester. Cathryn quietschte auf und schlug nach Rasnors Hand.

»Sieh nur, was sie da um den Hals trägt!«, sagte er.

Eine eisige Klaue griff plötzlich nach Leandras Nacken. Sie kniete sich nieder und strich Cathryns Haare zurück. Ein schmales, dunkelbraunes Band kam zum Vorschein, das um Cathryns Hals lag. Das glänzende Material schien sehr dünn und beweglich zu sein; es behinderte Cathryn offenbar nicht. Aber an der Vorderseite, direkt unter ihrem Kinn, befand sich ein flaches Oval, wie eine Metallplakette, über der ein schimmerndes, bläulich strahlendes Symbol zu schweben schien.

»Was … was ist das?«

Er lächelte. »Ich weiß es nicht genau. Etwas von den Drakken.«

Die eisige Klaue packte stärker zu.

»Sie haben uns genau studiert«, erklärte Rasnor. »Uns und unsere Magie! Und für die Zeit nach ihrem Überfall auf unsere Welt, der übrigens in diesen Minuten beginnt, haben sie eine Reihe von höchst interessanten Spielzeugen entwickelt. Vorsorglich, verstehst du? Spielzeuge, mit denen sie uns – oder sagen wir besser: *euch* – beherrschen können. Gegen die eure Magie wirkungslos ist. Das hier ist eines davon.«

Leandra wurde schlecht vor Angst. Sie nahm Cathryn beschützend in die Arme.

Rasnor erhob sich. »Ich weiß nicht genau, was es tut oder wie es funktioniert. Vielleicht verspritzt es Gift. Oder es zieht sich zusammen. Fest steht nur, es tötet deine Schwester, wenn ich es befehle! Oder wenn irgendetwas passiert, das den Drakken nicht gefällt!«

Leandra wurde schwindlig. Sie fühlte sich plötzlich so unsäglich hilflos, dass ihr die Tränen in die Augen traten.

»Siehst du?«, sagte er. »So habe ich mich damals auch gefühlt, als du mich auf den Treppenstufen von Hammagor zu einem Narren und Spinner gestempelt und mich davongejagt hast. Genau so!«

Leandra erwiderte nichts. Er würde keine Gnade walten lassen und dieses so harmlos aussehende Band um Cathryns Hals raubte ihr den letzten Mut. Sie würde es nicht ertragen können, wenn ihrer Schwester etwas passierte. Meister Fujimas Hand berührte ihre Schulter. Der Trost tat ihr gut, aber ein Blick von ihm sagte ihr, dass er sich ebenso machtlos fühlte wie sie.

Mit einer Kraftanstrengung erhob sie sich. »Du willst, dass ich mit dir komme?«, fragte sie mit zitternder Stimme.

»Ja. Du und deine süße, kleine Schwester!« Er warf Cathryn ein Lächeln zu. »Ich weiß nicht, ob ich jemals schon so ein hübsches kleines Mädchen gesehen habe! Sie ist entzückend!« Cathryn streckte ihm nur trotzig die Zunge heraus.

Er sah Leandra an. »Nun habe doch nicht so eine Angst! Du bist bestimmt neugierig, nicht wahr? Ich wette, wir werden uns blendend verstehen. Die Welt der Drakken ist faszinierend und voller Wunder! Du wirst begeistert sein!«

Er nickte ihr auffordernd zu, wandte sich um und ging auf das Drakkenschiff zu.

Leandra blieb stehen und hoffte auf ein Wunder. Auf irgendetwas Übernatürliches, Munuel vielleicht, der aus dem Reich der Toten zurückkehrte, um ihr beizustehen. Oder Ulfa … Vendar … irgendwer. Plötzlich fühlte sie sich so kraftlos, dass sie glaubte, zusammenbrechen zu müssen. Mühsam hielt sie sich auf den Beinen.

Was sollte sie tun? Hilfe suchend sah sie zu Meister Fujima, aber der stand nur mit steinernem Gesicht da. Sie wussten beide, dass es keinen Ausweg gab. Es war nicht anzunehmen, dass Rasnor seinen Plan nicht gründlich abgesichert hatte.

Rasnor blieb nach einem Dutzend Schritten stehen und wandte sich um. »Was ist nun? Kommt ihr?«

»Und was ist mit mir?«, fragte Meister Fujima herausfordernd.

Rasnor zuckte die Schultern. »Ihr seid mir egal, Meisterlein. Euch brauche ich nicht. Komm nun endlich, Leandra. Oder soll ich ärgerlich werden?«

Sie wusste nicht, wie sie es schaffen sollte, einen Fuß vor den anderen zu setzen. Cathryn hatte von hinten die Arme um ihren Bauch geschlungen; zweifellos hoffte sie darauf, dass sich Leandra irgendwie widersetzen würde. Wäre es nur um ihr eigenes Leben gegangen, hätte sie es auch getan. Aber sie konnte das von Cathryn einfach nicht aufs Spiel setzen.

Rasnor stöhnte ärgerlich. Er wandte sich um, kam auf Leandra zumarschiert und nahm sie an einer Hand. Willenlos ließ sie es geschehen.

»Schon gut«, sagte er, »der erste Schritt ist immer der schwerste. Aber danach wird es leichter, du wirst schon sehen!« Er marschierte los und zog sie hinter sich her. Leandra ließ es geschehen – musste es geschehen lassen – und zog ihrerseits Cathryn hinter sich her.

»Das wirst du eines Tages büßen, Verräter!«, rief ihm Meister Fujima brennend vor Zorn hinterher. »Ich werde dich finden!«

Rasnors Schritte wurden langsamer, dann blieb er stehen. Er drehte sich um, wandte sich Meister Fujima zu. Mit einem kurzen Seitenblick sah er Leandra an und sagte: »Ich kann dieses Wort ›Verräter‹ nicht mehr hören!«

Sie schluckte und starrte nur angstvoll geradeaus.

»Das ist also der berühmte Meister Fujima?«, höhnte er.

Leandra nickte nur kurz.

»Man sagt, er wäre einer der fähigsten Magier der heutigen Zeit«

Plötzlich bekam Leandra Angst. Sie wusste nicht, was Rasnor vorhatte, aber seine Augen zeigten mit einem Mal ein bösartiges Funkeln, eines von der Art, wie sie es schon öfter bei Leuten wie ihm gesehen hatte.

»Ich bin also ein Verräter, wie?«, brüllte er Fujima entgegen.

Mit wachsendem Entsetzen wurde Leandra klar, dass sie und Cathryn viel zu nah bei Rasnor standen – Meister Fujima würde gar keine Magie auf Rasnor wirken können, falls es zu einem Kampf kam. Sie wandte sich Rasnor zu und griff nach seinem Arm. »Gehen wir«, sagte sie. »Er … er ist doch nur …«

Sie unterbrach sich und ließ Rasnor los. Ihre Augen wurden groß und ihr Mund öffnete sich vor Entsetzen wie zu einem stummen Schrei. Rasnor hatte das Trivocum mit einem brutalen Schlag aufgerissen und dahinter brodelte ein schmutziggrauer Brei stygischer Energien, die immer massiver wurden. Ja, jetzt erinnerte sie sich – Rasnor war es gewesen, der in Hammagor Quendras mit irgendeiner bestialischen Magie fast getötet hatte, und Quendras galt zu der Zeit als einer der besten Magier der Bruderschaft. Aber Meister Fujima ahnte nichts von Rasnors Fähigkeiten – er besaß nicht den geringsten Ruf als Magier. Sie fuhr herum und schrie: »Meister Fujima! Gebt Acht, er …!«

Es war schon zu spät.

Irgendetwas Unnennbares manifestierte sich auf halber Strecke zu dem lustigen kleinen Mann, der ihr fast schon ein bisschen ihren verstorbenen Meister Munuel ersetzt hatte. Ein unirdisches Kreischen fuhr durch die Luft, wie der Schnitt eines gigantischen Schneidblattes in einem Sägewerk. Ihre sensiblen Sinne nahmen ein mächtiges Aurikel wahr, offenbar von dem völlig überraschten Fujima im letzten Moment geöffnet – aber sie sah keine Energien mehr fließen, es kam nicht mehr zur Entfaltung einer Schutzaura.

Dafür wurde sie Zeuge eines Wahnsinns, wie sie ihn noch nie erlebt hatte: Die Welt zerteilte sich in bläulich strahlende, senkrecht verlaufende Schichten, die sich mit einem entsetzlichen kreischenden Geräusch gegeneinander verschoben. Das Flimmern erreichte fast augenblicklich Meister Fujima, glitt über ihn hinweg zu den beiden Drachen und raste dann talwärts, wo es sich in einem Wabern auflöste.

Leandra sank schreiend auf die Knie.

Die Drachen wie auch Meister Fujima waren von diesem Wahnsinn zerteilt worden; es war, als hätte man senkrecht verlaufende Scheiben aus ihren Körpern herausgeschnitten und irgendwohin, in eine andere Sphäre, katapultiert. Cathryn kreischte vor Entsetzen, Leandra riss ihre kleine Schwester an sich und drückte ihr Gesicht gegen ihre Brust.

Eine volle Minute lang verharrte Leandra kniend, versuchte sich das entsetzliche Bild aus dem Kopf zu hämmern und ihre hysterisch weinende Schwerter zu beruhigen. Wenn man so etwas mit Magie anstellen konnte, dann hasste sie sich für jede Minute ihres Lebens, in der sie Magierin gewesen war.

»Du Monstrum!«, schluchzte sie. »Du Wahnsinniger! So ein Irrsinn wäre ja nicht einmal Chast in den Sinn gekommen.«

»Was weißt du schon?«, maulte er verächtlich. »Und jetzt komm! Wir haben nicht den ganzen Tag Zeit!«

»Nein!«, sagte sie, noch immer weinend. Sie drückte nach wie vor Cathryn an sich und blieb kniend an der Stelle, wo sie war.

Er kniete sich ebenfalls nieder. »Ich habe dir das nur gezeigt, damit du weißt, dass ich es ernst meine. Die Drakken hätten ihn ohnehin umgebracht. Dieser Tod war nicht schön, aber schnell! Wahrscheinlich hat er ihn nicht einmal mitbekommen. Die Drakken hätten ihn gefoltert, verstehst du? Komm lieber mit mir! Ich werde dir erklären, was sie wirklich von uns wollen, und dann wirst du verstehen, warum es eigentlich eine Gnade war, was ich mit ihm angestellt habe! Los jetzt!«

Er stand auf und zerrte sie in die Höhe.

Leandra konnte sich nicht mehr wehren. Sie stand vor ihm und wusste, dass ihre ganze Welt zerbrechen würde. Sie konnte nichts tun; nicht die größte Macht noch die schrecklichste Magie konnten ihr im Augenblick helfen. Rasnor hatte sie vollkommen in der Hand. Das Band um Cathryns Hals machte sie vollkommen handlungsunfähig und darüber hinaus beherrschte er offenbar verheerende Magien.

Über das Halsband hätte er ihr gar nichts weiter sagen müssen, es erklärte sich von selbst. Vielleicht war es nur ein Trick, gar nicht echt, aber das war völlig egal. Sie würde niemals ihre Schwester dem möglichen Tod ausliefern, nur um dahinter zu kommen, ob es wirklich funktionierte. Sie würde mit ihm gehen müssen und war ihm so lange ausgeliefert, bis er sie freigab, sie tötete – oder Cathryn tötete. Er konnte sie missbrauchen, ja er könnte sogar Cathryn missbrauchen, und sie wäre machtlos dagegen. Von ihrer Wut und ihrem Hass auf Rasnor spürte sie schon gar nichts mehr. Sie war bei Bewusstsein und zugleich ohnmächtig. Allein ihre Dummheit, die eigene Familie zurückgelassen zu haben, um sie – und sich selbst – einer solchen Gefahr auszusetzen, hämmerte ihr im Kopf herum und drohte ihr den Schädel zu sprengen.

Er schien ihre Gedanken zu erraten. »Du grämst dich, weil du deine Familie nicht beschützt hast?« Er winkte ab. »Gegen so etwas kann man sich nicht schützen. Hättest du sie in Sicherheit gebracht, hätte ich mir Victor geschnappt. Oder Roya. Oder irgendwen sonst, der dir am Herzen liegt!« Er zuckte mit den Schultern. »Übrigens: Deinen Eltern und deinem Dorf ist nichts geschehen. Ich habe nur Cathryn geholt.« Er grinste sie an. »Ich bin ja schließlich kein Unmensch!«

Mit tränenverschleiertem Blick starrte sie ihn an. Ja, er hatte Recht. Gegen so etwas konnte man sich nicht schützen. Gegen eine solche Niedertracht und grenzenlose Skrupellosigkeit war man machtlos. Deshalb wäre es dumm von ihr, sich weiterhin mit dieser Frage zu zermürben. Das, was geschehen war, war so geschehen, weil Rasnor alle Grenzen des Menschlichen überschritten hatte und weil es keine Möglichkeiten gab, die Handlungen einer solchen Bestie vorauszuberechnen. Leuten wie ihm konnte man gar nicht zuvorkommen; sie waren einem immer einen Schritt voraus. Wollte man sie einholen, musste man ebenso boshaft werden oder noch böser als sie. Hatte er am Ende die Grausamkeit eines Chast oder Sardin noch übertroffen? Leandra schöpfte unversehens eine kleine, neue Hoffnung. Den Hinweis hatte er ihr selbst gegeben. Sie wusste nun, was zu tun war.

Sie konnte sich und Cathryn dem Schicksal ergeben und sich ohne Gegenwehr der Gewalt dieses Monstrums überlassen. Oder sie begann sich gegen seinen Wahnsinn zu stemmen – und zwar jetzt gleich. Unmerklich nur, aber stetig daran arbeitend. Er würde es gar nicht mitbekommen, dieser tumbe, gewaltversessene Idiot, denn etwas fehlte ihm gewiss: Gefühl und Augenmaß. Irgendwann würde er Fehler begehen. Vielleicht kam sie dahinter, wie man das Halsband abnehmen konnte, oder sie fand etwas anderes heraus. Aber sie würde sich nicht einfach geschlagen geben, nein, das würde sie keinesfalls. Sie musste Cathryn hier wieder herausbringen.

# 11 ◆ Der Sturm bricht los

In der Wachkommandantur war niemand.

»Am Haupttor, Shaba!«, rief ein Mann im Vorbeirennen. »Am Haupttor sind sie!«

Sie stützte Victor, der darauf bestanden hatte, mit ihr zu kommen; Maric hatten sie in der Obhut von Hilda zurückgelassen. Aber nun wurde es zu einem Geduldsspiel für sie, Victor mit sich zu schleppen. Hätte sie ihm gegenüber nicht so viel Dankbarkeit empfunden, hätte sie ihn vermutlich allein gelassen, um so schnell wie möglich zum Haupttor zu gelangen. Alina hatte sich beeilt, ihr Festkleid abzulegen, und Victors Oberschenkel verbunden; aber anschließend benötigten sie allein zehn lange Minuten für ein kurzes Stück Korridor und zwei Dutzend Treppenstufen. Jacko, der Victor noch hinaufgetragen hatte, war sofort wieder nach unten gelaufen. Victor musste wieder selbst gehen, er stöhnte vor Schmerzen und wurde immer langsamer anstatt schneller.

Eine unbestimmbare, bedrohliche Atmosphäre hatte vom Palast Besitz ergriffen. Die Korridore waren wie leer gefegt, und die wenigen Leute, die noch zu sehen waren – zumeist Gardisten oder Bedienstete –, waren allesamt im Laufschritt unterwegs. Aus der Ferne hallten Rufe wider und seit kurzem auch andere beängstigende Geräusche. Nun, da sie an der Wachkommandantur angelangt waren und niemand hier war, verlor Alina die Geduld.

»Victor, ich *muss* nachsehen, was da los ist! Warte hier!«

»Schon gut, geh!«, nickte er mit schmerzverzerrtem Gesicht und ließ sie los. Er war blass und schnaufte vor Anstrengung. Er lehnte sich seitlich an den hohen Sockel einer Säule und grinste böse. »Mach dir keine Sorgen um mich. Wenn die Drakken hier eindringen, werde ich sie mit Tritten vertreiben!« Er hob sein verletztes Bein.

Sie schluckte und starrte ihn erschrocken an. Ihre Gedanken waren noch gar nicht so weit vorgedrungen, um in Betracht zu ziehen, dass die Drakken *in den Palast* eindringen könnten. Mit wild klopfendem Herzen wandte sie sich ab und rannte auf die Nordtreppe zu.

Auf der Treppe kamen ihr zwei Wachgardisten entgegen. Der eine stützte den anderen, Letzterer hatte ein blutüberströmtes Gesicht. Sie hielt an. »Bei den Kräften! Was ist passiert?«

Erst jetzt erkannte der Soldat sie als die neue Shaba, aber er versuchte erst gar nicht, irgendwelche Ehrenbezeigungen zu machen. »Am Haupttor ist ein Kampf entbrannt, Shaba! Bringt Euch lieber in Sicherheit!«

»Ein Kampf? Aber ...«

Der Soldat schleppte seinen Kameraden, der Blut zu spucken begann, weiter die Treppe hinauf. Alina starrte ihnen verwirrt hinterher. Konnten es wirklich schon die Drakken sein? So schnell und ohne die geringste Vorwarnung? Sie eilte weiter, erreichte die unteren Flure, durchquerte die Große Empfangshalle und gelangte bald darauf zum südlichen Ende des Portalgangs – einem gewaltigen, hallenartigen Korridor. Lärm, Hitze und Rauch schlugen ihr entgegen.

Am nördlichen Ende des Portalgangs war das riesige Palasttor zu sehen: vierzig Ellen hoch, fünfunddreißig Ellen breit und aus einem Kreuzgittergeflecht aus Tharuler Stahl bestehend, in dessen Zwischenräumen, etwa eine Elle im Quadrat, Blöcke aus Wolodit eingepasst waren, dem härtesten Gestein, das es gab. Jedes

Savalgorer Schulkind lernte das auswendig, ehe es zehn Jahre alt war. Das Tor stand in dem Ruf, selbst einer Legion von Magiern widerstehen zu können.

Alina erstarrte, als sie sah, dass sein rechtes unteres Viertel zerfetzt war, als hätte dort die Faust eines Riesen eingeschlagen.

Mindestens hundert Männer kämpften einen vergeblichen Kampf gegen eine Macht, die von außen einzudringen versuchte – offenbar mit Feuer und gewaltigen Rammen. Die Portalhalle selbst, der riesige Raum, der unmittelbar hinter den Torflügeln lag, war seit alters gegen Angriffe jeglicher Art ausgebaut. Seitlich des Tores stand ein hohes, hölzernes Gerüst von Wehrgängen, die zu mehreren Dutzend Schießscharten bis ganz hinauf unter der Hallendecke führten. Knapp hinter der freien Fläche, die sich an den Portaldurchgang anschloss, verlief ein tiefer Quergraben – kein gewöhnlicher Mensch konnte diesen Abgrund überspringen. Dahinter lagen Staffeln von breiten, steinernen Deckungsblöcken mit Scharten für Schützen, über denen an Ketten riesige, klingenbesetzte Eisenkugeln pendelten – ein unüberwindliches Hindernis für jeden Eindringling. Alina sah all dies zum ersten Mal in Aktion. In Friedenszeiten konnte man es nur erahnen; alles war mit Holzplatten abgedeckt und der Graben wurde mit einer schrägen Rampe überbrückt.

Zögernd näherte sie sich der Kampfzone, die noch etwa fünfzig Schritt von ihr entfernt lag. Es herrschten Aufruhr, Durcheinander und Geschrei; viele Männer rannten durcheinander. Das Bollwerk schien mächtig und unüberwindlich, doch sie sah überall Tote liegen – Männer, die von Trümmerbrocken erschlagen oder von unbekannten Geschossen getroffen worden waren. Beißender Gestank hing in der Luft und an mehreren Stellen brannte hölzernes Barrikadenwerk.

Ein schwerer Schlag ertönte außerhalb des Tores,

der die gesamte Halle erbeben ließ. Alina schrie vor Schreck auf.

Irgendein Offizier erkannte sie und schickte einen Trupp Soldaten zu ihr. Die Männer kamen gerannt und umringten sie schützend mit Schwertern und Schilden. Kurz darauf hatte auch Jacko sie entdeckt, im Laufschritt eilte er auf sie zu. Seine linke Schulter war blutig, sein Gesicht geschwärzt und seine Augen feucht vor Schmerz. Trotzdem hielt er sein Schwert fest in der Hand.

»Jacko!«, rief sie und eilte ihm entgegen. Die Soldaten folgten ihr.

»Die Drakken!«, keuchte er und deutete mit dem Schwert auf das Tor. »Sie sind in der ganzen Stadt! Sie töten wahllos Leute, treiben den Rest in den Straßen zusammen. Alina, ich …«

»Was?«

»Caan ist tot. Und … Harnas auch. Munuel versuchte uns zu helfen, aber er wurde schwer verletzt. Ich habe ihn von Hellami in Sicherheit bringen lassen, aber ich weiß nicht, ob er überleben wird. Und … Hochmeister Jockum ist mit ein paar Leuten hinab in die Katakomben gestiegen, um dort mögliche Eindringlinge abzuwehren. Aber es gab einen furchtbaren Kampf und seither habe ich nichts mehr von ihm gehört. Es … es kann sein, dass er ebenfalls tot ist.«

Alinas Knie drohten nachzugeben. »Der Primas … *Tot*?«

Jackos Blicke waren voller Zorn. »Ich weiß es nicht. Mehrere Magier des Cambrischen Ordens waren hier, sie sind alle tot. Sie versuchten die Drakken vor dem Tor zurückzuwerfen.« Er zeigte auf das Wehrgerüst rechts neben dem zerfetzten Teil des Tores. Dort war die Außenmauer aufgerissen, ein großes Loch klaffte in der Wand und das Gerüst war teilweise eingestürzt. »Sie waren dort oben, versuchten gemeinsam irgendeine Magie zu wirken. Dann kam etwas von außen und das ganze untere Tor und die Mauer platzten weg.« Jacko schien trotz seines Zorns völlig ratlos – nie hätte Alina gedacht, diesen großen, unbezwingbar wirkenden Mann so hilflos zu sehen. Er schüttelte den Kopf. »Wir werden sterben Alina. Alle, die wir hier sind. Ich weiß nicht, wozu diese Bestien unsere Magie wollen! Sie sind uns tausendfach überlegen!«

Alinas Herz drohte ihre Brust zu zersprengen.

Im nächsten Moment erschütterte ein weiterer schwerer Schlag das Tor. Ein Lichtblitz von blendender Helligkeit schnitt durch sämtliche Ritzen und hinterließ ein waberndes Geisterbild auf ihren Augen. Die Halle erbebte, Steine rieselten von der Decke herab. Alina erkannte, dass der Rest des angeschlagenen Tores nicht mehr lange halten würde.

Der junge Marko kam dahergerannt, dicht gefolgt von seinem ständigen Begleiter, dem kleinen Meister Izeban. »Es sind zu viele«, keuchte er. »Wir haben mit den Bogenschützen die Ungeheuer da unten kurze Zeit zurückhalten können. Aber jetzt kommen sie mit etwas Neuem. Irgendein riesiges, graues Ding, das fliegen kann. Es schwebt draußen über dem Platz!«

»Gibt es irgendetwas Neues von Quendras?«, fragte Alina an alle gewandt, so als könnte ihnen das Glück ausgerechnet jetzt hold sein. »Ist er schon weiter gekommen mit diesem Kryptus?«

Jacko schüttelte den Kopf. »Ich weiß es nicht. Yo ist noch nicht zurück. Wenn die beiden schlau sind, haben sie sich irgendwo in Torgard versteckt. Ich habe keine Ahnung, ob Quendras jetzt überhaupt noch an der Entschlüsselung des Kryptus weiterarbeiten kann. Vielleicht sind dort längst Massen von Drakken!« Er schüttelte den Kopf. »Alina, es sieht schlimm aus. Ich weiß nicht mehr, was wir noch tun sollen.«

Alina wusste es auch nicht. Sie hatte die Befehlsgewalt; was sie sagte, würde man tun. »Wir … wir müssen uns ergeben!«, meinte sie und deutete auf das Tor. »Es hat keinen Sinn, wenn wir uns hier abschlachten lassen! Wir *können* nicht gewinnen!«

Marko nickte Jacko ernst zu. »Das sehe ich auch so.«

Jacko wandte sich um und betrachtete kurz das Tor. Als er sie wieder ansah, sprachen seine Augen Bände. »Alles umsonst?«, fragte er tonlos. »Haben wir die ganze Zeit über gekämpft und zahllose Male unser Leben riskiert, nur um jetzt aufzugeben und diesen Fremden als Sklaven zu dienen – oder was auch immer sie mit uns vorhaben?«

Alina erkannte, dass ihnen irgendein Hoffnungsfunke bleiben musste. Aber sie wusste nicht, welcher.

Ein drittes Mal krachte etwas mit einem gewaltigen Donnerschlag von außen gegen das Tor und die Männer dort schrieen auf. Die obere Seite des linken Torflügels war aus der Verankerung gerissen worden. Ein weiterer Angriff dieser Art würde es endgültig einreißen und nach innen kippen lassen – auf ein paar Dutzend guter Männer.

»Zieht euch zurück!«, schrie Alina und winkte. »Legt eure Waffen nieder und ergebt euch! Sonst werdet ihr alle sterben! Wir müssen kapitulieren!«

Sie sah, wie sich dort vorn Dutzende von Leuten erhoben und sich nach ihr umwandten. Sie waren geschlagen, es konnte kein Zweifel daran bestehen, dass Alina die Wahrheit sagte. Aber war eine Kapitulation nicht auch gleichbedeutend mit dem Tod? Niemand vermochte zu sagen, ob er die nächsten Stunden überleben würde, auch wenn er sich ergab. Angesichts dessen *musste* ihnen tatsächlich noch ein Hoffnungsschimmer bleiben. Sonst war es nicht nur eine Niederlage, die ihnen hier zugefügt wurde, sondern der Untergang ihres Volkes, ihrer Kultur. Alina wusste, dass es an ihr war, diesen unmöglichen Hoffnungsfunken herbeizuzaubern. Aber woher? Was konnte sie tun? Hilfe suchend sah sie Jacko an.

Überraschenderweise war es Marko, der begriff, worum es ging. Er trat einen Schritt auf sie zu. »*Ihr* seid die Shaba!«, sagte er. »*Ihr* seid die Hoffnung dieses Volkes! Die Leute haben Euch heute auf ihren Thron gesetzt, Alina, und alles, was es noch an Hoffnung gibt, ruht nun auf Euch!«

Sie starrte ihn an. »Ja, aber was soll ich tun? Ich kann ...«

»Flieht!«, sagte er und trat noch einen Schritt näher zu ihr. Er hob die Hände, so als wollte er sie herumdrehen und davonstoßen. »Ihr *müsst* ihnen entkommen! Jeder, der einen Palast angreift, will den Herrscher gefangen nehmen oder ihn töten, damit er ihn herumzeigen kann! Um seinem Gegner den letzten Mut zu nehmen!«

Alina trat erschrocken einen Schritt zurück. »Töten?«, fragte sie. Sie blickte zu Jacko.

Er nickte. »Der Junge hat Recht, Alina. Ich denke, deswegen sind die Drakken hier.« Er überlegte kurz, blickte noch einmal zum Tor. »Er hat Recht, was deine Flucht angeht! Wenn *du* es schaffst, ihnen zu entkommen, dann ... bleibt uns vielleicht wirklich noch ein Hoffnungsfunke.«

Alina warf angstvolle Blicke zum Portal. Der nächste Angriffsschlag, der das gewaltige Tor niederwerfen würde, stand kurz bevor. Die Männer hatten inzwischen den Ort geräumt, wo es niederkrachen würde.

Jacko fasste sie an den Schultern. »Geh, Alina! Versuch dich zu verstecken! Weißt du einen Ort? Einen, wo dich niemand finden kann?« Er sah sich suchend um. »Dieser Palast ist riesig! Da muss es doch geheime Gänge geben, Schlupfwinkel, Verstecke ...«

Sie keuchte vor Aufregung. Ein durchdringendes metallisches Kreischen fuhr durch die Portalhalle, als die Halterungen des linken Torflügels nachgaben und er sich ein halbes Dutzend Ellen nach innen neigte. Noch blieb er dort hängen.

»Verstecke?«, fragte sie verwirrt.

»Verdammt«, knirschte Jacko. »Wir müssen …«

»Ich wüsste etwas!«, meldete sich ein Mann, der in der Nähe stand.

Alle starrten ihn an. Es war ein einfacher Soldat der Palastgarde, die der Hauptmann vor Minuten geschickt hatte, um Alina zu beschützen.

»Es … es gibt im Palast ein geheimes Gangsystem«, erklärte er zögernd. Er sah sich unsicher um, so als fürchtete er, für diese Preisgabe von einem Offizier bestraft zu werden. »Es ist für die Garde. Für den Fall einer Besetzung des Palasts. Um aus dem Verborgenen Widerstand leisten zu können.«

»Wirklich?«, fragte Jacko hoffnungsvoll. »Und wo ist es?«

Der Mann hob hilflos die Schultern. »Ich weiß es leider nicht. Es ist uralt. Es wurde vor Jahrhunderten eingerichtet, aber meines Wissens noch nie benutzt.« Wieder sah er sich um. »Die Hauptleute … eigentlich müssten die Hauptleute wissen, wo es Zugänge gibt.«

Jacko richtete sich auf. »Hauptleute!«, brüllte er. »Hauptleute der Palastgarde! Zu mir!«

Obwohl er weder Angehöriger der Palastgarde war noch überhaupt Soldat in irgendeiner Form, gehorchte man ihm sofort. Mehrere uniformierte Männer kamen gerannt. Aber bevor noch der Erste von ihnen sich genähert hatte, fuhr wieder ein gewaltiger Donnerschlag durch die Luft und ließ die Portalhalle erzittern. Alle Blicke wandten sich zum linken Torflügel. Dieser Angriff gab ihm den Rest. Mit fast majestätischer Würde neigte er sich und krachte dann mit gewaltigem Getöse zu Boden, wo noch vor einer Minute zwei oder drei Dutzend Soldaten ausgeharrt hatten.

Die Gruppe um Alina duckte sich und wich rasch nach hinten zurück. Gesteinssplitter wirbelten durch die Luft, Staub wallte auf, während plötzliches Tageslicht in die Halle flutete. Draußen wurden Umrisse von Gestalten sichtbar, im Hintergrund befand sich irgendein riesiges Ding, möglicherweise ein Fahrzeug der Drakken oder ein Schiff. Jetzt ging es um Sekunden.

»Die Geheimgänge! Die Geheimgänge der Palastgarde!«, rief Jacko den heraneilenden Männern entgegen. Es waren fünf oder sechs. »Die Shaba *muss* entkommen! Wer von euch Hauptleuten kennt einen Zugang?«

Die Männer zögerten kurz, meldeten sich dann aber alle.

Jacko dachte eine Sekunde nach. Hinter ihnen erhob sich Geschrei, als Drakken über die Trümmer des Tores in die Halle einzudringen versuchten. Er suchte wahllos einen Offizier aus. »Du!«, rief er ihm durch den Lärm zu. »Du kommst mit mir und der Shaba! Marko!«

»Ja!«, rief der junge Mann und trat einen Schritt vor.

»Tu mir einen Gefallen, Marko! Nimm dir ein paar Männer und sieh mit ihnen nach Hellami, Munuel und Hochmeister Jockum! Sie müssen irgendwo unten in den Katakomben sein!« Er richtete sich auf, deutete auf das zerstörte Tor und rief den übrigen Männern zu: »Ihr anderen: Haltet die Drakken auf! Nur eine Minute, dann ergebt euch, wenn ihr könnt! Wir brauchen nur eine Minute! Los!«

Alina schossen die Tränen in die Augen, als sie sah, dass diese Kerle wirklich und wahrhaftig mit Gejohle aufsprangen und sich todesmutig den Drakken entgegenwarfen – um *sie* zu schützen! Jacko packte sie an den Schultern, warf sie herum und zog sie mit sich. Augenblicke später rannten sie zu dritt durch den Portalgang zurück in den menschenleeren Palast.

»*Wo*, Hauptmann?«, rief Jacko, während er rannte. »Wo ist solch ein Zugang?«

Der Hauptmann deutete nach rechts. »Bei den Wachquartieren, im Westflügel!«, rief er zurück. Er wollte schon die Richtung wechseln, da blieb Alina plötzlich stehen. »Maric!«, rief sie. »Er ist bei Hilda! Ich kann ihn nicht zurücklassen!«

Jacko und der Hauptmann bremsten ebenfalls und blieben stehen. Es war Jacko anzusehen, dass er im Augenblick arg mit sich kämpfte, zwischen der Not einer Mutter und der Notwendigkeit ihrer Flucht abzuwägen.

»Bei Hilda?«, presste er hervor. »Und wo, *verdammt*, ist Hilda?«

»Ich weiß es nicht genau!«, jammerte Alina. »Oben. In meinen Zimmern! Da haben wir sie zurückgelassen!« Dann fiel ihr noch jemand ein. »Bei den Kräften – *Victor!* Er ist verletzt.« Sie deutete nach links zum Aufgang der Nordtreppe. »Er wartet auf mich bei der Wachkommandantur!«

Jacko stieß einen saftigen Fluch aus, wandte sich der Treppe zu und packte Alina grob an der Schulter, um sie mit sich zu ziehen. Alina quietschte auf, wehrte sich aber nicht. Der Hauptmann folgte ihnen im Laufschritt. »Wenn du mir jetzt sagst, Hauptmann«, knurrte Jacko, während er die Treppe hinaufstürmte, »dass da oben *kein* weiterer Zugang zu diesen verflixten Geheimgängen ist, schlage ich dir den Kopf ab!«

Der Hauptmann gab sich unbeeindruckt. Nach einigen Augenblicken sagte er: »Doch, ich weiß einen. Sogar … mehrere. Kommt darauf an, wo wir hingehen!«

Alina war nicht bereit, Victor oder Maric den Drakken auszuliefern. »Zuerst zur Wachkommandantur!«, rief sie energisch. Immerhin war sie die Shaba, und es war *ihre* Entscheidung, ob es Dinge gab, die ihr *noch* wichtiger als ihre Flucht waren. Maric und Victor gehörten dazu.

Als sie den Zugang zum nächsthöheren Stockwerk erreichten, heulte Alina auf. Der Korridor und die kleine Vorhalle erstreckten sich vor ihnen, aber Victor war nicht da. Sie wusste, dass ihr die beiden Männer jetzt keine Zeit geben würden, nach ihm zu suchen. Victor konnte sonst wo sein, und bis sie ihn fänden, hätten die Drakken sie vielleicht ebenfalls erreicht. Mit einer innerlichen Kraftanstrengung riss sie sich von dem Verlangen los, ihn zu finden. Er musste gefälligst klug genug sein, sich selbst in Sicherheit zu bringen – oder wenigstens dafür zu sorgen, dass man ihm nichts antat, indem er sich ergab.

Der kürzeste Weg zu ihren Zimmern, die zwei weitere Stockwerke höher lagen, führte durch den Korridor und dann zur Nordosttreppe. »Dort entlang!«, rief sie. »Ich muss Maric holen!«

Sie rannte voraus, Jacko hastete hinter ihr her und zuletzt folgte der Hauptmann. Sie erreichten die Treppe und eilten keuchend die Stufen hinauf. »Dort oben wüsste ich etwas«, rief der Hauptmann schnaufend. »Im dritten Stock, am Ende des Flurs, in dem die Shabibsgemächer liegen. Da muss ein Zugang sein!«

»Gut!«, rief Jacko. »Genau da müssen wir hin! Weiter!«

Sie kamen am Korridor des nächsten Stockwerks vorbei und wollten die Stufen weiter hinaufstürmen, als Jacko plötzlich stehen blieb. Der Hauptmann und Alina bremsten ebenfalls ab. »Was ist?«, fragte sie schwer atmend.

»Verdammt!«, zischte er. »Da sind sie schon! Wie können diese Drakken so schnell sein? Sie scheinen durch den Palast zu schwärmen!«

Alina wagte nicht, selbst einen Blick in den Gang zu werfen.

»Ich habe nur ein paar dort drüben im anderen Treppenhaus hinaufrennen sehen«, sagte er. »Vielleicht haben wir Glück! Schnell jetzt!« Er setzte sich wieder in Bewegung.

Alina wurde schlecht vor Angst. Sie war keine Kämpferin wie Leandra oder Yo. Sie wusste mit keiner Waffe umzugehen, beherrschte keinerlei Magie – sie war jedem Angreifer hilflos ausgeliefert. Wo sollte sie sich länger als eine Stunde verbergen, noch dazu mit Maric? Der Kleine musste gewickelt werden, sie musste ihn stillen, und dass er irgendwann zu weinen anfing, war gar nicht zu vermeiden. Säuglinge in seinem Alter weinten einfach, wenn sie etwas brauchten.

Sie bekam keine Zeit, weiter darüber nachzudenken. In rasender Eile hasteten sie die Stufen hinauf und erreichten das dritte Stockwerk. Der Hauptmann deutete den Korridor hinab. »Dort – seht Ihr, Hoheit? Das Wappenmonument am Gangende! Da muss es eine Rautenstruktur auf dem Schild geben. Drei-Neun-Elf. So hat man es uns beigebracht!«

Jacko achtete für den Moment nicht auf ihn. Er sah in die andere Richtung, den breiten und hohen Korridor hinab, an dessen Ende abermals ein Treppenhaus lag. Noch war niemand zu sehen.

»Los«, flüsterte er. Er wandte sich um und winkte ihnen. »Vielleicht haben wir noch ein paar Minuten, bis sie da sind!«

Sie eilten den Korridor entlang auf das Wappenmonument zu. Hinter der letzten Tür auf der rechten Seite lagen seit vorgestern Alinas neue Zimmer – die der Shaba, das wusste Jacko. Er hatte ihr selbst geholfen, ihre Habseligkeiten hier herauf zu tragen. Als sie die Tür öffneten und hineinhuschen wollten, stand jemand vor ihnen und stieß einen überraschten Laut aus.

*Victor.*

Alina seufzte und umarmte ihn erleichtert. Er trug Maric auf dem Arm. Sie konnte nicht anders, als ihn dankbar auf die Wange zu küssen. Zwar wusste sie, dass sie das nicht tun sollte, er würde es gewiss nicht schätzen. Er liebte Leandra und nicht sie. Aber sie konnte nicht anders, es war die Dankbarkeit einer Mutter, um deren Kind sich jemand in höchster Not gekümmert hatte. Nein, korrigierte sie sich. Nicht *jemand*. Der Vater.

Jacko musterte Victor von oben bis unten. »Du gehst mir ihr!«, entschied er.

Obwohl er vor der Herrscherin des Landes und ihrem Ehemann stand, war klar, wer hier das Sagen hatte. »Jetzt sofort!« Er packte den überrascht aufstöhnenden Victor am Arm und zog ihn mit sich. Victor heulte vor Schmerz, als er gezwungen war, mit seinem verletzten Bein aufzutreten.

Während Alina ihr Kind an sich nahm, packte Jacko seinen alten Kampfgefährten am Hemd. »Reiß dich zusammen, Mann! Du verschwindest jetzt mit ihr und dem Kind. Und ich will dich *rennen* sehen, ohne dass du einen Laut von dir gibst! Sonst komme ich hinterher und durchlöchere dir das andere Bein auch noch. Hast du mich *verstanden*, Mann?«

Victor sah, dass es Jacko todernst war. Er hatte ihn oft genug im Kampf erlebt, um zu wissen, wann mit ihm nicht zu spaßen war. »Schon gut, reg dich ab … *Mann!*«

Jacko ließ ihn los. Er ging zur Tür, peilte hinaus und winkte dem Hauptmann. »Los! Mach diesen Zugang auf! Ich hoffe, du kriegst das hin!«

Der Hauptmann nickte knapp, drückte sich an Jacko vorbei und verschwand nach draußen. Maric wimmerte und Alina redete ihm leise zu.

Victor wandte sich an Alina. »Was ist überhaupt los?«, verlangte er zu wissen. »Sagt mir jemand endlich

mal, was passiert ist? Sind die Drakken wirklich schon
da?«

»Ja, das sind sie – und das Palasttor ist durchbrochen. Viele sind tot. Hochmeister Jockum und Munuel
sind offenbar verletzt.«

Jacko winkte ihnen. »Los jetzt!«, zischte er. »Ich höre
sie schon! Schnell – ihr müsst weg. Der Zugang ist
offen!«

Alina lief voraus, Maric fest an sich gedrückt. Victor
folgte ihr. Er ließ keinen Laut hören, aber seinem Gesicht war anzusehen, dass er höllische Schmerzen litt.
Angestrengt hinkte er hinter ihr her – aber schnell ging
es einfach nicht. Sie wandte sich um, verfluchte ihre
ständige Angst, ihm nicht zu nahe kommen, und half
ihm.

Als sie das Ende des Ganges erreicht hatten, deutete
der Hauptmann auf einen schmalen Einstieg hinter
einem riesigen metallenen Wappenschild, der an geheimen Scharnieren an der Wand befestigt und nun auf-
geklappt war. Victor stemmte sich ächzend auf das
kleine Podest, hob das verletzte Bein durch den Einstieg und quälte sich dann damit ab, das andere Bein
hineinzuziehen. Endlich war er drin. Er stand in einem
sehr schmalen Gang, der offenbar nach rechts und
links verlief, in dem es aber vollkommen dunkel war.
Der Gang war nur wenig höher als ein erwachsener
Mann und so eng, dass ein dicker Mensch wohl kaum
hindurch gepasst hätte. Ein Riese wie Jacko würde hier
arge Schwierigkeiten haben.

Während Alina ihm Maric hereinreichte, drängte
Jacko sie mit barschen Worten, endlich zu verschwinden. Dann war Alina bei Victor und als Letztes hörte
dieser noch einmal seinen alten Kampfgefährten. »Victor – ihr *dürft* nicht gefunden werden! Nicht du und
auch nicht Maric – aber Alina … *sie auf gar keinen Fall!*
Sorge dafür, hörst du? Sonst ist alles verloren!« Dann

klappte der Schild zu und vollkommene Dunkelheit umgab sie.

»Wir haben kein Licht!«, stammelte Victor.

»Dann müssen wir tasten!«, hörte er sie sagen. Ihre Stimme klang, als würde sie weinen.

\*

Leandra fragte sich, ob sie sich irgendwann an Mord und Tod würde gewöhnen können. Erst war es Jasmin gewesen, dann Munuel, anschließend Vendar und nun Meister Fujima. Und noch viele andere, wie die Magierin Gablina, die beim Kampf gegen Chast den Tod gefunden hatte, oder Hennor, der in Unifar gestorben war. Und natürlich die Drachen. Meakeiok, der ebenfalls damals in Unifar umgekommen war, danach Faiona, die Victor das Leben gerettet hatte, und heute Meanak und Lanianis. Es war eine lange, schreckliche Reihe von Opfern und keiner von ihnen hatte ein solches Schicksal verdient.

Sie hielt Cathryn umarmt und starrte wie betäubt aus dem Fenster des kleinen Drakkenschiffs, während draußen mächtige Stützpfeiler vorbeizogen. Ihr gegenüber saß regungslos ein mächtiger Drakken mit einer riesigen Waffe, aber so seltsam und bedrohlich er auch wirkte, sie nahm ihn kaum wahr. Cathryn schniefte leise.

Rasnor, dieses neue Überwesen aller menschlichen Niedertracht, saß vorn im Schiff, wo zwei andere Drakken offenbar damit beschäftigt waren, dieses Ding durch die Luft zu fliegen. Vor ihnen befand sich eine große, schräge Tafel, auf der sich zahllose ihr völlig unbekannte Dinge befanden, die meisten mit bunten Lichtern oder blinkenden Flächen.

Sie hatte wieder Kopfschmerzen, diesmal weniger schlimm, und sie waren ihr fast willkommen. Hätte sie mit klarem Kopf an das denken müssen, was eben passiert war, wäre sie völlig verzweifelt. Sie hatte Meister Fujima sehr, sehr gern gemocht, diesen sanften, lustigen Mann. Er war ein brillanter Kopf gewesen, hatte wichtige, tief greifende Gedanken über die Welt entwickelt und er war vor allem ein großes menschliches Vorbild gewesen. Sie erinnerte sich an die Szene in Torgard, wo er einen von ihm besiegten Magier der Bruderschaft mit einem Lächeln auf seine Seite gezogen hatte. Viele andere hätten den Mann getötet.

Nun würde sie auf Fujima verzichten müssen, wie auch auf Munuel und all die anderen. Sie hatte längst lernen müssen, mit solchen Tragödien fertig zu werden, und inzwischen wusste sie sogar, dass es, für sich genommen, irgendwie möglich war. Wäre da nur nicht die Erinnerung an das *Wie* gewesen! An diese unfassbar brutale und zugleich entwürdigende Art, vom Antlitz der Welt gewischt zu werden, nur weil ein eitler kleiner Irrer wie Rasnor ihr beweisen wollte, zu welch monströsen Magien er fähig war.

Der Gedanke an Rache war ihr im Augenblick fremd. Rache bedeutete Gewalt, und Gewalt war, auch für den Rechtschaffenen, bestenfalls ein Mittel, um etwas zwingend Notwendiges herbeizuführen, wenn man es anders nicht erreichen konnte. Aber ihr hatte Gewalt, im Gegensatz zu manch anderem, noch nie Vergnügen bereitet. Sie war ihr stets wie eine dreckige, elende Säure vorgekommen, die einem das Herz vergiftete und das Dasein verdarb. Es war ihr ein Rätsel, wie Leute wie dieser Rasnor oder damals Chast bei der Ausübung von Gewalt ein solches Hochgefühl empfinden konnten. Sie selbst war im Moment so taub, dass sie nicht wusste, wie sie noch die Kraft aufbringen sollte, sich gegen Rasnor zu wehren.

»Was ist, schöne Leandra?«, rief er fröhlich durch

den offenen Durchgang nach hinten. »Warum so traurig?«

Sie blickte zu ihm auf – und wusste es plötzlich *doch*
wieder. Nein, diese Kraft brauchte man gar nicht selbst
aufzubringen – diese Leute schürten sie von ganz allein. Durch Bemerkungen wie diese.

*Warum so traurig?*

Rasnor fragte sie allen Ernstes nach ihrem Befinden,
so als ob es ungewöhnlich wäre, dass man um einen
guten Freund trauerte, der gerade auf die widerlichste
Weise ermordet worden war. Ja, plötzlich spürte sie
einen Funken dieser eben noch erloschen geglaubten
Glut wieder in sich. Sie musste gar nichts tun. Rasnor
würde sie von selbst immer wieder anfachen, bis sie
schließlich zu einem furchtbaren Feuer würde, groß
genug, um ihn schließlich zu verschlingen. Und er
wusste nicht einmal, was er tat.

»Wo fliegen wir hin?«, fragte sie.

»Ah, da bist du ja wieder!«, rief er erfreut. »Ich
dachte schon, du hättest uns ins Dämmerreich verlassen.«

*Da wirst du bald landen, du Miststück*, dachte sie wütend. »Wo fliegen wir hin?«, wiederholte sie.

Er setzte ein breites Grinsen auf. »Nach Savalgor,
wohin sonst?«

»Nach … Savalgor?«

»Ja, genau. Da werden wir all deine Freunde holen:
Victor, Quendras und Roya … und diesen alten Kerl,
den Primas … und dann werden wir ein hübsches Fest
miteinander feiern! Was meinst du?«

*Savalgor.* Er hatte bereits erwähnt, dass der Überfall
der Drakken begonnen hatte, aber dass sie *jetzt* schon
nach Savalgor flogen …

»Du staunst? Nun, es dürfte bereits in der Hand
meiner Freunde sein. Übrigens: Wusstest du, dass ich
jetzt der mächtigste Mann in dieser Welt bin? Gleich

nach den Drakken? Ich kann tun, was ich will!« Er lachte auf. »Und es gibt ein paar alte Freunde, die ich unbedingt wieder treffen muss. Sie werden freiwillig zu mir kommen. So, wie du wegen deiner kleinen Schwester zu mir kamst, werden sie deinetwegen zu mir kommen. Gut, was?«

Leandra schloss die Augen. Hatte sie eben noch die Glut des Widerstands in sich gespürt, so drohte ihr Mut nun an der neuen Ungeheuerlichkeit dieses Wahnsinnigen zu zerschellen.

*Gib nicht auf*, sagte eine Stimme in ihrem Kopf. *So mächtig ist er nicht.*

# 12 ◆ Geheimgänge

ch *muss* es versuchen!«, flüsterte Alina.

»Der ganze Palast könnte voller Drakken sein!«, erwiderte Victor. »Wenn sie dich erwischen … ich kann dir nicht helfen! Niemand könnte das! Vielleicht töten sie dich!«

»Aber wenn wir nicht wenigstens Licht bekommen, werden wir hier für alle Zeiten feststecken! Wir können nichts tun. Und wir werden verhungern und verdursten! Denk nur an Maric!«

Victor schnaufte nur, erwiderte aber nichts.

Sie saßen seit etwa einer Stunde in ihrem Versteck, hatten sich aber, aus Angst, sie könnten sich verlaufen, nicht sehr weit vorgewagt. Alina hatte die unmittelbare Umgebung erforscht und entdeckt, dass sich die engen Gänge bald in alle Richtungen verzweigten. Waren sie erst mal darin, fanden sie ohne Licht vielleicht keinen Weg mehr heraus.

Victor hielt Maric die ganze Zeit über. Zum Glück war der Kleine ruhig, im Augenblick schlief er sogar. Aber mit Sicherheit würde er irgendwann hungrig oder feucht werden und dann wurde es brenzlig. Alina konnte ihn zwar stillen, aber wenn seine Tücher erst einmal richtig durchnässt waren, würde er nicht mehr aufhören zu schreien.

»Drei-Neun-Elf«, wiederholte sie zum x-ten Male. Sie hatte schon vor einiger Zeit eine hölzerne Platte vor sich ertastet, welche die Rückseite des Wappenschildes darstellen musste. Auf ihr befand sich eine weitere Platte, diese jedoch bestand aus Metall, eine halbe Elle im Quadrat. Dort hatte Alina sechzehn flache Vertiefungen ertastet, in einem Quadrat von vier mal vier angeordnet. Sie vermutete, dass es sich um Druckknöpfe handelte – von solchen Mechanismen hatte sie schon gehört. Bisher hatte sie noch nicht gewagt, einen davon zu drücken. Aber irgendwie musste man das Ding ja von innen wieder aufbekommen, wenn man einmal drin war. *Drei-Neun-Elf* – hatte der Hauptmann gesagt.

Die ganze Stunde über hatten sie keine Geräusche mehr von draußen gehört. Sie hoffte inständig, dass Jacko und dem Hauptmann nichts zugestoßen war. Es wäre entsetzlich, sie dort draußen tot am Boden liegend vorzufinden. Die beiden mussten mit den Drakken in Berührung gekommen sein, das war zu hören gewesen, aber nach Kampf hatte es nicht geklungen. Sie hoffte, dass man sie nur gefangen genommen und weggeführt hatte.

»Ich versuche es jetzt«, sagte sie leise. Victor widersprach nicht, und das machte ihr sogar ein wenig Angst vor dem eigenen Mut. Mit den Fingern zählte sie die dritte Vertiefung ab, von links oben nach rechts unten vorgehend, und drückte den Knopf vorsichtig hinein. Ein leises, einrastendes Geräusch war zu hören. Es klang Vertrauen erweckend *richtig*.

»Warte«, sagte Victor leise.

»Was denn?«

»Wenn sie Wachen aufgestellt haben, dann doch sicher in den Gängen. Von dort kann man alles überblicken!«

»Ja, das haben wir doch schon besprochen! Was bleibt uns übrig? Wir müssen es irgendwann probieren!«

»Nicht so ungeduldig, Alina! Mir ist gerade noch eine Idee gekommen. Der Hauptmann sagte dir doch, dass es ein Geheimsystem für die Palastwache ist, damit sie den Palast bei einer feindlichen Besetzung aus dem Verborgenen heraus zurückerobern kann. Genau diesen Fall haben wir jetzt, oder?«

»Ja, stimmt.«

»Ich finde, es macht keinen Sinn, wenn man nur an solchen Gangenden wie hier hinein und wieder heraus kann. Wie ich schon sagte: Die Palastgänge sind vermutlich das, was jeder Eroberer als Erstes bewachen lässt. So gesehen käme man nicht wieder hier heraus.«

»Ja, schon möglich. Aber wie sollen wir andere Ein- und Ausgänge finden? Und wenn wir tatsächlich welche finden, woher wissen wir, dass sie nicht mitten in einen Trupp Drakken hinein führen? Du weißt sicher, was Leandra in Torgard passiert ist, oder? Sie schießen sofort!«

Victor ließ sich von seiner Idee nicht abbringen. »Überleg doch mal: Es muss ein sinnvolles System dahinter stecken. Der Hauptmann wusste, dass es diesen Eingang gab, obwohl er selbst noch nie in einem der Gänge war. Das sagte doch dieser Soldat zu dir, stimmt's? Dass die Geheimgänge noch nie benutzt worden sind. Doch der Hauptmann kannte sogar die Zahl, mit der dieser Eingang hier zu öffnen war!«

»Vielleicht sind sie überall gleich?«

»Glaube ich kaum. Das wäre für einen Verfolger zu einfach.«

Alina mahnte sich, nicht ungeduldig zu werden. Victor musste einen Grund für sein Nachbohren haben. »Und weiter?«, fragte sie.

»Nun, ich schätze, es gibt ein System. Eines, das alle Hauptleute haben lernen müssen und mit dessen Hilfe man sich die Zahlen der einzelnen Ein- und Ausgänge selbst ausrechnen kann. Und ich wette außerdem, es gibt eine Menge Ein- und Ausgänge. Sonst wäre der Nutzen dieser Geheimgänge nicht sehr groß.«

»Du denkst, wir könnten einen weiteren Ausgang finden und auch auf die geheime Zahl kommen?«

»Wir sollten es versuchen. Dieser Ausgang hier ist einfach zu riskant. Wir sollten versuchen, ganz in der Nähe einen zu finden. Wenn es ein System gibt, nach dem man die Zahlen ausrechnen kann, dann haben wir eine, von der wir ausgehen können. *Drei-Neun-Elf*, verstehst du? Und es gibt hier bestimmt welche – besonders solche, die in die einzelnen Palastzimmer führen. Geheimgänge machen eigentlich nur einen Sinn, wenn man auch heimlich hinein und wieder hinaus kann.«

»Die Shabibsgemächer!«, sagte Alina aufgeregt. »Du hast Recht! In den Shabibsgemächern müsste es *unbedingt* so einen Geheimgang geben! Damit der Shabib im Notfall fliehen kann!«

Victor brummte. »Das vergiss mal lieber. Auf diese Zahl würden wir nie kommen. Wenn sich jeder Hauptmann ausrechnen könnte, wie er in die Shabibsgemächer hineinkommt, wäre es geradezu eine Einladung für Meuchelmörder. Diese Zahl kann nur der Shabib selbst wissen. Oder die Shaba.«

»Ich … ich *bin* die Shaba«, sagte sie zögernd.

Er lachte leise auf. »Ja. Mit zu kurzer Amtszeit. Du hast noch nicht mal deine eigene Ernennung miterlebt. Womöglich hättest du da die Zahl erfahren.«

Alina seufzte. Sie ließ sich auf den Hintern fallen. »Entschuldige. Ich stelle mich ziemlich dumm an, was?«

Sie spürte seine Hand auf ihrer Schulter, seine Stimme klang versöhnlich. »Nein, nein, mach dir nichts draus. Ich habe das im Labyrinth von Hammagor gelernt. Da wäre jeder Fehler tödlich verlaufen.«

Sie hätte gern seine Hand berührt, aber sie wagte es nicht.

»Deine Zimmer«, meinte er, »liegen links am Gangende, nicht wahr? Welche sind gegenüber?«

Seine Hand lag noch immer auf ihrer Schulter. Sie bewegte sich nicht, als fürchtete sie, ihn zu verscheuchen – wie einen scheuen Schmetterling. »Ich … ich weiß nicht. Die waren bisher zugesperrt. Es kann sein, dass sie für den Shabib ... also ... nun, dass sie für *dich* gedacht sind.«

»Ich? Shabib?« Er lachte auf.

Sie überging das. »Ich glaube, dass dieser ganze Flügel hier nur für das Herrscherpaar vorgesehen ist – und vielleicht noch für ihre engsten Vertrauten. Es waren verschiedene Leute hier, fast alle unsere Freunde. Aber ich weiß nicht genau, wer wo war. Nur Leandra, die hatte sich schräg gegenüber einquartiert.«

»Kennst du das Zimmer? Warst du dort drinnen?«

»Bestimmt die Hälfte der Zeit. Azrani, Marina und Hellami waren auch da. Das *Weiberzimmer*, verstehst du?«

Er ließ ein leises Lachen hören. »Hast du eine Idee, wo da solch ein Zugang gewesen sein könnte? Falls es einen gab?«

Alina dachte nach. »Einen auffälligen Ort wüsste ich nicht. Aber an der Rückseite des Raumes standen verschiedene Vitrinen und Schränke. Dahinter vielleicht ... Ach ja: es gab zwei Erker mit alten Rüstungen drin. Das Zimmer war riesig.«

»Dann sollten wir nach rechts gehen. Hilf mir mal. Nimm den Kleinen.«

Alina erhob sich vorsichtig und tastete nach Maric. Die Dunkelheit und die Vertrautheit ihrer Stimmen beruhigten ihn offenbar, sodass er noch immer ruhig schlief. Als Victor stand, tastete er nach ihrer Hand. Sie setzten sich in Bewegung.

Nach einem Dutzend Schritten kam eine erste Abzweigung, die weiter nach rechts – also wahrscheinlich nach Osten – führte. Hier war Alina zuvor schon gewesen, hatte diesen Gang aber gemieden. Sie gingen weiter geradeaus. Victor stöhnte bei jedem Schritt leise auf. Seine Oberschenkelwunde machte ihm zu schaffen.

»Soll ich vorgehen?«, flüsterte sie.

»Ja, ist vielleicht besser. Ich kann kaum laufen.«

Sie schob sich mit Maric auf dem Arm an ihm vorbei und ging vorsichtig, mit beiden Händen nach den Wänden tastend, voran. Die Gänge waren vollständig ausgemauert, was erleichternd war; so liefen sie nicht ständig Gefahr, sich an Felsvorsprüngen oder Ähnlichem zu stoßen. Alina verlegte sich darauf, immer ein kleines Stück zu erkunden und ihn dann zu holen. Nach einer Weile machte sie steile Treppenstufen aus, die direkt vor ihr in die Tiefe führten, während gleichzeitig ein Gang nach links abzweigte.

»Nach links!«, meinte Victor. »Dort muss es zu den anderen Räumen gehen.«

»Wir hätten die linke Wand genau abtasten sollen«, sagte Alina. »Vielleicht sind wir schon an einem Zugang vorbeigekommen?«

»Hab ich die ganze Zeit gemacht. Da war nichts.«

Alina atmete auf. Es war ihm anzumerken, dass er schon so manche Erfahrung gesammelt hatte, was Kämpfe, Geheimtüren und lauernde Gefahren betraf. Er hatte sich Verhaltensweisen angewöhnt, die nur einer lernte, der sich schon mit Teufeln und Dämonen herumgeschlagen hatte. Trotz seiner Verletzung war es ein Glück, Victor bei sich zu haben. Unter *anderem*. Sie nahm sich vor, achtsamer zu sein und von ihm zu lernen. Wenn sie nicht äußerst wachsam waren und gewitzt vorgingen, würde ihre Flucht bald wieder zu Ende sein.

*

*Gib nicht auf!*

Da war diese seltsame Stimme wieder.

Leandra, die immer noch taub aus dem Fenster des Drakkenschiffs starrte und dabei Cathryn umklammert hielt, fragte sich, welcher wohlmeinende Geist ihr da ständig etwas eingeben wollte.

Mehr Überlebenswillen schöpfte sie jedoch aus Cathryn. Denn sie konnte es einfach nicht zulassen, dass ihrer Schwester etwas passierte. Aber was sollte sie schon unternehmen? Sie musste damit rechnen, dass Rasnor sein Vorhaben in Savalgor mit derselben kaltblütigen Genauigkeit vorausgeplant hatte wie zuvor die Entführung ihrer Schwester. Hoffentlich stimmte es wenigstens, dass ihren Eltern nichts passiert war. Es war schlimm genug, was ihre Mutter jetzt durchmachen musste, nachdem Cathryn verschwunden war.

Das kleine Schiff war seit etwa einer Stunde unterwegs und der Blick aus dem seitlichen Fenster sagte Leandra, dass sie Savalgor nun bald erreichen würden.

Es dauerte nicht mehr lange, da rief Rasnor: »Sieh mal, da vorn! Das ist wahrlich ein gewaltiger Anblick!«

Leandras Herz schlug dumpf, als sie sich so weit erhob, dass sie aus dem Bugfenster des Schiffs blicken konnte. Was Rasnor gemeint hatte, wusste sie nicht; sie rechnete mit einer neuerlichen Rauchsäule über der Stadt. Aber das war es nicht. Was sie sah, waren Drakkenschiffe.

Es waren Aberdutzende, vielleicht sogar über hundert. Sie schwebten mit majestätischer Ruhe als dicht gestaffelte Flotte über der Stadt, und man hätte ihren Anblick in der Tat als atemberaubend bezeichnen können – wäre der Grund ihrer Anwesenheit nicht so furchtbar gewesen. Savalgor war unwiderruflich in Feindeshand.

Rasnor wandte sich um. »Hübsch, nicht? Das sind *meine* Leute, verstehst du?« Er setzte sich wieder zurecht und faltete zufrieden die Hände im Schoß. »Gewöhne dich an den Gedanken. Wenn du dir noch irgendwas vom Leben erhoffst, dann halte dich an mich. Es gibt niemanden sonst, an den du dich wenden könntest.«

Die Drakkenschiffe besaßen die unterschiedlichsten

Formen und Größen. Es gab einige lang gestreckte, flache Schiffe, die hundertfünfzig Schritt oder mehr messen mochten, klobige Würfel mittlerer Größe und kleine, kugelförmige von kaum zwanzig Ellen Durchmesser. Fast alle waren grau und schwarz, die meisten besaßen an der Außenseite irgendwelche Aufbauten oder Vorsprünge, die möglicherweise Waffen waren.

»Ha!«, machte Rasnor spöttisch. »Ursprünglich wollten sie erst viel später angreifen! Dummköpfe! Ich hab ihnen gesagt, dass das Zeitverschwendung ist! Als ob das hier nicht genügt hätte!«

Leandra drehte den Kopf langsam in seine Richtung. »Willst du damit sagen …«, fragte sie schockiert, »dass *du* den Drakken zum Angriff geraten hast? Auf deine *eigene* Welt, dein *eigenes* Volk?«

Er fuhr herum und blickte ihr spöttisch ins Gesicht. »Mein *eigenes* Volk? Ha! Ich hab ein Leben lang nur in einem Keller gehockt und bin geohrfeigt worden. Ich habe kein eigenes Volk!«

Leandra schüttelte fassungslos den Kopf. Er schien überzeugt zu sein, dass man durch ein leidvolles Schicksal die Berechtigung zu jeder beliebigen Gräueltat erwarb. Sie öffnete den Mund, aber bevor sie etwas sagen konnte, deutete er nach vorn. »Da, sieh nur! *Das* ist mein Volk! Bei den Drakken bin ich jemand!«

Ihr Flugschiff sank tiefer, und es blieb ihr erspart, diese absurde Unterhaltung weiterführen zu müssen. Das Schiff legte sich in eine Kurve und schoss unter der Flotte hindurch, die in etwa einer halben Meile Höhe über der Stadt schwebte. Leandras Mut erreichte angesichts dieser Übermacht einen neuen Tiefpunkt. Sie waren geschlagen, sie hatten verloren.

Cathryn hatte sich auf die Zehenspitzen gestellt, hielt sich an einer Querstange fest und starrte mit offenem Mund aus dem Seitenfenster. Der Anblick war ebenso niederschmetternd wie überwältigend. Mehrere Drakkenschiffe waren in der Stadt gelandet, sie standen auf Plätzen oder großen Kreuzungen. Auf dem Marktplatz vor dem Palast lag ein spinnenbeiniges, metallenes Ungetüm von einem Flugschiff. Von mehreren Häusern stiegen Rauchwolken auf. Die Schäden in der Stadt waren, soweit Leandra es erkennen konnte, nicht so groß, wie sie befürchtet hatte. Dafür aber waren die Drakken da – unzählige Drakken.

Als ihr Schiff sich anschickte, auf dem großen Platz zu landen, sah sie das Palastportal und ihr stockte der Atem. Es war völlig zerstört, wie von einer Riesenfaust eingedrückt. Dann sah sie die Menschen. Sie wurden von bewaffneten Drakkentrupps aus dem Palast geführt. Andere saßen in kleinen Gruppen auf dem Boden des Marktplatzes, von weiteren Drakken bewacht. Etliche Tote lagen am Boden, es musste ein kurzer, aber sehr heftiger Kampf um den Palast stattgefunden haben.

Als das kleine Schiff gelandet war und sich die Rampe an der Unterseite geöffnet hatte, erhob sich Rasnor aus seinem Sitz und stieß einen Laut der Befriedigung aus. »Ha! Ist das nicht herrlich? Sie haben die ganze Stadt im Handstreich genommen! Sieh dir das an!«

Er kam zu ihr nach hinten, zwischen weißen Aufbauten und harten, kantigen Sitzbänken hindurch, und kletterte über eine kleine Leiter hinab auf die Schräge der geöffneten Rampe. Mit wenigen Schritten hatte er das Pflaster des Platzes erreicht. Kaum draußen, warf er die Arme in die Luft. »Sieg!«, rief er. »Wir haben gewonnen!«

Sie stieg ihm hinterher, zog Cathryn mit sich, und als sie ihn erreicht hatte, beugte sie sich zu ihm. »Du bist ein Stück Dreck!«, sagte sie leise. »Du bist der schlimmste Verräter, den diese Welt je gesehen hat. Gegen dich ist Chast ein Sonnenschein!«

Er warf ihr nur einen weiteren spöttischen Blick zu. Leandra mahnte sich, nicht ihre Energie an ihn zu verschleudern, denn ihre rechtschaffene Wut schien ihn überhaupt nicht zu berühren.

Rechts ragte das riesige Drakkenschiff auf, dahinter stand ein weiteres, von der Bauart her ähnliches, wenn auch kleiner. Beim vorderen Schiff war an der Unterseite ebenfalls eine lange, schräge Rampe ausgefahren, viel größer jedoch als die ihre, über die Trupps von Drakken irgendwelche schwebenden sechseckigen Kästen bugsierten. Überall standen Wachposten mit länglichen, eckigen Waffen, die sie nach vorn gerichtet hielten.

Links von Leandra wurde in diesem Moment eine Gruppe entwaffneter Palastgardisten abgeführt. Leandras Herz pochte dumpf, als sie die Gesichter der Männer nacheinander musterte. Ja, da war einer, den sie schon mal gesehen hatte, ein Soldat der Palastgarde. Einem Impuls folgend, ließ sie Cathryn los und rannte die paar Schritte hin zu den Männern. »Die Shaba!«, rief sie dem Mann zu. »Alina! Ist ihr etwas passiert?«

Im nächsten Augenblick sah sie von rechts etwas heranfliegen. Sie erhielt einen Schlag gegen den Rücken, schrie auf, stolperte und fiel hin. Als sie sich umdrehte und sich aufrappeln wollte, standen vier Drakkensoldaten über ihr, die Waffen auf sie gerichtet. Cathryn quietschte und kam zu ihr gerannt. Augenblicke später hörte sie Rasnors Stimme.

»Lasst sie! Bei den Kräften, lasst sie in Ruhe!«

Er war schneller bei ihr als Cathryn, drängte sich durch die Drakkensoldaten und half ihr hoch. Leandra ließ es geschehen, ihr Herz klopfte wild vor Schreck und Angst. Gleich darauf war auch Cathryn bei ihr.

»Geht!«, rief Rasnor den Drakken zu. »Geht! Es ist alles in Ordnung.«

Die Soldaten zögerten. Ihre hässlichen, zu ewigem Misstrauen verzogenen Echsengesichter starrten sie feindselig an und ihre Waffen zielten auf Leandras Bauch.

»Verschwindet endlich!«, kreischte Rasnor. »Ich bin ein *uCetu*! Kapiert ihr? Ein *uCetu*! Haut ab!«

Die vier Drakken maßen ihn mit prüfenden Blicken, senkten dann endlich ihre Waffen und gingen mit federnden Schritten davon. Rasnor fuhr zu Leandra herum.

»Lass mich eins klar stellen«, blaffte er sie wütend an und drohte ihr mit dem Zeigefinger. »Dass du noch lebst und mit dir deine Schwester, hast du allein mir zu verdanken! Niemanden hätten die Drakken als Erste lieber getötet als dich! Also gewöhn es dir lieber gleich ab, irgendwelche Dummheiten auszuprobieren, verstanden?«

Leandra erwiderte nichts. Sie blickte sich kurz um, aber die Gefangenen waren schon weitergeführt worden.

»Nun hab dich nicht so!«, fuhr Rasnor fort und seine Stimme klang schon wieder milder. »Was du wissen willst, kannst du auch von mir erfahren. Frag mich einfach. Ich habe keine Geheimnisse vor dir!«

»Ach ja?«, fuhr sie ihn an. »Vermutlich stellst du dir vor, dass ich dann zum Dank deine Geliebte oder so etwas werde«, gab sie voller Hass zurück. »Das schlag dir gleich aus dem Kopf!«

Rasnors Gesicht verfinsterte sich wieder. »Wir werden ja sehen«, murmelte er. Er wandte sich ab und marschierte auf den Platz hinaus, wo reger Betrieb herrschte. Während ganze Kompanien von Drakken die sechseckigen Kisten und andere Gegenstände mit heulenden Radfahrzeugen, schwebenden Tafeln und seltsamen, beweglichen Riesengestellen hierhin und dorthin verfrachteten, wurden auf der westlichen Hälfte des Platzes

unter schwerer Bewachung Gruppen von Menschen zusammengetrieben. Die Drakken bauten dort ein Metall-
gerüst auf und schafften Kisten und Kästen an diesen
Ort. Ein gelbes Fahrzeug auf gewaltigen, ballonähnli-
chen Rädern rumpelte die flachen Palaststufen hinauf
und räumte mit einem großen Greifarm die schweren
Trümmer des Palasttores wie Kinderbauklötze zur Seite.
In der Mitte des Platzes hatten andere Drakken damit
begonnen, eine Art kuppelförmiges Gebäude aus weiß-
silbrigem Material zu errichten, das unter einem Rahmen von metallenen Streben aufgespannt wurde. Die
Luft war erfüllt von nie gehörten Geräuschen.

Die Drakken jedoch schienen untereinander überhaupt nicht zu reden. Scheinbar folgten sie einem Plan,
den sie alle auswendig kannten; es war fast schon gespenstisch. Gut die Hälfte der fremden Wesen bestand
aus Wachsoldaten, die in einer Art Muster auf dem
Platz aufgestellt waren. Aus den Straßen und Gassen kamen ständig neue Menschengruppen hinzu, die
von bewaffneten Drakken offenbar aus den Häusern
getrieben und hierher geführt wurden. Die Menschen
waren verschreckt und voller Angst, fügten sich aber.
Sie waren ohne jede Chance auf Gegenwehr. Manche,
die Leandra erkannten, blickten Hilfe suchend in ihre
Richtung.

Sie dankte den Kräften dafür, dass wenigstens im
Augenblick keine Gewalt angewendet wurde. Hier
und da wurden Leute, die sich offenbar nicht so verhielten, wie es von ihnen erwartet wurde, von Drakkensoldaten mit derben Hieben in die Reihen zurückgetrieben – aber das war zum Glück alles.

»Ein Liin!«, brüllte Rasnor über den Platz. »Wo ist
hier ein Liin? Ich brauche Meldung!«

Irgendwie schien er einen hohen Rang in ihrer Hier-
archie innezuhaben. Dieser *Liin*, nach dem Rasnor nun
verlangte, mochte etwas Ähnliches sein. Leandra sah

einen Drakken, ein größeres Exemplar als die meisten anderen, auf Rasnor zukommen. Furchtsam trat sie einen Schritt zurück.

Einen Drakken wie diesen hatte sie schon einmal gesehen – bei ihrer ersten Begegnung mit diesen Wesen in Torgard. Sein schwarzer Körperpanzer besaß einen rötlichen Schimmer, während die der meisten anderen Drakken schwarzgrün oder schwarzblau schimmerten. Der Liin war eine gute halbe Elle höher als seine Artgenossen und damit beinahe eine Elle größer als Leandra. Er war sehr schlank und seine schuppige Haut glänzte. Seine Bewegungen waren genau und kontrolliert; er wirkte, als bereitete ihm das Laufen so wenig Mühe, dass er es tagelang tun könnte, ohne anhalten zu müssen. Vermutlich gab es nicht einen Menschen in der Höhlenwelt, der einem solchen Wesen im Kampf Mann gegen Mann gewachsen war. Nicht einmal ein muskulöser Riese wie Jacko.

Das Wesen baute sich vor Rasnor auf.

Rasnor stemmte die Fäuste in die Seiten, er war sogar noch ein Stück kleiner als Leandra. »Aah«, meinte er. »*LiinVeea!* Wie schön, dich zu sehen! Anscheinend war dein Angriff erfolgreich.«

»Ja«, erwiderte der Drakken, »die Stadt ist in unserer Hand. Ebenso die vier anderen. Ab jetzt geht es wie geplant weiter.«

»Schön, schön!«, erwiderte Rasnor. »Weiß der *uCuluu* schon Bescheid?«

»Er ist auf dem Weg hierher.«

Rasnor verzog das Gesicht. »Was will er denn hier? Ihr habt die Sache doch in der Hand, oder?«

Darauf antwortete der Drakken nicht, er starrte Rasnor nur bewegungslos an. Leandra überlegte, dass es nicht unbedingt *Gefühlskälte* war, was diese Wesen nach außen zeigten, sondern eher Teilnahmslosigkeit oder Nüchternheit. Der Drakken hatte Rasnors Anmerkung offenbar als eine Frage verstanden, auf die es keine sinnvolle Erwiderung gab, also schwieg er. Es war grotesk und beängstigend zugleich. Man musste daraus schließen, dass diese Drakken niemals aus Hass oder Machtgier töteten, sondern nur aus nüchterner Überlegung. Die Vorstellung jagte ihr einen Schauer über den Rücken.

»Du musst mir verschiedene Leute herschaffen!«, sagte Rasnor. Leandra wunderte sich, wie fordernd er sich verhielt. Den Drakken schien das überhaupt nicht aus der Ruhe zu bringen. »Schalte mal dein Dingsda ein ...«, er gab dem Drakken ein Zeichen mit dem Zeigefinger.

Leandra kannte das schmale Gerät, das an einer Vorrichtung vor dem Kinn des Drakken angebracht war. Mit seiner Hilfe hatte der *Liin*, auf den sie damals gestoßen waren, innerhalb kürzester Zeit bestimmen können, wer sie war. Auch den Namen des Primas hatte er damit herausgefunden. Es war ihr ein Rätsel, wie so etwas funktionierte.

»Der eine heißt Victor«, sagte Rasnor. »Den müsstet ihr schon kennen. Eigentlich alle, die ich suche. Es sind die Leute, die in Hammagor waren. Victor, Quendras, Roya und dieser Hochmeister ... äh, Jockum. Hast du die?«

»Die Erfassung ist noch nicht abgeschlossen«, erklärte der Liin. »Es sind tausende; ich kann erst heute gegen Abend genaue Auskunft geben. So lange müsst Ihr warten.«

Rasnor seufzte ungeduldig. »Ja, schon gut. Verschwinde. Aber heute Abend sagst du mir Bescheid, verstanden?«

»Ja«, sagte der Drakken, wandte sich um und ging davon.

Leandra war ehrlich beeindruckt. Rasnor musste es geschafft haben, in kürzester Zeit einen sehr hohen

Rang zu erlangen. Der *Liin* musste der Befehlshaber dieser Streitmacht sein, die Savalgor überfallen hatte. Dennoch hatte er sich von Rasnor wie ein dummer Lakai behandeln lassen.

Sie musste mehr herausfinden. Rasnor mochte skrupellos und auf berechnende Weise intelligent sein, von der geistigen Reife her war er jedoch nichts als ein kleiner, dummer Junge. Wenn sie es geschickt anstellte, würde sie von ihm alles erfahren können, was sie nur wollte. Dieser Augenblick war sogar sehr gut geeignet, denn Rasnor hatte sie durch sein Auftreten gegenüber dem *Liin* zweifellos beeindrucken wollen.

»Wie ... wie hast du das geschafft?«, fragte sie ihn, deutete auf den davongehenden Drakken, und ihre Verblüffung war nicht einmal gespielt.

Rasnor lachte leise auf. »Nicht schlecht, was? Diese dämlichen Viecher kuschen sogar vor mir!«

»Also ... das beeindruckt mich wirklich«, sagte sie. »Ich ...«

Rasnor sah sie plötzlich mit schief gelegtem Kopf an. Seine Miene hatte sich verfinstert und er winkte missmutig ab. »Spiel mir keine plötzliche Bewunderung vor! Ich weiß genau, dass du mich nur aushorchen willst. In Wahrheit hasst du mich!«

»Nein, ich ...«

Leandra verfluchte sich. Eine gute Schauspielerin war sie noch nie gewesen und verschätzt hatte sie sich auch noch. So dumm war Rasnor auch wieder nicht.

»Kommt mit, ihr zwei«, sagte er und winkte. »Gehen wir in den Palast. Und wenn du etwas wissen willst, frag mich. Aber erspare mir deine falschen Spiele!«

Leandra nahm Cathryn an der Hand und folgte ihm. Was für ein Mensch war er? Ein weiteres Opfer der seelenlosen Bruderschaft von Yoor, so wie Quendras? Das traf wahrscheinlich sogar zu, nur gab es einen Unterschied. Quendras hatte irgendwann gemerkt, dass die Lehren der Bruderschaft nicht seiner Seele entsprachen, und er hatte aus eigenem Antrieb auch keine Menschen gequält oder getötet. Rasnor war anders. Leandra mahnte sich, ihn niemals zu unterschätzen.

*

Langsam gewannen Alina und Victor ein wenig Hoffnung zurück. Victors Vermutungen über die geheimen Türen hatten sich als richtig erwiesen, und es gelang ihnen, den Zahlenschlüssel zu verstehen. Dieser war auf fast schon peinliche Weise einfach und teilte seine Zahlenfolge nur in Stockwerke, Flügel und Zimmer ein.

»Sobald du mal in Amt und Würden bist, mein Schatz, solltest du ihn ändern lassen!«, empfahl er. »Den können ja sogar die Mäuse und Spinnen hier entschlüsseln.«

»Danke – *mein Schatz*«, erwiderte sie seufzend. »Für deine Zuversicht, dass ich mein Amt jemals ausüben werde.«

Sie verschafften sich Zutritt zu einem abgelegenen Raum des Flügels, den Leandra die letzten Tage bewohnt hatte. Alina schlich herum und nahm mit, was sie am nötigsten brauchten: frische Tücher für Maric, etwas Nahrung in Form von Obst und Wasser sowie Decken und Kerzen. Später dann fanden sie in den Geheimgängen eine Art Wachraum – ein kleines, höhlenartiges Verlies irgendwo in der Tiefe der Gänge, mit einem uralten Tisch und ein paar morschen Stühlen. Dort richteten sie sich ein, so gut sie konnten. Auf dem Tisch war es möglich, Maric zu wickeln; später stillte ihn Alina. Besorgt erklärte sie Victor, dass sie allein es nicht schaffen würde, Maric satt zu machen, und dass sie Milch brauchten.

Sie einigten sich darauf, dass Alina, mit einer Kerze

bewaffnet, sich gleich auf den Weg machen und ihre Suche nach Milch und Nahrung mit einem Erkundungsgang verbinden sollte. Ihre nächste Mission würde bald darauf folgen: Sie musste versuchen, nach Torgard zu Quendras zu gelangen. Quendras war nun ihre einzige Hoffnung, noch irgendetwas gegen die Drakken ausrichten zu können. Selbst Leandra, die mit Meister Fujima nach Angadoor aufgebrochen war, würde kaum etwas unternehmen können, außer dafür zu sorgen, dass sie in Freiheit blieb. Sie benötigten eine echte *Waffe* gegen die Drakken. Selbst wenn es Quendras noch nicht gelungen war, das magische Siegel des Kryptus zu entschlüsseln, waren vielleicht Yo und ein paar Männer bei ihm. Sie könnten gemeinsam aus Savalgor fliehen und später vielleicht Leandra und Meister Fujima finden.

Alina nahm ein halbes Dutzend Kerzen sowie eine Büchse mit Glimmpulver und Zündstein mit und war schon wieder drauf und dran, Victor zum Abschied zu umarmen. Im letzten Moment besann sie sich und hielt sich zurück. Nach einem kurzen Winken machte sie sich auf den Weg.

Sie hatte sich, auf Victors Rat hin, ein kleines, metallenes Schmuckdöschen mitgenommen, das sie benutzen konnte, um an den Gangabzweigungen Zeichen in die Mauersteine zu ritzen. So bewegte sie sich mutig vorwärts und empfand es sogar bald schon als leicht, sich zurechtzufinden. Die Gänge schienen der Geometrie der Palastgänge zu folgen, und sie beglückwünschte sich, dass das System der Zahlen so einfach zu durchschauen war.

Sie fand Treppen, die weiter nach unten führten, und markierte den Weg auf die Art, die Victor ihr empfohlen hatte. Mehrfach kam sie an Geheimzugängen vorbei, hinter denen sie Stimmen hörte. Manchmal klangen sie höchst fremdartig; Schauer fuhren ihr den

Rücken herab. Sie versuchte sich vorzustellen, dass Drakken so redeten. Ja, es waren vermutlich Drakken, und es erschien geradezu logisch, dass sie nun den Palast zu ihrem Hauptquartier machten.

Sie schlich weiter und die Zeit verging wie im Flug. Immer tiefer stieg sie hinab und überprüfte von Zeit zu Zeit, ob sie noch dort war, wo sie sich vermutete, indem sie versuchte, Zugänge zu öffnen.

Im ersten Palast-Stockwerk verließ sie die geheimen Gänge, um über einen abgelegenen Korridor zu einer kleinen Seitentreppe zu gelangen. Seit fast drei Wochen lebte sie nun schon im Palast und das half ihr jetzt. Sie besaß eine recht gute Vorstellung von der Lage der Palastküche – sie musste ein Stockwerk unter ihr am Anfang des Ostflügels liegen.

Bevor sie jedoch die Seitentreppe erreichte, entdeckte sie am Kopfende des Korridors ein einzelnes schmales Fenster. Schwaches Licht fiel herein. Neugierig schlich sie sich hin und stellte sich auf die Zehenspitzen. Direkt vor ihr lag der große, nächtliche Marktplatz vor den Toren des Palasts – von zahlreichen Lichtquellen beleuchtet.

Auf dem Platz waren vier riesige, zeltartige Gebäude unter einem verwirrenden System metallener Stangen und Träger errichtet worden. Die hellen Lichter beleuchteten jeden Winkel des Platzes und sie sah hunderte von Menschen, zusammengedrängt in Gruppen, die unter schwerer Bewachung auf dem Pflaster des Platzes saßen und auf irgendetwas warteten. Drei riesige Drakkenschiffe standen an den entgegengesetzten Enden, dazu kamen noch mehrere kleinere Schiffe. Zahllose Drakken waren damit beschäftigt, weißlichsilberne Zeltgebäude zu errichten, die Menschen zu bewachen oder Lasten zu befördern. Aus vier großen Zelten wurden in stetiger Reihenfolge Gruppen von Menschen heraus- und dann fortgeführt – wieder in die Gassen von Savalgor hinein, während zugleich Gruppen von anderen Menschen zum Marktplatz gebracht wurden. Es wirkte beinahe wie eine Zählung, so als wollte man die Bevölkerung der Stadt in Listen erfassen und sie dann wieder nach Hause schicken. Alina sah keine Anzeichen von unmittelbarer Gewaltanwendung – wiewohl dieser Eindruck auch trügen mochte. Über der Stadt patrouillierten Flugschiffe der Drakken; ihre hellen, kegelförmigen Lichter strahlten auf die Häuser herab, so als suchten sie nach Flüchtigen. Es war unübersehbar: Die Drakken hatten Savalgor vollständig unter ihrer Kontrolle. Allein sie selbst und Victor waren noch frei, ausgerechnet sie, das Herrscherpaar von Akrania.

Ihr Herz hatte dumpf zu pochen begonnen, und sie konnte sich lange nicht von dem Anblick losreißen. Angesichts dessen, was dort draußen geschah, kam sie sich verloren in ihrem Versuch vor, eine Fluchtmöglichkeit zu finden. Endlich wandte sich von dem Fenster ab und schlich weiter.

Bald darauf erreichte sie die schmale Wendeltreppe, die sie zuvor gesucht hatte. Steile steinerne Stufen führten in die Tiefe. Von unten drang Licht herauf. Sie lauschte eine ganze Weile in die Tiefe, konnte aber nichts hören. Nun, da sie die geheimen Gänge verlassen hatte, schwebte sie in größter Gefahr, entdeckt zu werden. Sie löschte ihre Kerze und stieg leise hinab.

# 13 ♦ Machtergreifung

Rasnor starrte Leandra finster an. »Wenn du mir sagst, wo Alina sich versteckt hält, werde ich deiner Schwester nichts tun! Falls nicht ...«

Leandra hatte sich darauf vorbereitet. Würde sie Rasnor gestatten, Cathryn als ewiges Druckmittel zu verwenden, konnte sie gleich allen Widerstand aufgeben, hier und jetzt. Und sie dürfte sich ihm obendrein auch noch als Bettgefährtin zur Verfügung stellen.

»... *gar nichts* wirst du tun!«, gab sie wütend zurück. »Wir lassen uns nicht erpressen! Wenn du eine von uns töten musst oder uns alle beide, dann tu es! Aber erwarte nicht von uns, dass wir ab jetzt *ständig alles* tun, was du verlangst – weil du die Macht hast, uns gegeneinander auszuspielen! Nein, dann sterbe ich lieber!«

Ihre kleine Schwester sah erschrocken zu ihr auf. Doch Leandra hielt die Fäuste geballt und starrte Rasnor wütend an. Daraus schien auch Cathryn Mut zu schöpfen. Sie ballte die Fäuste ebenfalls und rief: »Genau! Dann sterben wir lieber!«

Rasnor lachte spöttisch auf und hob abwehrend die Hände. »Uh, ihr macht mir aber richtig Angst!«, höhnte er.

»Außerdem habe ich keine Ahnung, wo Alina ist!«, fügte Leandra hinzu.

Rasnor hatte irgendein geheimes Interesse an ihrer Person, das spürte sie. Und das konnte sie ausnutzen, um sich ihm bis zu einem gewissen Grad zu widersetzen. Sie würde seine Gefangene bleiben und die meisten seiner Anordnungen befolgen müssen, aber zwei Dinge würde sie niemals tun: sie würde nicht zur Verräterin werden und auch nicht ihren eigenen Körper oder den ihrer Schwester an ihn verkaufen. Das hatte sie sich fest vorgenommen. Wenn es ihr gelang, Rasnor das klarzumachen, würde er den entscheidenden Teil seiner Macht über sie verlieren. Vorausgesetzt, er tötete sie nicht von sich aus, wenn er das begriff. Aber das glaubte sie nicht.

Sie standen mitten im Wappensaal, in dem Raum, in dem vor weniger als einem halben Tag die Hochzeit zwischen Alina und Victor stattgefunden haben musste – wenn es denn tatsächlich so weit gekommen war. Leandra wusste es nicht. Was sie jedoch wusste, war, dass Alina entkommen war, offenbar als Einzige überhaupt. Und wenn die Drakken und Rasnor sie so dringend erwischen wollten, musste das zugleich bedeuten, dass sie Shaba war. Also musste auch die Hochzeit stattgefunden haben.

Um sie herum hatten die Drakken eine Vielzahl von Tischen und Geräten aufgebaut. Eben flammte über einem wagenartigen, silber-schwarzen Gerät, das sie mit Schläuchen oder Schnüren mit anderen Geräten verbunden hatten, ein Bild in der Luft auf. Leandra trat erschrocken einen Schritt zurück. Was dieses Bild darstellen sollte, vermochte sie nicht zu sagen; es war eine Ansammlung bunter Punkte, die von einem Geflecht von Linien durchzogen wurden. Dazu gehörten auch in der Luft schwebende, gelbe Schriftzeichen und eine pulsierende, blassblaue Hülle. Zu was diese Drakken in der Lage waren, empfand sie langsam als beängstigend.

Rasnor lachte leise auf. »Nicht schlecht, was?«, fragte er. »Sie beherrschen Dinge, von denen wir nicht einmal träumen. Aber es gibt auch einiges, was sie nicht können. Willst du wissen, wozu sie unsere Magie brauchen?«

»Das … das *weißt* du?«

Rasnor nickte. »Ja, ich weiß einiges. Sie machen kein großes Geheimnis daraus – jedenfalls mir gegenüber nicht. Ich könnte dich am Schatz meines Wissens teilhaben lassen. Was sagst du dazu?«

Leandra verzog missgestimmt das Gesicht. »Du verlangst eine Gegenleistung.«

Er hob abwehrend die Hände. »Nur, dass du nicht mehr so zickig bist. Ich …«

»Zickig?« Leandra sah ihn wütend an. »Du denkst, ich hätte keinen Grund dafür? Dir ist offenbar wirklich nicht klar, dass du den schlimmsten nur denkbaren Verrat begangen hast. Auch wenn du das Wort nicht mehr hören kannst!«

Rasnors Gesichtsausdruck verfinsterte sich. »Blöde Ziege!«, knurrte er, wandte sich um und ließ sie stehen. Wütenden Schrittes marschierte er auf den Saalausgang zu und rief: »Wo gibt es hier was zu essen? Ich habe Hunger!«

In der Vorhalle hatte sie ihn wieder eingeholt.

»Was willst du?«, knirschte er.

Leandra antwortete nicht, sondern lief nur neben ihm her. Sie hatte Cathryn an der Hand, und ihre kleine Schwester blickte – bewundernd, wenn sie nicht alles täuschte, zu ihr auf. Sie zwinkerte Cathryn aufmunternd zu und ihre Schwester lächelte zurück.

»Was ist? Was willst du?«, fragte er noch einmal.

»Ich habe ebenfalls Hunger. Du nicht auch, Trinchen?«

Rasnor blieb stehen und stemmte die Fäuste in die Hüften. »Du willst mich einwickeln!«, maulte er wütend.

»Mich interessiert, warum die Drakken unsere Magie wollen«, sagte sie. »Und warum sie ihre Ziele nur mit Gewalt zu erreichen glauben. Hätten sie nicht einfach höflich fragen können? Vielleicht hätten wir unsere Kenntnisse ja freiwillig mit ihnen geteilt.«

Rasnor lachte bitter auf. »Soso! Das würdest du jetzt gern wissen!« Er wandte sich um und ging weiter. Sie folgte ihm.

»Ja, das würde ich gern. Vielleicht kann ich sie dann verstehen.«

Er warf ihr einen zweifelnden Blick zu. »Verstehen? Du willst sie verstehen?«

Sie nickte. »Ja. Das hilft einem – selbst bei seinen Feinden. Oder besser: *besonders* bei seinen Feinden!«

»Sieh an? Und was willst du tun, wenn du sie ... *verstanden* hast?«

Leandra wurde etwas klar. Rasnor war ein Verräter aus seelischer Not. Sie wusste nicht, aus welchem Grund er solch ein unangenehmes Ekel geworden war, aber er litt darunter, dass ihn niemand mochte. Dass sich niemand Mühe gab, ihn *verstehen* zu wollen. So gesehen waren die Drakken seine Brüder – abstoßende Wesen, deren Beweggründe keiner verstand. Aber sie hatten etwas, das sie über alle Zweifel hinweghob: *Macht*. Nun hatte Rasnor ebenfalls Macht und vielleicht konnte man sich damit über all die Widrigkeiten des Lebens hinwegtrösten. Für Leandra wäre das gewiss nicht das richtige Mittel gewesen, für Rasnor vielleicht aber schon.

»Dann ...«, sagte sie und überlegte kurz, »dann verstehe ich vielleicht auch *dich*.«

Nun blieb er stehen. »Ha!«, machte er spöttisch. »Du willst mich *verstehen*? Du hast längst über mich geurteilt! Und ich bezweifle sehr, dass du dich jemals auf meine Seite schlagen würdest, auch wenn du alles verstanden hättest, was die Drakken ... oder mich ... betrifft!«

Leandra seufzte. »Wohl kaum. Aber vielleicht finde ich dann einen Weg, diesen Wahnsinn hier aufzuhalten. Und die Drakken wieder zu verjagen.«

»Das sagst du mir ins Gesicht?«

Sie nickte entschlossen. »Richtig. Ich, *die Zicke*, sage das!«

Nun lachte er leise auf. Er wandte sich wieder um und ging weiter. »Es liegt nicht mehr in unserer Hand, das zu tun!« Er warf die Arme in die Luft. »Sieh dich um. Sie sind da und sie sind viel mächtiger als wir. Sie haben uns vollständig in der Hand. Da ist es ganz egal, ob du mich jetzt einzuwickeln oder wieder umzudrehen versuchst.«

»Du scheinst Macht bei ihnen zu besitzen«, wandte sie ein.

»Ja. Aber nur, weil ich ihnen etwas Bestimmtes zugänglich machen kann. Nicht, weil sie mich für ihren Gewaltakt hier brauchen.«

»So? Und was ist das?«

»Erst mal habe ich Hunger«, erwiderte er. »Ich mache dir noch einmal den Vorschlag, wo du schon so überaus gewitzt bist und glaubst, mich beherrschen zu können. Sei nicht so verflucht *zickig*, und ich werde dir erzählen, was ich weiß. Das ist übrigens eine ganze Menge!«

Diesmal hatte er den Punkt gemacht. Dumm war er nicht, das wurde Leandra immer klarer. Konnte es sein, dass jemand bereit war, eine ganze Welt zu verkaufen, nur weil er ungeliebt war?

»Da, nach links!«, sagte sie.

*

Als Alina mit einem kleinen Milchkübel und einem Tuch, in den sie Käse, Brot und Obst eingewickelt hatte, die Treppe heraufkam, blieb sie wie angewurzelt stehen.

Ihr erster Impuls war, alles fallen zu lassen und sofort dorthin zu stürzen, von wo sie die ihr nur allzu bekannte Stimme vernommen hatte – Leandras Stimme.

Augenblicke später aber sagte ihr der Verstand, dass etwas nicht stimmen konnte. Sie drückte sich rasch wieder in den Schatten des Treppenaufgangs. Da war eine zweite Stimme gewesen und auch die kannte sie. Es war die von Rasnor, und die Gedanken schossen ihr nur so durch den Kopf. Wie konnten Leandra und Rasnor an diesem Ort zusammen sein? Irgendetwas sehr Seltsames war hier im Gange.

Sie stellte ihre Sachen ab, duckte sich und kroch lautlos über den gefliesten Boden näher an die Stimmen heran. Die Stelle war durch das Licht einer auf einem Tisch stehenden Öllampe leicht zu finden. Wo Alina sich bewegte, war es hingegen dunkel. Es gab eine Vielzahl an Kochstellen, gemauerten Abzugskaminen und Regalen mit Küchengerät als Deckung. Sie folgte den Stimmen, die sie zuerst nur als Gemurmel vernommen hatte, und erreichte schließlich einen Punkt nahe einer Wand, wo sie zwischen Regalböden und den darin stehenden Töpfen und Tiegeln hindurch die beiden beobachten konnte.

Nun sah sie, dass noch eine dritte Person anwesend war – ein kleines Mädchen, das sich an Leandra festhielt. Das konnte eigentlich nur ihre kleine Schwester Cathryn sein. Leandra war wegen ihrer Familie überstürzt nach Angadoor aufgebrochen. Konnte sie jetzt schon zurück sein? Und was hatte es zu bedeuten, dass sie hier mit Rasnor sprach? Alina schob sich näher an das Regal heran und spitzte die Ohren.

»... diesen Krieg führen sie seit langem«, hörte sie Rasnor sagen. »Sozusagen schon seit Jahrtausenden.« Er saß lässig mit dem Hinterteil halb auf einem der Kochtische, ließ ein Bein baumeln und widmete sich einem Stück Brot und einem Käselaib. Leandra hatte sich ihm gegenüber an einen schweren Tisch gelehnt und aß ebenfalls etwas. Auch das kleine Mädchen kaute zaghaft auf einem Stück Brot herum. Alina war verwirrt. Was sie sah, wirkte wie eine Szene in trauter Eintracht.

»Und warum?«, fragte Leandra.

Rasnor hob die Schultern. »Ich glaube, das wissen sie selbst nicht. Irgendwann trafen sie auf diese Saari und dann ging es los. Du kennst es ja. Einer schießt, der andere schießt zurück …«

»Im … Weltall? Da schießen sie?«

»Klar«, erwiderte Rasnor und schob sich ein Stück Käse in den Mund. Er hob einen Krug, der neben ihm stand, und nahm einen Schluck. »Du hast doch selbst gesehen, wie sie mit ihren Schiffen herumfeuern. Mit diesen grellen Blitzen und allem. Es kommt einem vor wie Magie – ist es aber nicht. Und sie haben noch ganz andere Waffen. Der *uCuluu* hat es mir erklärt. Es sind solche länglichen Dinger, fast wie ihre Schiffe selbst, nur kleiner …«

»Der *uCuluu?* Von dem hast du schon mal geredet. Wer ist das?«

Rasnor kaute eine Weile. »Der Oberste der Drakken. So ein weißlicher, riesiger Kerl. Offenbar der Einzige von ihnen, der ein bisschen Grips im Kopf hat. Du wirst ihn sicher bald kennen lernen.«

»Der Einzige, der Grips hat?«

Rasnor stöhnte. »Hör mal, Leandra«, sagte er. »Wenn du bei jedem Satz, den ich sage, drei Fragen stellst, die etwas ganz anderes betreffen, kann ich dir nie das mit der Magie erklären. Wolltest du das nicht unbedingt wissen?«

»Ja, entschuldige. Wie war das nun?«

Rasnor nahm noch einen Schluck. »Dieser Krieg«, sagte er. »Gegen die Saari. Für den brauchen sie die Magie.«

Alina sah, wie Leandra die Stirn runzelte. »Ich kann mir nicht vorstellen, dass man mit Magie im Weltall *schießen* soll!«

Rasnor schüttelte den Kopf. »Sie brauchen sie nicht zum Schießen.«

Leandra sah ihn erstaunt an, nickte dann aber. »Ja, das ist einleuchtend. Die Waffen der Drakken sind viel stärker als unsere Magie. Vielleicht nicht alle, aber allein die …« Leandra unterbrach sich.

»Was?«, wollte Rasnor wissen.

Leandra starrte ihn eine Weile an, wandte dann aber den Blick von ihm ab und starrte seitlich zu Boden. Alina erkannte die plötzliche Verbitterung in ihrem Gesicht. Mit einem Mal schien sie den Tränen nahe zu sein.

»Was ist denn?«, bohrte Rasnor nach.

Leandra sagte nichts, winkte nur ab.

Rasnors Gesicht verzog sich missmutig. Er gab sich verärgert und nörglerisch. »Ach – geht das jetzt wieder los? Dass ich ein Verräter wäre? Und wegen Meister Fujima?«

Leandras Kopf wandte sich ihm plötzlich wieder zu, rasch wie ein Habicht, und ihr Blick war von eisiger Kälte, das konnte selbst Alina von ihrem Versteck aus sehen. »Du hast ihn getötet, du Scheusal! Und die beiden Drachen!«

»Na und?«, rief Rasnor. »Ich hab's dir doch schon erklärt!«

»Erklärt?«, fuhr sie ihn an. »Was gibt's an einem Mord zu erklären?«

Rasnor erhob sich. »Mir reicht es! Mach doch, was du willst!« Damit wandte er sich um und schickte sich an zu gehen.

Plötzlich stürzte Leandra auf ihn zu, wild geworden wie eine Raubkatze. Alina erschrak, trat instinktiv einen Schritt zurück, wischte dabei über irgendein metallenes Besteckteil, das an einer Tischkante lag und nun klirrend zu Boden fiel. Von tödlichem Schreck gepackt, starrte sie in die Richtung von Rasnor und Leandra, aber zwischen den beiden war inzwischen ein lautstarkes Handgemenge entbrannt. Leandra bearbeitete den kleinen Mann mit Fäusten, schrie wie wild und verfluchte ihn. Sie wandte keine Magie an, sondern schlug nur mit aller Gewalt auf ihn ein. Rasnor versuchte mit erhobenen Armen, ihre Schläge abzuwehren.

Das kleine Mädchen begann sofort zu weinen. Rasnor brüllte ein paar Worte und Augenblicke später stürmten ein halbes Dutzend Drakken in den Raum. Sie waren so unfassbar schnell, dass sie Leandra bereits gepackt hatten, bevor Alina begriffen hatte, was geschehen war. Ihr Herz pochte wild.

»Warum hast du das getan?«, schrie Leandra unter Tränen, während sie von zwei Drakken festgehalten und von Rasnor weggezogen wurde. »Warum?«

Der verdatterte Rasnor rappelte sich auf, er war wegen Leandras plötzlichem Ausbruch offenbar völlig verstört. Er stotterte irgendwas, woraufhin das weinende Mädchen zu Leandra rannte und sich an ihrem Bein festklammerte. Die Drakken hielten Leandra noch immer fest.

»Was hätte ich denn tun sollen?«, brüllte er wütend.

»Was du hättest *tun* sollen?«, schrie sie. »Ihn leben lassen! Die Drachen leben lassen! Du hattest mich längst in deiner Gewalt. Niemand von ihnen hätte dir noch gefährlich werden können.«

In Alina breitete sich eine lähmende Kälte aus. Sie war sich nicht sicher, ob sie es richtig verstanden hatte, aber es schien, als wäre Meister Fujima tot.

Tränen stiegen ihr in die Augen. Meister Fujima hatte ihr das Leben gerettet, hatte für zwei Tage ganz allein die Übermacht der Bruderschaftsmagier zurückgehalten. Sie hatte ihn als einen außergewöhnlich liebenswerten, freundlichen und herzensguten Menschen kennen gelernt. War er wirklich tot? Von

Rasnor ermordet? Ein pechschwarzer Abgrund tat sich vor ihr auf, ein bodenloses Loch. Das lächelnde Gesicht ihres Freundes entstand vor ihren Augen, ein Gesicht von solcher Gutartigkeit, dass sie sich einfach nicht vorzustellen vermochte, wie viel Boshaftigkeit dazu gehörte, einen solchen Menschen hinterrücks zu ermorden.

»Bringt sie weg!«, schrie Rasnor die Drakken an. »Und diese plärrende Göre auch. Sperrt sie irgendwo ein, bis sie sich wieder beruhigt haben! Und bewacht sie, verstanden?«

Wortlos gehorchten die Drakken Rasnors Befehl. Sie führten Leandra hinaus, die kleine Cathryn folgte ihr.

Rasnor blieb noch eine Weile, wo er war, und erging sich dabei in gemurmelten Selbstgesprächen. Mit einer wütenden Handbewegung fegte er ein Stück Brot von einem der Tische und schickte Leandra einen Fluch hinterher. Er blickte noch einmal in die Runde und verließ dann fluchend die Küche.

Als er fort war, blieb Alina noch eine Weile reglos stehen. Die Küche war wieder so leer wie zu dem Zeitpunkt, da sie auf der Suche nach Essbarem hier herunter gekommen war. Nur dort, wo die beiden miteinander geredet hatten, verstrahlte die Öllampe noch immer ihr Licht.

Alinas Herz pochte dumpf. Sie hatte sich viel von Leandra erhofft, obwohl auch sie über keine wirkliche Macht gegen die Drakken verfügt hätte. Nun war Leandra gefangen – und Meister Fujima war tot. Jetzt gab es allein Quendras und den Kryptus. Wenn dies auch noch fehlschlug, war alles verloren – dann war jede Hoffnung dahin.

Wie betäubt holte sie sich die ergatterten Vorräte. Immerhin dachte sie daran, die wertvolle Öllampe an sich zu bringen. Sie löschte sie und machte sich mit aller Vorsicht, zu der sie noch fähig war, auf den Weg ins erste Stockwerk, wo sie wieder in die Geheimgänge zu gelangen hoffte.

Sie hatte Glück und schaffte es, ungesehen ein Stockwerk höher zu schleichen. Dort fand sie den Zugang und gelangte wieder in die geheimen Gänge, wo sie mithilfe des Glimmpulvers eine Kerze entzündete. Die Markierungen wiesen ihr den Weg zu dem Raum, in dem Victor und Maric auf sie warteten.

Während sie sich näherte, hörte sie abermals Stimmen. Verblüfft blieb sie stehen und lauschte.

»Hilda!«, rief sie dann und rannte los. Auf der Schwelle zu dem kleinen Raum stieß sie beinahe mit Hilda zusammen.

Victor saß auf einem der alten Stühle und kämpfte sich in die Höhe. Er war in Unterhosen, Hilda war offenbar gerade damit beschäftigt gewesen, seinen Verband zu erneuern. Er nahm Alina erleichtert in die Arme. »Wo warst du so lange? Ich habe mir furchtbare Sorgen gemacht!«

Alina hatte jedoch nur Augen für Hilda. »Wo kommst *du* denn her?«

Die alte Dame grinste schief und sah zu Victor.

»Maric fing an zu weinen«, erklärte Victor. »Da bin ich los und habe nach frischen Tüchern gesucht.« Er deutete auf Hilda und schnitt eine Grimasse. »Ich habe sie in einem Wandschrank gefunden. Sie wollte mich mit einer Schere erstechen!«

»In einem Wandschrank?«

Hilda lächelte verlegen. »Ja. Als die Drakken kamen, wusste ich nicht, wohin ...«

Victor winkte großmütig ab. »Ist schon gut so. Ich bin froh, dass du nun hier bist. Du kannst mir und Maric helfen.«

Alina stellte den kleinen Milchkübel auf den Tisch und legte das Tuch mit den Lebensmitteln daneben. Plötzlich sah sie sich verwirrt um, entdeckte dann aber ihren kleinen Sohn auf einem dicken Deckenlager in einer Ecke des Raumes. Sie nickte verstehend, als sie dann auch noch einen Besen sah, und wandte sich um, um Hilda kurz in den Arm zu nehmen. »Danke. Man merkt gleich, wenn du da bist. Du bist wirklich eine gute Seele.«

»Schon gut, Kindchen«, sagte Hilda.

»Ich habe leider schlechte Nachrichten«, erklärte Alina. »Sehr schlechte.« Sie erzählte Victor und Hilda, was sie in der Küche mit angehört hatte. Die Gesichter der beiden wurden grau.

»Meister Fujima!«, flüsterte Victor.

Hilda senkte den Kopf, seufzte leise und hob beide Hände vors Gesicht. Sie hatte die Tage der Revolte zusammen mit Alina und dem alten Meistermagier hier im Palast verbracht, und wer Meister Fujima einmal kennen gelernt hatte, konnte sich seiner einnehmenden Art kaum mehr entziehen. Er war ein Mann gewesen, der verzeihen konnte und dem die Gutartigkeit ins Gesicht geschrieben war. Dass Rasnor ausgerechnet diesen wundervollen Menschen so kaltblütig ermordet hatte, war unfassbar.

Victor erhob sich. »Alina, du musst Quendras aufsuchen! Er ist unsere letzte Hoffnung. Wenn Rasnor Leandra und auch noch ihre kleine Schwester in seiner Gewalt hat, kann er sie und damit auch uns zu allem zwingen, was ihm in den Sinn kommt. Das darf einfach nicht passieren!«

Alina wusste, dass die Gefahr, die Victor da ansprach, mehr als nur das Scheitern all ihrer Anstrengungen bedeutete. Schon dass Rasnor Leandra in seiner Gewalt hatte, musste für Victor die Grenze des Erträglichen überschreiten. Aber sollte dieser widerwärtige Kerl, der jetzt so viel Macht zu besitzen schien, ihm jemals in die Hände bekommen, würde er ihn töten.

Alina nickte. »Gut. Ich nehme die Öllampe. Sie ist noch fast voll.«

»Kennst du dich in den Katakomben unter der Stadt aus?«, fragte Victor.

Sie zuckte die Achseln. »Nun ja – immerhin habe ich Maric dort unten zur Welt gebracht.«

»Ich weiß nicht, ob man durch die Katakomben überhaupt noch nach Torgard kommt. Vielleicht ist dort schon alles überflutet. Das Pumpwerk ist seit Wochen nicht mehr in Betrieb.«

»Ich muss es versuchen.« Sie bemühte sich um einen entschlossenen Gesichtsausdruck; Victor und Hilda sollten sich keine unnötigen Sorgen um eine verzagte und angstvolle Alina machen müssen. Die alte Dame erhob sich und suchte nach Dingen, die sie einpacken und Alina mit auf den Weg geben könnte.

»Lass nur, Hilda«, erwiderte diese und legte ihr die Hand auf den Arm. »Ich bin ja nur ein paar Stunden fort. Und gegessen habe ich schon. Ich brauche nur diese Öllampe und … ein bisschen Glück.«

Wieder hob Victor die Arme, um sie an sich zu ziehen.

»Du solltest das *auch* lassen«, flüsterte sie, als sie ihr Gesicht gegen seine Schulter drückte. »Ich gewöhne mich sonst noch daran.«

Er ging nicht darauf ein. »Pass auf dich auf«, flüsterte er zurück.

Sie versprach vorsichtig zu sein und so schnell es ging wieder zurückzukommen. Dann eilte sie davon und war kurz darauf wieder mit sich selbst ganz allein.

Langsam erschien es ihr wie ein Fluch, ihn so sehr zu lieben – ja, sie tat es, das konnte sie vor sich selbst nicht mehr verleugnen. So viele Monate hatte sie immer nur sein Gesicht vor Augen gehabt – und jetzt bekam sie es nicht mehr aus dem Kopf.

Aufmerksam ihren eigenen Markierungen folgend,

die sie zuvor hier hinterlassen hatte, bewegte sie sich durch die Geheimgänge tiefer hinab. Diesmal öffnete sie keinen der Zugänge, bis sie in Bereiche kam, in denen eine neue Orientierung unerlässlich war. Mit aller Vorsicht machte sie sich an die Aufgabe, einen Weg hinab in die Katakomben zu finden.

*

Leandra lauschte in sich hinein.

Langsam wurde ihr die Stimme unheimlich, die da hin und wieder zu ihr sprach. Sie konnte sie manchmal ganz deutlich vernehmen; nach einem kurzen Satz zog sie sich jedoch immer zurück und blieb verschwunden, als wäre sie nie da gewesen.

Unruhig fragte sie sich, ob all das Erlebte, all die Trauer, der Schmerz und das endlose Unheil langsam zu viel für sie wurden und ihr Verstand anfing, sich geisterhafte Stimmen einzubilden. Sie hatte davon schon gehört – von Leuten, die einen so tiefen seelischen Schmerz erlitten hatten, dass ihr Verstand aus den Bahnen geriet, sie wahnhafte Vorstellungen entwickelten und seltsame Stimmen vernahmen. Wie fühlte man sich dabei? Würde man, wenn man sich in so einer Verfassung befand, die Welt und sich selbst noch als normal empfinden?

»Was ist mit dir?«, fragte Rasnor.

Sie sah auf, musterte ihn mit abweisenden Blicken und wandte die Augen wortlos wieder von ihm ab.

»Willst du für alle Zeiten die Beleidigte spielen?«, rief er aus, hob die Arme und stand auf. »Er ist nun mal tot und die Drachen auch! Nichts mehr zu machen. Die Drakken hätten Schlimmeres mit ihnen angestellt …«

»Das versuchst du mir jetzt schon das zehnte Mal einzureden!«, fuhr sie ihn an.

Er blieb stehen. »Es ist aber die Wahrheit! Hast du nicht gesehen, wie sie mit Savalgor verfahren sind?«

Sie zuckte die Achseln. »So arg ist die Stadt nun auch wieder nicht zerstört.«

Er stöhnte und verdrehte die Augen. »Ist das Palasttor etwa kein Beweis? Das haben sie regelrecht zusammengeschossen! Und mit ihm die Soldaten und Magier, die es verteidigt haben!«

Leandra funkelte ihn angriffslustig an. »Hör endlich auf, mir einreden zu wollen, du hättest ihm eine Gnade angetan! Das geht mir auf die Nerven! Was willst du eigentlich hier? Kannst du uns nicht in Ruhe lassen?«

Rasnor ließ die Arme sinken und starrte sie und Cathryn an. Sie suchte wie immer den Schutz ihrer großen Schwester, stand seitlich bei Leandra und hielt sich an ihr fest.

»Wir sollten zusammenarbeiten«, sagte er schließlich.

»Zusammenarbeiten? Du und ich? Bist du noch bei Trost?«

Er seufzte und setzte sich. »Das wäre das Klügste. Wenn du dich sträubst, verbesserst du nichts an deiner Lage oder an der des Landes. Im Gegenteil: Du handelst dir nur Schwierigkeiten und Schmerzen ein. Es führt zu nichts. Würde es dir nicht besser gefallen zu erfahren, was hier überhaupt vor sich geht?«

Leandra schnaufte unwillig. Es interessierte sie durchaus, aber sie hatte keine Lust, das vor ihm zuzugeben. Sie schwieg.

»Mach mir nichts vor!«, sagte er und sein kleines, linkisches Gesicht zeigte einen spitzfindigen Ausdruck. »Du verzehrst dich vor Neugierde! Na gut, ich will dir einen Hinweis geben.«

Immer noch erwiderte sie nichts, sondern musterte ihn nur mit finsteren Blicken.

Er stand wieder auf und hob abermals die Arme.

»Stell dir nur vor, schöne Leandra«, hob er dramatisch an, »sie werden diese ganze Welt in eine riesige Fabrik verwandeln. Was sagst du dazu?«

Leandra runzelte die Stirn. »Eine … *Fabrik?* Was ist das?«

»Nie gehört? Na ja, du kommst schließlich vom Land. Hier in Savalgor gibt's so etwas seit langem. Eine Fabrik ist … nun, die große Eisenschmelze draußen am Nordtor oder die Ziegelei am Hafen, so etwas sind Fabriken. Dort, wo viele Leute arbeiten und ganze Mengen von einer Sache hergestellt werden.«

Leandra hatte den Begriff schon einmal gehört, war aber noch nie in so einer Fabrik gewesen. »Und was meinst du damit?«

»Verstehst du nicht? Die gesamte Höhlenwelt wird eine Fabrik werden. Eine einzige große Fabrik der Drakken, die nur eine Sache herstellt! Rate mal, was!«

Leandra sah ihn missmutig aus den Augenwinkeln an. »Magie?«, fragte sie.

Rasnor grinste breit. »Richtig! Ich wusste, dass du darauf kommen würdest!«

Leandra schüttelte den Kopf und winkte ab. »Eine blöde Idee. Erstens sind ihre Waffen viel mächtiger als unsere Magie und zweitens …«

Er hob fragend die Augenbrauen.

Sie brummte verdrossen und hob die Hand. »Ach, das wirst du noch gar nicht wissen. Magie gibt es außerhalb unserer Welt nicht – das haben die Drakken selbst gesagt.«

Er nickte. »O doch, das weiß ich. Das ist ja der Grund für diese Fabrik!«

Er wandte sich schwungvoll um, marschierte zum Fenster und schlug mit einer weiten Bewegung den Vorhang zurück. »Sieh nur!«

Das Licht des nächtlichen Savalgor fiel durch die vielen kleinen Scheiben des Fensters herein, und es war viel heller, als sie vermutet hätte. Unwillkürlich erhob sie sich und trat neben Rasnor. Ihr Blick schweifte über den weiten Marktplatz, der noch immer so aussah wie am Nachmittag, inzwischen nur von einer Vielzahl großer Lichtquellen beleuchtet, die den gesamten Platz bis in die entlegensten Winkel erhellten. Überall standen diese silbrigen, zeltartigen Bauten; Menschen wurden in kleinen oder größeren Gruppen von bewaffneten Drakken hierhin und dorthin geführt. Leandra dachte, dass es dort unten wie bei der Ankunft eines großen Schiffs im Hafen aussah – wo viele Menschen ankamen und andere wieder abreisten.

»Erklär mir das!«, verlangte sie. »Das mit dieser Fabrik. Was meinst du damit?«

Rasnor grinste sie triumphierend an. Nun hatte er erreicht, was er wollte, und es schien, als hätte er vor, sich vorerst noch ein wenig im Lichte seines Wissens und ihrer Ahnungslosigkeit zu sonnen.

»*Erklär* es mir!«, verlangte sie, diesmal schärfer.

»Langsam, langsam!« Er wandte sich um und ließ sich lässig in einen Sessel fallen. Mühsam beherrschte sie sich, nicht schon wieder über ihn herzufallen.

»Also, da ist dieser Krieg«, sagte er gedehnt. »Das habe ich dir ja schon erzählt. Der Krieg, den sie führen, draußen im All, gegen diese Saari.«

»Ja, ja. Und weiter?«

»Nun, dieser Krieg dauert schon eine ganze Weile. Sie können ihn aber nicht gewinnen. Obwohl sie eigentlich die stärkeren Waffen haben.«

Sie legte den Kopf schief. »Du sagtest doch, sie brauchen unsere Magie nicht, um zu *schießen!*«

»Stimmt ja auch. *Noch* stärkere Waffen würden ihnen ebenso wenig nützen. Ihnen fehlt etwas ganz anderes. Mal sehen, ob ich es dir erklären kann.« Er lächelte sie unschuldig an. »Zugegeben – ich verstehe es selbst nicht so ganz. Der *uCuluu* sagte, dass man sich im Weltall nicht beliebig schnell bewegen könnte. Es gibt so etwas wie … nun, eine höchste Geschwindigkeit. Nichts kann sich schneller als mit dieser Geschwindigkeit bewegen.«

»Eine höchste Geschwindigkeit? Und … wie *hoch* ist die?«

Rasnor zog die Mundwinkel nach unten und schüttelte den Kopf. »Weiß ich nicht. Unvorstellbar schnell, vermute ich – jedenfalls für unsere Begriffe. Da draußen, im Weltall, sind die Entfernungen groß, verstehst du?« Er deutete in die Höhe und sie folgte seinem Blick, so als könnte das irgendetwas erklären. »Eines steht jedoch fest: Diese höchste Geschwindigkeit reicht nicht aus, um von einem Stern zum anderen zu reisen. So jedenfalls hat er es mir erklärt. Es würde zu lange dauern. Deshalb haben sie etwas erfunden, das ihre Sternenschiffe *noch* schneller macht als diese höchste Geschwindigkeit.«

»Eben sagtest du, es gäbe keine höhere. Nichts könnte noch schneller sein.«

Er hob die Schultern. »Es ist ein Trick. Aber irgendwie schaffen sie es. Damit können sie in annehmbarer Zeit wirklich große Entfernungen überbrücken. Ihre Feinde können das auch. Nun gibt es aber etwas, das ihre Feinde zusätzlich können, sie jedoch nicht.«

»Und das wäre?«

»Nachrichten übermitteln.« Er richtete sich in seinem Sessel auf und hob einen belehrenden Zeigefinger, während sich Leandra ihm gegenüber auf einen anderen Sessel sinken ließ. Cathryn setzte sich auf ihre Knie; selbst sie lauschte inzwischen Rasnors Worten. »Stell dir eine große Armee vor, die in einem Tal Stellung bezieht. Rechts die Reiterei, in der Mitte das Fußvolk, links die Plänkler. Und der Kommandant im Hintergrund auf einem Hügel. Dann geht die Schlacht los.

Was ist das Wichtigste, was der Kommandant braucht, um neue Befehle zu erteilen?«

Leandra verstand. »Kuriere«, sagte sie nickend.

»Genau. Meldereiter. Leute, die rasch die Nachricht überbringen, wie es an den verschiedenen Abschnitten der Front aussieht. Ohne Meldereiter könnte der Kommandant keine neuen Befehle dorthin bringen lassen, wo sie benötigt werden. Und das ist das Problem der Drakken.«

»Sie haben keine Meldereiter?«

»Doch, Meldereiter schon! Aber mehr nicht. Während diese Saari irgendetwas haben, womit sie ihre Nachrichten und Befehle sehr viel schneller verschicken können. Sozusagen ohne Zeitverlust, über beliebig weite Strecken. Quer durchs Weltall.« Er hob die Hand und schnippte mit den Fingern. »*So* schnell!«

»Und die Drakken? Was tun ihre … *Meldereiter*?«

»Sie haben lediglich Kurierschiffe, verstehst du? Sie müssen ihre Nachrichten aufschreiben, sie auf so ein Kurierraumschiff schaffen und das fliegt dann durchs All zu ihrem Oberkommandanten. Ehe der weiß, was passiert ist, und einen neuen Befehl aussprechen und ihn überbringen lassen kann, haben die Saari schon längst etwas unternommen. Denn sie können ihre Nachrichten … *so* schnell befördern!« Wieder schnippte er mit den Fingern.

Leandra nickte langsam. »Verstehe. Die Drakken sind zwar stärker, aber sie kommen immer zu spät. Da sind die Saari schon längst wieder verschwunden.«

Rasnor strahlte. »Genau.«

»Und was haben nun *wir* damit zu tun?«

Rasnor machte sich in seinem Sessel breit, so als wäre er der Herr der Welt. »Wir haben die Lösung für ihr Problem. Die Magie.«

Leandra verstand nicht. »Die Magie?«

Er nickte eifrig. »Es wundert mich nicht einmal, dass

du nicht darauf kommst. Nachrichten mithilfe von Magie zu übermitteln gehörte schon immer zu den verbotenen Themen in der Elementarmagie. Und deswegen habt ihr auch nie irgendwelche Formen entwickelt, die in dieser Hinsicht besonders hilfreich sind. *Wir* hingegen schon!« Er nestelte an seinem Kragen und zog ein metallenes Amulett hervor, das an einem Lederband um seinen Hals befestigt war. »Weißt du, was das ist?«

Leandra betrachtete das Amulett, schüttelte dann aber den Kopf.

»Es ist ein Artefakt mit einem starken magischen Potenzial. Ich habe es benutzt, um mich von Hammagor bis nach Savalgor mit Meister Polmar in Verbindung zu setzen. Wir haben regelrecht miteinander geredet. Da staunst du, was?«

Leandra betrachtete das Amulett. Es war ihr bekannt, dass man über das Trivocum Nachrichten austauschen konnte, selbst über weite Entfernungen. Aber dazu musste man ziemlich viel mentale Kraft aufwenden, sozusagen wie mit einem riesigen Klöppel gegen das Trivocum schlagen, um es in Schwingung zu versetzen. Sie hatte es selbst einst getan, als sie Munuel verzweifelt um Hilfe gerufen hatte. Jedoch viel mehr als ein einfaches Signal, einen Hilferuf, konnte man mit dieser Methode nicht übermitteln.

»Ich war nicht faul und habe mir Bücher besorgt!«, erklärte er. »Bücher vom Cambrischen Orden. Seit alters ist bei euch das Übermitteln von Nachrichten verpönt. Man muss gedanklichen Kontakt mit anderen Leuten aufnehmen und erfährt zwangsläufig dabei auch etwas über ihre Gefühle, ihre Gedanken und das, was sie vorhaben. Das galt bei euch immer als unehrenhaft. *Man soll sich aus den Köpfen anderer fern halten*, heißt es in eurem Kodex.«

»Mit gutem Grund!«, behauptete Leandra.

Er hob beschwichtigend die Hand. »Mag sein. Mir

würde es auch nicht gefallen, wenn jemand in meinen Gedanken herumspionierte. Aber eure Haltung hat euch einen Weg versperrt. Nämlich den, diese Form der Verständigung weiter zu entwickeln. Sie besser und zielgenauer zu machen. Wir hingegen haben das getan.« Er hielt sein Amulett in die Höhe. »Allerdings sind *auch wir* noch weit davon entfernt, eine wirklich gute Methode erfunden zu haben. Aber es ist möglich. Es *muss* möglich sein – das jedenfalls behaupten die Drakken!«

»Die Drakken? Was haben die damit zu tun?«

»Nun sag bloß, du verstehst immer noch nicht? Die Übermittlung von Nachrichten mithilfe der Magie – das ist eine Methode, die … *so* … schnell geht!« Ein drittes Mal schnippte er mit den Fingern. »Ohne Zeitverlust! Damit könnten sie ihren Nachteil gegenüber den Saari wettmachen. Man müsste nur unsere Magie in dieser Disziplin verbessern!«

Endlich verstand Leandra. *Das* also war es, wofür die Drakken die Magie der Höhlenwelt haben wollten. Übermitteln von Nachrichten ohne Zeitverlust!

»Aber … wie soll das gehen? Es gibt keine Magie außerhalb der Höhlenwelt!«

Rasnor kramte in seiner Rocktasche und beförderte einen Stein zutage, so groß wie eine Kinderfaust. Er hielt ihn ihr hin. »Hab ich dir mitgebracht. Weißt du, was das ist?«

Leandra nahm ihm den Stein aus der Hand und betrachtete ihn von allen Seiten. Schließlich zuckte sie mit den Schultern. »Ein ganz gewöhnlicher Stein.«

»Richtig«, sagte Rasnor. »Ein gewöhnlicher Stein. Wolodit, um genau zu sein. Das häufigste Gestein hier bei uns in der Höhlenwelt. Es hat …«

Ein lautes Pochen ertönte an der Tür, und ohne dass Rasnor ein *Herein* gerufen hätte, öffnete sie sich. Zwei bewaffnete Drakken und zwei Bruderschaftler traten ein. Rasnor erhob sich. »Und?«, fragte er. »Habt ihr sie?«

»Ihn schon«, antwortete einer der beiden Männer. »Und noch zwei andere, sagen die Drakken. Aber das Mädchen nicht.«

Rasnor blickte kurz zu Leandra und wandte sich dann wieder seinen beiden Brüdern zu. »Egal. Sie werden wir auch noch finden. Macht weiter. Ihr wisst, was als Nächstes auf dem Plan steht.«

Die Brüder verneigten sich knapp und wandten sich zum Gehen. Rasnor folgte ihnen, blieb dann aber noch einmal kurz stehen. »Wir müssen ein andermal weiterreden, schöne Leandra. Ich habe Wichtiges zu tun.« Er deutete auf den Stein in ihren Händen. »Den darfst du behalten. Vielleicht kommst du ja dahinter, was es mit ihm auf sich hat.«

Damit wandte er sich ab und verschwand. Die Tür klappte hinter ihm zu und eine ratlose Leandra blieb zurück und starrte auf den Stein in ihrer Hand.

»Was ist mit dem Stein, Leandra?«, wollte Cathryn wissen.

Leandra wirkte völlig ratlos. »Ich weiß es nicht, Trinchen. Ich weiß es wirklich nicht.«

*

Langsam bekam Alina Hunger. Sie wünschte sich, Hilda hätte ihr doch etwas eingepackt.

Entgegen ihrer Annahme, schon nach ein paar Stunden zurück zu sein, hatte es sie eine halbe Ewigkeit gekostet, einen Zugang zu den Katakomben unter der Stadt zu finden. Als sie es endlich geschafft hatte, war sie zufällig, irgendwo in den weit verzweigten Höhlen, auf einen verlassenen Schlafplatz mit ein bisschen Stroh und ein paar mäusezerfressenen Decken gestoßen und hatte einfach ihrer Müdigkeit nachgegeben.

Irgendwann war sie dann wieder erwacht – viele Stunden später. Vermutlich war es draußen, oder besser: *oben*, schon wieder taghell. Victor und Hilda würden sich sicher Sorgen machen, aber es erschien ihr sinnlos, jetzt den weiten und gefährlichen Weg wieder hinauf zu gehen, nur um ihnen zu sagen, dass ihr nichts zugestoßen war. Sie musste weitermachen. Vielleicht fand sie Quendras ja bald.

Etliche Stunden suchte sie einen Weg nach Torgard. Ihre Lampe war längst erloschen, aber sie traf in den Katakomben Flüchtlinge, die ihr mit Fackeln und Hinweisen weiterhalfen. Es waren einfache Bürger aus der Stadt und sie erzählten schreckliche Geschichten über die Drakken – dass sie Leute zusammentrieben, sie auf den Marktplatz führten und dort durch ihre zeltartigen Gebäude schleusten. Alina erfuhr, dass die Leute dort von Mönchen befragt und gezählt wurden und zuletzt von den Drakken ein Halsband angelegt bekamen, das sich nicht mehr entfernen ließ. Dünn wäre es, sagten sie, aus weichem Material und mit einer leuchtenden Plakette darauf. Die Gerüchte über die Natur dieser Halsbänder reichten von schlichter Nummerierung bis hin zu einem schrecklichen Tod durch Erwürgen, Verbrennen oder Vergiften, den man erleiden müsste, wenn man die Flucht wagte oder einen der Drakken angriff. Alle Menschen der Höhlenwelt, so hieß es, würden versklavt werden, um den Drakken zu dienen. Manche Leute behaupteten sogar, die Fremden würden die Menschen halten, um sie nachher zu fressen.

Alina war entsetzt. Die ganze Stadt war offenbar so etwas wie ein riesiges Gefängnis, ein Straflager geworden, in dem die Menschen wie Vieh behandelt wurden. Sie war ihr ganzes Leben lang eine von ihnen gewesen, ein einfaches Mädchen aus Savalgor, Tochter einer vom Shabib verstoßenen Ehefrau. Jetzt war sie zwar Shaba, die Herrin all dieser Menschen hier, aber sie fühlte sich aufgrund ihrer einfachen Lebensweise dem Schicksal der Leute nur umso mehr verbunden.

Natürlich hatte sie sich niemandem zu erkennen gegeben, hatte ihr Gesicht mit Schmutz beschmiert und die langen Haare zu einem derben Bauernzopf geflochten. Auch ihre Kleider hatte sie schmutzig gemacht und ein paar Löcher hineingerissen – niemand durfte dahinter kommen, wer sie war. Es würde weder den Leuten helfen noch ihr selbst, wenn sie jemand erkannte.

Mit neuer Anstrengung machte sie sich daran, den Weg nach Torgard zu finden. Die Menschen in den Katakomben hatten schreckliche Angst; sie harrten der Stunde, da die Drakken Zugang zu den Höhlen unter der Stadt finden und sie jagen würden. Aber sie halfen sich gegenseitig, entwickelten einen neuen Gemeinschaftssinn und bewaffneten sich sogar mutig, um den Drakken zu widerstehen. Alina konnte ein paar Fackeln ergattern, und endlich fand sie auch Leute, die ihr etwas zu essen gaben. Sie fragte sich immer weiter durch und näherte sich langsam den südwestlichen Katakomben.

Doch es war schwierig, sich hier zurechtzufinden. Viele Male verlief sie sich und manchmal hatte sie Angst, nie wieder in bekannte Bereiche zurückzufinden. Nach Stunden erreichte sie eine große unterirdische Halle, in der ein kleiner Wasserfall einen klaren See speiste – hier war sie schon einmal gewesen. Nach kurzer Zeit fand sie einen der leicht abwärts führenden Tunnel, die Richtung Torgard führen mussten. Aber sie kam nicht weit.

Der Boden wurde nass, kurz darauf reichte ihr das Wasser bis zu den Knöcheln und dann watete sie schon knietief darin. Unschlüssig blieb sie stehen.

Vor nicht ganz drei Wochen, als sie aus Torgard geflohen war, war hier noch alles trocken gewesen. Sie hob die Fackel, um etwas sehen zu können, aber sie wusste längst, dass hier kein Durchkommen mehr war. Die Gänge nach Torgard führten tief unter dem Meer entlang und waren nur mithilfe eines Pumpwerks und durch den Einsatz von Magie trocken gehalten worden. Seit dem Fall der alten, geheimen Shabibsfestung, in der sich die Bruderschaft eingenistet hatte, war das Pumpwerk zum Stillstand gekommen, und nun waren die Verbindungsgänge voll Wasser gelaufen.

Sie ging zurück und suchte nach einem anderen Weg, konnte aber nichts finden. Alle Gänge, die in die richtige Richtung zu führen schienen, erwiesen sich nach kurzer Zeit als überflutet. Doch wie waren Quendras und Yo nach Torgard gelangt? Yo hatte von dem Wasser nichts erwähnt.

Ein weiteres Mal suchte sie alles genau ab, blieb aber ohne Erfolg. Sie schätzte, dass es inzwischen schon Mittag war, aber an eine Rückkehr zu Victor, Hilda und Maric war jetzt noch weniger zu denken. Müde ließ sie sich irgendwo nieder und schlief eine oder zwei Stunden. Als sie wieder erwachte, entzündete sie ihre letzte Fackel, verzehrte die kargen Essensreste, die sie noch besaß, und überlegte, was sie nun tun sollte.

Der einzige nun noch denkbare Weg war der übers Meer – vielleicht mit einem kleinen Boot und im Schutz der Nacht, vom Savalgorer Handelshafen aus. Wobei sie stark bezweifelte, dass sie am Torgarder Stützpfeiler einfach an Land gehen und dort einen Zugang in die Festung finden konnte. Und es gab noch ein Problem, das viel, viel schwerer wog: Dort oben im Hafen waren die Drakken!

Alina seufzte enttäuscht. In den letzten Tagen hatte sie sich oft gewünscht, eine von Leandras Gefährtinnen zu sein und nicht im Palast wohl behütet hinter dicken Mauern von einer Schar von Dienern umsorgt zu werden, sondern wie Leandra die schwierigsten und gefährlichsten Situationen gemeistert zu haben. Dann würde sie jetzt über so etwas wie Erfahrung, Waffenkunst oder vielleicht sogar ein wenig Magie verfügen. Wie oft hatte sie Chast voll geheimer Bewunderung über Leandra reden hören, über diese kleine Adeptin aus dem Dorf Angadoor, die so viel Macht erlangt hatte. Hellami, Roya, Yo und sogar Azrani und Marina hatten an ihrer Seite gekämpft und sie hätten sich jetzt sicher zu helfen gewusst. Aber sie?

Verdrossen blickte sie sich um. Hier, in diesem abgelegenen und schwer zugänglichen Teil der Katakomben, war niemand außer ihr; kein mutiger Krieger und kein Magier, der ihr hätte helfen können. Was sollte sie tun? Einen Weg hinauf in den Hafen suchen, einen Drakken erschlagen, sich ein Boot stehlen und damit hinaus aufs Meer rudern? Sie wusste nicht einmal, wie man ruderte.

Doch dann stand sie mit einem plötzlichen Ruck auf. Sie nahm ihre Fackel zur Hand, warf einen letzten Blick in den überfluteten Gang vor sich und kehrte um. Leandra hatte schließlich eines Tages auch einmal mit *nichts* angefangen. Wenn es das Schicksal so wollte, dann würde sie jetzt den gleichen Weg gehen. *Gehen müssen.*

# Teil II

♦

# Der Weg der Shaba

# 14 ✦ Der Kryptus

Alina kauerte sich hinter dem Mauervorsprung zusammen und versuchte sich so klein wie möglich zu machen. Die Patrouille bestand aus zwei Drakken, und diese Wesen bewegten sich ganz anders als ein Trupp der Stadtwache, die immer nur steif und mit donnernden Schritten durch die nächtlichen Gassen polterten. Nein, diese Drakken hielten ihre Waffen zur Seite hin schussbereit erhoben, gingen mit federnden Schritten nebeneinander her, sich immer in der Führung abwechselnd, und kundschafteten unablässig mit scharfen Blicken die Umgebung aus. Zum Glück war die Abenddämmerung bereits fortgeschritten. Sie entdeckten Alinas Versteck nicht.

Das Herz schlug ihr bis zum Hals, und sie dachte bitter, dass sie nun genau das bekam, worum sie Leandra und die anderen Mädchen beneidet hatte: eine brandgefährliche Situation, in der sie beste Chancen hatte, getötet zu werden. Es fühlte sich, wie Yo in ihrer kalten Art gesagt hätte, *verteufelt beschissen* an.

Der Griff, mit dem sie ihr kleines Messer umklammert hielt, ließ das Blut aus den Adern ihrer Hand weichen. Ein Goldkettchen hatte sie dieses Ding gekostet, ein feines Goldkettchen mit einem winzigen, blau leuchtenden Edelstein. Gerade die Feinheit dieses Geschmeides war es gewesen, die seinen Wert ausgemacht hatte; sie hatte es seiner erlesenen Schlichtheit wegen aus den Shabibsjuwelen ausgesucht und zur Hochzeitszeremonie angelegt. Mit Sicherheit war es tausend Mal mehr wert als dieses dumme kleine Messer, das sie dafür ergattert hatte. Aber so war das eben: In Zeiten des Krieges waren Waffen das teuerste Gut. Immerhin war es scharf.

Vor Angst zitternd, hob sie das Kinn. Sie hockte an einer niedrigen Mauer, hatte sich mit dem Rücken dagegen gedrückt und peilte nun schräg über ihre Schulter in Richtung der Hafenmole. Die beiden Drakken waren immer noch nicht fort, doch sie entfernten sich zumindest. Ihr Herzschlag beruhigte sich um eine Winzigkeit. Im Westen gab es eine weitere Patrouille, im Osten ebenfalls. Und draußen, über dem Wasser, schwebte irgendein seltsames Gefährt der Drakken. Der Hafen und die gesamte Stadt waren bewacht wie eine Festung. Und sie trug *kein* Halsband! Das allein hätte vermutlich ihren Tod bedeutet.

*Jeder* trug inzwischen eines. Es musste tatsächlich so etwas wie eine Zählmarke der Drakken sein – etwas, woran sie erkennen konnten, dass man erfasst und in irgendeiner Liste eingetragen war. Alina hatte bisher noch nichts davon gehört, dass jemand von so einem Ding umgebracht worden wäre, aber einige Leute behaupteten, dass die Drakken einen damit überall aufspüren konnten. Es gab keinen Ort, an dem man sich hätte verkriechen können. *Waffen und Magie sind verboten, Flucht ist sinnlos, jeder muss ein Halsband tragen!*, lauteten die Befehle der Drakken an alle Menschen. *Wer dem zuwider handelt, stirbt!*

Alina sah wieder nach den Drakken, die sich über die Mole Richtung Osten von ihr wegbewegten. Sie wurde ein wenig ruhiger. Nun musste sie den Mut aufbringen, ihr Versteck zu verlassen und dort hinüber zu dem Lagerhaus an der Großen Westpier zu eilen, wohin man sie geschickt hatte.

Seit einer Viertelstunde beobachtete sie die Drakken nun schon. Sie wusste inzwischen, dass sie bald wiederkommen würden, ihr blieben nur ein paar Minuten Zeit. Es war nicht leicht, in einer so gefährlichen Situation die Kaltblütigkeit aufzubringen, sein sicheres Versteck wirklich zu verlassen. Sie musste dort hinüber, denn dort gab es vielleicht eine Chance für sie, ihre Situation zu verbessern. Das hatte ihr ein wohlmeinender alter Kerl geraten.

Wieder hob sie den Kopf – die Drakken waren fort. Ein letztes Mal ließ sie sich zurück in die Deckung sinken und holte tief Luft. Zweimal hatte sie im Laufe des Nachmittags mitbekommen, wie Leute ohne Halsbänder gejagt wurden. Es waren kurze, hässliche Szenen gewesen, und ihr wurde jetzt noch der Mund trocken, wenn sie nur daran dachte.

Die erste *Jagd* war kurz gewesen, es hatte sich nur um einen alten Mann gehandelt, vielleicht einen Bettler, der irgendwo auf einem Marktplatz in einer Ecke gesessen hatte. Ein Zweiertrupp Drakken hatte entdeckt, dass er kein Halsband trug. Sie rissen ihn hoch, nahmen ihn zwischen sich und wollten ihn wegführen. Als er versuchte davonzurennen, schossen sie augenblicklich. Er verbrannte im gelborangefarbenen Feuer ihrer Waffen. Sie ließen ihn liegen und gingen weiter, als wäre nichts geschehen. Es war eine abscheuliche Tat, und Alina vermutete, dass das Hinterlassen der Leiche die Menschen von Savalgor abschrecken sollte.

Die zweite Verfolgung war spektakulärer gewesen; sie hatte sieben oder acht Leute das Leben gekostet. Alina war am späten Nachmittag in sehr abgelegenen und engen Gassen des Handwerkerviertels unterwegs gewesen. Gerade als sie einen freien Blick auf eine vor ihr liegende Gassenkreuzung erlangte, erhob sich dort ein Tumult. Alarmiert wich sie ein paar Schritte zurück, bekam dann aber trotzdem die Szene genau mit. Drei oder vier fliehende Männer rannten durch eine Menschenmenge, von mehreren Drakken verfolgt. Auf der Kreuzung kam es dann zu einem kurzen Gefecht, obwohl *Gefecht* nicht der passende Ausdruck war. Es war nichts anderes als ein Gemetzel – die Drakken schossen einfach in die Menge hinein. Mindestens die Hälfte der Getöteten waren einfache Leute, die nichts mit dieser Sache zu tun hatten. Vor Schmerzen jammernde Verletzte lagen am Boden herum; sie hatten böse Verbrennungen abbekommen, doch die Drakken kümmerten sich nicht um sie. Sie untersuchten kurz die Erschossenen, entfernten mit speziellen Werkzeugen die Halsbänder derjenigen, die nicht zu den Fliehenden gehört hatten, aber trotzdem gestorben waren, und marschierten dann weiter. Flüche und Beleidigungen schallten ihnen hinterher, aber das schien sie nicht zu kümmern.

In diesem Augenblick hatte Alina verstanden, dass sie ohne Halsband nicht mehr lange leben würde. Ihre Aussichten, einen Weg nach Torgard zu finden, stiegen und fielen mit dem Besitz eines Drakkenhalsbandes. Und der Alte hatte behauptet, dass sie dort, in diesem Lagerhaus am Hafen, von gewissen Leuten eines kaufen könnte.

Vorsichtig erhob sie sich aus der Deckung und spähte die Mole hinab. Ihr Herz pochte nur so vor Furcht. Es war nun fast völlig dunkel geworden und von den Drakken konnte sie nichts erkennen. Eng drückte sie sich an einer im nächtlichen Schatten liegenden Hauswand entlang, den Blick immerzu angstvoll die Mole hinab gerichtet. Dann schlich sie nach Westen, auf das Lagerhaus zu. Sie würde allerdings noch den Platz überqueren müssen. Das waren mindestens dreißig Schritt in der Helligkeit der Laternen, die hier im Hafen jede Nacht brannten – und die Drakken würden bald zurückkommen. Leise Panik beschlich sie.

Als sie das Ende der langen Hauswand erreichte, sank ihr der Mut. Die Drakken würden sie vielleicht sehen können, selbst wenn sie noch weit entfernt dort irgendwo in der Dunkelheit waren. Nach Einbruch der Dunkelheit herrschte striktes Ausgangsverbot.

Gebückt rannte sie über die freie Fläche auf das Lagerhaus zu. Als sie den Schutz einiger großer Stapel von Kisten und Fässern erreicht hatte, huschte sie zwischen die Kisten und kniete sich mit pochendem Herzen nieder. Sekunden darauf wagte sie einen Blick über die Kisten hinweg in Richtung der Mole. Sie hatte Glück – kein Drakken war dort zu sehen.

Alina wartete, bis die Patrouille wieder auftauchte. Zuvor hatte sie die Drakken einmal beobachtet, wie sie genau hier, zwischen den Kisten und Fässern, herumgestöbert hatten. Vorsichtig zwängte sie sich tiefer in die engen Zwischenräume und Spalten zwischen den Kisten. Schließlich entdeckte sie eine, die zu ihrer Seite hin offen stand. Sie war ziemlich klein, aber sie versuchte dennoch hineinzukriechen. Es ging – Alina wunderte sich selbst, wie biegsam sie war. Wenn die Drakken sie hier entdeckten, gab es keine Fluchtmöglichkeit mehr, aber im Augenblick konnte sie nichts anderes tun, als sich so gut es ging zu verstecken. Hoffentlich suchten die Drakken dieses Mal nicht wieder zwischen den Kisten.

Aber es kam noch schlimmer.

Ob sie nun doch von ihnen bemerkt worden war, wusste sie nicht – sie waren jedenfalls sehr schnell da und traten zwischen die Kisten und Fässer. Als Alina eine starke Lichtquelle aufflammen sah, hätte sie beinahe einen erschreckten Schrei ausgestoßen. Sie versuchte sich so klein wie eine Maus zu machen, drückte sich voller Entsetzen so weit in die kleine Kiste hinein, wie sie nur konnte, und hörte buchstäblich auf zu atmen. Die Schritte eines der Drakken kamen näher, dann setzte mit einem leisen *Wumm!* der Stiefel des Wesens unmittelbar vor ihrem Versteck auf. Er war von mattem, silbrigem Grau und bestand aus einem Material, das sie noch nie gesehen hatte. Sie hätte nur ihre Hand ein wenig ausstrecken müssen, um den Stiefel zu berühren.

Alinas Herzschlag setzte aus. Sie glaubte vor Angst durchzudrehen. Das Licht begann sich suchend zu ihr herabzubewegen, dann wehte ein seltsamer, ekelhafter Geruch über sie hinweg, ein stumpfer Gestank wie von einem alten Menschen, der seit langem in seinem eigenen Urin lag. Ein Würgen drohte sie zu übermannen. Als dann der Lichtkegel herabsank, warf sie nur noch den Kopf nach vorn, drückte ihn voll Angst auf den Boden und rührte sich nicht mehr – in panikerfüllter Erwartung der vernichtenden Flammen aus der Waffe der Bestie.

*

Rasnor lächelte.

Vor ihm standen sie, die meisten seiner Feinde, und sein Triumph war gewaltig.

Noch größer wäre er gewesen, hätte er die letzten beiden in dieser Sammlung ebenfalls gehabt, aber er zweifelte kaum daran, dass der Augenblick nicht mehr fern war. Stunden noch, höchstens ein oder zwei Tage.

Wäre er ein beherrschter Mann gewesen, einer, der Ruhm und Glorie in delikaten Häppchen zu genießen verstand, hätte er heute vielleicht darauf verzichtet, sich dieses Häuflein seiner Gegner vorführen zu lassen. Dann hätte er tatsächlich gewartet, bis er sie alle hatte. Aber irgendwie ließ ihn der Wunsch einfach nicht mehr los, sie zu sehen; vor allem aber auch, sie hier in den Shabibsgemächern, die er inzwischen zu seinem Domizil erkoren hatte, nebeneinander aufmarschieren zu lassen, sodass sie einander sehen und ihren Untergang so richtig spüren konnten.

Das private Empfangszimmer des Shabibs war mehr als geräumig, und es bereitete ihm diebische Freunde, diesen Ort, der sicher nur einmal im Jahr dem Empfang allerhöchster Gäste vorbehalten war, so unverfroren für seine Zwecke nutzen zu können. Ja, der Anlass war durchaus von gleichem Rang.

Sieben Leute waren es, die hier standen, sieben einstmals übermächtige Gegner und nun so klein wie Mäuse, denn sie waren vollkommen in seiner Gewalt. Darüber hinaus hatten die Drakken noch einen ganzen Sack voll von Leuten eingefangen, die keine so wichtige Rolle gespielt hatten, aber ebenfalls zu seinen Gegnern zählten. Doch diese sieben zu haben, das war einfach ein gewaltiger Sieg. Einen solchen Triumph hatten weder Chast noch Sardin je erlebt.

Er saß in einem übergroßen und überweich gepolsterten Sessel, hinter ihm ein Trupp Elitesoldaten der Drakken aus der *aZhool*-Kaste und im Nebenraum, aber das wusste keiner seiner sieben Gäste, die beiden Sprösslinge seiner Gegnerschaft: die niedliche kleine Cathryn und der neugeborene Maric. Rasnor hegte keinen Zweifel daran, dass sich die sieben hier ruhig verhalten würden, solange er die beiden Kleinen in seiner Gewalt hatte – selbst wenn die Welt unterzugehen drohte.

Wohlgelaunt und mit Schwung erhob er sich, spazierte nach links, wo die Reihe begann, und verschränkte die Hände hinter dem Rücken. Lächelnd trat er vor den großen, finster dreinschauenden Mann, der dort stand und Blicke wie Giftpfeile auf ihn abschoss.

»Quendras«, sagte er sanft und lächelte. »Es gab eine Zeit, da hätte ich nicht zu träumen gewagt, dich in meiner Gewalt zu haben! Nun aber ...«, er warf die rechte Hand in die Luft und machte eine geckenhafte Geste, »bist du *mein*! Ich kann mit dir anstellen, was ich will!«

Quendras erwiderte nichts. Er starrte nur mit bösen Blicken geradeaus.

Rasnor schritt weiter. »Und du bist der große Jacko!«, sagte er zum nächsten der Männer. War schon Quendras groß und mächtig vor ihm aufgeragt, so wirkte er nun gegenüber dem gewaltigen Jacko wie ein Zwerg. Er war fast eineinhalb Köpfe kleiner. »Du wiegst sicher mehr als das Doppelte wie ich, großer Krieger!«, spottete er vergnügt. »Und du könntest mich gewiss mit einem Muskelzucken zu Mus zerquetschen! Aber hilft dir das jetzt?«

Er ließ die Frage offen und wechselte zur nächsten seiner Gefangenen. Es war Hellami.

»Von dir habe ich bisher nur gehört«, sagte er lächelnd. Hellami war die Einzige hier, die ein bisschen kleiner war als er. »Dass du so hübsch bist, wusste ich nicht.«

Sie schenkte ihm einen gelangweilten Blick. »So hübsch bin ich gar nicht«, gab sie zurück. »Mag sein, dass dir das nur so vorkommt, weil du so ein ratten-gesichtiger hässlicher Zwerg bist.«

Rasnors Blick verfinsterte sich. Es dauerte nur einen Augenblick, da holte er aus und verpasste ihr eine schallende Ohrfeige, sodass sie nach hinten taumelte. Sofort darauf trat er zurück und erhob vor den ande-ren, die zusammengezuckt waren, einen warnenden Zeigefinger.

Rasnors Blick war auf Jacko geheftet, der kurz davor stand, ihn anzufallen und in zwei Teile zu zerreißen. »Vorsicht!«, bellte er ihn an. »Die Drakken schützen mich! Wage nicht, mich anzugreifen!«

Jacko knurrte etwas, nur mit Mühe hielt er sich zu-rück.

Rasnor zog seine Robe glatt. »Euer aller Leben hängt nur an einem hauchdünnen Faden, versteht ihr!« Er trat ein paar Schritte zurück. »Ab jetzt bin ich euer

Herr, euer Beherrscher, euer … *Shabib!*« Seine Äuglein blitzten auf. »Ja! Ihr habt mich ab sofort als *Shabib* anzureden, versteht ihr? Keiner von euch hat einen Grund, beleidigend zu werden!« Er trat wieder einen Schritt vor, auf Hellami zu. »Besonders *du* nicht, du kleine Hure!«, fuhr er sie an. »Ich habe dir ein Kompliment gemacht, nichts weiter!«

Hellami war erschrocken und das schien Rasnor zu befriedigen. Er trat wieder zurück und ein neues Lächeln kam auf seine Züge. »Ja, ein hauchdünner Faden ist es, an dem euer Leben hängt«, sagte er mit träumerischer Stimme. »Und ihr werdet mich tatsächlich ab jetzt mit *Shabib* anreden! Habt ihr verstanden? Wer sich weigert, den lasse ich von meiner Leibwache erschießen! Wisst ihr, warum?«

Er erntete nur finstere Blicke, während er abermals einen belehrenden Zeigefinger hob. »Weil ich euch nicht brauche!«, rief er aus. »Keinen von euch! Ich kann jeden Einzelnen – oder auch euch alle – töten lassen. Dabei erleide ich nicht den geringsten Verlust!«

Er starrte den Nächsten in der Reihe an, ohne sich ihm zu nähern. »Das gilt besonders für dich, Victor! Ich hätte Lust, dich stundenlang in irgendeinem stinkenden Keller foltern zu lassen und dich dann dort den Ratten preiszugeben! Also reize mich nicht, verstanden?«

Victor erwiderte nichts.

Es war wieder einmal Leandra, die ihre Stimme gegen ihn erhob. Ihre Augen waren voller Tränen. »Warum tust du es dann nicht?«, fragte sie. »Warum tötest du uns nicht? Willst du uns für alle Zeiten quälen?«

Rasnor hob das Kinn und musterte kurz Hochmeister Jockum und Munuel, die links und rechts neben ihr standen. Beide waren verletzt, Jockum hatte eine Krücke unter der rechten Achsel und Munuel trug einen Arm in der Schlinge sowie einen Kopfverband.

Munuel hatte er nie zuvor gesehen, aber er empfand fast Mitleid mit dem alten Mann. Er war erblindet und es war nicht mehr viel Kraft in ihm. Rasnor wandte sich um. »Bringt einen Stuhl für ihn!«, befahl er den Drakken. »Und für den Primas auch.«

»Du hast mir nicht geantwortet!«, schrie Leandra ihn an. »*Warum?*«

Rasnor verzog das Gesicht unter der Wucht ihres Zorns und hob abwehrend die Hände. »Beruhige dich!«, rief er zurück, fast ebenso laut. Er starrte sie an und fragte sich, was mit ihr geschehen war. Seit er sie gefangen genommen hatte, heulte sie in einem fort. Dabei hatte er gedacht, sie wäre so etwas wie eine Legende, eine unbezwingbare Heldenfigur, die niemals aufgab. Aber da hatte er sich offenbar getäuscht.

»Ich will euch nicht quälen!«, rief er. »Ich will euch nur davon überzeugen, dass es falsch war, was ihr getan habt! *Falsch!*«

Die Reaktion auf seine Worte waren verblüffte, fragende Blicke. »Wir haben *falsch* gehandelt?«, fragte Victor ungläubig. »Willst du allen Ernstes behaupten, es war *gut*, dass die Bruderschaft einen Pakt mit den Drakken abschloss? Und dass nun unsere Welt überfallen wurde?«

»Nicht gut, aber unvermeidbar. Es ist geschehen, was geschehen musste! Unter diesen Umständen war der Pakt mit der Bruderschaft das Beste, was passieren konnte. Hätte dieser Plan vor zweitausend Jahren funktioniert ... oder hätte er es wenigstens *heute* getan, wäre dieser Welt viel Leid erspart geblieben!«

Niemand antwortete.

Rasnor nickte befriedigt. Ihnen fiel offenbar nichts mehr ein, diesen Kleingeistern. Er ging zurück zu seinem Sessel und ließ sich wieder hineinfallen. »Denkt ihr nicht, es wäre besser, mir zu sagen, wo sie ist, eure Shaba? Was soll denn dieses ... *Mädchen* jetzt noch ausrichten? Sie hat niemanden mehr, ist ganz allein ... ohne Macht, Freunde und ohne irgendetwas, das ihr weiterhelfen könnte. Nicht einmal der *Kryptus* ist nun noch eine Hoffnung für euch.« Er wies nach links auf einen kleinen Beistelltisch, auf dem eine Schriftrolle lag.

Schweigend blickten seine sieben Gäste dorthin. Es war fast ein Drama; doch obwohl nun diese letzte, große Hoffnung ebenfalls zerstört war, konnte Rasnor sehen, dass sie alle noch immer einen Funken davon im Herzen trugen. Sie hofften, ihre kleine Shaba möge ihm und den Drakken entkommen und vielleicht ein Wunder wahrmachen. Es war geradezu Mitleid erregend. Rasnor hätte es sich sogar leisten können, sie einfach zu vergessen. Ohne diese sieben hier war sie ein Nichts.

Er sah Quendras an. »Was ist nun mit dem Kryptus? Hättest du ihn tatsächlich entschlüsselt? Wenn du noch etwas mehr Zeit gehabt hättest?«

Quendras erwiderte seinen Blick, antwortete aber nicht.

Rasnor stöhnte. »Nun komm schon, großer Magister!«, rief er. »Segne mich mit deiner Weisheit! Glaubst du, dir kann jetzt noch eine Überraschung gelingen? Indem du dich auf diesen Tisch stürzt, den Kryptus in einer Wundertat in Sekunden entschlüsselst und ihn rasch aussprichst?«

»Warum sollte ich dir überhaupt *irgendetwas* erzählen?«, knurrte Quendras.

Rasnor sprang auf. »Weil wir jetzt alle in einem Boot sitzen! Begreift ihr das immer noch nicht? Ich bin der Einzige von euch, der intelligent genug war, aus dieser Sache etwas *für sich* herauszuholen. Ich habe mich mit ihnen geeinigt!« Mit diesen Worten deutete er auf die Drakken. »Das hättet ihr auch tun sollen. *Jeder* hätte es tun sollen! Jeder verdammte Dummkopf da draußen in Savalgor, der jetzt mit einem dieser Bänder um den

Hals herumläuft und sein Leben riskiert, wenn er auch nur eine falsche Bewegung macht!«

Nun war zum ersten Mal Munuels Stimme zu vernehmen und sie klang brüchig. Inzwischen hatte er sich auf dem Stuhl niedergelassen, den ihm ein Drakken hingestellt hatte. »Du täuschst dich, Rasnor«, sagte er mit einem bitteren Unterton. »Deine … *Freunde* haben nie versucht, mit uns über das zu reden, was sie wollten: die Magie. Nicht damals, vor zweitausend Jahren, und auch nicht heute, als sie einen erneuten Versuch begannen, der Höhlenwelt die Magie zu entreißen. Sie haben sich von vornherein für die Gewalt und die Zusammenarbeit mit einer Gruppe von Geächteten entschieden!«

Rasnor starrte Munuel nur mit blitzenden Augen an.

Munuel wies in Richtung der Drakken, die hinter Rasnors Sessel aufgereiht standen. Es waren reine Soldaten, das konnte jeder hier sehen, und sie hatten Waffen in den Händen. »Warum haben sie das getan, Rasnor? Du hast uns erklärt, dass sie einen Krieg führen und ein Problem mit der Übermittlung ihrer Nachrichten haben. Ich weiß nichts über diesen Krieg, ob er gut oder böse ist. Aber es erscheint mir für uns hier, in der Höhlenwelt, nicht unbedingt bedenklich, einem fremden Volk einen Weg zu eröffnen, sich schneller zu verständigen. Besonders nicht, da wir die wahren Hintergründe ohnehin nie nachprüfen könnten. Sie hätten uns die wildesten Lügenmärchen auftischen können, um uns so weit zu bringen, ihnen diese Magie freiwillig zu geben. Sie hätten es wenigstens *versuchen* können! Stimmt das etwa nicht? Sie hätten es zuerst auf diese Weise versuchen können, bevor sie mit Gewalt über uns herfielen.« Er legte eine Pause ein und holte Luft. »Aber sie haben es nie getan. Sie *wollten nie* einen friedlichen Weg mit uns gehen. Warum nicht? Hast du sie das einmal gefragt?«

Rasnor starrte Munuel eine Weile an, dann wandte er den Kopf und musterte die reglos dastehenden Drakken. Für lange Sekunden herrschte unschlüssiges Schweigen im Raum.

Selbst Rasnor war nicht ignorant genug, den Sinn von Munuels Rede zu verwerfen. Er dachte bei sich, dass er den Drakken diese Frage tatsächlich einmal stellen sollte. Allerdings ... nicht *diesen* hier. Sie würden ihm nicht einmal antworten.

Er wandte sich um. »Ich mache euch einen Vorschlag. Schließen wir ... einen *kleinen* Frieden. Nur zum Zwecke dessen, uns gegenseitig über verschiedene Dinge aufzuklären, ja? Ich bin nämlich ebenfalls an einigen Antworten interessiert.«

»Einen kleinen Frieden?«, wiederholte Victor verächtlich. »Du bist ein Verräter, großer Shabib! Was sollte uns dazu bringen, irgendwie mit dir zusammenzuarbeiten?«

Rasnor drohte Victor lächelnd mit dem Finger. »Vergiss nicht, mein Lieber, ich *brauche* dich nicht! Das nächste Mal, wenn mich jemand in der Art beleidigt wie du oder eure süße Hellami hier, befehle ich vielleicht einem meiner Leibwächter *zu schießen!* Also überlege dir gut, wie sehr du mich herausforderst, ja? Denk an Meister Fujima, wenn du glaubst, ich wäre zu so etwas nicht fähig!«

»Das ist es ja!«, rief Leandra wütend aus. »Du willst einen Frieden mit uns? Und was bietest du uns dafür? Deine Unberechenbarkeit, deine Willkür?« Sie stieß einen spöttischen Laut aus. »Das wäre ein schlechter Handel!«

»Also gut«, bellte Rasnor. »Was willst du?«

Leandra antwortete sofort. »Gib Cathryn frei! Und Maric! Du hast immer noch uns.«

Rasnor stieß ein bellendes Lachen aus. »Mach dich nicht lächerlich, Leandra! Die beiden sind mir Gewähr dafür, dass ihr euch ruhig verhaltet. Hier stehen sieben der mächtigsten Kämpfer vor mir! Wenn ich die beiden Kinder freigebe – was hält euch dann noch davon ab, über mich herzufallen?« Er schüttelte den Kopf. »Nein. Ich kann dir versprechen, dass es den beiden gut ergehen wird, solange ihr euch benehmt. Schließlich ist diese alte Vettel ja bei ihnen, diese Hilda! Aber mehr lasse ich nicht zu!«

»Dann unterlass wenigstens dein großspuriges Getue!«, warf Victor wütend ein. »Gib diesen Unfug mit der Shabibsanrede auf, denn du wirst *niemals* unser Shabib sein, verstehst du?«

Rasnor schnaufte. Nach einer Weile sagte er: »Gut, gut – ich bin einverstanden. Dafür will ich aber auch keine Beleidigungen mehr hören, verstanden? Und vor allem: Ich verlange, dass ihr mir sagt, wo diese Alina ist!«

»Wozu nützt sie dir?«, gab Victor zurück. »Sie ist ohnehin machtlos. Hast du es etwa nötig, durch sie deinen Triumph zu krönen? Wie kleinkariert!«

Rasnor winkte heftig ab. »Dummes Zeug. Ich will sie schützen! Im Palast ist sie weitaus sicherer als dort draußen in den Gassen von Savalgor. Dort schießt man auf sie! Es sei denn, sie trägt eines dieser Halsbänder. Dann aber geht sie in die Minen.«

»In die Minen?«, fragten Victor, Leandra und Hellami im Chor.

Victor trat einen Schritt vor. »In welche *Minen*?«

Rasnor blickte unsicher zwischen ihnen hin und her, fing dann aber plötzlich an zu lächeln. »Seht ihr?«, meinte er lächelnd. »Es gibt Etliches, das ihr nicht wisst und das euch dennoch interessiert. Das Gleiche gilt für mich. Wie ist es nun mit unserem *kleinen* Frieden?«

Victor stöhnte leise. »Wir können dir nicht sagen, wo sie ist. Keiner von uns weiß es. Ich mache mir Sorgen um sie. Ich möchte weder, dass man auf sie schießt, noch, dass sie in diese … *Minen* kommt. Was hat es damit auf sich?«

Rasnor hob die Hände. »Eins nach dem anderen. Unser Abkommen gilt also, ja? Dann beweist mir zuerst, dass es euch ernst ist. Wenn es uns gelingt, die Drakken ein wenig zu besänftigen, kann ich sie vielleicht dazu bringen, die Leute dort draußen in den Gassen etwas freundlicher zu behandeln.«

»Und was sollen wir dazu tun?«

Rasnor wandte sich um und trat vor Quendras. Er blickte in das Gesicht des Magisters, dessen finsterer Ausdruck sich bisher noch um keinen Deut erhellt hatte. »Was ist mit dem Kryptus?«, fragte er und deutete auf den Tisch. »Hast du ihn entschlüsselt? Kann er für die Drakken noch irgendwie gefährlich werden?«

Quendras blickte verächtlich auf Rasnor herab, sah nach links und suchte die Blicke seiner Gefährten.

Rasnor nickte. Er verschränkte wieder die Hände hinter dem Rücken und begann abermals, vor der Reihe seiner Gefangenen auf und ab zu gehen. »Ich weiß, was in deinem Kopf vorgeht, Quendras!«, erklärte er. »Du fragst dich, inwieweit du mich täuschen könntest, um einen Vorteil für dich oder euch herauszuschinden. Ich will dir sagen, was du durch eine Täuschung erreichen könntest oder wenn du mir eine Gefahr durch den Kryptus vorenthältst. Die Drakken haben für alles eine Vorsorge getroffen. Sie halten sich hier auf dieser Welt auf, aber draußen, im All, kreist ihr riesiges Mutterschiff!« Er breitete die Arme aus. »Es ist so gewaltig, dass du es dir gar nicht vorstellen kannst. Ganz Savalgor würde wohl ein Dutzend Mal hineinpassen. Weißt du, was sie tun, wenn ihnen diese Sache hier nicht mehr gefällt oder wir irgendetwas tun, das den Erfolg ihres Vorhabens infrage stellt?«

Quendras' finsterer Blick zeigte dieses Mal eine Spur von Unsicherheit.

Rasnor ließ von ihm ab und begann wieder, vor ihnen auf und ab zu marschieren. »Der *uCuluu* hat es mir genau erklärt.« Er blickte kurz ihre Reihe entlang. »Der *uCuluu* – das ist ihr oberster Befehlshaber. Sie haben so etwas wie kleine Raumschiffe, es sind aber keine Drakken drin, sondern nur eine besondere Substanz. Ich habe vergessen, wie sie heißt. Sie schießen so ein paar Dinger von außen auf unsere Welt, und die bohren sich durch die Kruste hinein, bis sie ganz tief im Gestein sind. Dann beginnt diese Substanz zu wirken. Sie wird heiß, ganz furchtbar heiß. Es dauert ungefähr eine Woche, danach glüht alles um sie herum – in einem Umkreis von hunderten von Meilen – und wird zu Lava. Und dadurch, dass der Rest unserer Welt noch kalt ist und nur an einzelnen Stellen so eine unglaubliche Hitze herrscht, gerät alles aus dem Gleichgewicht. Das Dunkle Zeitalter dürfte im Vergleich dazu eine Kinderei gewesen sein. Manche Welten, sagte der *uCuluu*, verglühen vollständig, andere platzen auseinander, wieder andere fallen in sich zusammen. Wie auch immer es ausgeht, niemand bleibt mehr am Leben.«

»*Das* hat dieser *uCuluu* dir erklärt?«, fragte Munuel ungläubig.

Rasnor baute sich vor ihm auf. »Du hast mir vorhin unterschieben wollen, großer Magier, sie wären meine *Freunde!* Nein, das sind sie nicht. Wir haben nur ein Abkommen. Und besonders der *uCuluu* ist nicht mein Freund! Er droht mir ebenso, wie er dir drohen würde, und er hat mir so allerlei erzählt, was sie tun können und tun werden, wenn hier irgendetwas *nicht* so läuft, wie er es gern hätte!«

Munuel schwieg. Er hielt den Kopf gesenkt, die Stirn und das linke Auge waren von einem weißen Verband bedeckt. Rasnor wandte sich wieder Quendras zu. »Wenn du also etwas Kluges tun willst, dann sag die Wahrheit und beruhige die Drakken, was diesen Kryptus angeht. Kannst du es?«

Quendras sog tief die Luft ein und blickte kurz Leandra an, die ihm verdrossen zunickte. Hochmeister Jockum folgte dem Nicken, zuletzt auch Munuel.

Quendras seufzte. »Also gut«, sagte er. »Dieser Kryptus … ist nichts als ein dummer Betrug.«

Rasnor zog die Stirn kraus. »Ein … *Betrug?*«

»Das Siegel enthält eine mächtige Aura, die eine gewaltige magische Macht vortäuscht, aber ich habe bisher nichts finden können, was an wahrer Macht dahinter steckt. Das gesamte Konstrukt erscheint mir wie eine Kulisse, eine groß angelegte Täuschung. Und wenn man es sich mal recht überlegt: Woher soll denn eigentlich ein Stück Papier wissen, wann die Gegenseite einer der Vertragsparteien ihre Leistung nicht erfüllt hat? Woher soll ein Papier so etwas wissen?«

Victor starrte Quendras entgeistert an. »Aber … das *kann* nicht sein! Früher waren solche Magien gang und gäbe! Ich habe selbst in unzähligen alten Überlieferungen davon gelesen, dass man vor langer Zeit solche Mittel anwandte, um sich gegenseitig an Verträge zu binden …«

»Das ist wahr!«, bestätigte Rasnor. »Ich war dabei. Damals, als wir beide noch Skriptoren waren, haben wir dies in den alten Bibliotheken von Torgard verfolgt und …«

Quendras maß sie beide mit zweifelnden Blicken. »In *unzähligen* Überlieferungen?«, fragte er. »Danach habe ich in Torgard gesucht. Genau *drei* alte Bücher habe ich gefunden, in denen so etwas behauptet wurde. Genau drei!«

»*Drei?*«, fragte Rasnor ungläubig.

»Ja, drei. Nicht *unzählige.*«

»Und … was waren das für Bücher?«

Quendras verzog den Mund. »Natürlich Bücher über magische Potenziale in Gegenständen und wie man sie auflädt. Norikelsteine, Pergamente, Siegel. All dieses Zeug. Derlei Bücher gibt es hundertfach. Allerdings … diese sahen sehr *wichtig* aus. Schwere Einbände, goldene Lettern und so weiter.«

»Du meinst … es waren Fälschungen?«, fragte Rasnor bestürzt.

Quendras zuckte mit den Schultern. »Da wette ich.«

»Aber …«, Rasnor suchte Victors Blicke. »So ein Buch zu fälschen … Wer kommt denn auf den Gedanken? Dafür benötigt man Monate.«

Victor klatschte sich plötzlich mit der flachen Hand vor die Stirn. »Aber ja! Natürlich – das passt nur zu gut zu allem, was Sardin um seinen verfluchten Pakt herum aufzog!«

Verständnislose Blicke trafen ihn.

»Ganz Hammagor war eine einzige Fälschung!«, fuhr er fort. »Überall nur Kulisse und Blenderei, um vom Wesentlichen abzulenken! Genau *das* habe ich dort dutzendfach mit eigenen Augen gesehen. Immer und immer wieder! Das war Sardins Methode – alles und jedes vorzutäuschen und zu verschleiern!«

»Aber … was hat das mit diesen Büchern zu tun?«

»Versteht ihr denn nicht? Die Bücher sind ein Teil dieses Schauspiels! Er erschuf ein magisches Siegel: den Kryptus, der angeblich eine gewaltige Macht enthielt. Aber das war nur Täuschung. Er stattete Hammagor mit zahllosen Verwirrspielen, Fallen und Täuschungen aus, bis hin zu einem gewaltigen magischen Labyrinth, in dem der Pakt versteckt war. Und um all dies mit einem glaubwürdigen Drumherum zu umgeben, mussten auch Dokumente vorhanden sein, die vorgaukelten, dass magische Siegel *gang und gäbe* wären!« Victor stieß ein spöttisches Lachen aus. »Wer weiß, was er *noch* alles an Blendwerk ersonnen hat, das wir bis heute gar nicht kennen!«

Hochmeister Jockum brummte nachdenklich. »Du meinst, er hat das alles nur erfunden, um seinen … falschen Pakt glaubwürdig zu machen?«

Victor hob die Schultern. »Der Pakt mit den Drakken ist kein Lausbubenstreich. Es geht um die Macht über eine ganze Welt! Das ist doch ein lohnender Hintergrund, meint ihr nicht?«

Leandra schüttelte fassungslos den Kopf. »Wir sind die ganze Zeit einem Gespenst hinterher gejagt!«

Rasnor lachte plötzlich lauthals los. »Ha!«, rief er und warf die Arme in die Luft. »Das ist ja völlig verrückt! Selbst die Drakken haben zweitausend Jahre eine Höllenangst vor diesem Kryptus gehabt! Dabei ist er nichts als eine riesige Blase voll heißer Luft!«

# 15 ◆ Alte Feinde

Alina glaubte, den Geschmack des Todes schon auf der Zunge gespürt zu haben. Er fühlte sich irgendwie metallisch an, voll kantiger Schärfe und kalter Gnadenlosigkeit; ein Geschmack, der widerlich und doch auf eine den Sinn klärende Weise faszinierend war. Nun fühlte sie sich wie neu geboren, wie noch einmal zurück in diese Welt geprügelt und um eine entscheidende Erfahrung reicher, die ihr das nächste Mal vielleicht den Mut zuspielte, sich nicht wie eine Maus angstvoll zu verkriechen, sondern zu kämpfen. Vielleicht hatte Leandra einst auch diesen Geschmack auf der Zunge gespürt, als sie zum ersten Mal dem Tod ins Auge geblickt hatte.

Hätte Alina allerdings in diesem Augenblick zu kämpfen begonnen, wäre ihr Tod Wirklichkeit geworden. Der Drakken hatte sie voll angeleuchtet, hatte sich sogar herabgebeugt, ihren langen Zopf in die Klaue genommen und ihn abgetastet. Danach hatte er ihn wieder fallen lassen, sich aufgerichtet und war verschwunden.

Für Minuten hatte sie anschließend keuchend vor ihrem Versteck gekauert und sich das Ganze nicht erklären können. Hatte er vielleicht ihren Zopf für ein Stück Seil oder Tau gehalten? Ihre Haare waren hellbraun, glatt und sehr lang und das Flechtwerk ihres Zopfes mochte für einen Drakken wie ein Tau ausgesehen haben. So sehr sie auch nachdachte, eine andere Erklärung konnte sie nicht finden. Dann spürte sie, dass der metallische Geschmack in ihrem Mund von ihrem eigenen Blut stammen musste; sie hatte sich auf die Zunge gebissen.

Die beiden Drakken waren längst fort und es wurde höchste Zeit, dass sie verschwand. Sie würden auf ihrer nächsten Runde vielleicht wieder hierher kommen. Lautlos schlüpfte sie aus ihrem Versteck.

Ein Blick auf die Mole sagte ihr, dass sie für den Moment noch allein war. Sie erhob sich, um in einen anderen Spalt zwischen den Kisten und Fässern zu schlüpfen. Auf diese Weise kam sie näher zum Wasser hin, ohne ins Licht der Laternen zu geraten. Dort befanden sich auch mehrere Schiebetore und Türen der Halle. Noch einmal versteckte sie sich und verhielt sich still, als die Drakken zurückkamen.

Diesmal empfand sie weniger Angst, obwohl ihr einer der beiden abermals ziemlich nahe kam. Sie besaß sogar die plötzliche Kaltblütigkeit, ihn im Blick zu behalten, während er, kaum fünf Schritt entfernt, an ihrem Versteck vorbeilief. Sie war von der Tauglichkeit ihres Verstecks überzeugt und glaubte, die Situation kontrollieren zu können. Eine verwirrende Anwandlung. Kaum war der Drakken wieder fort, schalt sie sich für ihren Leichtsinn.

Rechts von ihr ragte eine hohe Hallentür auf, die weit oben an einer Rollenschiene hing. Sie stand einen Spalt offen, gerade so breit, dass Alina sich hindurchzwängen konnte. Der Alte hatte es ihr genau so beschrieben.

Als sie in der Dunkelheit der Halle angekommen war, begann ihr Herz wieder zu pochen. Sie tastete nach ihrem Brustbeutel; in ihm drin trug sie die beiden letzten Wertgegenstände, die sie noch besaß: einen weißgoldenen Ring mit einem funkelnden Rubin und einen silbernen Armreif, der mit schwarzen Edelsteinsplittern besetzt war, beides Schmuckstücke von ähnlich erlesener Schlichtheit wie das Kettchen, das sie bereits eingetauscht hatte. Und beide in Friedenszeiten von wohl so hohem Wert, dass sie leicht ein Haus dafür hätte kaufen können. Was sie hier und heute wert waren, würde sich herausstellen müssen. Dass sie aus den Shabibsjuwelen stammten, konnte sie nicht preisgeben, obwohl das ihren Wert zweifellos vervielfacht hätte.

Es war dunkel; sie streckte tastend die Hände aus, fand rechts einen Kistenstapel und kauerte sich vor ihm nieder, um die Augen an die Dunkelheit zu gewöhnen. Langsam schälten sich Konturen aus ihrer Umgebung.

Lagerhallen zählten nicht zu den Gebäuden, in denen sie sich allzu häufig aufhielt, aber diese hier war nicht anders, als sie es sich vorgestellt hätte: ein hohes Gebäude mit schwerem Balkenwerk unter dem Dach, von dem zahlreiche Seile und Ketten herunterhingen, ansonsten weitere Stapel von Holzkisten verschiedener Größen und natürlich zahllose Fässer. Alles war nur schemenhaft zu erkennen, aber es gab genug Ritzen und Öffnungen in den Wänden, um das Licht hereinzulassen, das sie für eine notdürftige Orientierung benötigte. Sobald sie ihre Umgebung besser erkennen konnte, erhob sie sich und ging weiter in die Halle hinein.

Irgendwie konnte sie sich plötzlich nicht mehr vorstellen, dass sich hier Leute verbargen, denn die patrouillierenden Drakken waren nah. Geräusche in diesem Lagerhaus, dazu noch in der nächtlichen Stille, waren draußen bestimmt gut zu hören. Sie sah kurz nach dem offenen Torspalt und ging dann noch weiter in die Halle hinein. Bald darauf erreichte sie eine freie Stelle, die von riesigen Stapeln von Kisten, Kästen und Fässern umringt war. Wenn sich jemand in dieser Halle versteckte, dann hier in der Nähe.

»Ist hier jemand?«, flüsterte sie.

Die Antwort kam fast sofort. »Wer will das wissen?« Sie zuckte vor Schreck zusammen.

»A ... Andrina«, gab sie leise zurück. »Ich heiße Andrina. Ich suche etwas.«

»Und was suchst du?«

Nun hätte sie das Stichwort nennen sollen, aber das wagte sie kaum auszusprechen. »Wer bist du? Und ... *wo* bist du?«, fragte sie stattdessen.

»Überall«, ertönte es leise und dann traten aus mehreren Richtungen dunkle Schatten auf sie zu. Ihr Puls beschleunigte sich schlagartig. Es waren drei Männer, die mit einem Mal um sie herum standen, jeder der Schatten war größer als sie.

Plötzlich glomm ein schwaches, orangefarbenes Licht auf – eine Öllampe mit winziger Flamme, die ihr vors Gesicht gehalten wurde. »Sieh an, was für ein hübsches Ding«, brummte eine Stimme.

Alina erschrak – diese Stimme kannte sie von irgendwoher.

Und wenn derjenige sie ebenfalls kannte, würde er wissen, dass sie die neue Shaba war. Konnte sie das vielleicht *doch* als Vorteil für sich nutzen? Es mochte sein, dass sie für die Menschen von Savalgor tatsächlich so etwas wie einen Hoffnungsfunken darstellte, wenn sie in Freiheit war.

»Für hübsche Dinger ohne *Halsband* gibt's seit heute eine Menge Geld«, sagte eine andere Stimme. »Habt ihr schon davon gehört?«

Mit leisem, gehässigem Lachen stimmten die anderen Männer dem Sprecher zu. Alina wurde flau bei diesen Worten. Sie war schon einmal entführt und *verkauft* worden.

»Ich ... ich will ein Geschäft mit euch machen«, flüsterte sie furchtsam.

»Ein Geschäft?«, hörte sie nun wieder die erste

Stimme. »Was glaubst du, was du hast, das du uns anbieten könntest? Deinen süßen Arsch vielleicht?«

*Verdammt!* Alina biss vor Wut die Zähne zusammen.
Der Alte hatte sie beileibe nicht an einen Ort geschickt,
an dem sie *Geschäfte* machen konnte, sondern an einen,
an dem man sie abermals verschleppen, verkaufen und
vergewaltigen würde! Die aufkommende Wut in ihrer
Brust verwandelte sich rasend schnell in eine lodernde
Glut.

»Wer ist der Anführer von euch *Dreckskerlen*?«, zischte sie zornig.

»Holla!«, hörte sie wieder die brummende Stimme.
Sie kam von dem Kerl rechts neben ihr, dessen Stimme
sie zu kennen glaubte. Er war *sehr* groß, wie sie nun
sah. »Unsere süße Mieze hat auch Krallen!« Im nächsten Augenblick fiel das schwache Licht der Öllampe
auf sein Gesicht. Alina erstarrte.

*Guldor!*

Ihr drohten die Knie nachzugeben. Das würgende
Gefühl, das sie ergriff, war kaum weniger schlimm als
die Momente der Todesangst, die sie draußen vor der
Halle durchlebt hatte.

*Guldor – der Mädchenhändler!*

Eine der verdorbensten Gestalten unter dem Licht
der Sonnenfenster, ein Verbrecher ohne Skrupel, ein
Abschaum, wie es ihn wohl nur wenige Male in
dieser Welt gab. Er war es gewesen, der sie einst entführt und an Chast verkauft hatte; sie hatte Grund,
ihn fast noch mehr zu hassen, als sie Chast gehasst
hatte! Ausgerechnet *ihm* musste sie in die Hände
fallen!

»Ich kenne dich, Mädchen!«, brummte er wieder, riss
seinem Kumpan die Lampe aus der Hand und hielt sie
Alina vors Gesicht.

Ihr erster Impuls war, den Kopf abzuwenden, damit
er sie nicht erkannte, aber ihre Wut loderte ihr wie

Feuer im Leib. *Dieses Mal würde sie sich wehren!* Sie würde diesem verrotteten Dreckskerl ins Gesicht springen und ihm die Augen auskratzen, und wenn dabei alle Drakken von Savalgor kamen und die Lagerhalle in Stücke schossen! Es war ihr egal.

»Ja, ich kenne dich auch, *du Scheißkerl!*«, presste sie hervor. Es kam selten vor, dass sie solche Worte in den Mund nahm, denn ihre Mutter war eine Frau aus höheren Kreisen gewesen, wenn auch verarmt. Nun aber suchte Alina förmlich nach Ausdrücken, um diesem widerlichen Kerl ihren Hass gebührend entgegenschleudern zu können.

»Reg dich ab, Schätzchen!«, knurrte er. »Du bist nicht die Einzige, die ich je verkauft und wieder gesehen habe! Was willst du?«

Alinas Herz wummerte von innen gegen ihre Brust. Guldor hatte sie nicht wirklich wiedererkannt. Nicht als Alina, nunmehr die Shaba und Herrscherin von Akrania.

»Sollten wir nicht lieber erst Mal von hier verschwinden, Boss?«, war nun eine dritte Stimme zu hören. Alina glaubte, sie ebenfalls schon einmal gehört zu haben.

»Ja, stimmt auch wieder …«, brummte Guldor. Er ließ die Öllampe sinken. »Komm mit, Schätzchen. Wir gehen an einen ruhigeren Ort!«

Alina blieb stehen. Sie hatte wenig Lust, ihm zu folgen. Irgendwie waren ihr sogar die Drakken lieber als dieser Kerl. Sie starrte Guldor voller Angst hinterher. Vielleicht, versuchte sie sich Hoffnung zu machen, hatte ja der Drakkenüberfall selbst ihn auf die Seite der Guten gespült.

»Komm, Kleine!«, sagte die dritte Stimme. Sie gehörte zu einem untersetzten Mann, der ziemlich dick war; sie hatte einigermaßen freundlich geklungen. Sie ließ sich von dieser angedeuteten Gutartigkeit überrumpeln und folgte dem Mann, der sie nun am Ellbogen nahm.

Im nächsten Augenblick schalt sie sich schon wieder für ihre Dummheit. Während sie den dreien zwischen Kistenstapeln hindurch folgte, wurde ihr bewusst, dass sie ständig auf der Suche nach *dem Guten* in den Menschen war und prompt auf jede winzige Freundlichkeit hereinfiel. Sie hatte manchmal sogar mit Chast oder einem seiner Leute Mitleid empfunden. Bei Kerlen wie Guldor konnte ihr diese Eigenschaft das Genick brechen.

Sie erreichten einen schwarzen Kellerabgang, stiegen feuchte Treppenstufen hinab und verschwanden durch eine morsche Holztür in die Tiefe. Der Weg führte durch weitere Türen und ein paar kurze Gänge in unerfindliche Gefilde, und Alina wurde plötzlich klar, warum die Drakken so brutal gegen Meuterer vorgingen: Eine Stadt wie Savalgor bot, einmal abgesehen von den Katakomben, zahllose Schlupfwinkel. Die Anzahl derer, die geflohen waren, musste zurzeit noch immer recht hoch sein. Es würde vielleicht Wochen dauern, ehe die Drakken alle Widerständler gefangen oder ausgemerzt hatten.

»So, Schätzchen!«, knurrte Guldor und wandte sich zu ihr um. »Was willst du nun?«

Sie hatte gar nicht recht mitbekommen, dass sie ihr vorläufiges Ziel bereits erreicht hatten – einen niedrigen, aus fauligen schwarzen Ziegelsteinen gemauerten Raum, uralt offenbar und tief unter der Hafenmole gelegen. Im Licht der inzwischen heller gestellten Öllampe sah sie, dass es hier feucht und modrig war und der Boden nass. Alter Dreck und Abfall lagen herum – ein Raum, der lange vergessen war und seit Ewigkeiten nicht mehr genutzt wurde. Sie war abgestoßen vom Schmutz und der Hässlichkeit dieses Ortes. Die Geheimgänge im Palast waren in der Tat *palastartig* gegen das hier.

Sie wandte sich Guldor zu. »Ich …«

Sie verstummte.

Das Gesicht dieses Kerls jagte ihr Schauer über den Rücken. Er war sehr groß und sehr fett; obwohl Alina hoch gewachsen war, überragte der Kerl sie noch um eine Haupteslänge und wog, grob geschätzt, das Drei- bis Vierfache. Seine teuren Kleider waren noch immer recht sauber, aber das würde sich in ein paar Tagen geändert haben. Jetzt schon sprossen die Stoppeln eines hässlichen grauweißen Bartes auf seinem fleckigen Doppelkinn und seinem fetten Hals. Seine krausen langen Haare ließen bereits ahnen, wie verfilzt und strähnig sie in Kürze an seinem massigen Schädel herabhängen würden, und sein hässliches Maul zog beim Sprechen Speichelfäden. Er war atemberaubend abstoßend.

Sie trat einen Schritt zurück und atmete tief durch. Dann holte sie ihren Brustbeutel hervor. »Ich habe hier ein wenig Schmuck«, sagte sie. »Ziemlich wertvollen sogar …«

Sie blickte noch einmal auf und sah mit Erstaunen, dass auch Guldor eines dieser Halsbänder trug. Sie warf den beiden anderen einen kurzen Seitenblick zu – nein, sie trugen keine.

»Jetzt erkenne ich dich!«, keuchte Guldor plötzlich mit aufgerissenen Augen und deutete mit einem speckigen Zeigefinger auf ihr Gesicht. Alina erblickte *sechs* riesige Ringe an den Fingern seiner Hand, und ihr sank der Mut, dass dieser Kerl überhaupt irgendein Interesse an ihrem Schmuck haben könnte. Sie ließ ihren Brustbeutel sinken.

»Ja!«, maulte sie. »Du hast mich *schon mal* in deiner Gewalt gehabt …!«

»Dich hab ich damals an den Mönch verkauft!«, keuchte er. »An *Chast!*«

Alina schluckte.

»Du bist … du bist … die *Shaba!*«

Sie trat zwei Schritte zurück; es gelang ihr nicht, die Betroffenheit aus ihren Gesichtzügen zu bannen. Auch die anderen beiden Männer traten ein Stück zurück. Hilfe suchend blickte sie nach rechts und links zu den beiden. Der eine war ein vierschrötig aussehender, dunkelhäutiger Muskelmann in sehenswert schmutzigen Kleidern. Er trug ein gefährlich wirkendes Krummschwert an der Seite. Der andere war ein untersetzter, dicklicher Kerl mit einem Grinsen, das im Augenblick jedoch wie zu einer Maske erstarrt war. Ja, diesen Mann hatte sie schon einmal gesehen. Aber sie wusste nicht mehr, wo, und helfen würde er ihr deswegen jetzt ganz sicher nicht. Wahrscheinlich war er nur einer von Guldors Schergen, dem sie im *Roten Ochsen* begegnet war.

»Ha!«, machte Guldor und klatschte lautstark in die Hände. »Nicht zu fassen! Ich mach mir Sorgen, wo ich morgen was zu Fressen herkriege, und da läuft mir doch glatt die Shaba in die Arme!«

Er hob die Hand und klatschte zuerst seinem dunkelhäutigen Kumpan und dann dem Dicken auf die Schultern. »Jungs, wir haben gewonnen!«, rief er. »Diese Göre ist ein Königreich wert! Kapiert? Wisst ihr, was uns diese Schwarzen Brüder für sie zahlen?«

»Du … du willst mich ausliefern?«, fragte Alina entgeistert. »Du willst mich allen Ernstes ausliefern?«

»Klar!«, grölte Guldor. »Klar doch, Mädchen! Ich bin ein gemachter Mann! Ich werde reicher sein als je zuvor! Weißt du nicht, dass eine Belohnung auf deinen Kopf ausgesetzt wurde?«

Alina keuchte nur.

»Von der Duuma!«, rief Guldor fröhlich aus. »Sie sagten nicht mal, wie viel man kriegt – nur, dass die Belohnung *gewaltig* wäre!« Wieder trompetete er einen Laut des Triumphes aus – es schien fast, als wollte er einen Freudentanz aufführen. Seine beiden Kumpane starrten ihn nur verwirrt an.

Sie legte den Kopf ein wenig schief und stemmte die Fäuste in die Seiten. »Ich ... ich bin deine *Shaba!*«, warnte sie ihn.

Während Guldor darauf überhaupt nicht reagierte, schien es die beiden Männer wenigstens ein kleines bisschen zu beeindrucken. Sie starrten Alina an.

»Ich bin die Herrscherin dieses Landes!«, herrschte sie ihn an. »Ich kann dir *befehlen!*«

»Haha! Versuch's doch, dumme Gans!«, rief er.

*

Alina hatte wieder geweint.

Diesmal nicht vor Verzweiflung über ihr Schicksal, sondern weil ihr schmerzlich klar geworden war, wie entsetzlich tief der Abgrund zwischen ihrem persönlichen Wunsch nach Gutartigkeit und der grimmigen Fratze der Wirklichkeit war. Sie verfluchte sich für ihre Dummheit, ihre Blauäugigkeit, und sagte sich, sie wäre die schlechteste Shaba der ganzen Welt geworden, wenn sie mit so einer Haltung an ihr Werk gegangen wäre.

Jeder Trottel, der nur ein Mindestmaß an Bosheit besaß, hätte sie mit ein paar freundlichen Worten um den Finger wickeln können. Eine dumme Gans war sie wirklich gewesen, auch nur eine Sekunde geglaubt zu haben, Titel und Amt einer Shaba würden diesen Guldor irgendwie beeindrucken. Die meisten Leute bekamen eine Persönlichkeit wie die Herrscherin zeitlebens nicht einmal zu Gesicht, aber einer wie Guldor pisste geradezu auf sie. Ja: *pisste!*

Sie war so aufgewühlt, dass sie sich nur noch zu helfen wusste, indem sie ihre Wut mit den übelsten Ausdrücken zu nähren versuchte. Am liebsten hätte sie jetzt mit Yo zusammengesessen und mit ihr Flüche und Kraftwörter verschleudert – Yo konnte so etwas. Und Hellami auch. Sie waren in der Lage, jemanden wirklich zu beleidigen, und Alina hätte viel dafür gegeben, jetzt ein Mittel in der Hand zu haben, diesem Guldor ihre abgrundtiefe Verachtung zeigen zu können. Sie wünschte, sie könnte ihn mit irgendetwas vor den Kopf stoßen, das ihn wirklich verstummen und blass werden ließ. Doch sie fand keine Worte für den Hass, den sie auf diesen Dreckskerl empfand. Er gehörte zu denjenigen, die für ein paar dreckige Folint ihr Land, ihre Familie, ja sogar ihren Glauben verhökert hätten.

Sie lag mit gefesselten Händen und Füßen in der Dunkelheit, auf irgendeinem schmutzigen Lager. Man hatte ihr die Schmuckstücke und ihr Messer abgenommen, sie gefesselt und dann in irgendeinen finsteren Seitenraum verfrachtet.

Sobald der Tag anbrach, hatte ihr Guldor höhnisch erklärt, würde er mit der Duuma Kontakt aufnehmen und den Preis für sie aushandeln. Bevor er sie auslieferte, würde er ihr noch mitteilen, wie viel sie ihm einbrachte. Dann waren die drei verschwunden.

Das Ganze war nun etwa drei Stunden her und Alina lag in dumpfer Verzweiflung auf ihrem Platz, mit Tränen in den Augenwinkeln, und versuchte, ihrer Bitterkeit Herr zu werden. Was würde sie erwarten, wenn die Duuma-Leute sie in der Gewalt hatten? Würde man sie öffentlich hinrichten? Oder nur zeitlebens einsperren, um sie immer wieder triumphierend vorzeigen zu können?

Irgendwann hörte sie ein leises Geräusch, und es drang Licht zu ihr. Die Tür des Raumes hatte sich geöffnet, aber sie konnte den Kopf nicht weit genug wenden, um zu sehen, wer da kam. Es schien ihr noch viel zu früh zu sein, um von Guldor geholt zu werden.

Das Gesicht des kleinen Dicken erschien über ihr. »Na, Mädchen, wie geht's dir?«

Das Licht der Öllampe, die er hielt, war wieder sehr weit zurückgedreht, nur ein kleiner, orangefarbener Schein erhellte sein Gesicht. Es trug einen freundlichen, wohlmeinenden Ausdruck. Alina mahnte sich eindringlich, nie wieder auf so etwas hereinzufallen.

Das Licht wanderte weg. »Heb mal die Hände, ich will …«

Es kehrte zurück. »Bist du wirklich die Shaba?«, fragte er.

Sie atmete ruhig, studierte sein Gesicht und fragte sich, ob es noch irgendeinen Sinn machte, jetzt etwas zu versuchen – wie zum Beispiel, ihn irgendwie zu beeindrucken. Sie hatte kaum mehr Mut.

Sie seufzte bitter. »Ja, ich bin die Shaba. Hilft mir das jetzt etwa irgendwie?«

Er erwiderte nichts, stellte die Öllampe auf den Boden und sah kurz zur Tür. Dann drehte er die Flamme höher. »Ewig haben wir nicht Zeit. Heb mal die Hände ins Licht …«

Alina hob den Kopf. Irgendetwas hatte er vor, das sie nicht verstand. Er nahm ihre Hände und begann, die Fesseln mit einem großen Seemannsmesser aufzusäbeln.

»Was tust du?«, stammelte sie verwirrt.

Er wandte kurz den Kopf, lächelte sie an und machte sich, als die Handfessel abfiel, an ihren Fußfesseln zu schaffen.

»Warum machst du mich los?«, fragte sie. Ihr Misstrauen konnte sie nicht verbergen.

»Du bist frei, Shaba«, raunte er leise. Seine Augen blickten unruhig hierhin und dorthin, eine Züge waren von einem unerfindlichen Grinsen überdeckt. Irgendetwas stimmte mit diesem kleinen Kerl nicht so ganz.

Sie blickte ebenfalls zur Tür, aber dort herrschte nur Dunkelheit.

»Was ist?«, verlangte sie zu wissen. »Warum tust du das? Hat Guldor dich geschickt?«

»Guldor?« Er lachte leise auf. »Guldor ist tot. Ich hab ihn ...« Er machte ein zischendes Geräusch und fuhr sich mit dem Messer an der Kehle entlang. »Verstehst du?« Ihre Fußfesseln fielen ab.

Alina schnappte nach Luft. »*Tot*? Guldor ist tot?«

»Ja. Bist du wirklich die Shaba? Ich kenn dich!«

Alina keuchte. Konnte das sein? Der Kerl hatte Guldor umgebracht, um sie zu befreien?

»Ich war im *Roten Ochsen*«, erklärte er grinsend. »In der Küche, weißt du? Hab dich nur einmal kurz gesehen, vor 'nem Jahr ungefähr.«

Alinas Kopf schwindelte. »Ist das ... wirklich wahr? Er ist tot?«

»Tot wie'n Sack Mehl. Der steht nicht mehr auf.« Er grinste.

Alina bekam Angst, dass sie die Nächste sein könnte. Sie zog die Beine an und krabbelte ein kleines Stück rückwärts. »Was ... was hast du mit mir vor?«

Er hob beschwichtigend die Hände. »Gar nix – wirklich. Keine Angst. Du bist frei.«

Sie wagte das nicht zu glauben. »Was willst du dafür?«

Er zog die Brauen hoch und hob unschuldig die Achseln. »Ich ... ? Nix, nein. Du bist die Shaba. Du ... solltest nicht gefangen sein. Nicht die Shaba. Verstehst du?«

Langsam bekam Alina eine Ahnung. »Die ... Shaba sollte nicht gefangen sein?«

Er schüttelte entschieden den Kopf. »Nein, sollte sie nicht. Ich heiße Mattis. Matz, für meine Freunde.«

Alina nickte. Sie deutete zur Tür. »Und du hast Guldor wirklich ... umgebracht?«

Er nickte beflissen, so als berichtete er gerade von einer wichtigen Fleißarbeit, die er geleistet hatte. »Ja. Wurde Zeit, dass das mal jemand machte. Er war'n schlechter Mensch.«

Alina holte tief Luft. Dieser Matz war ihr gar nicht geheuer. »Und nun?«

Er lächelte freundlich und wies zur Tür. »Du kannst gehn. Bist frei!«

»Und du willst *gar nichts* von mir?«

Wieder hob er abwehrend die Hände und schüttelte den Kopf. »Nee, wirklich nicht. Na ja ... außer vielleicht ...«

»W ... was?«

»Na ja, wenn du wieder Shaba bist. Im Palast und so ... vielleicht denkste mal an mich. Ich mein, vielleicht erwischen mich mal diese ... Drakken ... ich hab kein Halsband, weißte? Dann kannste ja 'n gutes Wort für mich einlegen.«

Er schien zu glauben, dass sie Shaba sein könnte, *während* die Drakken die Welt in ihrer Gewalt hatten. Es stimmte – dieser Kerl war nicht ganz richtig im Kopf. Aber dennoch strahlte eine gewisse Schläue aus seinen kleinen Augen. Vielleicht war es nur so etwas wie ein vollständiger Mangel an Bildung.

Sie wagte es, langsam aufzustehen, er erhob sich ebenfalls. »Ja, das werde ich tun«, versprach sie ihm. Zögernd ging sie rückwärts auf die Tür zu.

Er hob die Hände. »Kann ich dir noch irgendwie helfen?«, fragte er. »Warte ... dein Messer!«

Er nahm mit einer flinken Bewegung die Lampe vom Boden auf, eilte zur Tür und verschwand. Alina holte tief Luft und folgte ihm. Doch noch bevor sie die Tür erreichte, war er wieder zurück und hielt ihr das Messer hin.

»Warte«, sagte er. »Du ... du solltest vielleicht lieber nicht da durchgehn. Ich meine ...«

Sie verstand. Dort musste der tote Guldor liegen – wahrscheinlich kein schöner Anblick. »Das ist der einzige Ausgang hier!«, sagte sie und wies auf den Durchgang.

Er wandte sich um. »Ach ja. Dann …« Er sah sie wieder an und in seinen Augen stand Sorge. Alina mahnte sich, ihm wegen seiner Freundlichkeit nicht gleich wieder all ihr Vertrauen zu schenken. Was bewegte diesen kleinen Kerl dazu – der offenbar fähig war, einen kaltblütigen Mord zu begehen –, sich um sie zu kümmern und zu sorgen? »Dann solltest du vielleicht *schnell* durchgehn. Und nicht da rüber … nach rechts gucken. Warte, ich dreh die Lampe kleiner.«

Insgeheim fragte sie sich, ob sie vielleicht doch einen Blick auf den Toten werfen sollte – gewissermaßen, um sich abzuhärten. Jetzt, da sie auf der Flucht war, würde für sie ganz sicher ein Leben beginnen, in dem sie lernen musste, weniger zimperlich zu sein. Sie entschied sich dagegen. Nein, blutige Leichen waren nichts für sie. Sie fürchtete, sich übergeben zu müssen.

Matz, der kleine Mann, nahm sie sanft am Ellbogen, wie er es schon einmal getan hatte, und führte sie rasch durch den Raum hindurch zum anderen Ausgang hin. Eine seltsame Regung überkam sie, und sie warf *doch* einen Blick nach rechts in den Raum. Aber sie konnte nichts erkennen. Dort war nur ein Umriss, ein großer, liegender Mann, aber das war alles.

»Wo ist der andere?«, fragte sie mit pochendem Herzen, als sie hindurch waren und er das Licht wieder heller stellte.

»Unterwegs. Du solltest schnell von hier verschwinden. Vielleicht kommt er bald wieder.«

Das ließ Alinas Pulsschlag hochschnellen. »Er ist unterwegs?«, fragte sie beunruhigt. »Wie lange schon?«

Matz schüttelte den Kopf. »Noch nicht lange. So bald kommt der noch nicht.« Er überlegte kurz und zuckte entschuldigend mit den Schultern. »Oder vielleicht doch. Ich weiß nicht genau.«

»Und du?«

Er kicherte. »Ich bleib hier. Sag ihm, *du* hättest Guldor abgestochen!«

Alina hielt das für keine gute Idee. Sie wandte den Kopf und blickte in die Dunkelheit des Raumes, der vor ihr lag. Sie wusste nicht einmal, wohin sie jetzt gehen sollte. »Sag mal ... solche Halsbänder hattet ihr wohl nie, was? Ein alter Kerl schickte mich hierher. Er sagte, in dem Lagerhaus könnte ich Leute finden, die mir so etwas verkaufen.«

Er forschte eine Weile in ihrem Gesicht. »Ach ... du meinst die Drakkendinger – wie das von Guldor?« Er schüttelte den Kopf. »Nee. Woher soll man so was kriegen? Die kann man ja gar nicht abmachen. Glaub ich jedenfalls.«

Alina seufzte.

»Was willste denn damit?«

»Ich ... ich muss eine bestimmte Sache erledigen. Aber wenn mich die Drakken erwischen, schießen sie. Sie schießen doch, oder?«

»O ja – sofort sogar! Denen darf man nicht übern Weg laufen.«

»Was machst denn du? Du hast doch auch keins!«

»Ich bleib immer hier unten, in den Kellern.«

Alina deutete in Richtung Decke. »Ich muss nach Torgard. Das geht nur oben herum. Früher gab es Gänge unter dem Meer hindurch, aber die sind jetzt voller Wasser.«

»Torgard? Was is'n das?«

Sie überlegte, ob sie ihm die Wahrheit erzählen konnte. Er war so *gut* zu ihr, dass sie ihn nicht anlügen mochte. »Eine geheime Shabibsfestung aus alter Zeit.

Sie liegt in dem großen Stützpfeiler draußen vor der Hafeneinfahrt. Im Meer.«

Er zog die Brauen hoch. »Da willst du hin? Da brauchste 'n Boot!«

Sie nickte. »Und so ein Halsband. Nachts hinüber zu rudern – das ist zu gefährlich. Der Hafen wird von Drakkenpatrouillen bewacht, sogar draußen über dem Wasser schwebt eines ihrer Schiffe.« Sie schüttelte den Kopf. »Ich glaube nicht, dass man es nachts schaffen kann. Es geht wohl nur tagsüber – vielleicht als Fischer. Und dazu braucht man so ein Halsband. Hast du eine Idee, wo man eins herbekommen kann?«

Er spitzte nachdenklich die Lippen und blickte sie dann lange forschend an.

Wieder nahm er sie am Ellbogen und führte sie ein Stück fort, durch einen weiteren Durchgang hindurch. Dann hielt er an und hob einen Zeigefinger. »Du wartest jetzt hier, ja? Und rührst dich nicht von der Stelle, verstanden?«

Sie sah ihn fragend an, aber er nickte ihr nur kurz zu und ließ sie dann in der Dunkelheit stehen. Schnell lief er zurück in die Richtung, aus der sie gekommen waren.

Alina blieb, wo sie war. Sie blickte ihm hinterher; ein schwacher Lichtschein zeigte ihr, wo er verschwunden war. Sie hatte keine Ahnung, was Matz dort tat.

Es dauerte ziemlich lange, ehe er wieder kam, wohl zehn Minuten. Alina wurde immer unruhiger und rief mehrfach nach ihm. Er antwortete jedes Mal, rief aber nur, sie solle bleiben, wo sie war. Als er endlich zurückkkam und sie ihn ansah, blieb ihr das Herz stehen.

Er war blutbesudelt, sein Hemd sah aus, als hätte man einen ganzen Eimer voll darüber gegossen, und auch seine Hände waren rot. In der Rechten hielt er ein Drakkenhalsband. Es war *intakt*, es bildete eine vollständige Schleife und war an keiner Stelle durchtrennt. Als Alina begriff, was das bedeutete, wandte sie sich um und übergab sich.

Sie spie sich die Seele aus dem Leib, doch der Brechreiz wollte kaum mehr nachlassen. Matz kniete sich voller Sorge zu ihr, versuchte sie zu beruhigen, aber sie hielt die Hände abwehrend hoch und schrie ihn an, er solle ihr vom Leib bleiben.

Es dauerte lange, ehe ihr Magen sich beruhigt hatte. Kraftlos kauerte sie auf den Stufen einer Treppe. Dass der über und über mit Blut verschmierte Matz auf den Knien vor ihr saß und eine jammervolle und von Sorgen gezeichnete Miene trug, machte es nur umso schlimmer.

Er beteuerte, dass er ihr wirklich nur einen Gefallen hatte tun wollen, schließlich wäre sie die Shaba und Guldor wäre längst tot gewesen, also machte es einfach keinen Unterschied. Das Halsband des fetten Kerls, erklärte Matz, wäre garantiert weit genug, dass es über Alinas Kopf passte. Sie könnte es hinten am Hals, unter ihrem Zopf versteckt, mit einer Klammer zusammenfassen, sodass es vorn eng anlag und das leuchtende Symbol zeigte.

Alina starrte ihn voller Elend an. Seine Idee war schlau, aber sie könnte das Ding niemals anlegen, nicht nach dem, was Matz getan hatte.

Endlich schaffte er es, sie wenigstens dazu zu bringen, diesen Ort zu verlassen, denn es bestand die Gefahr, dass sein Kumpan wiederkam. Blutverschmiert, wie Matz war, schaffte er sie fort, durch endlose Kellergänge und Tunnel in einen ganz anderen Teil des Hafens. Sie ließ sich widerspruchslos von ihm führen.

Matz hingegen empfand keine Schuld. Obwohl er so etwas wie ein *gutes Herz* zu besitzen schien, oder wenigstens ein bisschen davon, waren ihm Gewissensbisse fremd. Sowohl für den Mord an Guldor wie auch für die Tat, mit der er das Drakkenhalsband erlangt hatte, glaubte er, einen *guten Grund* vorweisen zu können, und das schien ihm zu genügen.

Alina hingegen lernte in diesen Stunden eine so seltsame und erschreckende Lektion über das Leben, dass sie nicht mehr wusste, ob sie jemals noch Shaba sein wollte.

# 16 ◆ Allein

Alina hatte das vermaledeite Halsband bei sich, aber sie trug es nicht. Matz war auf seine seltsam kindhafte und unbedarfte Weise so freundlich und hilfsbereit zu ihr gewesen, dass sie es nicht übers Herz gebracht hatte, ihn zu verstoßen – auch wenn er eine unfassbare Bluttat begangen hatte.

Während sie in ihrem Versteck den Tagesanbruch abwartete, grübelte sie verdrossen über die Beweggründe der Menschen nach; darüber, ob es überhaupt möglich war, ein Volk mit friedlichem Wohlwollen zu regieren und darauf zu bauen, dass die Menschen schon von selbst erspürten, was gut und recht war. Matz, so glaubte sie jedenfalls, war kein Mörder aus Lust oder Boshaftigkeit, sondern nur ein Mann, dem nie jemand den Unterschied zwischen Gut und Böse beigebracht hatte. Er war vermutlich in einer Welt aufgewachsen, in der Mord und Betrug so sehr zum täglichen Geschäft gehörten wie anderswo Essenkochen oder Holzhacken. Aber wie viele solcher Leute mochte es geben – allein in Savalgor? Sie seufzte schwer. Sollte sie je ihr Amt als Shaba ausüben, mochten ihr diese Erfahrungen, auch wenn sie haarsträubend waren, vielleicht sogar nützen.

Aber bis zu diesem Tag war es noch weit. Womöglich zu weit, als dass sie ihn je erleben würde. Wieder hob sie den Kopf, blickte zur Hafeneinfahrt und versuchte sie sich darüber klar zu werden, was sie nun tun sollte. Der große Stützpfeiler von Torgard, südwestlich des Hafens im Meer gelegen, zeichnete sich dunkelgrau im Morgennebel ab. Aber je besser er sichtbar wurde, desto unsinniger erschien es ihr, mit einem Boot dorthin fahren zu wollen. Eine geheime Festung war keine geheime Festung, wenn man einfach hinrudern und hineingehen konnte. Und schon gar nicht diese. Ihre Existenz, einstmals wohl eines der best gehüteten Geheimnisse des Palasts, war erst vor wenigen Wochen durch die Kämpfe gegen die Bruderschaft bekannt geworden – doch sie existierte im Innern des Stützpfeilers schon seit Jahrhunderten. Die Hoffnung, von außen einen Zugang zu finden, war geradezu lächerlich.

Ihre Faust umschloss Guldors Halsband. Matz hatte es sorgsam abgewaschen, was sich vergleichsweise einfach erwiesen hatte. Das Blut hatte, anders als bei einem Stück Stoff oder Leder, nicht daran haften wollen. Wenn Alina mit einem Boot tatsächlich dort hinauswollte, würde sie es tragen müssen. Die Vorstellung bereitete ihr ein Würgen in der Kehle.

Sie entschied sich dagegen. Schon vor einer Stunde war ihr die Idee gekommen, sich nach *Jacaires Leuten* zu erkundigen, jener geheimnisvollen Gruppe von Schurken und Ganoven, die unter Jackos Führung die Savalgorer Unterwelt unsicher gemacht hatten. Dass Jacko entkommen und bei ihnen war, hielt sie für ausgeschlossen, aber vielleicht gelang es ihr, bis zu einem wichtigen Mann vorzustoßen, dem sie sich dann zu erkennen geben konnte. Wenn sie von *Jacaires Leuten* Hilfe bekam, fand sie vielleicht doch noch einen Weg nach Torgard. Die Frage war nur, ob Quendras überhaupt noch dort war. Vielleicht hatte er wegen des steigenden Wassers oder wegen der Drakken längst von dort fliehen müssen.

Alina blickte zum heller werdenden Himmel auf – es wurde Zeit, dass sie von hier verschwand.

Leise erhob sie sich und schlich zurück in die Schatten der schmalen Gassen zwischen den Häusern, die an das Hafengebiet grenzten. Dort war sie verhältnismäßig sicher. Mit aller Vorsicht arbeitete sie sich voran. Wann immer sie konnte, stieg sie Treppen und schmale Rampen hinauf, um in höhere Gefilde zu gelangen – Savalgor mit seinen Turmhäusern bot zahllose versteckte Wege und geheime Pfade. Sie fragte sich, wie die Drakken dieses Problem in den Griff zu bekommen gedachten. Würden sie diese Wege sperren? Wollten sie hingegen hier überall patrouillieren, würden sie allein für die Hinterhöfe von Savalgor eine Wachmannschaft von tausenden benötigen. Diese Stadt zu beherrschen war ein sehr aufwendiges Unternehmen.

Sie blieb in der Hafengegend, stieß nach Osten in Richtung Palastbezirk vor und achtete darauf, immer einen Fluchtweg in die Schatten zwischen Türmchen und verschachtelten Bauten zu haben. Ein Blick zum Himmel sagte ihr, dass der Tag bedeckt sein würde. Eine graue Wolkenmasse verschleierte den Felsenhimmel und ließ das erste Licht der Sonnenfenster nur zögernd zu der gepeinigten Stadt dringen.

Die ersten Händler begannen trübsinnig ihr Tagewerk, öffneten ihre Stände und Buden, während draußen, bei den Piers, Netze auf die kleinen Fischerboote gewuchtet, Segel gesetzt und Ruder in Pinnen gehängt wurden. Noch waren es wenige, die aus den Häusern kamen; der Morgen war noch jung, und nach dem Überfall der Drakken hatte die Arbeitslust der Leute mit Sicherheit einen schweren Rückschlag erlitten. Die wenigen Gesichter, die Alina sah, zeigten einen verdrießlichen Ausdruck – und an jedem Hals befand sich eines dieser fluchenswerten Halsbänder. Sie hasste es, das Volk – *ihr Volk* – so zu sehen.

Unten im Hafen, der jetzt zwei Ebenen unter ihr lag, näherte sich wieder eine Drakken-Patrouille. Diesmal war es ein Trupp von sechs in Formation laufenden, schwer bewaffneten Soldaten, die mit dröhnendem Schritt die Mole herabmarschiert kamen. Die Leute wichen angstvoll vor ihnen zurück. Doch hier oben fühlte sich Alina einigermaßen sicher. Bis einer der Drakken zu ihr gelangt wäre, hätte sie sich längst in den verwinkelten Schatten zwischen den Häusern in Sicherheit gebracht. Das Gefühl war beruhigend, aber dennoch: Wenn sie erst einmal die Aufmerksamkeit auf sich lenkte, würde man sie verfolgen und irgendwann ganz sicher erwischen. Unauffälligkeit war deswegen das oberste Gebot für sie.

Trotz allem hatte sie sich bisher nicht überwinden können, das Halsband von Matz anzulegen. Sie trug ihren langen Zopf um den Hals geschlungen, um bei den ihr entgegenkommenden Leuten den Eindruck zu erwecken, ihr Halsband wäre nur darunter verborgen. Inzwischen aber kamen ihr mehr und mehr Menschen entgegen, jeder von ihnen mit einem Band um den Hals, das kleine Oval mit den darüber schwebenden, leuchtenden Symbolen gut sichtbar. Etwa die Hälfte der Leute sahen sie gar nicht an, die andere Hälfte warf ihr fragende Blicke zu. Niemand jedoch sprach sie an.

Dann blieb sie erschrocken stehen.

Ein Stück vor ihr drängte sich ein einzelner Drakken den Steg entlang in ihre Richtung – eine riesige, kantige Bestie mit einem Monstrum von einer Waffe in der Armbeuge. Das Glück wollte es, dass unmittelbar vor ihr ein Steg nach links in eine schmale Häuserschlucht abzweigte, und sie ging sofort weiter, huschte mit pochendem Herzen dort hinein und zwang sich, noch so lange ruhig und unbeteiligt weiterzugehen, bis sie aus dem Blickfeld des Drakken gelangt war. Dann rannte sie.

Hinter ihr ertönten Geräusche.

Verdammt – sie war zu früh losgerannt, der Drakken musste sie bemerkt haben und verfolgte sie!

Vor ihr schwang sich eine Treppe in die Höhe, geradeaus führte ein Weg weiter und nach links zweigte eine hölzerne Treppe ab. Mit rasendem Puls rannte sie ein Stück weiter, drückte sich in den Schatten unter die Treppe und streifte sich rasch das Halsband über den Kopf. Ungeachtet ihres Widerwillens blieb ihr im Augenblick nichts anderes übrig. Die Haarklammer, die sie benötigte, um das dünne Band im Genick zusammenzufassen, hatte sie augenblicklich in der Hand, und schnell schlang sie wieder den Zopf um den Hals, um nicht anders auszusehen als eben noch. Augenblicke später trat sie aus dem Schatten hervor – und stieß beinahe mit dem Drakken zusammen.

Er war in der Tat riesig, fast zwei Köpfe größer als sie; ein Scheusal in einem schwarzgrünen Leibpanzer, der beinahe wie eine Schale aussah. Seine Augen blitzten, seine zu ewiger Missgunst heruntergezogenen Mundwinkel waren aufeinander gepresst und er versperrte ihr mit quer gehaltener Waffe den Weg.

Der Drakken knurrte etwas, das sie nicht verstand. Alina lockerte mit dem Zeigefinger den langen Zopf, der ihren Hals umschlang, und zeigte ihm kurz das Oval mit dem Leuchtsymbol. Dann drängte sie sich an ihm vorbei.

Offenbar beeindruckte ihr Verhalten das fremde Wesen. Bis auf irgendein Kommando, das er ihr hinterher bellte und das sie abermals nicht verstand, blieb sie unbehelligt. Sie ging einfach weiter, immer weiter, und als sie von dem Drakken nichts mehr hörte oder sah, blickte sie angstvoll zurück und leistete sich dann ein erleichtertes Aufatmen. Er war fort.

Als Nächstes überkam sie eine seltsame Anwandlung von Wut. Es war die Wut, die ihrer Entschlossenheit entsprang, sich nicht dem vermeintlichen Schicksal der Drakkenherrschaft zu beugen.

Nein! Sie war die Shaba von Akrania, und Marko hatte Recht gehabt: So lange sie noch in Freiheit war, gab es eine Hoffnung! Die würde sie jetzt nicht mehr aufgeben.

*

Am späten Nachmittag traf sie Hilda.

Während des ganzen Tages hatte sie sich mit Vorsicht, aber zugleich auch Hartnäckigkeit durchgefragt und war dann bis ins östliche Händlerviertel vorgestoßen, wo sie hoffte, jemanden von Jacaires Leuten zu finden. Dort war es jedoch zu mehreren brutalen Angriffen der Drakken gekommen, bei denen sie einen ganzen Häuserblock verwüsteten und mehrere Dutzend Personen töteten. Alina war nur in der Nähe, die eigentlichen Angriffe bekam sie nicht mit. Aber als sie später über einen Steg hoch oben an einer Turmhäusergruppe lief, von dem sie hinab auf das betroffene Gebiet blicken konnte, stockte ihr der Atem.

Sie mussten auf irgendein Widerstandsnest gestoßen sein und hatten offenbar kurzen Prozess gemacht. Wo zuvor sieben oder acht Häuser an einer breiten Gasse gestanden hatten, war nur mehr ein Trümmerfeld. Kaum ein Mensch war mehr zu sehen; alles was Beine hatte, war offenbar von hier geflohen und hatte sich irgendwo verkrochen.

Danach hatte Alina keine Seele mehr gefunden, die ihr noch irgendeine Auskunft hatte geben wollen. Die Menschen versperrten die Türen hinter sich, ließen sie stehen, halfen ihr nicht mehr weiter. Und das, was sie seit dem frühen Vormittag vereinzelt schon mitbekommen hatte, nahm im Laufe des Tages beängstigende Ausmaße an: Die Leute wurden abgeholt. Mehrmals bekam sie unmittelbar mit, wie Drakkentrupps Stege heraufstürmten und offenbar zielgerichtet bestimmte Türen ansteuerten. Binnen kurzem hatten sie aus einem kleinen Bereich zehn oder zwölf Leute zusammengetrieben, Männer und Frauen, und führten sie ab.

Angst und Schrecken regierten in der Stadt.

Immer zahlreicher wurden die Drakken, die man auf den Stegen und Treppchen zwischen den Häusern antraf; hin und wieder sah sie auch Gruppen von Mönchen in Kutten, die, von einem Drakkentrupp geschützt, unten in den Straßen entlangmarschierten. Es war beängstigend, wie schnell und wie zahlreich die zerschlagen geglaubte Duuma wieder aus dem Untergrund auftauchte. Nicht nur Alina wusste, dass die Duuma die Bruderschaft von Yoor war.

Am Nachmittag glich Savalgor einer Geisterstadt. Seit der Mittagszeit schon nieselte es leicht, und inzwischen konnte sich auch Alina nicht mehr frei und offen bewegen, denn sie wurde allein schon dadurch auffällig, dass sie unterwegs war. Die meisten der Läden und der Stände auf den Marktplätzen waren geschlossen. Nur hier und da drückte sich ein eiliger Passant in den Schatten herum und suchte das Weite, sobald sich irgendwo Drakken blicken ließen.

Es kostete Alina eine ganze Stunde, das östliche Händlerviertel wieder zu verlassen. Sie benutzte die abgelegensten Hinterhöfe als Schleichwege und hielt sich oft minutenlang verborgen, ehe sie einigermaßen sicher war, dass sie nicht beobachtet wurde. Als sie endlich wieder eine etwas belebtere Gegend erreichte und sich ein wenig hinaus auf die Straße wagen konnte, fühlte sie sich elend und mutlos. Auf ihrem Weg durch Savalgor hatte sie einen guten Überblick gewonnen, und nun wusste sie, wie schnell die Drakken Ernst machten. Sie verschleppten Menschen in großer Zahl, und was sie mit ihnen anstellten, wusste niemand zu sagen.

Der einzige Ort, an dem noch ein Hauch Normalität herrschte, war der nordwestliche Teil des Marktplatzes vor den Toren des Palasts. Während die übrige Fläche des Platzes von den Drakken und ihren seltsamen, silbrigen Zelten besetzt war, waren die Marktbuden und Stände am nordwestlichen Teil nicht angetastet worden. Die Drakken hielten sich bis auf kleinere Patrouillen von dort fern. Es war fast ein Wunder, aber sie schienen verstanden zu haben, dass auch eine besetzte Stadt ein Mindestmaß an Warenverkehr benötigte, um seine Bürger mit Nahrung versorgen zu können.

Dort sah Alina am späten Nachmittag Hilda.

Zuerst waren es Überraschung und Freude, dann ein Schock: Hilda trug ein *Halsband*. Alina umrundete einen Marktstand, um Hilda noch einmal aus einem anderen Blickwinkel sehen zu können – ja, sie war es, und es war tatsächlich ein Drakkenhalsband, das sie trug.

Alinas letztes bisschen Mut versank in einem Ozean der Niedergeschlagenheit. Sie fragte sich, ob sie Hilda überhaupt ansprechen sollte. Es war ja ohnehin alles verloren. Die Chance, dass Victor und Maric trotzdem noch in Freiheit waren, erschien Alina winzig. Und selbst wenn: Victor war auf Hildas Hilfe angewiesen, um Maric versorgen zu können. Mit seinem verletzten Bein konnte er kaum einen Schritt tun.

Als Hilda ihren Einkaufskorb gefüllt hatte und den Marktstand verließ, überkam Alina plötzliche Panik und sie eilte ihr hinterher. Zwischen zwei großen, aber fast schon leeren Gemüseständen fing sie Hilda ab.

»Alina!«, stammelte Hilda entgeistert. Rasch sah sie sich um und zog sie mit sich in eine kleine Nische zwischen den Planen zweier angrenzender Wagen.

»Bei den Kräften, Mädchen … was bin ich froh, dass du frei bist …« Ihr prüfender Blick fiel auf Alinas Hals, und als sie unter dem Zopf das blaugrüne Leuchten hindurchscheinen sah, stieß sie einen Laut des Jammers aus.

»Das Ding ist nicht echt!«, flüsterte Alina. »Sorg dich nicht um mich. Wie geht es Maric? Ist er gesund?«

Tränen liefen Hilda über die Wange und sie fasste Alina am Arm. »Oh, Kindchen, sie haben uns alle erwischt! Mich, Maric, Victor … sogar Jacko, Munuel und Hochmeister Jockum …« Sie holte tief Luft und noch mehr Tränen kamen. »Es ist alles aus und vorbei, Alina. Sie haben auch Quendras.«

Alinas Knie drohten nachzugeben. »*Quendras auch*?«

»Ja, auch ihn. Sogar Yo und Hellami … einfach alle. Du bist die Einzige, wirklich die Einzige, die noch in Freiheit ist. Sonst niemand mehr.«

Alina hob die Hände vors Gesicht. »O nein – sag, dass das nicht wahr ist!«

»Sie haben dich verfolgt, Kindchen. So haben sie uns gefunden. Dieser Rasnor hat uns erzählt, dass er in der Küche ein Geräusch gehört hätte – bei seinem Streit mit Leandra. Das musst du gewesen sein!«

Ein heißer Schauer fuhr Alinas Rücken herab. »Ja … ich hab vor Schreck etwas heruntergeworfen, als Leandra auf ihn losging …«

Hilda nickte. »Ja. Er sagte, jemand müsse ihn und Leandra belauscht haben, und er hätte einen Drakken losgeschickt, der deine Spur gefunden habe. Es ist ein Wunder, dass du selbst …«

»Ich?«, quietschte Alina. »*Ich* habe euch verraten?«

Hilda winkte ab und wischte sich die Tränen fort. »Ach, mach dir nichts draus. Es ist doch ohnehin alles vergebens. Quendras hat die Wahrheit über den Kryptus herausgefunden. Dieses Ding ist nur Lug und Trug. Es strahlt eine riesige Aura aus, aber es steckt nichts dahinter. Wir haben verloren, Alina. Es ist vorbei.«

Alina ließ sich auf eine Kiste sinken, die in der Nische stand.

»Ich … ich muss zurück«, sagte Hilda zögernd. »Ich habe nur eine halbe Stunde bekommen, um für den Kleinen Nahrung zu besorgen …«

Alina blickte auf. »Maric? Geht es ihm gut?«

Hilda bemühte sich um ein Lächeln. »Ich sorge für ihn, du kannst dich ganz auf mich verlassen. Hör mal, Alina …«

»Ja?«

Hilda schniefte. »Rasnor wollte wissen, wo du bist. Er sagte, du wärest im Palast sicherer, hier würde man nur auf dich schießen. Er versprach, dass dir nichts geschieht. Allerdings konnten wir ihm nicht sagen, wo du bist.«

Alina starrte Hilda verwirrt an.

Sie zuckte entschuldigend mit den Achseln.

Alina schluckte. »Du meinst …?«

»Ich weiß nicht … denkst du, du kannst noch etwas ausrichten?« Sie hob die Arme und blickte in die Runde, sah Alina dann kopfschüttelnd an. »Du bist wirklich die Einzige, die noch übrig ist. Was willst du tun? Ich mache mir Sorgen um dich. Wenn du bei uns bist, dann bist du wenigstens sicher. Du bist die Shaba. Vielleicht kannst du etwas mit den Drakken oder der Bruderschaft aushandeln?«

Alina starrte Hilda lange Zeit unschlüssig an. Sie hatte keine Ahnung, ob die Drakken zu irgendwelchen Zugeständnissen bereit sein würden. Aber es wäre vielleicht einen Versuch wert. Sie blickte sich suchend um. Gab es hier noch etwas, was sie tun konnte? Eine Armee aufstellen, eine Revolte anzetteln oder irgendeinen großen Magier finden, der ihr half? Sie schüttelte resigniert den Kopf. Nein – sie war tatsächlich ganz allein.

Eine Weile brauchte sie noch. Dann sagte sie seufzend: »Vielleicht hast du Recht.«

Nun zögerte Hilda. »Warte. Ich will dich nicht überreden. Denkst du wirklich, es ... hat keinen Sinn mehr? Ich meine ... ich wüsste selbst nicht, wo ich hingehen sollte. Ich weiß nicht einmal, wo Bert ist, mein Bruder. Ob er überhaupt noch lebt?«

Wieder schwiegen sie nachdenklich. Schließlich stand Alina auf. »Mir fällt einfach nichts mehr ein, Hilda. Überhaupt nichts. Komm, lass uns gehen. Wenn Rasnor wirklich alle in seiner Gewalt hat, dann gibt es nichts mehr, was ich noch tun könnte. Ich möchte zurück zu Maric.«

Hilda starrte sie betroffen an. Ihren Ratschlag an Alina, sich selbst zu stellen, hatte sie gewiss aus Gründen ihrer Sorge geäußert. Jetzt aber erkannte sie, dass dies zugleich das Ende aller Anstrengungen bedeutete. Nun war es Alina, die Hilda mit sich ziehen musste.

Gemeinsam tappten sie mit müden Schritten durch den Drakkenstützpunkt hindurch zum Palasttor. Alina hoffte, dass man ihr wirklich nichts tun würde und sie am Leben ließe. Bei allem, was ihr an Schlimmem und Entsetzlichem widerfahren war: Sterben mochte sie nicht.

Erstaunlicherweise blieben sie unbehelligt, während sie das Gebiet der Drakken durchschritten. Dutzendfach wurden sie von Drakkenaugen gemustert, keines der Wesen aber sprach sie an oder hielt sie auf. Schließlich erreichten sie den weiten Treppenaufgang zum Palasttor und blieben stehen.

»Dann ist es also wirklich vorbei?«, fragte Hilda niedergeschlagen.

Alinas Blick fiel auf ein Wagenrad, das seitlich am Treppenrand lag; ein Wagenrad, das bei den Kämpfen irgendwo abgerissen worden und nun hier liegen geblieben war – ein Trümmerstück, so wie auch der ganze Rest von Savalgor ein Trümmerfeld sein würde, wenn die Drakken ihr Vorhaben zu Ende gebracht hatten.

Sie dachte an die Verfolgungsjagden, die Drakkentrupps, die verschleppten Leute und die verwüsteten Straßenzüge. An das zerstörte Palasttor, an den getöteten Meister Fujima und die Soldaten, die sich todesmutig in den Kampf gestürzt hatten, als es darum gegangen war, ihr eine oder zwei Minuten Zeit zu verschaffen, um mit Victor und Maric fliehen zu können. Hatte sie das Recht, jetzt einfach aufzugeben – auch wenn alles noch so hoffnungslos war?

Sie sah Hilda an, sah ihr lange Zeit mit fester werdendem Blick in die Augen.

Hilda verstand es. »Geh!«, flüsterte sie. »Schnell! Bevor dich hier irgendwer erkennt! Ich werde den anderen erzählen, dass ich dich getroffen habe! Und ... dass ... irgendwas passieren wird. Geh, Kindchen! Irgendetwas wirst du erreichen. Ich weiß es!«

Alina löste sich von Hilda. Sie hatte Tränen in den Augen und nicht den Hauch einer Idee, *was* sie nun anstellen sollte. Aber wie es auch ausgehen würde, sie musste es wenigstens *versuchen* – und wenn es sie das Leben kostete. Sie mochte nicht als eine namenlose Shaba, die nur für einen halben Tag regiert hatte, von der Geschichtsschreibung vergessen werden. Dann wollte sie schon eher als eine in Erinnerung bleiben, die zwar nur einen Tag unter dem Terror der Drakken überlebt, aber wenigstens etwas *versucht* hatte!

# 17 ◆ Hoffnungsfunke

**B**ei Einbruch der Dämmerung war Alina wieder im Hafen.

Offenbar hatte sie ihr Instinkt hierher zurückgetrieben. Im Hafen kannte sie sich wenigstens ein bisschen aus, wusste ein Versteck und …

Der Gedanke an Matz war beruhigend und beängstigend zugleich.

Sie scheute sich, das Wort in ihren Gedanken überhaupt nur zuzulassen, aber genau genommen war er im Augenblick ihr einziger *Freund*. Außer ihm gab es niemanden mehr, an den sie sich hätte wenden können oder der ihr gar geholfen hätte. Nur Matz, *den Mörder*.

Die Vorstellung, ihn zu suchen, jagte ihr einen kalten Schauer über den Rücken. Doch wie sie zuvor schon festgestellt hatte: Sie würde gut daran tun, ihre Zimperlichkeit zu überwinden. Besonders, nachdem sie auf den Treppenstufen des Palasts umgedreht hatte, um *doch Widerstand zu leisten*, um sich und Akrania nicht einfach der Willkür der Drakken auszuliefern.

Sie musste nun versuchen, aufs Ganze zu gehen. Vielleicht waren skrupellose Mörder genau das, was sie benötigte, um einen ersten Hoffnungsfunken erglühen zu lassen. Vielleicht war der einzig mögliche Weg der, eine Rebellenarmee im Untergrund aufzustellen, ein Heer verwegener Kämpfer um sich zu sammeln, die sich eines Tages erheben und die Unterdrücker verjagen würden. Natürlich würde ein solcher Plan sehr viel Zeit in Anspruch nehmen, aber irgendwann musste der erste Schritt getan werden. So gesehen war Matz als erstes Mitglied ihrer Rebellenarmee genau der Richtige, denn er war ihr ergeben. Er würde sie beschützen, und das war sicher das, was sie selbst im Augenblick am nötigsten hatte. Schutz – und dazu natürlich auch jemanden, der sich in der Savalgorer Unterwelt auskannte. Wahrscheinlich war Matz geradezu ideal.

Im letzten Tageslicht begab sie sich zurück zum Lagerhaus am Hafen und schlich ungesehen hinein. Zwischen Kistenstapeln versteckte sie sich und beschloss, erst einmal zu warten. Ihre Skrupel, Matz tatsächlich zu suchen, überspielte sie mit dem Vorsatz, ihn zu *zivilisieren*. Sie würde seine Dienste und vielleicht sogar seine Gewissenlosigkeit benötigen, aber dafür würde sie ihm den Unterschied zwischen Gut und Böse beibringen. Jawohl, das würde sie!

Wie müde sie inzwischen geworden war, merkte sie erst, als sie tief in der Nacht wieder aufwachte. Zwischen den Ritzen der Wandbretter drang das erste, fahlgraue Licht des Tages herein. Noch immer lag sie auf ihrem Lager aus leeren Säcken, wo sie sich am Vorabend zusammengerollt hatte. Die ganze Nacht war verstrichen.

Mit leisem Gähnen richtete sie sich auf und sah sich um. Ein eisiger Schreck fuhr ihr durch die Glieder, als sie die dunklen Umrisse einer Gestalt vor sich sitzen sah. Sie zuckte hoch, versuchte rückwärts davon zu kriechen, bis sie mit dem Rücken gegen einen Kistenstapel stieß.

»Guten Morgen, Shaba!«, hörte sie ein Flüstern.

*Matz!*

»Haste gut geschlafen? Ich hab auf dich aufgepasst … ähm, auf *Euch*, Hoheit …«

Alina presste erleichtert eine Hand gegen ihre Brust. »Matz – du bist es!« Sie seufzte. »Was bin ich froh, dich zu sehen!«

»Ja, ich auch«, erwiderte der kleine Mann. »Ich mein, dass *Ihr's* seid, Hoheit …«

Alina krabbelte zu ihm. »Hör auf mit diesem ›Hoheit‹! Und mit dem Ihr ebenfalls, verstanden? Ich bin wohl der größte Witz einer Shaba, den Akrania je gesehen hat. Ich habe kein Volk, einfach niemanden!«

»Ihr … Ihr habt mich, Shaba!«

Für einen Moment überkam Alina der Hauch des Bedürfnisses, ihm die stoppelige Wange zu küssen, ihrem *Mörder*. Er besaß ein gutes Herz, dieser Matz, er hatte einfach nur schlechte Manieren. *Grauenvolle Manieren*. Sie bekräftigte sich in ihrem Entschluss, ihn zivilisieren zu wollen.

»Hast du die ganze Nacht bei mir gesessen?«

»Nee, Shaba. Erst seit Mitternacht. Da hab ich Euch gefunden. Ich hab Euch … dir … 'n paar Mal die Nase zugehalten. Du schnarchst.«

»Ich … *schnarche*?«, quietschte sie entsetzt. Sie schlug sich die Hand vor den Mund.

Er kicherte wieder. »Nur ganz leise, Shaba. Hört sich irgendwie … *niedlich* an. Ihr seid … *du bist* sehr schön, wenn du schläfst.«

Sie stöhnte leise. »Danke, Matz. Und … mein Schnarchen hört sich *niedlich* an?«

»Ja, Shaba. Ist aber wirklich leise. Und nicht oft. Aber ich wollte sicher gehn. Wegen den Drakken, wisst Ihr?«

»Ja, schon gut. Und sag nicht Shaba zu mir. Ich heiße Alina.«

»Ähm … ja, Shaba.«

Abermals seufzte sie. Leicht würde es mit ihm nicht werden. Er besaß so etwas wie Bauernschläue, aber mit seiner Bildung oder seinen Umgangsformen war es nicht weit her. Vermutlich würde er ständig zwischen *Ihr* und *du*, *Alina*, *Hoheit* und *Shaba* schwanken. Hoffentlich endete das nicht damit, dass sie verriet.

Inzwischen war es in der Halle ein wenig heller geworden, draußen dämmerte der Morgen herauf. Als ihr Blick wieder auf Matz fiel, sah sie etwas.

»Wo … wo hast du das *Halsband* her, Matz?« Sie deutete entgeistert auf das schwach leuchtende Symbol, das halb unter dem Kragen seines Hemdes verborgen war.

Er tastete danach und zog es ein bisschen nach oben. »Ach das? Also … das hab ich … ach, fragt lieber nicht, Shaba.«

Alina schnaufte. »Hast du es etwa schon wieder …?«

»Nee, nee!«, beeilte er sich zu versichern und hob die Hände. »Nee, bestimmt nicht. Ich … ich …«

Nun hob Alina ebenfalls abwehrend eine Hand. »Schon gut«, sagte sie, »ich will es gar nicht wissen. Ich hoffe und bete nur, du hast nicht wieder jemanden dafür …«

Er senkte den Kopf, sagte aber nichts. Alina beschloss, es zu ignorieren. Dafür würde sie jetzt gleich mit ihrem Vorhaben beginnen.

»Hör mir zu, Matz!«, sagte sie in strengem Ton. »Ich gründe hier und jetzt ein neues Reich! *Neu-Akrania!* Und du bist der erste Bürger meines Reiches. Mag sein, dass du eines Tages ein hoher Würdenträger bist. Aber dazu benötigst du etwas, woran es dir ganz entschieden mangelt! Weißt du, was das ist?«

Matz' Augen hatten zu leuchten begonnen. »N-nein, Shaba …!«, stotterte er.

»Manieren!«, sagte sie fest. »Dir mangelt es an Manieren! Wenn irgendjemand in dieser Welt Manieren haben *muss*, dann sind es die Leute aus dem Umfeld der Shaba – ihre persönlichen Freunde! Verstehst du das?«

Er nickte zögernd.

»Also, dann hör mich an! Wenn du mein erster Bürger bleiben und einmal ein hoher Würdenträger werden willst, dann ist jetzt Schluss mit dem Morden und den Bluttaten, verstanden? Sonst lasse ich dich einsperren!«

Er zögerte. »Aber … wenn dich wer …«

Sie hob abwehrend beide Hände. »Wenn mich jemand angreift, dann ist das etwas anderes. Dann darfst du mich verteidigen! Aber ohne meine Erlaubnis tust du jetzt niemandem mehr etwas zu Leide, verstanden?«

Er nickte pflichtschuldig.

Sie erhob sich. »Gut, Matz. Dann bring mich jetzt an einen sicheren Ort. Einen, der möglichst nicht ganz so dreckig ist wie dieses feuchte Rattenloch da unten. Wir brauchen einen Stützpunkt. Dort werden wir uns dann überlegen, was wir als Erstes tun.«

»Ja, *Alina*«, sagte er und erhob sich ebenfalls.

*

Später war sie froh darüber, dass sie die ganze Nacht hatte schlafen können. Der Tag versprach, wie schon der letzte, anstrengend zu werden. Der Himmel hatte sich verzogen und es war kühler geworden, schlechtes Wetter kündigte sich an. Am späten Vormittag hatten sie bereits mehrere Meilen innerhalb der Stadt und ihrer zahllosen Hinterhöfe, Stege, Brücken und Treppen zurückgelegt. Matz hatte sie an die verschiedensten Orte gebracht, aber sie hatten feststellen müssen, dass jeder versteckte Fleck, der einigermaßen sicher zu sein schien, bereits von anderen Leuten besetzt war.

Es gab noch etliche Männer und Frauen in der Stadt, die ebenfalls in Freiheit und auf der Flucht vor den Häschern der Drakken waren. Das machte Alina Mut. Vor ihrem geistigen Auge sah sie in ihnen Leute, die sie unter sich sammeln konnte, um eines Tages den Drakken begegnen zu können. Aber jetzt war es noch zu früh. Als Erstes benötigte sie einen sicheren Zufluchtsort.

Einen furchtbaren Augenblick erlebte sie, als Matz sie zu einem weiteren möglichen Versteck führte. Es sollte sich um einen alten Schmugglerkeller handeln, unter einer Korbflechterei im Händlerviertel. Dort, sagte Matz, hätten regelmäßige Zusammenkünfte einer Schmugglerbande von Guldor stattgefunden – mitten im Viertel von Jacaires Leuten. Aber sie wären nie dahinter gekommen. Das klang gut in Alinas Ohren.

Doch kurz bevor sie die Korbflechterei erreichten, tönte Lärm durch die Gassen. Sie drückten sich in die Schatten. Dann sahen sie Drakken. Augenblicke darauf flohen Leute in alle Richtungen davon, während sich aus der Gasse vor ihnen brüllender Lärm erhob. Alina kannte diese Geräusche bereits – sie stammten aus den Waffen der Drakken. Es war ein Fauchen und Grollen, gefolgt vom Lärm einstürzender Wände und den Schreien fliehender Menschen. Matz drängte sie zurück und wagte sich dann selbst ein paar Schritte vor. Mit pochendem Herzen blieb sie an eine Mauer gepresst in einer schmalen Seitengasse stehen.

Obwohl es nur Sekunden dauerte, bis er wieder da war, durchlebte sie Höllenängste. Sein sonst immer von einem Grinsen überzogenes Gesicht war blass und grau geworden. »Die schießen alles zusammen! Genau da, wo wir hinwollten!«

Alina wich noch weiter zurück und zog ihn mit sich. »Wo sollen wir bloß hin, Matz? Alle Verstecke sind voller Leute – und sie haben Angst. Niemand hilft einem mehr. Und jetzt …«, sie deutete in Richtung der Kampfgeräusche, »jetzt fangen die Drakken sogar schon an, *solche* Verstecke auszuräuchern! Du sagtest, dies hier wäre besonders gut!«

Er nickte betroffen; es schien fast, als hätte der Schrecken dort draußen ein wenig von seiner einfältigen Art weggewaschen. Sein Gesicht wirkte sorgenvoll. »Ja, ich weiß. Ich …«

»Kennst du denn gar keinen Ort, der wirklich sicher ist? Vielleicht unten in den Katakomben?«

Er schüttelte den Kopf. »Nee, Shaba! Bloß nicht in die Katakomben! Seit die wieder offen sind, ham zu viele Leute davon erfahren.«

Alina nickte. Ja, wahrscheinlich hatte er Recht. Besonders die Bruderschaft dürfte viele der Zugänge kennen. Wenn die Drakken erst einmal dort unten waren, würde eine wahre Treibjagd beginnen.

Sie peilte an ihm vorbei in Richtung der breiteren Gasse, die ein Dutzend Schritt von ihnen entfernt lag. Noch immer drangen Geräusche zu ihnen, aber das Wummern der Drakkenwaffen war nur noch vereinzelt zu hören. Dazwischen erschallten ihre kalten, knarrenden Stimmen und Schreie aus den Kehlen ihrer Opfer. Es klang grauenvoll.

Alina kam sich hilflos und verloren vor; es war geradezu ein Wunder, dass sie noch frei waren. Die Drakken zogen die Schlinge immer enger zu. »Wir müssen die Stadt verlassen!«, flüsterte sie, wich zurück und zog Matz mit sich.

Sie wandte sich um und lief ein Stück des Weges zurück, den sie gekommen waren, tiefer in die Schatten der Hinterhöfe hinein. Kein Mensch war mehr hier zu sehen, alle hatten sich vor Furcht verkrochen. Sie fand den Weg über die verwinkelten Stege, über die Matz sie hierher gebracht hatte, und zog sich eilig wieder in diese Richtung zurück. Matz schnaufte und keuchte, als er ihr folgte. Er war recht flink für einen Mann seiner Körperfülle, aber um seine Ausdauer war es nicht gut bestellt. Selbst Alina, die nicht in sonderlich guter Verfassung war, hätte ihn hier leicht abhängen können.

Als sie eine versteckte Nische entdeckte, einige Häuserblocks und Stockwerke vom Schauplatz des Drakkenüberfalls entfernt, hielt sie an und wartete auf ihn. Keuchend kam der kleine, dicke Kerl die Stufen herauf und blieb dann schwer schnaufend vor ihr stehen. Sie war bereits wieder zu Atem gekommen, ließ sich niedersinken und zog Matz mit zu sich herab. Ihr war eine Idee gekommen.

»Die Drakken wissen sehr gut«, erklärte sie ihm leise, »dass sich Widerstandsnester dort bilden, wo viele Menschen zusammenleben. Deswegen gehen sie hier in Savalgor so brutal vor. Und sie werden sicher noch brutaler! Wir müssen von hier fort.«

Matz blickte unsicher über die Schulter. »Savalgor verlassen?«, fragte er. »Ich … ich war noch nie außerhalb der Stadt.«

Sie starrte ihn verblüfft an, musterte ihn von oben bis unten. Er musste gute vierzig sein. »*Noch nie*? Noch nie außerhalb von Savalgor?«

Er schüttelte den Kopf und blickte verloren drein.

Sie verstand. Wahrscheinlich hatte Matz nicht einmal die zwei, drei Stadtviertel je verlassen, in denen er aufgewachsen war. »Also gut!«, sagte sie. »Dann wirst du jetzt eine neue Welt kennen lernen. In der Stadt können wir nicht bleiben. Weißt du einen Weg, wie wir hinaus kommen? Die Stadttore werden streng bewacht sein.«

Matz starrte sie aus großen Augen an. »Ich … nein, Shaba. Ich meine …«

Alina starrte nachdenklich an ihm vorbei. »Aber ich!«, sagte sie plötzlich. »Leandra! Sie kam auch schon einmal unentdeckt herein, zusammen mit Hellami!«

»Leandra …?«

»Ja, natürlich! Leandra. Weißt du nicht, wer das ist?«

Er nickte unsicher. »Doch, doch. Hab sogar schon mal mit ihr geredet …«

Alina nickte. Ja, natürlich. Damals im *Roten Ochsen*, während sie alle dort gefangen gewesen waren. Dann ging ihr auf, dass sie mit Matz eigentlich genau den Richtigen für ihr Vorhaben hatte.

»Es muss einen Weg geben, über den man vom *Roten Ochsen* aus zu den Quellen von Quantar gelangen kann!«, sagte sie. »Ich selbst wurde damals dort entlanggeschleppt – allerdings mit einem Sack über dem Kopf. Kennst du diesen Weg?«

Matz' Brauen zogen sich nachdenklich zusammen, schließlich nickte er. »Hm ... im ersten Stock geht 'n Hinterausgang auf 'ne Brücke raus und ...«

»Richtig! Dort hinaus sind die anderen damals geflohen! Und genau dort müsste auch ein Weg weiterführen, bis zu den Quellen. Kennst du ihn?«

Matz hob die Schultern. »Ich war lang nicht dort. Aber da geht's zu 'nem Tunneleingang im Fels. Es ist aber 'n Stück.«

»Das finden wir!«, sagte sie zuversichtlich. »Wir brauchen ein Seil – ein langes Seil!« Sie sah sich um. »Wir werden die Stadt verlassen, uns ein Versteck und ein paar gute Männer suchen und dann meinen Sohn befreien. Meinen Sohn und Victor.«

Matz sah sie erstaunt an.

»Victor, meinen *Ehemann!*«, sagte sie.

Er schluckte. »Du ... du bist verheiratet, Shaba?«

Alina runzelte die Stirn. »Natürlich! Könnte ich sonst Shaba sein?«

Matz hob nur die Schultern.

Alina musterte Matz mit prüfenden Blicken. »Hast du nichts von der Hochzeitszeremonie mitbekommen? Die ganze Stadt war auf den Beinen!«

Zögernd schüttelte er den Kopf.

»Nichts davon, dass ich den Vater meines Sohnes finden und ihn ehelichen musste? Das war eine Verfügung des Hierokratischen Rates!«

Er starrte sie nur an und ihr wurde klar, dass er keine Ahnung hatte, was der Hierokratische Rat überhaupt war. Vielleicht hatte er das Wort einmal gehört, vielleicht auch etwas vom Cambrischen Orden oder davon, dass es außerhalb von Savalgor *auch* noch eine Welt gab. Mehr aber nicht.

»Wie viel ist sieben mal sechs?«

»Sieben … mal … äh, sechs?« Er starrte sie verwirrt an.

»Ja, bei den Kräften! Weißt du das nicht?«

Er schluckte, dachte dann kurz nach. »Äh, also … Zweiundvierzig.«

»Und siebzehn geteilt durch drei?«

Auch hierfür brauchte er nicht lange. »Fünf. Und ein paar Zerquetschte.«

Alina nickte verstehend. Sie hob eine Hand und pochte ihm mit dem Fingerknöchel gegen die Stirn. »Du bist nicht dumm! Aber du bist das wohl ungebildetste Geschöpf, das mir je begegnet ist. Seit deiner Geburt lebst du in Savalgor, hast aber keine Ahnung, was der Hierokratische Rat ist, was? Und du weißt auch nicht, dass man nicht einfach Leute umbringen darf, wenn einem danach ist.«

Nun brauste Matz auf. »Guldor war 'n schlechter Mensch! Hat immer nur die Leute gequält … und die Mädchen, wie dich. Er hätt' dir wehgetan, und das konnt ich doch nicht …«

Sie legte ihm die Hand auf die Schulter. »Schon gut, Matz. Natürlich hast du Recht. Ich bin ja froh, dass du mich verteidigt hast. Aber trotzdem … mir wäre wohler, wenn du etwas mehr Fingerspitzengefühl besäßest. Musstest du Guldor gleich töten? Vielleicht hätte es genügt, ihn bewusstlos zu schlagen.« Sie sah, dass Matz ihr widersprechen wollte, und sie wusste auch, warum. Aber er hielt sich zurück. Sie war froh, denn das ersparte ihr eine Diskussion, die sie eigentlich gar nicht führen wollte. Im tiefsten Herzen beruhigte es sie, dass Guldor tot war. Nicht, weil sie seinen

Tod wünschte, sondern weil sie ihn nun sicher los waren. Im Augenblick hatten sie nur einen Feind, aber der war wahrlich ausreichend: die Drakken. Eine zusätzliche Verfolgung durch einen rachsüchtigen Guldor wäre das Letzte, was sie gebrauchen konnten. Besonders jetzt, da sie zum *Roten Ochsen* zurückkehren mussten.

»Komm, wir müssen fort von hier«, sagte sie leise und erhob sich. »Zum *Roten Ochsen*. Geh du voran – du kennst dich besser aus.«

Er nickte dankbar, weil er keine Schelte mehr bekam, erhob sich und eilte voraus. Sie folgte ihm.

Nach einer Weile, als sie sich ein Stück vom Kampfgeschehen entfernt hatten, trafen sie wieder Menschen. Alina fühlte sich sogleich ein wenig sicherer; in der Menge konnte man sich leichter verstecken. Vor jeder Abzweigung nahmen sie die Wege und Stege genau in Augenschein, denn immer häufiger waren hier oben Drakken zu sehen. Sie versuchten ihnen nach Kräften aus dem Weg zu gehen. Zweimal jedoch mussten sie sich direkt an einer Zwei-Mann-Patrouille vorbeizwängen. Alina schlug das Herz bis zum Hals, aber sie hatten Glück. Bis auf die kalten, misstrauischen Blicke der Echsenwesen blieben sie unbehelligt.

Zweieinhalb Stunden später, nach zahllosen Umwegen, hatten sie endlich die Gasse vor dem *Roten Ochsen* erreicht. Ihre Flucht durch Savalgor war ein Weg des Schreckens gewesen.

Seit dem heutigen Morgen hatte die Zahl der Verschleppungen beängstigende Ausmaße angenommen. In fast jeder breiteren Straße sahen sie Gruppen von Männern und Frauen, die unter schwerer Bewachung in Richtung Süden geführt wurden – offenbar in Richtung des großen Marktplatzes. Von dort aus erhoben sich Drakkenschiffe in endloser Folge über die Dächer und flogen davon, während neue landeten. Es kam

Alina so vor, als wollten die Drakken die Bevölkerung der Stadt um wenigstens die Hälfte vermindern. Sie mochte die Gerüchte, die man sich zuflüsterte, schon gar nicht mehr hören. Auch weigerte sie sich zu glauben, dass die Drakken die Menschen *auffraßen*. Trotz des Terrors in der Stadt wirkten die Aktionen der Fremden planvoll. Sie waren keine blutrüstigen Barbaren – nicht im wörtlichen Sinn dieser Bezeichnung. Es blieb ein Rätsel, warum die Drakken einfache Menschen verschleppten, wo sie doch eigentlich die Geheimnisse der Magie erfahren wollten.

»Denkst du, es ist jemand drin?«, flüsterte Alina und deutete auf den *Roten Ochsen*.

Sie kauerten gegenüber auf einem Hochweg, wo ein gemauerter Steg mit Brüstung an einer der Hausfassaden entlang lief. Die Straßen waren seit der Mittagszeit fast völlig leer. Jeder musste fürchten, von einem vorbeikommenden Drakkentrupp einfach mitgenommen zu werden. »Es ist ruhig«, flüsterte Matz zurück. »Schätze, da ist keiner mehr. Denen wird die Lust aufs Vögeln vergangen sein.« Als Alina ihm einen vorwurfsvollen Blick zuwarf, räusperte er sich entschuldigend.

Sie sah wieder hinüber und überlegte. Schwer vorstellbar, dass der *Rote Ochs* jetzt gänzlich leer stehen sollte. Ihre Blicke schweiften über die Stege und Treppen, dann über die gegenüberliegende Häuserfassade. Nun hatte sie verstanden.

»Es ist eine Falle!«, flüsterte sie.

»Eine … Falle?«

Alina überkam eine plötzliche, dringende Vorahnung. Sie ließ sich auf alle viere nieder, winkte Matz zu sich und kroch im Schutz der gemauerten Brüstung ein Dutzend Schritte nach rechts. Von hier aus konnten sie in die Dunkelheit einer schmalen Schlucht zwischen zwei Häusern gelangen. Sie kroch noch ein kleines Stück weiter, richtete sich dann auf und huschte in den

Schatten unter einem Balkenwerk, das einen Mauerpfeiler stützte. Matz folgte ihr – und erreichte sie keine Sekunde zu früh.

Kaum waren sie verschwunden, erschien zwei Stockwerke über ihnen ein Drakken. Sie konnten ihn durch die Ritzen und Zwischenräume gut erkennen, und an seiner Körperhaltung war leicht zu sehen, dass er nicht auf Patrouillengang war.

*Er war auf der Jagd.*

Alina legte einen Finger auf den Mund und gab Matz ein Zeichen, keinen Laut von sich zu geben. Der Drakken huschte dort oben eine Weile herum, dann erschien ein zweiter, mit dem er sich offenbar kurz verständigte. Danach trennten sich die beiden wieder – kurz darauf war keiner von ihnen mehr zu sehen.

»Verdammt, wie konnte ich nur so *blöd* sein!«, flüsterte sie.

Matz sagte nichts, aber dass sie ihm eine Erklärung geben musste, lag in der Luft.

»Der *Rote Ochs!*«, flüsterte sie. »Rasnor weiß, dass ich auf der Flucht bin. Er wird die Orte in der Stadt bewachen lassen, zu denen ich gehen könnte. Die Ausgänge der Katakomben, den Tunnel nach Torgard, das Ordenshaus vielleicht … aber *ganz sicher* den *Roten Ochsen!*«

Matz nickte. Er überlegte eine Weile. »Ich glaub, ich könnt 'nen Weg hintenrum finden. Hoch zum Steg, aber nicht durch den *Ochsen*. Würd' das gehn?«

Nun zeigte er Phantasie. »Ja! Das wäre fabelhaft. Aber … wir müssen trotzdem aufpassen. Ich weiß nicht, ob Rasnor von dem Weg weiß, auf dem Leandra damals in die Stadt gekommen ist.«

Matz nickte. Eingehend studierte er die Umgebung und erhob sich dann. Er ging ein Stück, sah sich nochmals um und winkte ihr. Sie folgte ihm.

# 18 ◆ Übermacht

Als sie ihr Versteck verließen, fing es an zu regnen – so als wollte sich der Himmel über der Welt dem Jammer und den Klagen eines gepeinigten Volkes anschließen. Der kühle Wind, der aufgekommen war, versprach schlechtes Wetter für die nächsten Tage.

Matz führte sie in einem weiten Bogen um den Block des *Roten Ochsen* herum auf die andere Seite der Gasse. Dies hier war sein Viertel, hier kannte er jeden Steg und jede Treppe. Anders hätten sie es vielleicht nicht geschafft. Denn in diesen Nachmittagsstunden zogen die Drakken ihren Würgegriff um die Stadt mit aller Macht zu. Unablässig wurden Gruppen von Männern und Frauen abgeführt; zweimal fand ganz in ihrer Nähe ein Zusammentrieb statt und die Kommandorufe der Drakken wie auch die Klagen der Gepeinigten waren weithin zu hören. Es waren Stunden des Schreckens, und Alina und Matz duckten sich so tief in die Schatten, wie sie nur konnten.

Als sie am höchsten Punkt des Weges durch nasses Balkenwerk auf einen schmalen Brettersteg kletterten, konnte Alina fast die gesamte Stadt überblicken, bis hin zum Reichenviertel, das ganz auf der anderen Seite im grauen Dunst unterhalb des östlichen Monolithen lag. Aus diesem Blickwinkel war der Stadt nur wenig davon anzusehen, was sich derzeit innerhalb ihrer Mauern abspielte.

*Stimmt nicht ganz,* korrigierte sie sich, als sie den Blick in die Höhe wandte. Dort oben, eine halbe Meile über den Dächern der Stadt, unter den grauen Wolken, schwebten Drakkenschiffe. Es waren ein gutes Dutzend, eines davon riesig groß. Sie verharrten regungslos in der Luft und ihre mächtigen Metallleiber schimmerten nass herab. Vermutlich sollten sie den Machtanspruch der Drakken für jeden Bewohner der Stadt zu jeder Zeit sichtbar machen.

Für einen seltsamen Augenblick überkam Alina plötzlich eine Ahnung, gerade so, als ob dort oben eine Idee für die Lösung ihrer Probleme läge. Aber sie konnte den Gedanken nicht fassen und musste sich im nächsten Moment auf ihren Halt auf dem rutschigen Steg konzentrieren. Als sie wieder sicher stand, fragte sie sich verwundert, was ihr da in den Sinn gekommen war, und musterte noch einmal die Drakkenschiffe am Himmel. Aber sie kam nicht mehr darauf.

Matz führte sie weiter. Nach einigen bangen Minuten stiegen sie schließlich wieder in die Sicherheit der schmalen Schluchten zwischen den Häusern hinab.

Angestrengt schnaufend nickte er nach links. »Das da ist der *Rote Ochs*. Die Rückseite. Siehste die Brücke da, Shaba?« Er deutete auf einen feucht glänzenden Steg, der wie eine Brücke mitten in der Rückwand des Gebäudes bei einer Tür ansetzte und von dort in westlicher Richtung zwischen zwei Häusern verschwand. Das linke von ihnen stand bereits auf sich aufwölbendem, felsigem Grund – dort begann der westliche Monolith.

»Wir müssen uns von hier aus 'nen Weg da rüber suchen. Aber wir finden schon was. Wie's dahinter weitergeht, weiß ich nicht.«

Alina musterte die Gassen und Hinterhöfe in der Umgebung. Normalerweise hätten hier Menschen sein müssen – Frauen, die Wäsche hereintrugen, Männer, die arbeiteten, oder Kinder, die irgendwo spielten. Aber alles war wie ausgestorben. Sie liefen weiter durch das Labyrinth der Stege und Treppchen. Langsam wurde sie müde vom vielen Klettern und wünschte sich, bald anzukommen.

Matz entdeckte die Fortsetzung des Stegs und erkundete geschickt einen Weg, über den sie dorthin gelangen konnten. Als sie schnaufend die letzten Treppenstufen emporkletterten, waren sie schon ganz am Rand der Savalgorer Bebauung angekommen; vor ihnen ragte eine fast glatte, rötlich graue Felswand empor, teils lehnten sich die Häuser sogar daran an. Matz deutete auf einen Einschnitt direkt westlich von ihnen und winkte ihr. Noch einmal ging es über eine Leiter und eine Treppe hinauf, dann standen sie auf einem luftigen Brettersteg, der an der Felswand entlang führte, gut versteckt in einer schmalen Schlucht hinter der letzten Häuserreihe.

Alina wischte sich schwer atmend eine feuchte Haarsträhne aus der Stirn. Auch Leandra und Hellami waren damals bei eiskaltem, regnerischem Wetter nach Savalgor gekommen, über den Fels des westlichen Monolithen, und wenn Hellami nicht übertrieben hatte, wären sie ein paar Mal beinahe abgestürzt – 200 Ellen über die steile Wand des Felsens in die Tiefe. Alina blickte missmutig zum Himmel auf. Sie würde Recht behalten – es sah nach mehreren Tagen schlechten Wetters aus.

»Ein Seil«, erinnerte sie Matz. »Wir brauchen unbedingt ein Seil.«

Er nickte. »Ja, Shaba. Ich bring dich erst mal aus dem Wetter weg, ja?«

Es freute sie, dass er sich so sehr um sie sorgte. Schon eilte er wieder voran, doch der Weg endete bald. Am Ende des Brettersteges, etwas versteckt unter einem Überhang, befand sich eine schwere Holztür. Die Stelle, an der sich der Riegel hätte befinden müssen, war zersplittert und notdürftig repariert. Matz zögerte nicht lange, griff in die Ritze zwischen Holz und Fels und zog zwei-, dreimal kräftig. Mit einem reißenden Geräusch gab das Holz nach. Die Tür klappte nach außen auf und vor ihnen erstreckte sich ein dunkler Gang, der schräg abwärts in die Tiefe des Felsens hineinführte.

»Das musses sein!«, sagte Matz.

Alina nickte. »Ja. Ganz sicher. Kannst du ein Seil besorgen? Und eine Fackel?«

»Klar, mach ich!« Er schob sie hinein, nickte ihr zu und sagte: »Wart hier. Bin gleich wieder da!« Dann klappte die Tür zu und sie stand allein in der Dunkelheit.

Wieder einmal allein.

Sie öffnete noch einmal kurz die Tür, sah ihm hinterher, wie er über den regennassen Steg verschwand, und suchte dann in der hereinfallenden Helligkeit nach einem Platz, wo sie sich setzen konnte. Leider gab es nur rötlich grauen, steinernen Boden. Es sah so aus, als wäre hier vor langer Zeit einmal ein schmaler, natürlicher Gang von Menschenhand erweitert worden. Seufzend setzte sie sich im Schneidersitz direkt neben der Tür nieder und ließ sie wieder zufallen.

Eine Weile starrte sie die hellen Ritzen an, durch die ein wenig Licht hereinfiel, und überlegte, was sie in der Zwischenzeit tun könnte.

Ihre Gedanken flogen zurück zu dem Moment, da sie zu den Drakkenschiffen aufgeblickt hatte. Was war das für ein Einfall gewesen, den sie da gehabt hatte? Etwas Ähnliches hatte sie schon in Träumen erlebt, als sich einzelne Gedanken wie Mosaiksteine zusammengefügt und plötzlich zur Lösung eines Problems geführt hatten, mit dem sie am Abend zuvor noch sorgenvoll zu Bett gegangen war. Angestrengt überlegte sie, kam aber nicht darauf.

Nach einer Weile fragte sie sich, wo Matz blieb. Viel-

leicht war es gar nicht so leicht, irgendwo ein Seil aufzutreiben. Würden sie es überhaupt schaffen, an einem
Seil die Felswand hinunterzuklettern? Sie vielleicht
schon, aber Matz? Er war ziemlich dick. War die Felswand an dieser Stelle tatsächlich 200 Ellen hoch? Sie
begann sich Sorgen zu machen.

Eine weitere halbe Stunde später war Matz immer
noch nicht zurückgekehrt. Alina wurde von furchtbarer Unruhe gequält. Dann fielen ihr wieder die beiden
Drakken ein, die ganz offensichtlich auf der Jagd nach
ihr gewesen waren. Angstvoll erhob sie sich und öffnete vorsichtig die Tür.

Draußen regnete es weiterhin und es war dunkler
geworden. Lag das am Wetter oder begann tatsächlich
schon die Dämmerung? Ein Blick über die nassen Plan-
ken des Brettersteges hinüber zur Häuserschlucht zeigte
nichts – kein Matz war in Sicht. Was sollte sie nun
tun – hinuntergehen und ihn suchen? Wo sollte sie
damit beginnen? Sie ließ die Tür wieder zufallen und
wartete noch eine Weile. Wenn tatsächlich schon die
Dämmerung anbrach und Matz tatsächlich ausblieb,
sollte sie vielleicht wieder zurück zum Lagerhaus am
Hafen schleichen. Dass er gänzlich verschwunden sein
könnte, ängstigte sie im Moment mehr als alles andere.

Plötzlich hörte sie Geräusche.

Sie erhob sich erschrocken und trat einen Schritt von
der Tür zurück. Es waren eindeutig die Geräusche lau-
fender Füße, und zwar *vieler* Füße. Eine Art dumpfes
*Wumm!*, noch ein gutes Stück entfernt, wie von schweren, massigen Stiefeln. Und alle zugleich. Das Bild
eines marschierenden Drakkentrupps flog ihr durch
den Kopf. Nur waren diese Schritte schneller – sie
rannten! Eine Welle der Panik schäumte in ihr auf.

Auf der Stelle drehte sie sich um und eilte, so schnell
sie nur konnte und mit den Händen nach rechts und
links tastend, in die Dunkelheit des Ganges hinab. Sie

gestattete sich nicht einmal einen Blick durch die Tür, denn sie wusste, was sie sehen würde. Vor Angst begann sie zu wimmern, hastete aber weiter den stockfinsteren Gang hinab. Als sie mit dem Fuß gegen irgendein Hindernis stieß, verlor sie das Gleichgewicht und schlug der Länge nach auf den felsigen Boden. Ein scharfer Schmerz zuckte durch ihr Kinn, sie schmeckte Blut im Mund, stemmte sich aber sofort wieder in die Höhe und rannte weiter. Das Wummern der Stiefel auf hölzernem Untergrund war immer noch zu hören. Alina schaffte noch zehn, zwölf Schritte, stürzte abermals, kämpfte sich wieder hoch und floh weiter.

Ein starkes Licht flammte hinter ihr auf; sie wagte nicht, sich umzusehen. Immer weiter und weiter rannte sie den kalten, finsteren Gang hinab und sandte ein Stoßgebet zu *den Kräften*, dass sie wenigstens nicht wieder stürzen möge.

Augenblicke später stieß sie mit Wucht gegen ein aufrechtes Hindernis, taumelte und gewann die Orientierung erst wieder, als sie mit vor Entsetzen geweiteten Augen und rudernden Armen einen monströsen Abgrund hinabstarrte. Es dauerte Sekunden, bis sie sich gefangen hatte und schließlich begriff, was geschehen war: Sie war mit einer schweren Holztür zusammengeprallt, hatte sie dabei aufgestoßen und war ins Freie getaumelt.

Sie befand sich in einer kleinen Einbuchtung hoch in der Felswand des westlichen Monolithen; der Blick führte geradenwegs nach Westen über bewaldetes Flachland. Viel war davon nicht zu sehen; die Wolken hingen tief und der Regen verwischte die Sicht bald zu einem einheitlichen Grau. Knapp unterhalb von ihr ragte ein kleines, wetterhartes Bäumchen aus einer Ritze im Fels; sie kannte es aus Hellamis Erzählung. Aber bis hinab in die Ebene waren es *mehr* als zweihundert Ellen, ganz sicher sogar! Sie beugte sich über den Abgrund – nein, es war völlig unmöglich, dort hinabzusteigen. Der Fels war außerdem nass und sie hatte nur wenig Ahnung, wie man kletterte – besonders nicht *nach unten*. Nein, das wäre ihr Tod!

Dann fuhr ihr Kopf herum – dort rechts war die zweite Tür, diejenige, hinter der ein weiterer Gang hinabführte: in die *Quellen von Quantar*. Sicherlich kein Fluchtweg aus der Stadt, aber sie schöpfte Hoffnung. Die andere Tür war wieder zugefallen und Alina konnte aus dem Gang noch keine Trittgeräusche vernehmen. Ihre Augen waren voller Tränen, ihr Kinn, ihre Knie und ihre Hände zerschlagen, ihr Herz voller Furcht. Sie wandte sich um, eilte zu der zweiten Tür, packte den hölzernen Griff – und erstarrte.

Sie war verschlossen.

So sehr sie auch zerrte, die Tür rührte sich nicht. Sie hatte ein großes, mit Metall ausgekleidetes Schlüsselloch. Alina besaß keinen Schlüssel und hatte höchstens noch ein paar Atemzüge Zeit, die Tür aufzubekommen. Voller Panik sprang sie von der Tür zurück, rannte auf dem kleinen flachen Felsstück verzweifelt hin und her und suchte nach einem Fluchtweg. Aber es gab keinen.

Außer dem Weg in die Tiefe.

Sollte sie springen? Dem ganzen Drama ein jähes Ende setzen, indem sie sich selbst tötete und so wenigstens der Gefangennahme und dem möglichen Tod durch die Drakken entging? Wenn sie *sofort* sprang, würden die Verfolger es vielleicht nicht einmal mitbekommen, und dann galt sie am Ende noch für alle Zeiten als weiterhin am Leben und auf der Flucht. Eine Legende. *Die Shaba, die nie gefangen wurde*. Vielleicht würde das zukünftigen Generationen von Rebellen Mut für den Widerstand machen.

*Während mein Leichnam dort unten langsam verfault*, dachte sie bitter.

Nein! Sie hatte sich damals in Unifar nicht selbst getötet und auch nicht während der qualvollen neun Monate in Chasts Gefangenschaft. Das war nicht ihr Weg. Sie mochte verweichlicht und ohne Kraft sein, ein verzogenes Kind aus dem Haus einer verbitterten Mutter, das nicht einmal seinen Vater gekannt hatte. Aber sie war nicht feige. Notfalls würde sie sich mit den blanken Fäusten gegen die Drakken wehren. Sie war die Shaba von Akrania, und sie hatte nicht einmal *das Recht* aufzugeben! Sie *musste* kämpfen!

Gleich würde die Tür auffliegen. Als sie das Gepolter von Stiefeln hörte, schrie sie vor Entsetzen auf.

Was sie danach tat, war nichts als *irgendeine* Handlung ohne Sinn und Ziel, und später konnte sie gar nicht glauben, dass sie das gerettet hatte. Es war eine ebenso verzweifelte und sinnlos erscheinende Tat wie das, was sie im Hafen getan hatte. Sie kroch wimmernd vor Angst über die Felskante, fasste nach dem dünnen Baumstamm, der ein kleines Stück unterhalb aus der Wand ragte, und ließ sich in die Tiefe rutschen. Augenblicke später, als die Tür auflog und vier schwer bewaffnete Drakken herausstürmten, hing sie, sich mit beiden Händen an dem dürren Stamm haltend, eine Elle unterhalb der Drakken an der Felswand. Und wenn die Echsenwesen nicht vollkommen blind waren, mussten sie Alina sofort sehen.

Aber die Drakken sahen sie nicht.

Alina hing reglos an dem Stamm, starrte voller Entsetzen hinauf und wartete nur darauf, dass einer der vier seine Waffe hob und auf sie schoss. Die Drakken suchten die gesamte Felseinbuchtung ab, rüttelten an der verschlossenen Tür und zwei von ihnen blickten sogar in ihre Richtung. Aber sie sahen sie nicht.

Alina glaubte, ihren Sinnen nicht trauen zu können. Die beiden Drakken starrten direkt zu ihr, wandten sich dann aber wieder ab und durchsuchten noch einmal jeden Winkel des Felsabsatzes. Kurz berieten sie sich, nahmen Abstand zu der verschlossenen Tür, dann hob einer seine Waffe. Mit einem röhrenden *Wumm!* schoss ein orangeroter, sich aufblähender Feuerball aus ihrer Spitze und schlug krachend in die Holztür ein. Brennende Trümmer und Splitter stoben auf, einige davon trafen Alina, zum Glück nicht gefährlich.

Sie konnte jede Einzelheit dessen, was die Drakken taten, erkennen; sie befand sich praktisch bei ihnen. Während die Echsenwesen warteten, bis sich die Feuersbrunst gelegt hatte, ging ihr durch den Kopf, dass es manche Tiere gab, die einen Feind oder ein Opfer nicht sehen konnten, solange es sich nicht bewegte. Konnte das auf die Drakken zutreffen?

Einer der Drakken stieß einen heiseren Laut aus, dann stürmte er voran, durch die noch brennende Tür, in der ein riesiges Loch klaffte. Augenblicke später waren die vier fort. Alina hing mit pochendem Herzen an dem Bäumchen und verstand die Welt nicht mehr.

Der Stamm war zum Glück nicht glitschig, aber sie hing schon eine ganze Weile daran und ihre Arme begannen zu schmerzen. Sie würde sich nicht ewig halten können. Mit den Füßen tastete sie nach Halt, fand zum Glück auch welchen. Wo war nur Matz? Hatten sie ihn am Ende erwischt?

Sie spannte die Armmuskeln an.

Ihr Gesicht verzerrte sich vor Anstrengung; das hübsche Gesicht, von dem manche behaupteten, es wäre das schönste in ganz Akrania – nun mit tränengeröteten Augen, von Schmutz verschmiert, mit zerschlagenem Kinn und blutbefleckt. So sehr sie sich auch anstrengte, sie schaffte es nicht hinauf. Sie strampelte mit den Beinen, suchte neuen Halt, aber sie schaffte nicht einmal die halbe Höhe und ließ sich schließlich wieder herabsinken.

· *Nicht einmal einen Klimmzug!*, fluchte sie in sich hinein. Wieder schoss ihr Leandra durch den Kopf, ihre Freundin, die sie so sehr bewunderte, und sie schämte sich dafür, dass sie so verweichlicht war und sich hier nicht einmal an diesem Bäumchen hochziehen konnte. Sie probierte es noch einmal und anschließend wieder, aber vergebens.

Wut brauste in ihr auf, aber dann mahnte sie sich, dass sie das auch nicht weiterbringen würde. Schließlich war sie vorher stundenlang Leitern und Treppen hochgestiegen, war müde und hing nun schon mehrere Minuten an diesem Bäumchen. Nein, es würde ihr nichts bringen, wenn sie jetzt vor Zorn zu kreischen und zu zetern begann.

*Blieb nur noch der Weg nach unten.*

Der kalte Nieselregen sprühte ihr auf Kopf, Hände und Schultern; sie blickte hinab und fragte sich, ob es nicht ohnehin einem Todesurteil gleichkam, diesen Abstieg ohne Seil zu wagen. Die Wand war nicht senkrecht, aber dennoch gehörig steil, und selbst ein Sturz aus nur dreißig Ellen Höhe würde vollauf genügen, um ihr das Genick zu brechen. Was sie aber hier vor sich hatte, waren eher *dreihundert* Ellen, vielleicht sogar mehr!

Sie blickte wieder hinauf und lauschte. Von den Drakken war nichts zu hören, aber langsam wurden ihre Arme lahm, auch wenn sie sich mit den Füßen abstützte. Noch ein weiteres Mal versuchte sie, sich hinaufzuziehen, mobilisierte alle Kraftreserven, aber sie schaffte es nicht.

Dann kamen die Drakken zurück.

Der Erste postierte sich neben der Tür, trieb die drei anderen an, die gleich nach ihm heraufkamen, und scheuchte sie in den anderen Gang hinein, der in Richtung des *Roten Ochsen* führte. Zuletzt sah er sich noch einmal um. Als er nach unten in ihre Richtung blickte, hätte Alina beinahe aufgeschrien. Doch sie zwang sich, völlig reglos zu bleiben, hämmerte sich ein, dass sie sich keine Winzigkeit bewegen durfte, und starrte dem grässlichen Wesen mitten ins Gesicht. Für einen entsetzlichen Augenblick wirkte es so, als hätte der Drakken irgendetwas gespürt. Er legte den Kopf schief, glotzte sie an. Bald würden sie die Kräfte verlassen. Die Arme taten ihr weh, und ihre Lungen schmerzten höllisch, denn sie hatte zu atmen aufgehört.

Endlich richtete sich der Drakken wieder auf, starrte noch einmal kurz ins Land hinab und war dann so plötzlich wieder verschwunden, wie er aus der anderen Tür aufgetaucht war. Keuchend holte sie Luft und presste die Augenlider aufeinander. Ihre Arme und Hände schmerzten so sehr, dass sie glaubte, gleich loslassen zu müssen. Sie prüfte, ob ihre Füße sicheren Halt hatten, löste dann eine Hand von dem Bäumchen und tastete nach einer Ritze im Fels. Sie fand eine.

Augenblicke später hielt sie sich nur mehr an der Felswand und war froh darum – die Schmerzen in ihren Gliedern ließen nach. Sehnsuchtsvoll blickte sie nach oben. Jetzt, wo die Drakken fort waren, hätte sie wieder eine Chance gehabt, zurück in die Stadt zu gelangen. Aber was sollte sie dort tun? Würde sie Matz je wieder finden? Oder war er längst ein Opfer der Drakken geworden? Savalgor bot ihr nur noch eine winzige Chance, die sich mit jedem Tag verschlechterte.

Sie blickte nach unten. Der Fels war rau, sie sah etliche Griffe, Spalten und Tritte. Wenn sie es tatsächlich schaffte, bis ganz hinab zu gelangen, würden ihre Aussichten wieder steigen, wenigstens erst einmal mit dem Leben davon zu kommen. Leandra und Hellami hatten es auch geschafft. Vielleicht war ein Abstieg sogar leichter als ein Aufstieg. Ganz bestimmt würde er nicht so viel Kraft kosten. Sie brauchte noch einige Sekunden, dann entschied sie sich, es zu wagen.

Zaghaft untersuchte sie den Fels. Er war glücklicherweise schräg genug, dass sie nicht nach hinten weg-kippen würde. Rechts fand sie eine weitere Ritze, links einen griffigen Vorsprung. Sie ging ein Stück in die Knie und machte sich daran, mit den Füßen nach einem weiteren Halt zu tasten. Es gelang ihr. Ein win-ziges bisschen Hoffnung keimte in ihr auf.

Stück für Stück kletterte sie tiefer, auch wenn der Regen langsam ihre Kleider durchdrang. Sie machte weiter; wie durch ein Wunder fand sie immer wieder neue Tritte und Griffe. Irgendwer hatte einmal gesagt, dass man beim Klettern immer zusehen sollte, drei feste Haltepunkte zu haben. Mit dem freien Arm oder Bein konnte man nach einem neuen Halt tasten. Sie wusste nicht mehr, wo sie das gehört hatte, aber es half ihr sehr.

Als sie nach einer Weile nach unten blickte, erkannte sie, dass sie ein Stück geschafft hatte. Ein Blick nach oben bestätigte ihr das. Mit neuer Zuversicht setzte sie ihren Abstieg fort.

Zweimal überwand sie schwierige Stellen, einmal rutschte ihr der linke Fuß ab, doch sie konnte sich halten. Ihre Haare und ihre Hände waren nass, aber sie hatte das Glück, dass der kalte Wind wieder ab-geflaut war. Stück für Stück gelangte sie weiter ab-wärts, und wenn die Kletterei nicht so anstrengend gewesen wäre, hätte sie vielleicht geglaubt, dass sie es tatsächlich schaffen könnte. Aber ihre Muskeln, ihre Finger, Hände und Oberschenkel schmerzten immer heftiger. Dennoch – nach vielleicht einer dreiviertel Stunde glaubte sie, bereits die Hälfte geschafft zu haben.

Dann kam ein neues Problem auf. Sie merkte, dass es dunkler geworden war.

Der Abend brach herein, und alarmiert blickte Alina zum Himmel auf. Das Tageslicht würde vielleicht noch für eine halbe Stunde halten, aber bald würde die

Dämmerung so weit fortgeschritten sein, dass sie nicht mehr viel erkennen könnte.

Alina ließ sich gegen den Fels sinken und schloss die Augen. Sie war unendlich müde, alles tat ihr weh, und wenn sie eines ihrer Beine zu lange belastete, fing es an zu zittern. Eine halbe Stunde noch! Das würde sie niemals schaffen. Der Regen hielt immer noch an und an manchen Stellen war der Fels bereits glitschig geworden. Doch jetzt hatte sie es so weit geschafft – und sollte dennoch scheitern?

Unter Tränen machte sie weiter, einem inneren Befehl gehorchend. Sie kletterte weiter und weiter, heulte und fluchte dabei, schrie manches Mal den Fels vor sich an und hämmerte mit der Faust dagegen. Einmal rutschte sie wieder mit dem Fuß ab, konnte sich nur mit Mühe halten und hing dann bitter weinend, mit dem Gesicht an die Wand gepresst, an der nassen Felswand – etwa hundert Ellen über dem rettenden Boden.

Ohne dass sie sich irgendwie bewegt hätte, glitt kurz darauf ihr Fuß ein zweites Mal ab. Sie keuchte, versuchte sich zu fangen, aber es war zu spät. Der Augenblick des tödlichen Absturzes war so gnadenlos kurz, dass sie nicht einmal mehr Zeit hatte, sich vom Leben zu verabschieden. Sie rutschte den nassen Fels hinab, rasend schnell, und bevor sie in der Tiefe aufschlug, hatte sie nicht einmal mehr einen Schrei ausstoßen können.

*

»Na, bist du dahinter gekommen?«, fragte Rasnor mit einem Augenzwinkern.

Leandra erwiderte nichts und blickte zur Seite. Cathryn war sofort in ihre Nähe geflohen, als Rasnor das Zimmer betreten hatte.

Er schien es sich zur Angewohnheit machen zu wollen, sie mehrmals täglich aufzusuchen, so als hoffte er, dadurch ihr Vertrauen zu gewinnen. Im Moment stand er an der antiken Kommode, die sich zwischen den beiden Fenstern ihres Zimmers befand, und wog den Stein in der Hand, den er ihr vor ein paar Tagen überlassen hatte. Er breitete die Arme aus. »Willst du es denn gar nicht wissen? Ich dachte, du wärest berühmt für deine Neugierde?«

Leandra hatte bereits eine scharfe Bemerkung auf der Zunge, aber sie hielt sich zurück. Seit ihr Hilda zugeflüstert hatte, dass Alina noch in Freiheit war, glomm in ihr wieder ein schwacher Hoffnungsfunke. Sie starrte ihn finster an, hielt den Blick auf ihn gerichtet, und er verstand es, wie sie erwartet hatte, als Aufforderung zu sprechen.

Er hob den Stein. »Das ist Wolodit, nicht wahr?« Sein Gesicht strahlte, denn er freute sich offenbar wie ein Kind, sie mit seinem Wissen segnen zu dürfen. »Das härteste Gestein, das wir kennen. Es ist zugleich das häufigste Gestein, und man sagt ihm magische Eigenschaften nach. Hab ich Recht?«

Leandra seufzte ungeduldig. »Ja doch. Kannst du nicht zur Sache kommen?«

»Warum so unfreundlich? Du wirst sehen, es ist sehr spannend!« Er setzte sich auf einen Posterstuhl in der Nähe des Kamins und schlug die Beine übereinander. »Das Palasttor ist … nun, es *war* aus Wolodit, nicht wahr? Aus großen Blöcken. Und in Tharul schmiedet man den berühmten Stahl über Feuern, in denen glühende Woloditsteine liegen. Nur die Tharuler Schmiede kennen das Geheimnis, so große Hitze zu erzeugen, dass man Wolodit zum Glühen bringen kann. Nun, es ist wahr: Wolodit *ist* magisch!«

Leandra forschte in seinem Gesicht. Eines musste sie Rasnor lassen – er verstand es, sie neugierig zu machen.

»Es ist sogar *äußerst* magisch, sozusagen das Magischste, was es überhaupt gibt!« Er breitete die Arme weit aus. »Es ist die Quelle unserer ganzen Magie!«

Leandra zog die Augenbrauen hoch.

»Ja, wirklich! Es ist die Quelle. Und die Drakken wissen das!«

Leandra schüttelte unverständig den Kopf. »Die … *Quelle?* Ein Stein? Wie meinst du das?«

»Kennst du Magnetstein?«, fragte Rasnor. »Dieses Erz, das für den Bau von Magneten und Kompassnadeln verwendet wird? Nun – das hat doch auch eine magische Eigenschaft, nicht wahr? Es richtet sich stets nach Norden! Und es zieht Metall an. Oder denke an Kalkmehl! Misch es mit Wasser und es wird wieder zu hartem Stein! Es gibt allerlei Magie, die in einfachen Dingen steckt. Die blanke Erde hat die Kraft, Pflanzen zu nähren.« Er faltete befriedigt die Hände im Schoß. »Nun, liebe Leandra, Wolodit hat ebenfalls eine solche Eigenschaft. Es macht das Trivocum … wie soll ich sagen: *weich*.«

Leandra setzte sich, zog Cathryn an sich heran. »*Weich*?«, fragte sie.

Rasnor nickte eifrig. »Richtig. Das ist der Grund, warum es nur *bei uns* Magie gibt und anderswo nicht. Nur in unserer Welt gibt es Wolodit; die Drakken sagen, es wäre bei der Entstehung unserer Höhlen mit entstanden.«

*Bei der Entstehung unserer Höhlen*, echote es in ihrem Geist. So weit hatte sie noch nie zurückgedacht. An eine Zeit, in der die Welt entstanden war. Wie lange mochte das her sein? *Millionen* von Jahren? Diese Zahl, die sie einst von Munuel gelernt hatte, gab ihr nach wie vor Rätsel auf, sie war etwas Ungreifbares, Jenseitiges. Nichts gab es in der Höhlenwelt, was man in Millionen zählte. Munuel hatte einmal behauptet, dass es zu der Zeit, da das Dunkle Zeitalter über die Welt hereingebrochen war, *Millionen* von Toten gegeben hätte. *Millionen von Jahren* – wie lange mochte das sein? Die Geschichte der Menschheit in dieser Welt war nur etwa fünftausend Jahre alt, davor verloren sich alle Spuren. Sie selbst hatte die Theorie geschmiedet, dass die Menschen zuvor auf der Oberfläche der Welt gelebt hätten, und vor kurzem erst, in Hammagor, waren ihr höchst eigentümliche Dokumente in die Hände gefallen, uralte Blätter mit Bildern, die eine lebendige Welt zeigten, welche *keinen* Felsenhimmel besaß.

Zu gern hätte sie Antworten auf all ihre Fragen gehört. Sie beschloss, ihren Stolz für den Moment außer Acht zu lassen und aus Rasnor herauszuholen, was sie nur konnte. Wolodit. Das war wohl das Wort der Stunde. Sie blickte in die Höhe zur Raumdecke, die aus natürlichem Stein bestand wie fast alle Decken im Palast. Er war in das natürliche Höhlensystem des Savalgorer Stützpfeilers hineingearbeitet worden. Sie deutete hinauf. »Du ... sprachst von ... *Kalk!* Das dort ist doch Kalk und kein Wolodit, oder?«

Rasnor strahlte. »Richtig. Das Wolodit bildete sich innerhalb anderer Gesteine. Es erstarrte sozusagen in ihnen und durchzieht sie nun wie ein endloses Gespinst. Offenbar geschah das innerhalb von Augenblicken in der ganzen Welt. Es ist, als würde man heißes, flüssiges Blei in einen Bottich mit kaltem Wasser gießen.«

»Und das hast du alles von den Drakken erfahren?«

Er hob die Schultern. »Sie wissen bestens Bescheid. Sie wissen zehnmal mehr über unsere Welt als wir selbst.«

»Und was ist nun mit diesem Wolodit? Wollen sie solche Steine mitnehmen, um ihre Kräfte selbst ausnutzen zu können?«

Er schüttelte den Kopf. »Nein. Die Wirkung ist viel zu schwach. Wolodit muss in gigantischen Mengen vorhanden sein – einfach überall. Erst dann ist seine Wirkung auf das Trivocum groß genug, dass es – nun, wie ich schon sagte – *weich* wird. Wäre unsere ganze Welt nicht von Wolodit durchsetzt, gäbe es hier keine Magie. Außerdem hat es noch einen Fehler. Es wirkt nicht bei ihnen. Ich meine: die Drakken – sie können die Wirkung des Wolodits gar nicht nutzen.«

»Sie können es nicht nutzen?«, fragte sie verblüfft. »Aber … warum sind sie dann hier?«

Rasnor setzte wieder sein überlegenes Lächeln auf. »Nun, das ist ihr großes Geheimnis, aber ich kenne es. Sie haben es mir nicht gesagt, aber es ist nicht allzu schwer, darauf zu kommen. Soll ich es dir verraten?«

Leandra erriet es auch ohne ihn. »Die *Fabrik!*«, sagte sie. »Das ist es, nicht wahr? Du sprachst von einer Fabrik.«

»Du hast Recht. Genau das ist der Grund.«

Leandra begann auf der Unterlippe zu kauen. Was das bedeutete, konnte sie im Augenblick noch gar nicht überblicken. Sie brauchte Zeit, um darüber nachzudenken. Und ein Gespräch mit Victor oder dem Hochmeister, falls das irgendwie möglich war.

»Wie kommt es, dass sie dir gegenüber derartig mitteilsam sind?«, fragte sie herausfordernd.

Er zuckte mit den Achseln. »Weiß ich auch nicht. Ich habe immerhin diesen Rang – *uCetu*. Den hab ich ihrem *uCuluu* abgetrotzt. Seither kann ich alles erfahren, was mir innerhalb dieses Rangs zusteht – und *uCetu* ist ziemlich hoch. Gleich unter *uCuluu*.«

Sie zog die Stirn kraus. »Das scheint dich trotzdem nicht sehr glücklich zu machen«

Er seufzte. »Dieses ganze Volk ist mir ein Rätsel! Sie sind dumm! Die unteren Ränge, ich meine die gemeinen Soldaten, sind wie Insekten. Sie haben scharfe Sinne, sind schnell und gefährlich, aber sie sind gleichzeitig zu blöde, um eine Tasse Tee zu kochen. Es ist zum Auswachsen! Diese Wesen sind mir vollkommen unverständlich, ich ...«

»Aber du hast dich mit ihnen verbündet!«, sagte Leandra. »Hast dein eigenes Volk verraten, um dich mit ihnen gegen uns zu verschwören.«

Rasnor versteifte sich. »Geht das nun schon wieder los?«, knirschte er.

Sie winkte ab. »Nein, keine Sorge. Ich werde dich in Ruhe lassen. Damit du dir *bloß* keine Gedanken machen musst.«

Rasnor brummte unwillig, wandte sich auf dem Absatz um und stapfte davon. Leandra setzte sich seufzend nieder und zog Cathryn zu sich.

# 19 ◆ Die dunkelste Stunde

Es war Wärme, die sie wieder zu sich kommen ließ; feuchte Wärme, die durch all die andere Feuchtigkeit zu ihr drang.

Alina benötigte lange, um zu erwachen – so lange hatte es noch nie gedauert. Es war, als überlegte sich ihr Körper und ihr Geist mehrmals, es lieber doch nicht zu tun und auf ewig im Dämmerschlaf und in der Dunkelheit zu versinken. Aber da war diese seltsame, feuchte Wärme, schubweise, auf ihrem Gesicht und manchmal auf ihren Händen. Immer wieder. Endlich erwachte so etwas wie eine müde Neugierde in ihr. Eine mahnende Stimme im Kopf, die sagte, sie solle nachsehen, was da war.

Sie spürte ihren Körper kaum, aber was sie davon spürte, fühlte sich an wie durchgewalkt, wie mit Hämmern und Knüppeln weichgeklopft und danach irgendwo in den Dreck geworfen. Es war dunkel, nass und kalt um sie herum, so viel konnte sie immerhin feststellen.

Sie öffnete die Augen.

Nichts war zu sehen, sie spürte nur kalten Nieselregen auf ihrem Gesicht.

Dann sah sie kurz so etwas wie einen Schatten und Augenblicke später fühlte sie abermals eine feuchte Wärme in ihrem Gesicht. Eigentlich hätte ihr dies Angst oder wenigstens einen Schrecken einjagen müssen; sie hätte aufspringen und sich verteidigen sollen. Aber im Moment war sie zu keiner Bewegung fähig; ihr Verstand erschien ihr wie zäher Brei, er wollte sich ebenso wenig bewegen wie ihr Körper. Wieder spürte sie diese Berührung in ihrem Gesicht, dann auf ihren Händen.

Sie stieß ein gequältes Seufzen aus – woraufhin so etwas wie ein leises Quietschen hörbar wurde.

*Was war da nur?*

Sie hatte Lust zu weinen – vor lauter Niedergeschlagenheit und Einsamkeit, aber es war auch eine gute Portion Dankbarkeit und Freude dabei, denn sie hatte überlebt. Ihr war durchaus bewusst, wie der letzte bewusste Moment gewesen war, bevor sie hier und jetzt – in Dunkelheit, Kälte und Nässe – ein neues Leben beginnen durfte, wie auch immer das aussehen mochte.

Sie raffte ihre Kräfte zusammen und pumpte alles an Energie, was sie noch hatte, in ihren Kopf und ihr Wahrnehmungsvermögen. Sie musste irgendwo unterhalb der Felswand liegen, im feuchten Matsch, wie sie nun langsam spürte, aber es war ihr ein Rätsel, wie sie den Sturz hatte überleben können. Ihr letzter Blick hatte gute einhundert Ellen hinab in die Tiefe gereicht, das war leicht doppelt so hoch wie die höchsten Bäume, die sie gesehen hatte. *Niemand* überlebte einen solchen Sturz!

Sie versuchte ihre Beine und Arme zu bewegen – es gelang, wenn auch nur um Winzigkeiten.

Als dann diese Berührung wieder kam, sie das Quietschen hörte und ihr ein seltsamer Geruch in die Nase stieg, erkannte sie es schlagartig: *ein Hund!*

Irgendwie musste sie ein *Hund* hier gefunden haben, der ihr nun das Gesicht und die Hände leckte. Sie war nie eine besondere Hundefreundin gewesen, und schon gar nicht mochte sie es, das Gesicht geleckt zu bekommen; jetzt aber stiegen ihr vor Glück und Dankbarkeit Tränen in die Augen. Sie lag nicht völlig allein und verloren hier im Regen, sondern jemand kümmerte sich um sie. Auch wenn es nur ein Tier war. Sie spürte, dass der Hund groß sein musste, denn ihr Bauch war nicht so kalt wie der Rest ihres Körpers. Sie lag verkrümmt auf der Seite und der Hund lag offenbar neben ihr; er hatte sich gegen ihren Bauch gepresst, um sie zu wärmen.

Sie hob mühevoll einen Arm, tastete in der Dunkelheit nach dem Fell des Tieres und flüsterte: »Hallo Hund!«

Die Antwort bestand aus einem aufgeregt-freudigen Fiepen und einem neuerlichen Abschlecken ihres Gesichts. Der wedelnde Schwanz des Hundes schlug ihr so heftig gegen das Schienbein, dass es wehtat.

*

Alina verbrachte den ganzen Tag am nahen Waldrand.

Unmittelbar unterhalb des Monolithen befand sich ein Streifen freien Graslandes, etwa fünfzig Schritt breit; es war bekannt, dass dort die Stadtwache wenigstens einmal am Tag Streife ging. Nun aber mochten es die Drakken sein, und so hatte sie sich noch in der Dunkelheit der Nacht bis zum Waldrand hinübergeschleppt. Dort war sie kraftlos in sich zusammengesunken und wieder eingeschlafen.

Sie hatte das Glück, ein trockenes Fleckchen unter Büschen, Bäumen und Farnen erwischt zu haben, und der Hund, der eigentlich grässlich stank, hatte sich wieder wärmend an sie geschmiegt. Sie war ihm dankbar dafür. Die einfache Freundlichkeit, die er ihr entgegenbrachte, tat ihr wohl. Er hatte ein braun-weißes, struppiges Fell, wahrscheinlich irgendeine Hirtenhund-Rasse, und er gehörte offenbar jemandem, denn er trug ein ledernes Halsband. Irgendwann entdeckte sie, dass sich ein kleines Holzschildchen daran befand. Es stand der Name *Benni* darauf.

Sie schlief bis weit in den Tag hinein, und als sie gegen Mittag endlich aufwachte, blieb sie noch lange unbewegt liegen. Ein seltsamer innerer Friede hatte sie ergriffen, eine Art heilsamer Lähmung ihres Geistes und ihres Körpers. Der Hund war nach wie vor bei ihr, im Augenblick schlief er. Sein Fell war inzwischen wieder trocken. Auch der Regen hatte aufgehört.

Vorsichtig und langsam hatte sie ihre Gelenke und Glieder überprüft und war zu dem Schluss gekommen, dass sie sich nichts gebrochen hatte. Ihre Kleider waren zwar zerrissen und sie hatte etliche Schürfwunden und Prellungen, aber offenbar keinen Knochenbruch. Wie war das möglich?

Erst später am Tag kam sie dahinter. Als sie ihre Mattigkeit überwunden hatte und sich irgendwann aufrichten konnte, wagte sie es, ein paar Schritte umherzutappen. Sie trat an den Waldrand und betrachtete trübsinnig den Monolithen, der fünfzig Schritt entfernt von ihr in den Himmel ragte. Die Felswand war kolossal und sie musste das Bäumchen eine Weile suchen, ehe sie es fand. Es war unerhört weit oben und sie konnte gar nicht glauben, dass sie den ganzen Weg geklettert war. *Nein, nicht den ganzen Weg*, korrigierte sie sich.

Das Bäumchen befand sich ein gutes Stück nördlich von ihr. Beim Hinunterklettern musste sie nach Süden gelangt sein. Dort, wo sie jetzt stand und wo sie am vergangenen Abend auch abgestürzt sein musste, befand sich auf dem rötlich grauen Fels die dunkel verfärbte Rinne eines Wasserablaufs.

Alinas Blicke liefen die Wand hinauf. Jetzt war dort kein Wasser mehr zu sehen, aber es war zu erkennen, dass sich bei jedem Regenguss das Wasser, das den Felsen herabströmte, an bestimmten Stellen zu Rinnsalen sammelte. Weiter südlich befand sich eine weitere, dunkle und senkrechte Linie auf dem Fels, an anderen Stellen ebenfalls. Dieses Rinnsal, über das sie den schrägen Fels herabgerutscht sein musste, hatte ganz unten, am Fuß der Felswand, im Laufe der Zeiten eine Schräge ausgewaschen; ein kurzes Stück, das in einer sanften Kurve in den Boden überging und in einem flachen, morastigen Tümpel endete. Es war die Sorte Tümpel, die im Sommer rasch austrocknete – aber in der letzten Woche war es regnerisch gewesen, und so stand dort jetzt eine ausgedehnte Wasserpfütze, um die herum der Boden schlammig und aufgeweicht war. Das hatte ihr offenbar das Leben gerettet.

Alina seufzte. Hier waren alle nur denkbaren glücklichen Umstände aufeinander getroffen, sonst wäre sie unweigerlich umgekommen. Sie ließ sich zusammensinken und schlug die Hände vors Gesicht. Wenn jemand so unglaublich viel Glück hatte, dachte sie, dann *musste* es etwas zu bedeuten haben. Trotz all ihres Elends war sie von einem seltsamen, überwältigenden Glücksgefühl ergriffen. Als dann der Hund noch zu ihr kam und ein erlegtes Kaninchen vor ihr fallen ließ, hätte sie ihn am liebsten umarmt und geküsst.

Im Laufe der folgenden Stunden kam sie wieder etwas zu Kräften. Sämtliche Gelenke und Muskeln taten ihr weh, aber sie genoss das Gefühl, ihren Körper zu spüren und mitzubekommen, wie die Schmerzen und Prellungen langsam wieder zurückgingen. Das Kaninchen rührte sie nicht an. Sie hatte Hunger, aber sie wusste nicht, wie man ein totes Tier häutete und ausnahm. Abgesehen davon fehlte ihr die Möglichkeit, ein Feuer zu entfachen, und rohes Fleisch mochte sie nicht essen.

Im Laufe des voranschreitenden Nachmittags bewegte sie sich mehr und mehr. Irgendwann fühlte sie sich leidlich wieder imstande, etwas zu tun. Zum Glück besaß sie noch ihr kleines Messer, das Matz ihr zurückgegeben hatte, und vor allem das Drakkenhalsband. Aber ihre Kleider waren völlig verschlissen. Sie musste sich irgendwo neue beschaffen, wenn sie nicht auffallen wollte. Sie stank, denn sie hatte den Geruch des durchnässten Hundes angenommen. Für einen Blick in einen Spiegel hätte sie viel gegeben, andererseits aber fürchtete sie ihn auch.

Und dann hatte sie es plötzlich eilig, von hier fortzukommen. Noch blieben ihr ein paar Stunden, den Tag zu nutzen. Brach sie jetzt nicht auf, hieße das, auch die folgende Nacht hier zu verbringen, und dazu hatte sie allein schon zu viel Hunger.

»Ich werde mich dir anvertrauen!«, sagte sie zu Benni, als sie vor ihm kniete und ihn mit beiden Händen hinter den Ohren kraulte. »*Benni* – mein Freund!«

Er war alles andere als ein Wachhund, denn er wedelte wie ein kleines Hündchen mit dem Schwanz und wollte ihr schon wieder das Gesicht lecken. Sie drängte ihn zurück, erhob sich ächzend und winkte ihn davon. Benni schien zuerst zu glauben, sie wollte mit ihm spielen, dann aber setzte sie sich schleppend in Bewegung und er verstand, dass sie von hier aufbrechen würden.

Sie schlug keine besondere Richtung ein, lief einfach in den Wald hinein und überließ Benni die Führung. Eine gute halbe Stunde lang wusste sie nicht, ob ihre Vermutung zutraf und er sie instinktiv irgendwo hinführte, wo es eine menschliche Ansiedlung gab. Aber dann endete der Wald an einem großen Kornfeld, das sich nach Westen erstreckte. Dahinter, wo der Wald erneut begann, sah sie zwei Dächer zwischen den Bäumen herragen. Das musste Bennis Zuhause sein.

Eine Viertelstunde später waren sie da. Alina konnte nur vermuten, wie die Situation außerhalb der Stadt sein mochte. Es war damit zu rechnen, dass die Drakken die großen Städte besetzt hatten, vielleicht auch die kleineren bis hin zu den Dörfern – aber dass sie auf jedem Bauernhof waren, bezweifelte sie. Es gab ihrer hunderte im Savalgorer Tiefland – die Drakken hätten abertausende von Soldaten gebraucht, um allein dieses Gebiet bewachen und kontrollieren zu können.

Alina hielt sich zwischen Sträuchern versteckt, während Benni schwanzwedelnd auf das Haus zulief. Die Glieder taten ihr immer noch weh, aber durch die Bewegung waren ihre Muskeln warm geworden.

Es war ein nettes, kleines Holzhaus mit steilem, strohgedecktem Dach und einem angebauten Unterstand für Dinge, die zum Trocknen hingen – Wäsche, vielleicht auch Kräuter, Gärwurz oder Hoppen. Nach Norden hin stand eine Scheune und nach Osten ein Viehstall. Die Scheune war etwas größer als das Wohnhaus, der Viehstall länger, aber viel flacher. Auf dem Platz zwischen den Gebäuden standen zwei kleine Fuhrwerke und ein großer Hackklotz mit Axt und einem kleinen Haufen gespalteter Scheite. Mitten auf dem Hof erhob sich das steinerne Rund eines Brunnens. Auf einem Misthaufen saßen Krähen; ein paar Hühner liefen herum und eine magere Katze hockte auf einem Pfosten. Sonst war nichts zu sehen, was darauf hindeutete, dass jemand hier war. Benni war ihr vorausgelaufen, drehte ein paar Kreise auf dem Hof und kläffte einmal in ihre Richtung. Dann aber senkte er Kopf und Schwanz und trabte mit angelegten Ohren auf die Eingangstür des Wohnhauses zu. Sie stand halb offen.

Alina spürte ein ungutes Gefühl. Etwas stimmte hier nicht. Benni verschwand im Haus, kehrte aber sogleich zurück, ließ sich dann ein paar Schritt vor der Haustür nieder und legte den Kopf auf die Vorderpfoten.

Alinas Vorahnung vertiefte sich. Sie erhob sich vorsichtig und schlich ein Stück nach links, um besser in den Innenhof sehen zu können. Die Katze sprang von dem Pfosten herab, spazierte zu Benni und schmiegte sich kurz an ihn. Benni stupste sie mit der Nase, aber als sie Alina bemerkte, huschte sie davon.

Nun sah Alina, dass in der hinteren Ecke des Hofes zwei Pferde standen, aneinander Schutz suchend, wie es Pferde gern taten. Alina wunderte sich, dass es hier welche gab – für die Landwirtschaft waren sie eigentlich zu wertvoll und wurden im Nutzen von Mulloohs zumeist übertroffen. Die Tür zu ihrem Stall stand offen.

Benni erhob sich und kam mit traurigem Gesichtsausdruck zu ihr getrottet. Da immer noch alles ruhig war, wagte Alina, ihre Deckung zu verlassen. »Was ist denn?«, flüsterte sie und kniete sich neben ihn. »Ist niemand da?«

Benni winselte leise, wandte sich ab und lief ins Haus. Alina nahm sich ein Herz und folgte ihm.

Das was sie befürchtet hatte, blieb ihr erspart. Aber es war auch so schlimm genug. Der Hof war verlassen, seit drei oder vier Tagen, schätzte sie. Da waren Reste eines überstürzten Aufbruchs, eine nicht beendete Mahlzeit stand auf dem Tisch, über die sich Fliegen und anderes Ungeziefer hergemacht hatten. Sie fand ein Kinderzimmer; den hölzernen Spielzeugen nach zu urteilen mochte das Kind fünf oder sechs Jahre alt gewesen sein. Auch Hinweise auf ältere Leute gab es – hier hatte anscheinend eine fünf- oder sechsköpfige Familie gelebt. Niemand von ihnen war mehr da.

Kurz darauf fand sie hinter dem Haus zwei frische Gräber. Anstelle von Grabsteinen waren nur zwei Steinhaufen mit kleinen Steinmännern an den Kopfenden aufgetürmt, Inschriften oder Ähnliches fand sie nicht. Benni schlich mit hängender Rute um die Gräber herum und winselte leise. Irgendeine Tragödie hatte sich hier abgespielt. Sie erforschte den gesamten Bauernhof, fand aber keine lebende Menschenseele. Außer den beiden Pferden und den Hühnern gab es hier auch keine Tiere mehr, nur an einer Stelle, ein Stück weit hinter den Ställen, fand sie verbrannte Tierkadaver. Der Haufen war groß und stank schrecklich und sie hatte keine Lust, näher heran zu gehen. Es mochten ein oder zwei Mulloohs sein, die dort verbrannt worden waren, und vielleicht noch irgendwelche anderen Tiere.

Eine Weile überlegte sie, ob sie nicht lieber wieder verschwinden sollte. Dieser Bauernhof, einst bestimmt das Heim einer munteren, glücklichen Familie, hatte etwas Niederdrückendes, sogar Unheimliches an sich. Andererseits gab es hier Dinge, die ihr nützen konnten. Zögernd entschloss sie sich, über Nacht hier zu bleiben. Sie würde irgendwo in der Scheune schlafen und sich, bevor sie weiterzog, waschen, neu einkleiden und etwas essen. Wohin sie gehen sollte, wusste sie noch nicht. Aber der Abend bot ihr vielleicht Zeit zum Nachdenken.

Das schlechte Wetter verzog sich wieder, und nachdem es schon gegen Mittag zu regnen aufgehört hatte, riss nun zusehends die Wolkendecke auf und gab den Blick auf das große, westliche Sonnenfenster von Savalgor frei, das hier direkt über dem Hof lag. Es war ein wenig wärmer geworden.

Alina ging ins Haus und suchte nach Kleidern. Im ersten Stock wurde sie fündig. Die Kleider der Bäuerin waren nichts für sie, aber hier hatte offenbar ein junger Mann gelebt, vielleicht der Sohn des Bauern, der in etwa Alinas Körpermaße besaß. Er war wohl etwas größer als sie gewesen und etwas kräftiger, aber die Sachen würden dennoch ganz gut passen. Zuerst zögerte sie und sah aus dem Fenster, ob nicht vielleicht gerade jetzt, da die Dunkelheit anbrach, die Familie von der Feldarbeit zurückkehrte. Aber da kam niemand.

Was sie hier tat, war eigentlich nicht weniger als Diebstahl. Doch unter den derzeitigen Umständen hatte wohl niemand einen Nachteil dadurch. Sie nahm sich vor, irgendwann einmal, sofern es ihr möglich war, hierher zurückzukehren und ihre Schuld zu begleichen.

Sie suchte sich einen Satz derbe Kleidung heraus – für die Zukunft konnte sie jeden Gedanken an ein Ballkleid ohnehin getrost vergessen. Da war das, was sie fand, gerade recht. In der Küche räumte sie die Essensreste fort und spülte das schmutzige Geschirr in einer großen Schüssel, die sie draußen am Brunnen gefüllt hatte. Danach ging sie hinaus, sprach den Pferden gut zu, und als sie sich beruhigt hatten, stellte sie ihnen Wasser und Hafer hin. Schließlich suchte sie nach etwas Essbarem. In der Küche fand sie ein paar Eier, hartes Brot und etwas Schinken. Dort aß sie auch und warf dabei Benni etwas Speck vom Schinken zu, den sie nicht mochte.

Dann kam der weniger angenehme Teil. Sie suchte sich zwei Tücher zum Abtrocknen, fand ein Stück Knochenseife und einen großen Botttich. Mitsamt den neuen Kleidern trat sie auf den Hof hinaus. Erleichtert stellte sie fest, dass ein leichter, warmer Wind aufgekommen war. Über ihr leuchtete das Orange der untergehenden Sonne durch das Sonnenfenster und irgendwie war eine versöhnliche Stimmung eingekehrt. Benni stand neben ihr und sah sie erwartungsvoll an.

Sie trat zu dem Brunnen, füllte den Bottich mit mehreren Kübeln Wasser und schälte sich aus ihren Kleidern. Bibbernd ließ sich ins Wasser nieder. All ihre Schürfwunden und Prellungen begannen wieder zu schmerzen und sie verscheuchte den neugierigen Hund mit derben Worten. Die Knochenseife brannte wie Feuer in ihren Wunden, aber als sie fertig war und aus dem Wasser stieg, hatte sie zum ersten Mal an diesem Tag das Gefühl, wieder einigermaßen munter zu sein. Sie trocknete sich schnell ab, hüllte sich in die Tücher und setzte sich neben dem Hackklotz auf das kurze Gras. Seufzend lehnte sie sich an.

Endlich war alles getan.

Es war, als würde sie ein neues Leben beginnen. Sie lebte noch, hatte es geschafft, Savalgor zu verlassen, und besaß sogar neue Kleider. In normalen Zeiten wäre das deprimierend wenig gewesen, im Moment jedoch kam es ihr wie ein ungeheurer Reichtum vor. Versonnen starrte sie zum Sonnenfenster hinauf. Das Orange schwand zusehends und erste Sterne funkelten durch das riesige Auge aus Glas. Benni trottete daher und legte sich neben sie. Sogar die magere Katze zeigte sich, blieb aber einen Schritt vor ihr sitzen. Sie rollte ihren Schwanz um ihre Beine und blickte Alina katzenhaft auf unbestimmbare Weise an.

»Was soll ich jetzt tun, Benni?«, flüsterte sie.

Der Hund sah zu ihr auf und winselte leise.

Sie nickte. »Ja, ich weiß. Du hast das gleiche Problem. Aber vielleicht kommen deine Leute ja wieder.« Sie blickte erneut zum Sonnenfenster auf, setzte sich etwas bequemer hin und sagte: »Nun bin ich in Freiheit – vielleicht die einzige Person weit und breit, aber ich habe den einzigen Bürger meines frisch gegründeten Reiches schon wieder verloren.«

Die Katze kam herbei und schmiegte sich an ihre angewinkelten Beine. Alina lächelte schwach. Vielleicht hatte sie keinen *Bürger* mehr in ihrem Reich, aber wenigstens zwei Tiere. Ihr Blick schweifte über den Hof und sie fragte sich, ob sie nicht einfach hier bleiben sollte. Dann schüttelte sie den Kopf. Nein, von Landwirtschaft verstand sie nichts, und die wenigen Eier und der Schinken würden ihr bald ausgehen. Sie musste irgendwo ein Dorf finden und neue Freunde gewinnen.

Würde ihr das gelingen? Und würde ihr überhaupt jemand glauben, dass sie die Shaba war? Selbst wenn sie Glück hatte – würde jemand den Mut oder auch nur die Möglichkeit haben, sich ihr anzuschließen? Vielleicht trug inzwischen jeder so ein Halsband.

Sie dachte an Maric, den sie nun ganz sicher für einige Zeit nicht wieder sehen würde. Sie sehnte sich danach, ihn im Arm zu halten, ihn zu wiegen, und mit seinen kleinen Händchen zu spielen. Er war ein lieber Junge, wie … *sein Vater*. Alina schloss die Augen.

Plötzlich drohte sie der Kummer über ihren Verlust zu überschwemmen, aber dann nahm sie sich innerlich zusammen und sagte sich, dass ihr dieser Verlust ebenso gut als Antrieb dienen konnte, jetzt etwas Neues zu beginnen.

Aber was?

Sie kraulte Benni hinter den Ohren und streichelte mit der anderen Hand die Katze, während sie wieder zum Himmel aufblickte. Sie liebte den Anblick der Sterne.

Für Momente strich ein dunkler Schatten vor den leuchtenden Funken vorbei und sie erkannte einen Drachen – er war reichlich spät dran, hatte nach einem abendlichen Ausflug offenbar seine Kolonie noch nicht wieder erreicht. Normalerweise flogen Drachen nachts nicht. *Ja*, sagte sie sich, *Drache müsste man sein …*

Ein heißer Schauer durchströmte sie und sie richtete sich auf.

Ein Mosaikstückchen fiel an seinen Platz und dann wusste sie mit einem Mal, was ihr gestern Nachmittag in den Sinn gekommen war, als sie in Savalgor zu den Drakkenschiffen aufgeblickt hatte.

*Die Drachen!*

Leandra hatte so oft von den Drachen erzählt, ihren neuen Freunden! Sie war mit ihrer Hilfe nach Unifar und nach Hammagor gelangt. Auch Victor war viel geflogen, sie waren auf den Drachen gemeinsam nach Savalgor zurückgekehrt – und die Drachen hatten sogar Leandra und ihre Verstärkung auf das Palastdach gebracht! Alina blickte suchend in die Luft, aber der Drache dort oben war längst wieder verschwunden. Sie setzte sich auf die Fersen und starrte in den Himmel. Auch Benni richtete sich auf. Er spürte, dass sie plötzlich aufgeregt war.

Würden ihr die Drachen helfen?

Sie wusste so gut wie nichts über diese Tiere, war erst ein einziges Mal einem Drachen ein wenig nahe gekommen. Es gab so viele Arten ... Felsdrachen, Salmdrachen, Kreuzdrachen ... sie wusste nicht, welche davon intelligent waren, so intelligent, dass man mit ihnen reden konnte. Und wie mochte man Kontakt mit ihnen aufnehmen? Es sollte eine alte, gemeinsame Sprache der Drachen und Menschen geben. Ja, und dann gab es noch Leandras Drachenfreund, wie hieß er gleich ...? *Tirao.* Jetzt fiel es ihr ein. Tirao würde sie vielleicht verstehen können, auch wenn sie die gemeinsame Sprache nicht beherrschte. Doch wo war Tirao?

Es dauerte noch Augenblicke, dann rückte das letzte Mosaiksteinchen an seinen Platz. Alina sprang förmlich vor Begeisterung in die Höhe.

*Roya!*

Bei den Kräften: *Roya musste ebenfalls noch in Freiheit sein! Und Tirao war bei ihr!*

Benni, von ihrer Aufregung angesteckt, sprang an ihr hoch. Er war ein großer Hund, reichte ihr aufgerichtet fast bis zum Gesicht. Sie umarmte ihn, wie er war, und sagte voller Begeisterung zu ihm: »Beim Felsenhimmel – jetzt weiß ich, was wir tun! Wir suchen Roya! Sie ist ...«

Alina zögerte.

Ein dunkler Schatten wollte sich plötzlich über ihre Idee legen. Sie wusste nur sehr vage, wo Roya sich aufhielt. Aber sie drängte ihre Bedenken verbissen beiseite. »Ich finde sie!«, sagte sie entschlossen zu Benni. »Sie muss irgendwo im Südramakorum sein! Bei der Mündung eines unterirdischen Flusses, der unter dem Hauptkamm hindurch fließt! Das hat Leandra erzählt.

Roya pflegt einen verletzten Feuerdrachen – und Tirao ist bei ihr geblieben!«

Benni kläffte ihr mitten ins Gesicht. Sie kniff die Augen zusammen und ließ ihn los.

Es war der größte Hoffnungsschimmer, seit Victor *doch noch* zur Hochzeit erschienen war. Sie wusste, dass es eine Menge Ungewissheiten gab: Würde sie die Stelle finden können? War dieser Ort überhaupt *erreichbar,* wenn man nicht fliegen konnte? Und wie lange würde Roya dort bleiben? Wie lange benötigte ein verletzter Drache Hilfe, bis er wieder fliegen konnte? Etwa eine Woche war vergangen … Es mochte sein, dass Roya längst wieder unterwegs war.

Doch dann fiel ihr *noch* etwas ein – und das schien ihr Vorhaben auf jeden Fall zu einem lohnenden Ziel zu machen, selbst wenn sich die Suche nach Roya als über die Maßen schwierig erweisen sollte.

*Ulfa!*

Alina hatte den kleinen Baumdrachen bei ihrer Hochzeit selbst gesehen, hatte seine machtvolle Aura gespürt. In ihm steckte der Geist des Urdrachen, er war ein übernatürliches Wesen, ein Beschützer der Höhlenwelt! Wenn sie Roya finden konnte, dann fand sie auch Tirao. Mit Tiraos Hilfe gab es bestimmt eine Möglichkeit, an Ulfa heranzukommen. Und wenn der kleine Drache tatsächlich der Beschützer der Höhlenwelt war, dann musste er einen Rat wissen!

Sie nickte Benni zu. »Das werde ich tun!«, sagte sie entschlossen. »Morgen, ganz früh, breche ich auf! Ich werde Roya und Tirao finden – und wenn es Jahre dauert!«

# 20 ◆ Benni

In dieser Nacht konnte Alina vor lauter Unruhe kaum schlafen. Vorsichtshalber hatte sie einen Schlafplatz in der Scheune gewählt und sich einen Fluchtweg nach hinten heraus offen gehalten. Vielleicht kamen regelmäßig Drakkenpatrouillen vorbei, um den Hof zu überprüfen.

Der größte Teil ihrer Unruhe aber rührte von ihrem Vorhaben her, nach Roya zu suchen, und von all den Dingen, an die sie denken musste. Noch am Abend war ihr die Idee gekommen, sich eines der Pferde zu nehmen – das würde ihre Reisegeschwindigkeit wesentlich erhöhen. Wenn sie eines konnte, dann war es Reiten. Als gewissermaßen »höhere Tochter« war es Pflicht für sie gewesen, die Reitkunst zu erlernen.

Darüber hinaus besaß Alina eine gute Bildung. Ihre Mutter hatte darauf Wert gelegt und sie konnte auf Jahre unter der Obhut von Gelehrten und Magistern zurückblicken, die ins Haus gekommen waren, um ihr etliches über die Wissenschaften, die Literatur, die Mathematik und auch die Geografie beizubringen. Sie hatte ein recht gutes Bild ihres Landes im Kopf.

Die westliche Handelsstraße führte von Savalgor aus durch das südakranische Hügelland in Richtung Tulanbaar. Sie würde sehen, ob sie diesen Weg nehmen konnte, denn dort mochte es Drakken geben. Aber sie erinnerte sich an den Verlauf des Alten Weinwegs, der vor Jahrhunderten eine wichtige Verbindung nach Westen gewesen war. Er hatte an Bedeutung verloren, nachdem die Städte Mittelweg und Tharul aufgeblüht waren und viele Händler und Reisende in ihre Richtung zogen. Es mochte sein, dass der Alte Weinweg heute verfallen und verwildert war, aber so lange er ihr als Weg dienen konnte, war es ihr gerade recht, dass sie abseits der großen Straßen das Land durchquerte. Er führte entlang der Morne in Richtung Villtal und von dort über zahlreiche Dörfer nach Soligor und ins Rebenland. Irgendwann würde sie der Abtei von Hegmafor ziemlich nahe kommen; wenn sie ins südliche Ramakorum vordringen wollte, musste sie dort vorsichtig sein. Hegmafor war wahrscheinlich ein Stützpunkt der Bruderschaft. Hatte sie die Vorberge des Ramakorums erreicht, würde es gewiss noch schwieriger werden, denn das Gelände dort war unwegsam. Sie besaß keine Kenntnisse darüber, wie weit die gangbaren Wege ins Ramakorum hineinreichten. Sicher würde sie dort erheblich langsamer vorankommen. Aber vielleicht gelang es ihr auch, unterwegs vorsichtig Informationen zu sammeln. Möglicherweise erfuhr sie etwas über den Verbleib von Roya – sofern sie sich nicht mehr an der Mündung des unterirdischen Flusslaufs aufhielt.

Alina überschlug ihren Zeitbedarf im Kopf. Die braunweiße Stute schien gut in Form zu sein, und wenn sie ein flottes Tempo anschlug, würde sie es, sofern sie nicht in Schwierigkeiten geriet, in etwa fünf Tagen bis ins Rebenland schaffen können. Von dort dauerte es einen weiteren Tag bis zu den Vorbergen, wobei sie in die Nähe von Hegmafor geriet. Aber sie würde stets dreißig oder vierzig Meilen zwischen sich und der alten Abtei lassen können, das war hoffentlich genug. Doch wie lange sie anschließend brauchen würde, wusste sie nicht. Es kam darauf an, wie tief im Gebirge dieser unterirdische Fluss lag und ob er einigermaßen leicht zu finden war. Und dann stellte sich noch die Frage, wie weit sie die Wege in den Bergen zu Pferd nutzen konnte.

All diese Gedanken bescherten ihr eine unruhige Nacht. Plötzliche Skrupel überkamen sie, ob sie wirklich eines der Pferde nehmen konnte. Das war in noch höherem Maße Diebstahl, als sich mit Kleidern und Nahrung zu versorgen. Doch dann sagte sie sich, dass sie die Herrscherin von Akrania war und dass sie ihre Tat zum Nutzen des Landes beging. Letztlich war sie selbst die höchste Richterin. Bei dem Gedanken, sich selbst zu einem Jahr Kerker zu verurteilen, musste sie leise auflachen.

Kaum drang am nächsten Morgen erste Helligkeit durch die Sonnenfenster in die Welt, war sie auf den Beinen. Sie suchte sich eine Schlafdecke, einen weiteren Satz Kleidung und ein wenig Verpflegung sowie ein paar andere nützliche Dinge zusammen. Anschließend sattelte sie die Stute. Das andere Pferd, eine weitere Stute, braun und etwas kleiner, verfolgte Alinas Tun mit traurigen Blicken. Alina überlegte, ob sie vielleicht beide Pferde mitnehmen sollte. Zuerst entschied sie sich dagegen, um weniger Ballast bei sich zu haben, dann aber kam sie auf die Idee, das zweite Pferd unterwegs zu verkaufen. Sie benötigte Geld für Nahrung – und vielleicht eine Waffe.

Endlich war sie so weit. Sie führte die beiden Pferde hinaus auf den Hof und kletterte entschlossen in den Sattel der Stute. Benni stand daneben und blickte betroffen zu ihr auf. Alina seufzte.

Sie stieg wieder ab, kniete sich zu ihm hin und nahm seinen Kopf zwischen beide Hände. Er winselte leise. »Ich muss nun gehen«, sagte sie. »Danke für alles. Du hast mir sehr geholfen, Benni!« Sie küsste ihn auf die Stirn.

Wieder winselte er. Manchmal, so dachte sie, wäre es besser, wenn Hunde nicht so empfindsam wären. Sie spürten es einfach, wenn jemand ging, und die Art und Weise, wie ein Hundegesicht Schmerz oder Traurigkeit ausdrücken konnte, erleichterte einem den Aufbruch keinesfalls.

»Ich muss mich beeilen! Schnell reiten, verstehst du? Da kommst du nicht mit! Außerdem gehörst du hierher, musst den Hof bewachen – bis deine Leute wiederkommen.«

Sie sah schon, dass er nicht einfach hier bleiben würde. Also würde sie gleich zu Beginn ein scharfes Tempo anschlagen, damit er zurückfiel und schließlich wieder von selbst zurückkehrte. Es half nichts – sie hatte etwas Wichtiges vor und musste sich beeilen.

Sie kletterte in den Sattel, überprüfte die Länge der Leine zu dem zweiten Pferd und schnalzte mit den Zügeln. Dann winkte sie Benni ein letztes Mal zu, steuerte ihr Pferd auf den Weg und wandte sich nach Westen, wo ein kleiner Fuhrweg in den Wald hinein führte. Sie wollte erst einmal fort aus der unmittelbaren Umgebung von Savalgor.

Erwartungsgemäß folgte ihr der Hund, aber als sie nach einem kurzen Ritt durch den Wald freies Grasland erreichte, lenkte sie ihre Stute in Richtung eines Tals zwischen zwei großen Stützpfeilern im Nordwesten und trieb sie zu gestrecktem Galopp an.

\*

Um die Mittagszeit war Benni immer noch bei ihr.

Er hielt mühelos mit dem Galopp der Pferde mit, lief häufig sogar voraus, als wollte er das Umland erkunden, und einmal erlegte er sogar, ganz nebenbei, ein weiteres Kaninchen. Alina nahm es ihm ab und beschloss, einen ernsthaften Versuch zu machen, es auszunehmen und über einem Feuer zu braten. Zündstein und Glimmpulver hatte sie im Haus gefunden und mitgenommen.

Als sie die Pferde einmal eine Strecke im Trott zurücklegen ließ, rief sie zu Benni hinab: »Du willst also ernsthaft bei mir bleiben?«

Er lief hechelnd und mit hängender Zunge neben ihr her und kläffte sie an.

»Ist vielleicht gar keine schlechte Idee!«, rief sie ihm zu. »Aber du musst mich beschützen. Wirst du das tun?«

Wieder kläffte er. Sie war verwundert über die Intelligenz des Tieres. Er dürfte wohl kaum ihre Worte verstanden haben, aber dass es eine Frage gewesen war, hatte er an der Satzmelodie erkannt. Plötzlich gefiel ihr die Idee, Benni bei sich zu haben. Er konnte tatsächlich für sie auf die Jagd gehen, und wenn er täglich ein Kaninchen fing, würde sie niemals hungern müssen. Ein weiteres für sich selbst und dazu noch ein paar Beeren und Nüsse, die sie für sich selbst sammeln konnte, und sie würden überleben können. Der Gedanke, dass er sie tatsächlich verteidigen würde, war ebenfalls nicht abwegig. Auch ein freundlicher Hund wie Benni war sicher klug genug, um unterscheiden zu können, wann er sein Schwanzwedeln lieber durch ein Zähnefletschen ersetzen sollte.

Alina spürte an diesem Morgen neue Zuversicht. Dafür, dass sie vorgestern Abend einen Hundert-Ellen-Sturz überlebt hatte, ging es ihr recht gut. Außer den Gliederschmerzen spürte sie nur noch einige Prellungen und Schürfwunden, aber die waren auszuhalten. Sie hatte so unendlich viel Glück gehabt, auch als Benni sie gefunden hatte, dass sie abermals dachte, dies müsste etwas bedeuten. Irgendeine Macht des Schicksals schien ihr helfen zu wollen. Steckte vielleicht der geheimnisvolle Ulfa dahinter?

Sie hatten nun schon mehrere Wälder durchquert und waren über Hügel mit braunem Steppengras und durch schattige Täler zwischen Stützpfeilern geritten. Alina erinnerte sich an einen Rat, den sie während ihrer Schuljahre von einem ihrer Lehrer erhalten hatte: Besitzt man keinen Kompass, kann man die Himmelsrichtung feststellen, indem man den Lichteinfall durch die Sonnenfenster beobachtet und ihn ins Verhältnis zur Tageszeit setzt. Diese Methode war zwar etwas ungenau und änderte sich auch mit den Jahreszeiten, aber im Augenblick hatte sie keine andere Wahl und würde damit zurechtkommen.

Dann entdeckten sie ihr erstes Dorf.

*

Es war ein seltsam bläuliches Schimmern im Sonnenlicht, das sie aufmerksam machte. Das Dorf lag auf einem felsigen Hügel im Vordergrund eines ausgesprochen schiefen Stützpfeilers, der trunken dem Felsenhimmel entgegenstrebte und den Betrachter fürchten ließ, er werde gleich umkippen. Alina wunderte sich, von ihm oder dem Dorf noch nie gehört zu haben. Meist waren solche kuriosen Pfeiler weithin bekannt.

Das Schimmern jedoch, das wie eine eigene kleine Sonne ins Land fiel, war noch ungewöhnlicher. Sie kannte kein Ding, von dem ein so starkes Leuchten ausgehen konnte, höchstens von einer Wasserfläche, die das Sonnenlicht reflektierte, aber dies kam hier nicht infrage. Als sie schließlich mehrere Dächer erkennen konnte, wurde ihr klar: es musste von der metallenen Hülle eines Drakkenschiffs stammen. Eines Drakkenschiffs, das in dem Dorf gelandet war. Sobald sie sich dem Hügel näherte, sah sie ein großes Schiff, das in unmittelbarer Nähe der Häuser stand. Sie brachte das Pferd zum Halten.

Ihr Herz pochte dumpf. Unruhig sah sie sich nach einer Deckung um. Hier gab es nur Steppengras, niedrige Büsche und ein paar Geröllbrocken. Benni hob schnuppernd die Nase; selbst der Hund schien zu spüren, dass es hier etwas Ungewöhnliches gab.

Alina überlegte, ob sie trotz der Gefahr das Dorf aufsuchen sollte. Womöglich war jetzt jedes Dorf im Land von den Drakken besetzt, und dieses Dorf zu meiden hieß, *alle* Dörfer meiden zu müssen. Vielleicht aber würde sie es betreten und unbehelligt wieder verlassen können; die Drakken konnten schwerlich das Land unter Kontrolle halten, wenn sie das gesamte Alltagsleben unterbanden. Die Leute mussten Güter für ihre Bedürfnisse erzeugen und mit ihnen Handel treiben können, sonst würde den Drakken die Aufgabe zufallen, das Volk zu ernähren. Das jedoch war eine Aufgabe, die sie unmöglich bewältigen konnten.

Dennoch war es ihr zu gefährlich. Bennis verlassener Bauernhof mochte bedeuten, dass die Drakken alle kleinen Siedlungen außerhalb der Dörfer entvölkerten, möglicherweise verfuhren sie auch mit einsamen Wanderern so. Vielleicht gab es sogar ein Reiseverbot, wie schon unter der Duuma. Eine Fremde wie sie wurde womöglich auf der Stelle festgenommen, wenn sie ein Dorf betrat.

Eine Meile westlich von ihr erstreckte sich ein bewaldetes Tal zwischen zwei Pfeilern. Sie entschied sich, dorthin auszuweichen und künftig alle Ansiedlungen zu meiden, in denen sie Drakken sehen konnte oder vermutete. Vielleicht fand sie anderweitig Möglichkeiten, die kleine Stute zu verkaufen und sich mit Nahrung zu versorgen.

Sie schnalzte mit der Zunge und lenkte ihre Pferde in Richtung des Waldes.

Plötzlich bellte Benni – ihr Kopf fuhr herum.

Über dem Drakkenschiff hatte sich etwas erhoben und für kurze Zeit wurde seine blendende Lichtreflexion von einer Art Hitzeflirren durchströmt. Dann sah sie ein größeres Objekt in der Luft, doch ehe sie es erkannte, war es schon zu spät. Etwas kam auf sie zu, rasend schnell; die verbleibende Zeit wäre ohnehin viel zu kurz gewesen, als dass sie sich irgendwo hätte in Sicherheit bringen können.

Es war ein kleines Drakkenschiff und es überflog die Ebene beängstigend schnell. Bis zur Hügelkuppe des Dorfes waren es gute drei Meilen, aber es dauerte weniger als eine halbe Minute, dann war es schon bei ihr.

Alina musste krampfhaft ihren Impuls unterdrücken, Hals über Kopf zu fliehen. Das wäre vermutlich ihr Tod gewesen; sie hatte mehrfach erlebt, wie Drakken mit Fliehenden verfuhren. Die Pferde wurden unruhig. Benni bellte und wurde immer nervöser, während Alinas Herz wummerte, als würde es all ihr Blut ins Leere pumpen. Sie zwang sich, ruhig zu bleiben, und tastete angstvoll nach dem Drakkenhalsband, das sie am Morgen schon angelegt hatte. Noch immer trug sie ihre Haare zu einem langen Zopf geflochten; sie schlang ihn wieder um den Hals. Auf diese Weise würde er die Klammer, mit der das Halsband in ihrem Nacken zusammengeheftet war, gut verbergen. Um möglichst keine Probleme aufkommen zu lassen, ließ sie die kleine, ovale Plakette mit dem leuchtenden Symbol deutlich hervorschauen. Mit wild pochendem Herzen wartete sie die Landung des Schiffs ab.

Es war ziemlich klein, nur etwa 12 Schritt lang und vier oder fünf breit. An der hinteren Hälfte besaß es kleine, stummelartige Flügel, die aus einer ringartigen hinteren Verdickung des Schiffskörpers herausragten. Wie alle anderen Drakkenschiffe war es grau, besaß aber ein paar silbrig glänzende Aufbauten und eine blau-metallisch schimmernde, kuppelartige Scheibe auf der Oberseite.

Ein seltsames Jaulen erfüllte die Luft, als es heran war. Das Jaulen wurde noch lauter und höher, als das Schiff an der Unterseite ein spinnenartiges Landegestell entfaltete. Daraufhin sank es ganz zu Boden. Alina hatte alle Mühe, die Pferde zu beruhigen. Benni bellte wie rasend, rannte hin und her, blieb aber ein gutes Stück entfernt. Sie bekam Angst, dass er eines der Echsenwesen anfallen könnte. Sie würden ihn mit ihren fürchterlichen Waffen auf der Stelle umbringen. »Benni! Sei still! Komm zu mir!« Sie ließ sich zwischen den Pferden zu Boden gleiten. »Benni!«

Noch mehrmals musste sie rufen, dann beruhigte sich der Hund halbwegs und kam widerstrebend zu ihr. Das Drakkenschiff stand inzwischen fest auf dem Boden; das Jaulen verebbte und machte einem leisen, tiefen Brummen Platz.

Voller Furcht kniete sie zwischen ihren drei Tieren, hielt Benni am Halsband fest und beobachtete, wie sich an dem Schiff eine Art Schiebetür seitlich öffnete. Eine kurze Leiter schob sich wie aus dem Nichts seitlich nach außen und klappte herunter. In der entstandenen Öffnung erschienen zwei Drakken.

Benni drehte fast durch. Er riss und zerrte und bellte wie wahnsinnig; hätte Alina ihn nicht krampfhaft festgehalten, wäre er mit Sicherheit auf die Drakken losgestürmt – was sein Tod gewesen wäre. Sie hatte Mühe, ihn zu halten, schrie ihn an und drückte ihn mit aller Kraft am Halsband zu Boden. Er schnappte zähnefletschend nach ihrem Handgelenk, allerdings ohne es wirklich erwischen zu wollen. Endlich beruhigte er sich.

Dann kamen die beiden Drakken näher. Einer war bewaffnet, der andere trug statt einer Waffe eine flache, durchsichtige Platte in seinen klauenartigen Händen.

Benni knurrte in der Tiefe seiner Kehle, sein Hundegesicht zuckte und er fletschte die Zähne, während Alina ihn mühevoll zu Boden drückte. Als die beiden Drakken nur noch wenige Schritte entfernt waren, versuchte er sich loszureißen. Er hatte gehörige Kraft, dieser Hund. Alina schrie auf. Sie wurde von ihm zu Boden gerissen, ließ aber sein Halsband nicht los. Die Drakken sprangen zurück, dann war es nur noch ein Augenblick, bis der eine seine Waffe hob, auf der Oberseite irgendein Ding berührte und dann schoss.

Alina kreischte auf.

Ein brennend heißer Hauch fuhr über ihre Hand und ihren Unterarm, während Benni voll getroffen wurde. Er stieß ein kurzes Japsen aus, dann sackte er kraftlos in sich zusammen. Alina hatte voller Entsetzen die Hand zurückgezogen und sich seitlich fortgerollt.

Während sie durch das Gras kugelte, hörte sie die Pferde wiehern und das Hufgepolter sagte ihr, dass die beiden nach links und rechts flüchteten. Als sie zum Stillstand kam, verbarg sie den Kopf unter den hochgerissenen Armen, darauf wartend, dass der nächste Feuerstoß sie selbst traf.

Aber es kam nichts.

Furchtsam hob sie den Blick, sah nach den Drakken, dann nach Benni. Er lag reglos da, wenige Schritte vor den beiden Echsenwesen. Schließlich wurde Alina klar, dass aus der Drakkenwaffe weder orangefarbenes Feuer noch diese nassgrau wabernden Bälle gedrungen waren – die beiden Sorten Geschosse, die sie bisher gesehen hatte. Nein, es war, ähnlich der Erscheinung beim Start eines Drakkenschiffs, so etwas wie ein Hitzeflirren gewesen.

Sie betrachtete ihre rechte Hand, die etwas davon abbekommen hatte. Da war nur ein seltsam taubes und zugleich prickelndes Gefühl, so als würden unter der Hautoberfläche kleine Funken brennen.

»Steh auf!«, hörte sie den Befehl des Drakken, der die durchsichtige Platte trug. Seine Stimme klang erstaunlich menschlich, von dem kalten, knirschenden Unterton war bei ihm nicht viel zu bemerken. Verwirrt blickte sie auf und sah, dass dieser Drakken in einer

Art Schale steckte, durch deren metallisches Schwarz so etwas wie ein Gelbton hindurchschimmerte. Einen Drakken dieser Art hatte sie noch nie gesehen.

Alina erhob sich und eilte zu Benni, um nach ihm zu sehen. Direkt vor ihm ließ sie sich auf die Knie sinken.

»Das Tier ist nicht tot«, sagte der Drakken. »Gut, dass du ihn gehalten hast. Steh auf. Wie ist deine Nummer?«

Alina atmete auf – Benni lebte noch! Sie betrachtete ihn voller Sorge, aber es war deutlich zu sehen, dass sich sein Brustkorb hob und senkte. In ihren Augenwinkeln sammelten sich ein paar Tränen und sie verspürte einen seltsamen Anflug von Dankbarkeit, dass die Drakken ihn nicht getötet hatten. Benni war ihr in der kurzen Zeit sehr ans Herz gewachsen.

»Wie ist deine Nummer?«, wiederholte der Drakken, diesmal schärfer.

Alina stand auf und starrte ihn an. »Meine ... Nummer?«

Das Echsenwesen funkelte sie an. Der kleine Hauch Dankbarkeit verflog wieder, als sie das hässliche Gesicht der Kreatur sah.

»Ja ... deine Nummer!«, erwiderte der Drakken ungeduldig. »Weißt du sie etwa nicht?«

Sie blickte furchtsam zu ihm auf. »Ich ... nein, ich ...«

Der Drakken knurrte ärgerlich, hob dann seine rechte Klauenhand, in der er seine durchsichtige Platte hielt. Er richtete sie auf Alinas Hals.

Sie stöhnte entsetzt auf, als ein hellgrüner Lichtstrahl aus der Oberkante der Platte hervorschoss – direkt auf ihnen Hals zu. Aber ihr passierte nichts.

»Halt still!«, schnauzte sie das Echsenwesen an.

Dann sah sie, wie plötzlich Leben in die Platte in seinen Händen kam. Sie flimmerte und flackerte, farbige Lichter erschienen darauf, dann irgendwelche Zeichen.

»Guldor«, sagte er. »Händler aus Savalgor«. Er blickte auf, musterte sie kurz. »Du bist doch ... *weiblich,* nicht wahr?«

Sie nickte zaghaft. »Gul ... *Gulda*«, schickte sie hinterher.

Er knurrte wieder, begann dann mit seinem ungelenken Finger auf seiner Platte herumzustochern, worauf neues Leben hinein kam. Bunte Punkte flammten auf und verloschen wieder, einmal glaube sie auch ein Bild gesehen zu haben.

»Du hast keine Erlaubnis, die Stadt zu verlassen!«, sagte er.

»Doch! Ich bin ... Händlerin! Ich muss ...«

»Womit handelst du?«

Alinas Gedanken rasten. »Mit ... mit Pferden! Und mit Kräutern«. Erleichtert stellte sie fest, dass der Drakken es zu glauben schien. »Heilkräuter. Für Kranke.«

»Pferde und Kräuter? Was ist das für eine seltsame Zusammenstellung?«

Alina lächelte verlegen. »In der Stadt werden Heilkräuter gebraucht, die ... die ich auf dem Land kaufen kann. Und auf dem Land braucht man Pferde. Als Zugtiere für den Ackerbau. Die hole ich aus der Stadt und verkaufe sie hier. Sie sind in der Stadt billiger.«

Das Echsengesicht wirkte noch eine Spur misstrauischer. »Wohin willst du jetzt?«

»Ich ...?«, Alina schluckte. »Nach ... Tulanbaar«, sagte sie. »Ich meine, erst nach Usmar vielleicht und dann nach Tulanbaar.«

Er senkte das Gesicht, stocherte wieder auf seiner Platte herum und sagte dann ärgerlich: »Was erzählst du mir da, Frau? Usmar und Tulanbaar – das sind zwei verschiedene Richtungen!«

»Nun, es ist eine Art Rundreise. Das mache ich immer um diese Zeit. In ... in Usmar kaufe ich wieder neue Pferde ...«

»Schweig!«, sagte der Drakken.

Alina verstummte.

Er machte wieder etwas mit seiner Platte, hob dann sein kleines Gerät und erneut schoss ein grünlicher Strahl daraus hervor – in Richtung ihres Halses. Die Plakette an ihrem Halsband stieß ein leises Piepsen aus.

»In einer Woche bist du wieder in Savalgor!«, sagte der Drakken. »Melde dich dort bei der Kommandantur. Wenn nicht …«, er nickte ihr viel sagend zu, »… weißt du ja, was passiert.«

Alina fühlte einen dicken Kloß in der Kehle. Sie tastete nach der Plakette, brachte dann ein knappes Nicken zustande.

Er deutete auf ihre Kehle. »Und wenn du jemanden ohne ein Band triffst, weißt du, was du tun musst, nicht wahr?«

Sie schluckte. »Ihn … melden?«, fragte sie unsicher.

Er sah sie schief an. »Ist dir denn in Savalgor *gar nichts* gesagt worden?«

Sie schüttelte unsicher lächelnd den Kopf. »Nicht viel.«

Er grunzte. »Ja, melden!«, sagte er und ließ seine Tafel sinken. »Beim nächsten Posten. Vergiss nicht, dass du dich in Savalgor melden musst. In einer Woche!« Damit wandten er und sein Begleiter sich um und ließen sie stehen.

Kurze Zeit später waren die beiden in ihrem Schiff verschwunden. Wieder ertönte das seltsame Jaulen, diesmal so laut, dass sich Alina die Ohren zuhalten musste. Das Schiff erhob sich unter ohrenbetäubendem Lärm in die Luft, drehte die Nase in Richtung des Dorfes und schoss los. Gleich darauf war sie wieder allein.

Alina ließ sich auf den Hintern fallen. Sie legte die Hand dem betäubten Benni auf die Flanke und stöhnte. Diese Begegnung hatte sie den Großteil ihrer Beherrschung gekostet. Nie hätte sie damit gerechnet, zuletzt noch in Freiheit weiterziehen zu dürfen. Was waren das nur für seltsame Wesen? War sie jetzt tatsächlich *Gulda*, eine Händlerin, die das Land durchstreifen durfte?

Dann fiel ihr die Drohung durch den Drakken ein. Fast panikartig riss sie sich das Drakkenhalsband über den Kopf und schleuderte es von sich. Die Worte des Drakken – *Wenn nicht ... weißt du ja, was passiert* – echoten ihr durch den Kopf. *Was* passierte dann? War dieses Ding tatsächlich in der Lage, seinen Träger zu töten? Was für eine widerliche Art, ein Volk mittels Angst und Terror zu beherrschen! Die Hinterhältigkeit dieser Bestien war unglaublich!

# 21 ◆ Das Dorf

**A**ls Alina die beiden Pferde wieder eingefangen hatte und zu Benni zurück-
kehrte, war er schon wieder halbwegs zu sich gekommen. Hechelnd lag er da, noch immer auf dem gleichen Fleck, wo ihn die Drakkenwaffe niedergestreckt
hatte. Die Taubheit und das Kribbeln in Alinas Hand
hatten ebenfalls nachgelassen. Sie kniete sich zu ihm
nieder und streichelte seinen Kopf.

»Das nächste Mal beherrschst du dich, ja?«, sagte sie
leise. »Du hast Glück, dass du noch lebst.«

Er leckte ihr winselnd die Hand. Benni würde sie
wirklich verteidigen, auch wenn es ihn das Leben kostete. Sie hoffte, es würde niemals dazu kommen.

Siedend heiß fiel ihr ein, dass sie das Drakkenhalsband noch brauchen würde. Sie sprang auf und suchte
es in der Richtung, in der sie es von sich geschleudert
hatte. Zum Glück fand sie es und steckte es in die Brust-
tasche ihrer Weste. Anlegen würde sie es nur, wenn es
unbedingt nötig war, und ihr blieb wohl lediglich eine
Woche, innerhalb derer sie es gebrauchen konnte. Sie
musste unbedingt erfahren, was *passierte*, wenn sie der
Anweisung des Drakken nicht gehorchte. Konnte es
sein, dass er mit seinem grünen Lichtstrahl dem Halsband den Befehl erteilt hatte, sie … *zu erwürgen*, wenn
sie sich nicht rechtzeitig in Savalgor zurückmeldete?
Die Vorstellung jagte ihr Schauer über den Rücken.

Ihr Blick schweifte über die Ebene und sie überlegte,
ob sie diesem Dorf doch noch einen Besuch abstatten
sollte. Inzwischen hatte man sie ja bereits überprüft.

Sie stand auf. »Kannst du wieder laufen, Benni?«, fragte sie und versuchte ihm auf die Beine zu helfen. »Los, hoch mit dir!«

Mühsam kämpfte er sich in die Höhe und stand schließlich auf wackeligen Beinen. Er knickte noch einmal kurz mit den Hinterläufen ein, aber dann ging es wieder. Mit hängender Rute und angelegten Ohren kam er zu ihr. Sie kniete sich noch einmal zu ihm nieder und flüsterte ihm aufmunternde Worte zu. Dann setzten sie sich in Bewegung und marschierten in Richtung des Dorfes.

Bennis Zustand schien sich mit jeder Minute zu bessern, und als sie die Hälfte des Weges hinter sich gebracht hatten, fiel er hin und wieder sogar ein wenig in Trab. Alina mahnte ihn mehrfach, bei ihr zu bleiben. Das kleine Drakkenschiff war wieder zu dem großen Schiff nahe dem Dorf zurückgekehrt und mit Sicherheit würden sie dort wieder auf Drakken treffen. Sie zogen weiter, vergleichsweise langsam, und benötigten fast eine halbe Stunde für eine Strecke, welche die Drakken in weniger als einer Minute zurückgelegt hatten.

Je näher sie dem Dorf kamen, desto bedrückter wirkte Benni. Er kniff die Rute ein, so als wäre ihm genau bewusst, was er falsch gemacht hatte. Kurz vor dem Dorf holte sie das Halsband hervor und streifte es sich über den Kopf. Hier begann ein schmaler Schotterweg, der sich den Hügel hinauf wand; das letzte Stück war sogar mit Kopfsteinen gepflastert. Sie machten sich an den Aufstieg. Niemand kam ihnen entgegen, niemand zog des gleichen Weges wie sie.

Als sie auf dem Hügelrücken angelangten, wurden sie von einem hübsch gemachten Schild begrüßt: Das Dorf trug den Namen Ismalaar, hieß seine Besucher herzlich willkommen und pries sich als weithin bekannter Marktflecken. Doch im Blumenkasten unter der Holztafel hingen nur ein paar vertrocknete Minzrosen. Es erschien Alina wie ein ungutes Omen. Als sie den Rand des Dorfes erreichten, konnte sie den gesamten Hügelrücken überblicken.

Vor ihnen erstreckte sich eine kleine, felsige Ebene mit einigen Baumgruppen, nach Norden hin von einer steilen, aber nicht allzu hohen Felsenklippe überragt. Sie ging bald in die jäh aufsteigende Felsflanke des schiefen Pfeilers über. In den Schutz der Klippe schmiegte sich eine Anzahl von knorrigen Steinhäusern, ihre Bauart ließ die Nähe von Savalgor erahnen. Natürlich waren sie längst nicht so hoch und so verwegen gebaut, aber Alina sah mehrere Stege und kleine Brückchen, welche die Häuser im ersten Stockwerk miteinander verbanden. Manche besaßen noch ein zweites oder sogar ein drittes Stockwerk. Notwendig wäre das nicht gewesen, denn die kleine Felsebene auf dem Hügelrücken bot noch reichlich unbebauten Platz.

Direkt unterhalb der Klippe gruppierten sich die größten und wuchtigsten Häuser; vor ihnen lag der Dorfplatz, der rundherum von anderen, aber kleineren und niedrigeren Häusern umstanden war. Insgesamt mochten es vielleicht zwanzig sein; dazu ein paar Ställe, Scheunen und Schober, durchsetzt von hohen Sturmweiden und gedrungenen Runkelbäumen. Es war geradezu ein Bild von einem hübschen Dorf …

… wären da nicht die Drakken gewesen. Die Drakken und das, was sie angerichtet hatten. Am Dorfrand, wo die Straße von Büschen gesäumt war, blieb Alina betroffen stehen.

Mitten auf dem Platz hatten sie ihre silbrigen Zeltbauten errichtet; dazwischen ragte ein silberner, etwa 40 Ellen hoher Mast auf, auf dessen Spitze sich ein seltsames, rautenförmiges Ding langsam drehte. Der Mast war mit silbern glänzenden Seilen abgespannt.

Sie sah drei Patrouillen, die aus jeweils zwei bewaffneten Drakken bestanden. Dazu kamen noch ein halbes Dutzend weiterer Drakken, die sich hier und dort zwischen den Zeltbauten bewegten. An mehreren Stellen waren weiße und hellgraue Kästen jener typischen, sechseckigen Bauart gestapelt. Eine größere Anzahl von gelben, grauen und weißen Rohren oder Leitungen verband die verschiedenen Zeltbauten und Kästen miteinander. Sie waren in Schlangenlinien auf dem Boden verlegt, so als wären sie beweglich. Ein dicker Strang davon verlief nach Westen aus dem Dorf hinaus, wo in etwa einhundertfünfzig Schritt Entfernung das große Drakkenschiff in der Nachmittagssonne ruhte. Das kleine stand in seinem Schatten direkt daneben.

Aber das war nicht alles.

Der Anblick hätte, obgleich seltsam, sogar friedlich anmuten können. Was das Ganze jedoch empfindlich störte, waren die verbrannten Häuserruinen, von denen es eine ganze Anzahl gab. Mitten in der Gruppe der großen, wuchtigen Bauten unterhalb der Klippe war ein hohes Haus vollständig ausgebrannt und zum großen Teil eingestürzt. An der Ostseite des Platzes gab es eine regelrechte Feuerschneise, die durch die Häuserreihe verlief. Vier oder fünf Häuser waren dem Feuersturm zum Opfer gefallen, die blanke Erde und der Fels waren aufgerissen und eingeschmolzen. Die Stümpfe verkohlter Balken und abgebrannter Bäume ragten wie Totenfinger in die Höhe; Trümmer und Asche waren über die ganze östliche Hügelseite verstreut. Es sah *gemein* aus, was dort geschehen war – so als hätten die Drakken, um ihren Herrschaftsanspruch klar zu machen, erst einmal dem Dorf einen brutalen Hammerschlag versetzt, bevor sie gelandet waren und es besetzt hatten. Alina konnte sich keinen anderen Grund vorstellen, warum sie sonst ein kleines, wehrloses Dorf wie dieses so hätten verwüsten müssen. Auch an anderen Stellen gab es Anzeichen für einen kurzen, heftigen Krieg. Einem Krieg allerdings, der ohne Gegenwehr verlaufen war.

Die dritte Besonderheit, die Alina ins Auge fiel, waren die Menschen.

Es war sehr still im Dorf, fast schon geisterhaft still. Alina sah nur sehr wenige Leute, viel weniger, als in einem solchen Dorf eigentlich hätten sein müssen. Die meisten von ihnen waren mit Aufräumarbeiten beschäftigt, aber sie konnte sich nicht erinnern, Menschen jemals so schleppend und voller Elend arbeiten gesehen zu haben. Sie bewegten sich etwa in dem Tempo, zu dem Alina am Morgen nach ihrem Absturz fähig gewesen war – halb gelähmt, gequält und mit hängenden Köpfen. Am Nordende des Platzes standen zwei Gestelle, an denen jeweils eine Person mit ausgebreiteten Armen festgebunden war. Ob diese Leute lebten oder tot waren, konnte sie von hier aus nicht ausmachen. Vor den Gestellen kniete eine weitere Person, offenbar mit gebundenen Händen, jemand anderes lag reglos daneben. Kinder sah sie überhaupt nicht. Ein Marktstand, der aus nichts als einer klapprigen Karre mit einer Plane als Dach bestand, stand einsam am südlichen Teil des Platzes. An einem normalen Wochentag hätten hier mindestens vier oder fünf Wagen stehen und sich zwei Dutzend Kunden und Händler herumtreiben sollen. Zusammen mit der unnatürlichen Stille, in der das lauteste Geräusch noch das Rauschen des Windes in den Weiden war, hatte die Szene etwas Gespenstisches an sich.

Alina dachte, dass sie vielleicht auffallen würde, wenn sie hier einfach stehen blieb. Sie schnalzte leise mit der Zunge und forderte ihre drei vierbeinigen Begleiter auf, ihr zu folgen. Kaum hatte sie sich in Bewegung gesetzt, wurde sie von einer Drakkenstreife entdeckt.

Ein Alarmruf ertönte. Ein kurzes, dröhnendes Geräusch stob durch die Luft. Alle Drakken, die Alina im Blickfeld hatte, erstarrten und wandten sich ihr zu. Sie kamen mit erhobenen Waffen und unangenehm schnellen Bewegungen auf sie zugerannt.

Benni wich mit einem Winseln zurück. Alina musste die beiden Pferde abermals mit Macht an den Zügeln festhalten. »Ich wurde schon kontrolliert!«, rief sie den Drakken laut entgegen, während sie mit erhobenen Händen zurückwich. Sie deutete nach Westen. »Von diesem kleinen Schiff da! Draußen auf dem Grasland! *Ich wurde schon …!*«

Die Drakken waren nun doch stehen geblieben, ein Dutzend Schritte vor ihr. Alinas Puls pochte wild; sie hatte schon gedacht, die Wesen wollten sie direkt angreifen. Der eine hielt nun ein dünnes Röhrchen, das einem Metallring um seinen Hals entsprang, vor seinen Mund. Seine Lippen bewegten sich leicht. Für einige Momente geschah nichts, dann hörte sie die Stimme des Wesens. »Was willst du?«

Diesmal war nichts von einem *menschlichen* Tonfall zu vernehmen. Es war die typische kalte und knirschende Stimme eines Drakken, und Alina fühlte das drängende Verlangen, sich auf der Stelle umzudrehen und davonzulaufen. Aber das hätte ihr sicher nur noch mehr Schwierigkeiten eingebracht. Sie bemühte sich, die beiden Pferde zu beruhigen, zog sie an den Zügeln zu sich heran und redete auf sie ein. Benni verhielt sich zum Glück still.

»Was willst du?«, bellte sie der Drakken noch einmal an.

Endlich hatte sie die Pferde einigermaßen beruhigt. »Handeln«, gab sie zögernd zurück und deutete auf den einsamen Marktstand. »Ich … ich bin Händlerin. Ich habe eine Erlaubnis.«

»Geh wieder!«, schnauzte das Wesen und winkte sie mit der Spitze seiner klobigen, grauen Waffe davon. »Abgesperrtes Gebiet!« Die Pferde scheuten leicht.

»Aber ich … wie soll ich dann handeln?«, fragte sie hilflos. »Ich lebe davon!«

Der Drakken murmelte wieder irgendetwas in sein Röhrchen. Alina sah, dass er ein graues Ding in seinem verkümmerten Ohr stecken hatte. Sie vermutete, dass diese beiden Geräte dazu dienten, dass er mit jemandem sprach, sich Befehle von seinem Vorgesetzten holte. Überraschend trat er einen knappen Schritt zur Seite und winkte ihr abermals mit der Waffe. Dieses Mal jedoch in Richtung des Marktplatzes.

»Geh zum Markt!«, knirschte er. »Schnell. Dann geh wieder!«

Alinas Herz pumpte noch immer heftig; sie glaubte, das Blut in ihren Schläfen rauschen zu hören. Mit mehr Angst als Entschlossenheit setzte sie sich in Bewegung, hielt mit Mühe die nervösen Pferde bei sich und hoffte inständig, dass Benni ruhig blieb. Mit eingekniffener Rute und gesenktem Kopf huschte er an den Drakken vorbei und sie folgte ihm rasch. Ihr Puls beruhigte sich wieder etwas.

Einesteils war es bedauerlich, dass Benni seinen heldenhaften Mut gegenüber diesen Wesen eingebüßt hatte, aber andererseits wäre es sein Tod gewesen, hätte er eines von ihnen angefallen. Sie zischte ihm zu, er solle brav sein und bei ihr bleiben. So schnell sie konnte, brachte sie Raum zwischen sich und die Drakken.

Der Weg führte zwischen zwei zerstörten Häusern hindurch direkt auf den Dorfplatz, an dessen Westseite die Drakkenzelte errichtet waren. Links davon war der kleine Marktstand aufgebaut. Offenbar gab es dort Gemüse zu kaufen, aber außer einer schüchtern dastehenden jungen Frau hielten sich in der Nähe keine Menschen auf. Sie wandte sich in die Richtung des Standes.

Unterwegs kam sie dem Ort näher, an dem die beiden Menschen an den Gestellen angebunden waren.

Sie schienen noch zu leben; beide waren mit Stricken inmitten einer Art radförmigem Gerüst gefesselt, die Arme ragten in die Höhe. Der rechte der beiden Männer schien schon älter zu sein, er hing erschlafft in seinen Fesseln, während der andere offenbar noch halbwegs bei Kräften war. Sie konnte keine äußeren Verletzungen an den beiden Männern feststellen. Vor ihnen kniete, Alina den Rücken zugewandt, eine Frau, deren Hände auf dem Rücken zusammengebunden waren. Sie wiegte sich leise jammernd vor und zurück. Neben ihr lag ein regloser Mann auf dem Bauch. Es war eine unheimliche Szene; nichts gab es, woraus man hätte schließen können, was hier vorgefallen war.

Verstohlen blickte sie sich um, während sie die Pferde zu dem Marktstand führte. Es waren drei Drakkenzelte, ein größeres und zwei kleinere, jedes davon jedoch geräumig genug, um den Platz eines normalen Hauses zu bieten. Über ihnen spannte sich ein seltsames Geflecht aus weißlich silbernen Metallstangen durch die Luft, die mit vielen kleinen Stangen und Streben miteinander verbunden waren. An einigen Stellen waren große, gelbe Klammern in die Erde getrieben; von ihnen führten Seile weg, an denen die silbrigen Zeltwände aufgespannt waren.

Etwas weiter rechts, bei einer Gruppe von niedrigen Steinpappeln, türmten sich die sechseckigen Behälter und hinter ihnen erhob sich der seltsame Mast über den Marktplatz. Ein leises Brummen lag in der Luft, als sie in etwa fünfzehn Schritt Entfernung an den Zelten vorbeischritt. Sie bemühte sich, den Kopf gesenkt zu halten und nicht neugierig zu wirken. Wahrscheinlich war es das Beste, wenn sie versuchte, einige Informationen zu sammeln, und dann, so schnell es ging, wieder zu verschwinden.

Als sie sich dem Gemüsestand näherte, trat ein kräftiger Mann neben die Frau. Er war um die fünfzig, hatte lichtes Haar, einen geschwungenen Schnurrbart und trug eine dunkelgrüne Schürze. Seine Ärmel waren hochgekrempelt und er bot den Anblick eines Mannes, wie er typischer für ein Dorf wie dieses nicht sein konnte. Nur gab es eine unschöne Sache an ihm: Er starrte sie mit großen Augen an.

Alina verlangsamte unwillkürlich ihren Schritt.

Sie konnte nicht anders, als ihn gleichermaßen anzustarren, so als wären sie alte Bekannte, die sich am anderen Ende der Welt unverhofft wieder trafen. Sie studierte sein Gesicht – aber sie kannte ihn nicht. Sein Blick fiel auf den Hund und die Pferde, sie sah seine Lippen unhörbare Worte formen. Und dann fuhr es ihr eiskalt den Rücken hinab. Konnte es sein, dass er die Tiere kannte, dass er sah, dass sie eine Diebin war? Sie war über eine halbe Tagesreise von dem Bauernhof entfernt. Betroffen blieb sie stehen.

Seine Blicke schweiften unruhig nach rechts und links an ihr vorbei, dann sah er kurz zu der jungen Frau, die dem Alter nach vielleicht seine Tochter sein mochte. Sie blickte kurz zu ihm auf und dann wieder in Alinas Richtung. Er kam mit raschen Schritten hinter dem Wagen hervor und stand gleich darauf vor Alina.

»Was … was macht *Ihr* denn hier?«, fragte er leise.

Alina fühlte plötzlich einen riesigen Stein im Magen. Er hatte sie in der dritten Person angeredet – das bedeutete, er wusste, wer sie war! Wie konnte das sein? Sie hatte ihr Amt nie ausgeübt.

Er erkannte die unausgesprochene Frage, die in ihrem Gesicht geschrieben stand, und blickte noch einmal nach rechts und links. »Ich … ich war bei Eurer Hochzeit, Hoheit.« Sein unsicherer Blick verriet, dass er am liebsten einen Kniefall vor ihr vollführt hätte.

»Ihr müsst Euch täuschen, guter Mann …«, stammelte sie, merkte aber gleich, dass sie sich schon in diesem Augenblick verraten hatte. Niemals würde eine einfache Händlerin einen Zunftbruder mit derartiger Förmlichkeit ansprechen. Die Vollendung des Missgeschicks kam, als sie sah, dass Benni den Mann schwanzwedelnd begrüßte. Sie kannten sich. Er murmelte Bennis Namen, warf dem Hund ein kurzes Lächeln zu und streichelte ihm über den Kopf.

Dann sah er Alina wieder an und warf ihr ein missglücktes Lächeln zu. »Wer könnte je ein Gesicht wie das Eure vergessen.« Seine Stimme besaß einen Beiklang von Verehrung. Sie fürchtete einmal mehr, dass er auf die Knie fallen würde. »Ich stand ganz nahe bei Euch, einmal nur, ganz kurz«, fuhr er mit einem entschuldigenden Lächeln fort. »Als Euer … *Bräutigam* dann doch noch endlich kam, Hoheit. Wir hatten schon alle gefürchtet …«

Alina hatte die leise Ablehnung in seiner Stimme nicht überhört, als er das Wort *Bräutigam* aussprach. In diesem Moment fiel alle Vorsicht von ihr ab. Eine plötzliche, schmerzliche Sehnsucht nach Victor durchströmte sie. »Spar dir deine Missbilligung!«, zischte sie ihm zu. »Du weißt gar nicht, welchen Zwiespalt dieser Mann zu bewältigen hatte – und trotz allem noch zu seinem Versprechen stand! Er ist ein feiner Mensch, ich vertraue ihm und …«, sie seufzte leise, »… und ich liebe ihn.«

Es war das erste Mal, dass sie dies aussprach, und es erschreckte sie ein wenig. Ihr Herz klopfte leise vor plötzlicher Aufregung, während der Händler einen Schritt zurücktrat und ergeben den Kopf senkte. »Verzeiht mir, Hoheit, ich wollte nicht …«

Unruhig blickte sie sich um, trat dann den verlorenen Schritt wieder auf den Mann zu und sagte leise: »Schon gut! Sieh mich an! Wir dürfen keine Aufmerksamkeit erregen!«

Er hob wieder den Kopf und blickte sie unglücklich

an. Alina begann ein leichtes Missfallen an ihrer hohen Stellung zu empfinden. Der Mann hatte bei seiner Äußerung nichts Böses im Sinn gehabt, aber seine Haltung und seine Gesichtszüge schienen in diesem Moment ausdrücken zu wollen, dass er sich für den niedersten und gemeinsten Schurken hielt. Eine derartige Unterwürfigkeit der Leute gegenüber ihrer Person erschien ihr unangemessen und war ihr peinlich. Sie hatte nicht mit allem Recht, nur weil sie Shaba war.

»Hilf mir!«, sagte sie flüsternd zu ihm. »Da du mich nun schon erkannt hast – hilf mir! Was ist hier geschehen?«

Die Miene des Händlers, der offenbar gefürchtet hatte, sie würde ihn im nächsten Moment mit dem Schwert der Gerechtigkeit niederstrecken, hellte sich ein wenig auf. »Was hier geschehen ist?« Er hob hilflos die Schultern und sah zu den Drakkenzelten hinüber. »Sie kamen über uns – fünf Tage ist das jetzt her. Am Tag Eurer Hochzeit, Hoheit. Wir trafen spät abends hier wieder ein. Wir hatten ihre Schiffe über Savalgor gesehen, wie sie sich über der Stadt sammelten ...«

Der Mann bemühte sich um eine geschliffene Rede, was Alina reichlich komisch vorkam. Aber sie wollte die Unterhaltung nicht unnötig komplizieren und ließ ihn. »Wirklich? Wie hast du es noch aus Savalgor heraus geschafft?«

Er winkte ab. »Erinnert mich nicht daran. Als wir aus dem Palast kamen, meine Söhne und ich, sahen wir die Schiffe. Überall waren sie, von Nordwesten und Westen her kamen sie, über den Monolithen hinweg. Die Leute bekamen Angst und rannten nach allen Seiten davon. Ich wusste, dass wir versuchen mussten, so schnell es ging aus der Stadt zu kommen. Wir hatten im Palast diesen alten, blinden Magier gehört – was er über die Fremden sagte. Und Gerüchte hatten wir auch schon gehört. Als ich dann diese Schiffe über der Stadt sah, wusste ich gleich, was los war – und dass sie nicht gekommen waren, um ihre Glückwünsche zu überbringen.«

Alina seufzte. »Nett gesagt!«

»Zum Glück bekamen wir unsere Pferde schnell wieder zurück und dann ritten wir, so schnell wir konnten. Bald darauf hörten wir Donner – aber da waren wir schon aus der Stadt. Sie müssen ... den Palast angegriffen haben!«

Alina nickte. »Ja. Savalgor ist gefallen. Das akranische Reich existiert nicht mehr.«

Der Händler nickte und senkte den Kopf. »Ja, das wissen wir. Wir haben es noch am Abend erfahren, als die Drakken hier einfielen. Das war kurz nachdem wir ankamen. Sie sagten es uns – voller Triumph.« Seine Züge spiegelten plötzlich eine Spur Hoffnung. »Aber – dass *Ihr* entkommen konntet? Das ist mir neu. Seid Ihr allein?«

»Bis auf die Pferde und den Hund – leider ja. Du kennst ihn?«

Er beugte sich herab und kraulte den Kopf des Hundes, der brav neben seinem rechten Bein saß und zu ihm aufblickte. »Den guten Benni? Wer kennt den nicht? Ein alter Streuner – aber ein lieber Kerl. Alle paar Wochen ist er mal hier, lässt sich von den alten Weibern ein paar Tage durchfüttern und geht dann wieder auf die Reise. Allerdings ...« Er blickte auf und nickte in Richtung der Pferde. »Das ist doch Jaremis' Stute ... Kika, nicht wahr? Und Mirla. Habt Ihr sie ihm ... abgekauft?«

»Kika?«, fragte sie. »Also, ich ...« Alina fühlte sich verunsichert, sagte sich dann aber, dass sie noch immer die Shaba von Akrania war. »Um die Wahrheit zu sagen: Ich habe sie gestohlen. Alle beide.«

»Gestohlen? Aber ...«

»Benni ist mir aus freien Stücken gefolgt. Er hatte

mich am Abend zuvor gefunden und zu dem Hof geführt. Der aber war verlassen, keine Menschenseele war mehr dort. Ich habe in der Scheune übernachtet, doch bis zum Morgen kam niemand mehr ...«

»Jaremis ist ... fort? Und Gella auch? Was ist mit den Kindern? Und den beiden Alten?«

Alina schluckte. »Ich ... ich habe zwei Gräber gesehen. Im Garten hinter dem Haus. Benni ... er war ziemlich bedrückt. Ich weiß leider nicht, wer dort begraben lag.«

Seine Miene verfinsterte sich. »Diese Schweine!«, knurrte er. »Sie müssen dort gewesen sein. Aber ... ich hätte es mir denken können. Sie haben auch hier in der Gegend die einzeln stehenden Gehöfte überfallen.«

Ein kalter Schauer fuhr ihr über den Rücken. »Sie machen das wirklich überall?«

Er nickte mit finsterer Miene.

Alina wies unauffällig in Richtung der Feuerschneise, die den östlichen Teil des Dorfes verwüstet hatte. »Und das?«, fragte sie leise. »Warum haben sie das getan?«

»Ihre Begrüßung«, sagte der Händler bitter. »Dort wohnten meine Eltern. Und unser Dorfmagier – sie sind alle tot. Ich nehme an, sie wollten ihn umbringen. Obwohl ich keine Ahnung habe, wie sie wissen konnten, wo sein Haus ist.«

Alina spürte den Hass und die Verzweiflung des Mannes. »Wie heißt du, Händler?«, fragte sie leise.

»Guslov«, erwiderte er. Dann deutete er mit dem Daumen über die Schulter. »Das dort ist Okami, die Novizin des Magiers. Ihre Eltern und ihr Bruder sind auch umgekommen. Die Drakken wissen nichts davon, dass sie Magie beherrscht, obwohl ... na ja, es ist kaum der Rede wert, was sie kann. Ich hab sie bei mir aufgenommen, aber sie ist völlig verschreckt und weint fast den ganzen Tag.«

Alina blickte an Guslov vorbei und betrachtete das

Mädchen. Ihr Gesicht trug einen niedergeschlagenen Ausdruck, aber sie war sehr hübsch. An ihrem Hals sah sie das unvermeidliche Drakkenhalsband, auch Guslov trug eins. Sie tastete betroffen nach ihrem eigenen.

»Wo habt Ihr das her?«, fragte er leise. »Ich meine … das kann Euch doch nicht von den Drakken angelegt worden sein …?«

Sie schüttelte den Kopf. »Nein. Meines ist nicht echt – das heißt …«

Plötzlich war die Drakkenstreife wieder da.

Sie kamen von hinten, Guslov räusperte sich warnend und sagte, etwas lauter: »Also, das ist ein bisschen viel, was du da verlangst …«

Ein heißer Schauer fuhr Alinas Rücken herab, aber sie verstand sofort. »Fünfzig Goldfolint für ein Pferd?«, rief sie. »Weißt du, wie viel ich …«

Die beiden Drakken bauten sich rechts und links neben ihnen auf.

»Was ist mit dem Handeln?«, fauchte der linke. »Seid ihr fertig?«

»Sie will fünfzig Folint für den Gaul!«, rief Guslov dem Drakken entrüstet entgegen.

»Er hat mich in Savalgor sechzig gekostet!«, rief sie zurück, sich ebenfalls an den Drakken wendend, so als könnte er den Streit schlichten. »In Usmar kriege ich leicht achtzig für ihn und …«

»Wir sind hier nicht Usmar! Usmar ist mehr als hundertzwanzig Meilen entfernt!«

Sie warfen sich gegenseitig noch allerlei an den Kopf, versuchten, den Drakken ihre Entrüstung zu zeigen, sie in den Streit mit einzubeziehen und hatten schließlich Erfolg. Mit der Warnung, sie sollten sich beeilen, verschwanden die beiden Echsenwesen wieder.

»Glück gehabt«, flüsterte Guslov erleichtert, als sie

ein Stück entfernt waren und ihren Rundgang wieder aufnahmen.

»Ich muss unbedingt ein paar Dinge erfahren!«, sagte Alina leise, während sie aus den Augenwinkeln zu erspähen versuchte, wo die Drakken waren.

»Diese Halsbänder!«, flüsterte sie und deutete auf das ihre. »Was tun diese Dinger? Können sie einen wirklich umbringen, so wie manche Leute behaupten? Einen erwürgen oder vergiften?«

Guslov schüttelte den Kopf. »Das weiß ich nicht. Das weiß niemand. Aber sie können einen damit *finden.*« Er deutete auf sein eigenes Halsband. »Jeder Mensch hat sein ganz eigenes, so als trüge jeder seine eigene Nummer. Man kann sich nicht verstecken. Das haben sie uns gesagt. Und man kann es auch nicht ablegen. Das Material, aus dem es besteht, ist unzerstörbar. Nicht einmal Magie kann ihm etwas anhaben. Das jedenfalls haben sie behauptet. Und dass sie es ihm ansehen könnten, wenn jemand versuchte, es abzumachen. Wer versucht zu fliehen, sich zu verstecken oder sich seines Halsbands zu entledigen, sagten sie, würde sterben.«

Er nickte kaum merklich in Richtung der vier Personen, die am anderen Ende des Platzes gegeißelt wurden. Alina wagte nicht, sich umzuwenden. »Du meinst … sie haben es versucht?«, flüsterte sie.

Er schüttelte leise den Kopf. Seine Stimme war kaum mehr zu vernehmen. »Ich weiß es nicht. Aber irgendetwas in der Art muss es gewesen sein. Das ist Khell, unser Ziegenhirt, der da liegt, und seine Frau, die neben ihm kniet. Ich glaube, er ist tot. Den anderen, der da halbtot hängt, kenne ich nicht. Muss jemand von außerhalb sein. Der vierte, der angebunden ist … das ist Ellmar, mein Neffe. Wir dürfen nicht zu ihm.«

Alina sah, wie sehr Guslov mit sich kämpfte. Er war nicht der Typ Mann, der sich leicht unterkriegen ließ, das war ihm anzusehen. Aber das Halsband und das

Schicksal seiner Mitbürger waren einfach eine zu harsche Drohung. Die Drakken zögerten offenbar keinen Augenblick, Ernst zu machen.

»Hier sind so wenig Menschen«, sagte sie. »Und du sprachst von deinen Söhnen. Wo sind sie? Wo sind all die Leute?«

Guslovs Miene verfinsterte sich abermals. Er warf einen kurzen Blick hinauf zum Sonnenfenster. »Wenn Ihr noch ein wenig wartet, Hoheit, könnt Ihr sie sehen. Sie werden bald landen.«

Alina blickte unwillkürlich zum Himmel. »Landen?«

Er nickte. »Ihr wisst noch nicht viel, was? Ja, sie werden täglich abtransportiert und kommen abends wieder. Dann fliegt eine andere Gruppe fort. Zur Mine.«

Alinas Verblüffung wuchs. »Zur … Mine?«

»Ja. Sie liegt etwa fünfundzwanzig Meilen nordwestlich von hier. So gut wie alle Männer und Frauen, die kräftig genug sind, müssen dort hin. Da wird den ganzen Tag gearbeitet. Sie hacken Löcher in den Fels.«

Alina glaubte, nicht richtig gehört zu haben. »Löcher? In den Fels?«

Guslov sah sich nach der Drakkenwache um. »Sie kommen schon wieder«, flüsterte er. »Ich kann Euch leider nicht mehr sagen, Hoheit. Ich weiß nur, dass sie den Felsen durchlöchern. Ich selbst war noch nicht da, ich habe sozusagen … ein Freilos. Weil ich hier für Nachschub an Getreide, Früchten und Gemüse sorgen muss. Ihr solltet jetzt gehen.«

Er streckte leicht die Hand aus, so als wollte er sie festhalten und mit ihr den winzigen Funken Hoffnung, der mit ihr gekommen war. Aber sie sah zugleich auch den Zweifel in seinen Augen. Den Zweifel, dass eigentlich niemand mehr Grund hatte, auf eine Rettung zu hoffen. Die Drakken waren einfach zu mächtig, und sie zögerten keine Sekunde, von ihrer Macht Gebrauch zu machen.

Doch Guslov konnte nichts von Alinas Idee wissen. Und sie wollte ihm eine Winzigkeit Hoffnung zurücklassen. Sie berührte kurz seine Hand. »Du hast mir wichtige Dinge erzählt, Guslov. Sei tapfer, du und deine Leute! Und erzähle niemandem von mir! Aber glaub mir – ich werde nicht zulassen, dass … *mein Volk* so leidet.« Für Augenblicke kam sie sich seltsam vor, von *ihrem Volk* gesprochen zu haben, aber Guslovs Blicke sagten ihr, dass er bereit war, ihr alles Vertrauen der Welt zu schenken. »Ich bin dabei, etwas zu unternehmen. Es gibt eine neue Hoffnung. Glaubst du mir?«

Erst stutzte er, dann aber nickte er, von Überraschung und plötzlicher Zuversicht erfüllt. »Ja, Shaba!«

»Dann halte durch. Und vergiss nicht: Erzähle niemandem von mir!«

Wieder nickte er. Alina winkte ihm kurz zu, wandte sich um – und stieß beinahe mit einem Drakken zusammen.

»Fünfzig Folint sind ihm zu teuer, diesem Geizhals!«, maulte sie das Echsenwesen an. »Da geh ich lieber woanders hin!«

Der Drakken trat beiseite und ließ sie passieren. Sie führte ihre beiden Pferde mit forschen Schritten in Richtung der Straße, die vom Dorf wegführte; Benni folgte ihr. Als sie die Dorfgrenze überschritt, schwoll von Westen her ein Jaulen in der Luft an, und eine Minute später sank drüben bei den Drakkenschiffen ein drittes herab.

# 22 ♦ Reise in die Vergangenheit

Leandra blickte aufs Meer hinab, auf die im Licht der Sonnenfenster glitzernden Wellen. Nein, so schön wie auf einem Drachenrücken fühlte es sich nicht an, obwohl es viel bequemer war. Hier in diesem kleinen Drakkenschiff war es warm und es herrschte nicht der kleinste Luftzug. Heute waren ihre Kopfschmerzen wie weggeblasen. Cathryn war in Savalgor geblieben, Rasnor hatte darauf bestanden. Leandra hatte er die freie Entscheidung überlassen, ob sie mitkommen wollte – auf seine *Reise in die Vergangenheit*, wie er es bedeutungsvoll genannt hatte.

Einen ganzen Tag lang hatte sie mit sich gerungen, seiner Wichtigtuerei nicht nachzugeben, dann aber hatte ihre Neugierde gesiegt und sie hatte zugesagt. Was genau er ihr zeigen wollte, hatte er nicht verraten wollen, aber *sie würde staunen*, hatte er angekündigt, so etwas hätte noch nie ein Mensch vor ihr zu Gesicht gekommen – abgesehen natürlich von ihm. Sie würden fliegen, sehr weit, eine lange Reise nach Westen und dann noch in eine andere Richtung. Mehr hatte sie nicht erfahren.

Eine schreckliche Situation. Mit so etwas konnte man ihr nächtelang den Schlaf rauben. Sie redete sich ein, dass es nur zu ihrem Besten war, zum Besten ihrer selbst und des Landes, denn eine Hoffnung musste genährt werden, benötigte den fruchtbaren Boden des Wissens und neuer Erkenntnisse. Auch wenn es nach außen hin so aussehen mochte, als machte sie gemeinsame Sache mit dem Verräter Rasnor. Sie hoffte, keiner ihrer Freunde würde ihr das zutrauen.

Wieder sah sie hinaus aufs Meer, das friedlich in der Abendsonne dalag. Noch immer war ihre Welt eine schöne Welt, und sie war es wert, dass man für sie kämpfte. Rasnor saß diesmal bei ihr hinten; es waren nur zwei Drakken dabei, sie saßen vorn im Flugschiff, von wo aus es gesteuert wurde.

Draußen flog in der Ferne eine kleine Sippe Sturm- oder Felsdrachen vorbei. Leandra schenkte ihnen sehn- suchtsvolle Blicke.

»Ich kann Drachen nicht leiden«, sagte Rasnor. »Sie sind mir unheimlich, diese riesigen Bestien.«

Sie starrte ihn verständnislos an. Ihr war bewusst, dass er mehr als nur Bewunderung für sie empfand; dafür aber, dass er eigentlich auf der Jagd nach ihrer Zuneigung sein müsste, benahm er sich bemerkens- wert dumm. Er hätte eigentlich wissen sollen, dass sie die Drachen liebte. Diese Wesen in ihrer Gegenwart als unheimliche Bestien zu bezeichnen, die er nicht leiden könne, war schon außergewöhnlich dämlich. Sie sagte ihm das auch. Rasnor aber gab sich unbeschwert, so als würde das, was er ihr zu zeigen hatte, ohnehin alles andere fortwischen.

»Wohin fliegen wir denn nun?«, fragte sie missge- stimmt. »Ist das Geheimnis so groß?«

Endlich geruhte er, sie aufzuklären. »Zur Säulenin- sel«, erklärte er und warf ihr einmal mehr sein lächer- liches Grinsen zu. »Das ist der Hauptstützpunkt der Drakken. Weit draußen im Akeanos, westlich von Akrania.«

Mit unbewegter Miene registrierte Leandra diese wertvollen Informationen und prägte sie sich ein. Wie konnte ein Mensch nur so unvorsichtig und dumm sein?

*Überheblichkeit*, dachte sie. Er zweifelte keinen Augenblick mehr daran, dass er und seine Drakkenkumpane gesiegt hatten. Vielleicht stimmte das ja auch. Aber es wäre nicht das erste Mal im Lauf der Geschichte dieser Welt, dass sich das Unmögliche in das Mögliche verwandelte, nur weil jemand die Hoffnung nicht aufgab.

»Und was tun wir dort?«

Rasnor deutete in die Höhe. »Ich habe dir doch gesagt, wir würden von unserem Ziel aus gesehen noch eine weitere Richtung einschlagen.«

Leandra starrte seine Fingerspitze an und ihr wurde heiß und kalt zugleich.

Rasnor schob die Hand in die linke Innentasche seiner Weste und holte ein gefaltetes Blatt hervor. Leandra erkannte es augenblicklich.

Er hielt es ihr hin. »Verzeih mir, dass ich spioniert habe. Das war bei den Sachen, die man dir abgenommen hat. Es war so interessant, dass ich nicht umhin kam, es mir anzusehen. Wirklich, äußerst interessant.«

Leandra nahm es entgegen und wendete es. Auf der Vorderseite befand sich ein außergewöhnlich lebensecht aussehendes Bild einer Insel im Meer, in leuchtenden Farben und mit unglaublich vielen Einzelheiten. Über der Insel spannte sich *kein* Felsenhimmel, nur endloses, tiefes Blau. Nun wusste Leandra, wohin Rasnor mit ihr wollte. Ihr Herz begann dumpf zu pochen.

»Das andere jedoch«, sagte er, »war noch viel interessanter.« Er holte aus der rechten Innentasche das kleine Büchlein, das Victor in Hammagor gefunden und ihr gegeben hatte. Leandra stieß ein Keuchen aus und riss es Rasnor aus der Hand – wie einen wichtigen, wertvollen Schatz, der nicht in seine Hände gehörte. Er ließ es geschehen, wehrte sich nicht und hob stattdessen nur abwehrend die Hände.

»Das ... das ist etwas ganz Besonderes!«, stieß sie hervor.

»Ich weiß, ich weiß. Wo hast du es gefunden? In Hammagor?«

Leandra hätte im Moment zwar keinen Grund gewusst, es ihm zu verschweigen, aber sie wollte nicht den gleichen Fehler begehen wie er: unbedacht zu viele Informationen preiszugeben. »Ich habe es von Victor.«

»Von Victor? Und woher hat er es?«

Sie hob die Achseln. »Weiß ich nicht. Frag ihn selbst.«

Rasnor seufzte. »Ist ja auch egal. Das was drinnen steht, ist wichtig. Ich habe es übersetzt.«

Sie machte große Augen. »*Du*?«

»Vor nicht allzu langer Zeit war ich Leiter der Skriptoren unter Chast. Schon vergessen?«

Leandra nickte. »Ja, natürlich. Victor erzählte es mir. Es ist in *Anglaan* verfasst, nicht wahr? Der Alten Sprache. Hast du es *ganz* übersetzt?«

»Zeile für Zeile, Wort für Wort. Nun ja, manche Wörter kannte ich nicht, aber ich denke, ich habe den Inhalt verstanden.«

Nun packte die Aufregung Leandra vollends. Hochmeister Jockum hatte zwar auf ihrem Flug nach Hammagor einiges aus dem Büchlein übersetzen können, aber längst nicht alles. »Und? Was steht drin?«

Rasnor lehnte sich auf seinem Sitz zurück und verschränkte die Arme vor der Brust. »Ich habe fast *vier Tage* damit verbracht, es zu übersetzen. Es war wahrhaftig nicht leicht.«

Sie stöhnte. »Ja doch, ich glaube es dir. Nun sag schon!«

Wieder seufzte er. Wenigstens schien er inzwischen verstanden zu haben, dass sie sich von ihm nichts abpressen ließ. Er lehnte sich nach vorn und stützte die Ellbogen auf die Knie. »Dieses bunte Blatt – mit der Insel«, sagte er.

»Ja. Was ist damit?«

»Nun, so etwas muss es früher tatsächlich gegeben haben.« Er deutete wieder in die Höhe. »Oben auf der Welt. Da haben die Menschen früher gelebt.«

Ein Schauer fuhr ihren Rücken herab. »Es ist also wirklich wahr?«, keuchte sie. »Wir stammen von der Oberfläche der Welt?«

Er sah sie überrascht an. »Davon … weißt du?«

Sie schüttelte den Kopf, vollständig von der Faszination dieses Gedankens ergriffen. In diesem Augenblick war es ihr egal, ob Rasnor ihr Freund oder ihr Feind war. »Schon als junges Mädchen habe ich mit Munuel darüber diskutiert. Und später mit anderen Leuten. Viele Gelehrte haben sich damit beschäftigt, dass unsere Geschichte nur fünftausend Jahre zurückreicht. Davor ist … *nichts!* Es gab verschiedentlich Vermutungen, dass wir von … dort *oben* stammen.«

Rasnor deutete auf das Büchlein in ihrer Hand. »Nun, dieses Buch da wurde von jemandem geschrieben, der oben *war*, verstehst du? Und der dann herunter kam!«

»Ja! Das sagte der Primas auch.«

»Es ist so etwas wie ein Tagebuch. Allerdings ist ihm ein Bericht vorangestellt. Ein Bericht über das, was in der Zeit davor geschah. In den … Jahrhunderten davor. Soll ich es dir verraten?«

Sie war schon drauf und dran, ihm zu sagen, dass er dafür *alles* von ihr haben könnte. Aber das hätte er womöglich sehr missverstanden. Ihr Herz pochte wild. »Ja natürlich!«, antwortete sie. »Erzähl es mir!«

»Also schön«, sagte er. »Erinnerst du dich, als wir vor ein paar Tagen über die *Entstehung* der Welt sprachen? Oder genauer gesagt: über die Entstehung der *Höhlenwelt*?«

Sie nickte zögernd. Diesmal fasste sie in Worte, was sie zuvor nur gedacht hatte: »Das muss … *Millionen* von Jahren her sein, nicht wahr?«

Er grinste leicht. »*Millionen*? Wo hast du diese Zahl her? Ich dachte, nur wir Bücherwürmer lesen hin und wieder von so etwas.« Dann schüttelte er den Kopf. »Nein, nicht Millionen. Es ist, wenn ich das richtig verstanden habe, ziemlich genau fünftausendfünfhundert Jahre her. Vielleicht ein paar mehr oder weniger.«

Sie legte die Stirn in Falten. »Was meinst du mit *Entstehung*? Dass die Höhlen vorher *leer* waren?«

Er schüttelte den Kopf. »Nein – sie waren noch gar nicht da! Nur fester Boden. Sie sind zu dieser Zeit erst entstanden.«

Das verwirrte sie. »Wirklich? Und wie?«

»Durch einen Krieg.«

»Einen Krieg?«

Er nickte. »Ja. Die Menschen, die damals auf der Oberfläche der Welt lebten, müssen viel, viel fortschrittlicher gewesen sein als wir. Und viel zahlreicher. Sie lebten in einzelnen Ländern, über die ganze Oberwelt verteilt. Und natürlich gab es ständig Streit und Krieg.«

Leandra ließ einen spöttischen Laut hören. »Wenigstens waren sie nicht auch noch besser als wir.«

Er schüttelte den Kopf. »Nein, im Gegenteil. Eines Tages brach ein furchtbarer Krieg aus.« Er deutete auf Leandras Büchlein. »Die Gründe dafür stehen auch da drin, aber davon konnte ich beinahe jedes zweite Wort nicht übersetzen. Es muss sich um Dinge gehandelt haben, die damals geläufig waren, für die es aber in unserer heutigen Sprache keine Wörter gibt. Wie ich schon sagte, sie müssen viel, viel fortschrittlicher als wir gewesen sein.«

»Und was passierte in diesem Krieg?«

»Sie hatten Waffen, die entsetzlich heiße Brandherde entfachten. Es waren Geschosse, die hunderte von Meilen durch die Luft fliegen konnten, dann irgendwo aufschlugen und ein Feuer auslösten.« Er zuckte mit den

Schultern. »Ich weiß nicht, was für eine Art Feuer das gewesen sein soll – es mutet fast an wie Magie. Es soll so unvorstellbar heiß gewesen sein, dass alles brannte. Nicht nur Holz, sondern auch Metall, Stein, selbst die blanke Erde und sogar Wasser! Einfach alles!«

»Selbst Wasser?«

»Es muss den Stoff, aus dem die Welt selbst gemacht ist, in Brand gesteckt haben. Sie wussten nicht, dass das passieren würde. Es war ein kurzer, schlimmer Krieg. Danach brannte die Welt. An Abertausenden von Stellen. Überall dort, wo diese Geschosse aufgekommen waren und die Brände entfacht hatten.«

Leandra kniff die Lider zusammen und legte den Kopf schief. »Lass mich raten: Sie konnten die Brände nicht mehr löschen!«

Er lächelte. »Ja, du hast Recht. Und schlimmer noch, sie breiteten sich aus. Sie wurden immer größer. Erst eine Viertelmeile im Durchmesser, nach drei Tagen schon eine ganze und bald darauf drei oder fünf.«

»Aber … dann muss die ganze Welt verbrannt sein!«

»Nein, Leandra, nein. Sie erfanden etwas, um sie zu löschen. Es funktionierte und die Brände gingen tatsächlich aus.«

Leandra seufzte erleichtert. Die Geschichte wühlte sie auf, obwohl sie sich gewiss nicht darum sorgen musste, dass diese Welt hatte sterben müssen – schließlich befand sie sich in diesem Moment auf ihr, nein: *in* ihr.

»Die Menschen«, fuhr Rasnor fort, »atmeten auf. Sie glaubten, das Ende ihrer Welt gerade noch abgewendet zu haben.«

»Etwa nicht?«

»Nein. Ungefähr eine Woche lang, so steht es in dem Büchlein, war alles gut. Die Feuer waren innerhalb von zwei, drei Tagen vollständig erloschen, überall auf der Welt. Aber die Brandherde selbst – man nannte sie damals ›Feuerseen‹ – hatten eine Eigenart, von der niemand etwas ahnte. Wie bei fast allen Seen hatte man angenommen, sie seien weitaus breiter als tief. Aber bei den Feuerseen war das Umgekehrte der Fall. Sie reichten meilenweit in die Tiefe und waren meist doppelt so tief, wie sie an ihrer Oberfläche breit waren.«

Rasnor legte eine Pause ein, Leandra wartete gebannt. »Und dann?«

»Nun, stell dir vor, was passiert, wenn so viel glutheiße Masse innerhalb nur eines Tages abkühlt! Auf der ganzen Welt!«

Leandra dachte eine Weile nach, kam aber auf kein Ergebnis.

»Nach einer Woche setzten Erdbeben ein«, erklärte Rasnor. »Gigantische Erdbeben – sie umspannten die ganze Welt. Vulkane brachen aus und die Erde brach auseinander. Und in der Tiefe entstanden zur gleichen Zeit Höhlen. Riesige Höhlen.« Er hob die Hände und blickte demonstrativ nach oben.

Leandra starrte ihn verblüfft an, dann aber verstand sie und begann zu nicken. »Natürlich! Etwas, das heiß ist, braucht viel mehr Platz als etwas Kaltes.«

Rasnor lächelte gönnerhaft. »Du bist klug! Woher weißt du das? Du bist doch nur in einem kleinen Dorf aufgewachsen!«

Sie maß ihn mit einem strafenden Blick. »Ich hatte einen klugen Lehrer – Munuel. Denkst du, nur ihr in den Städten wisst etwas von der Welt?«

Rasnor lächelte wieder und hob abwehrend die Hände. »Schon gut, schon gut.« Er beugte sich zur Seite und deutete in die Höhe. »Da oben, die Sonnenfenster. Ahnst du, woher die stammen?«

Leandra starrte aus dem Fenster das Drakkenschiffs, das noch immer ruhig über das Meer glitt. »Die ... *Feuerseen*?«, fragte sie.

»Richtig«, lächelte er. »Es macht Spaß, mit dir zu diskutieren.« Er blickte wieder hinauf. »Es ist zu Glas eingeschmolzenes Gestein. So unvorstellbar heiß waren diese Brände.«

Leandra blickte noch immer hinauf. »Unglaublich. Dann entstand diese Welt, ohne dass die Menschen dort oben etwas davon ahnten! Wie kann das sein?«

»Es überlebten nur wenige«, sagte Rasnor. Seine Stimme hatte einen trauervollen Ton angenommen, so als fühlte er mit den Menschen von damals mit. Menschen, die seit über fünftausend Jahren tot waren. »Die ganze damalige Kultur war untergegangen. Die Luft über der Welt war voller Staub und Gift. Es gab große Ozeane, aber die trockneten aus. Jedenfalls dachten das die Menschen. In Wahrheit versickerten sie in der Tiefe und füllten die Ozeane der Höhlenwelt. Aber das erfuhren sie nie. Nur ein paar von ihnen – etwa fünfhundert Jahre später, als sie den Weg in die Tiefe fanden. Es waren die letzten Menschen der Oberwelt. Dort oben konnte niemand mehr überleben.«

»Dann ... wussten sie tatsächlich fünfhundert Jahre lang nichts von unserer Welt?«

Rasnor schüttelte den Kopf. »Nein. Offenbar nicht.«

Sie sah ihn eine Weile forschend an. »Du sagtest, das Wolodit wäre gleichzeitig mit der Höhlenwelt entstanden. Heißt das, die Menschen, die früher dort oben lebten, kannten ebenfalls keine Magie?«

Rasnor blickte aus dem Fenster in die Höhe, so als könnte ihm der Felsenhimmel Aufschluss liefern. »Hmm – darüber habe ich noch gar nicht nachgedacht.«

Leandra sah ebenfalls wieder hinaus. Sie dachte über diese Zeit nach, über all die Schrecken, welche die Menschen damals erlebt haben mussten, und die Erlösung, die sie später in der Höhlenwelt fanden. »Und all die Pflanzen und Tiere ... und die Drachen?«, fragte sie. »Wie sind die hier herunter gekommen?«

Wieder zuckte Rasnor mit den Schultern. »Kann ich dir nicht sagen. Es gibt vieles, was wir noch nicht wissen – oder vielleicht nie erfahren werden.«

Leandra, die eine Weile aus dem Fenster gesehen hatte, kam plötzlich etwas seltsam vor. Es war *heller* geworden. Sie deutete hinaus und sah Rasnor stirnrunzelnd an. »Wir sind abends losgeflogen ... da müsste es doch langsam Nacht geworden sein, oder? Aber ... es ist *heller*!«

Er nickte teilnahmslos. »Wir haben die Nacht überholt«, sagte er.

»Die ... Nacht *überholt*?«, fragte sie verwirrt.

Rasnor reckte plötzlich den Hals und deutete dann mit dem Zeigefinger voraus. »Jetzt geht es los. Wir sind da!«

*

Leandra hatte im Laufe des letzten Jahres Dinge erblickt und erlebt, deren Existenz sie zuvor nicht für möglich gehalten hätte. Was sie jedoch an diesem Tag zu sehen bekam, schlug alles.

Die *Säuleninsel*, von der Rasnor behauptet hatte, sie selbst so benannt zu haben, war für sich genommen schon ein erstaunlicher Anblick: sieben mächtige Stützpfeiler, fast im Kreis angeordnet, und in der Mitte über ihnen ein kleines Sonnenfenster. Seltsamerweise strahlte es bei ihrer Ankunft hell, so als wäre der Nachmittag noch nicht weit fortgeschritten. Leandras Verblüffung über den Wechsel der Tageszeit während des Flugs wuchs.

Die Insel mochte einen Durchmesser von achtzehn oder zwanzig Meilen haben. In dem tiefen Taleinschnitt zwischen den sieben Pfeilern erblickte sie dann das erste wirkliche Wunder dieses Tages: eine Stadt der Drakken.

Hier waren gewaltige silbrige Kuppelzelte aufgebaut, ganz in der Art derer, die sie bereits in Savalgor gesehen hatte, jedoch viel größer. Dazwischen ragten filigrane Türme auf, die aus einem Geflecht von Metallstreben bestanden und durch ein Gespinst aus silbrigen Fäden miteinander verbunden waren. Dazwischen schwebten hellgraue Plattformen und Rampen; Stege, Brücken und Verstrebungen verbanden die unterschiedlichsten Konstruktionen miteinander. Ein wenig erinnerte es an die verwegenen Bauwerke von Savalgor, aber diese hier schienen aus viel zerbrechlicherem Material zu bestehen. Es besaß beinahe die Zartheit eines kunstvoll gewebten Spinnennetzes. Savalgor war da ganz anders: dick, wuchtig, zusammengezimmert. Die Drakkenstadt wirkte, trotz der verwirrenden Formen, sehr planvoll errichtet. Leandra fragte sich, wie ein Volk, das so brutal und kriegslüstern zu sein schien, eine solche Kunstfertigkeit aufzubringen vermochte.

Ihr kleines Schiff setzte zur Landung an.

Es ging auf einer der Plattformen nieder, die dünn wie Papier zu sein schienen und nur an ein paar silbernen Drähten zwischen zerbrechlichen Masten hingen. Aber als Leandra aus der Tür des Schiffs auf die Plattform sprang, war es, als käme sie auf festem Erdboden auf. Nichts wackelte, schwang und vibrierte. Ein unglaubliches Material.

Rasnor führte sie über zwei Stunden lang durch all die Einrichtungen und Anlagen und ihr stand vor Staunen der Mund offen. Die Zahl der hier anwesenden Drakken war gewaltig – Leandra schätzte, dass sich hier über tausend von ihnen befanden, vielleicht sogar noch viel mehr – in Bereichen der Stadt, die sie gar nicht betraten. Jeder von ihnen trug einen Körperpanzer in einer bestimmten Farbe. Sie glänzten schwarz-metallisch, aber bei jedem schimmerte ein bestimmter Farbton hindurch: Grün, Rot, Gelb, Braun und manchmal sogar eine Art Weiß. Nur die wenigsten der Drakken waren bewaffnet; hier in dieser Anlage schien es um ganz andere Aufgaben zu gehen.

In einer riesigen Halle schwebte eine Wolke von weißen und gelben Funken in der Luft; dazwischen gab es leuchtende Linien in vielen Farben, das Ganze durchzogen von einem blass glimmenden Gitternetz. Rasnor erklärte ihr, dies wäre das Weltall, so wie es dort draußen zu sehen sei, außerhalb der Höhlenwelt. Der Anblick ähnelte, so erinnerte sich Leandra mit einem unangenehmen Gefühl im Magen, der milchigen Spirale, die sie inmitten von Sardins Turm in der Dunkelheit gesehen hatte.

Rasnor zeigte ihr Hallen, in denen zahllose wabenförmige Kisten gestapelt waren, und solche, in denen riesige Maschinen standen, größer als Häuser, mit Greifarmen oder gewaltigen Rädern. All das, erklärte er ihr, diene den Zwecken dessen, was die Drakken mit ihrer Welt vorhatten. Leandra spürte ein Rumoren im Magen, denn all diese Dinge deuteten auf etwas Gewaltiges hin – besonders in Zusammenhang mit dem Wort *Fabrik*, das Rasnor mehrfach erwähnt hatte. Sie befürchtete, dass die Höhlenwelt binnen kurzem eine Wandlung durchmachen würde – eine Wandlung, die so arg sein würde, dass man sie danach überhaupt nicht mehr wiedererkannte.

Aber Leandras Fluch war ihre zutiefst neugierige und wissensdurstige Seele, und so überwog das Erstaunen über die unfassbaren Errungenschaften dieser fremden Wesen. Sie wünschte sich, Frieden mit ihnen zu schließen, um von ihnen lernen zu können. Aber das war wohl ein naiver Gedanke. Die Drakken nahmen sich einfach, was sie haben wollten.

*Nachrichten ohne Zeitverlust übermitteln*, ging es ihr durch den Kopf. Ja, das war es, was sie haben wollten – aber warum mit Zwang und Gewalt? Sie verstand es nicht. Sie verstand nicht die Art dieser Wesen, ihr Ziel zu verfolgen und dabei keinen Unterschied zwischen Moral und Unmoral zu kennen. War jemand im Weg, wurde er beseitigt. Vermutlich erst, nachdem sein Nutzen abgewogen worden war – dabei aber tauchte die Frage, *ob es ihm wehtun würde*, erst gar nicht auf. Trotz allem Erstaunen und aller Ehrfurcht während ihrer Entdeckungsreise durch die Drakkenstadt pochte ihr Herz dumpf.

Als sie schließlich wieder aus den Hallen ins Freie traten, war der Abend angebrochen. Nur noch ein schwaches, orangefarbenes Glimmen drang durch das kleine Sonnenfenster in die Welt herab. Immerhin, dachte sie, folgte hier auf der Säuleninsel dem Nachmittag immer noch der Abend. Warum sie zuvor vom Abend in den Nachmittag geraten war, hatte sie nicht verstanden.

Rasnor winkte ihr und marschierte über die seltsamen Rampen und Stege wieder hinauf zum Landeplatz. Sie bestiegen das kleine Drakkenschiff und Leandra begegnete dem zweiten gewaltigen Wunder dieses Tages.

Als das kleine Schiff nun senkrecht nach oben stieg, immer höher und höher, konnte das eigentlich nur eines bedeuten. Voller Aufregung drückte Leandra das Gesicht an das Fenster. Die gewaltigen, abendlich dunkelgrauen Felswände der Stützpfeiler glitten an ihr vorbei und sie versuchte zu erkennen, was dort über ihr war. Rasnor gab ihr ein Zeichen und deutete zum gegenüberliegenden Fenster. Sie wechselte die Seite und starrte ungläubig das *Ding* an, das sich dort ihren Blicken preisgab.

Sie hatten nun beinahe den Felsenhimmel erreicht, eine Höhe, die selbst für die flugerfahrene Leandra etwas Besonderes darstellte. Über ihnen fiel das allerletzte Licht des Tages ein und tauchte die Welt der

Stützpfeiler in ein Spiel von Schatten und grauen Konturen. Die Pfeiler verzweigten sich hier oben in etliche Seitenarme, die sich in sanften Bögen mit dem steinernen Himmel vereinigten. In einem der mächtigen Hauptstämme jedoch befand sich eine Anlage von wahrhaft gewaltigen Ausmaßen.

Dass dieses *Ding* aus Metall war, konnte Leandra gleich sehen, allerdings bestand es aus einem, das ihr herkömmlicher erschien als die seltsamen, dünnen Wände und Plattformen der Drakkenstadt. Es war dunkel, braunrot und schimmerte im schwachen Licht, als wäre es nass. Es *stak* in der oberen Krümmung des Pfeilers, als wäre es wie eine riesige, viereckige Röhre dort hineingetrieben worden. Ein dunkles Loch tat sich in seinem Inneren auf … nein, in diesem Moment flammten darin starke Lichter auf und Leandra erkannte einen gewaltigen Hohlraum. Ihr kleines Schiff flog mitten hinein und nahm darin etwa so viel Platz ein wie eine Mücke im Inneren einer Flasche.

Sie ahnte schon, wozu es diente. Hier passten auch andere Drakkenschiffe hinein – sogar solche, die zwanzigmal so groß waren wie ihre *Mücke*. Dies musste die Anlage sein, durch welche die Drakken alle ihre Schiffe in die Höhlenwelt schafften!

Sie blickte nach links und rechts aus den Fenstern. Riesige Aufbauten zogen an ihnen vorbei, als sie tiefer in Hohlraum hineinglitten. Schräg unter ihnen schwebte eine enorme rotgraue Plattform mit zahllosen flachen Geräten, die wie Auslegerarme aussahen, wie sie bei der Beladung von Schiffen in einem Hafen verwendet wurden. Überall gab es Lichter, hell strahlende Lichter in verwirrender Vielfalt an Farben, Leuchtkraft und Größe. Manche blinkten, andere flackerten nervös, wieder andere schwollen langsam auf, in majestätischer Ruhe, und verloschen dann wieder.

Dann wurde ein Dröhnen hörbar. Rasnor tippte auf

ihre Schulter und deutete nach vorn. Das kleine Schiff hatte sich inzwischen herumgedreht und blickte jetzt in die Richtung, aus der es gekommen war. Dort flammte in diesem Moment ein nebliges, wirbelndes Leuchten auf, offenbar von einer Anzahl von Röhren ausgehend, die ringsherum hervorstanden. Aus dem Nebel wurde etwas Festes, dann verebbte das Wirbeln, und zuletzt blieb etwas übrig, das wie eine riesige Metallwand aussah. Nur ein schwaches Leuchten unterschied sie von den anderen Metallwänden.

Während all dieser Ereignisse herrschte großer Lärm – das Zischen von Luft, das hallende Dröhnen großer Metallteile, die aneinander stießen, und das dunkle Geräusch, das den Hintergrund erfüllte. Doch dann verstummte plötzlich alles. Nur sehr verhaltene Geräusche waren noch hörbar und es erschien Leandra, als wäre nun die Ruhe vor einem gewaltigen Ereignis eingekehrt.

Auf der schrägen Tafel vor den beiden Drakken, die vorn im Schiff saßen, flammte ein großes, hellblaues Viereck auf, auf dem kurz darauf bunte Quadrate und andere Symbole sichtbar wurden. Der linke der beiden Drakken hob seine Klauenhand, und mit einem Klacken berührte sein mittlerer Finger zuerst ein dunkelgrünes, dann ein schwarzes und zuletzt ein violettes Quadrat auf dem leuchtenden Feld.

Sie erschrak ein wenig, als unmittelbar danach ein lautes, quäkendes Geräusch durch die gewaltige Halle stob. Alle Lichter, die zuvor in hellem Gelb erstrahlt waren, wechselten nun zu einem dunklen Orange, das die Halle wie in ein abendliches Dämmerlicht tauchte.

Und dann löste sich die metallene Decke über ihnen auf.

Leandra sah es zuerst nur aus den Augenwinkeln, dann aber stürzte sie förmlich an das Seitenfenster, um hinaufstarren zu können und möglichst nichts zu verpassen. Sie war über alle Maßen fasziniert, wünschte sich, jemand ihrer Freunde wäre hier, um ihr Staunen mit ihr zu teilen. Sogar Cathryn hätte dies sehen sollen; ihre kleine Schwester war eine ebenso neugierige Seele wie sie selbst. Ein kurzer Seitenblick zu Rasnor sagte ihr, dass sich der verdammte Kerl wie ein Glücksbote vorkam, weil er sie an *seinen* Errungenschaften teilhaben ließ. Rasch wandte sie die Augen wieder von ihm ab.

Die metallene Decke über ihnen verschwand auf ebensolche Weise, wie die andere zuvor entstanden war, und als Leandra die ersten hellen Punkte am Ende eines dunklen Schachts über sich aufflackern sah, wurde es zur Gewissheit: Sie verließen tatsächlich die Höhlenwelt!

Es war eine dumme Regung, das wusste sie, aber die Erhabenheit des Gedankens beschlich sie, dass sie, abgesehen von dem Verräter Rasnor, seit fünftausend Jahren der erste Mensch war, der dies erleben durfte. Sie, die sich ihr ganzes junges Leben lang danach gesehnt hatte, Aufsehen erregende Entdeckungen zu machen und den großen, ungelösten Rätseln der Menschheit auf die Spur zu kommen – sie hatte tatsächlich die Ehre, diesen außergewöhnlichen Schritt zu tun!

Sie drückte ihre Nase an das Glas, begierig, jeden Augenblick in sich aufzusaugen. Das kleine Schiff schwebte durch den Schacht höher und höher und die funkelnden Punkte über ihr, die *Sterne*, kamen immer näher.

Schon im ersten Augenblick wurde ihr klar, dass die Menschen der Höhlenwelt durch die nächtlichen Sonnenfenster nie auch nur einen Bruchteil der ganzen Sternenpracht erblickt hatten. Was sich hier über ihr auftat, war so unendlich viel mehr, strahlte so viel heller und schien ihr dabei zugleich so nah zu sein, dass sie vor Ergriffenheit nur noch leise seufzte. Keine Worte hätten ihre Gefühle auszudrücken vermocht.

Auch, dass der Mond Flecken besaß, hatte sie nicht gewusst.

Hellgelb und strahlend stand er schräg über dem kleinen Schiff, als es aus dem riesigen Schacht auftauchte, und überflutete die dunkle Welt mit warmem Licht. Seine Flecken waren von etwas dunklerem Gelb, und er war von einem strahlenden Lichtkreis umgeben, wie man ihn *unten*, in der Höhlenwelt, nur ganz selten zu Gesicht bekam. In dieser Nacht war er fast voll.

Sie erreichten eine gewisse Höhe über der Oberfläche, und Leandras Herz pochte heftig, als sie zum ersten Mal ihren Blick über die weite, vom Mondlicht beschienene Landschaft der Oberwelt schweifen ließ.

Es waren nur dunkle, rötlich graue Konturen zu erkennen, sanfte, weite Hügel, die sich endlos erstreckten. Was natürlich völlig fehlte, waren die sonst überall aufsteigenden Felsflanken der Pfeiler, ein Anblick, der Leandra in Fleisch und Blut übergegangen war. Zwischen den Stützpfeilern der Höhlenwelt gab es nur selten völlig ebene oder weitläufige Landschaftsformen; wie *wild* sie eigentlich waren, wurde ihr erst jetzt klar, als sie diese dunkle, sich weit in alle Richtungen erstreckende Ebene erblickte. Nichts als sanfte Wellen bis hin zum Horizont, hinter dem noch ein schwaches, orangefarbenes Glühen der vor kurzem untergegangenen Sonne zu erkennen war. Darüber verfloss das Orange zu einem Purpur von unglaublicher Dichte, das wiederum zu einem tiefen Dunkelblau wurde und sich schließlich im Schwarz der Nacht auflöste. Im Dunkelblau begann schon das Leuchten der Sterne, das sich im Schwarz des Weltalls zu einem tausendfachen Funkeln steigerte, nur unterbrochen von der hell strahlenden Scheibe des Mondes. Es war atemberaubend.

Leandras Blicke schweiften wieder über das Land.

Obwohl sie wusste, dass dies hier kein blühendes Paradies, sondern leider nur eine öde und tote Welt war, faszinierte sie der Anblick. In der Höhlenwelt reichte die Sicht selten weiter als zwanzig, dreißig Meilen, manchmal war es vielleicht ein wenig mehr, wenn die Stafetten der Stützpfeiler einmal günstig standen und einem nicht schon bald den Blick verstellten. Aber hier oben – hier gab es nichts als offenes Land. Am westlichen Horizont erkannte sie eine entfernte Bergkette, im Osten eine weitere, nach Süden und Norden hin war das Land flach.

Schon in diesen ersten Minuten verliebte sie sich in den Anblick der Welt unter ihr. Es war wie ein Aufatmen, wenn man zu lange in einem zu engen Raum eingesperrt gewesen war. Leandra konnte nicht behaupten, dass sie sich in ihrer Heimat je unwohl gefühlt hätte, aber diese Grenzenlosigkeit hier an der Oberfläche nahm ihr beinahe den Atem.

»Schön, was?«, sagte Rasnor neben ihr.

Sie wandte leicht den Kopf. Sein *schön* hatte geschäftsmäßig geklungen, nicht begeistert. Sie fragte sich, ob dieser Kleingeist, der offenbar nur in der Lage war, im Rahmen seiner persönlichen Gelüste zu denken, die Aura dieser Welt auch nur im Entferntesten zu spüren vermochte. Sie antwortete ihm nicht und blickte wieder hinaus.

Das kleine Schiff nahm Fahrt auf und legte sich schräg in eine Kurve, während es in die Richtung der eben hinter dem Horizont untergegangenen Sonne davon schwebte. Leandra blickte hinab auf die Oberfläche, während das Schiff in einem weiten Bogen an Höhe gewann. Unten kam der dunkle Schlund des Schachtes ins Blickfeld, durch den sie aufgetaucht waren. Er maß bestimmt eine Meile im Durchmesser und war ihrer Schätzung nach zwei oder drei Meilen tief gewesen. Rings um den Schacht verteilt, funkelten eine

Anzahl roter und weißer Lichter, offenbar um seine Lage nach außen hin zu markieren. Leandra erkannte mehrere Bauten in typischer Drakkenbauweise. Jetzt, da die Sonne bereits untergegangen war, waren sie nur noch schwach zu erkennen.

Dann erblickte sie die dunkle Kontur eines gewaltigen Schuttberges, ein Stück nördlich des Schachtes. Es war wirklich ein Berg, bestimmt eine Meile hoch oder mehr. Das musste der Abraum sein, den die Drakken beim Ausheben des Schachtes angehäuft hatten. Sie fragte sich, leise den Kopf schüttelnd, wie sie das wohl geschafft hatten. Wahrscheinlich würde man es in ihrer Welt nicht einmal mit der allermächtigsten Magie schaffen, auch nur ein halb so gewaltiges Loch in die Erde zu bohren.

Sie deutete ein Stück nach Osten. »Was ist das?«, fragte sie. Ihr Finger zeigte auf eine gigantisch große, aber sehr flache Kuppel, in der sich das Licht einzelner Sterne spiegelte.

Rasnor blickte hinaus und lächelte dann. »Das Sonnenfenster«, sagte er. »Das kleine, das sich direkt über der Säuleninsel befindet. Du wirst staunen, wenn du erst andere siehst! Sie sind … einfach gewaltig!« Mit einer ausholenden Geste umschrieb er die Dimensionen.

»Es … sieht aus wie eine Kuppel!«, sagte sie. »Sehr flach, aber es wölbt sich nach außen. Ist das bei allen so?«

Er nickte nachdenklich. »Jetzt, wo du es sagst, fällt es mir auch auf. Ja, sie sind alle so.«

Leandra schwieg und starrte hinaus. Sie hatten inzwischen an Höhe gewonnen und nun konnte sie mehrere Sonnenfenster in ihrer ganzen Größe überblicken. War die Höhlenwelt schon ein Ort voller spektakulärer Landschaften, so war dieser Anblick geradezu phantastisch. Je mehr Höhe sie gewannen, desto mehr Sonnenfenster kamen ins Blickfeld. An den Wölbungsrändern spiegelten sie das Licht des Mondes, während die Abbilder einzelner Sterne auf den kristallenen, von Kanten und Rissen durchzogenen Oberflächen funkelten. Die Sonnenfenster selbst schienen aus einem tiefen, unbestimmbaren Dunkelblau zu bestehen, manchmal bis ins Schwarze hinein reichend, dann aber auch wieder hell aufstrahlend, wenn verirrtes Licht aus ihren inneren Kristallstrukturen zurückgeworfen wurde. Sie besaßen tatsächlich alle eine leichte Wölbung nach außen, sehr flach nur – wie Linsengläser. Woher das allerdings stammte, vermochte sie nicht zu sagen. Leandra war früher schon einmal daran gescheitert, sich vorzustellen, was während des *Dunklen Zeitalters* mit der Welt geschehen war – aber die Kräfte, die hier gewirkt hatten, damals vor über fünftausend Jahren, als ihre Welt entstand – nein, das war vollkommen unbegreiflich.

Es wurde ein wenig heller im Inneren des kleinen Schiffs. Leandra sah aus dem gegenüberliegenden Fenster. Das Licht flutete vom Horizont heran, hinter dem nun die Sonne offenbar *aufgehen* wollte. Endlich verstand sie. Sie flogen abermals der untergehenden Sonne hinterher und holten sie ein. Diese Drakkenschiffe waren wirklich unerhört schnell.

Der Horizont wurde heller und heller, erstrahlte bald in tiefem Orange, und wechselte dann über ein warmes Gelb zu hellem Blau. Ein wundervolles Schauspiel – Leandra trat zur anderen Seite hinüber und hing bald wie eine Verdurstende am Fenster; sie sog den Anblick in sich hinein. Diese Welt hier oben war so vollkommen anders … und obwohl sie tot und leer war, war sie unendlich schön. Wehmut überkam sie, als ihr klar wurde, dass sie wahrscheinlich niemals dort würde umherwandeln können. Nein, Rasnor hatte etwas von Staub und Gift gesagt, mit dem die Luft verseucht wäre.

Sie deutete hinab. »Man kann dort wirklich nicht atmen?«

Er schüttelte den Kopf. »Nein. Es ist nichts mehr zum Atmen da. Luft schon, aber sie enthält nichts mehr von dem, was wir zum Atmen brauchen.«

Sie sah ihn unschlüssig an. »Wie meinst du das? Was atmen wir denn außer Luft?«

Er macht eine umfassende Geste. »Luft besteht aus verschiedenen Gasen. Das Gas aber, das wir atmen … ist nicht mehr da.«

»Und wo ist es hin?«

»Verschwunden. Weil kein Wasser mehr da ist und deswegen keine Pflanzen mehr wachsen können. Pflanzen erzeugen dieses Gas.« Er breitete die Arme aus. »Die gesamte Oberfläche dieser Welt ist völlig tot. Keine Meere, keine Flüsse, keine Bäume – und keine Luft zum Atmen. Es gibt nicht einmal mehr Wetter. Nur hin und wieder ein paar Staubstürme. Das ist alles.«

Leandra seufzte leise und sah enttäuscht hinaus. »Ich hatte gedacht … es wäre wieder ein wenig besser geworden, hier oben – nach dieser langen Zeit. Über fünftausend Jahre! Bei uns hat sich die Welt doch auch wieder erholt, oder nicht?«

»Du meinst, nach dem Dunklen Zeitalter?« Er schüttelte den Kopf. »Das war etwas anderes. Hier oben versickerte der *Lebenssaft* in die Tiefe – das Wasser. Ohne Wasser kann nichts leben.«

Mit einem Anflug von Respekt sah sie ihn an. Immerhin hatte er sich um Kenntnisse und Wissen bemüht. Was er inzwischen über die Vergangenheit und die Mechanismen der Welt in Erfahrung gebracht hatte, war beachtlich.

Das Drakkenschiff stieg immer höher, während das Farbenspiel über dem Horizont stetig abnahm. Hinter ihnen, im Osten, wurde das Schwarz des Nachthimmels bestimmender, doch vor ihnen war Tag.

»Wo fliegen wir hin?«, wollte sie wissen.

Wieder lächelte er geheimnisvoll. »Das wirst du schon sehen – bald. Genieße den Anblick. Wir werden die halbe Welt umrunden.«

Wieder seufzte sie leise. Viel lieber hätte sie diese Entdeckungsreise mit Victor gemacht; es war ein einziges Unglück, dass sie dies als Gefangene erleben musste. Sie gab sich wieder dem Anblick der Welt hin, den immer zahlreicher werdenden, geheimnisvoll funkelnden Flecken der Sonnenfenster. Je weiter sie in den Bereich der Tageshelligkeit hinein gerieten, desto mehr solcher Flecken kamen hinzu, während die Farbe des Bodens sich zu hellem wüstenartigem Braun verwandelte. Sie überflogen Gebiete, die tiefer lagen und in denen sich keine Sonnenfenster befanden, es war nicht schwer zu erraten, dass in der Höhlenwelt darunter Felsbarrieren lagen, wo für Dutzende oder manchmal Hunderte von Meilen nichts als blanker Fels existierte und es keine Höhlen gab. Immer höher erhoben sie sich über die Welt, bis sich unter ihnen geradezu ein Meer von Sonnenfenstern erstreckte. Die eine Hälfte lag noch im Bereich der Nacht, aus der sie gekommen waren und die immer kleiner wurde, je weiter sie die Welt umrundeten. Dort funkelten sie tiefblau und geheimnisvoll – während sie auf der hellen Seite wie ein Überzug aus blendenden Glasscherben auf einer manchmal rötlich grauen und dann wieder hell ockerfarbenen Weltkugel aussahen. Der Anblick war faszinierend, während in Leandra gleichzeitig die bedrückende Frage aufkam, wie etwas so Schreckliches wie ein Krieg einen so wunderschönen Anblick hinterlassen konnte.

Dann kam unter ihnen ein Bereich ins Blickfeld, der überhaupt keine Sonnenfenster besaß. Leandra wechselte den Standort und peilte durch das Fenster schräg voraus – aber der Anblick blieb gleich. Es war nichts als eine endlose, dunkle und zerklüftete Landschaft von tiefem Rotbraun, von zahllosen Gebirgen durchsetzt. Bis zum Horizont war kein einziges Sonnenfenster zu erblicken. Sie beobachtete das Land für eine ganze Weile und kam irgendwann zu dem Schluss, dass dieses Gebiet den Teil, in dem es Sonnenfenster gab, sogar überwog.

»Es muss früher riesige Meere gegeben haben«, sagte Rasnor und deutete hinab. »In diesen Gegenden gibt es natürlich keine Sonnenfenster, dort schlugen diese Geschosse nicht ein. Auch in hohen Gebirgen und in Wüsten nicht.«

»Aber … das ist riesig!«, sagte Leandra, die auch am westlichen Horizont kein Ende des öden Landes erblicken konnte.

»Ja, stimmt. Der größte Teil der Welt muss in früheren Zeiten von Meeren bedeckt gewesen sein.« Er deutete hinab. »Das ist … *Maldoor*.«

Leandra starrte ihn forschend an. Ja, in der Tat, Maldoor galt als der dunkle Teil der Welt, wo es nur eine einzige, riesige Felsbarriere gab. Dass sie so gewaltig war, hatte sie nicht geahnt. Sie hatte auch nicht geahnt, dass die *Welt* so gewaltig war. Sie wandte wieder den Blick und sah hinaus.

Sie gewannen nun zusehends an Höhe und das Rund der Welt zeichnete sich immer deutlicher ab. Es lag unter einem milchigen, bräunlichen Dunst, der sich wie eine Decke über ihre Krümmung breitete. Wolken sah sie überhaupt keine, aber das passte ja zu dem, was Rasnor gesagt hatte: Wasser und Wetter gab es hier keines mehr. Noch immer tauchten keine Sonnenfenster am Horizont auf. Leandra wurde klar, dass es die Sonnenfenster gewesen waren, die der Welt einen Anblick des *Lebendigen* verliehen hatten. Jetzt, da nichts mehr von ihnen zu sehen war und sich unter ihnen nur noch ein Land in vollkommen toter Eintönigkeit erstreckte, überkam sie ein Gefühl der Trauer. Sie hatte Bilder der Welt gesehen, als sie noch mit grünem Meer und voller Leben unter dem blauem Himmel gelegen hatte. Das alles war vorbei, längst vergangen, und nie wieder würde auf der Oberfläche dieser Welt das Leben blühen.

Mit einem Mal überkam Leandra das überwältigende Verlangen, in einer Welt zu leben, in der so viel Weite und Freiheit lag. Aber dieser Wunsch würde ihr wohl auf ewig verwehrt bleiben. Sie lachte spöttisch auf. *Vielleicht*, dachte sie bitter, *nehmen mich die Drakken ja einmal mit zu ihrer Heimatwelt.*

Während sie weiter an Höhe gewannen, tauchten über dem Horizont immer mehr Sterne auf. Obwohl ihr kleines Schiff inzwischen vollständig im Bereich des Tageslichts flog, wurden die Sterne immer zahlreicher. Und dann geschah es: Plötzlich und innerhalb einer kurzen Minute wurden es so viele, dass Leandra der Atem stockte. Es war, als hätten sie einen Schleier durchbrochen, der ihre Sicht getrübt hatte und nun den *wahren* Blick auf den Himmel freigab. Er wurde kohlschwarz und aus seiner Tiefe heraus schälte sich innerhalb weniger Herzschläge eine Unmasse von strahlenden Punkten. Leandra keuchte. Ja, *das* waren Millionen! Der Anblick war überwältigend. Nach einer Weile trat sie zurück, von all den Eindrücken fast überfordert, und ließ sich mit einem Ächzen in einen der Sitze fallen.

Rasnor lächelte. Er vollführte mit dem Zeigefinger eine kreisende Bewegung neben seiner Schläfe. »Man muss umdenken, verstehst du? Nichts ist mehr wie früher. Wir sind nur noch ein Volk von Hinterwäldlern, das nichts über den Kosmos weiß.« Er breitete die Arme aus. »Durch die Drakken erhalten wir eine großartige Chance – siehst du das nicht? Wir können von dieser engen Welt fort, hinaus ins All.«

Regelmäßig gelang es ihm, seine verräterische Tat wieder ins Licht zu rücken, jedoch mit völlig verdrehten Vorzeichen. »Ach?«, sagte sie voller Hohn. »Du bist also der Retter unserer Welt? Du hast dich mit den Drakken nur verbündet, um uns neue Horizonte zu eröffnen? So habe ich das noch gar nicht gesehen.«

Er brummte gleichgültig. »Ich habe nur das getan, was auf der Hand lag. Du wirst bald verstehen, dass es zu unser aller Vorteil ist.«

»Glaube ich kaum«, erwiderte Leandra verdrossen und sah zu Seite. »Ein paar von uns«, sagte sie, »werden vielleicht so etwas wie dies hier zu sehen bekommen. Der Rest wird ein Volk von Sklaven sein, die dort unten in dunklen Löchern hausen und den Drakken zu Diensten sind. Oder etwa nicht?«

Er studierte sie eine Weile. »Du klingst fast so, als wärest du nicht bereit, das hinzunehmen.«

Sie schüttelte den Kopf. »*Natürlich* nicht!«

Er grinste und schließlich lachte er. »Das bewundere ich wirklich an dir!«, stieß er hervor. »Du gibst nie auf! Willst deine Welt immer noch befreien, was?« Er kicherte voller Belustigung. »Na, dann bin ich mal gespannt, wie du das anstellen willst! Jetzt, wo alles, aber auch wirklich *alles* in der Gewalt der Drakken ist! Da bin ich aber gespannt!«

Sie antwortete nicht, starrte ihn nur weiterhin mit trotzigen Blicken an.

Rasnor erwiderte ihren Blick eine Weile, aber dann versiegte sein Lächeln. Er erschauerte leise. *Sie will es tatsächlich immer noch*, dachte er. *Sie wird niemals aufgeben.*

# 23  ♦  Das Mutterschiff

Nach einer Stunde ruhigen Fluges waren sie weit draußen im All, und Leandra, die wieder aufgestanden und ans Fenster getreten war, konnte nun ein ganzes Viertel des Weltenrunds überblicken. Die Sonne stand auf der anderen Seite ihres Schiffs, ihr greller Schein war abgedunkelt durch eine spezielle Flüssigkeit, die das Glas des Fensters durchströmte, wie Rasnor ihr erklärt hatte. Der Mond war jetzt hinter der Welt verschwunden, dafür aber tauchte im Westen etwas Neues auf.

Es war zuerst nur ein Funkeln, gleißendes Sonnenlicht auf schwarz schimmerndem Grund. Dann schälten sich riesige Formen aus dem Nichts, gewaltige Rundungen und Lichter, immer mehr Lichter. Als Leandra klar wurde, was sie da vor sich hatte, trat sie vor Schreck einen Schritt zurück.

»Das Mutterschiff«, flüsterte Rasnor ehrfurchtsvoll. »Ist es nicht gewaltig?«

Ihr kleines Schiff schwenkte in einen Kurs ein, der das gewaltige Drakkenschiff unmittelbar seitlich von ihnen auftauchen ließ und es zur Gänze in ihr Blickfeld rücken ließ. Leandra stieß ein Keuchen aus.

»Unfassbar!«, jubelte Rasnor und hob die Arme. Seine Stimme war trotzdem leise geblieben, so als fürchtete er, den Zorn des gewaltigen Schiffs heraufzubeschwören. »Jedes Mal wieder, wenn ich es sehe, läuft es mir eiskalt den Rücken herunter!« Er wandte sich Leandra zu. »Siehst du nun, mit was für einer großartigen Rasse wir es hier zu tun haben? Siehst du, was sie zu leisten imstande sind?«

Leandra trat mit klopfendem Herzen wieder zum Fenster.

Das Schiff war fast so schwarz wie das umgebende Weltall, wenngleich seine der Sonne zugewandte Seite einen untergründigen silber-metallischen Schein zurückwarf. Es musste zehn Meilen groß sein oder noch mehr und bestand aus einer gewaltigen, länglichen Röhre, an deren linker und rechter Seite, etwas nach unten versetzt, jeweils drei riesenhafte Kugeln hintereinander angebracht waren. Jede davon musste zwei oder zweieinhalb Meilen Durchmesser haben – fast so viel wie die Röhre selbst. Das alles wurde von einem titanischen Aufbau zusammengehalten, der obenauf wie ein riesiger Krake thronte und die gesamte Konstruktion mit seinen acht Fangarmen umschloss. Zahllose Lichter und Aufbauten mit spitzen Masten überdeckten das gigantische Schiff. Und dann erkannte Leandra mit atemlosem Erstaunen, dass sich die sechs Kugeln an den Seiten des Schiffs *drehten*. Sie hingen wie in Halterungen zwischen den acht riesigen Armen, die das Schiff umschlossen, und bewegten sich langsam um ihre Hochachse. Es war gut zu erkennen, da vorn immer wieder neue Lichter sichtbar wurden, während die hinteren verschwanden. Der Anblick war phantastisch. Das Schiff musste größer sein als ganz Savalgor samt seiner zwei Monolithen und dem Stützpfeiler in der Mitte – ja, sogar *viel* größer. Die gesamte Savalgorer Bevölkerung würde man wohl leicht zehnmal darin unterbringen können.

Rasnor schien sich wie ein kleines Kind über ihre Verblüffung zu freuen. Er begann aufgeregt zu plappern, erzählte von diesem und jenem, aber Leandra hörte gar nicht hin. Sie konnte den Blick von diesem Monstrum nicht abwenden. Unendlich klein und verloren kam sie sich vor – war der Kosmos doch offenbar voll von gewaltigen Errungenschaften und die Höhlenwelt nur ein winziger Fleck irgendwo weit draußen an seinem Rand.

Das riesige Drakkenschiff wirkte nicht einmal sonderlich bedrohlich. Natürlich war es Ehrfurcht gebietend und ganz sicher einschüchternd, aber sie hätte von den Drakken eigentlich etwas erwartet, das mehr nach Krieg, Vernichtung und Tod aussah. Dieses Schiff jedoch wirkte eher wie etwas, das einem schlichten Zweck diente, wie der Erforschung des unbekannten Alls oder dem Transport großer Dinge. Wie ein Kriegsschiff sah es nicht aus.

Als sie näher kamen, wurde ihr klar, dass sie sich abermals getäuscht hatte. Das Drakkenschiff war sogar *noch* größer, als sie gedacht hatte. Während sie sich näherten, schienen seine Ausmaße ins Unendliche anschwellen zu wollen. Erst als sie so dicht heran waren, dass sich die Einzelheiten vor Leandras Augen nicht in *noch* weitere Einzelheiten auflösten, glaubte sie, die wahre Größe dieses Schiffs ermessen zu können. Es war einfach gigantisch.

»Was … was tun wir hier eigentlich?«, fragte sie befangen.

Er hob die Schultern. »Nichts Besonderes. Ich dachte nur, es interessiert dich. Ich wollte es dir zeigen.« Er kaute auf der Unterlippe, bevor er fortfuhr: »Ich hoffte eigentlich, du würdest nun endlich verstehen, dass du gegen die Drakken nichts mehr ausrichten kannst. Weil ihre Macht so groß ist, dass es nichts gibt, was dagegen ankäme.« Er lächelte spöttisch. »Aber ich glaube, das ist vergebens. Du würdest sie sogar bekämpfen wollen, wenn ihr Schiff so groß wäre wie der Mond und sie mit einem Dutzend davon gekommen wären, nicht wahr?«

Leandra hätte beinahe auch gelächelt. Ja, er hatte

Recht. Sie würde sich niemals der Versklavung beugen, ganz egal, wie stark die Drakken waren.

»Es ist eine Frage des Charakters, nicht der Aussicht auf Erfolg«, erwiderte sie kühl. Sie wollte noch weitersprechen, unterließ es dann aber. Ein ewiger Kleinkrieg mit seinem verbohrten, verräterischen Stolz brachte ihr nichts ein, und sie wollte die nächsten Stunden lieber einen freien Kopf für Beobachtungen haben. Es interessierte sie, was sich im Inneren des Drakkenschiffs befand.

Inzwischen hatten sie sich einer der sechs riesigen Kugeln genähert. Als sie nur noch eine Viertelmeile davor schwebten, wirkte sie beinahe so gewaltig wie die Weltkugel. Unter ihnen zogen die Lichter dahin, dann erkannte sie etwas weiter unten mehrere dunkle, längliche Öffnungen. In einer davon, sie mochte eine Achtelmeile breit und bestimmt hundertfünfzig Ellen hoch sein, flammte in diesem Moment bläuliches Licht auf. Im Inneren befanden sich ähnliche Aufbauten und Gegenstände wie in der riesigen Anlage unter dem Felsenhimmel der Säuleninsel. Dann war die Öffnung direkt vor ihnen und das kleine Schiff geriet in den Bereich des bläulichen Lichts, das aus ihr drang.

Es war wie ein kräftiger Schlag, der durch den Körper ihres Schiffs fuhr, dann hing es in dem Lichtstrahl fest und wurde mitgenommen. Leandra verstand. Es war so etwas wie eine Transportmaschine, falls dieses Wort zutreffen sollte. Nur noch Sekunden vergingen, dann jaulte das kleine Schiff wieder auf seine typische Art auf und bewegte sich zügig in die erleuchtete Öffnung hinein. Ein heftiges Vibrieren erfasste den ganzen Schiffskörper, als er ins Mutterschiff einflog. Dabei drehte es sich um ein Viertel, sodass sein Dach zuletzt ins Innere des großen Schiffs zeigte. Schon sah Leandra durch die Fenster riesige, zangenartige Metallgebilde auf sie zukommen. Dann dauerte es nur noch Momente und das kleine Schiff rummste mit einem zweiten Schlag in eine Halterung. Gleich darauf erstarb das Jaulen und für einen verwirrenden Augenblick hatte sie das Gefühl, als würde sie schweben. Weißes Licht flackerte im Innern des kleinen Schiffs auf und dann war alles wieder normal.

»Wir sind da!«, rief Rasnor gut gelaunt. »Komm, du wirst staunen!«

*

Es wurden Stunden voller Wunder für Leandra.

Eines der ersten war die Tatsache, dass all die unzähligen Drakken, denen sie begegneten, ihnen überhaupt keine Beachtung schenkten. Zweifellos waren sie die einzigen Menschen hier auf diesem Schiff, und sie konnten überall herumlaufen, aber kein einziger Drakken blieb auch nur stehen oder sah ihnen hinterher. Leandra machte sich klar, dass ihnen das Gleiche auch auf der Säuleninsel widerfahren war, aber dort war es ihr nicht so wichtig vorgekommen. Sie war davon ausgegangen, dass man Rasnor kannte und ihm wie auch seiner Begleitung keine besondere Beachtung schenkte. Hier aber vertiefte sich Leandras Gefühl, dass die Drakken so etwas wie ein Insektenvolk waren. Sie wusste, dass manches Ameisenvolk die Fähigkeit besaß, auf der Stelle jedes einzelne Mitglied davon in Kenntnis zu setzen, dass eine Gefahr drohte. Wie auf ein gemeinsames Kommando verfielen dann all die Tausende von kleinen Krabbeltieren in eine Verteidigungshaltung. Es war nicht notwendig, dass sich diese Gefahr erst *herumsprach*. Leandra hatte das Gefühl, als wüsste jeder einzelne dieser Drakken, wer sie und Rasnor waren und warum sie sich hier aufhielten. Nicht einer zeigte sich erstaunt, neugierig oder beunruhigt. Sie schienen alle ihrer Arbeit nachzugehen, ja man hätte sogar sagen können, dass sie allesamt *friedlich* waren.

Der zweite ungewöhnliche Punkt war der, dass keiner von ihnen einen Körperpanzer trug, so wie die Drakken in der Höhlenwelt. Die Drakken hier besaßen ebenfalls eine Art Kleidung, aber sie war wesentlich dünner, ähnlich den Hemden und Westen der Menschen, nur aus einem schimmernden Material in verschiedenen dunklen Farbtönen. Diese Kleidung ließ Arme und Beine frei, und das erschien auch sinnvoll, denn es war sehr warm und drückend hier im Mutterschiff der Drakken und die Luft war ziemlich feucht. So feucht, dass Leandra den Dunst in der Luft sah, wenn sie in größere Räume oder Hallen kamen, wo sich die Feuchtigkeit sogar an den Wänden absetzte. Diese bestanden größtenteils aus einem schwarzbraunen Material, dessen Oberfläche weich zu sein schien. Es war an vielen Stellen von Rippen und Ritzen durchzogen, in denen sich das niedergeschlagene Wasser sammelte. Leandra glaubte, einen leicht süßlichen Schwefelgeschmack auf den Lippen wahrnehmen zu können, und hatte bald das unangenehme Gefühl, sich durch eine Art Bruthöhle zu bewegen.

Nun fielen ihr auch mehrere deutlich unterschiedliche Drakkentypen auf. Es gab zum einen den Typus des Soldaten, den sie auf der Säuleninsel und in Savalgor gesehen hatte, zum anderen dürre, geschäftig umherlaufende Echsenwesen mit *vier* Armen; sie trugen in jeder Hand ein flaches, halb durchsichtiges Gerät, auf dem verschiedene leuchtende Zeichen zu erkennen waren. Leandra hatte den Eindruck, als obläge ihnen die Ordnung und Kontrolle. Dann gab es große, bullige Wesen, die nicht mehr viel mit Echsen gemein hatten – sie schienen für den Transport schwerer Lasten zuständig zu sein –, sowie kleinere Vierbeiner, ebenfalls nur noch entfernt echsenartig und sehr kräftig gebaut. Außerdem fielen ihr noch seltsame, niedere und wurmartige Wesen auf, die aber nur sehr vereinzelt auftauchten. Sie watschelten demütig am Rande der Gänge entlang und hatten offenbar kaum etwas anderes im Sinn, als anderen Drakken aus dem Weg zu gehen und sich zu verdrücken. Rasnor erklärte ihr, dass es gar keine Drakken wären, sondern Muuni. Sie hätten eine bestimmte geistige Aura und wären ein sicheres Zeichen dafür, dass sich ein hoher Offizier in der Nähe befand. Leandra blickte sich um, wann immer sie einen solchen Muuni sah, konnte aber keinen hohen Drakken entdecken. Möglicherweise fehlte es ihr nur an Unterscheidungsvermögen für die verschiedenen Ränge.

Rasnor zeigte ihr zahllose erstaunliche Dinge. Zuerst fuhren sie mit einer schwebenden Plattform umher, von denen es hier etliche gab. Das Schiff war so groß, dass man ohne Fahrzeug sonst nicht recht vorwärts kam. Viele andere Drakken benutzten ebenfalls diese Schwebeuntersätze, ließen sie dann einfach irgendwo stehen, und andere stiegen auf und fuhren damit weiter.

Dann begaben sie sich in eine seltsame Röhre, in der ebenfalls jenes bläuliche Licht herrschte, in dem man offenbar schweben konnte. Es ging in rasender Geschwindigkeit in einen anderen Bereich des Schiffs. Man befand sich dabei in einer seltsam milchigen Blase, die aber ganz von selbst entstand und wieder verschwand. Man betrat nur eine *Transporterbucht*, wie Rasnor es nannte, berührte ein in der Luft schwebendes, leuchtendes Gebilde, und wurde dann förmlich an einen anderen Ort »geschossen«. Nach mehreren Versuchen begriff Leandra, dass das leuchtende Gebilde ein Abbild des Schiffsinneren war oder wenigstens eines Teils davon. Man musste nur einen anderen Teil berühren, in den man wollte, und schon wurde man von der Blase eingehüllt und dorthin befördert.

Anfangs hatte sie mit der Fülle der fremdartigen Eindrücke zu kämpfen. Sie kannte nichts als Wälder, Berge, Stützpfeiler und Sonnenfenster. Hier gab es überhaupt nichts davon, nur völlig andersartige Dinge. Immerhin waren ihre Wahrnehmungen nicht mehr durch den Anblick dieser irrsinnigen Weite belastet, die dort *draußen* im All herrschte. Je länger sie sich in dem Schiff aufhielten, desto mehr gewöhnte sie sich an all das Fremde und desto ruhiger wurde sie. Dafür aber wünschte sie sich langsam, hier nackt herumlaufen zu können. Sie waren inzwischen vollkommen nassgeschwitzt; die Wärme, die Luftfeuchtigkeit und der süßliche Geschmack auf den Lippen machten ihr zu schaffen. Rasnor hingegen schien das alles nicht zu stören. Er war ein blutleerer Typ, der niemals schwitzte, egal wie heiß es war.

Als Nächstes fuhren sie zur *Brücke*, wie Rasnor es nannte. Leandra wusste, dass man den Ort, wo ein gewöhnlicher Schiffskapitän stand, ebenfalls so nannte. Vermutlich war es nur eine Übersetzung aus der Drakkensprache. Aber sie behielt Recht: es war tatsächlich der Ort, von dem aus das Drakkenschiff gesteuert wurde. Allerdings hätte sie sich niemals selbst einen Begriff davon machen können, wie das bei diesen Wesen aussah.

Die Brücke war eine Halle von so gigantischen Ausmaßen, dass es wohl in der ganzen Höhlenwelt keinen Raum von vergleichbarer Größe gab. Sie vermutete, dass er eine Drittelmeile hoch war und ebenso lang und breit. Es herrschte gedämpftes Licht und ein vielstimmiges Summen und Brummen erfüllte die Luft. Der Raum hatte in etwa die Form des Inneren einer Kugel, mit seitlich ansteigenden Rängen, die zahllose Balkone und Vorsprünge aufwiesen. Nur nach vorn hin befand sich eine schräge Wand, und Leandra stockte der Atem, als sie sah, um was es sich dabei handelte: Es war ein gigantisches Fenster, aus einem Gespinst von Trägerteilen bestehend, zwischen denen riesige

Scheiben verankert waren. Und der Blick ging hinaus ins All – genau auf die Höhlenwelt. Wie eine gewaltige Kugel in den unterschiedlichsten Brauntönen hing sie im All, die größere, rechte Seite ins gleißende Tageslicht der Sonne getaucht. Nun sah Leandra auch wieder die funkelnden Sonnenfester; allerdings waren sie von hier aus tatsächlich nichts als Punkte – winzig klein. Der Anblick war überwältigend.

Erst nachdem sie mühevoll ihren Blick davon losgerissen hatte, konnte sie ihre Aufmerksamkeit wieder auf die Halle richten. Beherrschend war ein riesiges, schimmerndes Objekt, das in der Hallenmitte schwebte, die von feinem Dunst erfüllt war. Es handelte sich abermals um eine Abbildung der Strukturen des Schiffs – ein buntes Gespinst aus Kugeln, Würfeln und anderen Figuren, die durch blinkende Linien, farbige Strahlen und pulsierende Adern miteinander verbunden waren. Überall neben den Figuren schwebten Symbole oder Buchstaben, die ständig Aussehen und Farben wechselten. Es gab bunte, zuckende Balken, gestaffelte Kreise, die sich gegenläufig veränderten, und blinkende Lichter, die im Nichts entstanden und wieder verschwanden. Das Bild war gigantisch groß und besaß zahllose Einzelheiten, die Leandra gänzlich unüberschaubar vorkamen. Es füllte beinahe den gesamten freien Raum innerhalb der Halle aus.

Nach allen Seiten – mit Ausnahme der, die das gigantische Fenster aufwies – stiegen Balkone nach oben hin an und umringten das schwebende Abbild. Im Palast von Savalgor gab es einen großen Ballsaal mit Bühne, der ähnlich angelegt war, allerdings war er wesentlich kleiner. Auf dieser ›Brücke‹ waren die Balkone von hunderten von Drakken besetzt, die vor blinkenden Lichtern und großen Apparaturen saßen. Das musste die Mannschaft sein, die das Mutterschiff *steuerte*. Offenbar war es so riesig und so kompliziert, dass wirklich Aberhunderte von einzelnen Drakken notwendig waren, um es zu beherrschen. Auf jedem Balkon schien eine kleine Gruppe mit einer speziellen Aufgabe beschäftigt zu sein. Die Vermutung lag nahe, dass sie sich räumlich in der Nähe des entsprechenden Teils des großen, schwebenden Leuchtbildes befanden. Womöglich war dies der Grund für die ungewöhnliche Form dieser Halle. Nur so war es anscheinend möglich, all die Bereiche dieses enormen Schiffs auf eine Weise aufzugliedern, dass man sie überhaupt kontrollieren konnte. Leandra war zutiefst beeindruckt.

Endlich merkte sie, dass Rasnor neben ihr ausgelassen plapperte. Er schien ebenfalls ergriffen von den Wundern der Drakkenwelt zu sein und sie konnte ihn sogar verstehen. Er deutete auf das riesige Leuchtbild. »Manchmal verschwindet es und ein riesiges Abbild des Weltalls mit Sternen taucht auf. *Das* solltest du mal erleben! Es ist unglaublich! Siehst du die kleinen, schwebenden Dinger da?«

Leandra blickte in die Höhe und versuchte, das Gebilde mit Blicken zu durchdringen. Sie sah, was Rasnor meinte.

»Das sind kleine Helfer, die durch die Projektion schweben und Bilder aus dem Inneren an die Mannschaften da oben schicken.« Er deutete auf die Balkone. »Für jedes Symbol dort drin gibt es draußen einen Drakken, der es beobachtet und sich darum kümmert. So behalten sie den Überblick über das Schiff. Ist das nicht unglaublich?«

Leandra nickte. »Und von hier aus … *fliegen* sie es auch? Wie die beiden Drakken, die unser kleines Schiff flogen?«

Er zuckte die Achseln. »Kann sein. Ich habe sie noch nie fliegen sehen. Ich meine … dieses Schiff ist schon seit Jahren hier. Das sagte jedenfalls der *uCuluu*.«

Sie blickte ihn an. »Wo ist er, dieser *uCuluu?* Werden wir ihn treffen?«

Rasnor schüttelte den Kopf. »Nein, das glaube ich nicht. Ich vermute, er ist nicht hier, sondern in der Höhlenwelt. In Savalgor, genauer gesagt. Möglich, dass du ihn dort einmal siehst.« Er grinste. »Schließlich bist du eine Berühmtheit. Gegen dich bin ich nur eine kleine Leuchte.«

Sie verzog das Gesicht ob dieses zweifelhaften Kompliments.

Er lachte fröhlich auf. »Dann kannst du ihm ja mal sagen, dass du immer noch vorhast, ihn und seine Armee zu vernichten!«

Sie verließen die Brücke und reisten weiter durch das Mutterschiff.

Rasnor zeigte ihr eine Station, in der gewaltige Energiebälle in der Luft waberten, und eine andere, in der eine gigantische Metallspindel mit Wasser besprengt wurde. Sie verwandelte es in wallende Dampfwolken, die durch riesige Rohre an der Decke abgesaugt wurden. Sie sah eine Halle, in der kleine Flugschiffe instand gesetzt wurden, und einmal kamen sie an einen wahren Abgrund aus gigantischen Röhren, die waagrecht dem Ende des Schiffs zustrebten. Er erklärte ihr, dass dies der *Antrieb* des Schiffs wäre. Diese Röhren würden hinter dem Schiff eine Art Kraftfeld entstehen lassen, welches im Weltall so etwas wie eine Welle erzeugte. Auf dieser Welle ritt das Schiff. Da sie in jeder Sekunde viele Millionen Mal neu erzeugt wurde, konnten sie damit phantastische Geschwindigkeiten erreichen. Sogar solche, die jenseits dieser höchsten Geschwindigkeit lägen, von der er ihr bereits berichtet hatte. Leandra sagte das alles nicht allzu viel.

Dann erreichten sie eine Aussichtsplattform, und als Leandra sah, was darunter lag, wurde ihr beinahe übel.

Sie befanden sich, wie Rasnor ihr erklärte, in der riesigen Längsröhre, die den größten Teil des Mutterschiffs ausmachte. Sie war innen vollständig hohl und von blendender und gleichermaßen dunstiger Helligkeit erfüllt; ihr Durchmesser musste vier oder fünf Meilen betragen. Sie hatte beinahe Dimensionen wie das Innere der Höhlenwelt, und in der Tat war es auch so, dass in ihr eine Welt existierte, eine offenbar bewohnbare Welt mit Seen, Flüssen und Wäldern. Nur verhielt es sich hier so, dass *alle* Teile, und nicht nur der *Boden*, mit dieser Landschaft bedeckt waren. Auch die Decke und die Seiten – einfach jeder Flecken auf der Innenfläche der Röhre. Das verwirrte Leandras Sinne derartig, dass sie sich auf den Hintern fallen lassen musste und erst einmal die Augen schloss. Ihr schwindelte.

»Die Röhre dreht sich auch, genau wie die großen Kugeln an der Außenseite«, flüsterte ihr Rasnor zu, der sich neben ihr niedergesetzt hatte. »Da in der Mitte, dieser helle Strahl, siehst du das?«

Leandra öffnete vorsichtig die Augen. Nicht zu weit, um Herr ihrer Sinne zu bleiben. Sie sah einen dünnen, weiß gleißenden Strahl, der die Mitte der Röhre in ihrer Längsachse durchlief und in der Ferne verschwand. Sie schloss die Augen wieder und nickte.

»Das ist ihre *Sonne*«, erklärte Rasnor, der offenbar nicht vorhatte, auf ihr Unwohlsein Rücksicht zu nehmen. »Ein Strahl unglaublich heißer Energie. Er ist tatsächlich so heiß wie die Sonne. Weißt du, wie dick er ist?«

Leandra stöhnte. Rasnor schien sie mit seinem Wissen vollpumpen zu wollen. Doch sie konnte einfach nicht mehr. Sie stöhnte leise und schüttelte den Kopf. »Wie dick? Nein. Woher soll ich das wissen?«

»Dünner als ein Haar von dir!« Er lachte auf. Als sie

mit einem Seitenblick nach ihm sah, saß er da, die Unterarme auf seine angewinkelten Knie gestützt, und starrte kopfschüttelnd in die Ferne.

Mit einem Mal erschien es Leandra, als empfände Rasnor nicht nur Begeisterung. Er war in dieser Welt gleichermaßen auch verloren. Er wusste so viel über die Drakken, bewunderte sie offenbar – aber er hatte hier keine wirklichen Freunde und es würde hier auch keine wahren menschlichen Vergnügungen für ihn geben. Er war sehr intelligent, wie Leandra langsam klar wurde, aber er war vom Weg abgekommen. Er sehnte sich nach einem Wesen in dieser Welt, mit dem er die Dinge, die ihn begeisterten, teilen konnte. Nein, er wollte nicht nur einen Menschen, sondern er wollte sogar eine *Frau*.

*Eine verlorene Seele*, dachte sie. So wie er veranlagt war, würde er womöglich die Einsamkeit, zu der er verdammt war, in etwas Schreckliches ummünzen. Vielleicht würde er zur schlimmsten Geißel der Höhlenwelt werden, die sie je zu dulden hatte, Sardin und Chast mit eingeschlossen.

Er deutete in die Röhre hinab und seufzte bitter. »Dort leben sie, die Drakken«, sagte er. »Du würdest dich wundern, wie. Sie leben nicht in Städten, sondern in feuchten Felsspalten. Nackt und ohne Besitz. In Stämmen, wie primitive Rudel von Tieren.«

Leandra nickte. Nun wusste sie, warum er gerade hier solche Schwermut empfand. Hier war der Ort, an dem der Unterschied zwischen ihm und seinen *Freunden* am deutlichsten zutage trat. Wollte er je eine Freundschaft zwischen sich und einem dieser Drakken aufbauen, müsste er die Bereitschaft aufbringen, nackt mit ihnen in feuchten Felsspalten zu hausen. Diese Vorstellung war grotesk.

»Ich hasse diese Wesen«, sagte er leise, während er weiterhin geradeaus starrte. »Wenn ich könnte, würde ich diesen Lichtstrahl aufdrehen und sie alle damit verbrennen!«

Leandra sah ihn nur von der Seite her an. Ihr Herz pochte dumpf. Irgendetwas sagte ihr, dass eine furchtbare Gefahr von diesem Rasnor ausging, und sie allein hatte die Macht, sie einzudämmen – nur sie, niemand sonst. Dazu aber würde sie seine Freundin werden müssen. Und das konnte sie nicht. Das war ihr völlig unmöglich. Nicht, nachdem er Cathryn entführt, ihr dieses Halsband umgelegt und Meister Fujima getötet hatte. Ganz abgesehen von all den anderen grausamen Verbrechen. Sich diesem Menschen als Freundin anzubiedern wäre der schlimmste Verrat an sich selbst, den sie sich nur vorstellen konnte. »Du hasst sie?«, fragte sie leise. »Du würdest sie verbrennen? Warum hast du dich dann überhaupt erst mit ihnen eingelassen?«

Er sah sie an. »Weil *ihr mich* hasst!«, sagte er ruhig. »Besonders, weil *du* es tust.«

»Ich?« Leandra war ehrlich verblüfft. »Aber … als du dich mit ihnen verbündetest … wie kommst du darauf, dass ich dich da hasste? Wir hatten uns erst einmal gesehen!«

Er nickte. »Richtig.«

Leandra richtete sich auf. Rasnor schien *sie* für sein Unheil verantwortlich machen zu wollen.

»Ich habe es in deinen Augen gesehen«, sagte er. »Damals, auf der Treppe in Hammagor. Du hast mich angeschrieen, hast mich verhöhnt. Hast mich davongejagt wie einen Hund. Und ich habe dich … so *bewundert*.«

Leandra schnappte nach Luft. Das war zu viel. Sie stand auf, spürte Tränen der Wut und der Enttäuschung in ihren Augenwinkeln. Zeitlebens war sie ein Mensch gewesen, der anderen verzeihen konnte und wollte. Und nun maßte sich dieser Kerl an, den einen

Moment, in dem sie gerechte Wut auf ihn empfunden hatte, so zu verdrehen, dass sich das Schicksal der Welt damit verändert hätte. Er schien zu glauben, alles wäre anderes gekommen, wenn sie in jener Situation Mitgefühl aufgebracht und ihm eine *Chance* gegeben hätte. Rasnors Anspruch war absurd, aber dennoch packte er Leandras Herz wie mit einer eisigen Klaue. Es war einfach nicht gerecht, dass das Schicksal so mit ihr umsprang.

»Ich will hier weg«, sagte sie und marschierte in Richtung des Ausgangs, durch den sie gekommen waren.

\*

Leandra hatte gehofft, Rasnor würde sich entschuldigen, aber er tat es nicht. Er hätte spüren müssen, dass er sie an einer sehr empfindlichen Stelle getroffen hatte. Aber er wäre niemals in der Lage, einen eigenen Fehler zu erkennen, geschweige denn, von ihm abzurücken.

Rasnor hingegen überspielte die Spannung zwischen ihnen durch neue Geschäftigkeit. Bald ging er wieder völlig in seinen ehrfurchtsvollen Beschreibungen dessen auf, was die Drakken zu leisten vermochten. Es kam Leandra abgrundtief verlogen vor, wie er mit ihren und auch den eigenen Gefühlen umging, aber letztlich war es ihr doch recht. Es gab kaum etwas Schlimmeres für sie, als mit ihm, den sie in der Tiefe ihres Herzen verabscheute, über Gefühle reden zu müssen. Zum ersten Mal seit einiger Zeit vernahm sie dazu wieder diese geheimnisvolle innere Stimme. Sie war so deutlich wie die einer anderen, leibhaftigen Person in ihr, und sie sagte: *Er will dein Mitleid. Aber das hat er nicht verdient. Vergiss ihn.*

Leandra blieb stehen, horchte in sich hinein, versuchte den Ursprung dieser Stimme aufzuspüren, aber es gelang ihr nicht. Ein leiser, stechender Schmerz war in ihrer Schläfe zu spüren, verging dann aber wieder.

»Was ist?«, wollte Rasnor wissen.

Sie schüttelte den Kopf und setzte sich wieder in Bewegung. »Nichts. Wohin gehen wir jetzt?«

Sein überlegenes Lächeln war inzwischen zurückgekehrt. »Das größte Geheimnis wartet noch auf dich! Du wirst staunen!«

Sie benutzten noch mehrere Male die Schwebefahrzeuge und die Transporterbuchten, und Leandra kam langsam dahinter, wie man sie bediente. Zuletzt bat sie Rasnor, es selbst einmal versuchen zu dürfen. Er hatte nichts dagegen und sagte ihr, in welche Richtung sie mussten. Sie berührte mit dem Zeigefinger das entsprechende Symbol auf dem schwebenden Gebilde.

Es funktionierte. Eine Blase umschloss sie und katapultierte sie, ohne dass eine sonderliche Erschütterung zu spüren war, innerhalb von Sekunden an den gewünschten Ort. Noch zweimal wechselten sie die Röhre, um jeweils andere Richtungen innerhalb des Schiffs einzuschlagen, dann waren sie dort, wo Rasnor sie hinbringen wollte.

Es war eine weitere Halle, riesig groß; dieses Schiff schien voll davon zu sein. Diese war *nur* etwa sechzig Ellen hoch, aber so weit, dass sich der Blick in der milchig grauen Ferne verlor, ohne das andere Ende erreicht zu haben. Es herrschte mattes Licht, und sie schien nichts außer einem glatten Boden und einer ebensolchen Decke aufzuweisen.

»Hast du dir mal das Trivocum angesehen?«, fragte er.

Sie tastete nach der magischen Grenzlinie, hatte es seit ihrer Ankunft aus Gewohnheit schon mehrfach getan. Doch wieder fand sie nichts außer einem grauen, erkalteten Anblick einer schemenhaften Welt. »Ja, das kenne ich schon. In den Kerkern des Palasts

433

ist es ähnlich. Kein Trivocum, keine Aurikel, keine Magie.« Sie nickte. »Außerhalb unserer Welt sind wir ohne Macht.«

»Nicht ganz!«, erklärte er spitzfindig und hob einen belehrenden Zeigefinger. »Versuch mal, in diese Halle hineinzublicken!«

Leandra tat, wie ihr geheißen. In dem trüben, grauen Abbild vor ihrem *Inneren Auge* sah sie ein Flackern und gelegentliches Aufblitzen. »Was ist das?«

»Sie haben Versuche gemacht – mit dem Trivocum. Ob sie irgendeinen Weg finden könnten, es für sich zu erschließen. Nun komm mal mit!«

Er ging voraus, über eine Rampe hinweg in Richtung der freien grauen Fläche des Hallenbodens. Leandra folgte ihm unentschlossen. Hier, wo die rückwärtigen Wände noch sichtbar waren, gab es zumindest so etwas wie eine Orientierung. Weiter drin, wenn man weit genug gelaufen war, würde man vermutlich auf einem glatten Boden stehen, der nach allen Seiten wie die Decke mit der grauen Ferne verschmolz, und dabei das Gefühl haben, als stünde man im Nichts. Leandra wusste nicht recht, wie dieser Gedanke zu ihr kam.

Sie erreichten das Ende der Rampe und Rasnor trat mit einer gewissen Ehrfurcht auf den grauen Boden. Er war völlig glatt und schien aus Metall zu bestehen. »Wie ist es nun mit dem Trivocum?«, fragte er.

Leandra prüfte es abermals, diesmal aber war das Bild ihres *Inneren Auges* nicht derart verwaschen und grau. Sie starrte Rasnor unschlüssig an, aber er winkte ihr nur und ging weiter. Abermals folgte sie ihm. Nun ahnte sie schon, worum es ging, und überprüfte in regelmäßigen Abständen das Trivocum.

»Es wird kräftiger«, bemerkte sie nach einer Weile. »Das Trivocum kehrt zurück.«

Er nickte, während er weiterlief. »Der Boden und die Decke bestehen aus Wolodit-Blöcken. Darüber ist irgendein Metall. Sie haben herausgefunden, dass die Fläche des Wolodits ausschlaggebend ist, nicht die Dicke. Und dass es einen umgibt.«

Sie liefen immer weiter, wohl über eine Viertelstunde lang, und folgten dabei einer hellgrauen Linie, die auf dem Boden markiert war. Um sie herum herrschte nichts als graue, dunstige Unendlichkeit. Schließlich erreichten sie einen Ort, der dadurch gekennzeichnet war, dass sich die hellgraue Linie mit einer anderen kreuzte, die im rechten Winkel zu ihr aus dem Nirgendwo auftauchte und wieder verschwand. Rasnor blieb stehen.

Leandra nickte. »Das hier muss die Mitte sein. Das Trivocum strahlt hell und rot.«

»Genau. Und was siehst du?«

Sie zuckte die Schultern. »Dich. Sonst nichts.«

Er hob wieder seinen Zeigefinger. »Richtig. Das Trivocum ist wieder da, aber es reicht nicht weit. Genau genommen existiert es nur hier, zwischen Boden und Decke!« Er deutete nach oben und nach unten. »Aber das genügt. Hier werden sie es herstellen.«

»Es *herstellen*? Was meinst du damit?«

»Nun, ich glaube, es ist … so etwas wie eine Verdichtung. Hier sind mächtige Maschinen, über uns und tief im Boden. Sie erzeugen irgendwas, das, soweit ich weiß, mit Magnetismus zu tun hat. Damit können sie Wolodit verdichten.«

»Wolodit *verdichten*?«

Er nickte. »Ja, genau. Man kann einen riesigen Brocken, so groß wie ein Haus, auf die Größe einer Erbse zusammenschrumpfen. Normalerweise wäre er dann immer noch so schwer wie das Haus, aber sie haben selbst dafür etwas gefunden. Eine Methode, ihn so leicht wie die Erbse zu machen.«

Langsam dämmerte Leandra etwas. »Und dieses … verdichtete Wolodit …«

Wieder nickte er. »Richtig. Ein Stück Trivocum zum Mitnehmen. Man könnte ein kleines Amulett daraus machen und es sich um den Hals hängen. Wenn man eine ausreichend große Aura um sich hat, reicht es aus, um darin Magien zu wirken.«

Endlich löste sich das ganze Rätsel auf. Die Drakken waren nicht nur der Geheimnisse der Magie wegen gekommen, sondern auch, weil sie das Wolodit brauchten.

»Was ... ist eine ausreichend große Aura?«, fragte Leandra. »Ich meine, wie viel Wolodit benötigt man, um für einen Magier so ein Ding zu machen – so eine *Erbse?*«

Er hob entschuldigend die Achseln. »Das ist das Problem. Man braucht ziemlich viel.«

Leandra spürte, dass eine unangenehme Enthüllung bevorstand. »*Wie* viel?«, verlangte sie zu wissen.

Rasnor antwortete nicht, er ließ nur den Blick durch die Halle schweifen. Leandra folgte seinen Blicken und ein kalter Schauer fuhr ihren Rücken hinunter.

»*So viel*?«, keuchte sie.

Er nickte. »Ich fürchte, ja. Die Kraft des Wolodits ist schwach. Sie kann sich dort entfalten, wo wirklich viel davon ist – in unserer Welt. Aber anderswo?« Er schüttelte den Kopf. »Die Halle hat über eine Meile im Quadrat. Und erst hier, in der Mitte, ist das Trivocum einigermaßen normal.«

Leandra starrte ihn an, sie versuchte den Bedarf im Kopf zu überschlagen – den Bedarf und die Menge, die tatsächlich da war. »Die Höhlenwelt ist nicht überall mit Wolodit durchsetzt«, erwiderte sie. »Habe ich Recht?«

»Das stimmt. Nur da, wo die Sonnenfenster sind. Es ist ungefähr ein Viertel der Welt. Der Rest ist nur festes Gestein ohne größere Mengen an Wolodit.«

»Woher weißt du das nur alles?«, fragte sie.

»Wie ich schon sagte: Es ist mein Rang als *uCetu*. Niemand scheint sich darum zu kümmern, ob ich lieber das eine oder andere *nicht* erfahren sollte. Ich darf alles wissen, was ein *uCetu* wissen darf.« Er lachte trocken auf. »Ihre Maschinen übersetzen es sogar für mich. In unsere Sprache, sodass ich es verstehen kann.«

Leandra starrte ihn eine Weile nachdenklich an. »Also gut, bleiben wir bei diesem ... *verdichteten* Wolodit. Wenn man einen ganzen Berg davon abtragen muss, um daraus ein einziges Amulett zu machen ... wann wird unsere Welt dann ausgehöhlt sein wie ... wie ein *Tharuler Käse*?«

Er schüttelte den Kopf und winkte ab. »Oh, darum machst du dir Sorgen? Nein, das ist nicht weiter schlimm. Du unterschätzt die Masse an Gestein, die vorhanden ist. Es würde genügen, um tausend Jahre lang Amulette zu machen. Nein, das Problem ist der Staub. Beim Abbau des Wolodits entsteht Staub. Ich habe die Berechnungen der Drakken studiert. Was dort steht, ist ... nun ja, der Staub wird die Luft verderben. Und das Wasser. Sie brauchen sehr viel Wasser für die Mengen an Gestein, die sie abbauen wollen. In zwanzig oder dreißig Jahren wird niemand mehr in der Höhlenwelt leben können.«

Leandra stand völlig bewegungslos, wie zu Stein erstarrt. »Was sagst du da?«

Er hob nur bedauernd die Schultern.

»In zwanzig Jahren ...«, stammelte sie, »da ist Cathryn erst ...«

»Nicht nur Cathryn. Du selbst bist dann noch nicht allzu alt. Und ich auch nicht.«

Leandra stieß einen unartikulierten Laut aus, irgendetwas zwischen einem Heulen und einem Aufschrei.

*

Schweigend liefen sie entlang der grauen Linie zurück zum Eingang der Halle. Leandra war völlig betäubt. Ihre rätselhafte innere Stimme meldete sich mehrmals, wollte ihr Mut einreden, aber sie ignorierte sie.

Zwanzig Jahre, dann würde die Höhlenwelt sterben. Und die Drakken nahmen das in Kauf! Sie würden eine ganze Welt ihrer Habgier opfern und das Volk, das dort lebte, noch dazu. Vielleicht hatten sie Methoden, ihre *Fabriken* danach noch weiterhin zu betreiben, wenn alles schon so öd und zerstört war wie auf der Oberfläche. Vielleicht würden dann sogar noch immer Menschen leben, die als Arbeitssklaven in ihren Bergwerken schufteten. Aber die Welt würde tot sein, keine Pflanzen, keine Tiere …

*Und keine Drachen!*

Leandra stieß einen gequälten Laut aus. Auch die Drachen würden sterben, diese wundervollen, intelligenten Geschöpfe! Sie spürte Tränen in den Augen. Es war unfassbar, was da geschehen sollte. Eine Rasse, die so beeindruckende Dinge wie dieses Schiff bauen konnte, war nichts als eine völlig skrupellose Maschinerie, wenn es um ihren Gewinn und ihre Vorteile ging! Verzweifelt suchte sie nach einer Hoffnung, nach irgendetwas, um diese furchtbare Vision einer toten Zukunft nicht zur Gewissheit werden zu lassen.

Aber was?

Durch ihre Tränen wagte sie einen Seitenblick zu Rasnor. Er stapfte neben ihr her und starrte dumpf brütend vor sich hin.

»Was … was wirst *du* dann tun?«, fragte sie.

Als er aufblickte, sah sie es. Den wahren Grund, warum Rasnor sie hierher geholt hatte. Er setzte Hoffnung in sie.

Sein Blick war bitter und zugleich voller Sehnsucht. Er hatte ihn sich anders vorgestellt, seinen Pakt mit den Drakken. Er hatte nicht geahnt, dass sie seine Welt nach Plan vernichten würden. Vielleicht hatte er sich ausgemalt, als privilegierter Bürger in Saus und Braus leben zu können, mit Frauen, die ihm gefügig waren, und allen Annehmlichkeiten, die er sich nur wünschte – unter dem Schutz der Drakken und mit weit reichenden Befugnissen. Aber nun hatte er feststellen müssen, dass er sich zwar frei bewegen durfte, ansonsten aber *überhaupt nichts* besaß. Am allerwenigsten Freunde – das, wonach er sich wohl am meisten sehnte. Mehr noch: er wollte *sie,* Leandra – als Freundin, als Geliebte oder was auch immer er sich vorstellen mochte.

Er hatte auf ihre Frage nicht geantwortet und blickte nur wieder starr geradeaus.

Sie überlegte, ob sie es irgendwie über sich bringen konnte, ihn ein wenig an sich heranzulassen, um sein Vertrauen zu gewinnen. Möglicherweise war es tatsächlich so, wie er gesagt hatte: Wenn es jemanden gab, der jetzt noch irgendetwas für sie erreichen konnte, dann war er es. Er besaß einen gewissen Einfluss, und wenn nicht auf die Drakken, dann doch sicher auf die Bruderschaft. Es mochte sein, dass es ab jetzt zu einer bitteren Notwendigkeit wurde, mit ihm zusammenzuarbeiten. Leandra war es zuwider, sich ihm anzubiedern, aber allem Anschein nach kam sie nicht mehr darum herum. Entweder das – oder es drohte der vollkommene Untergang ihrer Welt.

Aber sie war sich auch darüber klar, dass er es merken würde, wenn sie ihm etwas vorspielte. Sie war eine schlechte Schauspielerin, besonders wenn es darum ging, Gefühle vorzutäuschen.

»Was wirst du dann tun?«, wiederholte sie ihre Frage und wischte sich die Tränen aus dem Gesicht. »In zwanzig Jahren ... – wenn unsere Welt tot ist?«

Wieder blickte er auf. »Weiß ich nicht«, brummte er missgestimmt.

»Wissen sie, dass du es weißt? Dass du ihre Pläne kennst?«

Er zuckte die Schultern. »Weiß ich ebenfalls nicht. Und ich glaube auch nicht, dass es sie kümmert. Ich bin ersetzbar. Sie brauchen mich und … *euch* nur für den Anfang.«

»Euch? Wen meinst du mit *euch?*«

Seine Seitenblicke sagten beinahe mehr als seine Worte. »*Euch* Menschen der Höhlenwelt.«

Sie versuchte einen mutigen Vorstoß. »Du bist einer von uns. Du bist *auch* ein Mensch.«

Der Blick, der nun von ihm kam, war prüfend. Sie würde ihm nichts vorspielen können. »Seltsam, dass du mir diese Ehre zugestehst. Einer von *euch* zu sein.«

»Wenn es eine Ehre ist, dann nur deswegen, weil du sie dir zuvor selbst zerstört hast!«, entgegnete sie. »Gib sie dir zurück.«

Er blieb stehen, sein Gesicht spiegelte tiefes Misstrauen. »Was soll das werden? Eine neue große Chance für mich? Von der großen Heldin Leandra? Wieder *Mensch* sein zu dürfen …«

Sie schüttelte den Kopf, ihre Tränen waren immer noch nicht ganz trocken. »Du bist so voller Spott. Und eigentlich richtet er sich gegen dich selbst! Denkst du wirklich, *ich* wäre an deinem Schicksal schuld, weil ich dich damals in Hammagor verflucht habe? Und *ich* wäre es, die dich wieder zu einem Menschen machen könnte?« Für Augenblicke sah sie ihn nur herausfordernd an. »Nein, Rasnor. Das kannst nur du selbst.«

Er starrte zurück, sehr lange, versuchte aus ihren Zügen herauszulesen, ob sie ihn überhaupt ernst nahm. Sie hingegen erkannte, dass seine Not größer war, viel größer, als sie geahnt hatte.

»Also gut«, krächzte er mit trockener Stimme. »Was verlangst du von mir?«

Schon wieder behandelte er sie so, als besäße sie die

Macht, ihn von seinen Sünden reinzuwaschen. Sie verzichtete darauf, dies weiter mit ihm zu diskutieren. Offenbar war sie so etwas wie eine Göttin für ihn, ein Übermensch. So mächtig er im Vergleich zu ihr derzeit auch sein mochte – offenbar konnte sie von ihm verlangen, was sie wollte. Er würde alles tun, um ihr zu gefallen. Aber der nächste Schritt war ebenso klar: Er würde seinen Lohn haben wollen. Er wollte *sie*. Wieder ein *Mensch* zu werden bedeutete ihm vermutlich deswegen nichts, weil er gar nicht wusste, was das war. Er hatte es nie gelernt. Er war zeitlebens nur eine willfährige Maschine der Bruderschaft gewesen. Aber *sie*, sie war ein Ziel für ihn. Vermutlich ging es ihm gar nicht darum, sie zu besitzen. Er wollte einzig und allein ihre Anerkennung – oder sogar ihre Liebe. Aber ihm war nicht klar, dass er die niemals bekommen konnte.

Leandra dachte eine Weile nach. »Wir müssen die Drakken unter Druck setzen. Ihnen zeigen, dass wir es uns nicht gefallen lassen.«

Rasnor lachte trocken auf. »Nicht gefallen lassen? Sie werden sich nehmen, was sie wollen! Jetzt zu Beginn, wenn sie ihre Bergwerke errichten, brauchen sie uns noch. Später wird alles mit riesigen Maschinen funktionieren.« Er holte zu einer weiten Geste aus. »Das ganze Schiff ist voll davon. Wenn die Bergwerke fertig sind und die Maschinen arbeiten, sind wir Menschen überflüssig. Wenigstens zum größten Teil.«

»Und die Magie? Unser Wissen, das sie so dringend brauchen?«

Er winkte ab. »Zwanzig Jahre – das ist für so etwas lange genug. Innerhalb dieser Zeit werden sie es uns entreißen. Sie haben uns in der Hand, können uns gegeneinander ausspielen. Denn sie besitzen eines nicht, was wir haben: Skrupel.«

Leandra schüttelte fassungslos den Kopf. »Ich kann

nicht begreifen, dass sie dir das alles gesagt haben. Das ist doch ...«

»*Dies* haben sie mir auch nicht gesagt. Aber es ist keine Kunst, es sich zusammenzureimen. Man muss sich hier nur umsehen.«

»Und du?«, fragte Leandra. »Welche Rolle spielst du in diesem Plan? Warum haben sie sich auf einen Pakt mit dir eingelassen?«

»Ich?« Er hob die Achseln. »Ich habe Einfluss auf die Bruderschaft und kann ihnen die Rohe Magie zugänglich machen. Zudem brauchen sie einen Verbündeten in unserer Welt, der weiß, wo es in Sachen Magie etwas zu holen gibt und der sich mit den Besonderheiten der menschlichen Gesellschaft auskennt. Damit sie den Hebel an den richtigen Stellen ansetzen können, um Druck auszuüben und auch den Zugang zu dem Wissen anderer Magiedisziplinen erhalten.«

Leandra hielt es für ein gutes Zeichen, dass sich Rasnor bei all dem offenbar unwohl fühlte. »Du bist ein Werkzeug für sie«, sagte sie leise. »Du hilfst ihnen sogar, deinen eigenen Leuten wehzutun.«

Er nickte. »Stimmt.«

»Und das gefällt dir?«

Wieder blieb er stehen. »Ja!«, rief er und hob beschwörend die Hände. »Vor kurzem noch war das ein wirklich erhebender Gedanke für mich! Besonders *euch* wollte ich wehtun – dir, Victor, Quendras, eurem Hochmeister, dieser Roya und noch vielen anderen! Ich wollte sogar meinen Leuten von der Bruderschaft wehtun – einfach allen, die dazu beigetragen hatten, mich ein Leben lang zu quälen und zu unterdrücken! Und dann wollte ich auch noch denen wehtun, die mich für all das verachteten, was ich war. Ich hielt es für einen phantastischen Gedanken, *allen Menschen* wehzutun! So sehr es nur ging!«

Rasnor hatte während seiner Rede regelrechte Begeisterung ausgestrahlt. Leandra musste sich mit aller Kraft zusammennehmen, um nicht die Beherrschung zu verlieren. »Und jetzt … *nicht mehr*?«, presste sie hervor.

Innerhalb einer Sekunde fiel sein fanatisches Gehabe von ihm ab, als würde er einen zu schweren Mantel ablegen. Er sackte förmlich in sich zusammen und stieß ein gequältes Seufzen aus. »Nein. Jetzt nicht mehr.«

Sie konnte nicht anders, als seine anmaßende und lächerliche Vorstellung mit einer zynischen Bemerkung zu quittieren. »Wohl kaum, weil du plötzlich die Menschen lieben gelernt hast, oder?«

Er ging nicht darauf ein. »Weil die Drakken *noch* schlimmer sind!«, sagte er bitter. »Es sind die hässlichsten, widerwärtigsten und zugleich dümmsten Kreaturen, die man sich nur vorstellen kann. Ich hasse sie, diese Bestien! Und sie … stinken!«

Leandra hätte beinahe aufgelacht. »Das wird dir erst jetzt klar? Dass sie so sind?«

Er maß sie mit finsteren Blicken, so als wollte er wiederum ihr die Schuld zuweisen. »*Du* hast es mir klar gemacht.«

»Ich?«

Er blickte zu Boden. »Ja, ich …« Weiter kam er nicht.

Und wieder wusste sie, was er meinte. Langsam war er ein offenes Buch für sie. Nur eines weigerte sich ihr Verstand zu akzeptieren: sein fehlendes Maß. Er schien überhaupt kein Verhältnis zwischen eigenen und fremden Fehlern und der eigenen und fremden Reaktion darauf zu kennen. Er würde eine lästige Mücke mit einem einstürzenden Stützpfeiler erschlagen und dabei ein ganzes Dorf auslöschen, nur um anschließend Reue zu empfinden und dann zu sagen, sie wären eigentlich selbst Schuld gewesen, diese Leute, ihr Dorf an dieser Stelle zu errichten. Sie hätte ihn am liebsten geohrfeigt.

In einer plötzlichen Aufwallung von Wut trat sie an ihn heran und packte ihn an seiner Kutte. »Du willst doch Freunde haben, nicht wahr? Das ist es, was man aus jedem deiner Worte und jeder deiner Bewegungen herauslesen kann! Wenn du Freunde haben willst, wirkliche Freunde, dann musst du sie dir verdienen. Durch Respekt. Tu es, indem du hilfst. Mir, dir und unserer Welt! Dann brauchst du diese verdammten Drakken nicht!«

Er glotzte sie an, während sich sein Gesicht in Hilflosigkeit und Elend verzog. Für einen schrecklichen Moment dachte sie, er wollte ihr in die Arme fallen. Schnell trat sie einen Schritt zurück. Rasnor hielt an sich.

»Was soll ich denn tun?«, rief er. »Was kann ich überhaupt noch tun gegen diesen … Wahnsinn?«

Leandra starrte ihn böse an. »Welchen Wahnsinn meinst du? Deinen? Der dich dazu trieb, deine eigenen Leute zu verraten? Oder meinst du den der Drakken?«

Seine Augen blitzten auf, und sie erkannte, dass sie zu weit gegangen war. »Willst du mich weiterhin erniedrigen? Reicht es dir immer noch nicht?«

Sie hielt die Luft an, erwiderte nichts. Sein Blick war herausfordernd und angriffslustig; sie wusste, dass sie gut daran tat, ihn nun in Ruhe zu lassen. Sie seufzte und ließ die Schultern sinken. »Tut mir Leid. Ich bin ziemlich aufgewühlt.«

Er entspannte sich ein wenig. »Mach dir nichts vor«, sagte er barsch. »Es liegt nicht mehr in unserer Macht, die Drakken zu vernichten.«

Sie nickte. Das war abermals ein Hinweis darauf, dass nur *er* noch etwas ausrichten konnte, dass er der einzige Lichtblick in diesem schwarzen Abgrund war, in den die ganze Welt nun blickte. Langsam wurde er ihr unheimlich. Sein Verhalten war ein Hin und Her zwischen der Suche nach Trost und Liebe, Ausbrüchen von Hass gegenüber seinem Schicksal und seinen Peinigern, sowie immer wieder durchblitzendem Verlangen nach Macht und Eigennutz.

Noch immer war sein Blick herausfordernd, und sie fühlte, dass höchste Vorsicht geboten war. Irgendetwas hatte er im Sinn und erwartete nun, dass sie die Tür dafür öffnete. Allerdings wusste sie nicht, was das sein mochte. »Hast … hast du einen Vorschlag?«, fragte sie unsicher.

»Nein«, sagte er. »Noch nichts Genaues. Aber ich bin einer Sache auf der Spur.«

»Einer … Sache?«

Er nickte. »Ja. Zunächst einmal: Die Drakken zu vernichten oder sie zu verjagen, das ist vollkommen unmöglich. Sie sind viel zu stark. Aber … nun, vielleicht können wir sie dazu zwingen, etwas dagegen zu unternehmen, dass unsere Welt vernichtet wird. Gegen den Staub, verstehst du?«

»Du meinst, er ließe sich vermeiden?«

Er hob die Arme. »Bei dem, was sie alles zuwege bringen, sollte ihnen so etwas doch wohl gelingen, oder?«

Leandra blickte ihn missmutig an. »Aber die Macht über uns würden sie trotzdem behalten, nicht wahr? Uns weiterhin versklaven und über unser Schicksal bestimmen!«

Er hob abwehrend eine Hand. »Über eines musst du dir im Klaren sein. Die Zeiten der Freiheit sind vorüber! Wir können nur noch danach trachten, unser Schicksal erträglicher zu machen. Es wird ein paar geben, die sich in einer bevorzugten Stellung befinden, so wie ich.« Er machte eine Pause. »Und du.«

Nach dieser Äußerung starrte er sie mit einer Mischung aus Furcht und Hoffnung an. In Leandra hingegen brauste ein Gefühlssturm auf. Nach außen hin bemühte sie sich krampfhaft, ruhig zu bleiben. *Du*

*Dreckskerl*, dachte sie. *Ich wusste, dass der Wind von da her wehen würde!*

»Und vielleicht noch andere«, fügte er hinzu, wie um sie ein wenig zu beruhigen. »Wenn wir uns klug verhalten, werden wir es gemeinsam vielleicht schaffen, uns ... unsere *Mitmenschen* vor dem schlimmsten Los zu bewahren. Vielleicht gelingt es uns im Laufe der Zeit sogar, einen neuen Pakt mit den Drakken auszuhandeln.«

»Was für einen Pakt?«, fragte sie scharf.

Er zuckte unschuldig mit den Achseln. »Nun ja, vielleicht in der Art, dass wir das Ganze als Geschäft mit ihnen betreiben. Sie kriegen von uns das Wolodit und die Magie und wir von ihnen dafür ... unsere Freiheit zurück.«

*Freiheit!*, echote es in Leandras Ohr. Wenn sie eines sicher wusste, dann war es, dass sie von diesen Kreaturen niemals wieder die Freiheit zurückerhalten würden. Und auch Rasnor würde das hintertreiben. Sie hatte sich in ihm nicht getäuscht: Er war nur ein kleiner Kriecher, der nach seinen Vorteilen suchte.

Plötzlich hob er beschwörend die Hände. »Warum versuchst du nicht, das Beste aus dem zu machen, was uns noch bleibt? Das Beste für dich und deine ... ich meine, *unsere* Welt. Hilf mir dabei! Ich bin in der höchsten nur denkbaren Stellung. Aber allein schaffe ich das alles gar nicht. Ich meine, was da an Arbeit auf mich zukommt. Und die Gemächer der Shaba sind noch frei ...«

Leandra wäre beinahe explodiert.

Mühselig wahrte sie die Beherrschung. Nun war es endgültig klar. Er bewohnte die Shabibsgemächer und er wollte sie auf der anderen Seite des Korridors haben. Zweifellos, weil er hoffte, ihr Herz gewinnen zu können, wenn er ihr nur alle Bequemlichkeiten bot und sie ständig in der Nähe hatte. Wie konnte er nur so unsagbar dumm sein zu glauben, dass so etwas funktionierte?

Sie wandte sich wortlos um, marschierte weiter und mahnte sich, nicht alles zu verderben, indem sie ihn mit ihrer gewohnten Heftigkeit vor den Kopf stieß. Sie mied seinen Blick, hatte keine Ahnung, wie er ihre Reaktion auslegte. Wie ein Hündchen tappte er ihr hinterher.

Vielleicht hatte er es tatsächlich in der Hand, ihre Welt vor dem Allerschlimmsten zu bewahren. Sie sah schon, dass sie ihm über das ihr erträgliche Maß hinaus entgegenkommen musste, um so vielleicht ein wenig herausholen zu können.

*Bis ich dich eines Tages auf dem falschen Fuß erwische, du Mistkerl!*, sagte sie sich finster.

*Das wirst du*, hörte sie die innere Stimme sagen.

# 24 ◆ Die Minen

Anderthalb Tage lang war Alina Richtung Westen geritten.

Jenseits der südakranischen Hügel jedoch bog sie nach Norden ab, passierte die Mornebrücke und zog dann weiter nach Nordwesten. Anfangs hatte sie die Nähe von Dörfern gemieden, jetzt suchte sie diese. Es war der Mittag des achten Tages ihrer Flucht und der fünfte Tag, nachdem sie Savalgor verlassen hatte. Vorgestern Abend war sie noch in Ismalaar gewesen, dem kleinen Dorf. Doch jetzt, wo ihre Flucht eigentlich erfolgreich verlief und sie noch immer in Freiheit war, wuchs ihre Nervosität.

*Sie kamen meistens nachts.*

Alina führte den Umstand, dass sie in den ersten beiden Nächten außerhalb von Savalgor nicht erwischt worden war, inzwischen auf pures Glück zurück. Oder die Drakken waren zu diesem Zeitpunkt noch nicht so weit gewesen und hatten ihre Überwachung noch nicht genügend ausgebaut. Inzwischen aber musste sie jede Minute damit rechnen, dass irgendwo eines der kleinen Flugschiffe auftauchte, mit Getöse vor ihr landete und sie erneut kontrolliert wurde.

In der vorletzten Nacht war sie zweimal geweckt worden, in der letzten sogar dreimal. Und am gestrigen Tag hatte man sie ebenfalls dreimal kontrolliert. Was auch immer das Drakkenhalsband für Fähigkeiten haben mochte, eines war gewiss: Es verriet den Drakken zuverlässig, wo sie war. Bisher war sie außerhalb von Dörfern erst zweimal anderen Leuten begegnet;

sie gehörte offenbar zu einer äußerst seltenen Art. Niemand durfte mehr reisen. Manche Leute hatten die Hoffnung geäußert, dass sich dies nach einer Anfangszeit wieder ändern würde, denn es war einfach notwendig, dass die Menschen Handel treiben konnten. Doch zurzeit war das beinahe unmöglich. Wer sich außerhalb der Dörfer bewegte, wurde scharf kontrolliert. Die meisten Leute hatte zu große Angst davor und blieben vorsorglich zu Hause.

Aus irgendeinem himmlischen Grund hielt Alinas Tarnung. Sie war seit ihrer ersten Kontrolle Gulda, die Kräuter- und Pferdehändlerin, ausgestattet mit der Erlaubnis, über Land reisen zu dürfen. Aus diesem Grund hatte sie auch Kika behalten, die kleine Stute, und sich bemüht, einen Vorrat an Kräutern anzusammeln. Das Erstaunlichste war: Ihr Handel damit kam sogar in Schwung.

Sie kannte sich nur wenig mit Kräutern aus, aber das bisschen an Babbukraut, Silberwurz oder Lorwurzel, das sie sammelte, fand reißenden Absatz. Gestern Mittag war sie durch Waldenbruch gekommen, ein Dorf, in dem sie früher schon einmal gewesen war und das einen weithin bekannten Markt besessen hatte. Es war nur noch ein kümmerlicher Rest davon übrig: ein halb verwaister Platz mit ein paar verängstigten Verkäufern, dort, wo sich früher einmal Dutzende von fahrenden Händlern, Obst- und Gemüsebauern, Schmieden, Pferde- und Mulloohverkäufern, Fleischhauern und Käufern gedrängt hatten. Auch in Waldenbruch gab es nun einen Drakkenposten und auch dort wurden Menschen in Gruppen von Drakkenschiffen abgeholt und gebracht.

Als sich Alina auf dem Marktplatz eines kleinen, verlassenen Standes bemächtigt und ihre paar Kräuter feilgeboten hatte, waren innerhalb von Minuten ein halbes Dutzend Frauen gekommen und hatten ihr alles aus den Händen gerissen, was sie besessen hatte. Die Frauen hatten nach Teekräutern, Äpfeln, Murgobeeren und Gemüse gefragt, aber als Alina bedauernd verneint hatte, waren sie so schnell verschwunden, wie sie gekommen waren. Natürlich wegen der bewaffneten Drakkenstreife, die sich demonstrativ auf dem Platz aufgebaut hatte. Nur zwei der jüngeren Frauen hatten sie eine Weile mit ungläubigen Blicken angestarrt.

Alina war noch immer verwirrt. Konnte es sein, dass sogar von dort Leute wegen ihrer Hochzeit nach Savalgor gekommen waren und sie im Palast gesehen hatten? Das war kaum anzunehmen, denn Waldenbruch lag zwei Tagesreisen von der Hauptstadt entfernt, und der Hochzeitstag war überstürzt angesetzt worden. Aber es mochte sein, dass einige Leute bereits in der Hauptstadt gewesen waren und es – wie Guslov – noch geschafft hatten, aus Savalgor herauszukommen.

Am frühen Nachmittag hatte sie Waldenbruch wieder verlassen – und sich bald gewünscht, sie wäre geblieben. Am Abend, nach einem langen Ritt, bei dem sie ein scharfes Tempo angeschlagen hatte, war sie von einem Drakkenschiff aufgehalten worden. Sie hatte gerade in der Dämmerung an einem kleinen Fluss nach einem günstigen Lagerplatz gesucht, als sie das entnervende Jaulen des Schiffs vernommen hatte. Mit gewaltigem Getöse und grellen Lichtern war es ganz in ihrer Nähe gelandet. Zu Alinas Entsetzen war sogar ein Bruderschaftler bei den Drakken gewesen, der sie die ganze Zeit über misstrauisch beäugt hatte. Nach angstvollen Minuten war das Drakkenschiff wieder davongeflogen. Man hatte ihr die Warnung hinterlassen, dass sie in sechs Tagen wieder in Savalgor sein müsse.

Das Gleiche hatte sie in der Nacht noch zweimal gehört, als weitere Patrouillenschiffe bei ihr gelandet waren, das letzte etwa eine Stunde nach Mitternacht. Danach war sie ein reines Nervenbündel gewesen, viel unruhiger noch als ihre drei Tiere. Benni, die treue Seele, spürte ihr Unwohlsein, drängte sich, sobald sie sich niedergelegt hatte, winselnd an ihre Seite und versuchte, ihr das Gesicht zu lecken. Schließlich musste sie ihn mit barschen Worten verscheuchen.

Für den Rest der Nacht blieb es zum Glück ruhig. Alina lag lange Zeit wach und fragte sich voller Furcht, wie lange ihre Tarnung noch halten würde. Keiner der Drakken war bisher auf die Idee gekommen, sich ihr Halsband genauer anzusehen. Die Haarklammer, mit der sie es im Nacken zusammengefasst hatte, hielt zum Glück gut, das Band saß stramm an ihrem Hals. Wenn jedoch jemals bei einer Kontrolle der kleinste Verdacht aufkam, war es aus mit ihr. Die Alternative bestand darin, dass sie das Halsband wegwarf, dann aber durfte sie sich weder irgendwo in einem Dorf blicken lassen noch einer zufälligen Drakken-Patrouille in die Hände fallen. Zusätzlich bestand die Gefahr – und die war vermutlich sehr ernst –, dass man das Halsband dann finden, seine Besitzerin Gulda aber vermissen würde. Es war ganz egal, wo sie versuchte, es loszuwerden – es war von den Drakken jederzeit auffindbar. Und würde man es *ohne sie* finden, würde man sie jagen.

Aber es gab noch eine weitere Gefahr. Bei jeder Kontrolle war ihr bisher gesagt worden, wann sie zurück in Savalgor zu sein hatte. Würde man sie nach dreieinhalb oder spätestens nach vier Tagen an einem Ort aufgreifen, der mehr als drei Tagesreisen von Savalgor entfernt lag, würde man wissen, dass sie überhaupt nicht vorgehabt hatte, innerhalb der gesetzten Frist in die Hauptstadt zurückzukehren.

Dieser Gedanke bekümmerte sie auch am nächsten Morgen. Sie hatte bald nach Sonnenaufgang, noch im Morgennebel, ein paar Kräuter gesammelt, sie eine Stunde später auf dem Markt eines kleinen Dorfes verkauft und dort neue Vorräte erstanden. Seit dem frühen Vormittag ritt sie wieder in zügigem Tempo westwärts, nunmehr immer auf der Straße, um nicht weiter aufzufallen.

Als sie gegen Mittag die Mornebrücke überquerte, erreichte sie nach ein paar Meilen eine Wegabzweigung. Ein Pfosten mit zwei verwitterten Schildern wies nordwärts nach Tulanbaar, während der westliche Pfad nach Mittelweg führte. Letzteres war auf jeden Fall eine ihrer wichtigsten Stationen, aber sie war nicht sicher, welcher Weg der kürzere war. Sie hatte noch anderthalb, höchstens aber zwei Tage, bis sie bei einer Kontrolle auffallen würde. Bis dahin musste sie so weit vorgedrungen sein, wie sie nur konnte. Vielleicht schaffte sie es bis über die Rote Ishmar hinweg, jenseits von Mittelweg. Dort begann wildes, nur wenig besiedeltes Land. Sie hatte ohnehin vor, der Ishmar nach Norden bis ins Ramakorum zu folgen.

Alina ging davon aus, dass der westliche Weg der kürzere sein würde. Sie rief Benni und lenkte ihre Stute Mirla nach Westen.

*

Es war früher Nachmittag, als sie die Minen erreichte.

Mitten im flachen Grasland, etwas nördlich der Straße, erhob sich eine Gruppe von mächtigen Stützpfeilern. Der Felsenhimmel war hier, nahe der Ishmar, besonders hoch: fast zehn Meilen. Es war eines der lichtesten Gebiete in ganz Akrania, und zugleich auch eine Gegend, in der man manchmal bis zu fünfzig Meilen weit sehen konnte, ehe einem die Pfeiler und Felsbarrieren in der Ferne die Sicht wieder verstellten. Riesige Sonnenfenster boten dem Sonnenlicht reichlich Einlass in die Höhlenwelt.

Die Stützpfeilergruppe war jedoch für diese Gegend eher untypisch. Alina zählte neun Stück, zwei von gigantischen Ausmaßen, die in der Mitte standen, dazu noch sieben weitere, welche die beiden großen wie eine Leibwache umgaben. Sicher hatte man dieser Gruppe vor langer Zeit schon einen entsprechenden Namen gegeben – Alina kannte ihn jedoch nicht. Heute aber hätte sie einen *anderen* Namen erhalten.

Es waren nicht mehr die neun Pfeiler, die als Erstes ins Auge fielen, sondern eine gigantische Stadt aus Drakkenbauten, die zwischen ihnen aufragte – und dahinter eine ebenso gigantische rostbraune Staubwolke, die sich nach Norden hin über das Land erhob. Als Alina von einem Hügelrücken herab schließlich das ganze Gebiet überblicken konnte, hielt sie Mirla an und starrte ungläubig hinaus auf die Ebene.

Es war in der Tat eine Stadt, die sie dort sah, und sie hatte nicht den Hauch einer Vorstellung, wie die Drakken so etwas Gewaltiges innerhalb weniger Tage hatten errichten können. Aus einer Art grau-braunem Bodennebel erhob sich ein riesenhaftes Gebilde mit zahllosen Gebäuden und Türmen in der typischen Zeltbauweise der Drakken. Nur waren sie um ein Vielfaches größer als alles, was Alina bisher gesehen hatte. Sie vermutete, dass die höchsten Drakkenbauten eine halbe Meile an Höhe erreichten. Sie lehnten sich gegen die Flanken der umgebenden Felspfeiler, banden sie in ein Gespinst ihrer Streben und Verzweigungen ein und bildeten mit ihnen zusammen ein ebenso beeindruckendes wie völlig fremdartiges Gebilde. Zwischen den nach Norden hin liegenden Pfeilern stand ein monströser, silbrig schimmernder Schlot, dessen oberes Ende gebogen war und ebenfalls nach Norden zeigte. Dichter rostbrauner Qualm drang aus ihm ins Freie und trieb über das Land davon.

Alina war schockiert und fasziniert zugleich. Was diese Drakken zu schaffen in der Lage waren, musste einen einfach beeindrucken. Sie hatten breite Straßen gebaut, und von einem Start- und Landeplatz erhoben sich in unablässiger Folge kleine und große Drakkenschiffe, während andere dort niedergingen. Es war ein Bild höchster Betriebsamkeit. Alina wusste sofort, dass dies einer der Orte sein musste, wohin man die Menschen aus den Dörfern flog.

Dies mussten die *Minen* sein.

Die Leute hatten dort *den Fels auszuhöhlen,* hatte sie sagen hören. Wozu das gut sein sollte, wusste sie nicht. Eines war jedoch gewiss: Es geschah in großem Maßstab. Hier wurden keine Löchlein gegraben, sondern mindestens unterirdische Hallen ausgehoben. Konnte es sein, dass die Drakken sich dort ihren eigenen Wohnraum schaffen wollen? Dass sie es gewohnt waren, unterirdisch zu leben?

Was ihr jedoch zu denken gab, waren der Bodennebel und der Staub. Am schlimmsten schien diese gewaltige Wolke zu sein, die sich nach Norden hin aus der Gruppe der Stützpfeiler erhob. Vermutlich stammte sie von den Bergbauarbeiten, obwohl sich Alina kaum vorzustellen vermochte, dass dabei eine solche Wolke zustande kam. Sie hatte die Farbe lehmigen Wassers und reichte fast die halbe Strecke bis zum Felsenhimmel hinauf. Alina hoffte, dass im Hinterland kein Dorf und keine Stadt lagen, denn die Menschen dort würden kaum mehr atmen können.

Noch eine ganze Weile stand sie still da und betrachtete in bedrückter Faszination das, was die Drakken errichtet hatten. Sah man von der riesigen Staubwolke ab, überwog der Eindruck des Spektakulären den des *Bösen.* Aber sie wusste, dass sie sich nicht täuschen lassen durfte. Auch wenn die Drakken hier ein sehr zielgenaues Geschäft mit vermutlich hohem Nutzwert betrieben, gründete es auf gnadenloser und brutaler Versklavung der Menschen der Höhlenwelt.

Sie schnalzte mit der Zunge und setzte ihren kleinen

Zug wieder in Bewegung – unmittelbar hinab in die Ebene. Bald würde sie wieder kontrolliert werden, aber vielleicht kam irgendwann einmal der Tag, ab dem man sie als ›ungefährlich‹ einstufen und durchwinken würde.

Eine Viertelstunde später erreichte sie den Fuß des Hügels und war nur mehr zwei oder drei Meilen von der riesigen Drakkenanlage entfernt. Wie sie erwartet hatte, erschien bald ein einzelnes, kleines Drakkenschiff.

Während das Schiff näher kam, überprüfte sie noch einmal die Klammer in ihrem Nacken und den Sitz des Halsbandes. Der Zopf leistete ihr weiterhin gute Dienste. Sie trug ihn tief im Nacken geflochten, sodass er die Haarklammer zuverlässig verdeckte.

Minuten später war das kleine Schiff schon da. Mit dem typischen Jaulen kam es in der Luft zum Stillstand und sank dann lärmend herab. Alina ließ sich von Mirlas Rücken rutschen und rief Benni zu sich. Der Hund näherte sich ihr in angstvoller Körperhaltung. Es war kein schöner Anblick, aber Alina musste inzwischen wenigstens nicht mehr fürchten, dass Benni einen der Drakken anfallen würde.

Wieder einmal war ein Bruderschaftler dabei. Zwischen zwei bewaffneten Drakken kam ein dicker Mann in dunkelgrauer Kutte auf sie zugewatschelt. Er trug einen schwarzen Bart, wildlockige, schwarze Haare, und diesmal war er es, der jene wohlbekannte, halb durchsichtige Tafel in den Händen hielt. Drei Schritt vor ihr hielt er an und musterte sie mit strengen Blicken. Sein Gesicht war gerötet, er schien zu der Sorte Mann zu gehören, die bei der kleinsten Bewegung zu schwitzen anfingen. Kein Wunder bei seinem Körperumfang.

»Name, Beruf und Heimatstadt«, fragte er barsch.

»Gulda, Kräuter- und Pferdehändlerin. Aus Savalgor.«

Er tippte mit dem Zeigefinger unentschlossen auf seiner durchsichtigen Platte herum und hatte dabei offenbar Probleme. Er brummte etwas, sah kurz nach links zu dem bewaffneten Drakken, aber der rührte sich nicht. Alina verstand schon. Diese Drakkensoldaten hatten ebenso viel Ahnung von der Bedienung des Geräts wie Benni. Sie beobachtete den Mönch eine Weile und räusperte sich dann. Er blickte auf.

Sie deutete vorsichtig auf ein großes, violettes Quadrat rechts oben auf der Platte. »Ich glaube, da drauf.«

Verwirrt starrte er zwischen ihr und seinem Gerät hin und her. »Woher willst *du* das denn wissen?«

Sie versuchte ein Lächeln. »Ich bin schon so oft überprüft worden …«

Er brummte etwas und stellte sich dann seitlich zu ihr. »Da drauf, meinst du?«

Sie nickte und er versuchte es. Die Bilder und Symbole in der Platte verschwammen und entstanden neu. Seine Miene erhellte sich. Auf einer großen Abbildung sahen sie nun Felder, die erstaunlicherweise in ihrer Sprache beschriftet waren. »Da – Savalgor!«, sagte sie und deutete auf eine andere Stelle. Gemeinsam arbeiteten sie sich durch die verwirrenden Symbole, zumeist auf Alinas Erinnerungen gestützt. Der Dicke erwies sich als brummiger, aber nicht unangenehmer Mann – eine ganz neue Erfahrung für sie. Die Bruderschaft schien nicht ausschließlich aus gewalttätigen Irren zu bestehen. Schließlich flammte auf der Platte ein undeutliches Abbild Guldors auf. Alina erschrak zu Tode.

»Gulda …«, murmelte der Mann, »Kräuterhändlerin.« Er blickte mit einem hinterlistigen Grinsen zu ihr auf. »Du musst mir verraten, Mädchen, bei welchem Wunderdoktor du gewesen bist. Letzte Woche warst du noch hässlicher als ich. Aber jetzt …« Er nickte anerkennend und lachte rasselnd. »Du hast dich gemacht!«

»Das … das ist mein Vater«, stammelte sie, um ihre Beherrschung bemüht. »Wie kommt denn sein Gesicht da rein?«

»Weiß nicht. Heißt er etwa auch *Gulda?*«

Sie schüttelte den Kopf. »Nein … äh, Guldor.«

»Ah! Da haben wir's. Eine Verwechslung. Ist mir schon mal untergekommen. Die Drakken haben eine Menge Fehler in diesen Dingern.«

Sie schüttelte ungläubig den Kopf. »Aber – ich wurde schon so oft überprüft! War da etwa immer Guldors … ich meine, das Bild meines Vaters zu sehen? Das müssten sie doch gemerkt haben!«

Er winkte ab. »Diese Viecher können kein A von einem O unterscheiden. Dumm wie Stroh. Wichtig ist nur, was da in deiner Plakette steht.«

Alina tastete nach dem Oval an ihrem Hals. Er hatte es gar nicht mit dem kleinen Licht in seiner Tafel angestrahlt, wie es die Drakkenprüfer immer getan hatten. Vermutlich wusste er nicht, wie das ging. Sie blickte verstohlen zu den beiden Drakkensoldaten, die sie kalt und starr beobachteten. »Macht es sie … gar nicht wütend, wenn du so was sagst?«, fragte sie den Mönch leise.

Er blickte die Drakken kurz an, schüttelte dann den Kopf. »Nein. Die merken überhaupt nichts. Weiß auch nicht, was das für komische Kreaturen sind.«

Sie musterte sein Gesicht. Für Momente erschien er ihr wie der gute Onkel aus der Nachbarschaft. »Das klingt, als wärest du nicht sehr begeistert von ihnen.«

Er nahm sie am Ellbogen und führte sie ein Stück fort von den Drakken. »Ich wünschte«, zischte er ihr leise zu, »sie würden sich mit ihren Flugschiffen und dem ganzen Zeug so schnell es geht wieder verziehen, Mädchen! Das kannst du mir glauben.«

»Aber … warum bist du dann bei ihnen? Du dienst ihnen doch!«

Er seufzte. »Ach, was weißt *du* schon! Ich bin bei der Bruderschaft, seit ich denken kann. Als kleines Kind schon war ich bei ihnen. Denkst du, ich hab jetzt eine Wahl?« Er deutete auf ihren Hals. »Und glaubst du, ich hab Lust auf so ein Halsband?«

Sie nickte verstehend.

Er richtete sich auf. »Ich habe schlechte Nachrichten für dich, Mädchen«, sagte er.

Er kalter Schauer fuhr ihren Rücken hinab. »So?«, fragte sie tonlos.

»Ja, leider. Ich hab den Befehl, neue Leute für einen Ort namens Yanalee zusammenzutrommeln. Kennst du den?«

»Yanalee?« Ihre schlimme Vorahnung verstärkte sich. Sie schüttelte den Kopf.

»Liegt auf halbem Weg zwischen Tharul und Mittelweg. Dort haben sie vor ein paar Tagen *noch* so eine Abbauanlage eingerichtet. Aber ihnen fehlen die Leute. Die aus Tharul und Mittelweg sind größtenteils schon anderswo. Ich fürchte, ich muss dich da hinschicken.«

Alinas Magen krampfte sich zusammen. »Waas?«, keuchte sie. »Aber ich …«

Er schüttelte bedauernd den Kopf und sah gewiss nicht so aus, als täte er ihr das gern an. »Das ist ein Befehl, verstehst du? Von den Drakken.« Er deutete mit dem Daumen über die Schulter. »Nicht von denen da. Von den anderen, in Savalgor.«

Alina starrte voll aufkommender Furcht und Verzweiflung auf die beiden Echsenwesen. »Aber …«

Er senkte die Stimme. »Ich würde ja gern. Du scheinst ein nettes Mädchen zu sein.« Wieder deutete er mit dem Daumen über die Schulter, diesmal in Richtung der großen Drakkenstadt zwischen den Stützpfeilern. »Aber ich bin nur ein Helfer. Die da beobachten mich. Ich hab ein paar Freiheiten, nicht mehr. Ich muss tun, was sie befehlen.«

Alina stieß einen jammervollen Laut aus.

»Keine Ausnahmen, lautet der Befehl. Im Moment geht das vor, was sie anordnen. Egal, ob du einen wichtigen Beruf hast oder nicht.«

»Wie lange werde ich bis da hin brauchen, nach … Yanalee?«

Er schüttelte den Kopf. »Gar nicht lang. Ich nehme dich gleich mit.«

Sie stöhnte. »Jetzt gleich?«

»Ja, Mädchen. So Leid es mir tut.«

Sie wies auf Mirla. »Und meine Pferde? Und der Hund? Was soll aus ihnen werden?«

Der Mönch starrte auf Mirla, dann schüttelte er den Kopf. »Für Tiere hab ich zwar keine Befehle, aber *Pferde* … die kriegen wir gar nicht rein in das Flugschiff.« Er senkte den Blick und starrte Benni an.

»Und mein Hund?«

Er runzelte die Stirn. »Ich würde mir nicht viele Hoffnungen machen, Mädchen. In so eine Anlage wirst du deinen Hund nicht mitnehmen können. Da drin ist die Hölle los, weißt du? Da wird mit Maschinen gearbeitet und du hast einen Schutzanzug an …«

Alina fühlte sich unsäglich elend. Sie beugte sich nieder und umarmte Benni. Tränen flossen über ihr Gesicht.

»Nimm den Hund meinetwegen mit«, sagte er gütig. »Aber wie gesagt: Ich würde mir keine großen Hoffnungen machen, dass du ihn mit hineinnehmen darfst.«

Die Freundlichkeit des Mannes war versöhnlich. Ab jetzt war sie eine Gefangene, wie alle anderen Menschen auch, ob Benni bei ihr war oder nicht. Sie würde in einer der Minen arbeiten müssen, und ihre einzige Hoffnung bestand darin, in irgendeinem unbemerkten Augenblick, der vielleicht nie kam, zu fliehen.

Er beugte sich nieder und zog sie am Arm hoch.

»Nun komm schon. Wir müssen weiter. Es hilft nichts. Nimm deinen Hund mit. Aber die Pferde müssen hier blieben.« Er trat an Mirla heran und begann, ihren Sattel zu lockern.

Mit tränenfeuchtem Gesicht machte sich Alina daran, das Gleiche für Kika zu tun. Sie war dem Dicken dankbar dafür, dass er wenigstens daran dachte, die beiden Pferde nicht mit den Sätteln auf dem Rücken ihrem Schicksal zu überlassen. Während sie Kika absattelte, sprach sie der kleinen Stute beruhigend zu. Die beiden waren ihr nicht weniger ans Herz gewachsen als Benni. Sie waren nun seit einigen Tagen zusammen und hatten Alina treu gedient. Als die Sättel auf dem Boden lagen und damit auch Alinas ganze Habe, scheuchte der Dicke sie mit einem Klaps auf das Hinterteil davon. Er winkte Alina und marschierte in Richtung des Drakkenschiffs voran.

Elend folgte sie ihm. Benni schien mit dem Schlimmsten zu rechnen, denn sein Kopf wie auch seine Rute waren tief gesenkt. Sie redete ihm aufmunternd zu.

Als sie das Drakkenschiff erreichten, schlüpften die beiden Echsenwesen durch einen seitlichen Einstieg ins Innere des Gefährts, und der Mönch, der noch mit Alina draußen stand, forderte sie auf, sich auszuziehen.

»Ich soll mich *ausziehen*?«, keuchte sie ungläubig.

Er nickte. »Ja, du kriegst was anderes. Los, mach schon. Ich schau dir nicht zu.«

Er trat zu dem Einstieg und schnauzte einen der Drakken an, ihm einen Anzug zu geben.

Als er das Verlangte erhalten hatte und sich wieder zu ihr umdrehte, stand sie immer noch da wie zuvor. Er hatte ein weißes Bündel in der Hand. »Soll ich mich *ganz* ausziehen?«, fragte sie befangen.

»Ist besser. Dieses Zeug hier taugt mehr, als man meinen möchte. Ist auch Unterwäsche dabei.« Er lächelte leicht und wischte sich über die schweißnasse Stirn. »Ich wünschte fast, ich könnte meinen derben Zwirn dagegen eintauschen. Allerdings … na ja, die Farbe, weißt du?«

Alina verstand. Das Weiß schien die Farbe derjenigen zu sein, die *Sklavenarbeiten* zu verrichten hatten – oder wie auch immer man das nennen musste. Sie seufzte. Für den Augenblick half ihr nichts aus ihrer Zwangslage. Sie mahnte sich, ruhig und geduldig zu bleiben und die Augen offen zu halten, damit ihr ein späterer möglicher Ausweg nicht entging.

# 25 ◆ Yanalee

An Bord des kleinen Drakkenschiffs befanden sich noch zwei andere Gefangene. Der eine war ein dürrer langer Kerl namens Jorell; er erklärte mürrisch, dass er Jäger und Fallensteller gewesen wäre, wobei er das Wort *gewesen* spöttisch betonte. Der andere war ein kräftiger Mann von etwa 50 Jahren mit kurz geschorenem Bart; Alina hatte den Verdacht, dass er ein Magier sein könnte. Er hieß Cleas. Er brummte nur abweisend, als sie vorsichtig fragte, was denn sein Beruf *gewesen* wäre. Die beiden waren ausnehmend schlecht gelaunt.

Sie selbst trug nun auch Weiß, es war ein Anzug, der aus einem Stück bestand: Hose und Oberteil in *einem*. So etwas hatte sie noch nie angehabt, aber sie empfand es nicht als unangenehm. Das Material war ihr unbekannt; allein seine winzige Webstruktur ließ den Schluss zu, dass es eine Art Stoff war. Es fühlte sich geschmeidig an und war angenehm auf der Haut zu tragen. Das wirklich Erstaunliche daran war, dass sich Körperweite und -größe ganz von selbst anpassten. Und es saß dennoch nicht hauteng, sondern schaffte sich dort, wo sich Körper oder Gelenke beugten, von selbst Spielraum. Auch die weiße Unterwäsche fühlte sich angenehm an. Der Dicke hatte ihr erklärt, man könne den Anzug ein paar Tage lang tragen, danach würde er einfach weggeworfen und man bekäme neue Sachen. Alina empfand es als seltsam, dass man sie mit *guter Kleidung* versorgte; den Begriff Sklaverei hatte sie immer mit Schinderei, Hunger und Lumpenkleidern gleichgesetzt.

Der dicke Mönch hatte mit einem unbeteiligten Blick zwischen Jorell und Cleas Platz genommen, die abweisend aus den Fenstern blickten. Die beiden Drakkensoldaten saßen etwas abseits rechts und links, zwei andere waren vorn im Flugschiff und steuerten es. Der gesamte Flug ging ohne ein weiteres Wort vonstatten. Nur Benni, der zwischen Alinas Beinen lag, winselte von Zeit zu Zeit leise.

Alina war noch nie zuvor geflogen und hatte ohnehin nicht viel Aufmerksamkeit für ihre Begleiter übrig. Sie reckte den Hals und starrte mit pochendem Herzen hinaus zu den vorbeiziehenden Flanken der Stützpfeiler. Als das Drakkenschiff seine Reisegeschwindigkeit erreicht hatte, huschte es beängstigend schnell an den Pfeilern vorüber; Alina war sicher, dass kein Drache der Höhlenwelt so pfeilschnell fliegen konnte. Es würde wahrscheinlich nicht allzu lange dauern, bis sie Yanalee erreichten.

Während des Fluges rückte sie immer weiter zum Fenster, und da sich niemand darüber beschwerte, wechselte sie schließlich den Sitz. Sie kam dabei einem der Drakken ziemlich nahe, bemühte sich aber, seinen üblen Geruch zu ignorieren. Nun konnte sie wenigstens besser sehen.

Unter ihr zog gerade ein breiter Fluss vorüber, sie vermutete, dass dies die Blaue Ishmar war. Gleich darauf änderte das Drakkenschiff die Richtung und folgte dem Flusslauf nach Norden. Alina betrachtete mit Staunen die Welt aus einer Höhe von zweieinhalb oder drei Meilen. Und dabei bekam sie Lust, das Fliegen auf einem Drachenrücken selbst einmal auszuprobieren. Noch waren ihr die Drachen völlig fremd; bisher war sie noch nie einem der mächtigen Wesen wirklich nahe gekommen. Aber Leandra hatte schon so manchen Flug auf einem Drachenrücken hinter sich, und sie hatte Alina vorgeschwärmt, wie wundervoll und erhebend es sei.

Alina dachte an ihre Freundin und verlor sich in Gedanken darüber, was sie tun *könnte*, wenn sie, wie Leandra, ein Mindestmaß an Macht besäße. Magie, ihre Drachenfreunde, die Kunst des Schwertkampfes ...

Alinas Wachtraum vermischte sich mit der wundervollen Ansicht der Landschaft. Benni saß nun zwischen ihren Beinen und hatte den Kopf auf ihr rechtes Knie gelegt. Sie streichelte ihn. Er war ein braver und liebenswerter Hund, und sie hoffte, dass es ihr irgendwie gelingen würde, ihn zu behalten. Nach einer Weile legte sich das Drakkenschiff in eine leichte Linkskurve und flog dann einige Dutzend Meilen über hügeliges Grasland und zwischen mächtigen Pfeilern hindurch, die seltsam gleichmäßig über das Land verteilt waren.

Dann sah sie rechts Yanalee auftauchen. Es konnte nur Yanalee sein, denn dort entstand gerade eine weitere Stadt der Drakken. Das Schiff ging tiefer, drehte sich während des Fluges und Alina erblickte unter sich einen großen, staubigen Platz, auf dem weitere Drakkenschiffe standen. Sie setzten zur Landung an.

Inzwischen hasste sie das Geräusch geradezu, mit dem diese Flugschiffe beschleunigten oder landeten – dieses schreckliche, laute Jaulen, das wie ein Messer durch die Welt schnitt. Es war ein achtloser, kalter und gemeiner Lärm, der alles übertönte. Sie war froh, als das Schiff endlich stand und das Geräusch verebbte.

Die seitliche Tür glitt auf und draußen warteten bereits zwei Drakken: der eine ein bewaffneter Soldat, der zweite ein *Verwalter*, wie Alina diese Sorte mit ihren durchsichtigen Tafeln inzwischen benannt hatte. Umständlich stieg der dicke Mönch aus, gab dem Verwalter seine eigene Tafel und baute sich seitlich neben der Tür auf, um die Übergabe seiner Gefangenen zu beaufsichtigen. Alina und die beiden Männer stiegen aus.

»Das Tier!«, sagte der Verwalter scharf und deutete auf Benni. »Das Tier kann hier nicht herein!« Er wandte sich zu dem Drakkensoldaten um und vollführte eine knappe Handbewegung. Sofort trat die Kreatur ein Stück vor und hob seine klobige Waffe – in Richtung Benni.

Alina schrie auf und ließ sich sofort neben Benni auf die Knie fallen, um schützend den Arm über ihn zu legen. »Nein!«, rief sie, »das könnt ihr nicht tun!«

Dann geschah etwas Seltsames.

Benni, in der schützenden Umarmung Alinas geborgen, fand offenbar seinen Mut wieder und fletschte die Zähne in Richtung des Drakkensoldaten. Er stieß ein einzelnes, warnendes Bellen aus, einen kurzen, fast schmetternden Laut – und der Drakkensoldat, nur mehr zwei Schritte von Alina und ihrem Hund entfernt, zuckte zusammen und blieb stehen. Einen solchen Laut hatte er offenbar noch nie vernommen. In seinem plötzlichen Schreck schien er wie gelähmt.

Dann aber, nachdem für einige Sekunden angespanntes Schweigen geherrscht hatte, öffnete sich plötzlich das Maul des Drakken. Er riss den Rachen weit auf, als wollte er einen Laut des Entsetzens formen, während gleichzeitig seine kleinen, echsenhaft geschlitzten Augen hervortraten.

Ein heißer Schauer fuhr Alinas Rücken herab.

Augenblicke später sank die Waffe des Drakken nach unten, glitt aus seinen Klauenhänden und schlug polternd auf den Boden. Alle Anwesenden traten erschrocken zurück. Irgendetwas stimmte mit dem Drakkensoldaten nicht. Er stieß ein kehliges Röcheln aus, schlug sich dann plötzlich mit aller Heftigkeit seine beiden vierfingrigen Klauen vor die Brust und bewegte sich wie einer, der keine Luft mehr bekam, zuerst langsam, ungläubig, dann immer hektischer und zuletzt in Panik und Raserei verfallend. Sein Röcheln wurde zu einem echsenhaften Kreischen, er begann zu toben, während alle Umstehenden angstvoll noch weiter zurückwichen. Endlich schaffte er es, sich seinen grün schimmernden Panzer vom Leib zu reißen; eine Wolke aus Dampf stob auf. Dann dauerte es nur noch Sekunden. Er stieß einen lang gezogenen Laut aus, sackte in sich zusammen und stürzte leblos zu Boden.

Alina kauerte bei Benni, starrte, ebenso wie alle anderen, ungläubig auf den toten Drakken. Schaum stand vor seinem Maul.

»Das Tier!«, kreischte der Verwalter und wich vor Benni zurück. »Tötet das Tier! Es hat ihn umgebracht!«

Während die vier verbliebenen Drakken, die zur Mannschaft des kleines Schiffs gehörten, vorstürmten und mit gezückten Waffen auf Alina und Benni losgingen, stieß Benni weitere warnende Belllaute aus, mindestens so scharf wie der erste.

»Hört auf!«, schrie Alina, »Hört auf!« Sie hob abwehrend eine Hand, während sie mit dem anderen Arm Benni immer noch festhielt. »Ein Hund kann niemanden umbringen, nur weil er bellt!«

Die vier Drakken hatten sie mit erhobenen Waffen umringt. Alina fragte sich voller Angst, ob sie nun gleich selbst mit getötet werden würde. Aber da trat der dicke Mönch neben sie und hob ebenfalls die Hände.

»Sie hat Recht, bei den Kräften!«, rief er laut. »Lasst sie! Das ist doch Unsinn!«

Wie zur Bestätigung begann Benni zu kläffen, vor lauter Aufregung über die Situation und weil er sich im Schutz von zwei Menschen sicher glaubte. Die Drakken erschauerten, aber keiner von ihnen zeigte eine ähnliche Reaktion wie der erste. Sie blieben unversehrt.

»Gib mir den Hund«, raunte der Mönch Alina zu.

Sie blickte hoffnungsvoll zu ihm auf.

»Ich kann ihn zwar nicht behalten«, flüsterte er ihr zu, »aber ich kann ihn eine Meile von hier fortbringen und dann dort draußen irgendwo freilassen. Dann bleibt er wenigstens am Leben.«

»Das ... würdest du tun?«

»Ja doch! Nun mach schon.«

Sie blickte sich Hilfe suchend um. »Aber ...«

Der Mönch verstand. Mit heftigen Bewegungen entledigte er sich seines roten Leibriemens und reichte ihn Alina. Während sie die dicke, rote Kordel um Bennis Halsband knüpfte und ihm dabei zuredete, er möge gehorchen und ruhig bleiben, sagte der Mönch mit einem verlegenen Lachen in die Runde: »*Ich* werde den Hund nehmen. Ich mochte Hunde schon immer! Kein Grund zur Aufregung, ja?«

Die Drakken blieben nur reglos und mit weiterhin erhobenen Waffen stehen. Offenbar hatte der Mönch trotz seines etwas unbeholfenen Auftretens einen gewissen Rang. Alina erhob sich und reichte ihm die Kordel.

»Wie heißt du?«, fragte sie leise.

Er sah sie verwundert an, während er die Kordel nahm – so als hätte sich noch nie jemand für seinen Namen interessiert. In seiner lose herabhängenden Robe sah er irgendwie lächerlich aus – wie ein Fass. »Ullrik«, stammelte er.

Sie schenkte ihm ein dankbares Lächeln und deutete auf ihre Nasenspitze. »Merke dir mein Gesicht. Wir werden uns bestimmt einmal wieder sehen, glaub mir. Und dann werde ich an dich denken!«

Er forschte in ihren Zügen, was das bedeuten mochte, und irgendein Teil seines Geistes (oder seiner Seele?) schien es zu verstehen. Nach kurzem Zögern lächelte er unsicher zurück. »Das ... das ist nicht schwer zu merken«, meinte er.

Dann schnitt auch schon das Kommando des Verwalters durch die Luft. Einer der Drakken winkte sie mit erhobener Waffe in Richtung der riesigen, sich im Bau befindlichen Drakkenstadt. Keiner kümmerte sich um die Leiche. Sie bewachten sie nur, warteten offenbar auf Verstärkung.

Alina warf einen letzten, traurigen Blick zurück zu Benni, der ihr so sehr ans Herz gewachsen war. Er blieb widerspruchslos bei Ullrik, dem Mönch, und sah ihr ebenso traurig hinterher. Immerhin würde er am Leben bleiben. Alina hoffte, dass sie je eine Gelegenheit finden würde, den Mönch wieder zu sehen, denn sie war ihm sehr dankbar. Ob sie sich dann jedoch in einer Position befand, *an ihn denken* zu können, war eher unwahrscheinlich.

*

Yanalee war eine weitläufige Anlage am Fuß einer Hügelkette. Eigentlich war es nur ein kleines Dorf gewesen, aber dieses war von den riesigen Drakkenbauwerken förmlich aufgesogen worden. Yanalee sah indes völlig anders aus als die Anlage, bei der man sie aufgegriffen hatte – es war viel flacher gebaut, erstreckte sich aber über einen größeren Bereich. Die zeltartigen, metallisch glänzenden Gebäude, die weitläufigen Trägerkonstruktionen und die Masten mit den zwischen ihnen gespannten Seilen gab es jedoch auch hier. Am nördlichen Ende, zu den aufsteigenden Hügeln hin, erstreckte sich eine weite, sehr flache Halle mit einem gewölbten und gerippten Dach; dahinter erhob sich ein unförmiger Bau mit gewaltigen Rohren. Aus dem größten von ihnen quoll eine dichte, rotbraune Wolke, die sich majestätisch langsam in die Lüfte erhob und nach Norden davonzog. Sie war längst nicht von dem Ausmaß der anderen Staubwolke, die sie bereits gesehen hatte, aber Alina zweifelte nicht daran, dass sie bald ebenso gewaltig sein würde.

Diese Anlage konnte nicht älter als ein paar Tage sein – aber sie war schon jetzt gewaltig. Auch hier gab es bereits einen Start- und Landeplatz für Drakkenschiffe, mehrere breite Straßen, auf denen sich riesige Fahrzeuge bewegten, und natürlich eine Vielzahl von Menschen und Drakken, die überall unterwegs waren – fast nur in Gruppen und immer in zügigem Tempo.

Ihre kleine Gruppe bewegte sich über das staubige Landefeld nach Westen auf ein flaches Zeltgebäude zu. Mehrmals noch warf Alina Blicke zurück, aber der Mönch und Benni waren schon hinter den Drakkenschiffen verschwunden, die zahlreich auf dem Flugplatz standen und in steter Folge lärmend landeten oder abhoben.

Von rechts trafen sie auf eine andere Gruppe von Gefangenen, die sich ihnen anschlossen, dann erreichten sie den Rand des Flugfelds und dort stand eine weitere Gruppe, die bereits wartete. Insgesamt waren sie vierzehn oder fünfzehn Personen, ein Teil davon Frauen – und alle in Weiß. Kinder oder Halbwüchsige waren nicht unter ihnen. Mehrere bewaffnete Drakkensoldaten bewachten sie mit starren Blicken. Alina vermutete, dass die anderen Leute hier auf die gleiche Weise *rekrutiert* worden waren wie sie selbst. Und ihnen blühte auch das gleiche Schicksal: Sie würden hier arbeiten müssen. *Löcher in die Erde bohren.* Wozu das gut sein sollte, vermochte sie sich immer noch nicht vorzustellen, aber sie war neugierig, hinter das Geheimnis dieser Drakkenanlagen zu kommen.

Ein seltsames Geräusch schwoll an und erschrocken fuhr sie herum, als mit lautem Gezische und Gebrumm ganz in ihrer Nähe ein riesiges Fahrzeug zum Stillstand kam. Es war ein weißes Riesending auf einem Dutzend gewaltiger grauer Räder; lang gestreckt, flach, und vorn mit einer Art Kabine, in der zwei Drakken saßen. Nach hinten hin gab es einen ebenen Teil, der

469

mit kastenartigen Sitzen bestückt war. Kaum stand das Ding, entfaltete sich aus seiner Seite geräuschvoll eine Art Treppenaufgang, dessen unterste Stufe sich dumpf in den staubigen Boden grub. Es war nicht schwer zu erraten, dass sie alle dort hinauf sollten, und dann war auch schon einer der Verwalter da, der ihnen genau dies befahl. Alle Gefangenen gehorchten, niemand sagte etwas. Die Drakken hatten bisher ganze Arbeit geleistet und mit ihrem gnadenlosen Vorgehen allen Menschen unmissverständlich klar gemacht, dass sie keinerlei Widerstand dulden würden. Alina schloss sich den anderen Leuten an.

Bald darauf ruckte das Fahrzeug an und polterte auf die staubige Piste, die in einer weiten Schleife auf die Drakkenstadt zuführte. In Alinas Magen machte sich ein bleiernes Gefühl breit. War sie erst einmal dort drin, in dieser Stadt, gab es wahrscheinlich kein Herauskommen mehr.

Die Täuschung mit ihrem unechten Halsband funktionierte immer noch, aber was nützte ihr das schon, wenn sie nie wieder das Tageslicht erblicken würde und irgendwo in der Tiefe dort unten Stollen und Löcher graben musste?

Sie mahnte sich, nicht gleich in Niedergeschlagenheit zu versinken. Erst einmal galt es festzustellen, wohin man sie brachte und ob es nicht vielleicht doch noch Auswege gab.

Nach einer schaukelnden Fahrt von einer halben Meile erreichten sie die hohen, silbrigen Gebäude. Alina erkannte erst hier, wie groß die Bauwerke wirklich waren. Überall zogen sich metallene Gerüste dahin, manche bogenförmig, andere steil oder schräg in die Höhe aufragend, wieder andere als Stützen oder tragende Zwischenteile eingesetzt. Gleich einem Spinnennetz spannten sich zwischen ihnen silbrige Seile, an denen die Zeltwände der Gebäude befestigt waren.

Diese aber hatten nur die Form mit Zeltwänden gemein; sie bestanden aus weißlich silbernem Material und wirkten so steif und unbeweglich, dass man sich fragte, wozu überhaupt all die Stützen und Seile da waren.

Ein scharfes Kommando erschallte und Alina fuhr überrascht herum. Es war eine menschliche Stimme gewesen, wie beim Militär, und sie erblickte einen großen Mann in einem grauen Anzug, der die Ankömmlinge barsch von dem Fahrzeug herabwinkte. Alina ahnte, was das zu bedeuten hatte.

Während sie den anderen folgte und sich in eine Reihe eingliederte, zu der sie der Mann mit derbem Gebrüll hintrieb, wuchs in ihr die Gewissheit über die Richtigkeit ihrer Annahme. Ein zu unterdrückendes Volk ließ man am besten durch sich selbst beherrschen. Man spielte es einfach gegen sich selbst aus, indem man eine Reihe von Privilegien einführte, die all jene genießen konnten, die sich als willfährige Helfer erboten. Dieser Kerl hier war so einer, und Alina setzte ihn gleich ganz oben auf ihre Liste derer, die dereinst, wenn die Drakken besiegt waren, eine saftige Abrechnung zu erwarten hatten.

Beinahe hätte sie über sich selbst gelacht.

*Dereinst, wenn die Drakken besiegt waren!*, echote es in ihrem Kopf. Es war ein dummer Spruch, der angesichts ihrer momentanen Lage wenig Sinn machte. Trotzdem empfand sie eine Winzigkeit Stolz. Langsam schien die *Leandra* in ihr zu erwachen, die sich nicht so einfach geschlagen geben wollte.

»So, Leute!«, rief der große Mann, sich plötzlich um einen kameradschaftlichen Ton bemühend. Er hatte sich vor ihnen aufgebaut, die Hände in die Seite gestemmt, seine Körperhaltung irgendwo auf halbem Weg zwischen militärischer Steifheit und lockerem Gehabe. Er wirkte wie einer, der diese Aufgabe schon seit Jahren bestritt. Erstaunlich, wie rasch sich manche Menschen auf eine ganz neue Situation einstellen konnten.

»Willkommen in Yanalee!«, rief der Mann überflüssigerweise, denn keiner der Gefangenen wirkte so, als läge er Wert auf einen zynischen Gruß. »Hier wird eine neue Abbauanlage errichtet, wie ihr seht. Die Drakken haben in der letzten Woche viele solcher Anlagen gebaut und es fehlt an Leuten. Deswegen seid ihr hier.«

»Wie schön, dass wir helfen können!«, rief einer.

»Ich kann auch nichts dafür«, erwiderte der große Mann. Alina hatte schon halb erwartet, dass er einen Drakken herbeiwinken und den Schreihals abführen lassen würde. »Fügt euch ein«, rief er, »und ihr werdet sehen, dass es hier gar nicht so schlimm ist. Ihr bekommt gutes Essen, ausreichend Schlaf und anständige Kleider. Die Drakken haben nicht vor, uns zu vernichten. Sie brauchen unsere Arbeitskraft und behandeln uns dafür anständig.«

Nun wagte auch Alina einen Zwischenruf. »Ich wusste nicht«, rief sie spöttisch, »dass *anständige Behandlung* die Sklaverei rechtfertigt!«

Der Mann warf ihr nur einen finsteren Blick zu, erwiderte aber nichts. Dann rief er, an alle gewandt: »Los, folgt mir jetzt. Ich zeige euch hier alles – auch eure Arbeitsplätze.«

Er wandte sich um und stapfte durch den Staub davon.

Als er auf eine breite, verschiebbare Tür aus Metall zustapfte, die sich an der Stirnseite des vor ihnen liegenden Gebäudes befand, setzte sich die Gruppe in Bewegung.

Alina kämpfte mit sich selbst; sie wollte für all dies, was sie in den folgenden Stunden zu sehen bekam, nichts als Hass und Verachtung empfinden, aber sie schaffte es nicht ganz. Nicht, dass ihr gefallen hätte, was sie sah, aber sie empfand es als faszinierend, geheimnisvoll und interessant, was die Drakken hier aufbauten.

Es begann damit, dass sie nach einigen anfänglichen Korridoren durch eine riesige Halle geführt wurden, in der hunderte von Menschen an langen Tischen saßen oder durch die Gänge zwischen den Reihen liefen. Sie aßen, tranken oder holten sich, wie es aussah, Nachschub. Alle waren in Weiß gekleidet, manche von ihnen trugen Grau, ein paar wenige Ocker. Es wirkte beinahe wie ein ausgelassenes Festgelage. Nur an den Ein- und Ausgängen standen schwer bewaffnete Drakkenposten; einige patrouillierten zwischen den Tischen.

»Hier könnt ihr essen und eure Pausen verbringen«, sagte der Mann. »Übrigens, ich heiße Renash. Ich bin ab jetzt euer Vorarbeiter. Wir werden immer gemeinsam hierher gehen. Vier Stunden Arbeit, eine Stunde Pause, dann drei Stunden Arbeit, und wieder eine Stunde Pause und zuletzt noch mal drei Stunden Arbeit. Dann geht's ab nach Hause.«

»Ab nach Hause?«, fragte Cleas überrascht.

Renash nickte. »Ja. Mit einem Flugschiff – in die Dörfer. Hier schläft niemand. Wer von euch als freier Händler unterwegs war, wird irgendeinem Dorf zugeteilt. Dort habt ihr dann zwölf Stunden frei, bis ihr wieder abgeholt werdet.«

»*Frei*?«, riefen gleich mehrere im Chor.

»Na ja«, räumte Renash ein. »Ihr wisst schon – so frei, wie man halt in einem Dorf ist. Die Drakken haben ja überall ihre Posten. Ihr könnt schlafen und euch um eure Familien und Häuser kümmern. Dann kommt ihr mit der nächsten Schicht wieder hierher. Verpflegt werdet ihr hier, nur die Kinder und die Alten, die nicht hierher kommen, kriegen Nahrung in den Dörfern. Alle zehn Arbeitstage gibt es für jeden zwei freie Tage.«

Alina stieß einen Laut der Verblüffung aus.

Was hier auf der Tagesordnung stand, war kein blutiges Zu-Tode-Schinden, sondern offenbar ein höchst präzise ausgeführter Plan – darauf ausgelegt, aus jedem Einzelnen einen möglichst hohen Nutzen herauszuholen. Vermutlich gab es sogar eine Krankenstation. Sie blickte sich um: Hier in dieser Halle war niemand zerlumpt oder sah zerschunden aus.

Renash winkte sie weiter. Sie durchquerten die Halle; Alina sah mehrere Ausgabestellen für Essen, wo sich die Menschen auf großen Tellern Nahrung holten. Sie konnte jedoch nichts von diesem Essen identifizieren, als sie Leuten, die an ihr vorbeigingen, auf die Teller blickte. Es handelte sich fast nur um breiartige Kost; Verschiedenes darunter hätte auch eine Art Gemüse sein können. Fleischstücke, Kohl oder Obst suchte sie vergebens. Ungeachtet dessen schienen die Leute das Essen nicht zu verschmähen. Ihre Verwunderung wuchs.

Sie verließen die Halle, durchquerten lange Korridore und weitere Hallen, wo sie weiß gekleidete Menschen, Drakken und riesige Geräte und Maschinen sah. Es herrschte überall eine fast schon friedlich zu nennende Betriebsamkeit, und das war mehr als verwirrend. Sie hatte ernstlich erwartet, in jedem zweiten Korridor Leichen, misshandelte Leute und brüllende Wärter zu sehen, während Gestank, Verwesung und tiefe Not herrschten.

»Bei den Kräften, was ist hier nur los?«, flüsterte sie Cleas zu, der neben ihr herging.

Er warf ihr nur einen unschlüssigen Seitenblick zu und zuckte die Schultern.

Sie erreichten eine weitere Halle, nicht sehr groß, mit zwei Ausgängen. Mehrere bewaffnete Drakken waren anwesend. Renash hob die Hand und blieb stehen. »Haben wir Magier unter uns? Magier müssen da drüben lang!« Er deutete auf die Tür, die nach links führte.

Niemand meldete sich. Renashs Blick durchsuchte die Gruppe und blieb auf Cleas hängen. Er trat vor ihn. »Und du? Bist du kein Magier?«

Cleas schüttelte nur wortlos den Kopf.

»Sicher? Du siehst mir ganz wie einer aus! Deine Haartracht und dein kurz geschorener Bart ...!«

Cleas schüttelte wieder den Kopf. »Nein!«, sagte er.

Renash seufzte. »Na, meinetwegen. Was geht's mich an. Los, alle nach hier drüben!« Er ging wieder voran. Durch eine große Schwingtür betraten sie einen lang gestreckten Raum. Links und rechts an den Wänden waren lange Reihen von großen Kästen montiert, die obere Hälfte durchsichtig, die untere aus weißem Material bestehend. Überall liefen Schläuche, Rohre und metallene Streben entlang. Ein Brummen und Piepsgeräusche erfüllten die Luft, Lichter blinkten, und aus verschiedenen Öffnungen drangen zischende Dampfwolken, die sich aber rasch wieder auflösten. Weiter vorn waren ein paar Leute unterwegs, zwei davon in riesigen, aufgeblasenen silbernen Anzügen.

»Von hier aus geht's hinunter in die Abbaustollen«, erklärte Renash. »Das da in den Kabinen sind Schutzanzüge. Da unten wird Gestein geschnitten und dazu braucht ihr diese Anzüge. Wolodit, um genau zu sein.«

»Wolodit? Wozu brauchen sie denn das?«

Renash hob die Schultern. »Keine Ahnung. Sie machen irgendwas damit, aber was, weiß ich nicht.«

Die Leute sahen sich unschlüssig an. »Wolodit ist ohne besonderen Wert«, hörte Alina den Mann flüstern. »Es ist nur verteufelt hart. Bin mal gespannt, womit sie es *schneiden* wollen.«

»Sucht euch jetzt alle eine Kabine, in der so ein Schutzanzug drin ist!«, sagte Renash laut in die Runde. »Zieht euren Anzug und auch die Unterwäsche aus, hängt die Sachen seitlich an die Haken und merkt euch die Zahl an der Kabine. Stellt euch dann gerade davor – auf das graue Viereck auf dem Boden – und legt die Hand auf die grüne Fläche. Ist sie rot, sucht ihr euch eine andere Kabine. Keine Sorge, es passiert euch nichts. Los jetzt!«

Zögernd folgte Alina der Anweisung. Sie fand bald eine Kabine mit einer grünen Fläche auf der Vorderseite, und baute sich davor auf. Das Ding war größer als sie, hatte eine Form wie ein großes, aufrecht stehendes Ei, und seine obere Hälfte war durchsichtig, während der hintere Teil mit der Wand verschmolz. Im Inneren befand sich einer dieser unförmigen, riesigen Anzüge; sie sah Schläuche und Stäbe oder was auch immer das sein mochte. Der Anblick war höchst fremdartig, aber Alina empfand es gleichzeitig als aufregend, was hier passierte.

Sie sah kurz nach den anderen, öffnete dann den seltsam klebrigen Verschluss auf der Vorderseite ihres weißen Anzugs und legte ihn ab. Nachdem sie ihn an einen der besagten Haken gehängt hatte, schlüpfte sie aus der Unterwäsche. In ihrer Nische war sie einigermaßen unbeobachtet. Sie streckte die rechte Hand aus und legte sie auf die grüne Fläche knapp unterhalb des durchsichtigen oberen Teils der Kabine.

Licht flammte im Inneren auf und mehrere bunte Lichter begannen zu funkeln. Nach kurzer Zeit ertönte ein leises Zischen; Alina erschrak, als sich das Ei vor ihr der Länge nach aufspaltete. Es öffnete sich wie eine zweiflügelige Tür und allerlei fremdartige Geräte und Dinge im Inneren wurden sichtbar. Mit pochendem Herzen blieb sie stehen, während das Ei langsam auf sie zufuhr. Dann öffnete sich auch der Anzug; es war, als zerschmölze seine Rückseite, die vor ihr lag, und für Augenblicke erschien ihr der Anblick so Furcht einflößend, dass sie dagegen ankämpfen musste wegzulaufen. Doch da hatte sie das Ding schon umschlossen und eine kribbelnde Wärme umfloss ihren Körper.

Sie stöhnte leise auf – es war ein ausgesprochen wohliges Gefühl, das in ihr aufkam. Ihr ganzer Körper mit Ausnahme des Gesichts war plötzlich von einem watteartigen Schaum umschlossen, ihre Hände schienen in Handschuhen zu stecken. Vor ihrem Gesicht bildete sich eine Art Scheibe, doch sie konnte den Kopf drehen und sich überallhin umblicken. Das ganze unförmige Ding erwies sich als überraschend beweglich und der weiche Schaum auf ihrer Haut fühlte sich nach wie vor erstaunlich angenehm an.

Alinas Verwunderung über all diese neuartigen Dinge wuchs sich langsam zu Verwirrung aus. Vor einer halben Stunde noch hatte sie damit gerechnet, jetzt bereits eine Peitsche geschmeckt zu haben. War stattdessen dies die fluchenswerte Methode der Drakken, die Menschen zu versklaven: indem man ihnen wohlige, angenehme Dinge zur Verfügung stellte?

Alina spürte nun eine Art elektrisches Kribbeln auf der Haut und vernahm ein leises Summen. Dann merkte sie, dass sie mitsamt ihrem Anzug innerhalb der eiförmigen Kabine umgedreht worden war. Vor ihr öffnete sich der Spalt wieder und sie wurde sanft nach vorn gestoßen. Neugierig sah sie sich nach den anderen um.

»Die Anzüge schützen euch vor gefährlichem Staub und vor den Strahlen dort unten in den Stollen«, hörte sie Renashs Stimme *in* ihrem Anzug. Überrascht drehte sie sich um die eigene Achse.

»Vor *Strahlen*?«, fragte sie – ins *Nichts* hinein.

»Ja«, kam prompt Renashs Stimme zurück. »Ich weiß leider nicht genau, was das bedeutet. Ich weiß nur, dass diese Strahlen schädlich sind und die Anzüge uns davor schützen.«

Sie schüttelte ungläubig den Kopf. Es war wohl das

erstemal in dieser Welt, dass Sklaven vor etwas geschützt wurden. Langsam verstand sie nicht mehr, wo sie hingeraten war.

»Ihr bekommt Werkzeuge«, fuhr Renash fort, »die Brenner genannt werden. Vorn ist eine heiße Flamme. Sie ist gefährlich und erzeugt, soweit ich mitbekommen habe, diese Strahlen. Am besten, ich zeige es euch. Kommt mit!«

Endlich hatte Alina die Orientierung wiedergewonnen und bewegte sich nun rasch in Richtung der Gruppe von Leuten in ihren Blasenanzügen, die sich am unteren Ende der Halle sammelten. Jede Bewegung ging völlig mühelos vonstatten. Sie vernahm überraschte Laute der anderen, und seltsamerweise war es so, als befänden sich die Stimmen *in* ihrem Anzug.

»Die Anzüge verstärken eure Bewegungen«, erklärte Renash. »Die Werkzeuge sind sehr schwer und das Wolodit ist es auch.« Unter ungläubigem Gemurmel verließen sie die lang gestreckte Halle und erreichten einen flachen, sechseckigen Raum. Kaum waren sie alle drin, schob sich eine Tür zu und Augenblicke darauf hatte Alina das drängende Gefühl, als bewegte sich der gesamte Raum abwärts. Renash bestätigte es. »Ein Aufzug«, erklärte er. »Er bringt uns ziemlich weit nach unten – etwa eine Viertelmeile. Dort ist eine Ader.«

Alina verstand nicht ganz, wie man einen *Raum* eine Viertelmeile in die Tiefe versetzen konnte. »Eine Woloditader?«, fragte sie. »Wolodit gibt es doch überall. Da braucht man keine Löcher graben!«

»Nein, es ist eine Kalksteinader«, korrigierte Renash. »Massives Wolodit ist zu hart, um es vernünftig abbauen zu können – selbst für die Drakken. Sie suchen nach besonderen Adern im Wolodit, in denen Kalkstein von Woloditschleiern durchsetzt ist. Dort werden mit großen Vortriebsmaschinen Stollen gebohrt. Das in Schleiern vorkommende Wolodit kriegen ihre Maschinen klein. Wir müssen es dann in mundgerechte Häppchen zerteilen und verladen.«

Ein Ruck fuhr durch den Raum, dann schob sich die komplette hintere Wand zur Seite und gab den Blick auf einen gewaltigen Stollen frei – so groß, dass bequem ein Sonnendrache hätte hindurchsegeln können. Alina stieß einen überraschtes Laut aus.

Sie trat aus dem Aufzug hinaus und richtete den Blick in die Höhe. Es war ein fast kreisrunder Tunnel, der vor ihr in die Ferne führte. An mehreren Stellen waren riesige, grelle Lichter angebracht, aber man konnte sie nicht klar erkennen, denn die gesamte Halle war von rötlichem Staub erfüllt. Nun verstand sie – diese Anzüge stellten offenbar auch Atemluft bereit, denn hier unten konnte man ungeschützt gewiss kaum Luft holen. Plötzlich tauchte mit Getöse aus dem milchig-rotbraunen Staub vor ihr ein riesiges Fahrzeug auf. Erschrocken stob die Gruppe auseinander – mit dem Ergebnis, dass manche einen ziemlich hohen Luftsprung machten. Aber das Fahrzeug polterte weit genug an ihnen vorbei. Es war dem nicht unähnlich, mit dem sie vom Flugplatz aus zur Stadt gebracht worden waren, nur besaß es auf der Oberseite eine riesige Wanne aus Metall, in der sich Gesteinsbrocken türmten – wahrscheinlich das Wolodit.

»Um das Gestein aus den Adern zu brechen, muss viel Kraft aufgewendet werden«, erklärte Renash mit lauter Stimme. »So viel, dass dabei der Kalkstein völlig zertrümmert und zu Staub zermahlen wird. Und nun kommt mit!«

Sie erreichten ein weiteres Fahrzeug, das vor ihnen aus dem Staub auftauchte. Es bestand jedoch aus nicht mehr als einer großen, flachen Metallplatte, etwa eine Handbreit dick, die auf unerklärliche Weise drei Handbreit über dem staubigen Boden schwebte. Sie war gelb und schwarz gestreift und auf ihrer Oberseite befanden sich Geländer zum Festhalten. Kaum waren sie alle aufgestiegen, setzte sich die Platte in Bewegung und glitt in beachtlichem Tempo über den Grund hinweg. Alina bekam Angst, dass sie mit einem der riesenhaften Lastfahrzeuge zusammenstoßen könnten, das plötzlich aus dem dichten Staub auftauchen mochte – aber dann beruhigte sie sich wieder. So etwas würde nicht zu dem präzisen Ablauf passen, den die Drakken hier in Gang gebracht hatten.

Sie bogen an einer Verzweigung in einen Seitentunnel ein, der einen fast ebenso großen Durchmesser besaß wie der Haupttunnel. Dann schwoll vor ihnen Lärm an. »Ihr müsst nun die Außenlautstärke herunterdrehen!«, rief Renash und deutete auf seinen rechten Unterarm, wo sich in Höhe des Handgelenks ein klobiges blaues Rad befand. »Wir nähern uns der Vortriebsmaschine und da ist es verdammt laut!« Mit erhobenem Arm zeigte er, wie man die Lautstärke vermindern konnte. Alina tat es ihm nach und stellte fest, dass der aufschwellende Lärm von draußen tatsächlich leiser wurde. Draußen musste es brüllend laut sein. Renashs Stimme wurde wieder klarer und er sprach leiser. Irgendwie musste sie über einen anderen Weg in ihren Anzug gelangen.

Schließlich hielt die schwebende Plattform an und Renash sprang herunter. Alina und die anderen folgten ihm. Bald darauf schälten sich aus dem Staub die Umrisse anderer Menschen in Anzügen. Alina blieb erstaunt stehen, als sie sah, was sie taten.

Sie trugen riesige, längliche Geräte, die an der Spitze einen kurzen Bogen aus orangefarbenem Licht ausspieen. Mit diesen Geräten rückten sie großen Gesteinsbrocken zu Leibe, die sich vor ihnen auftürmten. Das war offenbar die Hinterlassenschaft dieser Vortriebsmaschine, was auch immer das sein mochte. Alina nahm an, dass es ein riesiges Ungetüm sein musste, das sich dort vorwärts grub, irgendwo im dichten Staubnebel vor ihnen. So groß wie ein Haus – der Durchmesser des Tunnels deutete darauf hin. Die Männer und Frauen zerschnitten mit ihren Brenngeräten mehr als mannsgroße Woloditbrocken in kleinere Stücke. Andere Arbeiter besaßen Geräte, mit denen sie diese Brocken packten und abtransportierten. Wohin, konnte Alina in dem Staubnebel nicht erkennen, aber wahrscheinlich stand irgendwo eines dieser großen Lastfahrzeuge. Sie riss sich von dem Anblick los und wandte sich um. Renash war mit zwei großen unförmigen Geräten erschienen und nun wurde es richtig spannend.

*

Stunden später war Alina bereit, ihr anfangs so mildes Urteil über die Behandlung der Menschen durch die Drakken zu korrigieren. Sie befand sich in ihrer zweiten Arbeitsphase, der dreistündigen, und trotz all der Vorteile ihres erstaunlichen Anzuges war sie reichlich erschöpft.

Zum Glück musste sie jetzt, in der zweiten Schicht, nur einen Brenner betätigen. Das war weniger anstrengend, als die großen Brocken mit den Greifern abzutransportieren. Die Drakken hatten andere Worte für diese Geräte, aber die Menschen blieben instinktiv bei dem, was sie noch halbwegs begreifen konnten. Technisch gesehen waren beide Geräte weit jenseits dessen, was ein Mensch der Höhlenwelt zu verstehen in der Lage war. Ein *Greifer* war ein etwa drei Ellen langes Ding, das man unter der Armbeuge trug; es war an einem Gurt über die Schulter befestigt. Der Anzug verstärkte die Kraft ausreichend, um so ein Gerät problemlos tragen und bewegen zu können. Wenn man es aber einsetzte, wurde es viel schwieriger. Es war nämlich gedacht, um einzelne Woloditbrocken zu tragen.

Wolodit war unerhört schwer; jeder der Brocken wog zwischen fünfhundert und tausend Pfund, manche sogar noch mehr. Sie waren unterschiedlich groß, und der Arbeiter, der einen Greifer verwendete, regelte dessen Tragkraft mithilfe eines Drehgriffs am Gerät. Die Kunst bestand darin, sie so zu regeln, dass das Gewicht des Woloditbrockens genau ausgeglichen wurde. Dann klebte er förmlich an der Spitze des Greifers, und man konnte den Brocken auf eine Rampe bugsieren, die ihn auf eines der großen Fahrzeuge hievte. Doch diese Kunst war nicht leicht zu beherrschen. Es endete meist darin, dass der Arbeiter die leichte Ungenauigkeit seiner Einstellung mit der eigenen Muskelkraft ausglich. Und nach vier Stunden dieser Arbeit war Alina so gut wie erledigt.

Doch jetzt, in der zweiten Arbeitsphase, musste sie nur *brennen*. Dazu benötigte sie zwar auch ein wenig Muskelkraft, aber es war längst nicht so anstrengend. Doch so ein Brenner war ein gefährliches Gerät. Renash hatte sie gewarnt, langsam zu Werke zu gehen und den glühenden Lichtbogen an der Spitze nie zu nahe an den Körper kommen zu lassen. Man sollte auch keine zu dünnen Stellen im Gestein schneiden, da das Wolodit sonst zerbersten konnte. Das konnte zu Verletzungen, schlimmstenfalls sogar zum Tod des Arbeiters führen.

Alina ging so vorsichtig zu Werke, wie sie nur konnte. Es war niemand da, der sie antrieb – wieder einmal etwas, das sie erstaunte. So konnte sie sich Zeit lassen, die Bedienung der Geräte zu lernen, ohne sich dabei zu verletzen oder gar umzubringen. Ein Brenner war ein wirklich erstaunliches Stück Technik; es war allgemein bekannt, dass man Wolodit so gut wie gar nicht bearbeiten konnte, weil es so unglaublich hart, schwer und feuerfest war. Die Brenner jedoch vermochten Wolodit tatsächlich zu zerteilen.

Die Schicht ging diesmal erfreulich schnell vorüber. Die letzte Viertelstunde hatten sie Zeit, wieder hinauf in die Drakkenstadt zu fahren und die Schutzanzüge abzulegen. Sie kleideten sich um und gingen gemeinsam in eine der großen Essenshallen, wo immer noch reger Betrieb herrschte. Es war und blieb für Alina sehr befremdlich, wie wenig bedrohlich oder drangvoll die allgemeine Stimmung unter den Menschen war. Niemand schien hier mit Lust oder Freude seiner Zwangsarbeit nachzugehen, aber es schien auch niemanden zu geben, der deswegen in dumpfe Depression verfallen wäre. Die Menschen redeten und aßen, saßen beisammen, tranken etwas und gingen von einem Tisch zum anderen. Irgendwie erschien das Alina *nicht richtig*. Sie spürte, dass gerade darin die Tücke des Systems der Drakken lag.

Während ihrer ersten Pause hatte sie nichts gegessen, nur viel getrunken. Nun aber meldete sich der Hunger, und sie schloss sich Cleas an, der sich in einer Reihe von Menschen anstellte, die sich mit Tellern in der Hand vor der Essensausgabe aufgereiht hatten.

»Bist du wirklich kein Magier?«, fragte sie ihn leise.

Seine Laune hatte sich immer noch nicht sonderlich gebessert und er starrte sie eine Weile mit finsteren Blicken an. Dann erwiderte er, ebenso leise: »Nein. Nicht mehr.«

Alina warf ihm fragende Blicke zu. »Ich habe noch nie von einem Magier gehört«, sagte sie, »der einfach seinen Beruf niedergelegt hätte.«

Cleas schüttelte den Kopf. »Ich auch nicht. Aber heutzutage ist alles möglich.« Er rückte ein Stück nach und Alina folgte ihm.

Alina verstand. »Die andere Tür, was?«, fragte sie. »Weißt du, was dahinter ist? Warum die Magier dorthin müssen?«

Er brummte leise. »Ich habe nur Gerüchte gehört.«

»Und welche?«

Wieder sah er sie an, überlegte eine Weile. »Es heißt, sie bringen die Magier fort«, sagte er schließlich. »Fort von der Höhlenwelt.«

Alina fühlte einen kalten Schauer. »Wirklich?«, flüsterte sie. »Bist du sicher?«

»Worin kann man sich schon sicher sein? Die Leute sagen, dass keiner der Magier, die von den Drakken mitgenommen wurden, wieder aufgetaucht wäre. Und dass die Drakken die Geheimnisse der Magie aus uns herauspressen wollen.«

Alina nickte leicht. »Ja, das habe ich auch gehört. Es ist sicher wahr. Aber dass sie von der Höhlenwelt fortgeschafft werden sollen ... das ist mir neu.«

»Drüben, am Westende der Stadt, soll ein Lager bestehen, wo die Magier hinkommen. Von dort sollen ständig Drakkenschiffe losfliegen und sie nach Westen bringen.«

»Nach Westen?«

Cleas nickte. Wieder rückte er nach und Alina folgte ihm. Wenn die Magier tatsächlich fortgeschafft wurden, war es sinnvoll, sie einzeln und in ständiger Folge auszufliegen. Zu viele Magier auf einem Fleck hätten eine Gefahr darstellen können. Aber eine Verschleppung oder ein »Herauspressen« der Geheimnisse der Magie aus ihnen hätte nicht zu der sonstigen Vorgehensweise der Drakken gepasst. Sie schienen das, was sie haben wollten, auf »sanfte« Weise zu erreichen.

Dann jedoch geschah etwas, das Alina von diesem Gedanken abrücken ließ.

Es begann damit, dass sie jemand von hinten berührte. Sie hielt es für ein Versehen des Nachfolgenden in der Reihe und trat, ohne sich umzudrehen, einen halben Schritt vor. Kurz darauf aber presste sich ein ganzer Körper gegen sie, während sich ein Arm von hinten um ihren Bauch schlang. Es war eine Berührung von solcher Nähe und Vertrautheit, dass ihr im ersten Augenblick durch den Kopf schoss, Victor müsse hinter ihr stehen. Aber das konnte nicht sein. Sie drehte sich um.

Es war ein großer Mann, stark und wild aussehend, auf gewisse Weise sogar ein hübscher Kerl. Sein Gesicht war stoppelbärtig, seine Züge kantig und er besaß die Ausstrahlung eines ungestümen Liebhabers. Doch seine Augen hatten etwas Besitzergreifendes und Brutales. Sie nahm sein Handgelenk und zog es von ihrem Bauch weg.

»Schönen Dank«, sagte sie leise und mit einem Lächeln, »aber ich hab keinen Bedarf. Ich bin verheiratet, weißt du?«

Er grinste zurück, und sie sah, dass es das Grinsen eines Raubtiers war. »Bin ich auch«, raunte er, »aber Bedarf hab ich trotzdem.« Er hatte eine ungepflegte Aussprache und eine raue Stimme und der erste, teilweise fesselnde Eindruck von ihm verflog. Alina hatte sich nun von ihm befreit und trat ein Stück zur Seite. »Es gehören *zwei* dazu, nicht?«, fragte sie, diesmal weniger freundlich. »Und ich *will* nicht, also lass mich in Ruhe!«

Er hob abwehrend beide Hände und grinste sie an. »Schon gut, kleine Schönheit. Du weißt nicht, was du versäumst!«

Sie erwiderte nichts und stellte sich wieder in die Reihe. Cleas musterte den Mann mit finsteren Blicken. Er hätte ihr kaum helfen können. In reiner Muskelkraft war er dem Kerl weit unterlegen, und eine Magie konnte er hier keinesfalls wirken, sofern er wirklich ein Magier war. Er hätte sich verraten.

Die Reihe hatte sich weiter voranbewegt und sie hob ihren Teller – nun war sie bald dran.

»Ich hab dich gesehen, weißt du?«, hörte sie abermals das Raunen des Mannes knapp hinter ihrem rechten Ohr. »Unten, bei den Schutzanzügen. *Nackt.* Du hast einen unglaublichen Körper!«

Alina schnaufte unwillig. Würde sie dieser Kerl nun nicht mehr in Ruhe lassen? Sie drehte sich um und baute sich unmittelbar vor ihm auf – die Fäuste in die Seiten gestemmt. »Tut mir Leid, dass ich dir gefalle«, sagte sie scharf und diesmal laut genug, dass jeder in der Umgebung es mitbekommen konnte. »Du aber gefällst *mir* nicht! Genügt das jetzt?«

Wieder machte er eine besänftigende Geste, lächelte, erwiderte aber nichts. Alina drehte sich erneut um.

Als der Kerl sie das nächste Mal anfasste, spürte sie das harte Ding in seiner Hose. Von hinten umfasste er ihre linke Brust. Sie schrie auf, riss sich von ihm los und hieb mit ihrem Teller nach ihm, der aus einem weichen, leichten Material bestand. »Lass mich in Ruhe, du Blödian!«, schrie sie ihn an.

Und dann geschah es.

In der unmittelbaren Umgebung erhob sich Unruhe und Augenblicke später waren ein Verwalter und ein Drakkensoldat da. »Was ist hier los?«, zischte der Verwalter.

»Er hat mich *angefasst!*«, rief Alina wütend und deutete auf den Mann, der blass geworden war. Er stand nun allein; um ihn herum hatte sich die Schlange der Wartenden aufgelöst. Er starrte nervös die Drakken an.

Der Verwalter trat zwei Schritte auf ihn zu, hob seine durchsichtige Platte und richtete sie in Halshöhe auf den Mann. Ein paar leise Pieptöne erklangen, dann starrte der Drakken seine Platte wieder an. Einige neue Felder waren erschienen und das Abbild eines Kopfes, das vermutlich den Kerl darstellte.

»Serakis, Feldarbeiter aus Okanaar«, stellte der Drakken fest. »Das ist deine dritte Verwarnung.«

»Meine dritte …?«, stammelte der Mann und hob abwehrend die Arme. »Nein, ich, äh …«

Der Verwalter blickte kurz den neben ihm stehenden Drakkensoldaten an, sein schmallippiger Mund formte irgendein Wort. Der Soldat hob ohne das geringste Zögern die Waffe und schoss.

Ein grauer, wabernder Nebelball von der Größe einer Melone löste sich wummernd aus der Spitze der Waffe, zischte auf Serakis los und traf ihn mitten in den Bauch. Er wurde von der Wucht des seltsamen Geschosses erfasst und zurückgeschleudert, krachte gegen die Hallenwand und sackte dort leblos und mit gebrochenem Blick zusammen. Er hatte nicht einmal einen Schrei ausgestoßen.

Alina schrie auf und stolperte mehrere Schritte zurück. Zugleich fuhr ein Aufstöhnen durch die gesamte Halle. Es war eine *Hinrichtung* gewesen, wie sie gnadenloser nicht hätte sein können. Ohne die Möglichkeit zur Verteidigung oder dazu, die eigene Sicht des Vorfalls zu äußern. Außer einem leicht scharfen Geruch in der Luft wies nichts mehr darauf hin; eine saubere Tötung, kein Blut, keine Leichenteile, nichts anderes sonst, was zerstört worden wäre. Mit am schlimmsten war die Geschwindigkeit, mit der anschließend zwei andere Drakken mit einem gelben, sechseckigen Behälter auftauchten, die Leiche hineinverfrachteten und dann wieder abzogen. Kaum eine Minute später war außer dem Geruch von dem Vorfall nichts mehr wahrzunehmen.

Alina stand da und zitterte. Die Sache mit den drei Verwarnungen hatte sie nicht gewusst, und hätte sie es, wäre dieser Mann jetzt vielleicht noch am Leben. Dann hätte sie nicht geschrien und damit die Aufmerksamkeit auf sich gelenkt. Ein unauffälliger Stoß mit dem Knie an die richtige Stelle hätte vielleicht eine ebenso große Wirkung erzielt – und Serakis würde noch leben. Ihr wurde schlecht.

Der Verwalter trat auf sie zu und hob seine Platte.

Sie sah rote Lichter funkeln und hörte ein Piepsen. »Gulda, Händlerin aus Savalgor«, sagte er kalt. »Erste Verwarnung.« Damit ließ er sie stehen, winkte dem Drakkensoldaten und verließ den Ort des Geschehens.

*

Der Rest des Arbeitstages verging wie im Traum – einem *bösen* Traum.

Alina hatte das Gefühl, dass alle sie anstarrten. Später, nach der dritten Arbeitsphase, kam Renash im Umkleideraum zu ihr und sagte, dass es ihm Leid täte. Er habe nicht geahnt, dass sie nichts von der Verwarnungsregel wusste. Irgendwie habe man offenbar vergessen, ihr das zu sagen – es sei auch nicht unbedingt seine Aufgabe gewesen. Dann erklärte er ihr, es sei ein ungeschriebenes Gesetz unter den Menschen, sich so unauffällig wie möglich zu verhalten, um solche Verwarnungen zu vermeiden. Selbst wenn man als Frau von jemandem angefasst wurde.

*Vergessen!*

Alina hatte Lust, Renash zu ohrfeigen. Aber sie unterdrückte den Impuls und hob unauffällig den Blick, ob nicht irgendwo ein Drakken stand, der ihre Absicht erahnen und ihr vielleicht eine zweite Verwarnung hätte verpassen können.

»Es gibt natürlich Dinge, die keinesfalls zu dulden sind«, erläuterte Renash ernst. »Es gab eine Vergewaltigung, die wurde natürlich sofort gemeldet. Der schuldige Mann wurde auf der Stelle getötet.«

»Wie schön!«, spottete Alina mit Tränen in den Augen. »Wie schön, dass ihr so verantwortungsbewusst seid, euch eure eigene Gerechtigkeit zusammenzubasteln – nach den Maßgaben der Drakken!« Sie wusste, dass ihre Worte wenig Sinn machten, denn diese Menschen versuchten nur irgendwie, mit der neuen Situation fertig zu werden. Es gab keinen Gesetz gebenden Rat aus alten, weisen Männern, die den Sinn oder Unsinn von Regeln durchdiskutierten. Es waren Gesetze, die in den Stollen zwischen den Woloditbrocken und im Gedränge der Essenshalle entstanden und alles andere als durchdacht waren. Alina spürte immer mehr, wie perfide der Druck der Drakken eigentlich war und wie gnadenlos sie die Möglichkeiten ihrer Macht ausspielten. *Sklaverei nach modernsten Erkenntnissen*, dachte sie bitter.

Sie ließ Renash stehen und begab sich zu Cleas, der in den letzten Stunden so etwas wie ein väterliches Mitgefühl für sie entwickelt hatte. »Ich bin müde«, sagte sie seufzend zu ihm und berührte ihn am Oberarm. »Unendlich müde. Bevor sie mich eingefangen haben, war ich schon einen halben Tag unterwegs. Dann der Weg hierher ... und jetzt arbeiten wir seit zwölf Stunden.«

»Ja, müde bin ich auch. Wird Zeit, dass wir ein bisschen schlafen können.«

»Kann ich mit zu dir kommen?«, fragte sie. »In dein Dorf?«

Er nickte. »Wenn das geht? Du bist aus Savalgor, nicht?«

»Ja. Weit weg von zu Hause. Ich habe hier niemanden. Allerdings ... ich würde gern noch nach meinem Hund sehen. Vielleicht ist er noch draußen, beim Landefeld.«

Cleas umfasste ihre Schulter und zog sie mit sich. »Dann beeilen wir uns. Sie werden sicher nicht warten, um dich suchen zu lassen.« Er räusperte sich. »Wenn sie es überhaupt gestatten, dass du nach ihm siehst.« Sie ließ sich von ihm mitziehen.

»Vielleicht hat ihn der Mönch noch bei sich?«, flüsterte Cleas, als sie inmitten ihrer Gruppe durch die Hallen und Korridore dem Ausgang des Gebäudekom-

plexes entgegenstrebten. »Der Mönch von der Bruderschaft.«

Alina schüttelte den Kopf. »Er sagte, er dürfe ihn
auch nicht mit hineinnehmen. Außerdem kann ich nur
hoffen, dass Benni den Drakken so fern wie möglich
bleibt.« Ihr fiel der Vorfall mit dem toten Drakken wieder ein und sie blickte zu ihm auf. »Hast du die leises-
te Vorstellung«, fragte sie flüsternd, »was da passiert
ist? Warum der Drakkensoldat tot umfiel, nachdem
Benni ihn angebellt hatte?«

Cleas starrte nachdenklich ins Leere. »Vielleicht das
Geräusch? So ein Bellen ist ein ziemlich scharfer Laut.«
Er deutete mit dem Zeigefinger auf seine Schläfe und
lächelte grimmig. »Vielleicht ist dem Drakken davon
das Gehirn zersprungen?«

Alina blickte trübsinnig geradeaus, schüttelte dann
den Kopf. »Glaube ich nicht. Er hat schon öfter Drakken angebellt – nachts zum Beispiel, wenn sie mich
kontrollierten. Als er zum erstenmal einen Drakken
sah, ist er beinahe durchgedreht. Sie haben ihn betäubt.
Aber kein Drakken hat je irgendeine Reaktion gezeigt,
als er bellte.«

Cleas nickte verstehend. »Vielleicht ist der Drakken
krank gewesen«, schlug er vor. »Schließlich ist das eine
völlig fremde Welt für sie.«

Vor ihnen glitt eine breite Tür auf. Renash trat hinaus und wies sie an, auf dem Gang auf ihn zu warten.
Er marschierte davon und kam einige Minuten später
mit einer der durchsichtigen Tafeln wieder. Er studierte
sie kurz, las dann Namen vor und nannte dazu jeweils
eine Nummer. Anschließend erklärte er, dass dies die
Nummer ihrer Transportschiffe sei, mit denen sie in
die umliegenden Dörfer gebracht würden. Alina hatte
Pech: Cleas war einem anderen Dorf zugewiesen als
sie, und Renash sagte, er habe keine Möglichkeit, dies
zu ändern.

Sie verließen das Gebäude und wurden abermals auf eines der großen Fahrzeuge verladen, das sie zum Landefeld fuhr. Die Morgendämmerung brach gerade an, und ein leichter, warmer Regen fiel auf das Land nieder.

Als sie auf die Flugschiffe warteten, versuchte Alina, das Dämmerlicht über der Grassteppe mit Blicken zu durchdringen. Aber sie konnte Benni nicht entdecken. Sich von der Gruppe zu entfernen wagte sie nicht, das hätte ihr vielleicht eine zweite Verwarnung eingebracht. Sie seufzte müde und wandte sich wieder Cleas zu.

»Wir sollten versuchen, in Erfahrung zu bringen«, sagte sie leise, »was diesen Drakken umgebracht hat. Was das für eine Krankheit gewesen sein könnte.«

Der Landeplatz lag noch halb im Dunkeln und Cleas' Gesicht wurde nur von dem Licht beleuchtet, das von der anderen Seite des Platzes herüberschien. Aber das Erstaunen darauf war deutlich zu sehen. »Wozu willst du das wissen?«

Sie zuckte mit den Schultern. »Es kann nicht schaden, findest du nicht? Vielleicht kommt einmal der Tag, an dem wir …«

Ein schwaches Lächeln überzog sein Gesicht. »*Du? Eine Rebellin?*«

Obwohl sie müde war, konnte sie nicht anders, als zurückzulächeln. »Warum nicht? Traust du mir das nicht zu?«

Er nickte bedächtig. Dann tastete er nach ihrem rechten Handgelenk. »Ich bin auch nur ein Mann«, sagte er. »Und ich gebe zu: ich habe da unten, ebenso wie dieser Serakis, einen Blick über die Schulter nach dir geworfen. Was mir aber am meisten auffiel, war *das!*« Er hielt ihr inneres Handgelenk leicht in die Höhe. Schwaches, orangefarbenes Morgenlicht fiel auf die kleine Tätowierung des Dreieckssymbols mit dem Drachen, der es durchflog.

»Du weißt, was das ist?«, fragte sie verwundert.

»Das alte Symbol des Hierokratischen Rates. Es besitzt eine schwache Aura, die von jedem Magier erspürt werden kann.«

Sie legte den Kopf schief und sah ihn prüfend an. »Von jedem … *Magier?*«

»Ja, richtig. Von jedem Magier. Du musst eine besondere Person sein. Und in diesen Zeiten solltest du es besser bedecken. Bevor es dir gefährlich wird.«

Alina entzog ihm ihre Hand. »Na fein. Dann kennen wir jetzt jeweils ein Geheimnis des anderen. Wirst du meines verraten?«

»Ebenso wenig wie du meines«, erwiderte er. »Das will ich doch hoffen.«

Mit Gemurmel näherte sich eine Gruppe anderer Arbeiter, kurz darauf noch eine und sie beobachteten schweigend deren Ankunft. Dann ertönte aus der Ferne das inzwischen wohlbekannte jaulende Geräusch, wurde bald darauf vielstimmig und wenig später landeten unter gewaltigem Lärm und aufwallendem Staub vier Drakkenschiffe. Sie trugen große Nummern auf den Seiten, und ein Kommando erschallte, das den Menschen befahl, sofort an Bord ihres jeweiligen Schiffs zu gehen.

»Gib auf dich Acht«, sagte Cleas wohlwollend und drückte ihre Hand. »Ich hoffe, wir sehen uns morgen wieder.« Dann wandte er sich um und marschierte auf das Flugschiff zu, das ihn fortbringen sollte. Alina sah ihm kurze Zeit hinterher und suchte nach dem Schiff mit ihrer Nummer. Als sie müde die kurze Leiter hinaufstieg und in das Schiff klettern wollte, streckte ihr ein junger Mann die Hand entgegen. Er sah gut aus, stellte sich als Timo vor, aber bevor Alina seine Hand nahm, sah sie ihm fest in die Augen.

Nein, da war nichts Brutales und Wildes wie bei diesem Serakis. Sie dachte, dass sie ihn, wenn nötig, wieder würde loswerden können, ohne sich eine Verwarnung einzuhandeln. Für den Augenblick aber brauchte sie jemanden. Sie hatte keine Lust, in diesem Dorf, wo immer es auch lag, den Tag im Freien unter einem Baum schlafend zu verbringen.

Sie flogen zu seinem Dorf und er nahm sie mit ins Haus seiner Mutter, einer alten, hinfälligen Frau, um die er sich rührend kümmerte. Er war eine so freundliche Seele, dass sie gern die Nacht, oder besser: den *Tag*, in seinem Bett verbrachte – mit ihm.

Vorher machte sie ihm natürlich klar, dass sie verheiratet war, ihren Mann liebte und nichts, aber auch *gar nichts* zwischen ihm, Timo, und ihr passieren würde. Aber seine Wärme und seine Umarmung kamen ihr nicht ungelegen. Sie spürte zwar ebenfalls sein *hartes Ding*, als sie bei ihm lag, und er umfasste ebenso frech ihre linke Brust – ansonsten aber blieb er brav. Er schien glücklich zu sein, dass er wenigstens das von ihr bekam. Seufzend schlief sie ein und sagte sich, dass es außer Victor offenbar doch noch ein paar anständige Männer auf der Welt gab. Nicht nur solche wie diesen Serakis. Oder Guldor, Rasnor, Ötzli, Chast, Sardin und wie sie alle hießen.

# 26 ◆ Drakkenalltag

Zwei Wochen waren vergangen, seit die Drakken über sie gekommen waren, und so etwas wie Alltag begann einzukehren – ein Alltag unter der Herrschaft der Unterdrücker. Doch die Geschwindigkeit, mit der die Drakken der Höhlenwelt ihren Stempel aufgedrückt hatten, war beängstigend – und ebenso die Wirksamkeit ihrer Maßnahmen. Leandra war überzeugt, dass sie Monate oder gar Jahre benötigen würden, dieses Joch wieder abzuschütteln, selbst wenn die Drakken von heute auf morgen spurlos verschwänden.

Es war tatsächlich so, wie Rasnor gesagt hatte: Sie machten aus der gesamten Höhlenwelt eine Fabrik. Und was Leandra nie für möglich gehalten hätte: Sie hatten sogar die Rolle übernommen, die Menschen der Höhlenwelt zu versorgen.

Seit fast einer Viertelstunde standen sie zu viert in Rasnors Arbeitszimmer, Leandra, Victor, Quendras und der Primas. Rasnor selbst war noch nicht aufgetaucht. Leandra hatte die Zeit genutzt, ihren Freunden flüsternd und mit knappen Worten von ihrer Reise mit Rasnor zu erzählen – der Reise, die sie bis hinaus ins All geführt hatte. Ihre Freunde hatten ihr betroffen zugehört.

»Ein *Mutterschiff* haben sie dort?«, fragte Victor.

»Ja«, flüsterte Leandra. »Es ist gigantisch. Inzwischen müsste auch der Transport des Wolodits dorthin begonnen haben – in großem Umfang. Sie brauchen riesige Mengen, um nur ein einzelnes Wolodit-Amulett herzustellen.«

»Das stimmt«, nickte der Hochmeister. »Davon habe ich bereits gehört. Es ist erschreckend: Niemand arbeitet mehr für sich selbst, für seinen Lebensunterhalt. Alle tragen diese weißen Kleider, essen Drakkennahrung und arbeiten für sie. Es müssen inzwischen Zehntausende sein, die sie in ihren Bergwerken Wolodit abbauen lassen. Vielleicht Hunderttausende. Sie werden in Arbeitsschichten eingeteilt und täglich zwischen ihren Heimatdörfern und den Bergwerken von Drakkenschiffen hin und her transportiert.«

»Ihr habt offenbar eine gute Quelle für Neuigkeiten, Hochmeister«, sagte Quendras leise.

Der alte Herr nickte und sagte leise: »Ja, glücklicherweise. Munuel hat es irgendwie geschafft, einen Kontakt zu diesem jungen Kerl aufrechtzuerhalten, der Victor den Pfeil ins Bein geschossen hat. Zu ihm und seinem Freund, diesem kleinen Erfinder.«

»Die sind noch frei?«

Jockum sah sich um und fuhr leise fort. »Ja. Sie verstecken sich in den Katakomben unterhalb des Palasts, obwohl die Drakken längst dort unten sind. Aber sie finden sie nicht. Ich vermute, Munuel hilft ihnen auf magischem Wege. Sie besorgen Informationen aus der Stadt und spielen sie ihm zu. Wir können nur hoffen, dass sie nicht erwischt werden. Nicht nur, dass uns dann eine wichtige Informationsquelle wegfallen würde. Nein, die Drakken würden sie sicher töten. Sie töten jeden, den sie in der Stadt ohne Halsband antreffen …«

Die hohe Tür des Raumes öffnete sich und Rasnor trat herein. Hochmeister Jockum verstummte sofort und das nötigte Rasnor ein Grinsen ab. »Ich weiß von den beiden, die Munuel mit Neuigkeiten versorgen«, erklärte er.

Hochmeister Jockum wurde blass.

Rasnor schloss sorgfältig die Tür und wandte sich

ihnen wieder zu. »Ich weiß auch von allem, was hier in der letzten Viertelstunde besprochen wurde. Deswegen ließ ich euch so lange allein.«

Leandra, Victor, Quendras und der Hochmeister tauschten betroffene Blicke.

Rasnor winkte ab, umrundete den großen Schreibtisch, der die nordöstliche Ecke des Raumes beherrschte und setzte sich. »Aber das, was ich hören wollte, war leider nicht dabei. Alles andere kümmert mich nicht weiter. Ich hoffe nur, ihr werdet euch bald darüber klar, dass es nichts mehr zu retten gibt!« Er hob beide Hände und machte eine kindhafte Geste, als wollte er einen Zauber wirken. »Die Höhlenwelt befreien. Die Drakken vertreiben. Den bösen Rasnor töten!«

»Jetzt wirst du gleich wieder mit deinen Vorschlägen anfangen«, sagte Leandra herausfordernd, »wie wir gemeinsam die Höhlenwelt regieren könnten. *Du* und wir – zusammen mit den Drakken! Nicht wahr?«

Rasnor winkte abermals ab. »Ich habe es in den letzten Tagen mehrfach versucht, Leandra. Aber hat es etwas gebracht?« Er schüttelte resigniert den Kopf. »Nein. Hat es nicht. Ihr glaubt immer noch an eure Gerechtigkeit, eure Freiheit. Mag ja sein, dass ihr nur das verlangt, was euch zusteht … aber glaubt ihr, *die* kümmert das?« Damit deutete er mit ausgestrecktem Arm nach links und meinte damit unmissverständlich die Drakken. »Ach, ist ja auch egal. Vielleicht lernt ihr es eines Tages doch noch, vielleicht auch nicht.«

Die vier schwiegen und tauschten nur Blicke.

Schließlich fragte Leandra: »Was war es nun, was du von uns zu hören hofftest?«

»Ganz einfach. Mir fehlen noch zwei von euch. Eure Shaba und die hübsche, kleine Roya.« Er erhob sich wieder. »Alina ist irgendwo da draußen, ich rechne jeden Augenblick mit der Meldung, dass sie aufgegriffen wurde. Nun, vielleicht ist sie auch schon tot. Wer mir allerdings Kummer bereitet, ist diese Roya.«

Wieder tauschten die vier Blicke, und nun wurde klar, warum Rasnor ausgerechnet sie hatte zu sich kommen lassen. Sie waren zusammen mit Roya von Hammagor aus aufgebrochen, aber ohne sie in Savalgor eingetroffen.

»Wo habt ihr sie gelassen?«, verlangte Rasnor zu wissen. »Ich habe sie suchen lassen, aber die Drakken können sie nicht finden. Wo also steckt die kleine Göre?«

Victor konnte sich ein spöttisches Lächeln nicht verbeißen. »Du fürchtest sie also – die *kleine Göre*? Wie kannst du sie fürchten, wenn wir ohnehin nichts mehr auszurichten vermögen?«

»Wir haben sie zurückgelassen«, fiel ihm Leandra ins Wort. »Sie war verletzt und bat darum.«

Rasnor trat vor Leandra. »Du lügst!«, sagte er. »Gerade du ... *du* würdest niemals einen Freund oder eine Freundin im Stich lassen!«

Leandra schüttelte den Kopf. »Wir haben sie nicht *im Stich* gelassen. Sie ist in einem kleinen Dorf irgendwo ... in den Vorbergen des Salmlands. Dort, wo der Landbruch verläuft.«

Rasnor verdrehte die Augen. »In einer Sache bist du die schlimmste Versagerin, die man sich nur vorstellen kann: in der Verstellung!« Er schüttelte missbilligend den Kopf. »Da könntest du wirklich etwas *von mir* lernen!« Er äffte sie nach: »Zurückgelassen – in einem kleinen Dorf am Landbruch! Dass ich nicht lache!«

Leandra brummte ärgerlich und wandte den Kopf ab. Jedem hier im Raum war klar, dass Rasnor nur allzu Recht hatte.

»Was wirst du unternehmen, wenn wir dir sagen, wo sie ist?«, fragte Hochmeister Jockum.

Rasnor hob unschuldig die Schultern. »Nichts Besonderes. Ich versuche, sie zu finden und hierher zu bringen.«

»Das soll alles sein?«, forschte Victor misstrauisch.

Rasnor stöhnte und warf die Arme in die Luft. »Ja doch! Wenn ich vorhätte, jemanden zu foltern oder ihm wehzutun, hättet ihr das doch schon gemerkt, oder? Ich will sie nur hier haben. Auf dass ich anschließend ruhiger schlafen kann.«

»Ruhiger schlafen? Ich dachte, du fürchtest niemanden mehr. Und die Drakken hätten uns fest im Griff!«

»Das stimmt auch. Aber sie verlangen es von mir. Sie wollen, dass ich alle von euch erwische. Und nur dann kann ich auch für eure Sicherheit sorgen.«

Quendras schüttelte den Kopf. »In Wahrheit fürchtest du sie«, warf er Rasnor mit finsteren Blicken vor. »Du weißt, wie klug sie ist. Und du willst dich an ihr rächen!«

»Aber nein!«, rief Rasnor und fuhr leiser fort: »Ich habe nicht das Geringste gegen sie. Im Gegenteil ... ich finde sie sogar ... nett.«

»Nett?«, krächzte Leandra ungläubig.

»Ja, bei den Dämonen!«, bellte er zurück. »Ich habe nichts gegen sie. Auch wenn sie mich vermutlich hasst und in die tiefste aller Höllen wünscht!«

»Wo du auch hingehörst!«, knirschte Victor leise.

Rasnor stemmte die Fäuste in die Hüften. »Ich sehe schon«, maulte er lautstark, »mit euch ist nichts anzufangen! Seit diese Sache ihren Lauf nahm, habe ich euch angeboten, einen gemeinsamen Weg mit mir zu gehen. Um den Menschen das Schicksal zu erleichtern. Aber von euch kommt nur dummer, trotziger Widerstand! Also gut – dann unternehme ich eben *nichts* mehr ihretwegen! Ihr wisst, dass die Drakken jeden erschießen, den sie ohne Halsband antreffen. Hier im Palast wäre sie sicher, aber das wollt ihr ja nicht. Ich habe genug von euch – verschwindet!« Mit heftiger Bewegung wies er auf die Tür.

Während sich Victor, Leandra und Quendras umwandten, um den Raum zu verlassen, zögerte Hochmeister Jockum. »Wartet«, sagte er leise.

Die drei blieben stehen und sahen ihn an.

»Er ... er könnte Recht haben«, sagte er. »Roya ist irgendwo dort draußen und ahnt womöglich gar nichts von dem, was hier in Savalgor passiert ist. Sie könnte tatsächlich von irgendeiner Drakkenpatrouille einfach getötet werden.«

Leandra, Victor und Quendras blickten sich gegenseitig an. Ihnen war anzusehen, dass sie Rasnor nicht trauten. Doch der schien keine Lust mehr zu haben, mit ihnen über Roya zu diskutieren. »Raus mit euch!«, rief er ärgerlich. »Ihr hattet eure Gelegenheit – jetzt verschwindet!«

Sie blieben unentschlossen stehen, aber als sich Rasnor demonstrativ mit den Fäusten in den Seiten vor ihnen aufbaute, fügten sie sich. Der Reihe nach verließen sie den Raum.

Als die Tür hinter ihnen zuklappte, wartete Rasnor noch einen Moment, wandte sich dann um und ging in den nach links angrenzenden Raum. Dort stand ein Drakken – unbewegt und bewaffnet, wie eine Marionette, die nur auf einen Befehl wartete. Rasnor wusste, dass dieses Wesen problemlos tagelang so dastehen konnte – ohne sich zu bewegen, ohne zu essen oder zu trinken und wahrscheinlich auch, ohne zu denken. Seine Abscheu vor diesen Kreaturen wuchs jeden Tag um ein kleines Stück.

»Du«, sagte er und deutete auf ihn. »Hol mir Leandra zurück. Aber unauffällig, sodass es die anderen nicht merken, verstanden?« Der Drakken zischte eine kurze Bestätigung und setzte sich in Bewegung.

Rasnor ging zurück in den anderen Raum, nahm

hinter seinem Schreibtisch Platz, lehnte sich zurück und faltete die Hände über dem Bauch. Bald darauf klopfte es.

»Komm herein, Leandra«, rief er.

Die Tür öffnete sich und sie kam wieder herein – *seine* Leandra.

Oft schon hatte er sie in seinen Träumen so genannt und inzwischen konnte er nicht mehr davon lassen. Ja, sie gehörte ihm und eines Tages würde sie es verstanden haben. Bis vor wenigen Tagen noch hatte er vorgehabt, es ihr notfalls mit Gewalt einzutrichtern, mit Maßnahmen, die seine Macht demonstrierten; aber dann hatte er etwas gelernt. Er würde sie niemals umstimmen können. Sie steckte voller Gefühle, Stimmungen und Leidenschaften, aber sie war dennoch nicht zu brechen – nicht von ihm. Sie war einfach zu stark.

Zweifellos hätte es ihm oder den Drakken gelingen können, sie zu *zer*brechen. Sie so sehr zu quälen oder zu foltern, dass sie ihren Widerstand fallen lassen musste. Aber dann wäre sie auch nicht mehr sie selbst gewesen, sondern nur noch ein zerstörtes Wrack. Und was sollte er mit so einer Leandra anfangen?

Ja, das hatte er gelernt. Ihre Faszination lag in dem, was sie war, und das durfte man nicht zerstören. Man konnte jeden Menschen zerstören, wenn man nur brutal genug war, aber das führte nur selten zu einem verwertbaren Ziel. Inzwischen bereute er zutiefst, dass er ihren Freund Meister Fujima getötet hatte. Es hatte sie nicht gefügig gemacht, sondern nur die Kluft zwischen ihm und ihr vertieft. Nein, das war ausnehmend dumm von ihm gewesen, und er hoffte, dass er diese Sache nachträglich wieder irgendwie reparieren konnte.

»Setz dich, Leandra«, sagte er freundlich. Dem Drakken, der hinter ihr eintreten wollte, befahl er barsch, draußen zu bleiben und die Tür zu schließen.

Sie setzte sich ohne Widerspruch.

»Wie hat dir unser Ausflug neulich gefallen?«, wollte er wissen.

Leandra zuckte mit den Achseln. »*Gefallen* ist wohl nicht das richtige Wort, oder? Aber … nun ja, es war interessant, was die Drakken so alles haben. Und was sie können.« Sie seufzte.

Er fand, dass sie im Augenblick außergewöhnlich milde gestimmt war. »Ich möchte dafür sorgen, dass Roya in Sicherheit gebracht wird, Leandra«, sagte er und hob in beruhigender Geste beide Hände. »Keine Hintergedanken, ich verspreche es!«

Natürlich spiegelte ihr Gesicht Misstrauen. »Wieso?«, fragte sie. »Wieso bist du plötzlich so fürsorglich? Erst dein Verrat – und mit einem Mal kümmert dich das Schicksal deiner Feinde!«

Er starrte sie an und entschied sich dann, nicht darauf einzugehen. Sie hätte es nicht verstanden. »Das ist meine Sache«, erklärte er knapp und abweisend. »Dennoch. Ich will, dass sie in Sicherheit ist. Ich habe auch eine Beschreibung der Shaba ausgegeben und den Befehl erteilt, dass ihr nichts geschehen darf, falls man sie findet.«

»Und jetzt willst du von mir wissen, wo sie ist!«, stellte sie fest.

Er erhob sich. »Es ist ganz einfach. Entweder du verrätst es mir *nicht*, weil du noch immer diesen wirren Gedanken hegst, irgendwie die Freiheit für die Welt erkämpfen zu können. Das aber wäre nicht klug. Was soll Roya allein schon ausrichten? Euch alle befreien? Selbst wenn sie das schaffte, ja, selbst wenn sie mich, den bösen, bösen Erzfeind töten würde und noch ein paar Drakken dazu, glaubst du, sie könnte etwas daran ändern, was die Drakken dort draußen gerade aufbauen?« Er schüttelte den Kopf.

Leandra senkte den Blick zu Boden.

»Oder«, fuhr Rasnor fort, »du sagst mir, wo sie ist, und ich kann sie in Sicherheit bringen lassen und dir beweisen, dass ich auf deiner Seite stehe!«

Sie blickte auf. »Du – auf *meiner* Seite? Das ist ja ganz etwas Neues!«

Wieder ging er nicht darauf ein. »Also, was ist? Sagst du es mir?«

Sie studierte lange Zeit sein Gesicht, dann blickte sie wieder zu Boden. »Vermutlich hast du Recht und es ist besser, wenn sie hierher zu uns kommt. Aber ich kann es nicht allein entscheiden. Ich muss vorher mit den anderen reden.«

Rasnor schnaufte ungeduldig.

»Also gut«, sagte er. »Dann tu es, aber mach schnell. Es ist nicht mehr viel Zeit.«

Wieder sah sie zu ihm auf. »Nicht mehr viel Zeit? Wie meinst du das?«

Er kaute auf seiner Lippe. »Ich habe gewisse Einfluss-möglichkeiten, aber ich kann nicht *alles* bewirken, verstehst du? Die Drakken sortieren die Magier unter den Menschen aus und bringen sie fort. Es könnte sein, dass das auch Roya passiert, wenn wir sie nicht schnell genug finden und sofort hierher bringen lassen.«

Leandra richtete sich auf. »Sie bringen die Magier fort? Aber … wohin denn?«

Er hob die Schultern. »Genau weiß ich das nicht. Seit einigen Tagen leisten wir ihnen Unterstützung. Wir sollen helfen, die Aura von Magiern zu erspüren, und sie den Drakken ausliefern. Novizen, Adepten, Hei-ler … du weißt schon. Alle Leute eben, die gewisse Fähigkeiten in Sachen Magie haben. Ich habe dir doch von dieser *Fabrik* erzählt. Erinnerst du dich?«

»Ja, sicher. Ich habe schon verstanden, dass …«

Er schüttelte den Kopf. »Nein, da gibt es noch etwas. Ich glaube, das ist dir noch nicht klar geworden.«

Leandra zog die Stirn kraus. »Und was?«

»Nun, die Drakken haben schon vor über zweitausend Jahren damit begonnen, mit dem Wolodit zu experimentieren. Es ist offenbar so, dass nur wir Menschen die Eigenschaften des Wolodits nutzen können – ob hier oder außerhalb unserer Welt. Die Drakken können es nicht. Egal, wie viel Wolodit sie haben.«

Leandra nickte langsam. »Ja – davon hast du schon mal gesprochen.« Ein unangenehmes Gefühl breitete sich in ihrem Magen aus. »Soll das heißen …?«

Rasnor nickte. »Deswegen sorge ich mich um Roya. Sollte sie irgendwo aufgegriffen werden und einer meiner Leute sagt den Drakken, dass sie ein magisches Potenzial besitzt, kann selbst *ich* sie nicht mehr zurückholen.«

Sie forschte in seinem Gesicht, nach einer Weile nickte sie verstehend. »Natürlich! Sie bringen sie weg von hier, hinaus ins All. Zu ihren Kriegsschiffen. *Dort* brauchen sie die Magier – um ihre Nachrichten zu übermitteln! So, wie es mir erklärt hast.«

Rasnor nickte. »Ja. So wird es wohl sein.«

Leandra ließ sich wieder zurücksinken und starrte mit leerem Blick in die Luft. »Du hast Recht. Wir werden wirklich eine Fabrik. Für Wolodit, Magiewissen und schließlich auch für Magier.« Sie sah Rasnor wieder an. »Wie viele Sternenschiffe haben die Drakken?«

Er lachte leise auf. »Ich weiß, worauf du hinauswillst. Aber glaub mir – du hast keine Ahnung, welches Ausmaß das alles haben wird. Die Drakken werden uns *aufsaugen*. Sie wissen längst, dass eigentlich *jeder* Mensch Magier sein kann, dass dafür keine besondere Begabung notwendig ist, außer einem Mindestmaß an Intelligenz. Glaub nicht, dass sie nur tausend Magier benötigen würden – für den Fall, dass sie tausend Sternenschiffe hätten. Nein, das Reich der Drakken ist riesig, sie besitzen viele Welten und Außenposten im All. Und ein Magier pro Schiff? Das genügt niemals. Er muss ja schließlich mal schlafen und krank könnte er auch werden. Fünf bis zehn pro Sternenschiff – das wäre schon eine angemessenere Zahl, meinst du nicht? Und dann noch einmal ein paar Dutzend für jeden Außenposten und ein paar hundert für jede Welt, die sie bewohnen. Was im Augenblick passiert, ist nur, dass sie die bereits ausgebildeten Magier zusammensuchen, um die Entwicklung der erforderlichen Magien voranzutreiben. Aber zuletzt wird es so sein, dass wir alle, jeder Einzelne von uns, draußen im All sein wird, fort von der Höhlenwelt, um im Dienst der Drakken Magier zu sein – natürlich ausschließlich in Sachen Nachrichtenübermittlung. Gebrauchs- oder Kampfmagien wird es nicht mehr geben. Wir erleben nur den Anfang.« Er holte Luft. »So gesehen ist es fast schon egal, wenn hier in zwanzig Jahren niemand mehr atmen kann. Wir werden hier gar nicht mehr leben!«

Rasnor fand, dass Leandra sehr erschöpft aussah. Ständig stand dieser Ausdruck des Unglaubens in ihrem Gesicht. Sie war schön, aber seit er sie wieder gesehen hatte – an dem Tag, da die Drakken über die Höhlenwelt hergefallen waren –, konnte man nicht mehr so recht von ihrer Schönheit sprechen. Sie schien zu verwelken, so wie diese Welt verwelkte.

Er kam der Frage zuvor, die im Raum stand. »Ich habe das alles nicht gewusst. Damals, als ich zu ihnen ging, wollte ich nur Rache. Ich hatte keine Ahnung, welchen gigantischen Plan sie schmiedeten. Erst im Lauf der letzten Tage habe ich sein ganzes Ausmaß begriffen, verstehst du? Niemand hat es mir gesagt. Ich habe mir nur zusammengereimt, was ich gesehen habe!« Er blickte Hilfe suchend zu ihr. »Das alles hätten sie übrigens auch ohne mich ausgeführt, auf genau die gleiche Art und Weise!«

Sie lachte niedergeschlagen. »Glaubst du vielleicht, das entschuldigt dich jetzt?«

»Ich wünschte, ich könnte es wieder gut machen«, sagte er.

Leandra seufzte lang und tief. »Reue also? Deswegen willst du Roya davor bewahren, verschleppt zu werden?«

»Sag mir, wo sie ist«, bat er flehentlich. »Dann kann ich wenigstens das noch in Ordnung bringen. Ansonsten haben wir ohnehin ausgespielt. Viel können wir an unserem Schicksal jetzt nicht mehr ändern.«

Leandra sah ihn lange an. Das Misstrauen bohrte in ihr; vermutlich hatte er wieder irgendeinen hässlichen Hintergedanken, wie immer. Seine bestürzte Miene deutete förmlich darauf hin. Aber was Roya anging, traf vermutlich das zu, was er sagte. Wenn er sie nicht in Sicherheit brachte, konnte sie von den Drakken sonst wohin verschleppt werden. Sie seufzte und sagte ihm schließlich, wo sie Roya zurückgelassen hatten.

\*

Letzte Nacht hatte Alina mit Timo geschlafen – und heute plagten sie furchtbare Gewissensbisse. Sie hätte ihn von Anfang an nicht so nahe an sich heranlassen dürfen, aber sie wusste nun, warum sie es getan hatte. Timo besaß Ähnlichkeit mit Victor.

Er war höflich, respektvoll und klug; ein gut aussehender, witziger Bursche von kräftiger Statur und mit guten Manieren. Und er hatte sich schrecklich in sie verliebt. Nach der ersten Nacht schon hätte sie es wissen sollen. Auch in der zweiten, der dritten und sogar der vierten Nacht war es ihr gelungen, ihn auf Abstand zu halten, jedoch immer mühsamer. In der letzten Nacht aber war er beinahe durchgedreht. Sie lag in seinem Bett und wusste nicht, warum sie überhaupt noch dort war, sie hätte längst fliehen müssen. Aber da war diese rätselhafte, kaum erklärliche, aber dennoch vorhandene Ähnlichkeit mit Victor, nach dem sie sich so sehr sehnte. Und Timo schwitzte und zitterte förmlich vor Verlangen nach ihr. Irgendwann hatte sie ihm nachgegeben.

Nun stand sie mit ihrem Brenner im Lärm und Staub des Stollens, arbeitete dumpf vor sich hin und fragte sich, ob es irgendwie verzeihbar war, was sie getan hatte. Sie hatte Victor, ihren Ehemann, betrogen, doch die Umstände des Betrugs waren geradezu grotesk gewesen. Victors Herz gehörte ohnehin einer anderen, die ganze Hochzeit war nur ein Schauspiel gewesen. Und sie, die ihn nichtsdestotrotz liebte, hatte mit einem anderen geschlafen, dabei aber jede Sekunde nur ihn im Sinn gehabt. Sie hatte sogar seinen Namen geflüstert, sie wusste es; sie wusste auch, dass Timo es mitbekommen hatte. Offenbar hatte ihm das noch mehr Ehrgeiz verliehen, und er hatte sie in diesem Liebesakt fast zur Raserei getrieben. Und dennoch – sie hatte keine Sekunde an ihn gedacht. Nur an Victor.

»Wenn du nicht aufpasst«, hörte sie eine heisere Stimme in ihrem Helm, »wirst du dir noch den Fuß abschneiden!« Sie blickte müde auf. »Hast du mich gehört?«

Sie ließ den Einstellgriff des Brenners los und starrte in Renashs erleuchtete Helmscheibe, als sähe sie ihn heute zum erstenmal.

»Was ist mit dir, Mädchen?«, rief er durch den Lärm des Stollens. »Du bist völlig geistesabwesend! Damit bringst du dich selbst und andere in Gefahr!«

»Ich … ich muss weg von dort«, antwortete sie nach kurzem Zögern. »Weg von Uralbaan.«

»Von Uralbaan?«

Sie nickte. »Ja. Das Dorf, in dem ich bin. Ich …«

Sie unterbrach sich. Mindestens ebenso schlimm wie ihr moralisches Problem war die Tatsache, dass Timo sie inzwischen besser bewachte als die Drakken und die Bruderschaft zusammen. Sie war während der ganzen fünf Tage in Uralbaan noch nicht eine Sekunde dazu gekommen, sich nach einer Fluchtmöglichkeit umzusehen, dabei wurde die Zeit immer knapper. Roya mochte schon längst die Flussmündung verlassen haben. Jeden Tag, den Alina vertrödelte, würde Royas Spur schwieriger zu verfolgen sein – wenn sie denn überhaupt noch zu finden war. Alina musste dringend etwas unternehmen, und sie brauchte Zeit und Spielraum, sich etwas auszudenken.

Renash schüttelte den Kopf. »Du kannst da nicht weg. Du wurdest dem Dorf zugeteilt und damit Schluss. Die Drakken machen da keine Ausnahmen.«

»Ich …« Sie suchte nach einem Argument, das schlagkräftig genug war – und eigentlich besaß sie ja auch eines: ihr Problem mit einem verliebten jungen Mann. Aber das würde Renash wohl kaum verstehen und mit Sicherheit auch keiner der Drakken. Sie überlegte, ob sie die Geschichte irgendwie dramatischer darstellen konnte.

Sie ließ ihren Brenner sinken und schaltete ihn ab. »Ich hab ein Problem«, rief sie durch den Lärm in der Umgebung. »Ein junger Kerl. Er ist verliebt in mich.«

Renash starrte sie ungläubig an. Damit, dass er an diesem Ort so etwas hören würde, hatte er sicher nicht gerechnet. »Und …?«, fragte er verwirrt.

Sie verzog elend das Gesicht. »Ich … ich hab Angst, verstehst du?«

»Angst?«

»Ja. Weißt du nicht mehr, was passiert ist? Mit diesem Serakis? Ich … weißt du … ich hab nicht viel mit Männern im Sinn. Nicht mit … *Männern*.«

Renash starrte sie nur mit großen Augen an.

»Um es genauer zu sagen: Ich … kann es nicht ertragen, wenn mir einer zu nahe kommt.«

Den Beweis hatte sie bereits geliefert – und Renash schien zu verstehen. Er nickte langsam.

Sie spielte die Niedergeschlagene. »Dieser Kerl … er ist grob und gemein. Aber ich will trotzdem nicht, dass ihm was passiert. Nicht so wie Serakis, verstehst du?« Sie studierte seine Züge, er schien ihr zu glauben. Vielleicht deswegen, weil die Sache so ungewöhnlich war. »Doch er kommt mir immer näher, er will einfach nicht hören.« Sie schüttelte hilflos den Kopf und sah ihn flehentlich an.

Er starrte sie ungläubig an. »Drehst du dann … *durch*?«

Sie stöhnte. »Ich muss da weg! Ich weiß nicht, was ich heute Abend mache, wenn er wieder kommt …«

»Er kommt zu dir?«

Sie musterte Renash und beschloss, ihre Lügengeschichte *noch* dramatischer auszumalen. »Ja. Gestern kam er mit einem Freund. Es war furchtbar. Ich wohne bei seiner Mutter, da kann er machen, was er will! Ich … wenn das so weiter geht, muss ich mich wehren. Aber was soll ich tun – in seinem Haus? Schreien? Wenn die Drakken auf uns aufmerksam werden … ich hab doch schon eine Verwarnung! Noch eine und ich stehe mit einem Bein im Grab!«

Renash schnaufte angespannt, dann nickte er. »Also gut … ich werde was versuchen. Warte bis heute nach der dritten Schicht. Aber ich kann nichts versprechen.«

Sie verspürte Gewissensbisse, denn eigentlich war sie die Schuldige an dieser Affäre. Nun aber ließ sie den armen, verliebten Timo dafür büßen. Er würde furchtbar enttäuscht sein, falls Renash tatsächlich etwas erreichte und sie heute Abend nicht mit ihm nach Uralbaan flog. Würde sie weiterhin mit ihm beisammen sein, würde alles jedoch nur noch schlimmer werden. Und sie würde sich der Möglichkeit berauben, sich nach einer Fluchtmöglichkeit umzusehen.

Und letztlich gab es noch etwas. Timo würde wieder mit ihr schlafen wollen und sie verspürte eine fatale Lust dazu. Nicht wirklich auf ihn, sondern auf Victor. Aber Victor war weit weg, und wahrscheinlich würde sie niemals wieder so nah an ihn herankommen wie damals, in dem Verlies im Tempel von Yoor. Schwermut überkam sie, sie spürte eine Träne in ihren Augenwinkeln. Es war eine dumme, verzweifelte Liebe, die sie für Victor empfand, und sie verfluchte sich, dass ihre Gefühle sie nun in Timos Arme getrieben hatten. Sie war nicht Herr ihrer selbst. Mit aufkommender Wut schaltete sie den Brenner wieder ein und ließ ihren Ärger über sich selbst und ihre verfahrene Lage an den Woloditbrocken aus.

So verging ihre zweite Schicht, die dritte Schicht kam und sie sah unruhig Renashs Rückkehr entgegen. In der zweiten Pause hatte sie mit Cleas zusammengesessen, der glaubte, er hätte ihren Hund gesehen – gestern Morgen, nachdem ihr Flugschiff schon abgeflogen war, er aber noch auf das seine wartete. Draußen, jenseits des Flugplatzes, in der Steppe. Alina horchte auf. Dass Benni noch da sein könnte, ihr treuer Gefährte, flößte ihr wieder etwas Zuversicht ein. Sie nahm sich vor, heute nach Schichtende, wenn draußen der Morgen anbrach, so schnell es ging zum Flugfeld zu fahren und nach ihm zu suchen.

Gegen Ende der dritten Schicht kam Renash wieder. Die Gruppe war im Stollen versammelt; sie warteten bereits auf die Transportplattform, die sie zurück zum Aufzug bringen sollte.

»Pech gehabt«, sagte er dumpf.

Alina seufzte elend. »Muss ich wieder nach Uralbaan?«, fragte sie.

Er winkte ab. »Das nicht. Aber wir werden dich verlieren.« Er sah sie unsicher an. »Ob du's glaubst oder nicht, ich mochte dich ... irgendwie. Aber morgen ist deine letzte Schicht hier. Du gehst zurück nach Sa-valgor.«

Alinas Knie wurden weich. »Nach *Savalgor*?«

Er schien nicht zu verstehen, dass sie die Nachricht entsetzte. Er winkte ab. »Freu dich nicht zu früh. Es geht um die Duuma. Du kennst diese Schwarzkutten ja!« Er vollführte eine weitschweifende Geste.

»Die *Duuma?* Was ist mit ihnen?«

Renash holte Luft, sah sie ernst an. »Es ist meine Schuld, ich Idiot. Aber woher sollte ich das wissen?«

»Was denn? Nun sag schon!«

Er blickte sie schuldbewusst an. »Ich hab mit einem gesprochen, den ich kannte. Einem von der Duuma. Dachte, er würde mir vielleicht helfen, und erzählte ihm die Sache. Er fragte mich, wie du aussiehst.«

»Wie … ich *aussehe?*«

Renash blickte wieder auf. »Ja, ob du hübsch bist und so.« Er schluckte. »Ehrlich gesagt, ich hab ihm von dir vorgeschwärmt. Hatte die dumme Idee, das könnte was bringen.«

»Aber …«

»Er hat dich sofort abgeteilt. Morgen Abend, wenn wir wieder auf Schicht gehen, kommst du nach Saval-gor. Du musst zwar nicht mehr in den Minen arbeiten, aber … Verdammt, ich …«

Alina stöhnte leise. »Du meinst …?«

Nun sah er ihr fest in die Augen. Immerhin hatte er den Mut dazu, aber seine Nachricht war schrecklich. »Diese Duuma-Leute … sie suchen sich keine Frauen so wie wir. Sie *halten* sich welche, verstehst du? Ich fürchte, du kommst in irgendeines ihrer so genannten *Ordenshäuser*.«

Für Momente starrte sie ihn ungläubig an, dann kochte plötzliche Wut in ihr hoch. Sie stieß einen Fluch aus.

»Es tut mir so Leid, Gulda, ich …«

Sie hob die Hand und gebot ihm Einhalt. »Schon gut. Du kannst nichts dafür.«

Er sah aus, als ginge es ihm noch schlechter als ihr. »Ausgerechnet *du* ...! Bei den Kräften, ich ...«

Sie hätte ihm am liebsten erzählt, dass sie bereits einmal bei ihnen gewesen war, diesen miesen Kerlen, die sich nach Belieben Duuma oder Bruderschaft nannten, und dass es zu ihren *historischen Gewohnheiten* zählte, junge Frauen zu entführen und sie dann zu schwängern, damit sie die verfluchte Brut der Bruderschaft austrugen. Kleine unschuldige Kinder, die sie, kaum dass sie laufen konnten, zu einer neuen Generation kleiner böser Bruderschaftler trimmten. Sie hätte ihm am liebsten erzählt, dass sie, Leandra und ihre Freunde die wohl erbittertsten Feinde dieser Duuma waren. Aber das konnte sie nicht und hielt sich zurück – mit Mühe.

»Immerhin kannst du heute anderswo schlafen«, sagte er unsicher, so als könnte diese kleine gute Nachricht doch etwas verbessern. Er deutete auf Cleas. »Du kannst mit in sein Dorf. Das wolltest du doch, oder?« Sein Gesicht verfinsterte sich wieder. »Aber was nutzt das schon? Morgen musst du ohnehin ...« Er seufzte niedergeschlagen.

Alina hielt ihm zugute, dass ihm ihr Schicksal nicht egal war. Sie setzte eine bitterböse Miene auf. »Ich kenne diese Mistkerle von der Duuma. Die werden keinen Spaß an mir haben, das verspreche ich dir!«

Renashs Laune besserte sich durch ihre Worte nicht. Er wusste, dass jedes Aufbegehren Alina nur noch tiefer in Schwierigkeiten bringen würde.

*

Als sie später, allen schlechten Nachrichten zum Trotz, draußen am Flugfeld Benni entdeckte, atmete sie wieder ein wenig auf. Ihr treuer Freund war tatsächlich noch da. Der Hund würde ihr jetzt auch nicht mehr helfen können, aber sie war froh, ihn lebend wieder zu sehen. Er war weit entfernt – aber er musste es sein.

»Cleas!«, rief sie und deutete nach Süden auf eine flache Hügelkuppe, eine gute Meile vom Flugfeld entfernt. »Da! Ist das nicht Benni?«

Cleas hatte gute Augen. »Ja …«, meinte er, »… gut möglich!«

Sie waren mit einem früheren Transportfahrzeug zum Landefeld gefahren und suchten schon seit einer Viertelstunde nach Benni. Inzwischen hatten sie das Feld bereits einmal umrundet und nach allen Richtungen Ausschau gehalten – und es hatte sich gelohnt. Drüben auf der kleinen Hügelkuppe schien tatsächlich Benni zu stehen und zu ihnen auf das Landefeld zu blicken. Alina sah sich nach den Drakken um. Sie waren in regelmäßigen Abständen postiert und bewachten das Flugfeld. Dann erblickte sie einen Bruderschaftler und rannte sofort los, direkt auf ihn zu. Er war nicht weit entfernt.

»Mein Hund!«, rief sie ihm entgegen und deutete während des Laufens nach links in Richtung des Hügels. »Da ist mein Hund! Ich hab ihn vor fünf Tagen verloren! Ich möchte ihn mit in mein Dorf nehmen!« Sie kam keuchend vor ihm zum Stehen und sah ihn flehentlich an. »*Bitte*!«

Der Mann war ein langer Kerl mit dunklem Gesicht und schwarzen Haaren, und er schien nicht halb so freundlich zu sein wie Ullrik, der dicke Mönch vom Tage ihrer Ankunft in Yanalee. Er starrte in Richtung des Hügels. »Ein Hund?«

»Ja, Hoher Meister«, sagte sie unterwürfig und bemühte sich um die Rolle eines jungen, bittenden, schutzbedürftigen Mädchens. »Er hat schon einmal mitfliegen dürfen, als ich hierher gebracht wurde. Aber dann musste er draußen bleiben. Ich ... ich dachte, er wäre tot oder weggelaufen. Aber jetzt ... ich möchte ihn nur wieder mit nach Hause nehmen. *Bitte, bitte!*« Sie faltete sogar die Hände, als sie vor dem Bruderschaftler stand.

Er schien sich in der Rolle eines überlegenen, großmütigen Gönners zu gefallen. »Nun gut, Mädchen. Wird er kommen, wenn du ihn rufst? Ich kann dich von hier nicht fortlassen, verstehst du?«

Statt ihm zu antworten, lief Alina ein Stück weg von ihm und begann wie wild mit den Armen zu winken. Sie hüpfte auf und ab und schrie Bennis Namen den Hügel hinauf. Es dauerte nur Momente, dann reagierte der Hund. In gestrecktem Galopp kam er den Hügel herabgerast. Die Drakken in der Umgebung reagierten sofort, aber der Mönch rief ihnen mit lauter Stimme zu, dass alles in Ordnung sei. Sie ließen ihre Waffen wieder sinken.

Dann war Benni da. Er sprang schon ein halbes Dutzend Schritte vor ihr ab, riss sie glatt um und gemeinsam kugelten sie über das braune Gras. Benni wedelte so heftig mit dem Schwanz, dass er ihr schmerzhaft gegen die Schienbeine schlug. Sie quietschte lachend auf und versuchte ihn zu umarmen. Er winselte und kläffte wie ein aufgeregter Welpe. Alina jauchzte vor Glück.

Der Bruderschaftler baute sich vor Alina auf. »Bei welcher Gruppe bist du, Mädchen?«, fragte er mit erhobenem Kinn.

Alina stemmte sich in die Höhe. »Gruppe Blau Vierzehn«, sagte sie, ein erlöstes Lächeln im Gesicht. »Warum?«

»Komm nach deiner nächsten Schicht zu mir. Es soll nicht dein Schaden sein, verstehst du?«

Sie zwinkerte ihm lächelnd zu. »Tut mir Leid, Hoher Meister – zu spät. Ich werde morgen Abend in Euer

Hurenhaus nach Savalgor abtransportiert. Für Eure Brüder, versteht Ihr?«

Er starrte sie verdattert an. Sie winkte ihm lässig zu, rief Benni zu sich und ließ ihn dann stehen.

Als sie zurück zu Cleas kam, waren bereits die ersten Transportschiffe gelandet. Timo blickte erwartungsvoll in ihre Richtung. Doch Renash hielt sie auf; er hatte eine durchsichtige Tafel in der Hand und sah sie schuldbewusst an. »Du wirst heute Abend, wenn die Schicht wieder beginnt, direkt von hier in ein anderes Flugschiff verladen«, eröffnete er ihr. »Es sind noch ein paar andere Mädchen dabei.«

Sie hätte beinahe ›Ich weiß!‹ gesagt.

»Es tut mir wirklich Leid«, fügte er noch hinzu.

Sie nickte ihm zu. »Schon gut. Ich werde mich bestimmt irgendwie durchschlagen.« Ihr anfangs hartes Urteil über ihn als Verräter an den eigenen Leuten hatte sich inzwischen gemildert. Er war im Grunde ein anständiger Kerl; er versuchte auch nur, sich irgendwie zu behaupten. »Kannst du irgendwie dafür sorgen, dass ich den Hund mit ins Schiff nehmen kann?«

Renash deutete auf Benni. »Für den Moment schon. Aber ich glaube kaum, dass sie dir erlauben, ihn mit nach Savalgor zu nehmen.«

»Wenn ich ihn wenigstens bei Cleas lassen kann, in seinem Dorf – das wäre schon ein Glück. Ich weiß nicht, was hier draußen aus ihm werden soll.«

Renash nickte. »Ja, das kriegen wir schon hin.«

Während sich die Leute in Bewegung setzten, um durch die geöffneten Seitentüren in ihr Schiff einzusteigen, trat Renash zu einem der eskortierenden Drakken und erklärte ihm die Änderung. Timo verfolgte die Szene hilflos aus einiger Entfernung. Alina erhielt den Befehl, ihren Platz einzunehmen, und beobachtete befangen den Drakken, der Benni mit finsteren Blicken anstarrte. Der Hund hüpfte mit angelegten Ohren und

eingekniffenem Schwanz in die Kabine des Drakkenschiffs.

Kurz darauf saßen etwa fünfundzwanzig Menschen,
sechs Drakken und ein Hund in dem Flugschiff. Die
Tür glitt zu, das Schiff heulte in seiner typischen Weise
auf und erhob sich in die Luft. Für Momente ging alles
im Lärm des Abhebens unter. Als sie dann an Höhe gewonnen hatten und der Lärm nachließ, schwenkte es
auf Kurs und gewann an Geschwindigkeit.

Alina seufzte. »Wo liegt dein Dorf?«, fragte sie niedergeschlagen. Eine trübe Stimmung machte sich wieder in ihr breit. Sie kraulte Bennis Kopf, während der
Hund sich bemühte, ihre Hand zu lecken. Er schien in
den fünf Tagen nicht gelitten zu haben, sah gesund
und nicht unterernährt aus.

»An der Ishmar«, erwiderte Cleas. »An der Roten,
auf der anderen Seite. Es heißt Saligaan.«

Sie blickte auf. »An der *Roten* Ishmar?«

Er sah sie forschend an. »Ja. Warum?«

Alina schloss kurz die Augen. Sein Dorf lag *an der
Roten Ishmar, auf der anderen Seite!*

Jetzt, da sie in drängende Not geraten war, widerfuhr ihr plötzlich ein Glücksfall, mit dem sie überhaupt
nicht mehr gerechnet hatte. Es bedeutete, dass sie dieses Schiff ein gutes Stück in die Richtung bringen
würde, in die sie sich ohnehin bewegen musste, wenn
sie tatsächlich noch fliehen wollte, um Roya zu finden!

Von dem Gedanken, eine sofortige, völlig unvorbe-
reitete Flucht zu wagen, schwindelte ihr. Sie *musste* es
versuchen, aber sie würde keine Zeit haben, sich zu
orientieren, geschweige denn, sich einen Plan zurecht-
zulegen. Nein, sie würde *sofort* aufbrechen müssen,
unmittelbar nach Ankunft in Cleas' Dorf – Hals über
Kopf, um wenigstens den zwölfstündigen Zeitvorteil
ausnutzen zu können, bis man am Abend merken
würde, dass sie nicht mehr da war. Aber abgesehen

von zahllosen anderen Problemen gab es eine *wirkliche* Schwierigkeit. Auch Cleas' Dorf würde von Drakken bewacht sein, und nach allem, was sie bisher gesehen hatte, waren Bewachungen dieser Art undurchdringlich. Es gab keinen Weg hinaus – alle Dörfer waren in Wahrheit Gefängnisse. Bitter kam sie zu dem Schluss, dass ihre Flucht gleich von Anfang an zum Scheitern verurteilt war.

»Gulda?«

Sie reagierte nicht gleich, wandte Cleas den Kopf erst nach einigen Augenblicken zu.

»Du hast großen Kummer«, sagte er. »Ich seh's dir an.«

Sie seufzte gequält und blickte zum rechten Fenster hinaus. »Ja. Die Sache mit Savalgor …«

Er schüttelte den Kopf. »Das meine ich nicht. Das ist erst morgen. Ich meine, einen anderen Kummer. Etwas, das dich jetzt, im Moment, so durchschüttelt, dass du am liebsten aus dem Schiff springen würdest. Was ist?«

Sie sagte nichts, sah wieder in Richtung des Fensters und zuckte nur mit den Schultern.

»Du heißt gar nicht Gulda, oder?« Seine Stimme war sehr leise geworden, er flüsterte beinahe. Das Gemurmel der anderen und die Geräusche im Schiff waren laut genug, ihn zu übertönen.

Sie wurde blass. »Was … was meinst du?«

»In meiner Novizenzeit lernte ich bei einem Gildenmeister in Savalgor. Er war die rechte Hand des damaligen Primas und zugleich Fachmann für magische Verschlüsselungen – im Dienste des Cambrischen Ordens. Er hat mir viele Dinge beigebracht. Unter anderem auch, die Strukturen bestimmter Magien zu lesen.«

Sie studierte seine Züge. Irgendetwas wusste er.

»Dieses Symbol da«, sagte Cleas leise und tippte unauffällig auf ihr Handgelenk, »nun, ich habe die Struktur entschlüsselt. Du bist ein Mitglied der Shabibsfamilie.«

Nun wurde sie unruhig. »Ich?«, flüsterte sie. »Ein Mitglied der Shabibsfamilie? Wie kommst du denn darauf? Nein, du musst dich täuschen, ich …«

Er lächelte sie freundlich an. »Nach allem, was bekannt ist, gibt es derzeit nur noch ein einziges, *lebendes* Mitglied dieser Familie«, raunte er ihr zu. »Und es hat sich auch herumgesprochen, dass dieses Mitglied auf der Flucht ist.«

Ihre Brust fühlte sich plötzlich wie eingeschnürt an.

»Und Renash«, fuhr er fort, »hat nicht übertrieben – du bist wirklich sehr hübsch. Wenn ich mir dich frisch gewaschen vorstelle, ohne diesen Zopf, in einem feinen, weißen Kleid und mit einem Diadem im Haar … nun ja, ich denke, du könntest diesem Ruf gerecht werden, nicht wahr?«

Sie schluckte hart. »Welchem … *Ruf*?«

»Die schönste Frau von Akrania zu sein. Dein …«, er räusperte sich, »… *Euer* Name ist Alina, nicht wahr?«

Alina ächzte leise. Angstvolle Gedanken stoben ihr durch den Kopf. Cleas wirkte nicht wie einer, der sie verraten wollte, im Gegenteil. Aber man konnte jeden verhören und foltern, da half es gar nichts, wenn man sich bemühte, nichts zu verraten. Die Drakken hatten mit Sicherheit Mittel und Wege, *alles* aus *jedem* herauszuquetschen.

»Nur keine Angst«, sagte Cleas leise. »Meine Lippen sind versiegelt, egal, was auch passieren mag!«

Mit klopfendem Herzen musterte sie seine Züge, fragte sich, was als Nächstes geschehen mochte. Sie wandte sich von ihm ab und starrte voller Sorge aus dem Fenster.

Für eine Weile schwiegen sie. Es gab nichts zu sagen, allein das Schweigen schien angemessen – jetzt, da er wusste, wer sie war. Als er nach einer Weile etwas flüsterte, war er ein bisschen steifer. »Wie kommt es, dass Ihr *hier* seid, Hoheit?«

Sie stöhnte leise. »Wenn du mir einen Dienst erweisen willst, Cleas, einen echten Dienst, dann rede mit mir so wie zuvor. Einen Hofstaat kann ich jetzt nicht gebrauchen – eher jemanden, der mir die Hand hält. Denn ich fühle mich ... *beschissen*.«

Er lachte leise auf. »*Beschissen*? Also, das ...« Er unterbrach sich und nickte dann. Sein Gesicht war wieder ernst geworden. »Ja, ich verstehe.« Einem Impuls gehorchend, nahm er tatsächlich ihre Hand, mit festem Griff, sah sie dabei aber nicht an. Alina ließ es geschehen, sie empfand es als beruhigend. Mit der anderen Hand streichelte sie Bennis Kopf.

Das Drakkenschiff flog ruhig Richtung Westen, der Tag war noch jung. Die Leute unterhielten sich leise, keiner schien auf sie zu achten. Sie schätzte, dass dieser Flug, wenn sie bis zur Roten Ishmar mussten, etwa eine Dreiviertelstunde dauern würde – vielleicht ein wenig mehr.

Nach einer Weile sagte Cleas: »Dass Ihr ... dass *du* nach Savalgor in ein Hurenhaus verschleppt wirst, kommt nicht infrage. Auf keinen Fall!«

»Aber ... was soll ich dagegen tun?«, fragte sie forschend. »Oder du?«

»Weiß ich noch nicht«, antwortete er leise, tief nachdenklich und mit verengten Augenschlitzen vor sich ins Leere starrend. »Aber wir haben fast zwölf Stunden Zeit. Irgendetwas muss uns einfallen. Etwas, womit wir dein Halsband loswerden können.«

Alina staunte nicht schlecht, als sie das hörte. Es klang, als hielte er es *für möglich*. Sie sah zu ihm auf. Ein kleiner Hoffnungsfunke keimte in ihr auf, als sie sich sagte, dass sie trotz aller möglichen Gefahren im Augenblick nichts nötiger brauchte als einen Freund.

Jemanden, der ihr half, ihre Flucht in die Tat umzusetzen, so unmöglich sie auch sein mochte. Sie wandte kurz den Kopf, als draußen vor dem Fenster ein mächtiger Stützpfeiler vorbeizog, und das erinnerte sie wieder daran, dass dieser Flug nicht ewig dauern würde. Sie durften keine Zeit verlieren, genau genommen nicht einmal *Minuten*. Sie musste alles auf eine Karte setzen, und zwar gleich.

»Cleas, ich … muss fliehen«, flüsterte sie. »Sofort. Unmittelbar nach meiner Ankunft in deinem Dorf. Es geht nicht nur darum, dass ich davonkomme. Ich muss jemanden finden.«

»Gleich?« Er blickte sie stirnrunzelnd an. »Erst müssen wir dein Halsband loswerden! Sonst werden sie dich wieder eingefangen haben, ehe du auch nur dreißig Meilen hinter dich gebracht hast!«

Sie schüttelte den Kopf und beugte sie ganz nahe an sein Ohr. »Verzieh jetzt keine Miene, aber mein Halsband ist falsch. Ich kann es ablegen.«

Er stieß einen leisen, überraschten Laut aus, aber niemand bekam es mit. Das Gemurmel rings um sie überdeckte ihr Flüstern.

»Die Frage ist«, fuhr sie leise fort, »kannst du mich aus deinem Dorf schmuggeln, ohne dass die Drakken es mitbekommen?«

# 27  ◆  Hals über Kopf

Sie hatten Alinas Halsband an ein Stück Treibholz gebunden und nun trieb es die Rote Ishmar hinab in Richtung Tronburg. Cleas hatte es mit aller Kraft hinaus in Richtung der Flussmitte geworfen. Er meinte, dass es, wenn sie ein bisschen Glück hatten, übermorgen vielleicht tatsächlich die alte Küstenstadt erreichen würde, unten an der Straße von Veldoor.

Alina hingegen befürchtete, dass es die Drakken heute Abend schon, spätestens aber morgen früh aus der Ishmar fischen würden. Wenn ihre nächste Arbeitsschicht begann, würde man ihr Fehlen bemerken. Bis dahin musste sie unbedingt einen möglichst großen Teil ihres Weges flussaufwärts zurückgelegt haben. Leider musste Alina genau in die Gegenrichtung des treibenden Halsbandes fliehen, und dort würden die Drakken sicher als Erstes nach ihr suchen.

»Glaubst du nicht, sie hielten mich für schlauer?«, schnaufte sie, darum bemüht, mit Cleas Schritt zu halten. Sie marschierten in forschem Tempo am hohen Ufer der Roten Ishmar entlang nach Norden, direkt am Waldrand entlang. »Ich meine, wenn ich nicht wirklich nach *Norden* müsste, würde ich wahrscheinlich meinem eigenen Halsband hinterherlaufen! Dort würden sie mich doch nie vermuten.«

Cleas zuckte die Achseln. »Wer weiß schon, was die Drakken vermuten? Und für wie intelligent sie uns halten? Du kannst nur eins tun – vorsichtig sein. So vorsichtig, wie du nur irgend kannst.«

Alina schwieg und schonte ihren Atem. Obwohl sie in den letzten beiden Wochen wahrscheinlich mehr Bewegungs- und Muskelarbeit geleistet hatte als in den letzten zwei Jahren zusammengenommen, war sie noch nicht so kräftig, dass sie mit dem großen, schlanken Mann mühelos Schritt halten konnte, auch wenn er um die Fünfzig war. Von Benni ganz zu schweigen – der lief weit voraus.

Seit zwei Stunden waren sie unterwegs. Cleas hatte nach ihrer Landung in Saligaan darauf geachtet, sie sofort von den anderen wegzubringen, sodass sich überhaupt nicht erst der Eindruck vertiefen konnte, sie würden den Tag miteinander verbringen. Heute Abend nämlich, so hatten sie vereinbart, würde er melden, dass er sie vermisste – um sich selbst zu schützen.

Er hatte sie in einer nahen Scheune versteckt, war in sein Haus geeilt, um dort alles zusammenzupacken, was er für sie erübrigen konnte, und hatte sie dann wieder abgeholt. Das Glück und der Zufall wollten es, dass er *tatsächlich* einen Weg wusste, unbemerkt aus dem Dorf zu gelangen. Er war in Saligaan aufgewachsen und kannte dort jeden Stein und jeden Strauch. Das Dorf lag am Fuß eines Pfeilers, wie so viele Orte in der Höhlenwelt, und er kannte dort eine Geröllhalde mit riesigen Felsbrocken, die bis fast ans Dorf heranreichten. Sie hatten sich hinter den Häusern versteckt, bis die Drakkenpatrouille vorüber war, und sich dann auf einem Weg zwischen den Felsbrocken hindurch davongeschlichen, über den er schon als Kind ausgebüchst war, wenn er sich vor der Hausarbeit hatte drücken wollen. Eine halbe Stunde später waren sie am Ufer der Ishmar angekommen und marschierten seitdem nordwärts. Inzwischen mussten sie wohl schon an die sieben Meilen hinter sich gebracht haben.

Alina wusste, dass Cleas ein großes Risiko einging. Er trug ein Drakkenhalsband, und würde er heute

Abend fehlen, würde man nicht nur ihn suchen – und zweifellos auch sehr schnell finden –, sondern auch sie. Deswegen musste er rechtzeitig zurück sein. Am liebsten wäre er ab jetzt bei ihr geblieben, hatte er gesagt, aber das war schlichtweg unmöglich.

Cleas wollte sie bis zum Nachmittag an einen bestimmten Ort bringen. Danach hatte er vor, sich mithilfe irgendeines schwimmfähigen Objektes, wie vielleicht einem Stück Treibholz oder einem großen Ast, die Ishmar flussabwärts treiben zu lassen, notfalls unter Zuhilfenahme von Magie, um schnell genug zu sein. Er musste es bis heute Abend zurück geschafft haben.

Cleas ließ sich ein paar Schritt zurückfallen, legte ihr den Arm über die Schulter und zog sie mit sich. »Wie wäre es«, fragte er, »wenn ich die Vermutung äußern würde, du hättest dich umgebracht?«

Sie blickte zu ihm auf. »Umgebracht?«

»Ja. Ein Sprung in den Fluss. Immerhin hast du heute erfahren, dass du in Savalgor in einem Hurenhaus landen wirst. Dafür gibt es sogar einen guten Zeugen: Renash. Ich könnte sagen, du wärest schon auf dem Rückflug vollkommen niedergeschlagen und verzweifelt gewesen. Angenommen, du hättest wirklich den Tod in der Ishmar gesucht, würde das auch erklären, dass dein Halsband an einem Stück Holz im Fluss treibt.« Er zuckte die Schultern. »Wenigstens halbwegs.«

Alina lachte auf. »Das ist eine fabelhafte Idee, Cleas! Denkst du, sie werden dir glauben?«

Cleas sah sie kurz an, sein Blick blieb ernst. »Ich weiß es nicht. Ich hoffe nur, ich bin noch früh genug zurück, um diese Geschichte glaubhaft verkaufen zu können. Es ist noch weit, weißt du?«

Trotz der Gefahren fühlte sich Alina zuversichtlich. Sie hatte einen Freund gewonnen und es war ihnen gelungen, ungesehen das Dorf zu verlassen. Cleas' Arm, der locker über ihrer Schulter lag und sie sanft mitzog, flößte ihr Mut ein. Sie dachte an Leandra und ihren Meister Munuel – so musste sie sich auch gefühlt haben, wenn der alte Herr sie unter ihre Fittiche genommen und ihr den Mut und die Kraft gegeben hatte, die schwierigsten Hindernisse zu überwinden.

Sie marschierten hoch über dem Fluss dahin. Gleich rechts von ihnen fiel ein steiles Felsufer über dreißig Ellen fast senkrecht in die Tiefe. Dort unten gab es nur einen schmalen Uferstreifen aus Geröll, Treibholz und hin und wieder etwas Flusssand.

Die Rote Ishmar war der »wildere« der beiden Flussarme; die Blaue Ishmar, die weiter im Osten floss, war nur ein lauer, seichter Wasserlauf, den man an vielen Stellen zu Fuß durchqueren konnte. Bei der Roten Ishmar hingegen ging das nicht. Obwohl man sie nicht gerade als reißend bezeichnen konnte, war sie nicht ungefährlich. Sie war durchgängig tiefer, floss schneller und dort, wo sie herkam, war das Gelände zerklüfteter, sodass es Stromschnellen und kleine Wasserfälle gab. Eine leise Sorge stieg in Alina auf. Sie hoffte, dass Cleas nichts passieren würde, wenn er schwimmend heute Nachmittag nach Saligaan zurückkehren wollte.

Das Wetter war schön und der Weg entlang der Roten Ishmar war vergleichsweise gut begehbar. Der Fluss selbst hatte dafür gesorgt, dass es nicht allzu sehr hinauf und wieder hinab ging. Hier begannen schon die ersten Vorberge des Ramakorums. An dieser Stelle waren es zwar kaum mehr als felsige Hügel, aber es würde noch ärger werden; schließlich hatte sie vor, in das wildeste und höchste Gebirge des Kontinents vorzudringen. Alina hatte keine Ahnung, wie lange sie von hier aus noch bis zu ihrem Ziel brauchen würde – es waren sicher etliche Tage. Aber nur dann, wenn sie einen guten, gangbaren Weg fand.

Cleas schien ihre Gedanken zu erraten. »Und du bist sicher, dass du deine Freundin dort finden kannst?«

Alina hatte ihm Royas Namen nicht verraten, und auch nicht, wo genau sie nach ihr suchen würde. Es mochte sein, dass Cleas verhört werden würde, und wenn ihm schon das Schlimmste widerfuhr, musste es nicht auch noch damit enden, dass es sie selbst oder Roya traf. Er hatte das stillschweigend verstanden und nicht weiter nachgefragt.

»Sie hat dort eine Aufgabe zu bewältigen«, erklärte Alina unbestimmt. »Aber ich denke, dass sie damit inzwischen fertig ist. Danach wird sie versucht haben, nach Savalgor zu gelangen.«

»Sie fliegt wirklich auf einem Drachen? Unvorstellbar!« Er schüttelte den Kopf. »Aber dann wirst du sie dort, wo du sie zu finden hoffst, ja wohl nicht mehr antreffen!«

Alina zog die Stirn kraus. »Meine Hoffnung ist, dass sie irgendwann mitbekommen hat, was passiert ist – ich meine, dass die Drakken gelandet sind. Und dass sie deswegen entweder gleich dort geblieben ist, wo sie war, oder später wieder dorthin zurückgekehrt ist.«

»Warum sollte sie das tun?«

»Weil sie irgendetwas tun muss, das einen Sinn ergibt. Und der läge darin, dass sie *dort* auffindbar ist. Ich weiß, wo sie zurückblieb, andere wissen es auch. Vielleicht denkt sie sich: Wenn irgendeiner meiner Freunde entkommen ist, muss ich ihm die Chance geben, mich *hier* zu finden.« Sie blickte zu ihm auf. »Verstehst du?«

Cleas nickte. »Ja. Dein Gedanke ist klug. Allerdings kann inzwischen viel passiert sein. Es gibt noch viele andere Möglichkeiten. Vielleicht ist sie längst von den Drakken eingefangen worden. Oder sie verhält sich nicht so, wie du hoffst, und hat sich irgendwo versteckt, an einem ganz anderen Ort. Oder … nun ja, sie könnte sogar tot sein.«

Alina nickte schwer. »Ja, ich weiß.«

»Was willst du dann tun?«, fragte er. »Wenn du sie einfach nicht findest?«

Sie schnaufte bedrückt, starrte auf den Weg vor sich und schüttelte dann kaum merklich den Kopf. »Ich ... ich weiß es nicht. Vielleicht ist es das Beste, ich versuche irgendwie, dort draußen zu überleben, und versteckt zu bleiben. Ein Freund meinte, dass ich unbedingt in Freiheit bleiben muss. Solange ich frei bin, hätte auch das Volk noch eine Hoffnung.« Sie sah zu ihm auf, suchte in seinem Gesicht nach Bestätigung.

Er nickte schwach. »Der Gedanke ist sicher nicht falsch.« Dann blieb er stehen und nahm sie bei beiden Schultern. »Hör mich an ... Alina. Wenn du sie nicht findest, kehre zurück zu mir nach Saligaan! Ich werde täglich am Fluss nach dir Ausschau halten. Wenn du nichts erreichst, dann werden wir gemeinsam versuchen, von Saligaan aus etwas zu unternehmen. Vielleicht finden wir eine Möglichkeit, diese verfluchten Halsbänder irgendwie loszuwerden ... ach, was weiß ich! Aber ich könnte den Gedanken nicht ertragen, dass du irgendwo allein da draußen in der Wildnis bist und ich dir nicht helfen kann. Dass du vielleicht hungerst ... oder von wilden Tieren angegriffen wirst.«

»Ich habe doch Benni«, meinte sie zuversichtlich. »Er ist ein guter Jäger. Und verteidigen kann er mich auch.« Sie lächelte. »Sogar gegen Drakken. Er kläfft sie einmal an und schon fallen sie tot um.«

Cleas lächelte schwach zurück, aber sein Gesicht war von Sorge gezeichnet. »Ich wünschte, es wäre was dran an dieser Sache mit deinem Hund und den Drakken. Aber dann hätten schon mehr von ihnen umfallen müssen, meinst du nicht?«

Sie nickte. »Vermutlich schon. Aber dennoch: Hab keine Angst um mich. Ich bin ganz allein bis Mittelweg gekommen, und du ahnst nicht, was mir bereits alles passiert ist. Vielleicht sehe ich schwach aus, aber so schwach bin ich nicht …«

Er schüttelte entschieden den Kopf. »Nein, Alina … im Gegenteil. Du bist eine außergewöhnlich starke junge Frau. Ich bin stolz, dich zur Shaba zu haben!«

Was er sagte, berührte sie. »Wirklich?«, fragte sie.

Er versteifte sich ein wenig. »Ja. Aber … keine rührseligen Szenen jetzt. Komm, wir müssen weiter! Wir haben noch ein Stück Weg vor uns!«

Demonstrativ marschierte er wieder voran, verschärfte das Tempo sogar noch, aber Alina folgte ihm wie auf Flügeln. Sie war müde, hatte eine ganze Arbeitsschicht hinter sich, doch die Anerkennung, die er ihr gezollt hatte, richtete sie auf. Benni kam von einem Erkundigungsausflug zurück, beschnüffelte sie beide kurz und preschte wieder davon.

Für eine ganze Stunde marschierten sie, ohne ein Wort zu reden, am Steilufer entlang. Immer mehr Stützpfeiler zogen an ihnen vorbei und Alina bekam langsam das beruhigende Gefühl, dass sie tatsächlich ein ganzes Stück Entfernung zwischen sich und Saligaan brachten.

Um die Mittagszeit machten sie Rast.

Zum Glück hatte Cleas einiges an nahrhafter Kost eingepackt, denn Alina fühlte sich inzwischen doch wieder müde. Er belegte ihr Brot mit einem dicken Streifen Speck und Hartkäse. Das war eigentlich nicht ihre Art von Kost, aber sie schlang es förmlich herunter. Sie trank sogar den roten, gewässerten Wein, den er ihr anbot, und da sie sonst so gut wie nie Alkohol zu sich nahm, geriet sie daraufhin in eine regelrechte Hochstimmung. Benni war auch bei ihnen, er lag auf dem Boden und kaute auf einem harten Speckstreifen herum, während sie beide sich im Schneidersitz gegenüber saßen.

Plötzlich hörte Alina etwas.

Sie richtete sich auf und spitzte die Ohren. Das Geräusch war ganz in der Nähe und sie kannte es nur allzu gut. Das tiefe Summen, das an ihre Ohren drang, würde zu einem Jaulen anschwellen, wenn irgendwelche Maschinen hochgefahren wurden. Sie saßen in viel zu freiem Gelände, auf einer schräg zum Fluss hin abfallenden Wiese, die mit Gesteinsbrocken übersät war. Alina fluchte leise, dass sie so unvorsichtig gewesen waren, ihre Rast nicht am Waldrand oder besser noch *im* Wald abzuhalten.

Dann sah sie es: Direkt in ihrer Blickrichtung, über Cleas' Schulter hinweg, kam ein Drakken-Wachschiff langsam den Fluss herauf. Es war so urplötzlich aufgetaucht, dass sie keine Chance mehr hatten, in den nahen Wald davonzurennen. Die Drakken würden sie sehen und dann war es aus mit ihnen. Sie waren nur noch eine Drittelmeile von ihnen entfernt.

Von dem Schreck wurde ihr beinahe schwindelig. Aber im nächsten Augenblick kam ihr siedend heiß eine Erinnerung. Während ihre Hand nach Benni schoss, ihn am Nackenfell packte und ihn zu Boden drückte, zischte sie Cleas mit aller Schärfe zu: »Beweg dich nicht!«

Cleas, der erschrocken über die Schulter in Richtung des Drakkenschiffs geblickt hatte, sah wieder zu ihr und begriff. Zwar wusste er nicht, *warum* er sich nicht bewegen sollte, aber er gehorchte. Alina hielt die Luft an.

Das Drakkenschiff schwebte langsam heran. Es hielt sich etwa dreißig Ellen über dem Wasser, genau über der Flussmitte. Hatten sie etwa Alinas Halsband schon gefunden? Wenn ja, suchten sie jetzt mit Sicherheit die zugehörige Person. Das Summen wurde lauter, in gleichem Maße schienen die Geräusche der Welt rings um sie zu ersterben. Einen Augenblick lang hatte Alina sogar das Gefühl, dass das Plätschern des Wassers leiser geworden war.

Ihre Lunge begann zu schmerzen; sie hatte instinktiv die Luft angehalten und nun öffnete sie langsam, sehr langsam den Mund und ließ sie entweichen. Cleas saß ihr gegenüber und starrte sie schreckensbleich an. Das Drakkenschiff war nun fast bei ihnen, und seine Aufgabe lag ganz ohne Zweifel darin, die Umgegend zu kontrollieren. Es war ein kleines Schiff von der Sorte, wie Alina sie schon kannte.

»Die Piloten sind meistens nur einfache Drakkensoldaten«, hauchte sie Cleas zwischen bewegungslosen Lippen hindurch zu. »Sie sehen einen nicht, wenn man sich nicht bewegt.«

Benni jaulte leise unter Alinas hartem Griff. Sie lockerte ihn ein wenig und flüsterte Benni aus dem Mundwinkel zu, er solle ganz ruhig bleiben, ganz ruhig. Der Hund entspannte sich, winselte dabei leise. Alina betete zu *den Kräften*, dass er nicht auf die Idee käme, plötzlich aufzuspringen.

Das Wachschiff flog metallisch brummend an ihnen vorbei und zog weiter den Fluss hinauf. Die ganze Zeit über war Alina sicher, dass sich jeden Augenblick das Geräusch verändern würde; dass es aufjaulte und in ihre Richtung geschossen käme. Aber wunderbarerweise tat es das nicht.

Als es um die nächste Flussbiegung verschwunden war, stieß Cleas einen ganzen Schwall Luft aus. »Bei allen Dämonen!«, keuchte er und stemmte sich in die Höhe. »Was war denn *das*? Die Drakken können einen nicht sehen, wenn man sich nicht bewegt?«

Alina stand ebenfalls auf. Ihr Herz pochte noch immer heftig, und sie starrte den Fluss hinauf, wo das Schiff eben verschwunden war. »Ja, es ist wirklich so. Es ist schon das dritte Mal, dass ich ihnen auf diese Weise entkomme.«

»Aber ... das würde bedeuten, dass diese Wesen ... dümmer als die meisten Tiere sind! Nur Hasen und

Rehe haben einen so einfachen Verstand, dass sie die Welt nicht begreifen können. Sie *reagieren* nur! Das ist ja unfassbar! Werden wir von einem Volk von Blödianen unterjocht?«

Alina schüttelte den Kopf. Sie starrte noch immer ungläubig auf den Fluss. »Es scheint nur auf die einfachsten Ränge zuzutreffen. Höheren Drakken passiert so etwas bestimmt nicht. Aber ich …«

Und dann fiel ihr ein, was falsch gewesen war. Was sie vergessen hatte.

»Schnell!«, rief sie und bückte sich, um ihre Sachen zusammenzuraffen. »Wir müssen hier fort! Beeil dich!«

Sekunden später hastete sie schon den Hang hinauf, sprang über kleine Felsbrocken hinweg und versuchte, so schnell sie konnte den Waldrand zu erreichen. Sie hörte das Keuchen von Cleas, der direkt hinter ihr war. Benni hielt es wohl für ein Spiel, er lief bellend voraus. Aber das war egal, Hauptsache, er verschwand von der Wiese.

Als sie zwischen die ersten Bäume stürzten, hörten sie bereits das Jaulen. Sie suchten hinter den Büschen Deckung, und als sie sich kurz darauf umdrehten, schoss das kleine Schiff auch schon heran. Auf der Höhe ihrer Wiese verlangsamte es seine rasante Fahrt, dann schwebte es mit röhrenden Maschinen über der Flussmitte.

»Verdammt!«, zischte Alina. »Sie haben *doch* einen dabei … Einen Verwalter!«

»Einen Verwalter?«, flüsterte Cleas. Er kauerte neben ihr, hielt Benni fest. Alina deutete auf das Schiff. »Es ist *weiß*!«, flüsterte sie. »Das sind nur die Schiffe, die auf Menschenfang gehen. Von so einem wurden wir mitgenommen, weißt du nicht mehr? Sie haben einen Verwalter dabei, einen dieser Drakken mit so einer durchsichtigen Tafel. Die sind nicht so dumm wie die einfachen Soldaten!«

Cleas nickte. »Du hast Recht. Die Patrouillenschiffe sind grau.« Er beobachtete das Schiff eine Weile. »Denkst du, die haben uns gesehen?«

Alina nickte. »Sonst wären sie wohl nicht zurückgekehrt. Wir sollten …«

Sie kam nicht mehr dazu, zu Ende zu sprechen. Vom Fluss schallte plötzlich eine blechern klingende Drakkenstimme herauf. »Cleas aus Saligaan! Du hast unerlaubt dein Dorf verlassen! Komm sofort heraus, andernfalls wirst du getötet!«

Cleas hob erschrocken die Hand zu seinem Hals, während Alina ein entsetztes Röcheln ausstieß. »Dein Halsband! Verdammt, sie haben dein Halsband entdeckt!«

Sie wussten beide, dass sie verspielt hatten. Wenn sie sich nicht augenblicklich ergaben, würden die Drakken vermutlich den ganzen Wald in Brand stecken. Alina hatte oft genug miterlebt, wie gnadenlos sie vorgingen.

»Letzte Warnung!«, schallte die Drakkenstimme vom Fluss herauf.

Cleas' Blick verhärtete sich. Er sah sie an, sein Blick war von äußerster Schärfe. »Du bleibst hier!«, befahl er. »Du und der Hund! Geht weiter den Fluss hinauf. Kümmert euch nicht um mich, und seht zu, dass ihr euer Ziel erreicht!«

Einen Augenblick später erhob er sich und trat aus seiner Deckung. Alina wollte aufspringen und sich an ihm festklammern, ihn anschreien, er solle hier bleiben. Aber dann verstand sie plötzlich. Es musste nicht sein, dass sie *beide* erwischt wurden, wenn er sich jetzt schnell ergab. Sein Schicksal würde sich um keinen Deut verbessern, wenn sie jetzt mit ihm ging – im Gegenteil: Im Augenblick war er nur einer, der unerlaubt sein Dorf verlassen hatte. Vielleicht würde er lediglich eine Strafe oder eine Verwarnung erhalten. Ginge sie mit ihm, wäre er ein Fluchthelfer, ein Rebell und Aufständischer. Das würde ihn mit Sicherheit das Leben kosten – und sie ebenfalls.

Alles tobte in ihr, als er aus seiner Deckung hervortrat, den Wald verließ und über den Grashang in Richtung des Flusses marschierte. Sie kam sich vor wie eine Verräterin, die ihren besten Freund in den Tod schickte, um ihre eigene Haut zu retten.

Das Drakkenschiff schwebte heran und schickte sich an, am Flussufer zu landen. Benni winselte und Alina zog ihn zu sich, während sie mit pochendem Herzen beobachtete, was sich dort unten abspielte. Cleas verlangsamte seinen Schritt, ließ dem Drakkenschiff den notwendigen Platz, um niedergehen zu können. Schon während das Schiff herabsank, schob sich die Seitentür auf und ein Drakkensoldat platzierte sich mit erhobener Waffe in der Luke. Cleas blieb stehen.

Alina rechnete jeden Moment damit, dass der Drakken zu schießen begann. Aber er tat es nicht. Nach kurzer Zeit setzte das Schiff auf und der Drakkensoldat sprang heraus, direkt gefolgt von einem weiteren, den Alina als einen Verwalter erkannte. Sie marschierten auf Cleas zu. Als sie ihn erreicht hatten, holte der bewaffnete Drakken mit seiner Waffe aus und versetzte Cleas einen heftigen Schlag in die Magengrube. Mit einem Schmerzenslaut sackte Cleas zusammen.

Dann kam eine weitere Person aus dem Schiff geklettert, aber es war kein Drakken, sondern ein Mensch. Er trug die typische schwarze Kutte eines Duuma-Mannes, noch besser aber erkannte sie ihn an seinem dunkelroten Leibriemen. Er trat zu Cleas, zerrte ihn auf die Füße und schrie ihn an. Alina konnte nicht verstehen, was er sagte, dazu befanden sich die vier zu weit von ihr entfernt. Aber dann geschah etwas Seltsames.

Es war, als stünde ein Gewitter kurz bevor, als hätte sich die Luft elektrisch aufgeladen. Und schon, als sie begriff, schrie der Duuma-Mann dort unten, während er zurücktrat: »Ein Magier! Er ist ein Magier!«

Augenblicke später brach auf der Wiese die Hölle los.

Entladungen stygischer Kräfte tobten mit ungeahnter Plötzlichkeit durch das stille Flusstal; sie waren so brachial, dass Alina zurücktaumelte und das Gefühl hatte, ihre eigenen, verkohlten Haare riechen zu können. Benni sprang davon und lief jaulend tiefer in den Wald hinein.

Als Alina sich wieder gefasst hatte und hinab zum Fluss blickte, stand das Drakkenschiff in hellen Flammen. Der Soldat und der Verwalter lagen reglos und verkrümmt am Boden, während zwischen Cleas und dem Duuma-Mann ein schrecklicher Kampf entbrannt war. Sie schrie auf, wollte aus dem Wald stürzen, um ihm zu Hilfe zu kommen, aber im nächsten Moment wurde ihr klar, dass sie bei dieser Art Kampf höchstens Opfer werden konnte. Sie trat zu den Bäumen nahe am Waldrand, blieb dahinter in Deckung und starrte angstvoll gebannt auf die beiden Kämpfenden.

Sie hatte bereits einige magische Kämpfe mitbekommen, darunter jenen, den Leandra für sie gefochten hatte, bevor Victor ihr und Maric das Leben gerettet hatte. Und natürlich den denkwürdigen Augenblick, in dem Leandra, Meister Fujima und ihre Freunde Chast besiegt hatten – Minuten nachdem sie Maric zur Welt gebracht hatte. Das alles waren Kämpfe von außerordentlicher Heftigkeit gewesen, besonders der gegen Chast – aber bei dem, was sich jetzt dort unten auf der Wiese abspielte, hatte sie das Gefühl, dass die Welt kurz davor stand, zu Staub zerpulvert zu werden. Donnerschläge, Druckwellen und Hitzeschübe strichen wie sengende Wüstenwinde über sie hinweg, gewaltige Blitze und beißende Funken stoben in alle Richtungen davon und brüllender Lärm echote eins ums andere Mal zwischen den Flanken der Felspfeiler hin und her. Cleas musste ein Magier von allerhöchsten Graden sein. Aber dennoch – der Duuma-Mann schien ihm gewachsen.

Die beiden standen sich auf zwanzig Schritt gegenüber, beschrieben mit den Armen weite Gesten in der Luft und riefen seltsame kurze Worte, bei denen augenblicklich erschreckende magische Erscheinungen in der Luft entstanden. Gleißende und krachende Blitze zuckten auf, wabernde Feuerwalzen, aus denen glühende Funken stoben, rollten aus dem Nichts heran, und unirdische Entladungen brüllten auf, während sich die beiden Kämpfenden langsam nach rechts bewegten, auf die Kuppe der Uferböschung zu. Offenbar versuchte jeder, einen höheren Standort als sein Gegner zu gewinnen. Noch zerplatzten die stygischen Erscheinungen an magischen Schutzwällen, die sie aufgebaut hatten. Es war ein Schlagabtausch, der immer dann die Richtung wechselte, wenn einer der Angreifer seine momentanen Kräfte verbraucht hatte und in die Verteidigung gehen musste. Meist geschah das nach zwei oder drei heftigen Attacken. Alina hatte keine Vorstellung, wer von den beiden der Stärkere war und diesen Kampf gewinnen konnte.

Aber dann sah sie noch etwas anderes.

Das Drakkenschiff hatte Feuer gefangen, aber wie es schien nur äußerlich. Das Metall am Heck stand in seltsamen blau-grünen Flammen, ein flirrender, halb durchsichtiger Rauch wallte darüber auf. Doch plötzlich begannen seine Maschinen hochzulaufen. Das Heulen und Jaulen drängte sich langsam durch den Lärm des magischen Kampfes. Alina sah durch das Fenster des Piloten, dass vorn im Schiff noch ein einzelner Drakken saß. Wenn es ihm gelänge, mit dem Schiff zu fliehen, war alles verloren, auch wenn Cleas den Kampf gewann.

Ein krachender Schlag einer magischen Entladung stob über die Wiese. Die beiden Kämpfenden hatten sich schon ein paar Dutzend Schritte von dem Drakkenschiff entfernt, das jetzt zu starten versuchte. Es war offenbar beschädigt – das typische Jaulen wollte nicht so recht anschwellen, wie es sonst von diesen Schiffen zu hören war. Dann erhob sich das Heck des Schiffs um ein, zwei Ellen, sank aber wieder nach unten. Mit wummerndem Puls stand Alina hinter den Bäumen und fieberte einem vorzeitigen Ende des Kampfes entgegen – mit Cleas als Sieger, sodass er das fliehende Schiff noch aufzuhalten vermochte. Aber sie sah schon, dass sie darauf nicht bauen konnte. Beide Magier wirkten erschöpft, sie taumelten und waren ganz auf sich selbst konzentriert.

Nun war er wieder da, dieser Moment, in dem sie allein das Blatt wenden konnte. Aber was sollte sie tun? Verzweifelt suchten ihre Blicke in der Umgebung nach einem Anhaltspunkt, der ihr eine Idee gab. Und dann sah sie etwas.

Es war die Waffe des getöteten Drakkensoldaten, die dort unten neben ihm auf der Wiese lag. Sie hatte keine Ahnung, wie so ein Ding funktionierte, aber vielleicht gelang es ihr, es zum Feuerspucken zu bringen, wenn sie nur alles ausprobierte. Immerhin glaubte sie zu wissen, wie herum man es halten musste.

Sie sprang los. Im nächsten Augenblick zischte ein gleißender Blitz über sie hinweg, sie schrie auf, ließ sich fallen und kam nach einer Rolle gleich wieder auf die Füße. Sie rannte weiter. Die Wiese war nicht groß; nach Sekunden war sie schon bei den getöteten Drakken.

Vor ihr heulte das Schiff plötzlich in den höchsten Tönen auf. Aus den Augenwinkeln bekam sie mit, dass es in diesem Moment vollständig den Boden verließ – torkelnd und schwankend zwar, mit vereinzelt aufzüngelnden Flammen und in einer flirrenden Rauchwolke; aber dennoch – es startete. Wieder schrie sie auf, diesmal vor Angst, sie könnte zu spät kommen. Sie stürzte zu der Drakkenwaffe, hob sie auf und richtete sie auf das fliehende Schiff. Dann versuchte sie, das Ding zum Feuern zu kriegen.

Es war kantig, erstaunlich leicht und mehr als zwei Ellen lang; mit Griffen, farbigen Flächen, flackernden Lichtern und einer Reihe von Knöpfen. Sie begann, wahllos darauf einzuhämmern. Sie drückte sie einzeln, zu zweien und schließlich alle gemeinsam. Das Drakkenschiff hatte sich ein gutes Stück in die Luft erhoben, es taumelte auf die Flussmitte zu. Alina dachte schon, sie würde es nicht mehr schaffen.

Dann löste sich ein einzelner Schuss aus der Waffe.

Es war nur ein kleines, längliches Ding, das pfeifend aus der Spitze der Waffe stob, eine dichte, gelbliche Rauchspur hinterlassend. Alina hatte schlecht gezielt, sehr schlecht sogar, und das Geschoss schien um Dutzende von Ellen an dem fliehenden Schiff vorbeigehen zu wollen. Dann aber beschrieb es, wie von Geisterhand gelenkt, eine enge Kurve und schlug eine Sekunde später mit Wucht in das Drakkenschiff ein. Es dauerte noch eine weitere Sekunde, dann zerbarst das Schiff mit einem wahnsinnigen Dröhnen. Eine Druckwelle erfasste Alina, hob sie von den Füßen und wirbelte sie über die Wiese, bis sie schließlich halb besinnungslos liegen blieb.

*

Als sie wieder zu sich kam, war alles vorbei. Über dem Fluss und der Wiese herrschte Stille.

Sie lag auf dem Bauch, die Augen noch geschlossen, ihr Kopf schwirrte.

Benni war *nicht* da! Ihr Herz begann schneller zu pochen. Der Hund würde in einer solchen Situation sofort zu ihr kommen, und dass er nicht hier war, konnte nur bedeuten, dass der Duuma-Mann Cleas besiegt und Benni vertrieben oder getötet hatte!

Vorsichtig öffnete sie die Augen, um sich zu orientieren. Sie sah nichts als Gras und ein paar Steine, die ihr den Blick versperrten. Wenn der Duuma-Mann noch lebte, konnte sie sich vielleicht tot stellen. Er würde kommen und sie herumdrehen, und in diesem einen Moment hätte sie vielleicht noch eine winzige Chance. Sie würde ihn töten müssen.

Es wäre das erste Mal in ihrem Leben, dass sie in eine solche Situation käme – eigentlich verwunderlich bei all dem, was ihr schon widerfahren war. Sie wusste nicht, ob sie dazu in der Lage war, und vor allem wusste sie nicht, wie sie es anstellen sollte. Sie hatte keine Waffe und sie bezweifelte sehr, dass sie genügend Körperkraft besaß, den Duuma-Mann auch nur bewusstlos zu schlagen. *Immerhin*, dachte sie grimmig, *habe ich das Drakkenschiff vernichtet!*

Vorsichtig tastete sie nach einem Stein, aber dort, wo ihre Hand lag, fand sie keinen.

Dann hörte sie Schritte, ein leises Stöhnen. Es näherte sich jedoch von der anderen Seite. Wenn sie sehen wollte, wer da kam, musste sie den Kopf drehen. Aber das hätte sie verraten. Angestrengt lauschte sie, ob sie an den Geräuschen erkennen konnte, wer es war.

Nicht weit vor ihren Augen lag ein Stein, faustgroß und handlich. Wenn sie den …

»Alina?«

Es war nicht viel mehr als ein Keuchen gewesen, aber es stammte eindeutig von Cleas. Mit einem Aufstöhnen wälzte sie sich herum, stemmte sich in die Höhe und fiel dem Magier um den Hals. Ihre Augen waren voller Tränen der Erleichterung.

Cleas ächzte, ging in die Knie, und Alina mit ihm.

Dann erschallte ein aufgeregtes Kläffen vom Waldrand und Momente später war auch Benni bei ihr, heftig mit dem Schwanz wedelnd. Aber er winselte; sein Kopf war gesenkt, die Ohren angelegt. Er schien zu wissen, dass er als Einziger die Flucht ergriffen hatte.

Alina wandte sich um, suchte mit Blicken nach Cleas Gegner – und fand ihn. Sie stöhnte entsetzt auf.

»Schau nicht hin«, ächzte Cleas, noch immer auf den Knien und sich den Kopf haltend. »Hätte er gewonnen, würde *ich* jetzt so daliegen.«

Sie holte tief Luft. »Schon gut. Ich bin langsam einiges gewöhnt.« Sie setzte ein schiefes Lächeln auf. »Früher dachte ich, dass eine Shaba nur in Milch und Honig baden und nachmittags Tee aus zerbrechlichen Tässchen trinken würde.«

Cleas lächelte schwach. »Normale Shabas tun das auch.« Er verzog das Gesicht.

»Was ist mit dir?«, fragte sie besorgt.

»Die Nachwirkungen«, stöhnte Cleas vor Schmerz. »Ich habe seit Jahren keine solchen Magien mehr gewirkt.« Er ließ sich ganz zu Boden sinken und atmete ein paar Mal tief durch. »Wenn man bei solchen Iterationen nicht konzentriert arbeitet, bekommt man selbst so einiges ab. Ich habe Glück, dass ich noch lebe.«

»Er war wohl sehr stark, dieser Duuma-Mann«, sagte sie mitfühlend.

Cleas schüttelte den Kopf. »Nein, Alina. Ich fürchte, wir waren beide nicht sehr gut. Ich bin alles andere als ein Kampfmagier. Aber zum Glück hat es gereicht.«

Sie wollte noch sagen, dass es für zwei *weniger gute* Magier ganz schön gekracht hätte, aber ihre Unruhe wuchs wieder. Sie mussten fort von hier. In der Flussmitte hob sich das rauchende Heck des Drakkenschiffs aus dem Wasser, und das würde man aus der Luft fabelhaft sehen können. Außerdem lagen drei Tote auf der Wiese.

»Lass uns von hier verschwinden«, sagte sie. »Möglichst schnell.«

Sie half ihm auf die Beine und zog ihn mit sich zum Waldrand. Sie schienen beide keine schlimmeren körperlichen Verletzungen erlitten zu haben, und das war ein großes Glück, sonst wäre ihr Weg hier tatsächlich zu Ende gewesen. Dafür aber gab es ein anderes Problem, das Alina zunehmend Kummer machte. Sie hatten Zeit verloren, eine unübersehbare Spur gelegt und der Weg war angeblich noch immer weit. Wie wollte es Cleas bis zum Abend zurück nach Saligaan schaffen?

Zwischen den Bäumen angekommen, packten sie ihre Sachen zusammen und machten sich wieder auf den Weg. »Wo genau bringst du mich eigentlich hin?«, fragte sie.

# 28 ✦ Das stygische Portal

Am späten Nachmittag erreichten sie einen kleinen Wasserfall, der, eingeengt zwischen Felswänden, etwa dreißig Ellen zu ihnen herab in die Tiefe stürzte. Die Rote Ishmar war in dieser Gegend längst nicht mehr so breit, und der Grund dafür war klar: Hier gab es keinen Platz für einen breiten Fluss.

Das Gelände hatte sich im Laufe ihrer Wanderung von sanft-welligem Hügelland zu einer schroffen Felslandschaft entwickelt. Obwohl der Weg bisher recht gangbar gewesen war, hatte Alina den Eindruck, dass hinter diesem Wasserfall das Ende der Welt liegen musste. Dort würde es bestenfalls noch einen Trampelpfad geben; vielleicht ein paar Wildwechsel von Waldböcken oder Bergziegen, die sich in der Bergwelt verloren. Mehr aber nicht.

Die Ishmar schäumte über Felsschwellen herab, war kaum mehr hundert Schritt breit, dafür aber mit Sicherheit sehr tief. Links und rechts türmten sich Felswände auf, überragt von mächtigen Pfeilern, die sich in dieser Gegend zahlreich gen Himmel reckten. Sie waren meist schmal und manchmal filigran; die Sonnenfenster weit droben klein, aber zahlreich. All dies war ein typisches Merkmal des höheren Berglands.

Cleas wandte sich zu ihr um und sah sie mit einem Blick an, der so etwas wie Befriedigung ausdrückte. Er deutete auf den Wasserfall. »Dahinter ist der Weg zu Ende!«, sagte er.

Alina stutzte. »Zu Ende? Aber … warum führst du mich dann hierher?«

Er zögerte kurz. »Ein Wagnis. Du musst ein Wagnis eingehen.«

Sie holte tief Luft. Seit dem Drakkenüberfall war der Nachmittag fast zu ruhig verlaufen; sie hatten Glück gehabt und waren von Verfolgern verschont geblieben. Da wurde es langsam wieder Zeit für ein echtes Problem.

»Ein Wagnis?«, fragte sie sorgenvoll.

»Es ist nicht wirklich gefährlich, aber … nun, es erfordert ein bisschen Mut. Komm mit.«

Ihr wurde unbehaglich zumute. Cleas hatte sie den ganzen Tag lang zielstrebig in diese Richtung geführt, und sie ahnte, dass es hier etwas besonderes geben müsste – ein Geheimnis. Dass er darüber jedoch nicht hatte sprechen wollen, flößte ihr dunkle Vorahnungen ein. Er stieg am felsigen Flussufer über einen kaum erkennbaren Pfad voran. Vor ihnen schien es so etwas wie einen Kletterpfad an der Kante des Wasserfalls hinauf zu geben. Das Wasser rauschte mit Macht herab und in ihrer Umgebung wurde es feucht.

»Früher«, rief er ihr über die Schulter zu, »war die Magie in mancherlei Disziplinen höher entwickelt als heute.«

»Früher?«, rief sie zurück. »Wann – früher?«

Er blieb kurz stehen. »Vor zweitausend Jahren.«

Cleas ging weiter, dafür aber blieb Alina stehen. *Vor zweitausend Jahren!* Offenbar kam sie von dieser Zeit nicht los. Jedes zweite Ding, das ihr wiederfuhr, hatte mit dieser Ära zu tun, es war beinahe wie ein Fluch. Ein Fluch deswegen, weil es auch die Zeit war, in der das Unheil mit den Drakken begonnen hatte.

Sie beeilte sich, ihm zu folgen. »Das klingt«, rief sie ihm hinterher, »als hättest du irgendeine zweitausend

Jahre alte Magie für mich, mit der du mich an mein Ziel katapultieren willst!«

Er blieb wieder stehen und strahlte sie an. »Da hast du vollkommen Recht!«, sagte er.

Das Spiel wiederholte sich. Er lief weiter, während sie betroffen stehen blieb.

Magie war vor ihren Augen bisher hauptsächlich als Blitz und Donner in Erscheinung getreten; als eine Methode, sich auf sehr gründliche Weise gegenseitig zu vernichten. Mit Schaudern dachte sie an den verkohlten Leichnam des Duuma-Magiers, der sein Leben durch Cleas' Macht ausgehaucht hatte. Es war ihr wenig geheuer, nun ihr Leben einer Magie anvertrauen zu müssen – was auch immer Cleas im Sinn hatte. Besonders nicht einer *zweitausend Jahre* alten Magie. In ihrer Vorstellung war die damalige Zeit brutal und blutrünstig gewesen, und als ihr Höhepunkt war das Dunkle Zeitalter angebrochen.

Sie setzte sich wieder in Bewegung. Es ging über nassen, glitschigen Fels aufwärts, und als sie endlich oben ankam, war sie halb durchnässt. Ächzend stemmte sie sich über den letzten Felsbrocken hinweg. Sie ging noch ein paar Schritte …

… und dann war es, als hätte sie plötzlich einen Schritt in ein Zauberreich getan.

Wie durch Magie verebbte das dunkle Dröhnen des Wasserfalls hinter ihr. Vor ihren Blicken eröffnete sich ein riesiger Felsenkessel mit einem weiten, grünen See in einer Welt fast vollkommener Stille. Das Rauschen des Wasserfalls schallte nur noch wie eine ferne Erinnerung an eine längst vergangene Zeit herauf. Cleas stand neben ihr und deutete wortlos voraus. Inmitten des stillen Sees erhob sich eine kleine Insel.

Alina hielt unwillkürlich den Atem an.

Die Insel bestand nur aus einem flachen, ockerbraunen Felsen, aber sie hatte drei ganz außergewöhnliche

Merkmale, die Alina hier niemals erwartet hätte. Zum einen stand ein flaches Gebäude auf der Insel, wie ein kleiner, runder Turm, der sich gar nicht recht erheben will und sich in den Schutz des Felsenkessels hineinduckt. Die zweite Besonderheit war eine schmale Brücke, die sich vom Ufer zu der Insel spannte. Sie besaß zwei Bögen; der erste reckte sich weit über den See, ehe er sich auf einem winzigen Felsblock im Wasser abstützte; von dort aus lief ein zweiter, etwas kürzerer Bogen bis zur Insel. Ihre unschuldige, hell ockerbraune Farbe verlieh der Brücke den Ausdruck eines bedeutungsvollen, ja fast sakralen Bauwerks, und dazu kam noch, das sie so schmal und zerbrechlich gebaut war, dass es wie ein Wunder wirkte, dass sie nicht schon vor langer Zeit eingebrochen war. Dies war nämlich das dritte besondere Merkmal dieses Ortes: Er wirkte alt. So uralt und still, dass allein das Wort *Jahrtausende* einigermaßen angemessen erschien.

Alina war wie verzaubert. Einen Ort wie diesen hatte sie noch nie erblickt. Er wirkte wie aus einem Märchen. Sie bemerkte Cleas' Seitenblicke, die einen gewissen Stolz auf seine Entdeckung widerspiegelten. »Ich habe noch nie jemanden mit hierher genommen«, sagte er leise.

»Noch nie?« Auch Alina hatte unwillkürlich leise gesprochen. Es lag wohl an diesem besonderen Ort.

»Ja. Er ist uralt, sogar *mehr* als zweitausend Jahre. Komm mit.«

Er ging voraus, unmittelbar am Seeufer entlang, das aus einer einzigen, riesigen gewölbten Felsplatte zu bestehen schien, die nach rechts in hellgrünes, fast unbewegtes Wasser abfiel. Hier gab es kein Steinchen, keinen Sand und auch keine Pflanzen, nur den blanken, ockerbraunen Fels, der zuweilen von etwas dunkleren Schleiern durchzogen war. Links und rechts der Seeufer strebten fast völlig glatte Felswände in die Höhe. Sie wirkten, als wären sie irgendwann, vor Urzeiten, alle im selben Moment vom Felsenhimmel herabgestürzt und hätten sich ineinander verkeilt, um diesen Ort zu erschaffen. Alina musste den Kopf ganz in den Nacken legen, um weit droben die senkrechten Wände der Felspfeiler zu erkennen, die sich zum Felsenhimmel erhoben. In der Mitte, direkt über dem See, lag ein Sonnenfenster, allerdings hatte Alina selten ein so kleines gesehen. Es maß wohl nur eine halbe Meile Durchmesser.

»Manche Orte haben von sich aus so viel Magie«, sagte Cleas, »dass es sich aufdrängt, so etwas wie dieses ... *Portal* hier zu errichten.« Er deutete zu der kleinen Insel. Die Brücke, die hinüber führte, lag nur noch einen Steinwurf entfernt von ihnen.

Alina blickte hinaus auf den See. »Ein Portal?«

Cleas blickte prüfend zurück in die Richtung, aus der sie gekommen waren. Alina sah ihm an, dass er Sorge empfand – für diesen Ort, der ihm gewiss so etwas wie ein persönliches Heiligtum war. Der Gedanke, dass die Ruhe dieses Sees von den Drakken gestört – oder schlimmer noch: *zer*stört – werden könnte, beunruhigte auch sie.

»Gehen wir hinüber«, sagte Cleas. »Unterwegs erkläre ich es dir.«

Benni hatte schon die Umgebung erforscht und überall herumgeschnüffelt, er war sogar schon ein kurzes Stück auf die Brücke gelaufen. Nun kam er schwanzwedelnd zurück und stieß ein kurzes, erwartungsvolles Kläffen aus. Das Geräusch erhob sich in die Weite des Felsenkessels und wurde in vielfachem Echo zurückgeworfen.

Cleas nickte wie zur Bestätigung. »Es gibt mehrere solcher Orte. Alle sind diesem hier ähnlich. Stille Seen in tiefen Talkesseln oder zwischen hohen, aufsteigenden Felswänden. Überall muss man leise sein, denn das Echo ist gewaltig.«

»Du meinst, das hat einen bestimmten Zweck?«

»Ich glaube, ja. Auch diese schmalen Brücken deuten darauf hin. Die gibt es ebenfalls vielerorts, obwohl die meisten davon schon eingestürzt sind.« Er deutete zur Brücke, die nur noch ein Dutzend Schritte entfernt lag. Sie gingen bis zu ihrem Anfang.

Alina hatte sich bei der Einschätzung ihrer Ausmaße getäuscht. Sie sah aus wie aus Lehm gemauert und besaß links und rechts eine etwa hüfthohe, durchgehende Mauerbrüstung. Der Platz dazwischen war aber so schmal, dass nicht einmal zwei Personen nebeneinander gehen konnten. Selbst ein dicker Mensch dürfte nicht allzu großzügig mit dem Hintern wackeln, sonst würde er beim Laufen rechts und links anschlagen.

»Diese Brücken wirken ziemlich zerbrechlich«, sagte Cleas und deutete auf eine Ansammlung von Steinen, die neben dem Brückenzugang lagen. Alina erkannte die Überreste eines kleinen Gebäudes, das wohl kaum mehr als eine winzige Hütte gewesen sein mochte. »Das war einmal ein Wachhäuschen, denke ich.«

Er betrat die Brücke. »Komm! Sie ist viel fester, als du glaubst. Sonst hätte sie wohl nicht diese lange Zeit überdauert.« Alina folgte ihm zögernd.

Die Brücke stieg leicht an, sie überspannte auf ihrem ersten Abschnitt bis zu der Stütze etwa siebzig oder achtzig Schritt. An ihrem Scheitelpunkt erreichte sie eine Höhe von vielleicht sieben oder acht Ellen über dem Wasser, und dort war sie auch am dünnsten. Wiewohl der Gang über die Brücke mit einem leicht mulmigen Gefühl verbunden war, überwog doch die Faszination. Es war beinahe wie eine Gunst für Könige, einen Weg wie diesen gehen zu dürfen – an einem so wundersamen Ort. Langsam dämmerte Alina, was Cleas ihr sagen wollte.

»Hier durfte gewiss nicht jeder hinüber«, erklärte er. Seine Stimme war nach wie vor sehr leise, aber Lautstärke war in dieser Stille nicht vonnöten. »... und vor allem auch nicht viele Personen zugleich.«

Sie erreichten den Punkt, an dem sich die beiden Brückenbögen trafen und sich auf den kleinen Felsen stützten, der aus dem Wasser ragte. Der zweite Bogen war nicht mehr ganz so lang und etwas weniger hoch als der erste. Als sie diesen auch noch hinter sich gebracht hatten, standen sie auf einem ockerbraunen, flachen Felsen, kaum mehr als fünfzig Schritt im Durchmesser.

»Es ist genau der Mittelpunkt«, sagte Alina ehrfurchtsvoll und drehte sich um die eigene Achse, während sie hinauf zu den majestätischen Felswänden blickte.

»Ja, das stimmt. Ich habe schon sechs solche Orte gefunden. Nur an einem weiteren steht die Brücke noch, alle anderen sind zerstört.«

»Du meinst ... du hast diese Orte *bereist*?« Sie deutete auf das flache, runde Gebäude vor ihnen. »Mithilfe ihrer Magie?«

Cleas nickte. »Ja. Leider ist es ... nun, nicht ganz unkompliziert. Man kommt nämlich nicht genau dort an, wo man eigentlich ankommen sollte. Jedenfalls glaube ich das.«

Alina runzelte die Stirn. »Wie meinst du das?«

Cleas kratzte sich verlegen am Kinn. »Also – ich bin nicht sicher. Es muss sich um ein uraltes System von Verkehrswegen handeln. Diese Gegend muss vor langer Zeit besiedelt gewesen sein, trotz all der Berge, Schluchten und abgelegenen Täler. Warum – nun, das weiß ich nicht. Aber wenn es so war, liegt es doch auf der Hand, dass man für eine so unwegsame Gegend irgendetwas braucht, um sich schnell bewegen zu können, nicht wahr?«

Alina nickte.

»Deine Freunde waren es ja, die bewiesen haben,

dass hier vor langer Zeit Menschen lebten. Sie entdeckten die Stadt Unifar wieder, ganz am Nordrand des Mogellsees. Ich wette, dass das ganze Ostufer des Sees besiedelt war – vor dem Dunklen Zeitalter. Und hier«, damit hob er die Handflächen und wies in die Runde, »hier war auch irgendwas. Vielleicht Bergwerke, Eisen- oder Kupferminen.« Er sah Alina an. »Oder Gold und Edelsteine. Ja, vielleicht genau das.«

»Gold- und Edelsteine? Warum?«

»Nun, wegen *diesem* hier!« Wieder wies er in die Runde. »Hier konnten einige wenige Leute verkehren, aber keine Armeen, keine Räuberbanden, keine Scharen von *irgendwelchen* Leuten. Die Wege wurden von Wachen kontrolliert, und selbst wenn Schurken versucht hätten, sich hier einzuschleichen, hätten sie kaum eine Möglichkeit gehabt, zu mehreren an einen bestimmten Ort zu gelangen. Nicht mithilfe dieser ... Portale. Ich vermute, wir befinden uns hier in der Schatzkammer des Altakranischen Reiches. Einer Gegend, in der man Gold und Edelsteine schürfte und sie gut geschützt abtransportieren konnte.«

Ein leiser Schauer glitt Alinas Rücken hinab. Was Cleas sagte, machte Sinn. Allein der Lärm, den eine Bande von Räubern hier verursacht hätte, wäre weithin zu hören gewesen. Niemals hätte man dreißig oder vierzig Mann rasch über eine solche Brücke und durch dieses Portal, wie immer das auch aussehen mochte, an einen anderen Ort bringen können.

»Ich habe auch alte Mineneingänge gefunden, Schürfgruben, Bergwerksstollen«, erklärte Cleas. »Überall in diesem Gebiet hier. Es erstreckt sich bis hinauf zum Mogellsee und ein gutes Stück nach Westen ins Ramakorum hinein.« Er lächelte. »Irgendein guter Geist hat dich zu mir geführt. Es gibt wohl niemanden in unserer Welt, der dich hier, in dieser Gegend, schneller an dein Ziel bringen könnte als ich.«

Sie lächelte zweifelnd. »Ich wünschte nur, ich wüsste selbst, wo das ist.«

*

»Du wirst ungefähr vierzig Ellen über dem Wasser herauskommen, ein kleines Stück nordwestlich der Insel«, erinnerte er sie. »Lehne dich nach vorn, sodass du nicht mit dem Rücken aufschlägst. Können wir?«

Alina schluckte. Sie hielt Benni vor ihrer Brust, hatte den schweren Hund mit Mühe hochgehoben. Er war unruhig und verhielt sich nicht eben so, dass sie sich *irgendwohin* würde lehnen können.

»Warte«, sagte sie, »warte noch kurz.« Ächzend setzte sie Benni wieder ab. Winselnd lief er einmal im Kreis durch das kleine Gebäude, in dem sie standen. Cleas richtete sich auf, stieß ein angespanntes Seufzen aus. Die Zeit wurde immer knapper für ihn, er musste dringend zurück.

»Es tut mir Leid«, jammerte Alina. »Vierzig Ellen – das ist verdammt hoch, weißt du? Und vermutlich wird genau das passieren: dass ich mit dem Rücken aufschlage. Schau doch mal – wie ich hier stehe!« Sie demonstrierte Cleas durch ihre Körperhaltung, was sie meinte. »Benni wird auch noch auf mich drauffallen.«

Cleas schnaufte. »Ja doch, Alina!«, sagte er geduldig. »Aber du musst das Ganze nur genau *ein Mal* aushalten, nicht öfter! Selbst wenn du mit dem Rücken aufkommst, *wirst* du dabei nicht sterben!«

Sie kam sich blöde vor, dass sie sich so anstellte. Aber es war nun mal keine leichte Sache, mit einem Hund auf den Armen auf gut Glauben über etwa hundertfünfzig Meilen hinweg auf magischem Wege an einen anderen Ort versetzt zu werden und dann aus 40 Ellen Höhe ins Wasser zu stürzen. Was Stürze aus großer Höhe anging, war sie unangenehm vorbelastet.

»Bist du wirklich sicher, dass ich über dem Wasser

herauskomme?«, fragte sie jammervoll. »Was ist, wenn ich noch immer über der Insel bin?«

Wieder seufzte Cleas. »Ich hab es schon ungefähr zwanzigmal gemacht und bin *immer* über dem Wasser herausgekommen. Diese Inseln sind alle gleich, und nachdem sich … nun, wie du sagst, die ganze Welt bewegt hat … nach Südosten offenbar …«

Victor hatte ihr das erzählt. Dass er und seine Skriptoren damals auf der Suche nach dem Ort, an dem der Pakt versteckt war, aufgrund eines Landkartenvergleichs darauf gekommen waren, dass sich während des Dunklen Zeitalters das gesamte Südramakorum mitsamt dem Mogell-Becken verlagert haben musste. Offenbar um etwa 40 Ellen abwärts und etwa 100 Ellen südöstlich, wie Cleas inzwischen herausgefunden hatte. Der Landbruch war zu dieser Zeit entstanden, und das Mogellbecken war nach Süden hin so abgesackt, dass der See im Laufe der folgenden Jahrhunderte die vierfache Größe erlangt hatte. Wenn dies alles tatsächlich so zutraf, erklärte es manches. Unter anderem auch, dass die meisten dieser kleinen Brücken eingestürzt waren und dass jetzt der Ankunftsort dieses Systems der *Stygischen Portale* nicht mehr innerhalb der kleinen Gebäude auf den Inseln lag, sondern irgendwo vierzig Ellen hoch in der Luft, etwas nordwestlich der Inseln.

»Kannst du Benni nicht *nach* mir schicken?«, fragte Alina verzweifelt. »Für ihn macht das doch keinen Unterschied! Er hat sowieso keine Ahnung, was ihm passiert – also muss es doch egal sein, ob er allein in den See fällt oder *mit* mir.«

Cleas stöhnte. »Das hatten wir doch schon, Alina. Ich brauche eine gute Minute, um die Magie aufzubauen. Für diese Zeit bleibt er mir doch niemals ruhig dort sitzen!«

Alina sah sich Hilfe suchend um. Das kleine Gebäude war kreisrund, maß einen Durchmesser von etwa zehn Schritt und war aus hellen Kalksteinblöcken erbaut. In seinem Inneren, genau in der Mitte, stand ein etwa vier Handbreit hoher Sockel und um ihn herum waren sechs kreisrunde, flache Vertiefungen im felsigen Boden angeordnet. Es waren die Verzweigungen des Stygischen Portals, und sie repräsentierten die sechs unterschiedlichen Orte, die man von hier aus erreichen konnte. Auf dem Sockel, so vermutete Cleas, musste einmal ein magisches Artefakt platziert gewesen sein, das die stygischen Energien sammelte, die für die Reise notwendig waren. Heute war es längst nicht mehr da, aber es war Cleas, dem Fachmann in Sachen Lesen magischer Strukturen, gelungen, die magische Verwebung aus eigener Kraft zu rekonstruieren. Mithilfe einer selbst gewirkten Magie vermochte er die Reise anzutreten oder, wie in diesem Fall, Alina an einen anderen Ort zu befördern.

»Ich weiß, wie wir's machen!«, rief sie plötzlich aus. »Benni geht *zuerst!*«

Cleas starrte sie verwundert an.

»Benni, komm her, mein Guter!«, rief sie.

Der Hund kam schwanzwedelnd zu ihr, und sie führte ihn an seinem Halsband zu derjenigen der sechs Vertiefungen, die sie direkt zum Südostzipfel des Mogellsees bringen sollte – zu einem weiteren *Stygischen Portal* auf einer Insel in einem Felsenkessel, genau wie hier.

Es gelang ihr, Benni dazu zu bringen, dass er ruhig sitzen blieb. »Los, Cleas!«, zischte sie dem Magier zu. »Tu es – jetzt gleich!« Sie redete wieder beruhigend auf Benni ein. Der Hund saß brav auf seinem Fleck, beobachtete Alina und ließ sich tatsächlich von ihr umgarnen, an seinem Platz sitzen zu bleiben. Gleich darauf spürte sie, wie sich im Raum etwas aufbaute, ein Gefühl elektrischer Spannung hing in der Luft. Cleas hatte begonnen, seine Magie zu wirken. Sie war, wie er gesagt hatte, kompliziert, und deswegen benötigte er auch eine Minute vollkommener Ruhe.

Aus den Augenwinkeln sah Alina, wie über dem Sockel in der Raummitte ein Wirbel winziger farbiger Funken entstand. Es war wie ein Strudel, der langsam und ruhig nach oben davon floss. Aus dem ganzen Raum sog er farbige, kleine Funken zu sich heran – Funken, die überall in der Luft entstanden waren. Sie waren klein wie Sandkörner und von einer winzigen, strahlenden Aura umgeben. Sie vereinigten sich in der Luft zu kleinen, bunten Schleiern, bevor sie den Wirbel über dem Sockel erreichten. Dann umkreisten sie den Wirbel ein-, zweimal, ehe sie von ihm aufgesogen wurden.

Alina hatte noch nie eine so wunderschöne Erscheinung beim Wirken einer Magie gesehen. Wie gebannt starrte sie darauf. Sie vergaß völlig, weiter auf Benni einzureden. Aber das erwies sich als unnötig, denn Benni war selbst fasziniert vom Anblick des Funkenwirbels.

Als er dann seine Reise antrat, erschrak Alina ein wenig. Der Hund löste sich zu farbigen Funken auf, wobei er es selbst überhaupt nicht zu bemerken schien. Es begann an seiner Schnauze, die dem Wirbel am nächsten war. Sie zerfiel zu winzigen, farbig glühenden Teilchen, die sofort von dem Wirbel aufgesogen wurden. Als er in diesem Moment kurz den Kopf wandte, um Alina anzusehen, war plötzlich der Teil seiner Nase wieder da, der sich eigentlich bereits aufgelöst hatte, während dafür sein linkes Ohr und seine linke Schädelhälfte verschwanden. Dann blickte er wieder zu dem Sockel zurück und mit einemmal war sein ganzer Kopf fort.

Der Fortgang der Magie wirkte aufgrund seiner feinen Erscheinung nicht bedrohlich, aber sie empfand es als nicht eben leicht verdaulich, plötzlich nur noch einen halben Hund dort sitzen zu sehen. Dann ging es plötzlich schnell. Innerhalb weniger Sekunden löste sich der Rest von Benni in bunte Funken auf. Zuletzt erstrahlte so etwas wie ein matter Blitz und der Wirbel zischte nach oben in den Schatten unter dem Runddach davon. Damit war es vorbei.

Alina ließ sich aus ihrer knienden Haltung auf den Hintern zurückfallen und stieß ein *Uff!* aus.

»Los jetzt!«, zischte Cleas. »Benni dürfte bereits im See schwimmen. Du solltest ihn nicht allzu lange allein lassen!«

Sie erhob sich und rückte den kleinen Rucksack zurecht, den Cleas ihr überlassen hatte. Er würde ebenfalls nass werden. »Cleas, ich …«

Sie trat zu ihm und umarmte ihn. »Danke für alles«, sagte sie schlicht.

»Schon gut«, sagte er knapp und schob sie wieder davon. »Ich bin kein Freund von Rührseligkeiten, das weißt du ja. Los, mach, dass du fortkommst.«

»Ich werde nicht zurückkehren können, wenn ich meine Freundin nicht finde. Nicht mithilfe dieses Portals.«

Er nickte. »Ich weiß. Aber versuche es trotzdem – zu Fuß, auch wenn es Wochen dauert. Irgendwo musst du ja hin, wenn du keinen Erfolg hast. Ich werde nach dir Ausschau halten, das verspreche ich!«

»Danke, Cleas. Ich hoffe, du kommst überhaupt bis …« Sie unterbrach sich. Sie wussten beide, dass seine Aussichten inzwischen mehr als schlecht standen. Er hatte höchstens noch dreieinhalb Stunden Zeit, nach Saligaan zurückzukehren. Aber wenn er es tatsächlich noch schaffen sollte, war er vermutlich sehr spät dran und tropfnass. Er würde irgendwie ins Dorf zurückgelangen müssen, darauf hoffend, dass niemand seine Abwesenheit bemerkt hatte. Danach stand ihm bevor, seine Lügengeschichte glaubhaft zu machen. Und schließlich gab es noch diese Sache mit dem Drakkenschiff. Die Chancen standen gut, dass das

Wrack und die Toten auf der Wiese inzwischen entdeckt worden waren. Traf dies zu, würde er nicht einmal mehr die Flussstelle passieren können, an der das Wrack lag. Andere Drakken würden dort sein und nach Trümmern und Hinweisen suchen.

»Du musst jetzt gehen!«, sagte er dringlich. »Kümmere dich nicht um mich! Wenn ich in dieser Sache scheitern sollte, habe ich wenigstens noch etwas Wichtiges in meinem Leben tun können.« Er lächelte sie bitter an. »Was hätte ich sonst noch für eine Zukunft gehabt?«

Alina spürte Tränen in den Augen.

Er packte sie an den Handgelenken und schob sie mit sanfter Gewalt zu der runden Vertiefung. »Tu mir nur einen Gefallen, ja? Bleib am Leben! Und wenn du kannst – unternimm etwas gegen die Drakken!«

Sie nickte voller Elend. »Ich werde dich wieder sehen, ich verspreche es. Irgendwann komme ich zurück nach Saligaan!«

Er nickte. »Wird schon klappen. Sei still jetzt und beweg dich nicht!«

Alina gehorchte. Nach kurzer Zeit spürte sie wieder das elektrische Kribbeln in der Luft. Um sie herum entstanden die Funken, und dann kam wohl der Augenblick, da sie sich auflöste – das aber konnte sie nicht selbst wahrnehmen. Dafür geschah etwas anderes, Wunderbares. Je länger der Prozess fortschritt, desto deutlicher schälte sich vor ihrem geistigen Auge ein Bild des Ortes aus dem Nichts, an dem sie gleich ankommen würde. Gern hätte sie Cleas das noch zugerufen, aber sie fühlte, dass es nicht mehr ging, dass sie keine Stimme mehr hatte. Cleas stand mit geschlossenen Augen im Raum, während er immer blasser wurde. Dann fuhr ein Ruck durch sie, und plötzlich hatte sie das Gefühl, keinen Boden mehr unter den Füßen zu haben.

# 29 ◆ Ramakorum

**B**enni hatte die Insel beinahe schon erreicht, als sie im Wasser aufschlug.

Sie hatte ihn aus der Luft bereits ausgemacht, in dem kurzen Augenblick, in dem sie in der Höhe schwebte, während sie sich an diesem Ort manifestierte. Dann ging es abwärts. Der Magen rutschte ihr in den Hals und sie ruderte verzweifelt mit den Armen. Irgendwie schaffte sie es, tatsächlich nach vorn zu kippen, aber bevor sie sich darüber freuen konnte, schlug sie schon mit einem mächtigen Platsch auf dem Wasser auf.

Sie hatte vergessen, Luft zu holen, war aber geistesgegenwärtig genug, es jetzt nicht nachholen zu wollen. Sie war seitlich aufgeschlagen und zum Glück nicht allzu tief ins Wasser eingetaucht. Endlich fand sie die Orientierung wieder und kämpfte sich in Richtung der hellen Wasseroberfläche. Japsend brach sie nach oben durch – dann hatte sie es überstanden.

Es war nicht das erste Mal, dass sie eine solche Reise machte. Chast hatte sie und sich selbst mehrfach mithilfe eines magischen Tricks durch eine namenlose Sphäre an einen anderen Ort versetzt. Allerdings war Chasts Methode nicht annähernd mit einer so schönen Erscheinung verbunden gewesen wie Cleas' Magie. Chast und sie waren durch eine Sphäre des absoluten Chaos gerutscht; durch einen Ort, an dem ein gesunder Mensch den Verstand verlöre, hielte er sich dort auch nur eine Minute zu lange auf. Zum Glück aber waren diese Momente so kurz gewesen, dass sie kaum etwas hatte erfassen können – außer einem beklemmenden

Gefühl des Grauens und der vollkommenen Verlorenheit. Dann wurden sie wieder zurück in die Welt geholt.

Alina ruderte mit den Armen, bis sie die Insel ins Blickfeld bekam. »Benni!«, schrie sie. »Benni! Komm her! Hier entlang – nicht zu der Insel!«

Sie lag viel näher als das Ufer, und deswegen war der Hund instinktiv dorthin geschwommen. Dass es jedoch zwischen dem Ufer und der Insel keine Brücke mehr gab, hatte sie ebenfalls schon aus der Luft wahrgenommen. Sie wandte sich dem Ufer zu und begann zu schwimmen. Es war nicht leicht, in Kleidern und mit einem Rucksack auf dem Rücken vorwärts zu kommen, und das Wasser war ziemlich kalt.

Während sie sich um gleichmäßige Schwimmzüge bemühte, nahm sie die Umgebung in Augenschein. Es handelte sich ebenfalls um einen Talkessel mit einem See, allerdings war er wesentlich weitläufiger als der, aus dem sie kam. Die Berge waren hier höher und teilweise bewaldet, die Stützpfeiler mächtiger und weiter verteilt. Der Fels hatte an diesem Ort eine ganz andere Farbe; hier herrschten graue und weiße Töne vor, weit im Westen sah sie schneebedeckte Gipfel zwischen mächtigen Pfeilern hervorschauen.

Das Ufer, auf das sie zusteuerte, bestand großenteils aus Sand; auch dort gab es Bäume, und sie glaubte, so etwas wie die Mündung eines kleinen Seitenflusses erkennen zu können, der von Süden her in den Talkessel stieß. Der Hauptarm des Flusses schien von Westen zu kommen.

Endlich kam sie dem Ufer näher und spürte schließlich Grund unter den Füßen. Ächzend kämpfte sie sich aus dem Wasser und ließ sich erschöpft auf dem Ufersand zu Boden sinken. Nach einer Weile kam auch Benni. Er schüttelte sich einmal kräftig und war bereit für den nächsten Abschnitt ihrer Reise.

Nach einer Verschnaufpause stand Alina auf und sah sich um. Der Nachmittag war schon fortgeschritten, und da sie müde war, beschloss sie, sich gleich um ein Lager für die Nacht zu kümmern. Ihre Kleider waren nass, sie fror, hatte Hunger und musste sich endlich einmal ausruhen. Cleas hatte ihr eine Dose Glimmpulver eingepackt und sie fand noch ein Hemd, das halbwegs trocken war. An der Uferböschung sammelte sie Reisig und hatte bald im Schutz einiger kleiner Felsen am Ufer ein Feuer entfacht. Gierig nach Wärme, nährte sie es so sehr, dass sie zeitweilig vor lauter Hitze die Felsnische verlassen musste. Immerhin bekam sie auf diese Weise ihre nassen Kleider rasch wieder trocken.

Sie hatte gar nicht bemerkt, dass Benni schon seit einer Weile verschwunden war. Als er kurz vor Einbruch der Dämmerung wiederkam, schleppte er ein getötetes Waldbock-Kitz an. Zuerst empfand sie Bedauern für das arme Tier, aber dann überwog ihr Hunger. Sie lobte den Hund und machte sich mutig daran, das Kitz mit dem Messer aus Cleas' Rucksack zu häuten und es auszunehmen. Es dauerte eine ganze Weile; ihr Werk war blutig und ihr zukünftiger Braten sah zuletzt nur wenig fachmännisch aus.

Anschließend baute sie sich einen Drehspieß aus Ästen, was sie mindestens ebensoviel Zeit kostete. Aber dann kam endlich der Lohn: Das gebratene Fleisch begann über dem Feuer zu duften. Ihr war nahe dem Feuer so heiß, dass sie ein Vergnügen daran fand, sich wieder auszuziehen, im Schneidersitz nahe dem Feuer den Spieß zu drehen, und als der Braten fertig war, in geradezu barbarischer Weise das Fleisch aus dem ganzen Stück zu beißen und sich mit dem aromatisch duftenden Fett zu besudeln.

Es schmeckte köstlich, und das Kitz gab genug Fleisch her, um es großzügig mit Benni zu teilen. Zuletzt war sie so fettig und voller Bratenschmiere, Asche und Ruß, dass sie kurz entschlossen im Mondlicht zum Ufer rannte und ins eiskalte Wasser sprang. Sie wusch sich eilig und schrubbte sich mit Sand ab, rannte dann zurück und opferte eines ihrer beiden Hemden, um sich abzutrocknen. Als sie sich abrubbelte, fühlte sie sich, trotz all der Gefahren, lebendig wie selten zuvor in ihrem Leben.

Endlich war alles getan. Bei dem Gedanken, dass sie nun Schlaf finden würde, wurde ihr beinahe schwindelig vor Müdigkeit. Seit Beginn ihrer letzten Arbeitsschicht in Yanalee war sich nicht mehr zum Schlafen gekommen. Sie warf noch ein paar dicke Äste ins Feuer, rollte sie sich dann, nackt wie sie war, wohlig zusammen, und befahl Benni, Wache zu halten. Es dauerte weniger als eine Minute, dann war sie fest eingeschlafen.

Nach einer Stunde, als das Feuer heruntergebrannt war und ihr kalt wurde, wachte sie noch einmal kurz auf, und zog sich ihre trockenen Sachen wieder an. Benni lag bei ihr und hatte sich an sie geschmiegt.

*Gar kein so schlechtes Leben*, dachte sie. Aber dann fiel ihr Cleas ein, und sie sandte ein Gebet zu *den Kräften*, dass er es zurück bis nach Saligaan geschafft hatte.

*

In dieser Nacht schlief sie ausnehmend gut, nicht zuletzt, weil sie Benni bei sich wusste. Über seinen Mut gegenüber den Drakken konnte man streiten, aber das verübelte Alina ihm nicht. Was seine Wachsamkeit und seine Fähigkeiten als Jäger anging, hatte sie vollstes Vertrauen. Ihre Entscheidung, den Hund durch das Stygische Portal mit sich zu nehmen, war richtig gewesen.

Sie wachte erst auf, als der Tag schon in voller Helligkeit erstrahlt war. Benni hatte bereits wieder ein Tier erlegt. Was es für eines war, konnte Alina nicht genau sagen; es besaß die Größe eines Kaninchens, hatte aber keine langen Ohren, dafür aber lange Hinterläufe und einen noch längeren Schwanz. Sie wusste nicht recht, was das war, und da sie gerade keinen Hunger verspürte, beschloss sie, auf das Frühstück zu verzichten. So packte sie ihre Habe ein und brach bald auf. Irgendwie hatte sie das Gefühl, auf dem richtigen Weg zu sein, und plötzlich verspürte sie das Bedürfnis, sich zu beeilen. Sie wollte Klarheit erlangen, ob ihre Idee, Roya hier finden zu können, nicht nur ein dummer Wunschtraum gewesen war.

Abermals war ein schöner Tag angebrochen und sie war zuversichtlich, heute ein gutes Stück Weg zurücklegen zu können. Das Flusstal führte eindeutig nach Nordwesten, und der Fluss selbst war so breit, dass es ihr möglich erschien, es könnte derjenige sein, der unterirdisch unter dem Hauptkamm des Ramakorums hindurchströmte. Leider hatte sie keine Ahnung, ob es in anderen, benachbarten Tälern ebensolche Flüsse geben mochte. Und sie wusste auch nicht, wie viele Tage sie noch würde laufen müssen, um bis an den Tunneleingang des Flusses gelangen zu können. Einen – oder zwei? Vielleicht noch mehr, bis hin zu einer Woche? Immerhin war der Weg am sandigen Flussufer entlang gut begehbar. Sie rechnete sich aus, dass sie pro Tag, wenn sie zügig und unbehindert weitermarschieren konnte, dreißig bis vierzig Meilen schaffen konnte.

Der Vormittag verging und die Mittagszeit kündigte sich durch heftiges Magenknurren an. Für einen solchen Marsch, sagte sie sich, würde sie nahrhaftes Essen brauchen, und sie sollte bei Bennis erlegtem Wild nicht so wählerisch sein. Doch sie hatte das Tier zurückgelassen. Sie machte eine Pause und verzehrte einen Teil dessen, was ihr Cleas eingepackt hatte. Während sie am Flussufer saß, dachte sie wieder an den Magier, ihren Freund. Er hatte sich für sie geopfert. Sie wusste nicht, inwieweit sie sich Hoffnungen machen sollte, dass er noch rechtzeitig nach Saligaan gelangt wäre. Sie war nun hier in Freiheit, aber Cleas? Es mochte gar sein, dass er inzwischen tot war. Der Gedanke war entsetzlich. Dumpfe Trauer machte sich in Alina breit.

Sie erhob sich, packte ihre Sachen und machte sich entschlossen wieder auf den Weg. Was auch immer ihm widerfahren war, eine Sache hatte Cleas ganz bestimmt verdient: dass sie das Letzte gab, um Roya zu finden.

Den ganzen Nachmittag marschierte sie weiter nach Nordwesten, immer am Wasserlauf entlang. Doch dann wurde der Fluss schmaler und sie wurde unsicher, ob sie wirklich auf dem richtigen Weg war. Zu diesem Zeitpunkt hatte sie eine Gegend erreicht, in der sich nach Süden hin eine Passage bot: In dem hohen, felsigen Gipfelkamm, der das Flusstal seit Beginn ihrer Wanderung nach Südwesten hin begrenzte, tat sich ein Sattel auf. Es würde sie etwa zwei Stunden kosten, dort hinaufzusteigen, dann aber konnte sie einen Blick in das angrenzende Tal oder vielleicht noch weiter nach Süden werfen. Sie beschloss, es zu wagen, und machte sich an den Aufstieg.

Als die Abenddämmerung einbrach, hatte sie es geschafft.

Müde erreichte sie den höchsten Punkt des Sattels, und als sie ins angrenzende Tal hinabblickte, stieß sie einen überraschtes Aufstöhnen aus. Dort unten floss ein weiterer Strom von Nordwesten heran; er verlief unmittelbar parallel zu dem Tal, das sie bisher durchwandert hatte, und er war wesentlich breiter. Aber schlimmer noch: Jenseits des Stromes erhob sich nur eine niedere Hügelkette, und dahinter sah Alina im

Abendlicht, zwischen mehreren Pfeilern hindurch, einen weiteren Fluss glitzern. Sie seufzte laut. Nun kannte sie bereits *drei* Wasserarme, die von Nordwesten heranströmten, und wer konnte sagen, wie viele es in anderen Tälern noch geben mochte?

Enttäuscht ließ sie sich zu Boden sinken. Sie hatte es sich viel zu leicht vorgestellt. Diese Bergwelt war riesig, erstreckte sich über hunderte von Meilen, und es war geradezu naiv von ihr gewesen zu glauben, sie könnte auf Anhieb den richtigen Weg finden. Benni setzte sich neben sie und sie legte seufzend den Arm um seinen Hals. »Ich bin ein dummes Huhn«, vertraute sie ihm niedergeschlagen an. »Wie sollen wir nur in diesem Gewirr von Flüssen den richtigen finden?«

Sie saß noch eine Weile da, während das Licht des Tages immer weiter schwand, und gab sich in ihrem Kummer der Schönheit der Landschaft und des Sonnenuntergangs hin. Inzwischen war die Dämmerung schon so weit vorangeschritten, dass es keinen Sinn mehr machte, den Abstieg in das große Flusstal zu wagen. Der Aufstieg von ihrer Seite her war schwieriger und langwieriger gewesen, als sie gedacht hatte, und außerdem wusste sie im Augenblick nicht einmal, was sie überhaupt als Nächstes tun sollte.

»Wir bleiben hier oben, Benni«, sagte sie und erhob sich. »Vielleicht fällt mir heute Nacht irgendetwas ein.«

Sie fand einen geschützten Platz zwischen Felsen und Bergkiefern und richtete sich dort einen Lagerplatz ein. An diesem Abend hatte Benni nichts erbeutet, und so fiel das Abendessen bescheiden aus: Zwieback, Hartkäse und ein Speckstreifen, den Alina Benni überließ. Ein Feuer zu entfachen sparte sie sich; sie war so müde, dass sie sich, als das letzte Licht des Tages geschwunden war, sogleich zum Schlafen niederlegte. Wie so oft, lag Benni wärmend bei ihr. Diese Tatsache verlieh ihr zwar auf die Dauer keine höfische Duftnote, aber sie sagte sich, dass sie sich am besten daran gewöhnen sollte. Sie würde keine Shaba der Paläste und der Bälle in Festkleidern sein, sondern eher eine des Untergrunds. Eine, die in Höhlen und Wäldern schlief, bei Nacht auf die Jagd ging und ihr Leben in derber Kleidung und unter derben Männern und Frauen verbrachte. Der Traum von feinen Kleidern, erlesenen Speisen und angenehmen Nächten in Daunenbetten war mit Sicherheit für lange Zeit ausgeträumt. Bevor sie einschlief, waren ihre Gedanken bei Victor und Maric, und sie hoffte und wünschte sich, dass es den beiden gut ging.

*

Als sie am nächsten Morgen von Bennis Gebell und einem jaulenden Geräusch geweckt wurde, war sie zuerst nicht weiter alarmiert. Noch halb schlaftrunken stemmte sie sich in die Höhe und seufzte über das Ärgernis einer weiteren Kontrolle, wie sie bereits schon so viele erlebt hatte. Erst als sie stand und gewohnheitsmäßig nach ihrem Hals tastete, durchfuhr sie ein lähmender Schrecken.

Eine Drakkenpatrouille! Sie war auf der Flucht – und hatte kein Halsband mehr!

Instinktiv ging sie in Deckung, kauerte sich nieder, aber es war längst zu spät. Das Drakkenschiff war von steil oben herabgekommen und man hatte sie längst gesehen. Vor ihr lag die sanfte Wiese der Sattelkuppe; ein Ort, an dem ein so kleines Schiff wunderbar landen konnte. Und an diesem Ort hatte es auch das bestmögliche Schussfeld. Ihre Fluchtmöglichkeiten waren gleich Null. Panik drohte sie zu übermannen.

»Bleib stehen!«, dröhnte eine blecherne Stimme über den Sattel hinweg. »Bei Flucht schießen wir!«

Trotz des Schocks funktionierte Alinas Denkapparat noch so weit, dass ihr klar wurde, dass der Sprecher dieser Worte weder ein Bruderschaftler noch ein Verwalter gewesen war. Das Schiff war *grau*, wie sie in diesem Moment sah; es war ein reines Patrouillenschiff, vielleicht nur mit zwei Drakkensoldaten bemannt.

Sie überlegte verzweifelt, ob sie die Drakken zu täuschen vermochte, wenn sie sich nicht bewegte. Aber rätselhafterweise war sie von ihnen gesehen worden, während sie noch bewegungslos auf ihrem Lager gelegen und geschlafen hatte. Wie war sie überhaupt entdeckt worden? Ihr Lager war gut versteckt, und eigentlich wären hier, in dieser menschenleeren Gegend, überhaupt keine Patrouillen zu erwarten gewesen. Das konnte nur eines bedeuten: Sie hatten Cleas gefangen genommen und es geschafft, ihn zum Reden zu bringen!

Sie erhob sich wieder, blieb mit pochendem Herzen auf ihrem Platz stehen und sah mit Verzweiflung im Herzen ihrem Schicksal entgegen. Es gab nichts mehr, was sie noch tun konnte.

Das Drakkenschiff landete. Das Jaulen schwoll ein wenig ab, aber die Maschinen des Schiffs erstarben nicht. Alles deutete darauf hin, dass die Drakken vorhatten, sehr bald wieder zu starten. Nun kam es nur noch darauf an, was sie mit ihr zu tun gedachten. Würde man sie auf der Stelle töten oder würde sie nur gefangen genommen werden?

Schwer atmend wartete sie, was geschehen würde. Benni war winselnd zu ihr gekommen und drückte sich um ihre Beine herum, während in ihr die Hoffnung wuchs, dass man sie nur gefangen nahm. Wenn sie Cleas zum Reden gebracht hatten, wussten sie sicher auch, dass sie die Shaba war, und das würden sie für ihre Zwecke nutzen wollen. Nur Benni, der arme Benni, würde wahrscheinlich sterben müssen.

Sie biss die Zähne zusammen. Das würde sie nicht zulassen!

Die Seitentür des Schiffs glitt zurück und drei Drakkensoldaten sprangen heraus. Sie waren seltsamerweise nicht bewaffnet, jedenfalls nicht mit ihren langen, Feuer spuckenden Stäben. Das deutete abermals darauf hin, dass sie inzwischen wussten, mit wem sie es zu tun hatten. Ja, sie würde gefangen genommen und nach Savalgor gebracht werden; alle Anstrengungen ihrer Flucht waren vergeblich gewesen. Und das winzige bisschen Hoffnung, das sie im Herzen trug und das zugleich auch die Hoffnung eines ganzen Volkes gewesen war, würde vergehen. Sie beugte sich zu Benni nieder, umarmte ihn und ließ ihren bitteren Tränen ungezügelt freien Lauf. Kurz darauf waren die drei Drakken bei ihr.

»Du bist Roya!«, knirschte der in der Mitte, eine hässliche Echsenbestie in einem schwarzgrünen Körperpanzer.

Alinas Herzschlag setzte aus. Sie wurde für *Roya* gehalten? Fieberhafte Gedanken schossen durch ihr Hirn. Sollte sie sich dann besser für *Roya* ausgeben …?

Der Drakken, der offenbar sicher war, sie wäre Roya, nahm ihr die Entscheidung ab. »Du kommst mit!«, krächzte er mit seiner kalten Echsenstimme.

»Ich lasse meinen Hund nicht los!«, schluchzte sie. »Ihr dürft ihn nicht töten!«

»Du kommst mit!«, wiederholte der Drakken, so als hätte er ihre Worte gar nicht gehört.

Sie klammerte sich nur umso fester an Benni. »Nicht ohne meinen Hund!«, rief sie.

Die drei Drakken wirkten unschlüssig. Zwei von ihnen tauschten leise, zischende Worte, dann näherte sich der dritte einen Schritt. Sein Panzer war metallisch schwarz, ebenso wie der des dritten Drakken.

Benni fletschte die Zähne und begann zu knurren.

Einer der beiden anderen Drakken warf dem, der sich genähert hatte, einen scharfen Befehl zu, worauf-

hin er sich umwandte und zum Flugschiff zurück-
rannte. Alina hatte diese Wesen schon früher beim
Rennen beobachten können; es war ein unangenehmer
Anblick. Kein Mensch würde je einem Drakken davon-
laufen können und vielleicht nicht einmal ein Hund
wie Benni.

Kurz darauf kehrte das Echsenwesen zurück, diesmal bewaffnet. Alina stieß einen Schrei aus. »Nein!«,
rief sie. »Lasst meinen Hund in Ruhe!«

Der mit der Waffe blieb ein Stück abseits stehen und
hob sie. Alina wandte sich todesmutig um, sodass
Benni hinter ihr war; der Drakken hätte zuerst sie erschießen müssen. Aber das durfte er offenbar nicht –
weil er sie für Roya hielt. Benni grollte in der Tiefe seiner Kehle und ihr rollten Tränen der Wut und der Verzweiflung über die Wangen.

»Du musst jetzt mitkommen!«, befahl der Drakken
in dem schwarzgrünen Panzer.

»Nein!«, schrie Alina. »Ich lasse nicht zu, dass ihr
meinem Hund etwas tut!«

»Du nimmst das Tier mit«, erwiderte der dritte
plötzlich mit kalter, herzloser Stimme. »Lass es los.
Wenn es ruhig ist, kann es mit dir kommen!«

Alina starrte das Echsenwesen voller Abscheu und
durch einen Vorhang von Tränen an. Es war ihr ein
Rätsel, wie sie diesem maschinenhaften Wesen ein solches Zugeständnis abgetrotzt hatte, und sie traute dem
Frieden nicht. Vielleicht wollte der Drakken sie nur
von Benni trennen, damit ihn der andere ungehindert
erschießen konnte.

Sie schüttelte entschlossen den Kopf. »Ich lasse ihn
nicht los! Auf keinen Fall! Wenn er bei mir bleiben
darf, komme ich mit. Wenn nicht – müsst ihr mich zusammen mit ihm töten!«

Wieder berieten sich die beiden Drakken. Dann sagte der Schwarzgrüne: »Gut. Du gehst voraus. Setz dich

mit dem Tier hinten hin. Und halte es ganz fest.« Er wies mit dem ausgestreckten Arm ins Innere des kleinen Schiffs, dessen Tür nach wie vor geöffnet war.

Dort war Platz für höchstens vier Personen. Alina wusste nicht, ob Benni nicht ohnehin durchdrehen würde, wenn er mit drei Drakken auf so engem Raum eingesperrt war. Aber sie musste es riskieren. Die drei Kreaturen hätten sie und Benni mit Leichtigkeit auseinanderreißen und den Hund töten können. Solange sie noch nicht auf diese Idee gekommen waren, konnte sie ihm vielleicht das Leben retten.

Langsam erhob sie sich, nahm Benni am Hundehalsband fest in den Griff und redete ihm beruhigend zu. Er war schon zweimal geflogen und würde sicher mit ihr in das Schiff steigen. Sie betete, dass er ruhig blieb.

In gebückter Haltung, Benni dabei mit sich ziehend, ging sie voran und redete auf ihn ein. Widerwillig folgte er, verdrehte dabei die Augen, um nach den Drakken sehen zu können, und bleckte immer wieder die Zähne, ein tiefes, böses Knurren in der Kehle. Alina achtete darauf, dem bewaffneten Drakken keinen ungehinderten Schusswinkel auf Benni zu bieten.

Dann waren sie bei dem Flugschiff. Alina zerrte Benni über die zwei Sprossen der kurzen Einstiegsleiter hinauf und folgte ihm rasch. Sie setzte sich ganz hinten rechts in die Ecke und nahm ihn zwischen die Knie.

Benni war sehr böse und sehr nervös, aber er gehorchte. Sie hoffte nur, dass es ihr gelang, ihn unterwegs ruhig zu halten.

Vorn im Flugschiff saß ein weiterer Drakken, offenbar der Pilot. Die drei Drakken stiegen zu, zum Glück respektvollen Abstand haltend. Benni bleckte wieder die Zähne und knurrte die Echsenwesen an, aber es gelang Alina, ihn zu halten. Einer der beiden schwarz gepanzerten Drakken kletterte nach vorne und nahm den

Platz neben dem Piloten ein. Dann glitt die seitliche Tür zu.

Die Maschinen im Innern des Schiffs heulten wieder auf und gleich darauf hob das kleine Schiff ab, schwenkte in Richtung des breiten Flusstales und nahm Fahrt auf.

Alinas Erleichterung darüber, dass sie Benni hatte retten können – wenigstens vorläufig –, machte der Verzweiflung Platz, dass man sie nun doch erwischt hatte. Tränen liefen ihr über ihre Wangen. Alles war vergebens gewesen, und nun war wohl alle Hoffnung, auch wenn sie nur winzig gewesen war, dahin – ob man sie nun für Roya hielt oder nicht. Die echte Roya war offenbar noch frei, aber sie würde wohl kaum ganz allein etwas ausrichten können. Sobald die Drakken herausbekommen hatten, dass ihnen die Shaba in die Fänge geraten war, würden sie Roya wieder jagen – so lange, bis sie ihnen in die Falle lief. Alina wandte das Gesicht von den Drakken ab. Benni spürte ihren Schmerz, hob den Kopf und winselte mitfühlend.

Nach einer Weile wandte sie den Kopf. »Woher wusstet ihr, wo ich bin?«, verlangte sie zu wissen. »Wer hat euch gesagt ... wo *Roya* ist?«

Der Schwarzgrüne blitzte sie kurz an, antwortete aber nicht.

»Los, sag es mir!«, maulte sie den Drakken an. »Ich will wissen, welches miese Stück mich verraten hat!«

Alina hatte die Stimme erhoben und ihn ziemlich angefahren, und das schien das Echsenwesen nun doch zu stören. Eine beachtlich gefühlsbetonte Reaktion für einen Drakken! Er versteifte sich, lehnte sich ein Stück vor und blaffte sie an: »Sei still! Halte den Mund!«

Das war Benni eine Winzigkeit zu viel.

Schlagartig erwachte sein Beschützerinstinkt und er bleckte die Zähne. Wieder war das tiefe Knurren aus seiner Kehle zu hören, und abermals reagierte der schwarzgrüne Drakken, bekanntermaßen ein Krieger-wesen, seltsam gefühlsmäßig. Es schien ihn zu ärgern, dass ihm ein einfaches Tier der Höhlenwelt drohte, und er reckte sich vor und knurrte zurück. Es war kein wirkliches Knurren, sondern eine Mischung aus Fau-chen und Zischen bei geöffnetem Maul, aber die Bot-schaft war unmissverständlich. Benni quittierte sie mit einem noch lautern Knurren und dann, wie schon Tage zuvor, mit einem einzelnen, schmetternden Bellen.

Der Drakken zuckte erschrocken, allein von der Lautstärke zurückgetrieben, dann aber erwachte das Raubtier in ihm erneut. Er hob die krallenartigen Hände und öffnete seinen Rachen abermals, um Benni anzufauchen.

Aber er kam nicht mehr weit.

Anstelle des Fauchens entrang sich ein ersticktes Röcheln seiner Kehle. Sein gepanzerter Brustkorb be-gann plötzlich zu pumpen. Er versuchte sich in die Höhe zu stemmen, sackte aber wieder zurück und stieß einen hilflos-erstickten Laut aus. Er begann mit den Armen herumzufuchteln, und da wusste Alina schon, was passieren würde. Sie zog Benni mit aller Kraft zu sich und versuchte, sich vor dem Drakken wegzudrücken.

Das Echsenwesen begann wild um sich zu schlagen und an seiner Rüstung zu zerren. Im Inneren des Drak-kenschiffs war es eng – Alina lief Gefahr, ernstlich von den scharfen Knochengraten des Drakken verletzt zu werden. Als der Arm des Wesens knapp vor ihrem Ge-sicht vorbeifuhr, schrie sie auf und ließ Benni vor Schreck los.

Das war der Anfang vom Ende.

Benni verstand die heftigen Bewegungen des Drak-ken als Angriff und stürzte sich sofort auf ihn. Wäh-rend die beiden zu einem tobenden Bündel verschmol-zen, versuchte Alina verzweifelt, sich aus der Gefahrenzone zu retten. In der Ecke hinter dem Sitz war ein wenig Platz. Da sie Benni ohnehin nicht mehr halten konnte, ließ sie sich voller Angst dort hineinrutschen. Im nächsten Moment wurde der Hund von einer heftigen Armbewegung des Drakken zur Seite geschleudert und landete auf dem zweiten Echsenwesen, das auf der anderen Seite saß und sich gerade erheben wollte. Benni verbiss sich auf der Stelle in ihn.

Dann brach in dem kleinen Drakkenschiff die Hölle los.

Während sich der andere Drakken zu wehren begann, seine Waffe aber in der Enge des Raums nicht einsetzen konnte, verfiel der erste in völlige Raserei. Er tobte durch den winzigen Raum, kreischte, zischte und versuchte sich seinen Panzer vom Leib zu reißen. Dann kam schon einer der beiden Piloten nach hinten, wurde aber nur in ein Chaos von fliegenden Armen und Beinen gerissen. Benni war außer Rand und Band, er kläffte, grollte und biss nur so um sich, während Alina vor Angst wimmerte und sich noch tiefer in ihre Nische zu verkriechen suchte. Plötzlich verfiel auch noch der zweite Drakken in Atemnot. Binnen Sekunden herrschte im Inneren des kleinen Schiffs die Raserei eines Tollhauses. Eine zischende Dampfwolke stob auf, als der erste Drakken es schaffte, seinen Panzer zu zerfetzen; kurz darauf sackte er schon gurgelnd in sich zusammen. Während der zweite Drakken immer mehr in das gleiche Verhalten abglitt, Benni noch immer kläffend und beißend umhertobte und der dritte Drakken kreischend den Hund zu fassen versuchte, begann das Schiff seitlich abzudriften.

Alina bekam kaum noch etwas mit. Im Innern des Schiffs wallte Dampf wie in den Quellen von Quantar. Der vierte Drakken, der es zu steuern versuchte, kreischte irgendwelche panischen Laute nach hinten; ein zufälliger Blick zeigte Alina, dass nun auch der dritte Drakken von der seltsamen Krankheit gepackt worden war, die von Bennis Bellen zu stammen schien. Er begann zu röcheln und zu keuchen – da stob schon wieder eine Dampfwolke auf. Das Schiff trudelte noch mehr. Alina wurde von irgendetwas getroffen und verlor für Sekunden den Überblick. Als sie wieder zu sich kam, sah sie, dass sich Benni bereits bis ganz nach vorn durchgearbeitet hatte und sich in den rechten Arm des Piloten verbissen hatte. Hinten bei Alina herrschte schon beinahe wieder Ruhe; zwei Drakken waren bereits tot, der letzte kämpfte gerade gegen den Wahnsinn, der scheinbar auch ihn befallen hatte. Sie konnte vor Dampf kaum etwas erkennen, aber sie sah, dass eine neue Gefahr nahte, eine, die nicht minder tödlich war. Wenn Benni den Drakken nicht losließ, würden sie abstürzen.

»Benni!«, schrie sie und kämpfte sich in die Höhe.

Der Hund wurde von dem tobenden Piloten, der seinen Arm wie wild bewegte, auf und ab geschleudert, aber er ließ ihn nicht los. Alina stemmte sich mit Macht in die Höhe und kam endlich frei. Das Schiff taumelte durch die Luft, die Fenster waren beschlagen. Sie fand keine Zeit, eines davon frei zu wischen, um nachzusehen, wie weit sie noch über dem Boden waren. In panischer Eile kämpfte sie sich nach vorn. »Benni!«, schrie sie wieder. »Lass los! Lass ihn los!«

Wunderbarerweise gehorchte der Hund. Ob es wegen der Schärfe von Alinas Befehl war oder wegen der Schmerzen, die er litt, konnte Alina nicht sagen, aber er ließ los. Vom letzten Schwung des Drakkenarms wurde er auf der gegenüberliegenden Seite des Pilotensitzes gegen die Scheibe geschleudert und rutschte jaulend daran herunter. Der Drakken keuchte und fauchte, hantierte an den Bedienungsteilen seines Schiffs, aber dann begann er plötzlich zu zucken. Sein Brustkorb verfiel in heftige, unrhythmische Bewegungen, er löste die Hände von seinen Hebeln und fuchtelte wild umher.

Da sah Alina durch einen kleinen, halbwegs freien Flecken in der vorderen Scheibe etwas auf das Schiff zurasen. Sie fand gerade noch Zeit, irgendetwas zu packen, um sich festzuhalten. Dann tat es einen mörderischen Schlag und alles um sie herum versackte in Dunkelheit.

*

Alina erwachte von dem Gestank.

Sie hatte keine Ahnung, wie lange sie besinnungslos gewesen war. Dass die Drakken einen scheußlichen Geruch nach Urin und Verwesung verströmten, war inzwischen weithin bekannt – ja, man hatte sich fast schon ein wenig daran gewöhnt. Aber das hier war *mehr*. Der Gestank des Todes war hinzugekommen, eines Todes durch Gift und Fäulnis, vermischt mit weiteren Gerüchen, die dem zerstörten Schiff entstammen mochten, in dem sie noch immer lag. Mit einem Stöhnen schlug sie die Augen auf. Irgendwo knisterte ein kleiner Brand; sie sah schwarzen Qualm, der aber durch ein großes Loch direkt über ihr abzog. Ihr Blick war irgendwie getrübt. Als sie versuchte, die rechte Hand zu heben, um sich über die Augen zu wischen, fuhr ein scharfer Schmerz durch ihren Arm. Sie keuchte, registrierte, dass sie halb im Wasser lag. Etwas stimmte mit ihrem rechten Arm nicht. Als sie den Kopf hob, um danach zu sehen, wurde ihr schlecht. Der Unterarm war gebrochen, die rechte Hand stand in groteskem Winkel ab. Ihre Jacke war aufgerissen, die rechte Brust entblößt und ein breiter, blutiger Streifen zog sich von den Rippen abwärts bis zur Hüfte. Mitten darin befand sich eine Fleischwunde, aus der etwas herausragte. Alina ließ den Kopf wieder sinken und begann hilflos zu weinen.

Sie hatte überlebt – um den Preis, dass sie jetzt hier jämmerlich sterben musste? Das war nicht gerecht! Ihr war klar, dass die vier Drakken tot sein mussten; es war Benni gewesen, der sie umgebracht hatte. Sie hätte beinahe aufgelacht: Das Bellen eines Hundes vermochte ein schreckliches Kriegerwesen wie einen Drakken zu töten! Unfassbar!

Sie hob den Kopf. »Benni?«, keuchte sie.

Als Antwort kam ein klägliches Winseln, doch für sie war es, als würde nach einer finsteren Nacht die Sonne aufgehen. Sie wusste nicht, ob sie hier würde sterben müssen, und vielleicht war auch Benni nicht mehr zu retten – sie konnte ihn nicht sehen. Aber es war unendlich tröstlich, hier an diesem schrecklichen Ort nicht ganz allein zu sein.

*Leandra*, dachte sie. Was würde Leandra nun tun? Vermutlich würde sie trotz aller Schmerzen versuchen aufzustehen, nach dem Hund sehen und irgendwie aus diesem zerstörten Schiff herauskommen.

Alina beschloss, das Gleiche zu versuchen.

Mit einer Kraftanstrengung und nur einem Arm stemmte sie ihren Oberkörper hoch – und starrte in das aufgedunsene, seltsam bleiche Gesicht eines toten Drakken. Es war ein Glück, dass sie ihn nicht scharf sehen konnte, denn der Anblick wäre wohl sonst *noch* widerlicher gewesen. Offenbar konnte sie auf kurze Entfernung etwas besser sehen als auf weite. Der Drakken hatte Schaum vor dem Maul und blutige Nasenlöcher; seine Augen waren so weit hervorgequollen, dass sie aus den Höhlen zu treten drohten. Sein Brustpanzer war aufgerissen, eine Anzahl von Röhren und Schläuchen quoll daraus hervor.

»Benni?«, rief sie.

Wieder kam das Winseln.

»Glückwunsch, mein treuer Freund«, keuchte sie. »Deine Stimme ist mächtiger als die eines Gottes!«

Benni antwortete ihr nicht, sondern blieb seltsam still. Bei dem Gedanken, dass er sterben könnte, bevor sie ihn erreichen würde, schossen ihr Tränen in die Augen. »Benni?«, rief sie angstvoll. »Benni – sag was! Ich …«

Ein leises Kläffen ertönte, kläglich und kraftlos, aber irgendwie meinte sie, dass es nicht nach einem Hund klang, der nur noch Sekunden zu leben hatte. Sie versuchte, sich gänzlich aufzurichten, hätte sich aber mit der rechten Hand dafür an einem zerstörten Sitz hochziehen müssen – das ging jedoch nicht. Sie versuchte es anders, mit dem Ergebnis, dass sie abrutschte, nach hinten fiel und mit der gebrochenen Hand irgendwo anstieß. Sie schrie auf und der Schmerz trieb ihr das Wasser in die Augen.

Schwer atmend blieb sie liegen, versuchte, sich wieder zu fangen. Als der Schmerz nachgelassen hatte, versuchte sie es erneut.

Sie benötigte über eine halbe Stunde, bis sie sich zu Benni vorgekämpft hatte, und eine weitere Stunde, bis sie sich und den verletzten Hund aus dem Schiff gerettet hatte. Sie waren auf einer Sandbank mitten im Fluss abgestürzt; das völlig zerstörte Schiff lag halb im flachen Wasser. Im Laufe ihrer Anstrengungen trübte sich ihr Blick immer mehr, aber das drängte sie beiseite. Schlimmer war, dass ihr ständig übel wurde, und die Schmerzen in ihrem Arm drohten ihr mehrfach die Besinnung zu rauben. Jedes Mal, wenn es irgendwie wieder ging, kämpfte sie sich ein Stück weiter. Noch nie im Leben, außer bei Marics Geburt, hatte sie solche Schmerzen gelitten. Sie weinte fast ständig, denn es gab nur ein oder zwei Positionen, in denen ihr gebrochener Unterarm nicht höllisch schmerzte – aber bei Bennis Bergung war nicht daran zu denken, den Arm schonen zu können. Der Schmerz trieb sie fast bis in die Ohnmacht.

Irgendwann lag sie dann draußen auf dem Fluss-sand und heulte sich verzweifelt die Seele aus dem Leib. Jenseits der Sandbank gab es links wie rechts für gute hundert Schritt nichts als Wasser. Es sah überall flach aus, aber sie würde Benni niemals bis zum Ufer schleppen können. So weit sie das beurteilen konnte, hatte er beide Hinterläufe gebrochen und dazu noch eine oder zwei Rippen. Es war ein Wunder, dass er überhaupt noch lebte. Und ebenso war es ein Wunder, dass dies auch für sie selbst zutraf.

*Aber wofür?*

Hier gab es keine Rettung für sie. Selbst wenn sie sich und den Hund ans Ufer hätte retten können, wür-den sie verhungern oder an Blutvergiftung sterben, denn ihre Wunden bedurften der Behandlung eines er-fahrenen Heilers, um sich nicht binnen kurzer Zeit zu entzünden. Alina hatte keine Tränen mehr. Sie hatte in den letzten beiden Wochen allerlei mitgemacht, aber dies hier war einfach zuviel.

Benni lag neben ihr und starrte sie aus seinen treuen Hundeaugen an. Sie fühlte sich schuldig, dass sie ihm nicht helfen konnte. Irgendwann nickte sie erschöpft ein.

# 30 ✦ Das Jaulen

Als sie ein weiteres Mal von einem Jaulen erwachte, glaubte sie, vor aufkochender Wut den Verstand verlieren zu müssen.

*Nein! Verdammt, das darf nicht sein!*, schrie sie in sich hinein.

Es war dieses verdammte Geräusch, das sie den letzten Nerv kostete. Sie kannte keinen schlimmeren, verächtlicheren Lärm in dieser Welt, und dass es immer wieder dieses dreimal verfluchte *Jaulen* war, mit dem sich eine neue Begegnung mit dem Verhängnis ankündigte, konnte einem die Lust am Dasein nehmen.

Als sie die Augen öffnete, war ihr Blick vollends verschleiert. *Na wunderbar*, dachte sie, *das auch noch!*

»Lasst mich sterben!«, schrie sie und sie meinte es so. Lieber wollte sie tot sein, als von diesen verfluchten Drakken gesund gepflegt zu werden, nur um dann ein Leben in Demütigung und Gefangenschaft verbringen zu müssen.

Sie hörte Gemurmel und erkannte, dass auch ein Bruderschaftler dabei sein musste; es war mindestens eine menschliche Stimme gewesen, vielleicht auch zwei. Neue Wut kochte in ihr auf. Dass diese widerlichen Verräter nun in den Schiffen umherflogen und das eigene Volk knechteten, war beinahe noch das Schlimmste von allem.

Als sie spürte, dass jemand bei ihr war und sie an der Schulter berührte, begann sie vor Wut zu heulen und um sich zu schlagen. Sie traf, aber es war mit der Hand des gebrochenen Armes, und der Schmerz, der sie daraufhin wie ein Blitz durchzuckte, schickte sie gnädig ins Reich der Träume.

*

Abermals war es ein Geruch, von dem sie erwachte – dieses Mal aber war er ungleich angenehmer. Irgendein Tee, riet sie. Oder es sind Blumen in der Nähe.

*Blumen?*

Sie schlug die Augen auf.

Ihr Blick war immer noch unscharf, vielleicht wieder ein wenig deutlicher als zuvor. Sie war bequem in Decken gehüllt und ruhte mit erhöhtem Kopf in einer Art Sandkuhle, die offenbar jemand für sie gegraben hatte. Über ihr lag der Schatten eines Baumes. Es musste früher Nachmittag sein. Jemand kniete vor ihr.

»Einen netten Hund hast du da«, sagte der Jemand. »Oh, Verzeihung. Habt … *Ihr* da!«

Alina stöhnte leise. Wer auch immer da zu ihr gesprochen hatte – es war kein Drakken gewesen. Und er hatte auch irgendwie nicht nach einem Bruderschaftler geklungen. Sie glaubte sogar, diese Stimme zu kennen. Die Züge des Mannes konnte sie jedoch nicht deutlich erkennen.

»Cl … Cleas?«, fragte sie unsicher.

»Nein!«, sagte der Mann mit einem lang gezogenen ›N‹ und einem ganz kurzen ›ein‹, so als hätte er diese Sprechweise beim Militär gelernt. Und nun wusste sie, wer es war.

»Marko!«, keuchte sie.

Der Kerl vor ihr grinste breit, so viel konnte sie erkennen. Er setzte sich vor ihr auf den Sand. »Richtig. Zu Euren Diensten, Shaba!«

Alinas Verwirrung war grenzenlos. Sie hob die linke, unverletzte Hand und versuchte sich die Augen auszuwischen – aber ihr Blick blieb trübe. Marko, der eifersüchtige Jüngling, der Victor ins Bein geschossen hatte! Marko, der sie überhaupt erst dazu bewogen hatte zu fliehen, sich um jeden Preis den Drakken zu entziehen! Wie, bei den Kräften, kam Marko hierher? Alina stammelte irgendetwas, brachte jedoch keine vernünftige Frage zustande.

»Meister Izeban ist auch da, Shaba«, sagte er sanft, als sich jemand aus dem Hintergrund näherte. »Könnt Ihr nicht gut sehen?«

Alina schüttelte den Kopf, als sich ein kleiner, rundlicher Mann neben Marko niederkniete. »Ihr habt eine Kopfwunde, Shaba, wahrscheinlich wurde Euer Gehirn erschüttert. Da wird einem übel und der Blick trübt sich …«

Sie nickte verstehend. »Ja … mir war die ganze Zeit schlecht, als ich Benni aus dem Schiff holte.« Das Nicken schmerzte und sie hob die unverletzte Hand an die Stirn.

Die beiden sahen sich kurz an. »Ihr … habt den Hund aus dem Schiff geholt? Mit einer Gehirnerschütterung, einem gebrochenen Unterarm und einem Metallsplitter im Bauch?«

Sie versuchte ein Lächeln. »Ja. Wie geht es ihm? Er heißt Benni.«

»Er wird eine Weile brauchen, bis er wieder auf die Beine kommt«, sagte Izeban. Alina konnte sich nur undeutlich an ihn erinnern. »Wahrscheinlich länger als Ihr, Shaba. Aber nur, wenn er strikte Ruhe hält.«

Es störte Alina sehr, dass sie die beiden nicht deutlich sehen konnte. Schwindel überfiel sie, aber zum Glück verging er rasch wieder. »Wie … wie kommt ihr beiden hierher?«, fragte sie. Sie blickte nach links, versuchte, die nähere Umgebung zu erkennen, was ihr aber nicht gelang. »Das Letzte, was ich mitbekam, war ein Drakkenschiff, das auf der Sandbank landete …«

»Das waren wir!«, sagte Marko grinsend.

Alina verstand nicht. »*Ihr*?«

Unmittelbar darauf packte sie wieder ein Schwindel, diesmal gepaart mit einem ekelhaft flauen Gefühl in der Magengegend. Sie stöhnte auf.

»Ihr solltet schlafen, Shaba«, sagte Izeban. »Nach so einer Gehirnerschütterung braucht man viel Ruhe …«

Alina hob eine Hand. »Bitte«, sagte sie schwer atmend. »Ich werde keine Ruhe haben, bis ihr mir erklärt habt, wie ihr hierher kommt. Wenigstens ein bisschen.«

Wieder sahen sich die beiden an, Marko schien mit den Schultern zu zucken. »Also gut«, sagte er. »Ihr kennt doch Munuel, den Meister und Lehrer von Leandra, nicht wahr?«

Sie nickte vorsichtig. »Ja, natürlich.«

»Nun, wir beide lernten ihn vor gut drei Wochen kennen, etwa zwanzig Meilen vor Savalgor. Er kämpfte gerade gegen ein paar Drakken, und wir hatten die Ehre … also, nun … ihm ein wenig zur Hand zu gehen.«

Das war ihr neu. »Er kämpfte gegen Drakken?«

»Ja. Damals nannte er sich noch Jerik. Er war dieser Sache mit den Drakken schon eine ganze Weile auf der Spur. Er wollte herauskriegen, warum sie Steine sammelten.«

»Wolodit«, flüsterte Alina.

Marko schien erstaunt. »Ja, richtig. Woher wisst Ihr das, Shaba?«

Sie lächelte schwach. »Ich habe in einer Mine gearbeitet. Einer Wolodit-Mine.«

Die beiden sahen sich verständnislos an. »*Ihr* … habt in einer …?«

Sie seufzte, hob wieder die Hand. »Später, Marko. Mir geht es nicht gut. Was haben Munuel und die Drakken damit zu tun, dass ihr jetzt hier seid?«

Izeban übernahm das Wort. »Sie waren mit einem dieser kleinen grauen Schiffe gekommen. Damals im

Wald, wisst Ihr? Dort, wo wir Munuel halfen. Es waren sechs Drakken, aber wir töteten sie alle. Und dann versteckte Munuel das Schiff – mithilfe einer ganz erstaunlichen Magie.« Er lachte leise. »Wir hätten es fast nicht wieder gefunden.«

»Später sind wir dann aus Savalgor geflohen«, fuhr Marko fort, »Izeban und ich. Wir sind ein gutes Gespann, wir zwei – was, Meisterlein?« Er klopfte Izeban auf die Schulter.

Langsam verstand Alina. »Und dann seid ihr zurück zu diesem Schiff gegangen? Aber …«

»Izeban ist … nun, man könnte sagen, nicht gänzlich unbegabt in technischen Dingen. Er hat eine dreischüssige Armbrust erfunden.«

»Sogar eine fünfschüssige!«, korrigierte Izeban.

»Eine … fünfschüssige Armbrust?«

»Ja, Shaba. Alles, was mit Apparaten, Maschinen und Geräten zu tun hat … nun, darin besitzt er ein gewisses Talent.«

Alina ächzte leise. »Du willst mir doch nicht sagen, dass er … gelernt hat, so ein Drakkenschiff zu *fliegen!*«

»Oh, alles andere als gut, Shaba«, räumte Izeban ein. »Wirklich nicht.«

Marko lachte auf. »Ha! Er hat den halben Savalgorer Forst niedergemäht, ehe er das Ding einigermaßen in der Luft halten konnte. Es ist verschrammt und verbeult wie eine alte Rüstung!«

Alina war nicht sicher, ob die beiden sie nicht zum Besten halten wollten.

»Es ist wahr, Shaba!«, sagte Marko. »Er hat es wirklich gelernt. Ich kann es sogar selbst schon ein bisschen.«

»Dann wart ihr es, die mit diesem Schiff auf der Sandbank gelandet sind?«

Izeban zuckte verlegen mit den Schultern.

»Ich gebe es nur ungern offen zu«, erklärte Marko

fröhlich, »aber es ist beachtlich, was Izeban in solchen Dingen zu leisten imstande ist. Er übertrifft sogar mich!«

Alina überging Markos großtuerisches Gehabe, zumal sie wusste, dass er damit nur Izeban aufziehen wollte. »Aber … die Drakken! Hat man euch denn nirgends aufgehalten? Sie fliegen doch mit ihren Schiffen überall herum.«

»Wir sind etlichen begegnet, Shaba«, erwiderte Izeban ernst. »Aber keines davon machte Anstalten, etwas von uns zu wollen. Wisst Ihr, was ich glaube? In Wahrheit sind diese Drakken unglaublich dumm!«

Alina hob eine Hand. »O ja, Meister! Inzwischen kann ich das voll und ganz bestätigen.« Sie blinzelte ein paar Mal, aber ihr Blick blieb nach wie vor trübe. Sie seufzte. »Nun weiß ich aber immer noch nicht, wie ihr auf die Idee gekommen seid, mich hier zu suchen! Es kann doch gar niemand wissen, dass ich hier …«

»Wir haben Euch gar nicht gesucht, Shaba«, sagte Marko. »Wir sind schon seit zwei Tagen hier und suchen nach Roya. Allerdings … die Drakken offenbar auch. Hier schwirren eine Menge dieser kleinen Schiffe herum.«

Alina seufzte und nickte langsam. »Allmählich werde ich eifersüchtig auf Roya. Alle suchen nach ihr. Sogar ich.«

*

Sie verbrachten den Rest des Tages und die Nacht am Fluss. Meister Izeban hatte das kleine Schiff geschickt in einen schmalen Einschnitt zwischen Bäumen manövriert. Er sagte, er habe keine allzu großen Sorgen, dass man sie aufstöbern würde. Bisher wären sie stets unbehelligt geblieben, ganz egal, wie viele Drakkenschiffe sich in der Nähe befanden. Alinas Wunden wa-

ren versorgt, ihr rechter Unterarm von einem zart-
fühlenden Marko geschient und verbunden worden.
Langsam ließ ihre Sehtrübung nach.

»Ich habe eine Theorie über die Drakken«, verkündete Izeban am Abend, als sie an einer geschützten
Stelle ein Feuer entfacht hatten. »Ich glaube, sie sind
wie ein Insektenvolk, das eine kollektive Sozialstruktur
und ein …«

»Eine *was* …?«, fragte Marko.

»Eine kollektive Sozialstruktur«, wiederholte Izeban
und lächelte. »Ich gebe zu – es klingt ein wenig hoch-
gestochen. Gelehrtensprache. Wir reden alle so.«

»Ah. Und weiter?«

»Also … die Drakken«, hob Izeban noch einmal an.
»Sie leben wie ein Insektenvolk. Jedes Einzelwesen hat
einen bestimmten Rang und bestimmte Aufgaben. Aus
diesem Muster können Einzelne von ihnen gar nicht
ausbrechen. Sie sind von Natur aus so. Vielleicht gibt
es Ausnahmen. Wenn ja, werden sie entweder rasch
getötet oder aber – sie steigen in der Rangfolge auf und
nehmen bald höhere Plätze ein.«

»Und dann?«

»Nun ja, sie sind durchaus intelligent. Was ihnen
aber fehlt, ist Kreativität. Ich meine die Fähigkeit,
selbst etwas zu ersinnen und es in einem neuen Zusammenhang auszuprobieren. Sie handeln nur nach
festgelegten Mustern, allerdings nicht, weil es ein Re-
gelwerk der Verbote gibt, sondern weil sie schlicht
und einfach diese Fähigkeit nicht haben. Ein einfacher
Drakken kann nur reagieren. Hat er keine Aufgabe,
bleibt er einfach stehen und tut nichts. Bis eine Aufga-
benstellung auf ihn zukommt, die in sein Denkmuster
passt und die er bewältigen kann.«

»Aha«, machte Marko gelangweilt.

Alina hingegen hatte Izeban aufmerksam zugehört.
»Ihr meint, Izeban, dass dies der Grund ist, warum ihr

ungehindert mit dem Schiff umherfliegen könnt? Weil die Drakken für diesen Fall keine Regeln haben und gar nicht auf so eine Möglichkeit kommen können?«

Er schüttelte den Kopf. »Nein, ganz so ist es, glaube ich, nicht. Ich denke, wenn sie uns einmal entdeckt haben, werden sie schnell ein Muster dafür entwickeln. Natürlich tun das nicht die unteren Ränge, sondern die oberen oder die höchsten; die Ränge, die genügend Kreativität besitzen, um eine Gegenmaßnahme zu ersinnen. Die werden sie dann nach unten weitergeben, als neue Regel. Haben sie uns entdeckt, werden sie uns bald jagen. Oder besser: sie werden sich gegenseitig so sehr kontrollieren, bis sie uns gefunden haben. Aber solange sie nicht ahnen, dass Menschen mit einem ihrer eigenen Schiffe herumfliegen können, sind wir wahrscheinlich sicher. Wir müssen nur unter allen Umständen vermeiden, dass sie uns jemals *sehen*. Ich meine, in ihrem Schiff. Bis zu diesem Moment sind wir nur ein Patrouillenschiff, das nicht antwortet. Das könnte viele Gründe haben.«

Alina nickte. »Nicht aber den, dass Menschen darin sitzen könnten.«

»Richtig. Diesen Grund kennen sie nicht, der steht ihrem Denken gar nicht zur Auswahl.«

Marko, der sich offenbar gekränkt fühlte, dass Alina Izebans Idee aufgegriffen hatte, sagte: »Aha. Das ist ein kluger Gedanke. Wir können ihn uns sicher zunutze machen, wenn wir nach Roya suchen.«

Alina blickte ihn an. »Warum sucht ihr eigentlich nach Roya?«

»Oh, ich habe gehört, dass sie sehr hübsch sein soll«, sagte Marko ganz unverfänglich. »Und nachdem Ihr nun nicht mehr zu haben seid, Shaba …«

Alina stieß ihn mit ihrem bandagierten Arm in die Seite, was ihr selbst mehr Schmerzen bereitete als ihm. »Für dich«, sagte sie jammernd, »ganz sicher *nicht* mehr, du Attentäter! Woher soll man wissen, ob du nicht auf einen zu schießen beginnst?«

Marko hob abwehrend die Hände und grinste verlegen.

»Die Idee, nach Roya zu suchen, stammt von Marko«, warf Izeban ein. »Allerdings nicht, weil sie hübsch wäre. Roya ist tatsächlich …«

»*Selbstverständlich*, weil sie hübsch ist, Izeban!«, erwiderte Marko empört. Er legte sich einen Handrücken gegen die Stirn und stöhnte gekünstelt. »Nach Wochen mit einer Vogelscheuche wie Euch an meiner Seite dürstet es mein Herz nach der Schönheit, Wohlgefälligkeit und Zartheit einer sanften Seele! Allein, dass unsere Shaba nun bei uns ist …«

Izeban grinste nur, es schien ihm nichts auszumachen. »… Roya ist außer Euch die Einzige«, beendete er seinen Satz, »die sich noch in Freiheit befindet. Und da wir nicht wussten, wo wir Euch suchen sollten, Shaba, wollten wir versuchen, uns mit Roya zusammenzutun.«

Alina beobachtete Marko kopfschüttelnd und mit rollenden Augen. Marko seufzte vernehmlich und warf ihr sehnsüchtige Blicke zu. Alina musste leise lachen. Er war ein Faxenmacher, dieser junge Kerl, aber auf seine Art sehr einnehmend. Sie war gespannt, wie Roya auf ihn reagieren würde, sollten sie es tatsächlich schaffen, sie zu finden.

Sie wandte sich wieder Izeban zu. »Nun sind wir schon drei. Vielleicht finden wir sie wirklich. Dann können wir, zusammen mit ihr und ein paar Drachen, einen kleinen Geheimbund ins Leben rufen. Eine Gruppe des Widerstands!«

Das rief Marko wieder auf den Plan. »Ganz genau, Shaba!«, sagte er begeistert und ballte eine Faust. »Wir werden uns diesen verfluchten Echsenbestien nicht beugen! Vielleicht dauert es lange, bis wir sie einmal wirklich hart treffen können, aber wir müssen einfach geduldig sein! Eines Tages vielleicht ...«

»Nein, nein, Marko!«, unterbrach sie ihn. »Denk in größerem Maßstab! Tirao ist bei ihr – Leandras Drachenfreund. Und Tirao kennt Ulfa, das weiß ich. Hast du Ulfa nicht auf meiner Hochzeit gesehen?«

Marko war verwirrt. »Ihr meint ... diesen kleinen Drachen, der zu Munuel kam?«

»Ja. In ihm steckt der Geist des Urdrachen der Höhlenwelt. Er ist ein Freund der Menschen und besonders ein Freund Leandras. Wenn es jemanden gibt, der uns helfen kann, dann Ulfa. Roya kennt ihn, und darin liegt unsere Chance!«

Izeban nickte bedächtig. »Von dieser Ulfa-Sache wussten wir nichts. Davon hat uns Munuel nichts gesagt.«

»Wir haben fast zwei Wochen in den Katakomben unter dem Palast ausgeharrt«, erklärte Marko, »Aber dann flog unser Geheimnis auf. Munuel konnte es uns noch rechtzeitig sagen und so flohen wir aus Savalgor.«

»Glaubt Ihr, wir werden Roya finden, Shaba?«, fragte Izeban.

»Ich hoffe es. Aber sicher nicht ... *hier*.«

»Nicht hier?«

Sie schüttelte den Kopf. »Nein. Wisst ihr nicht, dass sie an der Mündung eines unterirdischen Flusses sein muss? Eines Flusses, der unter dem Hauptkamm des südlichen Ramakorums hindurchfließt? Ich suche hier selbst schon eine Weile. Aber ich bin zu dem Schluss gekommen, dass der Ort ein ganzes Stück weiter im Nordwesten liegen muss. Vielleicht ganz weit oben in den Bergen.«

Die beiden sahen sich gegenseitig an. »An der Mündung eines unterirdischen Flusses?«, meinte Marko. »Da hätten wir lange suchen können. Das haben wir nicht gewusst.«

Alina spürte ein leises Rumoren im Magen. Irgendjemand musste den Drakken etwas von Roya erzählt haben. Aber wer war dieser Verräter? Oder hatten sie jemanden zum Reden gezwungen, so wie den armen Cleas? Alina verneinte das innerlich. Cleas hatte sie gar nicht verraten. Als sie aufgegriffen worden war, hatte man geglaubt, sie wäre Roya. Und von einer Roya hatte sie ihm gar nichts erzählt.

»Die Drakken, die mich aufgriffen, suchten ebenfalls nach Roya«, erklärte sie. »Sie dachten, *ich* wäre sie. Das muss eigentlich bedeuten, dass die Drakken sie noch nicht gefunden haben.«

»Sie ist außergewöhnlich klug«, bekräftigte Marko noch einmal, so als würde er Roya seit Jahren kennen. »Klug und bildschön! Jedenfalls sagte das Munuel.«

Izeban stöhnte und Alina lachte leise. »Bildschön? Bist du etwa *jetzt* schon verliebt in sie? Dabei hast du sie noch nicht einmal gesehen!«

Marko machte eine galante Geste. »Ihr wisst, verehrte Shaba, für eine schöne Frau tue ich alles. Wirklich alles!«

Alina zog ein Gesicht und winkte ab. »Alles? Na, hoffen wir nur, dass du nicht auf sie zu schießen beginnst.«

\*

Am folgenden Tag starteten sie schon im Morgengrauen.

Alina war mulmig zumute, denn sie hatten im Laufe des vergangenen Tages dreimal vorüberfliegende Patrouillenboote der Drakken gesehen. Um die größeren von den kleineren Flugmaschinen unterscheiden zu können, hatten sie sich auf den Begriff ›Boot‹ geeinigt. Nun besaßen sie selbst so ein Boot und Meister Izeban hatte rechts auf dem Pilotensitz Platz genommen und steuerte es. Alina saß auf dem zweiten Sitz, Marko hatte sich hinten platziert und redete Benni gut zu, der mit schwer bandagiertem Brustkorb und Hinterleib auf einer Trage lag. Hin und wieder winselte er leise. Bald würden Alina und Marko den Platz tauschen, aber sie war neugierig und wollte Izeban zusehen.

Der Pilotensitz war mit verwirrend vielen Dingen ausgestattet. Einige davon hatte Alina bereits gesehen, andere jedoch nicht. Beispielsweise befanden sich unten im Fußraum unter einer schrägen Tafel mit Lichtern und Knöpfen Pedale wie in einer Tretmühle. Rechts und links des Piloten waren flache Kästen angebracht, aus denen jeweils ein kurzer, seltsam geformter Hebel herausragte, den man aus dem Handgelenk heraus bewegen konnte. Er besaß mehrere Schalter und Knöpfe für die Finger, allerdings waren sie schwer erreichbar, da ein Drakken eine viel größere Hand besaß als ein Mensch. Insgesamt sah der untersetzte Izeban etwas verloren in dem Sitz aus – wie ein Kind auf dem Stuhl seines Vaters. Auf einer Seite befand sich ein seltsamer Einschnitt in dem Sitz, offenbar der ›Einstieg‹ für den Echsenschwanz.

Auf der großen Tafel vor Izeban befanden sich verschiedene Flächen, die mit bunten Symbolen und Leuchtbildern bedeckt waren. Das galt aber nur, wenn das Boot *eingeschaltet* war, wie Izeban sich ausdrückte. Es gab nämlich auch einen Zustand, in dem all die Lichter und Leuchtbilder tot und schwarz waren. Dann konnte das Ding auch nicht fliegen. Alina verstand nicht annähernd, was er meinte.

Er erklärte ihr dennoch vielerlei Dinge, zum Beispiel, dass es in dem Boot Maschinen gab, die es vorwärts und rückwärts und auf und ab bewegen konnten; er versuchte es mithilfe der Hebel und Pedale vorzuführen. Dabei aber wurde der Flug gehörig unruhig, denn das Boot reagierte auf jede noch so kleine Bewegung seiner Hände und Füße.

Wie man es beschleunigte, hatte er immer noch nicht herausgefunden. Izeban erklärte, dass sie wegen ihres langsamen Tempos dazu übergegangen waren, sehr niedrig zu fliegen und so zu tun, als suchten sie die Gegend ab. Dabei waren sie bisher noch keinem anderen Schiff aufgefallen, obwohl sie eigentlich einen sehr unruhigen und langsamen Flugstil hatten.

»Wie lange habt ihr denn bis hierher gebraucht?«, wollte Alina wissen.

»Von Savalgor?«, fragte Izeban. Er lächelte verlegen. »Nun, es waren etwa sechs Tage, nicht wahr, Marko?«

Alina hätte beinahe laut aufgelacht. »Sechs Tage?«, rief sie. »Da ist man ja zu Pferd schneller!«

Izeban hob einen schulmeisterlichen Zeigefinger und sagte, milde lächelnd: »Nicht im Hügelland, verehrte Shaba. Und schon gar nicht im Gebirge!«

Alina seufzte. »Das stimmt natürlich.« Sie blickte seitlich aus dem Fenster und versuchte sich vorzustellen, wie schnell im Vergleich dazu ein gesunder Benni dort unten am Ufer wäre. Sie kam zu dem Schluss, dass der Hund nicht einmal allzu schnell würde rennen müssen, um Schritt halten zu können. »Und ihr kommt nicht dahinter, wie man dieses Ding schneller macht?«

»Wir haben alles ausprobiert!«, sagte Marko von hinten und auch Izenban schüttelte bedauernd den Kopf.

Alina streckte die Hand nach der großen, schrägen Tafel mit den Lichtern und Schaltern aus. »Und das hier? Das sind doch …«

»Nicht berühren!«, rief Izeban laut und hob die rechte Hand. Alina zuckte erschrocken zurück.

Izeban schnaufte. »Verzeiht, Shaba. Ich habe erst nach Tagen und nur mit Mühe herausbekommen, wie man das Boot so weit einschaltet, dass man schweben kann. Eigentlich … schweben wir nur. Und schaukeln es dabei irgendwie vorwärts.«

Wieder lachte sie auf. »Wir … *schaukeln?*«

»Ja, Shaba«, gab Izeban zu. »Mehr zu erwarten, wäre vermessen. Ich bin schon froh, dass wir es überhaupt einigermaßen hinbekommen haben. Wenn Ihr irgendetwas berührt, könnte es sein, dass Ihr etwas *einschaltet*, das wir noch nicht verstehen. Und dann wird es gefährlich! Uns ist das schon ein paar Mal passiert.«

Marko meldete sich wieder von hinten. »Kann man wohl sagen. Ich habe einmal einen halben Wald abrasiert, und ein anderes Mal hatten wir Glück, dass wir langsam flogen. Wir sind gegen eine Felswand geknallt. Und dann die Landung in dem Bachbett, wisst Ihr noch, Izeban?«

Die beiden lachten, aber Alina glaubte aus ihren Gesichtern heraushören zu können, dass ihnen der Schreck noch immer in den Gliedern saß.

»Wo sollen wir uns nun hinwenden?«, wollte Marko wissen. »Direkt nach Nordwesten?«

»Wir müssen den Tunnelausgang des unterirdischen Flusses suchen«, meinte Alina. »Ihn zu finden dürfte nicht leicht sein. Ich habe den Eindruck, hier gibt es eine Menge Flusstäler.«

»O ja«, bestätigte Izeban. »Die ganze Gegend ist von Flussarmen durchzogen, es sind Aberdutzende, kleine und große. Manche durchfließen enge Schluchten, andere breite Täler. Wir haben uns langsam von Süden nach Norden vorgearbeitet.«

»So viele? Was für ein Glück, dass ihr mich da gefunden habt.«

»Über der Absturzstelle des Drakkenbootes, in dem Ihr wart«, antwortete Izeban mit seiner sanften Stimme, »stand eine schwarze Rauchsäule von gut einer Meile Höhe. Sagt lieber: Ein Glück, dass Euch andere Drakkenboote nicht *vor* uns gefunden haben.«

Marko deutete nach Nordwesten. »Wenn der gesuchte Fluss unter dem Hauptkamm durchfließt, sollten wir dorthin, wo die Berge höher werden.«

Alina blickte wieder aus dem Fenster. Sie glitten in vielleicht fünfzig Ellen Höhe über der Flussmitte nach Nordwesten. Vor ihnen erhoben sich mächtige Bergriesen, aber man konnte nur schwer sagen, ob es dahinter nicht noch viel höhere gäbe – dafür flogen sie zu tief. Doch Marko hatte Recht, sie mussten wahrscheinlich noch ein ganzes Stück weiter in diese Richtung.

»Können wir denn nicht höher gehen und versuchen, die Gegend von oben zu überblicken?«, schlug sie vor.

Izeban blickte in die Höhe. »Lieber nicht. Dort oben würden wir auffallen, so langsam, wie wir fliegen. Andere Drakkenboote sind bedeutend schneller als wir.«

Sie schwebten weiter den Fluss hinauf und beobachteten die Umgegend. Nach einer Weile tauschte Alina den Platz mit Marko und kümmerte sich um Benni. Wenn es irgend möglich war, würde sie versuchen, den Hund durchzubringen, denn sie verdankte ihm viel. Aber Benni sah schlecht aus. Er fraß kaum, lag fast bewegungsunfähig auf seiner Trage, und Alina wusste nicht einmal, ob er nicht noch einen Bruch hatte, von dem sie gar nichts wussten. Keiner von ihnen war ein Fachmann der Heilkunst, schon gar nicht, was Tiere anging.

Marko hatte im Schiff eine der durchsichtigen Tafeln gefunden und entdeckt, dass man mit dem Fingernagel darauf malen konnte. Das Bild ließ sich mithilfe von farbigen Flächen vergrößern oder verkleinern und man konnte es auch hin und her schieben. Seit sie das Flussdelta erreicht hatten, malte er sorgfältig eine Karte der Gegend, die sie bereits abgesucht hatten. Zweimal schon, sagte er, wäre das Bild wieder weg gewesen und er hätte es neu malen müssen. Inzwischen hatte er es schon so gut im Kopf, dass er eigentlich auch auf die Tafel hätte verzichten können. Aber sie faszinierte ihn.

»Wenn ich wüsste«, sagte er grinsend, »wie ich ein zweites Bild damit malen könnte, würde ich versuchen, Euch zu porträtieren, Shaba.«

»So? Müsste ich mich dazu ausziehen?«, fragte sie herausfordernd.

Marko war ein schlagfertiger Bursche. Er hob abwehrend die Hände und sagte. »Oh, ich fürchte, so viel Schönheit könnte ich nicht verkraften. Und dieses seltsame Drakkending hier schon gar nicht. Es würde vor Ehrfurcht zerbröckeln.«

Sie grinste. Er war in der Tat ein netter und galanter junger Mann. Die Vorstellung, dass er nach Savalgor gekommen war, um sie vom Fleck weg zu heiraten, amüsierte sie und erschien ihr zugleich verlockend. Sie seufzte innerlich. Vielleicht wäre es ohnehin das Beste, was sie tun könnte: die Hoffnung auf Victor aufgeben und sich einem anderen zuwenden. Timo war ein netter Bursche gewesen und auch Marko mochte sie. Warum musste sie sich ausgerechnet in den Geliebten ihrer wichtigsten Gefährtin verlieben? Ihr Leben erschien ihr im Augenblick auch so schon schwer genug.

Sie erreichten das nordwestliche Ende des Flusstals und schwebten über einen weiten See, der eine Vielzahl von Zu- und Abflüssen besaß.

»Dort entlang!«, behauptete Marko und deutete auf eine schmale Schlucht, die im Südwesten zwischen zwei Felswänden auf den See traf.

»Seid Ihr sicher?«, fragte Izeban. »Das sieht mir ziemlich schmal aus. Von dort kann der Hauptarm eigentlich nicht kommen.«

»Wir sollten alles abfliegen«, beharrte er, »sonst verzetteln wird uns.« Er fuhr damit fort, mit dem Fingernagel die Landkarte auf seiner Drakkentafel einzuritzen.

Izeban brummte etwas und steuerte das Drakkenboot vorsichtig nach Südwesten.

Sie flogen in die Schlucht hinein und trafen wieder einmal auf den Beginn, oder besser: den Ausgang eines kleinen unterirdischen Tunnels. Dieses Mal konnten sie sogar hindurchfliegen. Aber sie sahen schon gleich das andere Ende – dies konnte demnach nicht die gesuchte Stelle sein. Hinter dem Tunnel öffnete sich ein weites Tal mit einem breiteren Flusslauf, aber auch hier wurden sie nicht fündig. Alina bekam langsam eine Vorstellung davon, dass ihre Hoffnung, Roya ganz allein und zu Fuß in dieser Gegend zu finden, völlig aussichtslos gewesen wäre. Auch wenn ein gebrochener Arm und ein lebensgefährlich verletzter Benni der Preis dafür waren: es war ein unsagbares Glück, dass Marko und Izeban sie gefunden hatten.

Bis zum Abend hatten sie vier weitere, lange Flusstäler erkundet, aber immer noch keinen Erfolg gehabt. Einmal war in der Ferne ein graues Drakkenboot aufgetaucht, doch es war bald wieder ihren Blicken entschwunden. Als sie am Abend im Schutz einer steilen Schlucht landeten, äußerte Marko die Hoffnung, dass sie morgen vielleicht auf den Hauptarm stoßen könnten. Die Flüsse waren wasserreicher geworden, je weiter sie nach Nordwesten vorstießen.

In dieser Nacht ging es Benni sehr schlecht. Er winselte die ganze Zeit über kläglich, wollte nicht fressen und nicht einmal ein wenig Wasser schlecken. Alina wachte bei ihm, und als sie einmal einschlief und kurze Zeit später wieder aufwachte, lag er bewegungslos da und gab keinen Laut mehr von sich.

Im schwachen Schein des Feuers tastete sie nach seiner Brust, aber da war nichts mehr, kein Atmen, kein Herzschlag. Tränen stiegen ihr in die Augen. Sie beugte sich über ihn und flüsterte ihm zu, er solle wieder aufwachen, bat ihn inständig darum, aber sie

wusste, dass er ihr diesen Wunsch nicht mehr erfüllen
konnte. Sie ließ sich neben ihm niedersinken, schmiegte sich an ihn, wie er es in den kalten Nächten bei ihr
getan hatte, umarmte ihn und weinte für den Rest der
Nacht.

\*

Marko fand sie am nächsten Morgen mit tränengeröte-
tem Gesicht. Sie war immer wieder kurz eingeschlafen
und hatte jedes Mal zu weinen begonnen, wenn sie
aufgewacht war. Bennis Leichnam war inzwischen
schon erkaltet und es zeichnete sich ab, dass er steif
werden würde.

Marko empfand viel Mitgefühl, und Alina stellte
überrascht fest, dass er Tränen in den Augenwinkeln
hatte. Für diese zutiefst menschliche Regung liebte sie
ihn; sie schlang die Arme um seinen Hals, weinte noch
für Augenblicke in seine Schulter und küsste ihn dann
dankbar auf die Wange.

Sie fanden eine schöne Stelle unter einem blühenden
Hollerbusch und begruben Benni dort. Kurz darauf
kam Izeban mit einem Strauß Wiesenblumen zurück
und legte sie auf das Grab. Bis sie fertig waren, hatte
Alina den beiden die meisten wichtigen Dinge aus
ihrer Zeit mit Benni erzählt, und nun gab es für sie
keine Zweifel mehr, dass Alina diesem Hund mehr als
nur ihr Leben zu verdanken hatte.

»Wenn er bellte, fielen die Drakken um?«, fragte Izeban verwundert.

»Nur zweimal«, antwortete sie. »Das erstemal, als
sie mich in der Gegend von Tulanbaar kontrollierten,
und das zweitemal in dem Schiff, mit dem wir ab-
stürzten. Aber da waren es gleich vier, die starben.«
Sie schüttelte den Kopf. »Es ist mir wirklich ein Rätsel. Zu anderen Gelegenheiten bellte er sie auch an,
aber da passierte nichts. Und als der erste Drakken

starb, war ein anderer in der Nähe, dem nichts passierte.«

Izeban runzelte die Stirn. »Vielleicht hängt es mit der Entfernung zusammen«, meinte er. »Dass sein Bellen nur auf kurze Entfernung wirkt ... vielleicht durch den Ton oder die Lautstärke. Vielleicht hat es etwas in den Gehirnen der Drakken verletzt oder zerstört. Oder so ähnlich.« Izeban war anzusehen, dass das Räderwerk in seinem Gehirn angesprungen war. Diese seltsame Sache interessierte ihn.

Marko seufzte und deutete auf das Grab, vor dem er kniete. »Leider werden wir das nicht mehr herausfinden. Es hätte uns möglicherweise etwas genutzt.«

Alina nickte stumm. Im Widerstand gegen die Drakken konnten sie jede nur denkbare Waffe gebrauchen, selbst das Gebell eines Hundes und auch wenn es nur auf zwei Schritt Entfernung Wirkung zeigte. »Lasst uns versuchen, Roya zu finden«, sagte sie und erhob sich. »Es gibt inzwischen etliche, die zu rächen sind. Ich will diese verfluchten Drakken aus meiner Welt haben!«

Erschrocken über ihre eigenen Worte blickte sie unsicher zu Marko und Izeban. Sie hatten es beide bemerkt, aber keiner schien ihr zu verübeln, dass sie ›meine Welt‹ gesagt hatte. Im Gegenteil. Marko war schließlich einer der Ersten gewesen, der sie in ihrem Amt voll und ganz anerkannt und von ihr verlangt hatte, sie solle fliehen. Alina nickte erleichtert und forderte ihre beiden Männer zu einem raschen Aufbruch auf.

Sie packten ihre Habseligkeiten, bestiegen das Drakkenboot und hoben ab.

An diesem Tag bewegten sie sich sehr vorsichtig und tief im Schutz von Schluchten, Tälern und Bergen. Der Tod von Benni stand wie eine Mahnung über ihnen, dass sie selbst jederzeit scheitern und sterben konnten. Alina war sich gewiss, dass sie ihrem Ziel nahe waren, und sie hatte nicht die geringste Lust, jetzt *noch* einmal in Gefahr zu geraten. Sie hoffte nur, dass ihr Ziel – den Tunnel des unterirdischen Flusses zu finden – sie auch irgendwie weiterbringen würde.

Sie befanden sich nun tief im Südramakorum, etwa in Höhe der Südspitze des Mogellsees, aber ein ganzes Stück westlich davon, wie Marko überzeugt behauptete. Die Berge waren in dieser Gegend bereits sehr hoch, die Gipfel schneebedeckt, die Flusstäler steil und endlos tief. Noch immer gab es viele Flussarme, aber das Wasser rauschte nun mit Kraft durch verwinkelte Schluchten, schmale Bergeinschnitte und über tosende Wasserfälle in die Tiefe.

Der Vormittag verstrich, während sie mehrere parallel verlaufende Flusstäler erforschten, und sie staunten immer wieder, wie weit sie sich in die stille und zerklüftete Bergwelt hineinzogen. Es war beinahe ein Labyrinth; sie mussten sich sehr aufmerksam ihren Weg merken und stritten häufig darüber, ob sie diese oder jene Stelle bereits überflogen hatten oder nicht. Markos Drakkentafel bot leider längst keine Hilfe mehr. Drakkenschiffe hatten sie den ganzen Tag über noch nicht gesehen; wenigstens das war erleichternd. Sollte sich der Tunnelausgang tatsächlich in dieser Gegend befinden, bestand die Hoffnung, dass Roya hier vor den Drakken sicher gewesen war.

Dann endlich, am Nachmittag, fanden sie es.

Marko schätzte, dass sie insgesamt an die zweieinhalb Meilen höher flogen als noch vor zwei Tagen. Sie waren über mehrere Stufen einzelner Wasserfälle weit hinauf in die Einsamkeit einer völlig abgelegenen Bergwelt gelangt – in eine Hochebene, die Alina zu Fuß niemals gefunden, geschweige denn erreicht hätte, auch wenn sie ein ganzes Jahr lang umhergestreift wäre. Die zahllosen kleinen Wasserarme, die sich in Form tosender Wildbäche den Weg in tiefere Regionen gebahnt hatten, entstammten tatsächlich einem einzelnen breiten Fluss, der sich ruhig und majestätisch seinen Weg durch ein hoch gelegenes, breites Tal bahnte. Für Meilen folgten sie seinem Lauf. Als sie einen Bergrücken umrundeten und weiter nach Westen flogen, öffnete sich vor ihnen plötzlich ein gewaltiger Tunnel.

Es war ein phantastischer Anblick.

Die Öffnung war fast kreisrund, eine Dreiviertelmeile im Durchmesser und von einem schneebedeckten Gipfel majestätisch überthront. Hinter dem ersten Abschnitt des Tunnels gab es einen tiefen Einschnitt in den Felsmassen des Berges; das Licht der Nachmittagssonne, das durch ein riesiges Sonnenfenster weiter westlich fiel, fand seinen Weg durch den Einschnitt und beleuchtete den Fluss auf zauberhafte Weise das letzte Stück seines Wegs, bis er vollends ins Freie trat. Weiter hinten schloss sich ein finsterer Schlund an, nicht weniger breit als der Tunnel, aber viel niedriger, und dort gab es kein Licht mehr. Die Dunkelheit kündete von einem langen Weg tief unter dem Hauptkamm des Ramakorums hindurch.

»Bei den Kräften!«, flüsterte Alina ehrfurchtsvoll und deutete voraus. »Stellt euch nur vor: Dort sind sie hindurch gefahren. Fünf Leute, nur mit einem Floß, und dann haben sie auch noch einen jungen, verletzten Feuerdrachen gerettet und mit sich genommen. Unglaublich!«

Die Felsflanken oberhalb des ersten, lichtdurchfluteten Tunnels stiegen steil an, waren aber bis zu einer gewissen Höhe bewaldet. Am Nordufer, noch innerhalb des Tunnels, lag eine Stelle, die einigermaßen flach erschien, sodass man dort entweder ein Floß festmachen oder ein Flugschiff landen konnte. Marko deutete darauf. »Wenn ich mit einem Floß aus diesem Tunnel käme, würde ich dort an Land gehen. Was meint ihr?«

Alina nickte. »Es ist gut geschützt, auch gegen Wind

und Wetter ... ja, das würde ich wohl tun. Wollen wir dort landen?«

Meister Izeban nickte und hantierte vorsichtig mit seinen Hebeln und Pedalen. Wenn er landen sollte, musste er es möglichst früh wissen, denn nichts, was unter seinem Einfluss lag, vermochte eine wirkliche Bremswirkung zu erzeugen. Er ließ das Boot sinken, steuerte es mit den Hebeln in den Tunnel hinein und versuchte es dann so zu verlangsamen, dass es schließlich genau über der sandigen, flachen Stelle am Flussufer schwebte. Er hatte inzwischen einige Übung darin. Vom Schiff aus betrachteten sie den Fleck, aber nichts deutete darauf hin, dass hier in den letzten Wochen jemand gewesen war.

»Sollen wir nicht lieber noch ein Stück weiter in den Tunnel hineinfliegen?«, schlug Marko vor. »Ehrlich gesagt glaube ich nicht, dass Roya noch hier ist. Wir brauchen eine Spur von ihr.«

Alina und Izeban stimmten zu. Izeban steuerte das Boot wieder in die Mitte des Tunnels und ließ es steigen. Langsam nahm es Fahrt auf und glitt tiefer in die gigantische Öffnung hinein. Nun konnten sie das Innere überblicken und entdeckten, dass es jenseits des Einschnitts, durch den das Licht hereinfiel, eine weitere Verzweigung gab. Das meiste Wasser strömte durch den niedrigen, breiten Schlund, den sie zuvor gesehen hatten, aber südlich davon ging der Einschnitt selbst in eine hohe und schmale Schlucht über, an deren Grund ebenfalls ein Wasserstrom hervortrat. Sie wählten diesen Weg. Bald darauf schwebten sie zwischen hohen Felswänden und nur von ganz oben drang durch einen schmalen Spalt Licht zu ihnen herab. Plötzlich verbreiterte sich die Schlucht und endlich fanden sie, wonach sie gesucht hatten.

# 31 ◆ Spuren

Es war eine breite Sandbank, die inmitten der tiefen Schlucht die rechte Uferseite ausmachte, und dort lagen eindeutig die Reste eines Floßes, eine Menge Schalen von Golaanüssen und andere Hinterlassenschaften eines Lagers. Der Sand war von Füßen wie auch von Drachenklauen aufgewühlt. Sie entdeckten eine Feuerstelle, einen Rest unverbrauchtes Feuerholz und eine kleine Kuhle, die von einem behelfsmäßigen Dach aus Drachenfarnblättern überdeckt war.

Nach einer gründlichen Untersuchung aller Fundsachen erklärte Izeban: »Hier hat jemand gehaust – für etwa eine Woche, würde ich sagen.«

Marko untersuchte einen Fußabdruck im Sand: »Dieser Jemand *war* Roya. Das hier ist ganz sicher kein Männerfuß. Wohin mag sie gegangen sein?«

»Nach meiner Theorie«, meldete sich Alina zu Wort, »müsste Roya hierher zurückkehren, wenn sie merkt, was passiert ist. Ich meine den Überfall der Drakken. Für den Fall, dass einer ihrer Freunde in Freiheit bleibt, müsste sie hier erreichbar sein, sodass man sie finden kann.«

»Sie könnte auch irgendwo ein Zeichen hinterlassen haben, wo sie hingegangen ist«, schlug Marko vor.

Izeban nickte. »Ja, richtig. Aber hier ist nichts zu finden. Habt ihr etwas entdeckt?«

Die anderen beiden schüttelten die Köpfe. Sie suchten die kleine Sandbank noch einmal ganz genau ab, kamen aber zu keinem Ergebnis.

»Eine Spur zu hinterlassen birgt gleichzeitig die Gefahr, den Drakken den Weg zu ihr zu weisen«, meinte Alina.

»Diesen dummen Gesellen? Ich glaube nicht mal, dass sie ein Schild lesen könnten, wenn Roya hier eins aufgestellt hätte«, meinte Marko.

Izeban schüttelte den Kopf. »Als Roya hier war, konnte sie noch nicht gewusst haben, dass die Drakken so einfältig sind. Und wir sollten lieber davon ausgehen, dass das nicht auf *alle* Drakken zutrifft. Die höheren Ränge dürften nicht so dumm sein.«

»Vielleicht ist Roya ja hier und beobachtet diesen Ort«, schlug Alina vor und sah in die Runde. »Oder sie kommt von Zeit zu Zeit her, hält sich im Verborgenen und sieht nach, ob jemand hier war oder sogar auf sie wartet.« Sie deutete in Richtung der Hochebene, wo der Fluss ins Freie mündete. »Dort draußen, irgendwo zwischen den Berggipfeln, könnte sie sich gut verstecken. Fliegen kann sie ja, denn Tirao ist bei ihr.«

Marko und Izeban sahen sich an, dann nickten beide.

»Ja, Ihr habt vollkommen Recht, Shaba. So würde ich es auch machen. Wir sollten uns zeigen. Nicht unbedingt überdeutlich, aber doch so, dass sie uns sehen kann, falls sie zurückkommen sollte.«

Der Platz, den sie wählten, war das Nordufer des Flusses innerhalb des gewaltigen, steinernen Bogens. Dort wollten sie ein großes Feuer entfachen. Er lag gut geschützt innerhalb des Tunnels und das Feuer würde nur für den sichtbar sein, der hier herauf in die Hochebene kam und von Osten her den Tunneleingang in Augenschein nahm. Roya würde sicher genau das tun. Dass hingegen die Drakken den Weg bis hierher fanden, stand weniger zu befürchten. Das letzte Drakkenschiff hatten sie tags zuvor gesehen, über fünfzig Meilen entfernt und weit unten im tieferen Land.

Dennoch versteckte Izeban das Flugboot über eine Meile entfernt in einer kleinen Schlucht am Beginn des großen, flachen Tunnels, durch den der Hauptarm des Flusses aus seinem dunklen, unterirdischen Weg wieder ans Licht trat. Für sie selbst gab es genug kleine Höhlen, in denen sie sich notfalls verbergen konnten. Zu Fuß machten sie sich auf den Weg zurück und erreichten kurz vor Anbruch der Abenddämmerung die sandige Stelle am Nordufer. Die Strahlen der Sonne fielen nun fast waagrecht von der anderen Seite durch den Einschnitt in den Tunnel und der Zauber dieses Ortes entfaltete sich zu seiner ganzen Größe.

Auf der Sandbank fanden sie eine Menge strohtrockenes Schwemmholz. Sie schichteten es zu einem riesigen Stoß auf und hatten schon kurz darauf ein großes Feuer entfacht. Izeban und Marko schleppten weiteres Holz heran, Alina mit ihrem gebrochenen Unterarm konnte nicht helfen.

»Was machen wir, wenn uns die Drakken hier entdecken?«, fragte sie befangen, als das Feuer groß und heiß brannte. Sie mussten sich fast zwanzig Schritte entfernt halten, denn es verstrahlte eine enorme Hitze. Eine dünne Rauchwolke stieg in die Höhe, die irgendwo ins Licht der schrägen Sonnenstrahlen durchbrach und dort einen bläulichen Farbton annahm.

Izeban deutete am Ufer entlang, dorthin, woher sie gekommen waren. »Ein Stück weiter dort hinten habe ich einen Höhleneingang gesehen. Den sollten wir erforschen. Sicher finden wir für den Notfall eine Möglichkeit, uns zu verstecken.«

Als die Dunkelheit die Welt erfüllte, nahmen sie brennende Scheite und machten sich auf den Weg. Die Höhle erwies sich als eine märchenhafte Tropfsteinwelt, in deren Innerem es warm war und die von zahlreichen unterirdischen Bächen durchflossen wurde. Nach einem entspannenden Bad übernahm Alina draußen vor dem Höhleneingang die erste Wache. Izeban würde sie im Laufe der Nacht abwechseln und Marko würde die letzte Schicht übernehmen.

*

Die Nacht verging ruhig; bis auf ein paar Felsläufer und vereinzelte Bergziegen gab es hier keine Tiere. Als Alina an Benni dachte, der sicher auf die Jagd gegangen wäre, überkam sie dumpfe Trauer. Bis Izeban sie ablöste, kam sie nicht mehr davon los – und auch nicht von der zermürbenden Frage, ob Cleas wohl davongekommen war. Später, als sie sich zurückgezogen hatte, konnte sie nicht einschlafen. Ihre Gedanken reichten bis zu Matz zurück und von ihm war es nicht mehr weit bis zu Maric – und Victor.

Was würde sein, wenn sie Roya tatsächlich fanden und es ihnen gelang, mit ihr und ein paar Drachen eine kleine Gruppe des Widerstands ins Leben zu rufen? Im Augenblick gefiel ihr das abenteuerliche Leben auf eine gewisse Weise, trotz der Gefahren, die bis hin zum Verlust eines geliebten Freundes führen konnten. Ein Leben im Palast, als wohlbehütete Shaba, der man alles hinterher trug, vermochte sie sich gar nicht mehr richtig vorzustellen. Leandra mit ihrem rebellischen Dasein, immer für das eigene Recht und das anderer kämpfend, hatte es ihr angetan. Aber würde ihr dieses Leben auch gefallen, wenn sie für Jahre – oder vielleicht sogar für immer – ihren Sohn Maric und Victor nicht mehr sehen konnte? Wenn Leandra für alle Zeiten die Gefangene Rasnors bleiben musste, weil er Cathryn in seiner Gewalt hatte? Da waren auch noch viele andere, nach deren Gesellschaft sie sich sehnte: Hellami, Jacko, Yo, Munuel und vor allem Hochmeister Jockum, dessen väterliche Art sie sehr vermisste. Irgendwann, tief in der Nacht schlief sie ein und erwachte erst, als Marko sie weckte und ihr sagte, draußen sei heller Tag.

Den Vormittag verbrachte sie damit, den Himmel über der Hochebene zu beobachten; später sammelte sie, so gut es mit ihrem verletzten Arm ging, Kleinholz für das Feuer, das sie in Gang halten wollten. Danach machte sie einen Spaziergang am Nordufer des Flusses entlang, aber sie kam nur etwa eine Meile weit, ehe der Boden allzu steinig wurde und sie zwischen den knorrigen und verwachsenen Bergkiefern keinen Weg mehr fand. Auch der Nachmittag brachte keine Veränderung. Marko erkletterte eine Stelle, von der aus er über den nördlichen Kamm hinab in die Flussebene blicken konnte. Der Platz war fürs Beobachten wie geschaffen, aber er war schwer zu erreichen. Im Lauf des Tages sahen sie ein paar Drachen unter dem Felsenhimmel entlang ziehen, aber keiner von ihnen blieb in der Gegend. So verging die Zeit, und als die Nacht anbrach, war den ganzen Tag lang überhaupt nichts passiert. Für die Nacht einigten sie sich darauf, das Feuer klein zu halten. In der Dunkelheit würde man es trotzdem von weitem sehen können. Die Wahrscheinlichkeit, dass Roya in den nächsten Stunden kam, war gering, denn Drachen flogen nachts nur im äußersten Notfall.

Auch die Nacht verging ereignislos, ebenso der nächste Tag und die nächste Nacht. Als auch der dritte und der vierte Tag verstrichen, ohne dass irgendetwas geschah, sank ihr Mut. Vielleicht hatten sie sich völlig verrechnet, als sie angenommen hatten, dass Roya hierher zurückkehren würde. Vielleicht hatte sie selbst damit begonnen, eine Widerstandsgruppe aufzubauen – fern von hier, vielleicht in ihrer Heimatstadt Minoor oder in den Katakomben unter Savalgor. Niemand konnte es sagen.

Während Marko ungeduldig wurde und wieder vom Aufbruch sprach, versuchte Alina, ihn zu beruhigen. »Im Augenblick haben wir alle Zeit der Welt«, meinte sie. »Es hat so viel gekostet, bis hier zu gelangen, dass ich nicht eher fort möchte, als bis ich weiß, dass sie *wirklich* nicht mehr kommt!«

Marko stöhnte leise. »Shaba! Schon seit vier Tagen warten wir hier, ohne dass etwas passiert. Wäre sie in der Nähe, müsste sie doch wenigstens alle drei Tage einmal hierher kommen, meint Ihr nicht?«

»Ja, du hast Recht. Aber vielleicht ist es ausgerechnet dieses eine Mal so, dass sie nicht kommen konnte, sich verspätet hat oder … nun, vielleicht sind ihr einfach zu viele Drakken dort unten in den Flusstälern.«

Marko seufzte, aber er fügte sich.

Zum Glück. Denn am nächsten Tag schien sich tatsächlich etwas ändern zu wollen. Zwei graue Felsdrachen erschienen über der Hochebene und zogen den ganzen Vormittag lang ihre Kreise. »Habt Ihr Tirao schon einmal gesehen?«, wollte Marko von Alina wissen.

Sie schüttelte den Kopf. »Nein, noch nie. Aber selbst wenn: Ich bezweifle, dass ich einen Felsdrachen vom anderen unterscheiden könnte. Jedenfalls auf diese Entfernung.« Sie deutete in die Höhe. »Der eine ist kleiner. Denkst du, es ist eine *sie?*«

Marko blickte zum Felsenhimmel auf und zuckte die Achseln. Inzwischen war deutlich, dass die beiden Drachen hier irgendetwas suchten. Sie kreisten schon seit Stunden über der Flussmündung, allerdings weit in der Höhe, eine gute Meile, wie Alina schätzte. »Ich frage mich, ob man es von hier unten aus sehen könnte, wenn jemand auf dem Rücken säße.«

Izeban, der hinzugetreten war, nickte überzeugt. »Ich habe scharfe Augen. Ich glaube nicht, dass da jemand auf einem der Drachen sitzt.«

Sie warteten eine weitere Stunde, legten noch einmal kräftig Holz nach, und als das Feuer hell brannte, warf

Marko mehrmals einen großen Armvoll frisches Geäst hinein, das er umliegenden Büschen entrissen hatte. Jedes Mal stieg eine beißende Qualmwolke auf. Er hoffte, dass die Drachen das mitbekamen.

Vielleicht taten sie es, aber sie reagierten nicht. Zeitweise war nur einer von ihnen zu sehen; gegen Abend wagten sie sich in den großen Felsbogen und flogen eine weite Runde ins Innere des Tunnels hinein. Sie blieben ihnen aber trotzdem fern. Schließlich ging der Tag zu Ende, ohne dass sie eine Möglichkeit gefunden hätten, mit ihnen Kontakt aufzunehmen.

Auch die Nacht über hielten die drei Menschen das Feuer in Gang, aber die Drachen schliefen jetzt irgendwo oder hatten sich versteckt. Am nächsten Morgen jedoch waren sie wieder da.

Izeban verlor die Geduld und sagte, er wolle das Drakkenboot holen und hinauffliegen. Marko hielt das für keine gute Idee, denn wenn es für die Drachen einen Erzfeind gab, dann waren es sicher die Drakken. Alina jedoch wandte ein, dass Drachen sehr intelligent waren und dass sie den Zusammenhang richtig knüpfen würden – zumal Izeban nicht schnell fliegen konnte. Er versprach, ganz langsam in ihre Richtung aufzusteigen und sich sehr zurückhaltend zu geben.

Dann marschierte er los, während Alina und Marko abwarteten.

Überraschenderweise brachte diese Idee den Durchbruch. Doch Izeban hatte einige Schrecksekunden auszuhalten, denn kaum war er in das Refugium der Drachen eingedrungen, griffen sie ihn an. Zum Glück nicht ernsthaft, denn das hätte er nicht überlebt. Sie schossen plötzlich in engen Bahnen um das Drakkenschiff herum, so schnell, dass Alina eine Vorstellung davon bekam, wie ein Luftkampf zwischen einem Drakkenschiff und einem Drachen aussah. Als der kleinere der beiden plötzlich eine weiß glühende Wolke ausstieß, die Izebans Flugboot nur knapp verfehlte, stieß Alina einen ängstlichen Laut aus und griff nach Markos Arm.

Er legte ihr beruhigend die Hand auf die Schulter. »Ich glaube, Ihr müsst Euch nicht sorgen«, sagte er und deutete in die Höhe. »Da, seht! Es war nur ein Warnschuss! Wenn sie ihn wirklich angreifen wollten, würde er längst nicht mehr dort oben fliegen.«

Bang beobachtete Alina die Drachen und Izebans Flugboot. Er ließ sich wieder tiefer sinken und zog das Boot in einer weiten Schleife über das Flusstal wieder in Richtung des Tunneleingangs. Eine Viertelstunde später schwebte er über der Ufersandbank und ließ das Boot niedergehen. »Es *ist* Tirao!«, rief er begeistert, als er aus der Seitentür sprang und zu ihnen gerannt kam.

Marko trat ihm entgegen. »Woher wollt Ihr das wissen?«, fragte er streng.

Izeban hob die Hände. »Ich … ich kann es nicht genau sagen. Irgendwie überkam mich das Gefühl, dass er es ist. Und der andere Drache ist ein Weibchen. Sie hat einen leicht rötlichen Schimmer. Der große allerdings – huii! Das ist vielleicht ein Riese! Der frisst kleine Drakkenschiffe wie unseres zum Frühstück!«

Marko blickte wieder hinauf. »Was machen wir jetzt? Keiner von uns ist Magier. Wir können nicht mit ihm reden wie Leandra.«

Sie schwiegen eine Weile. Dann sagte Alina leise: »Ich glaube, ich wüsste etwas.«

»So? Und was?«

Sie drehte sich zu ihnen um und sah sie warnend an. »Es ist etwas, das Leandra schon einmal tat. Ich glaube, der Drache würde es verstehen, wenn er Tirao ist. Aber ich mache es nur, wenn ihr beide von hier verschwindet!«

Marko und Izeban sahen sich verblüfft an.

Alina milderte ihre Stimme und ihren Gesichtsausdruck, denn die beiden konnten nicht wissen, was sie meinte. »Leandra besänftigte einmal den Urdrachen Ulfa mit einer besonderen Geste der Demut. Das war in Bor Akramoria. Kennt ihr Bor Akramoria?«

Izeban schüttelte den Kopf, aber Marko sagte: »Das ist doch diese uralte Festung am Mogellfall, nicht wahr? Die von Leandra und Munuel wiederentdeckt wurde?«

Alina lächelte. »Ja, du hast Recht. Sie waren damals auf der Suche nach der *Canimbra*; Leandra, Munuel, Victor und noch ein paar andere. Die Drachen hatten sie in die uralte, vergessene Festung gebracht. Dort erschien ihnen Ulfa, der Urdrache.«

Izeban nickte. »Der Baumdrache, von dem Ihr spracht, nicht wahr?«

»Richtig. Bor Akramoria war damals so etwas wie verbotener Grund für Menschen. Ulfa bewachte als rächender Geist diesen Ort, damit die Menschen niemals mehr in den Besitz der *Canimbra* gelangen konnten. Als Leandra und ihre Freunde in Bor Akramoria eintrafen, brach ein furchtbares Unwetter los und Ulfa erschien dort als ein monströser, schwarzer Schatten. Er drohte, sie zu vernichten. Leandra rettete sie alle.«

»Und … wie machte sie das?«, fragte Marko vorsichtig.

Alina holte Luft. »Nun, sie trat direkt vor Ulfa und … wie soll ich sagen: sie bat ihn um Verzeihung – stellvertretend für die Menschen. Nackt, in einem eiskalten Gewittersturm. Sie wäre beinahe erfroren.«

Marko stieß einen leisen Pfiff aus. »*Nackt?*«

Izeban grunzte ärgerlich und stieß ihn mit dem Ellbogen in die Seite.

»Hee!«, rief Marko entrüstet.

Izeban achtete nicht auf ihn und drängte sich ein Stück vor. »Ich verstehe, meine Shaba!«, sagte er ehrerbietig und verneigte sich leicht. Plötzlich trug er einen sehr verbindlichen und zugleich ernsten Gesichtsausdruck. »Wir werden uns in die Höhle zurückziehen. Und ich, ähm, werde dafür sorgen, dass … unser verehrter *Hochkommissar* hier … kein Guckloch findet, um Euch zu beobachten.«

Marko setzte nur ein verlegenes Lächeln auf und ließ sich von Izeban mit fortziehen.

»Wartet!«, rief sie ihnen hinterher. »Was soll das heißen?«

Doch die beiden antworteten ihr nicht. Izeban zog Marko fort und ließ die Frage offen, ob in seinen Worten vielleicht ein versteckter Hinweis gelegen hatte. Hatte Marko sie beobachtet? Vielleicht beim Baden – oder beim Umziehen? Mit Sicherheit hatte er eine Gelegenheit gehabt, als sie bewusstlos gewesen war und die beiden ihre Wunden und ihren Bruch versorgt hatten. Sie seufzte unwillig und wandte sich um, schritt den Uferstreifen hinab Richtung Osten und versuchte, so viel Raum wie möglich zwischen sich und die beiden Männer zu bringen. Sie wollte auch fort von dem Drakkenboot, dabei aber noch auf dem Sandstreifen bleiben, wo die Drachen sie aus der Luft gut sehen konnten.

Als sie sich entkleidete, kam sie sich albern vor, denn ihrer Tat mangelte es in jeder Hinsicht an der Dramatik, die damals in Bor Akramoria geherrscht haben musste – und somit auch an der Demut, die Leandra dem Urdrachen bewiesen hatte. Dies hier war nur ein einfaches Zeichen.

Aber es tat seine Wirkung.

Die Drachen schwebten sehr bald herab und kreisten über ihr, während sie schutzlos im Sand kniete. Als sie aufblickte, glitt der mächtige Leib des großen Felsdrachen in kaum dreißig Schritt Höhe über sie hinweg und sie spürte einen Schauer ihren Rücken herabgleiten. Tirao war damals in Bor Akramoria dabei gewesen, das wusste sie, und die Ehrfurcht vor dem mächtigen Tier machte ihre vermeintlich lächerliche Geste doch zu etwas Besonderem.

Als sie sich erhob, schwebte der Drache heran.

Ihr Herz pochte wild und sie war fasziniert, mit welcher Leichtigkeit er landete. Dreißig Schritt vor ihr sanken seine mächtigen Klauen in den Sand; er legte sogleich die Schwingen an und starrte sie aus seinen katzenhaft geschlitzten Augen an.

Es war keine wirkliche Furcht, die Alina empfand, aber es fühlte sich genauso an. Der Drache war so mächtig und sah so stark aus, dass sie mit sich kämpfte, nicht einfach davonzulaufen. Er verströmte einen Geruch nach heißem Metall und seine ledrige Haut schimmerte im Sonnenlicht, das von hinten durch den Einschnitt in den Tunnel fiel. Gewaltige Muskelstränge zogen sich von der Brust zu den Schwingenansätzen; der Hals wirkte wie eine Stahlfeder und auch die Beine des Drachen sahen unglaublich stark aus. Alina wusste, dass diese Tiere trotz ihres nicht geringen Gewichts aus dem Stand zehn oder zwölf Schritt in die Höhe springen konnten.

Sie bückte sich, hob ihr Leinenhemd auf, das sie zuletzt hatte fallen lassen, und hielt es sich vor die Brust. Sie versuchte ein Lächeln und sagte: »Hallo, Tirao.«

Sie wusste nicht, ob er es wirklich war, aber eigentlich konnte nur *er* es sein. Kein anderer Drache hätte so unmittelbar auf ihre Geste reagiert.

Der Drache antwortete mit einem leisen, tiefen Grollen, das tief aus seiner Brust zu ihr drang. Sie hatte noch nie ein solches Geräusch gehört; es versetzte beinahe alles in der Umgebung in leise Schwingungen, sogar den Sand unter ihren Füßen.

Und dann plötzlich stob eine wilde Bilderflut durch ihren Kopf; Bilder, die sie nie gesehen hatte, aber dennoch kannte. Sie trat betroffen einen Schritt zurück.

Zuerst sah sie Bor Akramoria, einen großen Wasserfall, einen verwegenen, kleinen Felszinken auf seiner oberen Kante und dann eine Festung, die darauf thronte. Sie sah Bilder von Drachen, einem gewaltigen See, und plötzlich war das Gesicht von Leandra da und gleich drauf das von Victor. Unwillkürlich hob sie die Hand, aber da war er schon wieder fort.

Sie sah Jacko und dann Munuel – jedenfalls glaubte sie ihn zu erkennen, denn heute sah er anders aus. Zwei weitere Männer waren auch noch da, die sie nicht kannte. Die Bilderflut verebbte und sie blinzelte den Drachen ungläubig an. Ihr Puls wummerte noch immer, nun aber empfand sie die Gewissheit, dass sie wirklich ihr Ziel erreicht hatte. Roya konnte nicht mehr weit sein.

»Ich … ich bin Alina«, sagte sie zaghaft. Sie wusste nicht, ob er sie verstehen konnte oder ob er überhaupt ihren Namen je gehört hatte. Wieder folgte dieses tiefe Grollen. Sie hielt es für eine Bestätigung.

Über ihnen strich der andere Drache vorbei, und dann sah Alina auch Marko und Izeban, die sich vorsichtig von links näherten. Sie konnte sich mit ihrem Hemd kaum bedecken, aber die beiden hatten ohnehin keinen Blick für sie. Mit großen, runden Augen und offenen Mündern starrten sie den riesigen Felsdrachen an.

Für Momente sah Alina ein Bild zweier fliegender Drachen in ihrem Kopf, dann breitete Tirao die Schwingen aus und warf sich mit einem gewaltigen Satz schräg nach rechts in die Luft. Der Sturm, den er dabei entfachte, war so gewaltig, dass Alina von den Füßen gehoben wurde. Zum Glück fiel sie nicht auf ihren verletzten Arm, sondern landete nur im Sand. Als sie die Orientierung zurückgewann und sich aufrappeln wollte, stand Marko mit einem verlegenen Grinsen über ihr und reichte ihr das Hemd.

So sehr er sich auch bemühte, er konnte seine Blicke nicht allein auf ihr Gesicht heften. Aber das kümmerte sie im Moment nicht weiter. »Schnell!«, rief sie. »Er will, dass wir ihnen folgen!«

*

Nun erwies sich die gemächliche Fluggeschwindigkeit ihres Drakkenbootes als echtes Ärgernis und stellte ihre Geduld auf eine harte Probe. Meister Izeban fluchte unablässig und schwor bei allen Dämonen, dass er nicht eher aufgeben würde, bis er mit dem Drakkenschiff von hier bis Savalgor in einer Stunde fliegen konnte. Unter diesen Bedingungen, so schimpfte er wütend, würde er wohl eher ein Jahr benötigen.

Doch die Drachen waren geduldig mit ihnen. Sie waren intelligent, so intelligent wie Menschen, sagte sich Alina immer wieder. Oder sogar noch mehr. Sie würden verstehen, dass dies ein Schiff der Drakken und nicht der Menschen war und es ohnehin an ein Wunder grenzte, dass Izeban es zum Fliegen gebracht hatte.

So bemühten sie sich, hinter den Drachen herzuschaukeln, und Alina hatte das Gefühl, dass sie noch langsamer waren als sonst, denn Izebans war so aufgeregt, dass er Mühe hatte, das Schiff ruhig zu halten. Irgendwann wurde es Marko zu viel und er verscheuchte Izeban aus dem Pilotensitz, woraufhin der Flug ruhiger und auch ein wenig schneller wurde, wie Alina fand. Izeban war beleidigt nach hinten abgezogen, aber er war wohl mehr wütend auf sich selbst als auf Marko.

Sie bewegten sich nach Nordosten; Marko war der Ansicht, dass sie dies unmittelbar zum Mogellsee führen musste. Sie waren bis aufs Äußerste gespannt, wohin die Drachen sie führen würden; ihre Vermutun gen reichten von Bor Akramoria über Unifar bis hin zu einsamen Inseln im Mogellsee oder einem weiten, aus Sicherheitsgründen nordwärts führenden Umweg, der sie letztlich doch wieder bis nach Savalgor bringen würde. Das aber, so warf Izeban ärgerlich ein, würde mit dieser *Schaukel* wohl bis zum nächsten Dunklen Zeitalter dauern.

Es bestand jedoch die Gefahr, dass sie einem anderen Drakkenschiff begegneten. Sie flogen nun ein gutes Stück höher, und es mangelte ihnen an einer Möglichkeit, den Drachen zu erklären, dass es für sie günstiger wäre, tiefer zu fliegen. Die beiden waren ständig eine halbe Meile vor ihnen. Ein derart langsam in großer Höhe fliegendes Drakkenboot im Schlepptau zweier Drachen, die ebenfalls weit unter ihrer normalen Geschwindigkeit flogen – das mochte auch dem dümmsten Drakken seltsam vorkommen. Doch sie hatten das notwenige Quäntchen Glück: niemand begegnete ihnen.

Sie waren um die Mittagszeit aufgebrochen, aber der Flug dauerte den ganzen Nachmittag bis fast zum Einbruch der Abenddämmerung. Zweimal machten sie Rast, denn das langsame Fliegen schien für die Drachen anstrengend zu sein. Dann erreichten sie tatsächlich den Mogellsee, der, anders als die gebirgige Gegend, nur wenige Stützpfeiler aufwies, die dafür aber von gigantischen Ausmaßen waren. Sie flogen entlang einer mächtigen Steilküste nach Norden, bis ein Stützpfeiler in Sicht kam, der sich direkt mit der Küstenklippe vereinigte und senkrecht hinab ins Wasser fiel. Die Drachen änderten den Kurs und umrundeten den Pfeiler nach Westen hin, weg vom See.

Sie glitten über die Gipfel eines Kammgrates hinweg, der sich im Vordergrund des Pfeilers erhob, und stießen dann hinab in eine Schlucht an der dem See abgewandten Seite. Durch einen mächtigen Felsbogen ging es wieder aufwärts, bis sich vor ihnen ein tiefer Einschnitt im Pfeiler öffnete, in den sie direkt hineinflogen. Abermals ging es ein Stück aufwärts, wobei sie ziemlich nahe an den Pfeiler herankamen. Marko hatte Mühe, dem verschlungenen Kurs der Drachen zu folgen. Plötzlich tat sich vor ihnen, an einem sehr versteckten Teil der westlichen Pfeilerflanke, ein kleines Hochplateau auf. Als sie genauer hinsahen, standen ihnen vor Überraschung die Münder offen.

Es war ein Dorf, ein winziges Dorf von acht Häusern.

Aus der Höhe über dem Dorf stürzte ein kleiner Wasserfall herab, sammelte sich in einem winzigen See inmitten der Gruppe der Häuser, die über das Plateau verteilt waren, und rauschte als weiterer Wasserfall in die Tiefe. Der Anblick war atemberaubend, und Alina empfand maßloses Erstaunen, dass an einem solch versteckten Platz ein Dorf existierte. Mit Sicherheit war es nur aus der Luft zu erreichen, und das warf mehr Fragen auf, als es beantwortete.

Dann landeten die Drachen – auf einem freien Platz gleich neben dem kleinen See. Die drei Ankömmlinge sahen, wie aus den Häusern Leute angelaufen kamen; sicher war die Verwirrung groß, denn angesichts ihres Flugschiffs mussten sie denken, dass die Drakken sie entdeckt hätten.

»Die Drachen werden ihnen sagen, dass wir Freunde sind«, meinte Marko zuversichtlich und deutete hinab.

Alina presste ihre Nase an die Seitenscheibe und versuchte jede Einzelheit zu erfassen. Die Häuser bestanden fast ausschließlich aus Holz und sahen allesamt unfertig aus, so als befänden sie sich gerade erst im Bau. An der Flanke des Pfeilers, ein kleines Stück über dem Plateau, schwang sich ein abenteuerlicher, halb fertiger Holzbau hinauf in die Lüfte. Er war mittels Balken und Stützen direkt an der fast senkrechten

Felswand verankert. Das Gebäude bestand aus zwei Teilen, mit einem flachen und weitläufigen Bau rechts und einem etwas größeren und höheren links. Beide Dächer waren erst halb fertig und überall standen und lagen Bretter und Balken herum. Rundherum zog sich ein großzügiger Balkon mit einem durchgehenden Geländer. Alina sah, wie eine Person aus dem größeren der Gebäude trat; sie hielt ein kleines Brett oder eine Stange in der Hand, und trat neugierig ans Geländer.

Sie hätte beinahe einen Luftsprung gemacht. »Das ist sie!«, rief sie. »Das ist Roya!«

# 32 ◆ Malangoor

Meister Izeban hatte das kleine Drakkenboot mit aller Vorsicht an den Südrand des Dorfes manövriert und war dort auf einem freien Flecken gelandet. Marko stand mit klopfendem Herzen hinter der Tür und wartete, dass Izeban sie öffnete. Der Abend war angebrochen und einige Leute hatten sich dort draußen in respektvoller Entfernung versammelt. Offenbar war es den beiden Drachen früh genug gelungen, die Anwohner zu beruhigen, dass keine Gefahr bestand. Das Brummen des Drakkenbootes versiegte und die Tür glitt auf. Zaghaft stiegen sie aus und blieben draußen auf der Wiese nebeneinander stehen.

Eine atemlose Minute verstrich, während sich die beiden Parteien unsicher musterten. Einige Leute unterhielten sich leise, niemand der Dorfbewohner machte jedoch Anstalten, sie zu begrüßen. Doch dann endlich geschah etwas. Die junge Frau, die Alina erkannt zu haben glaubte, war über einen schmalen Weg von dem großen Haus an der Felswand herabgelaufen und hatte den Landplatz des Drakkenbootes erreicht.

Sie blieb in einiger Entfernung stehen, starrte die Ankömmlinge mit großen Augen an und stieß dann einen Laut des Unglaubens aus. Marko sah zu Alina. An ihrem Gesichtsausdruck war abzulesen, dass die andere wirklich Roya sein musste.

Mit einemmal setzten sich beide Frauen in Bewegung und rannten aufeinander zu. Marko hob warnend die Hände; es schien fast, als hätten die beiden vor, sich gegenseitig umzurennen. Alina blieb plötzlich stehen, stieß einen jammervollen Laut aus und hob ihren verletzten Arm in die Höhe. Roya konnte gerade noch bremsen. Dann lagen sich die beiden in den Armen und quietschten geradezu vor Freude. Marko schnitt eine Grimasse und sah kopfschüttelnd zu Izeban. Der grinste und zuckte mit den Schultern.

»Wo, bei allen Dämonen, kommst *du* denn her?«, rief Roya.

Alina grinste breit. »Direkt aus Savalgor. Zugegeben – mit einigen Umwegen. Unterwegs habe ich alte Freunde getroffen. Das hier sind Marko und Meister Izeban.«

Marko trat auf die beiden zu, knapp gefolgt von Izeban. Roya blickte mit vor Lebendigkeit sprühenden Augen zu ihm auf. Sie war ein zierliches Mädchen von wunderschöner Gestalt, hatte schulterlanges schwarzes Haar und ein lustiges, strahlendes Gesicht von leicht östlichem Zuschnitt. Ihre Bewegungen wirkten grazil und zugleich kraftvoll; sie strahlte ein faszinierend natürliches Selbstbewusstsein aus. Er brachte ein Lächeln zustande und streckte ihr die Hand entgegen. Roya lächelte zurück, ignorierte seine Hand und umarmte ihn stattdessen. Kurz, sanft und herzlich. Gleich darauf tat sie das Gleiche mit Izeban.

»Willkommen in Malangoor«, sagte sie.

»Gib auf dich Acht!«, sagte Alina leise, aber laut genug, dass Marko es hören konnte. »Er ist wegen *dir* gekommen! Man hat ihm erzählt, du wärest schön und klug. Er wird dich vom Fleck weg heiraten wollen!« Alina grinste ihn an.

Während Marko die Röte ins Gesicht stieg, wandte sich Roya mit einem Schwung zu ihm um, dass ihre dichten schwarzen Haare aufflogen. »Wirklich?«, fragte sie breit lächelnd. Sie boxte ihm leicht in den Bauch. »Und? Taugst du auch was?«

Die Anspielung Alinas schien sie nicht im Geringsten verlegen zu machen. Marko hingegen, den man nur selten in Verlegenheit ertappt hatte, wirkte ziemlich verdattert. »Ich kann gut … *schießen*«, sagte er und warf Alina einen Blick zu. Ihm stand ins Gesicht geschrieben, dass er von Roya hingerissen war. Alina lachte leise auf.

Noch einmal umarmte sie Roya und küsste sie auf die Wange. »Was bin ich froh, dass wir dich gefunden haben!«

Inzwischen waren sie von einem Dutzend Leuten umringt. Neugierige Fragen kamen auf, wer sie seien und woher sie kämen. Sie beantworteten die Fragen und erfuhren zugleich etwas über das Dorf. Es war ungefähr zwei Wochen alt und gerade im Entstehen begriffen. Hier lebten ausschließlich *Flüchtlinge* – Leute, die Roya und die Drachen im Land aufgegriffen und hierher gebracht hatten. Der männliche Drache war in der Tat Tirao, der weibliche hieß Majana. Marko stellte anerkennend fest, dass Malangoor das entlegenste und best versteckte Dorf in ganz Akrania sein musste.

Etliche Leute standen inzwischen um das Drakkenboot herum und betrachteten es mit erstaunten wie auch leicht misstrauischen Blicken. Izeban trat zu ihnen und erklärte ihnen das Geheimnis. Trotz der allgemeinen Befangenheit schien es den Leuten zu gefallen, dass den verhassten Feinden offenbar ein Stück ihres Besitzes entrissen worden war. Es war letztlich eine echte Kriegsbeute; ein hoch entwickeltes Stück Technik, das die *Hinterwäldler* trotz ihrer Unterlegenheit den Unterdrückern entrissen hatten.

Nachdem sich die erste Aufregung gelegt hatte und zahlreiche Hände geschüttelt waren, brachte sie Roya hinauf zu dem großen Holzbau an der Steilwand.

Stolz stellte sie ihn als ihr neues Domizil mit dem Namen *Windhaus* vor. Die Bürger von Malangoor halfen ihr bei seiner Errichtung, so wie sich hier alle gegenseitig halfen. Eine wichtige Rolle übernahmen dabei die Drachen. Sie holten das Bauholz aus den Wäldern weit unten aus den Tälern herauf. Immer noch gab es zahllose offene Fragen, aber für den Augenblick wurden die drei Ankömmlinge erst einmal versorgt und konnten sich ein wenig ausruhen. Für den späteren Abend hatte Roya eine spontane Willkommensfeier angesetzt.

Nach Einbruch der Nacht saßen sie gemeinsam mit allen Bewohnern des Dorfes auf dem großen, von Fackeln erleuchteten Balkon des *Windhauses*. Mehrere Tische waren gedeckt – sie boten alles, was im Dorf in so kurzer Zeit aufzutreiben gewesen war. Neben Roya lebten hier fünfundzwanzig weitere Personen.

Vor etwa zwanzig Tagen, so erklärte Roya, als sie an dem Fluss im Gebirge den verletzten Drachen gepflegt hatte, waren Nerolaan und seine Sippe zu ihr zurückgekehrt. Sie brachten schlechte Nachrichten vom Überfall der Drakken und erzählten Roya, Tirao und Majana alles, was sie erfahren hatten. Roya unternahm daraufhin zusammen mit acht Drachen einen einzigen, kurzen Versuch, zurück nach Savalgor zu gelangen, aber bei Tharul schon sahen sie sich zur Umkehr gezwungen. Überall waren Drakkenschiffe unterwegs. Sie fanden keine Möglichkeit mehr, tiefer ins Land vorzudringen.

Auf dem Heimweg entdeckten sie dann die erste Gruppe von Flüchtlingen – es waren elf Menschen, die in Tharul den einfallenden Drakken entwischt waren und fast ohne jede Habe nach Nordwesten flohen. Roya beschloss spontan, die Leute aufzunehmen. Als die acht riesigen Felsdrachen um sie herum landeten, wären sie beinahe in alle Richtungen davongerannt, erzählte Roya.

Danach aber tauchte die Frage auf, wohin mit ihnen allen? Sie mussten einen Ort finden, an dem sie in Sicherheit wären. Nerolaan war es, der sie schließlich hierher geführt hatte. Er war hier aufgewachsen, seine Sippe hatte diesen abgelegenen Ort jedoch schon vor langer Zeit verlassen. Jetzt aber erwies sich die Abgeschiedenheit als genau das, was sie brauchten. Nerolaan und seine vierzehn verbliebenen Familienmitglieder bezogen wieder diesen Pfeiler, in dem es weit oben, in vier Meilen Höhe, ein großes Höhlensystem gab. Dort entstand gerade eine neue Drachenkolonie – so wie hier unten das Dorf der Menschen errichtet wurde. Seither suchten sie regelmäßig die Gegend um Tharul und Hegmafor ab, um Flüchtlinge aufzulesen. Die letzten drei Leute waren erst seit vorgestern hier.

»Dann habt ihr eine Kolonie von vierzehn Drachen?«, fragte Alina überrascht.

Roya nickte. »*Fünfzehn* waren es, mit Tirao. Aber inzwischen sind es schon mehr. Die Bevölkerung wächst, genau wie unser Dorf.«

Alina strahlte Marko und Izeban an. »Seht ihr – es hat bereits begonnen! Wir gründen eine Widerstandsgruppe gegen die Drakken!«

Roya lächelte, aber es war nur ein pflichtschuldiges Lächeln. »Na ja … das ist noch ein weiter Weg«, meinte sie.

Alina merkte sofort, dass sie zu weit vorgeprescht war. Sie hob entschuldigend die Hände. Doch bevor sie etwas sagen konnte, sprach Roya schon weiter. »Versteh mich nicht falsch! Die Leute hier sind nicht feige. Nein, sie sind geradezu versessen darauf zu kämpfen! Aber ehrlich gesagt, ich mache mir Sorgen. Nur die wenigsten von ihnen verstehen etwas davon. Es sind einfache Leute: Handwerker und Bauern.«

Alina nickte.

»Als wir vor zwei Wochen die ersten Hütten hier errichteten«, fuhr Roya fort, »hatten wir wirklich vor, eine ... wie soll ich sagen ... eine *Rebellenarmee* ins Leben zu rufen. Aber inzwischen versuche ich, die Leute zu beruhigen. Ich möchte Ruhe einkehren lassen und erst einmal zusehen, dass im Dorf alles funktioniert.« Sie sah sich um und sprach leiser weiter. »Die meisten hier ahnen noch gar nicht, wie weit die Drakken schon vorgedrungen sind. Sie haben davon *gehört*, dass sie ihre Bergwerke errichten und in die Dörfer eingefallen sind. Aber *gesehen* hat diese Dinge außer mir selbst hier noch niemand.«

Sie blickte in die dunkle Nacht hinaus, die Stirn in Sorgenfalten. »Mir wird ganz übel vor Angst, wenn ich mir so eine Drakkenstadt ansehe. Wenn wir jetzt damit anfangen, Überfälle gegen die Drakken vom Zaun zu brechen, sind wir schneller tot und vergessen, als man das Wort *Widerstand* überhaupt aussprechen kann. Wir haben überhaupt keine Macht.«

Alina legte eine Hand auf Royas Arm. »Du hast Recht, Roya. Entschuldige. Wir sind nicht gekommen, um deine Leute in den Krieg zu holen. Wir haben selbst erlebt, wie brutal die Drakken sind.« Sie blickte, nach Unterstützung suchend, zu Izeban und Marko.

»Es ist sicher besser«, half ihr Marko, »wenn wir uns erst einmal ruhig verhalten und sehen, welche Möglichkeiten wir haben. Überstürztes Handeln bringt uns nichts ein.«

Das versöhnte Roya sichtlich und sie warf Marko dankbare Blicke zu.

Die Malangoorer Bürger umsorgten sie aufs Herzlichste. Das schnell zusammengestellte Abendmahl war nichts Ausgefallenes, aber es schmeckte, entsprechend dem glücklichen Anlass, über die Maßen gut. Die drei Ankömmlinge hatten seit Tagen keine anständige Mahlzeit mehr gehabt. Als später mit dem Grad der Sattheit der Mägen auch wieder die Ruhe einkehrte, setzten sich Roya und Alina an einen Platz etwas abseits und ließen Marko und Izeban bei den Feiernden zurück.

Sie nahmen auf quietschenden Korbstühlen Platz, direkt am hölzernen Geländer des Balkons, und redeten leise miteinander. Marko, der eine Weile mit Izeban über das diskutierte, was sie nun tun könnten, hörte immer wieder ihr helles Lachen herüberdringen. Die beiden schienen sich gut zu verstehen. Nach einer Weile wurde er so neugierig, dass er sich bei Izeban entschuldigte und sich erhob. Er beschaffte sich eine Kerze und ging hinüber zu ihnen. »Darf ich mich dazusetzen?«, fragte er höflich. »Oder ist es …?«

»Schon gut«, sagte Alina und wies auf eine Holzkiste, die in der Nähe stand. Marko rückte sie heran und setzte sich.

»Wir haben uns ein Jahr lang nicht gesehen«, weihte Alina ihn ein, »da gibt es viel zu erzählen.«

»Und eigentlich kennen wir uns gar nicht richtig«, fügte Roya hinzu. »Wir haben uns nur einen Abend lang gesehen. Und da waren wir ziemlich abgelenkt.«

Auf welche Weise Roya und Alina sich kennen gelernt hatten, wusste Marko nicht. Roya erzählte ihm von ihrer Entführung und dem Zimmer in Guldors Hurenhaus, in dem sie mit Leandra und den anderen gefangen waren, und wie Chast am nächsten Morgen gekommen war und Alina *gekauft* hatte.

Während die beiden immer weitere erstaunliche Einzelheiten erzählten, von denen Marko nur die wenigsten kannte, gesellte sich auch Meister Izeban zu ihnen. Marko rückte auf seiner Kiste zur Seite und machte ihm Platz.

»Es gab einiges«, schloss Alina, »was Roya nicht wusste. Nichts von meiner Hochzeit, vor Victors Vaterschaft ... und leider, dass ihre Anstrengungen, den Pakt zu finden, vergeblich waren.« Sie hob entschuldigend die Achseln und sah Roya an. »Ihr habt euch für nichts und wieder nichts in all die Gefahren gestürzt. Der Kryptus war lediglich ein dummes Possenspiel Sardins.«

Marko nickte. Davon hatte ihm Alina unterwegs bereits erzählt.

»Was tun wir jetzt?«, fragte Izeban. »Was ist mit Eurem Plan, Shaba?«

Roya sah Alina an. »Deinem ... Plan?«

Alina schnaufte, als hätte sie bereits befürchtet, dass dies noch zur Sprache käme. Sie wandte sich an Roya. »Ja. Ich respektiere natürlich deine Sorge um die Leute hier, Roya. Aber ehrlich gesagt habe ich etwas vor. Ich suche Ulfa, ich brauche seinen Rat. Denkst du, Tirao könnte uns helfen, ihn zu finden?«

Roya wirkte plötzlich seltsam unsicher. »Nun, er ... er wird in Bor Akramoria sein. Das ist seine Heimat.« Roya sah sie eine Weile forschend an. »Wozu brauchst du seinen Rat?«

Alina hob die Schultern. »Nun – irgendwie muss es doch weitergehen! Ich kann nicht einfach stillhalten und zusehen, wie die Drakken unser Volk versklaven und die Höhlenwelt mit ihren Bergwerken durchsetzen. Hast du diese riesigen Staubwolken gesehen?«

Roya nickte.

»Im Augenblick habe ich noch nichts Besonderes im Sinn. Aber ich möchte hören, was Ulfa dazu meint.« Sie spürte Royas Unruhe und musterte sie unsicher. »Ob er uns dazu rät, uns zu wehren, oder nicht.«

Roya zuckte mit den Achseln und setzte ein zweifelndes Gesicht auf. »Ich habe ein paar Mal mit ihm gesprochen. Er legte immer Wert darauf zu erklären, dass er weder allwissend noch allmächtig sei. *Wir* seien es, sagte er, die Dinge veränderten, und dass er eigentlich gar keine Macht habe. Er wisse nur einiges und könne manchmal Dinge voraussehen.«

»Aber … das *wäre* doch schon etwas, oder? Genau das will ich ja: dass er uns einen Rat gibt. Du klingst fast, als hättest du keine große Lust, ihn zu sehen!«

Roya holte tief Luft und seufzte. Sie sah unglücklich aus, etwas belastete sie. Für eine Weile herrschte Schweigen.

»Ich habe einen schrecklichen Fehler begangen«, eröffnete sie ihnen schließlich.

Alina, Marko und Izeban tauschten erstaunte Blicke.

»Es geht um Quendras«, erklärte sie zögernd. »Bei Rasnors Überfall, damals in Hammagor, hat er mir das Leben gerettet. Mir und Victor. Dabei aber hat er selbst etwas abbekommen – eine mörderische Magie von Rasnor. Quendras drohte zu sterben, aber ich konnte den Gedanken nicht ertragen. Ich habe Victor dazu gedrängt, Hilfe zu holen. Das endete damit, dass Faiona starb.« Roya blickte zu Boden, ihre Augenwinkel waren plötzlich feucht.

Alina sagte leise zu Marko und Izeban: »Faiona war ein Drache, Tiraos Lebensgefährtin. Sie starb, als sie Victor vor den Drakken rettete.« Sie wandte sich wieder Roya zu und nahm ihre Hand. »Du hast nichts Unrechtes getan, Roya! Du hast nur versucht, einen Freund zu retten. Woher solltest du wissen, dass Victor und Faiona auf Drakkenschiffe stoßen würden?«

Roya blickte auf, sie weinte regelrecht. »Das war schon schrecklich genug«, sagte sie. »Aber das ist nicht mal das, was ich meine. Ich habe etwas noch viel Schlimmeres getan!«

Alina fühlte einen Stein im Magen. Sie überlegte, ob sie Marko und Izeban wegschicken sollte. Aber dann hätte sie sich vielleicht auch gleich selbst wegschicken müssen. So überließ sie es Roya, wem sie sich anvertrauen wollte.

»Victor blieb aus«, fuhr Roya fort. »Er kam einfach nicht rechtzeitig wieder. Quendras hingegen ... er wurde immer schwächer. Ich hatte Angst, dass er es nicht mehr schaffen würde. Und ich hatte inzwischen sogar Angst, dass Victor *gar nicht* mehr kommen könnte. Er war so lange fort, dass ich fürchtete, ihm wäre etwas zugestoßen. Ich war allein in Hammagor.«

Alina war verunsichert. Sie wusste nicht, was Roya ihnen sagen wollte. »War denn Tirao nicht mehr bei dir?«

Roya schüttelte den Kopf und wischte sich die Tränen fort. »Nein. Ulfa hatte ihn nach Savalgor geschickt. Ich war wirklich ganz allein. Und ich hatte Angst. Das bisschen Magie, das ich beherrsche – es hätte mich nicht vor dem Verhungern retten können. Und dieses verfluchte Hammagor, es war so unheimlich. Hunderte von Meilen von jeglicher menschlichen Ansiedlung entfernt. Ich hatte einfach schreckliche Angst.«

Alina verstand nicht. »Was ... hat das denn mit Ulfa zu tun?«

Royas Brust hob und senkte sich schmerzvoll; sie nickte. »Ich habe ihn gerufen. Habe durchs Trivocum nach ihm *geschrieen*. Und er kam.«

»Aber ... was soll daran schlimm sein? Quendras lebt und Ulfa wird schon gewusst haben ...«

Roya schüttelte den Kopf. Ihr unsicherer Seitenblick traf Marko und Izeban. »So ist es nicht gewesen, Alina. Ulfa hat Quendras nicht geholfen.«

Sie zog die Brauen hoch. »Nicht?«

»Nein. Ich redete lange mit ihm. Versuchte ihn zu überzeugen. Aber er blieb hart. Er sagte, dass er bereits zwei Mal zu weit gegangen sei. Ich wusste nicht, was er meinte. Er sagte, er würde gegen die *Regeln* verstoßen. Jedes Mal, wenn er es täte, würde er etwas aus dem Gleichgewicht bringen. Und deshalb könnte er dieses Mal nicht mehr eingreifen. Wenn es Quendras' Schicksal sei zu sterben, dann müsse er eben sterben.«

Alina schluckte hart. Sie wusste nur wenig über den Urdrachen, aber sie hatte nicht erwartet, dass er so wenig Erbarmen kannte. Royas Anliegen war mehr als ehrenvoll und anständig gewesen. Zumal Quendras derjenige gewesen war, der Victor und Roya überhaupt erst gerettet hatte. Ohne ihn wäre die ganze Suche nach dem Pakt von vornherein ein gewaltiger Misserfolg geworden ...

Alina unterbrach ihren Gedankengang.

Genau das war später dann *tatsächlich* auch eingetreten.

So gesehen war Victors und Royas Jagd nach dem Pakt völlig umsonst gewesen, Quendras' Hilfe gegen Rasnor vergebens und Faionas Tod sinnlos. Lag darin etwa die seltsame Logik dieses Falls? Eine Logik, die Ulfa zu diesem Zeitpunkt schon erkannt – oder wenigstens erahnt – hatte und derentwegen er sich geweigert hatte, Quendras zu helfen? Alina stöhnte innerlich. »Was geschah dann?«, fragte sie. »Verließ dich Ulfa einfach wieder?«

»Ich verjagte ihn«, sagte Roya. Sie blickte unsicher auf. »Ich schrie ihn an, er solle sich davonscheren.«

Nun verstand Alina. Roya hatte kein Vertrauen mehr zu Ulfa, und sie mochte ihm auch kaum unter die Augen treten. Nach einer Weile fragte sie vorsichtig: »Ich könnte auch allein zu ihm gehen ...«

Roya blickte sie forschend an, so als käme gerade ein Missverständnis zwischen ihnen auf.

»Moment!«, unterbrach Marko. »Quendras wurde letztlich doch geheilt, oder? Wie geschah das, wenn Ulfa nicht helfen wollte?«

Roya, die kurz zu Marko gesehen hatte, senkte wieder den Blick.

Alina stutzte. »Also … hat er Quendras *doch* geholfen?«

Roya schüttelte den Kopf. »Nein, hat er nicht. Aber … bevor er mich verließ, warnte er mich. Er sagte, ich solle nicht eigenmächtig versuchen, diese Regeln zu brechen. Und … gerade das brachte mich auf die Idee.«

»Auf welche Idee?«

Sie holte tief Luft und sah auf. »Sardin. Ich habe Sardin um Hilfe gebeten. Ich bin in seinen Turm gegangen und habe *ihn* gefragt.«

Schweigen breitete sich unter den vieren aus. Wiewohl Royas verzweifelte Tat eigentlich immer noch unter dem Vorzeichen eines gerechten Ansinnens stand, verschob allein die Nennung von Sardins Namen alles ins Reich des Bösen. Alina wurde sehr rasch klar, dass Roya *doch* einen Fehler begangen hatte – wahrscheinlich sogar einen sehr großen.

Neue Tränen liefen Royas Wangen herab. »Versteht ihr jetzt? Ich habe Quendras das Leben gerettet, aber ich habe gegen Ulfas Warnung gehandelt. Irgendetwas Schreckliches ist geschehen. Ich spüre es. Quendras lebt und der Pakt ist bis nach Savalgor gekommen, aber trotzdem – irgendetwas Furchtbares ist geschehen. Ich bin einen Schritt zu weit gegangen. Ich kann Ulfa nicht mehr unter die Augen treten.«

Alina schwieg noch eine Weile, aber in ihr verdichtete sich ein Entschluss. »Nein, Roya!«, sagte sie schließlich mit Bestimmtheit. »Auf gar keinen Fall wird diese Sache besser, indem du dich verkriechst! Du hast noch einen viel wichtigeren, persönlichen Grund als ich, Ulfa wieder zu sehen!« Sie hielt noch immer Royas Hand, ließ sie nun aber los und stand auf. »Dieses Bor Akramoria liegt doch nicht allzu weit von hier entfernt, oder?« Sie nickte entschlossen. »Morgen werden wir dorthin aufbrechen. Wir beide – du und ich!«

*

Alina lag noch lange wach. Als sie die bitter weinende Roya verlassen hatte, war Marko aufgestanden und hatte sie tröstend in die Arme genommen. Alina war nicht wütend auf Roya gewesen, im Gegenteil. Sie konnte sie nur allzu gut verstehen. Aber es durfte nicht sein, dass ein Mensch, der ein so reines und gutes Herz besaß wie Roya, seine Seele damit verdarb, dass er aus Angst oder Scham vor der Wahrheit floh – besonders vor einer so wichtigen. So etwas endete immer böse. Erst nahm man eine kleine Lüge als gegeben hin, dann geschah das Gleiche mit der nächst größeren Lüge, und so ging es immer weiter, bis man irgendwann seine Seele verkauft hatte. An den Verrat, den Eigennutz und die Bequemlichkeit der Lüge. Alina hatte neun Monate in einer solchen Gruppe von Menschen zugebracht – der Bruderschaft von Yoor. Chast hatte sich immer über die Unzuverlässigkeit und den Eigennutz seiner Leute beklagt. Doch er selbst war der Größte unter ihnen gewesen: der Anführer einer Gruppe von Leuten, die aus Gewohnheit logen, vertuschten, täuschten und verleumdeten. Sie taten das sogar mit Fleiß untereinander. Alina hatte diese Art zu leben hassen gelernt.

Dass sich Marko stehenden Fußes in Roya verliebt hatte, war leicht aus einer Meile Entfernung zu erkennen. Aber Alina selbst ging es fast ebenso. Roya besaß eine Ausstrahlung, die ihr fast den Atem nahm. Sie war so lebendig, neugierig und voller Liebe für alles Schöne, dass Alina sie für jede ihrer Bewegungen, für jedes Wort und jeden Blick hätte küssen mögen.

*Deshalb* war sie so grob zu Roya gewesen, *deshalb* hatte sie so unmissverständlich verlangt, dass sie zu Ulfa mitkommen müsse. Denn es kam überhaupt nicht infrage, dass Roya ihr Gewissen und ihre lautere Seele aufs Spiel setzte, um diesen Fehler, den sie begangen hatte, herunterzuspielen und in Vergessenheit geraten zu lassen. Sie war sehr jung und überschaute vielleicht nicht die Tragweite ihres Handelns. Aber sie hatte einen ernsten Fehler begangen und den musste sie wieder aus der Welt schaffen.

Ulfa musste einen wichtigen Grund für seine Entscheidung gehabt haben, Quendras nicht zu helfen. Alina ahnte, ebenso wie Roya, das etwas Furchtbares passiert war. Sie hatte von Leandra erfahren, dass Sardin in Hammagor nicht mehr auffindbar gewesen war. Und das, obwohl er Victor zuvor regelrecht erpresst hatte, ihm Leandra nach Hammagor zu bringen.

Da stimmte etwas nicht, und sie mussten dahinter kommen, was es war. Wenn diese Sache nicht geklärt und aus der Welt geschafft wurde, hatten sie vielleicht nie wieder eine Möglichkeit, Ulfa um Hilfe zu bitten.

Alina war aufgewühlt, aber irgendwann holte sie dann doch die Müdigkeit ein und sie schlief ruhig und fest für den Rest der Nacht.

*

Am nächsten Morgen, zwei Stunden nach Sonnenaufgang, brachen sie auf.

Alina hatte noch vor dem Frühstück eine kurze Sitzung mit Roya absolviert, die sich mit einer leichten Heilmagie ihres Unterarmbruchs annahm. Roya war an diesem Morgen sehr verunsichert, lehnte sich aber gegen Alinas Forderung, mit ihr zusammen Ulfa aufzusuchen, nicht auf.

Marko hatte durchblicken lassen, dass er sie sehr gern begleitet hätte. Doch Roya lehnte ab; und hätte sie es nicht getan, hätte Alina dafür gesorgt, dass sie allein flogen. Ihre Mission war überaus wichtig und zugleich auch heikel. Roya würde dem Urdrachen in aller Demut gegenübertreten müssen. Da war die Begleitung eines verliebten Gockels wie Marko völlig unangebracht.

Sie flogen beide auf dem Rücken von Tirao, begleitet von seiner jungen Drachenfreundin Majana. Für Alina war es der erste Flug auf einem Drachenrücken und sie war sehr nervös. Der Start war aufregend, aber weniger spektakulär als gewöhnlich, denn Tirao ließ sich einfach von der Klippe, auf der Malangoor lag, in die Tiefe gleiten. Alinas Magen stieg in die Höhe, dann hatten Tiraos Schwingen schon den Wind gefangen und er legte sich steil in eine Kurve, um nach Norden hin davonzuschießen. Es ging zwischen Felswänden und Stützpfeilern hindurch, über Bergkämme hinweg und unter gigantischen Felsbogen hindurch. In den ersten Minuten hatte Alina mit der unerhörten Energie des Drachenfluges zu kämpfen – aber nur so lange, bis ihr Körper die Gewissheit gewonnen hatte, dass sie auf Tiraos Rücken vollkommen sicher war.

Roya, die Drachenflüge gewohnt war und sie ganz offensichtlich genoss, ging es inzwischen wieder sichtlich besser. »Er hat Leandra schon mal aufgefangen!«, rief sie ihrer Freundin von hinten zu.

Alina wandte den Kopf. »Aufgefangen?«

»Ja. In einem Kampf. Ein Drakkenüberfall in der Nacht. Tirao musste einem Drakkenschuss ausweichen, tauchte ab, und Leandra – huiii, sie flog allein weiter.«

»Waaas?«, rief Alina entgeistert.

Roya lachte lauthals. »Ja, ist wirklich wahr. Ich war dabei! Sie hatte nicht mal was an, war splitternackt. Tirao flog ihr hinterher und lud sie wieder auf. Du kannst dich also ruhig mal fallen lassen, wenn dir danach ist!« Roya packte Alina von hinten, als wollte sie sie von Tiraos Rücken werfen.

Alina stieß ein Quietschen aus und krallte sich an dem Hornzacken vor ihr fest. Sie lachten beide und Roya rief: »Ist es nicht phantastisch?«

»Ja«, gestand Alina. »Wirklich! Ganz anders als in so

einem Drakkenboot.« Sie hob mutig die Arme in die Luft und stieß ein Jauchzen aus. »Wie weit ist es bis Bor Akramoria?«

»Ich weiß es nicht genau, ich war noch nie dort. Aber es liegt am Nordwestzipfel des Mogellsees. Ich denke, wir fliegen sieben oder acht Stunden. Wir werden einige Pausen einlegen müssen.«

»Acht Stunden? Dann kommen wir ja heute gar nicht mehr zurück!«

»Nein. Aber es wird dir sicher gefallen. Die Ishmarfälle müssen gewaltig sein. Und die Festung selbst … Victor hat mir viel davon erzählt.«

Alina musste sich erst noch daran gewöhnen, dass alle anderen Victor offenbar besser kannten als sie selbst. Besonders Roya hatte eine lange und gefahrvolle Zeit mit ihm verbracht. Sie wusste, dass die beiden seitdem eine tiefe Freundschaft verband.

Alina sog den Wind und den Anblick der Bergwelt in sich auf. Es half ein wenig – das brennende Gefühl der Sehnsucht nach Maric und Victor wurde von den Eindrücken des Fluges überdeckt. Tiraos Freundin Majana flog ein Stück voraus. An ihrer schlanken Gestalt und ihrer verspielten und grazilen Art, sich zu bewegen, war zu erkennen, dass sie noch sehr jung war – ein Mädchen sozusagen. Sie erreichten bald eine nach Norden verlaufende Steilküste, die eine gute Meile senkrecht in den Mogellsee abfiel. Der See glitzerte im Morgenlicht der Sonnenfenster. Die Eindrücke waren in der Tat völlig anders, wenn man auf dem Rücken eines Drachen saß, den Wind spürte und nach allen Seiten freien Raum um sich hatte. Und da war natürlich das Gefühl dieses gewaltigen, unendlich starken Lebewesens unter sich, das sich mit nichts vergleichen ließ, was Alina bisher erlebt hatte.

Sie flogen entlang der Küstenlinie des Mogellsees nach Norden. Manchmal schoss Tirao so knapp über der Wasseroberfläche dahin, sodass Alina glaubte, nur eine Hand ausstrecken zu müssen, um einen Fisch fangen zu können. Dann flog er wieder ein Stück landeinwärts, um einen Stützpfeiler zu umrunden oder durch einen der spektakulären Felsbogen hindurchzuschießen, die sie immer wieder entdeckten.

Der Wind zerrte an ihr und hätte sie sicher irgendwann ausgekühlt, aber sie hatte sich in Malangoor einen dicken Lederwams geliehen und ertrug den ungewohnten, stetigen Wind recht gut. Nach drei Stunden des Flugs machten sie eine einstündige Pause auf einer winzigen Felseninsel. Während Tirao und Majana sich auf Nahrungssuche begaben, gönnten sich Alina und Roya ein Bad im kühlen Wasser des Mogellsees und sonnten sich anschließend ein wenig auf dem warmen Fels. Sie berichteten sich gegenseitig von den vielen Dingen, die ihnen im vergangenen Jahr widerfahren waren. Gegen Mittag kehrten die Drachen zurück und dann ging es weiter. Für zwei Stunden flog Alina allein auf Majanas Rücken, dann wurde das junge Drachenmädchen müde und Alina stieg wieder auf Tiraos Rücken um.

Im Laufe des Flugs erwies sich Roya als echte Anwärterin auf den Titel ›beste Freundin‹. Alina konnte seit langer Zeit zum erstenmal jemandem vollständig ihr Herz ausschütten; natürlich erzählte sie viel über sich und ihre, wie sie sich ausdrückte, *kaum erklärbare* Liebe zu Victor. Doch Roya brachte Verständnis auf, denn sie kannte Victor gut. Sie erzählte ihrerseits einiges über ihre Abenteuer mit ihm und trug ihre Geschichten dabei so witzig vor, dass Alina während des Fluges Tränen lachte. Die Zeit verging dadurch viel schneller, und plötzlich, am späten Nachmittag, hatten sie es geschafft – sie erreichten Bor Akramoria.

Aus der Ferne war ein dunkles Grollen aufgekommen, das sich mit dem Zischen und Pfeifen des Flug-

windes vermischt hatte. Aus ihrer Unterhaltung aufge-
schreckt, sahen sie beide nach vorn. Die gute Fernsicht
hatte sich, das merkten sie erst jetzt, im Laufe der letzten halben Stunde unmerklich in aufkommendem hellem Dunst verloren. Und nun schälte sich plötzlich aus
dem milchigen Nichts vor ihnen der Anblick eines gigantischen Wasserfalls.

# 33 ✦ Das magische Siegel

Leandra hatte einmal erzählt, dass einen nichts auf den Anblick dieses Wasserfalls vorbereiten könnte. Und nun war Alina bereit, jedes Wort davon zu unterschreiben. Sie waren bereits viel näher, als sie es für möglich gehalten hätte. In der Nähe des Wasserfalls war die Luft von feinem Nebel erfüllt. Erst wenn man hindurch war, konnte man die titanische Wand aus Wasser erkennen. Alina schnappte nach Luft, als sie sah, wie sich Majana vor der Wasserwand in eine Kurve legte und quer zu ihr nach Nordosten kreuzte. Sie wirkte so winzig wie eine kleine Mücke. Die Dimensionen waren unglaublich. Alina schätzte, dass sie etwa zwei Meilen über dem See flogen, aber die tosende Wasserwand musste über ihnen noch eine weitere Meile in die Höhe ragen.

Das Donnern der Wassermassen war Ehrfurcht gebietend. Erst nachdem sie aus dem Nebel aufgetaucht waren, hatte es seine wirkliche Lautstärke erlangt, und nun erschlug es sie beinahe. Alina wurde schwindelig, sobald das titanische Tosen sie erfasste. Als sie Tirao wieder ein Stück davontrug, atmete sie unwillkürlich auf.

»Die Ishmarfälle sind über dreißig Meilen breit!«, schrie ihr Roya von hinten zu. »Es sollen insgesamt mehr als fünfzig einzelne Wasserfälle sein. Die größten, die es gibt!«

»Und … wo kommt all das Wasser her?«, rief Alina zurück.

»Weiß ich nicht. Das weiß niemand.«

Sie kreuzten noch eine Weile staunend vor der riesigen Wasserwand, während die beiden Drachen weiter nach Nordwesten segelten und an Höhe gewannen. Endlich, nach etwa einer halben Stunde, kam die obere Kante eines der Wasserfälle in Sicht. Und dort wartete das nächste Wunder auf sie. Aus einer Flut herabdringenden Lichts schälte sich ein Felsen, ein gewaltiger Zinken, der mitten aus der Kante eines breiten Wasserfalls herausragte.

Roya deutete hinauf. »Das muss es sein! Bor Akramoria!«, rief sie.

Nun sah Alina es auch. Ein einzelnes Bauwerk erhob sich dort und schwang sich auf abenteuerliche Weise mit seiner Vorderseite über den Abgrund hinweg. Spontan dachte sie, dass es wohl kaum einen würdigeren Platz als Heimat für den Urdrachen der Höhlenwelt geben konnte. Zugleich aber glaubte sie auch schon die rätselhafte Aura dieses übernatürlichen Wesens spüren zu können.

Tirao gewann an Höhe, während Majana weit oben einen ersten Kreis über der Festung auf dem Felszinken zog. Als Tirao ebenfalls die Höhe der Sturzkante erreichte und darüber hinauf in den Himmel stieg, erblickte Alina ein märchenhaftes, lichtdurchflutetes Flusstal, das sich nach Nordwesten hin anschloss. Vor dort strömten, der Flussmündung in den Bergen nicht unähnlich, riesige Wassermassen herbei. Der Fluss wirkte friedlich und ruhig; weiter nordwestlich war er von einer Vielzahl von kleinen und großen Felsen durchsetzt.

Die Festung lag auf einem länglichen Felsen, der sich wohl über eine halbe Meile weit ins Flusstal hineinzog. Sie bestand aus zwei Bauwerken: einem größeren, das weiter vorn lag und sich auf verwegene Weise über den Abgrund hinaus in den Himmel türmte, und einem zweiten, weniger hoch und nach Nordwesten hin gelegen, in Richtung des heranströmenden Flusses. Der Grad des Verfalls schien mäßig; als sie jedoch näher kamen und Einzelheiten erkennen konnten, wurde deutlich, wie alt die kleine Festung sein musste. Alles bestand aus einem grimmig aussehenden, grauschwarzen Felsgestein. In der Mitte der Anlage, die von einer großen, an manchen Stellen verfallenen Mauer umspannt wurde, befand sich ein freier Platz – so etwas wie ein Innenhof. Alina und Roya betrachteten gebannt und ehrfürchtig schweigend diesen Ort, an dem so viel Geschichte geschrieben worden war.

»Glaubst du, wir sind hier willkommen?«, fragte Alina.

»Ich hoffe«, erwiderte Roya, »Ulfa verbrennt mich nicht gleich zu Asche, wenn er mich wieder sieht.«

Majana kreiste hoch über der Festung und machte keine Anstalten, dort niederzugehen. Auch Tirao zog noch eine unentschlossene Schleife.

»Tirao will gleich wieder starten, nachdem er uns abgeladen hat«, sagte Roya. »Bor Akramoria ist für die Drachen kein Ort, an dem sie sich gern aufhalten. Er wagt die Landung eigentlich nur, weil er Ulfa kennt.« Alina nickte verstehend.

In der letzten Minute hatte sich irgendetwas um die Festung herum verändert. Tirao beschrieb eine enge Kurve und flog Bor Akramoria von Norden her an. Bald darauf ging er sanft auf den riesigen Steinplatten des Innenhofs nieder. Er wartete, bis die beiden ihr Gepäck losgemacht hatten und von seinem Rücken herabgeklettert waren. Roya bat er, ihn übers Trivocum zu rufen, wenn er sie wieder abholen sollte. Sie machten ein paar schnelle Schritte von ihm fort, als er sich in die Luft warf und mit zügigen Schwingenschlägen an Höhe gewann.

Dann standen sie allein auf dem Innenhof.

Alina deutete in die Höhe. »Sieh mal!«, flüsterte sie. »Gab es damals nicht auch ein Unwetter, als Leandra hier war?«

Roya nickte voller Vorahnungen. Das Licht wurde immer spärlicher, über ihnen hatte sich eine grauschwarze, dräuende Unwetterwolke gebildet. »Der Willkommensgruß der Festung für ungebetene Gäste«, flüsterte sie.

Eine kalte Windböe fuhr über den Innenhof und wirbelte trockene Blätter auf. Die uralten Steinplatten waren an vielen Stellen aufgesprengt; Gras, Sträucher, Büsche und einige kleinere Bäume hatten sich in den Ritzen festgekrallt und fristeten ein freudloses Dasein. So staunenswert der Ort auch sein mochte, so abweisend, kalt und unfreundlich wirkte er.

»Wo müssen wir hin?«, fragte Alina leise.

Roya deutete auf den großen Bau an der Stirnseite der Festung. »Dorthin, nehme ich an.«

Sie blickten auf einen hohen, verschachtelten Tempelbau, dessen Wände, Decken und Mauern dem Zahn der Zeit nicht vollständig hatten widerstehen können. Manche Gebäudeteile waren eingestürzt, andere von Pflanzen mit Luftwurzeln überwuchert. Hohle Fensterlöcher glotzten sie an, als wollten sie eine Warnung aussprechen, lieber so schnell wie möglich wieder zu verschwinden. Die düstere Wolke über der Festung verdichtete sich indessen immer mehr. Ein dunkles, noch verhaltenes Dröhnen rollte heran wie das warnende Knurren eines Tieres. Im Innern der Wolken leuchteten gelbe Blitze auf und der Wind stob immer häufiger in eiskalten Böen über den Hof.

»Stammt das wohl von Ulfa?«, flüsterte Roya voller Furcht. »Vielleicht sollte ich besser von hier verschwinden.«

Alina antwortete nicht. Sie nahm ihre Gepäckrolle auf, schulterte sie und hakte sich bei Roya unter. Langsam gingen sie auf den großen Tempelbau zu. Alina zog die widerstrebende Roya mit sich. Als die den halben Weg zurückgelegt hatten, sprühte ihnen ein leichter Nieselregen in die Gesichter. Die Luft war kalt geworden und die grauschwarze Wolke wirkte, als sammelte sie gerade Kraft.

Ihr zögernder Marsch auf den seltsamen, turmartigen Tempelbau zu war eine Mischung aus Royas Widerstreben und Alinas Drang nach vorn. Der Nieselregen wurde stärker und die schwarzen Gewitterwolken über ihnen grollten böse. Noch erhob sich kein schwarzer Schatten des rächenden Ulfa über der Festung, so wie es Leandra damals ergangen war. Alina konnte sich langsam vorstellen, auf welche Weise Leandra damals ihr Leben preisgegeben hatte, als sie in jenem eiskalten Gewittersturm völlig nackt den gesamten Innenhof überquert hatte, um sich vor dem alten Tempelbau in einer Geste der Demut vor dem Schatten des rächenden Ulfa zu verbeugen und ihn um Verzeihung für das Unrecht zu bitten, das die Menschen den Drachen angetan hatten.

Doch dieser Akt war bereits geleistet worden. Er musste gewiss nicht wiederholt werden. Und wenn Ulfa das war, was Alina sich von ihm erhoffte und erwartete, dann würde er sogar Roya ihren verzweifelten Zorn vergeben. Das Mädchen hatte nur das Leben eines Freundes retten wollen. Alina blieb stehen.

»*Ulfa!*«, rief sie, so laut sie konnte. »Ulfa – ich bitte dich, beende dieses Unwetter! Wir brauchen deine Hilfe!«

Seltsamerweise schien die Zeit still zu stehen.

Obwohl der Regen weiterhin fiel und die Gewitterwolke über ihnen aufleuchtete und ihr tiefes Rumpeln über die Festung schickte, war es, als würde alles innehalten, als hätte eine höhere Macht Alinas Ruf vernommen und würde eine Entscheidung abwägen. Der

Zustand über der Festung hielt für eine eigentümlich anmutende Minute an. Dann ließ der Regen nach.

Ein winziges bisschen mehr Helligkeit drang zu ihnen. Und mit einemmal kam ein Zauber über sie – so etwas wie eine Aufforderung in ihren Köpfen, obgleich mit einem Unterton der Drohung und der Mahnung zur Vorsicht, die Festung zu betreten. Sie sollten ... die *Halle des Urdrachen* aufsuchen.

Sie spürten es beide und sahen sich kurz an. »Los jetzt«, flüsterte Alina. Sie eilte los und zog die angsterfüllte Roya mit sich. Noch immer sprühte ihnen der kalte, feine Regen ins Gesicht, und allein er war Grund genug, den großen Tempelbau zu erreichen.

»Nun komm schon!«, verlangte Alina ungeduldig. »Ulfa wird Verständnis haben. Ein Wesen wie er wird seine Hilfe nicht wegen einer ... Unhöflichkeit verweigern. Unsere ganze Welt braucht ihn jetzt!«

»Eine *Unhöflichkeit?* Ich habe ihn beschimpft und verflucht!«

Alina ließ sich nicht beirren. »Und wenn schon! Du musst jetzt den Mut haben, es durchzustehen. Es wird nicht besser, wenn du vor dieser Sache davonläufst. Komm jetzt!«

Sie zog Roya wieder mit sich und dankte den *Kräften*, dass sie es geschehen ließ.

Sie erreichten das große, alte Tempelportal und schritten hinein. Es war nicht gerade ein Gefühl des Willkommens, das sie hier begrüßte, aber wenigstens kamen sie aus dem Regen heraus. Nach einem kurzen Zögern wirkte Roya eine kleine Magie. Über ihnen in der Luft entstand ein kleiner, glühender Funke, ein *schwebendes Licht.* In dem fahlen Glimmen öffnete sich vor ihren Augen der Blick in eine uralte, verfallene Halle mit Treppen und Durchgängen in andere Gebäudeteile. Roya wäre am liebsten gleich wieder umgekehrt.

»Die *Halle des Urdrachen*«, flüsterte Alina. »Wir müssen die *Halle des Urdrachen* finden!«

*

Es war nicht einfach. Eine gute Stunde irrten sie durch die weitläufigen unteren beiden Stockwerke, ehe sie zwischen Trümmerblöcken, Schutt und Luftwurzeln einen Zugang nach oben fanden. Unten gab es zwar auch Hallen, aber keine davon wies irgendwelche Merkmale auf, die auf den Urdrachen hindeuteten.

Der Regen über der Festung hielt nach wie vor an; immer wieder kamen sie an Stellen vorbei, wo das Dach eingebrochen war und sie einen neuerlichen unfreiwilligen Guss abbekamen. Es war dunkel in den Gängen und Roya hielt die ganze Zeit über ihre Magie des *schwebenden Lichts* aufrecht.

»Das war das Erste, was ich nach Hammagor gelernt habe!«, sagte sie vieldeutig. »Leandra hat es mir beigebracht.«

Sie arbeiteten sich weiter vor, tappten durch dunkle Gänge, deren Mauern aus riesigen, groben Gesteinsblöcken gefügt waren, durchquerten kleine und große Hallen und schritten über Treppen weiter hinauf. Das alte Mauerwerk war überall völlig trocken, denn hier regnete es nie – sah man einmal von übernatürlichen Gewitterstürmen ab, die sich jedoch nur äußerst selten ereignen dürften. Bor Akramoria hatte ganz sicher nicht viele Besucher. Roya meinte irgendwann, dass diesem Bauwerk nicht viel fehlte, um sich neben die Festung von Hammagor stellen zu können.

Das Tosen des Wasserfalls war leise, doch es durchdrang mit seinem abgrundtiefen Grollen jeden einzelnen Stein bis in den Kern. Die ganze Festung schien wie von einem unendlich feinen, aber nie endenden Zittern durchdrungen.

Schließlich erreichten sie das Ende einer Treppe und Alina hob eine Hand. »Sieh mal!«, sagte sie und deutete voraus, wo sich hinter einem kurzen Korridor eine kleine Vorhalle anschloss. Dort erhob sich ein großes, steinernes Tor. Es wurde auf gespenstische Weise durch eine Lichtaura erleuchtet, die durch ein eingefallenes Mauerstück in der gegenüberliegenden Wand hereinfiel. Draußen war es ein wenig heller geworden, wenngleich sich nun auch der beginnende Abend mit hineinmischte.

Leise schritten sie den Korridor hinab, bis sie vor dem großen Steintor angelangten. Es war etwa sieben Ellen hoch, ebenso breit und besaß zwei Flügel. Ein riesiges Relief war darauf eingemeißelt.

»Ich denke, wir sind da«, meinte Alina und deutete auf das Abbild. Es zeigte verschiedene alt und primitiv wirkende Szenen von Menschen und Drachen.

»Erleichternd«, stellte Roya fest. »Keine Kriegsbilder. Offenbar eine Zeit der Freundschaft zwischen Menschen und Drachen.«

Alina lächelte hoffnungsvoll. »Macht dir das keinen Mut?«

Roya hob verdrossen die Schultern. »Ulfa ist ein sehr ernsthaftes Wesen, weißt du? Gut und gerecht … aber nie zu Späßen aufgelegt.«

Alina trat auf das große Tor zu. Sie lehnte sich mit ihrem ganzen Körpergewicht dagegen. »Komm, hilf mir mal!«

Roya tat es ihr nach – und sie hatten Glück: es war unverschlossen. Langsam und mit einem leisen Knirschen wichen die beiden Türflügel zur Seite. Sogleich drang Licht nach außen und für einen Moment hielten sie inne. Dann aber schwang das Tor, wie von Geisterhand bewegt, von selbst weit auf.

Vor ihnen eröffnete sich eine sehr hohe, aber nicht allzu weite Halle. An der gegenüberliegenden Wand, etwa zwanzig Schritte entfernt, erhob sich ein riesenhaftes Drachenstandbild mit weit ausladenden Schwingen. Es bestand ganz aus schwarzem Stein. Im Vordergrund des Standbildes, in etwa acht Ellen Höhe, schwebte ein Kreis von Kugeln aus magischem Licht. Sie tauchten die Halle in den warmen Schein eines offenen Feuers.

Es waren wunderschöne, kugelrunde Leuchterscheinungen in Gelb und Orangerot. So beunruhigend das schwarze Drachenstandbild auch wirken mochte – ein solches Feuer beinhaltete keinerlei Drohung. Nein, es war fast schon wie ein kleiner Willkommensgruß. Alina sah nach Roya und stellte erleichtert fest, dass sie um eine Winzigkeit weniger angespannt wirkte als noch beim Öffnen des Tores.

In der Mitte der Halle, vor dem Drachenstandbild, stand ein kleiner Schrein – eine flache, steinerne Truhe, deren obere Platte mit feinen Steinmetzarbeiten verziert war. Dort bildete sich nun eine weitere Leuchterscheinung. Die Luft bewegte sich wie in einem Hitzeflirren und grünliche Strahlen verdichteten sich zu einer Form. Bald konnten sie sie erkennen. Es war die Gestalt eines kleinen Baumdrachens: der Urdrache Ulfa.

Als er sich vollends manifestiert hatte, betrachtete er mit blitzenden Augen die beiden jungen Frauen.

Alina trat einen Schritt vor und kniete vor dem Schrein nieder. »Ulfa. Ich bin sehr froh, dich hier zu finden! Ich weiß nicht, ob du dich an mich erinnerst, aber ich könnte dich nie vergessen. Du bist bei meiner Hochzeit in Savalgor erschienen.«

*Ich weiß durchaus, wer du bist, Alina,* hörte sie die Stimme des kleinen Wesens aus dem Nirgendwo. *Aber es erstaunt mich, dich hier zu sehen.*

Alina sah sich unsicher zu Roya um. »Eine Stimme in meinem Kopf!«, flüsterte sie. So etwas hatte sie noch nie erlebt.

Roya nickte ihr nur zu.

Sie wandte sich wieder Ulfa zu. »Die Drakken haben uns überfallen«, sagte sie. »Weißt du das nicht?«

*Doch, natürlich,* erwiderte Ulfa. *Das ist mir bekannt.*

Alina schwieg einige Augenblicke. »Warum ... bist du nicht bei uns in Savalgor geblieben? Du musst es noch mitbekommen haben. In der Stunde, als die Drakken kamen, warst du im Palast von Savalgor.«

*Du meinst, ich hätte helfen können?* Ulfas Stimme war, wie Roya angekündigt hatte, stets ein wenig gebieterisch und zugleich belehrend. *Ich bin kein göttliches Wesen, Alina; ich bin ebenso fehlbar wie ihr. Sogar noch fehlbarer, denn ich besitze eine gewisse Macht – aber ich darf sie nicht missbrauchen. Wenn ich diese Macht einsetzen will, muss ich mich an strenge Regeln halten, sonst kann Schlimmes geschehen. Deswegen muss ich mich zurückhalten.*

Alina studierte den kleinen Drachen nachdenklich. Sie verspürte ein gewisses Bestreben, ihn herauszufordern, denn sie benötigte Antworten. Orakelhafte Rätsel, auch wenn sie einen tieferen Sinn besitzen mochten, halfen ihr nicht weiter. »Verzeih mir, Ulfa«, sagte sie, »aber aus welchem Grund bist du da? Warum existierst du?«

Nun geschah etwas, das Alina überraschte. Sie hörte ein Lachen in ihrem Kopf – ein Lachen von dem Wesen, das Roya als so überaus ernst und nie zu Späßen aufgelegt beschrieben hatte. *Warum ich existiere?* Wieder war das Lachen zu hören – es war ein freundliches, belustigtes Lachen, kein höhnisches Gelächter, wie es von einem Sardin zu erwarten gewesen wäre. *Ich hätte nicht gedacht, dass ein Mensch je den Mut haben würde, mir eine solche Frage zu stellen. Meine Hochachtung, Alina. Aber ... nun ja, deine Freundin Roya hatte ebenso viel Mut. Das gefällt mir.*

»Es gefällt dir?« Alina sah sich wieder zu Roya um. Roya nickte, sie hatte Ulfas Worte ebenfalls verstanden.

*Ja. Es beweist mir, dass ihr euch nicht zu kriecherischer Unterwürfigkeit veranlasst seht. Royas Zorn auf mich war gerecht, obwohl sie danach einen furchtbaren Fehler beging. Auch deine Frage ist berechtigt und ich will sie dir beantworten: Mein Dasein beruht auf dem Erfordernis des Gleichgewichts. Etwas von der Gegenseite hat sich – aus eigener Kraft – in eurer Welt manifestiert und deswegen bin ich da. Um ein Gegengewicht aufzubringen.*

»Du sprichst von Sardin, nicht wahr?«, fragte Roya. Sie trat ein Stück vor und kniete sich neben Alina.

*Richtig, Roya. Einer wie Sardin sollte fort sein, nicht mehr in dieser Welt. Leider hat er ein Mittel gefunden, sowohl im Jenseits als auch im Diesseits zu sein und Einfluss auf beide Sphären zu nehmen. Ich selbst war nichts als eine einfache Kreatur dieser Welt, auch wenn man mich einen ›Urdrachen‹ nennt. Sardins Griff nach der Unsterblichkeit hat mich gezwungen, eine gewisse Rolle einzunehmen. Aber ich kann nicht beliebig Einfluss nehmen. Das würde bedeuten, dass sich das Gleichgewicht verändert, und das darf nicht sein. Ihr seid es, die handeln könnt, denn ihr seid Wesen dieser Welt. Ich bin nur eine Art Wächter. Ein Gegenpol, der mahnend ein Gesetz, eine Regel darstellt. Was euer Schicksal angeht, darf mein einziges Handeln darin bestehen, euch im Rahmen dieser Regeln hin und wieder meinen Rat und mein Wissen zur Verfügung zu stellen oder euch vor etwas zu warnen. Mehr steht nicht in meiner Macht.*

Alina hielt sich zurück. Dass Ulfa sich als eine Art *machtloses Wesen* beschrieb, wollte ihr nicht recht in den Kopf. Und auch das Erfordernis dieses *Gleichgewichts*, von dem er sprach, sagte ihr nichts. Sie hätte nichts dagegen einzuwenden gehabt, wenn das Gute, das Ulfa hoffentlich darstellte, ein *Übergewicht* über die Bosheit Sardins erlangt hätte. Aber wahrscheinlich wusste niemand besser als Ulfa selbst, was er tun konnte und was nicht. Sie war sicher, dass er von der Machtübernahme der Drakken ebenso wenig begeistert war wie sie selbst.

»Ulfa, ich ...«, sagte Roya zaghaft.

Der kleine Drache wandte den Kopf und starrte sie aus seinen winzigen, geschlitzten Augen an. *Wie ich schon sagte, Roya, dein Zorn war gerecht, wenn auch etwas schroff. Du wolltest einen Freund retten.*

Sie nickte. »Danke, dass du mir das verzeihst. Aber ... mein eigentlicher Fehler war wohl das, was ich danach tat. Kannst du mir sagen ... was dadurch geschehen ist?«

Ulfa antwortete eine Weile nicht, er schien unschlüssig. Dann sagte er: *Wenn ich genauer nachdenke, Roya, ist das, was du getan hast, sogar meine Schuld. Ich habe dir keine befriedigenden Antworten gegeben und schon gar keinen Trost. Und es ist wohl auch der Preis dafür, was ich einst tat. Ich sagte dir bereits, dass ich schon zweimal den Bogen weit überspannt habe. Einmal rettete ich Leandra, ein anderes Mal Hellami. Ich tat es aus ebenso mitfühlenden Beweggründen wie du, aber dies ist nun der Preis. Du warst die ausführende Hand, aber ich war der Verursacher.*

Roya sah nicht gerade glücklicher aus. »Das würde ja bedeuten, dass es besser gewesen wäre, wenn Leandra und Hellami gestorben wären!«

Diesmal antwortete Ulfa sofort. *Nein, Roya, das bedeutet es keinesfalls. Es zeigt nur, wie anfällig die gute Tat gegen das Beiwerk des Bösen ist. Ich unterliege ebenfalls diesem Fluch, wie du siehst.*

»Aber ... was ist denn nun passiert? Sardin war plötzlich verschwunden, obwohl er Leandra sehen wollte. Wo ist er denn? Hat das, was ich getan habe, mit seinem Verschwinden zu tun? Droht uns eine neue Gefahr?«

*Überlass mir diese Sache, Roya. Ich muss dafür sorgen, dass das entstandene Unheil wieder aus der Welt geschafft wird.* Roya blickte unsicher zu Alina. Es mochte erleichternd sein, dass Ulfa ihr die Schuld von den Schultern genommen hatte, aber als befriedigend oder gar erlösend empfand sie es nicht.

*Weshalb seid ihr nun hier?*, fragte Ulfa. *Ich nehme an, ihr wollt meinen Rat, wie ihr den Drakken begegnen könnt.*

Alina ergriff wieder das Wort. »Du hast Recht, Ulfa. Unsere größte Hoffnung war leider vergebens. Der *Kryptus*, das magische Siegel, das sich auf dem Pakt befand, hat sich als nichts als ein Betrug Sardins erwiesen. Das Siegel verstrahlt eine riesige Aura, enthält aber keinerlei Magie. Nichts, was wir gegen die Drakken einsetzen könnten.«

Es war das erste Mal, dass Ulfa wirklich überrascht zu sein schien. *Der Kryptus ist ein Betrug?*, fragte er. *Seid ihr sicher?*

Alina nickte. »Ich fürchte, ja. Quendras hat es herausgefunden.«

Ulfa schwieg eine Weile. Dann sagte er: *Ja, wenn man es einmal so herum betrachtet, passt es natürlich zu Sardin.*

»Was sollen wir nun tun? Kannst du uns helfen? Uns einen Rat geben?«

*Alina – was soll ich schon tun? Ich sagte dir doch bereits, dass ich dir nur mit meinem Wissen dienen kann. Denkst du, ich könnte … eine gewaltige Magie wirken, wie sie eigentlich der Kryptus hätte enthalten sollen, und damit alle Drakken töten? Nein, das liegt weit außerhalb meiner Macht. Dumm genug von mir, dass ich je glaubte, Sardin hätte so etwas bewerkstelligen können.*

»Die Menschen wurden von den Drakken überrannt, Ulfa. Wir sind ein Volk von Sklaven. Ohne Freiheit, ohne Rechte und dem ausgeliefert, was die Drakken mit uns vorhaben. Sie wollen unsere Magie, das Wolodit-Gestein, und verschleppen unsere Magier. Wer sich sträubt, wird getötet. Was sollen wir nur tun?«

Ulfa starrte sie nur an und ihr sank der Mut.

»Bitte hilf uns, Ulfa!«

Für eine volle Minute herrschte Schweigen. Dann sagte Ulfa: *Vielleicht gäbe es eine Möglichkeit. Vielleicht.*

Alina sah hoffnungsvoll auf; auch Roya, die neben ihr kniete, war erschauert. »Eine Möglichkeit?«

Ulfa antwortete mit einer Gegenfrage. *Wisst ihr, wo ihr hier seid? Ich meine – dieser Ort: Bor Akramoria? Wisst ihr, wie alt es ist?*

Alina und Roya blickten unwillkürlich nach oben, wo die uralten Mauern der Festung in die Höhe strebten. »Es muss ebenso alt sein wie Unifar«, sagte Roya leise. »Zweitausend Jahre. Oder noch älter.«

*Es ist viel älter, erwiderte Ulfa. Mehr als doppelt so alt!*

Ein leiser Schauer rieselte Alinas Rücken herab. »Wirklich? Dann müsste das ja … bis zu unseren geheimnisvollen *Anfängen* zurückreichen, nicht wahr? Vor etwa fünftausend Jahren. Leandra erzählte mir davon.«

*Das stimmt. Als die Menschen die Höhlenwelt besiedelten, kamen sie in Kontakt mit den Drachen. Zum Glück auf der Grundlage eines friedlichen Zusammenlebens, was nicht unbedingt die Stärke der Menschen ist. Aber damals waren die Zeiten auch noch nicht so schwierig wie heute. Bor Akramoria wurde gemeinsam von den Drachen und den Menschen errichtet. Wenn ihr euch hier umseht, werdet ihr leicht verstehen, dass dieses Bauwerk niemals ohne die Hilfe der Drachen hätte errichtet werden können. Es besteht aus einem sehr harten und zugleich schweren Felsgestein. Damals wollte man gemeinsam etwas schaffen, das Jahrtausende überdauern konnte. Es sollte ebenso lange währen wie die Freundschaft zwischen den Drachen und den Menschen, die hier besiegelt wurde.*

»Sie wurde hier besiegelt?«

*Ja. Hier in Bor Akramoria. Aber hier zerbrach sie auch wieder.*

Alina nickte bitter. »Durch deinen Tod. Es war Sardin, der dir das antat, nicht wahr?«

*Es geht nicht allein um mich und Sardin. Bor Akramoria war eine Festung, in der die wichtigsten Schätze der Drachen und der Menschen aufbewahrt wurden. Dinge von unbezahlbarem Wert, welche die grundlegenden Prinzipen unseres innersten Wesens darstellten. Bor Akramoria wurde aus Habgier überfallen. Von einer ganzen Armee blut- und habgieriger Menschen, die beileibe nicht allein Sardins Gefolgsleute waren. Es war ein bitterer Verrat und damals starben hunderte von Drachen. Ich war nur einer von ihnen.*

»Hunderte? Das … das wusste ich nicht«, sagte sie betroffen. »Es tut mir Leid.«

Ulfa wirkte versöhnlich. *Das hat Leandra auch schon einmal zu mir gesagt. Und ich habe es angenommen. Seit diesem Zeitpunkt lebt die alte Freundschaft zwischen Drachen und Menschen wieder ein wenig auf.*

Es war dieses ›ein wenig‹, das für Momente in der Luft stand. Es besagte, dass es noch ein weiter Weg war, bis diese Freundschaft ganz wiederhergestellt wäre. Wenn es denn überhaupt je wieder so sein mochte wie ganz zu Anfang.

Ulfa breitete seine kleinen Schwingen aus und erhob sich in die Luft. *Ich will euch das wichtigste Geheimnis von Bor Akramoria offenbaren*, sagte er. *Seht nach, was sich in diesem Schrein befindet.*

Alina und Roya starrten die kleine steinerne Truhe mit dem fein verzierten Deckel an, auf der Ulfa gesessen hatte.

*Öffnet den Schrein!*, forderte Ulfa sie auf. *Nur zu!*

Sie erhoben sich beide, stellten sich rechts und links von der Truhe auf und hoben mit vereinter Kraft den Deckel an. In dem darunter liegenden Hohlraum lag eine uralte Schriftrolle.

*Ihr habt von einem* magischen Siegel *gesprochen, dem Kryptus*, sagte Ulfa. *Hier ist eines, das viel älter und viel bedeutungsvoller ist. Seht es euch an.*

Sie legten den Deckel auf dem Boden ab und Alina

nahm die Rolle aus dem Hohlraum. Sie war sehr groß und das Papier war uralt. Dennoch schien es nicht vom Zerfall bedroht, denn es besaß jene magische Aura, die ein Papier wie dieses für Ewigkeiten schützt. Sie entrollten es gemeinsam.

*Ihr werdet die alte Sprache nicht kennen,* räumte Ulfa ein. *Aber dieses Dokument besiegelte vor über viertausend Jahren die Freundschaft zwischen den Drachen und den Menschen. Seht euch das Siegel an.*

Voller Ehrfurcht entrollten sie das Papier zur Gänze. Es war von feinen, altertümlichen Schriftzeichen bedeckt, die aber weder Alina noch Roya lesen konnten. Ganz unten befand sich ein Siegel aus dunkelrotem Siegellack. Es war zerbrochen und halb aufgelöst.

*Vielleicht werdet ihr Menschen eines Tages noch die ganze Tragweite dieser zerbrochenen Freundschaft verstehen,* sagte Ulfa. *Für den Moment aber genügt es, wenn ihr wisst, dass die Drachen einstmals zum Schutz der Menschen erschaffen wurden. Nicht als Diener, sondern als beschützende Freunde. Die Drachen könnten euch beschützen.*

Alina sah auf. »Die Drachen?«

*Ja, Alina. Sie könnten euch beschützen.*

Sie legte die Stirn in Falten. »Was meinst du mit: die Drachen? Etwa … alle Drachen?«

*Ganz recht. Bis vor zweitausend Jahren, als die Freundschaft zwischen Menschen und Drachen noch bestand, hätten sie niemals zugelassen, dass eine Macht wie die Drakken die Höhlenwelt überrennt.*

Alina spürte einen heißen Schauer ihren Rücken hinablaufen. Sie tauschte einen Blick mit Roya, die ebenso verblüfft schien. »Das klingt ja …«, sagte sie, »als hätten sich die Drachen in einen Krieg für uns gestürzt. Gegen die Drakken!«

*Denkst du, die Macht hätten sie nicht? Es gibt hunderttausende von Drachen in der Höhlenwelt!*

Ulfa schwebte wieder herab und landete auf dem

Rand des offenen Schreins. Alina ließ die Schriftrolle sinken und starrte Ulfa mit offenem Mund an. Ihr Herz pumpte, als wäre sie soeben eine 100 Ellen hohe Treppe hinaufgerannt. Auch Roya kämpfte um ihre Fassung.

»Damit ich nichts *falsch* verstehe, Ulfa«, keuchte Alina. »Du willst mir sagen, *die Drachen könnten die Drakken aus der Höhlenwelt verjagen?*«

*Ja, durchaus. Allerdings hast du es richtig formuliert. Sie* könnten *es tun. Aus diesem Grunde ist es doppelt tragisch, dass gerade jetzt, wo ihr unserer Hilfe bedürft, dieser Bruch zwischen uns besteht. Das* magische Siegel *auf dieser Schriftrolle ist zerbrochen.*

Ein Schwindel überkam Alina. Sie suchte Royas Blicke und ihre Bestätigung, denn es klang unglaublich, was Ulfa da sagte. Ebenso unglaublich wie auch glasklar und vollkommen einleuchtend. *Die Drachen!* Sie hatten die Macht, sie zu befreien!

»Ulfa, ich …«, begann sie, aber ihr fehlten die Worte. Die ganze Tragweite dieser Offenbarung drohte ihr die Fassung zu rauben. Ein Gemisch aus Freude, Trauer, Hoffnung, tiefster Verzweiflung und höchster Begeisterung durchströmte sie wie siedendes Öl. Am schlimmsten von allem war jedoch die entsetzliche Erkenntnis, dass diese phantastische Möglichkeit überhaupt nicht greifbar war. *Die Freundschaft zwischen den Drachen und den Menschen ist zerbrochen!*, hallte ein immer schärfer werdendes Echo in ihrem Schädel. Die Rettung – so nah und doch wieder so fern?

Roya hielt die Schriftrolle in die Höhe. »Kann dieses Siegel denn … wiederhergestellt werden?«

*Wie stellst du dir das vor, Roya? Wie soll das geschehen?*

Alina schluckte einen riesigen Kloß herunter. »Es ist doch alles schon … so lange her«, sagte sie leise und verzagt. »Kann man nicht irgendwann die alten Sünden einmal begraben?«

*Es ist das Vertrauen, Alina,* sagte Ulfa. *Obwohl wir Drachen viel länger leben als ihr und mancher der heute lebenden Drachen noch die Ahnen seiner Familie selbst gekannt hat, die diese Zeit miterlebten, haben wir die Sünden längst vergessen. Aber es geht nicht um die Sünden. Es geht um das Vertrauen.*

Wieder suchte sie Royas Blick, hätte sich am liebsten an sie geklammert, denn hier ging es um ein Vermächtnis von solcher Tragweite, dass sie sich unendlich winzig und hilflos vorkam.

*Stell dir vor,* hörte sie die Stimme des kleinen Drachen in ihrem Geist, *wir würden euch tatsächlich helfen. Denkst du nicht, dass viele Drachen sich fragen würden, was* danach *geschieht? Ob man wirklich darauf vertrauen kann, dass ihr Menschen uns nicht wieder verratet? Es gibt wohl nichts Schlimmeres, als wenn man für einen anderen sein Letztes gibt, sogar sein Leben einsetzt, nur um dann erleben zu müssen, dass man von ihm verspottet und verraten wird.*

Alina fühlte sich sterbenselend. Ulfa hatte Recht – es war eine furchtbare Schuld, die da auf ihnen lastete. Und ausgerechnet jetzt, da sie es versäumt hatten, sie wieder wett zu machen, brauchten sie die Drachen mehr denn je.

*Wie stellt ihr es euch vor?,* lautete die herausfordernde Frage Ulfas.

Alina schüttelte den Kopf, hob hilflos die Arme. »Ich weiß es nicht, Ulfa. Kannst du es mir sagen?«

»Das Siegel ist nicht vollständig zerstört«, meldete sich Roya. Alina drehte sich um. Roya hielt sich das Siegel auf dem Schriftstück nahe vor die Augen und betastete es mit dem Zeigefinger. »Es scheint«, sagte sie leise, »als wäre es sogar schon einmal … mehr zerfallen gewesen und sein Zustand hätte sich gebessert. Hier, schau mal!« Sie hielt Alina das Pergament hin.

Etwa ein Drittel des dunkelroten Siegellacks war

noch da – oder sollte man sagen: *wieder* da? Es fühlte sich an dieser Stelle glatt an und glänzte sogar. Alina blickte zu Ulfa auf. »Was hat das zu bedeuten?«

Der kleine Drachenkopf starrte eine Weile auf das Siegel. *Es ist magisch, wie ich schon sagte,* erwiderte Ulfa. *Es würde wieder vollständig sein, wenn die Schuld getilgt ist.*

Roya und Alina sahen ihn nur voller Hoffnung an. Es war klar, dass er ihnen sagen musste, wie.

*Es begann mit Leandra,* erklärte der Drache. *Mit ihrer Bitte um Vergebung – damals, hier in Bor Akramoria. Später tat Roya etwas Außergewöhnliches.*

»Ich?«

*Ja – du, Roya. Du hast einen jungen Feuerdrachen gerettet, der ohne deine Hilfe umgekommen wäre. Gegen den Widerstand deiner Begleiter. Und später bist du sogar noch bei ihm geblieben, hast ihn über eine Woche lang gefüttert und ihn mit deinen Heilmagien gepflegt.*

»Davon weißt du?«

*Ja, ich weiß es. Das ist eigentlich meine einzige besondere Fähigkeit: bedeutsame Dinge zu wissen, die anderswo stattfanden.*

»Und diese Taten, Leandras und meine, hat das Siegel der Freundschaft wieder hergestellt?«

*Wie man sehen kann – ja. Aber der größte Teil fehlt noch.*

»Ulfa, warum zögerst du so?«, beklagte sich Alina. »Ich weiß, dass du uns sagen könntest, wie die Schuld ganz getilgt werden kann. Warum verschweigst du es?«

Abwechselnd blickte er zu Roya und zu Alina. Schließlich fuhr er fort: *Ein sehr tiefer Bruch des Vertrauens lastet auf uns, Alina. Um das ganze Volk der Drachen so weit zu versöhnen, dass es sich für euch in einen Krieg stürzen würde – dabei wissend, dass viele sterben würden –, dazu bedarf es einer gewaltigen Geste. Nach einer Tat, die so viel verlangt, dass ich sie nicht auszusprechen wage.*

Alina wurde langsam wütend. Sie trat noch einen Schritt auf Ulfa zu. »Sag es!«, forderte sie.

Wiederum nahm sich Ulfa sehr lange Zeit für seine Antwort. Seine ganze Autorität war von ihm abgefallen, seine Stimme plötzlich von Trauer erfüllt und sein Kopf gesenkt, als er zu sprechen begann. *Es war hier in Bor Akramoria, wo die Schlacht stattfand. Es war ein blutiger Tag, viele Magier waren gekommen, und Drachen wie auch Menschen, die hier lebten und dienten, wurden dahingeschlachtet. Der letzte Überlebende war ich selbst, und Sardin, den Anführer der Verräter, stellte mich oben auf den Turm dieses Tempelbaus. Er war viel zu stark für mich. Er lähmte meinen Körper und stieß mich hinab in die Tiefe. Durch eine wundersame Begebenheit kam ich wieder, aber ich bin heute nur noch ein Geistwesen, das nicht wirklich lebendig ist.*

Alinas Brustkorb hob und senkte sich angstvoll, als sie auf die letzten Worte Ulfas wartete.

*Damals starb ich, der Oberste aller Drachen*, schloss Ulfa mit traurigen Worten. *Ich fürchte, die Drachen würden als Sühne nur ein Opfer der gleichen Art akzeptieren.*

Es dauerte einige Augenblicke, bis Alina begriff. Dann aber drohten ihr die Knie nachzugeben.

N ein!«, rief Roya aus, wohl zum hundertsten Mal. »Das lasse ich nicht zu! Schlag es dir aus dem Kopf!«

»Aber es ist die einzige Möglichkeit!«, rief Alina zurück. Ihr Gesicht war vor Tränen gerötet, die Verzweiflung stand in ihrem Gesicht geschrieben. Dennoch kämpfte sie für die Richtigkeit ihrer Überzeugung – selbst angesichts dessen, was sie dann erwartete. »Entweder ich – oder unsere Welt! Kann die Entscheidung da so schwer fallen?«

Roya marschierte nach wie vor im Raum auf und ab, während Alina im Schneidersitz auf ihrer Schlafdecke saß. »Schlag dir das aus dem Kopf!«, wiederholte sie. »Das kommt nicht infrage!«

»Dann sag mir den Grund!«, verlangte Alina mit einem Aufbäumen von Wut.

Roya blieb stehen. »Weil es *unmenschlich* ist! Vielleicht tun die Drachen dergleichen, wenn sie sich etwas beweisen müssen – nicht aber wir Menschen, verstehst du? Wir bringen uns nicht um, um jemandem zu zeigen, dass es uns Leid tut!«

»Aber hier *geht* es doch um die Drachen!«, erwiderte Alina hilflos. »Ich muss es nicht den Menschen beweisen. Sondern ihnen, den Drachen!« Sie deutete in Richtung der Halle des Urdrachen.

Roya hob eine wütende Faust. »Ich schwöre dir – wenn du das tust, werde ich überall herumerzählen, du wärest zur Bruderschaft übergelaufen! Ich werde sagen, du hättest uns verraten! Ich werde dein Andenken beschmutzen, es mit Füßen treten! Verlass dich darauf – das tue ich!«

Alina spürte einen neuen Tränenschub. »Aber ... aber warum denn?«

»Weil ich es dir nie verzeihen würde! Du willst wirklich da in die Tiefe springen? Du bist doch völlig verrückt!«

Alina winkte müde ab. »Was kümmert mich mein Ansehen. Es geht um unsere Zukunft und darum, dass uns die Drachen helfen. Diesen Preis ist es wert. Lass mich mein Leben für etwas einsetzen, das es wert ist. Niemand außer mir kann es tun – ich bin die Shaba.«

Roya trat zu Alina und ließ sich neben sie auf die ausgebreitete Schlafdecke sinken. »Warum bist du nur so verzweifelt, Alina? Ist es wegen Victor? Was soll aus Maric werden, wenn er dich nicht mehr hat?«

Sie hob die Schultern. »Er hat ja noch Victor ...«

»Dummes Zeug! Dieser ungehobelte Klotz könnte dich nie ersetzen. Alina, du musst mir etwas versprechen.«

Sie hob den Kopf, sah Roya aus tränenfeuchten Augen an.

»Du musst mir versprechen, keine Dummheiten zu machen. Wir gehen morgen früh noch einmal zu Ulfa und reden mit ihm. Er muss verstehen, dass wir Menschen anders sind als die Drachen. Er muss uns eine andere Möglichkeit geben. Ich werde auf keinen Fall akzeptieren, dass du dich opferst. Ich könnte nie wieder meinen Freunden gegenübertreten, wenn ich das zuließe.«

Alina schniefte nur.

»Was ist? Versprichst du es mir?«

Alina nickte schwach. Sie ließ sich auf ihre Decke niedersinken, schlug sie über den Leib und vergrub das Gesicht in einem Tuch. Roya holte sich ihre Decke und legte sich neben Alina.

Sie lag noch lange wach, während Alina schon bald eingeschlafen war. Später bekam Roya Angst, dass sie selbst einnicken und Alina nicht mehr bewachen könnte. Sie entkleidete sich, bis sie nur noch ein Unterhemd trug, und zog dann der tief schlafenden Alina ebenfalls ihre Sachen aus – in der Hoffnung, dass sie dies in der Kälte der Nacht noch mehr an ihren Schlafplatz fesseln würde. Dann schmiegte sie sich ganz fest an Alina, legte den rechten Arm um ihren Bauch und wickelte sie beide, so gut es ihr eben möglich war, in die Schlafdecken ein. Sie nahm sich vor, Alina die ganze Nacht festzuhalten, damit sie ihr nicht entwischen konnte.

\*

Irgendwann tief in der Nacht erwachte Roya.

Sie hatte von einem Brett geträumt, einem Brett, das einfach nicht passen wollte, so sehr sie es auch zusägte. Es war irgendwo in ihrem *Windhaus* gewesen, ja – jetzt erinnerte sie sich: dort, wo einmal ihre Bibliothek hinkommen sollte, die Sammlung alter und neuer Schriften, die sie sich zuzulegen gedachte. Bücher hatten sie schon immer fasziniert, und Jerik, ihr alter Meister, hatte ihr oft gesagt, dass im Wissen der Schlüssel zur Macht liege.

In dieser Bibliothek war in ihrem Traum ein Loch in der Wand gewesen, in einer kleinen Nische zwischen einem Regal und dem Geländer einer kurzen Treppe. Sie wusste nicht, wohin es hinter diesem Loch ging, es war ihr unheimlich und sie wollte es geschlossen haben. Doch das kurze Brett, das sie an dieser Stelle einzusetzen gedachte, hatte einfach nicht passen wollen. Immer wieder trug sie es hinaus, sägte noch ein Stück ab, woraufhin es an der anderen Seite nicht mehr passte. Sie sägte, hobelte, raspelte … es half nichts. Zum Glück war sie jetzt wach, denn nun konnte sie sich von diesem hässlichen Albtraum lösen, der ihr den Schlaf einer ganzen Nacht zu rauben gedachte.

»Ein blöder Traum«, murmelte sie und schmiegte sich wieder näher an Alina.

*Alina?*

Sie schreckte hoch.

Da war keine Alina, nur eine zusammengeknüllte Decke, die sie umarmte. Für Augenblicke noch schleppten sich ihre vom Traum verwirrten Gedanken träge bis zu den Ereignissen des vergangenen Abends. Dann wusste sie es.

Sie stieß einen Schrei aus und schnellte in die Höhe.

Hier war kein Licht … Verzweifelt versuchte sie, sich auf die richtige Iteration zu konzentrieren; noch immer war ihr diese einfache Magie nicht wirklich geläufig. Endlich ploppte über ihr ein winziger glühender Punkt in der Luft auf. Das weiße, fahle Glühen tauchte den Raum in ein geisterhaftes Licht, das graue Schatten warf und dennoch die Augen blendete.

Alina war nicht da!

Ihr Puls, der ohnehin schon wummerte, dröhnte ihr plötzlich in den Schläfen, Schwindel ergriff sie. Konnte es sein, dass sie ausgerechnet jetzt nur ausgetreten war? Während Roya sich auf die Füße kämpfte, schrie sie Alinas Namen in die Dunkelheit, aber sie erhielt keine Antwort.

Noch einmal stieß sie stygische Energien in ihr Licht und rannte dann los. Sie hatte keine Schuhe an, trug nur ihr Unterhemd, aber jetzt war keine Zeit, sich anzuziehen. Draußen in der Halle schrie sie abermals Alinas Namen, doch vergebens.

Am verwitterten Treppenaufgang in das erste Stockwerk zögerte sie kurz. Dann rannte sie, immer zwei Stufen auf einmal nehmend, hinauf. Ihr Gefühl sagte ihr, dass Alina wirklich dort hinauf gestiegen war.

Dort hinauf, um sich zu *opfern*.

Verzweifelte Tränen stiegen ihr in die Augen, während sie die Stufen hinauf hastete. Und plötzlich auch Tränen der Wut auf Ulfa. Er war es gewesen, der Alina diesen irren Gedanken eingeflößt hatte, dem sie nun offenbar nachzugeben gewillt war. Sollte sie es tatsächlich getan haben, würde sie Ulfa dieses Mal aber *wirklich* ihren Zorn schmecken lassen! Ganz egal, wie das ausging.

Sie hatte versäumt, Alinas Decke zu befühlen, ob sie noch warm war – vielleicht kam sie ja nicht zu spät. Mit rasendem Herzschlag erreichte sie das dritte Stockwerk, rannte durch den kurzen Gang und erreichte die *Halle des Urdrachen*.

Sie war leer. Das zweiflügelige Tor stand weit offen, die Feuerkugeln schwebten noch immer in der Höhe, aber es war kein Ulfa hier – und auch keine Alina. Schwer atmend stand sie da, wusste nicht, was das bedeuten mochte. Hatte Alina wirklich diesen Wahnsinn vollbracht? Roya würde keine Freude mehr an der Hilfe der Drachen haben, wenn sie nur um den Preis des Lebens von Alina zu erlangen war.

*Der Turm!*

Ulfa hatte gesagt, dass Sardin ihn auf den Turm dieses Gebäudes gestellt und in die Tiefe gestürzt hätte!

Sie wirbelte herum und stürzte hinaus.

*Eine Treppe – wo, bei allen Dämonen, ist hier eine Treppe?*

Ihr Lichtpunkt, der ihr über dem Kopf schwebend folgte, strahlte inzwischen heiß und blendend hell, aber das registrierte sie nur am Rande. Vielleicht ein Ergebnis ihrer Aufregung. Immerhin half er ihr, die Treppe schnell zu finden. Sie war nicht weit entfernt, lag draußen in der Vorhalle, hinter einer eingezogenen Mauer.

Roya hastete die Stufen hinauf. Die Treppe jedoch führte immer weiter; zuletzt dachte sie, die Lungen würden ihr platzen. Mit letzter Kraft erreichte sie weit oben das Ende der Stufen und gelangte auf einer kleinen Plattform an, die von einer kniehohen Zinnenmauer umgeben war. Ihr stygisches Licht war inzwischen erloschen, aber sie sah auch so, dass Alina nicht hier war. Hier oben gab es nichts als neblige schwarze Nacht, kaum erhellt durch ein paar Sterne, deren Licht durch ein Sonnenfenster hoch über dem Mogellsee hereinfiel. Dann sah sie es: Dort lag ein Kleidungsstück. Sie bückte sich. Es war Alinas geliehener Lederwams.

Mit einem Schluchzen ließ sie sich zu Boden sinken. Sie brach in verzweifelte Tränen aus: Alina hatte es wirklich getan!

Es schien ihr unbegreiflich. Sie hatte sich mit ihr fabelhaft verstanden, nach so kurzer Zeit schon, und das vielleicht großartigste Gefühl, sie zu kennen, war der Stolz darauf, dass eine junge Frau von solchem Gerechtigkeitsempfinden und solcher Menschlichkeit die Shaba von Akrania war. Und von solchem Mut.

Roya kämpfte sich in die Höhe und starrte in die Nacht hinaus. Ja, *Mut* hatte Alina besessen, unglaublich viel Mut. So dumm und verwerflich ihre Tat auch gewesen war, sie hatte ein Übermaß an Mut und Selbstaufopferung erfordert, und Roya fragte sich, ob sie irgendjemanden kannte, der das fertig gebracht hätte.

Sie weinte bitter.

Irgendwann, sie hatte sich schon halb entschlossen, wieder hinabzusteigen, hörte sie ein leises Geräusch. Es hatte verwirrend geklungen, wie ein helles Kichern. Zuerst glaubte sie, es wäre nur der Laut eines Tieres gewesen, einer Maus oder einer Ratte vielleicht, aber dann wurde es wieder hörbar, dieses Mal lauter.

Mit einem ungläubigen Ächzen raffte sie sich auf

und steuerte auf den östlichen Teil der Zinnenmauer zu, hinter dem sie das Kichern zu hören geglaubt hatte.

*Dort draußen – in der Luft?*

Als sie die Mauer erreicht hatte, stemmte sie sich hoch – und ihr stockte der Atem.

Dort draußen in der Luft schwebte Alina, von einem seltsamen, nebligen Leuchten umgeben. Sie trug nichts als ihr langes Unterhemd, ihr Gesicht war von einem breiten Lächeln überzogen, und es schien, als spräche sie mit jemandem, ganz leise und vertraut, wie mit einem geliebten Menschen.

»*Alina!*«, keuchte Roya.

Alinas Kopf fuhr herum, ihre Züge zeigten einen plötzlichen Ausdruck von Bestürzung. Ihr rechter Arm hob sich Roya entgegen.

Roya streckte ebenfalls den Arm aus, um sie zu erreichen; doch sie schwebte etliche Ellen entfernt dort draußen in der Luft, es war viel zu weit. Roya verlor das Gleichgewicht. Mit einem Aufschrei kippte sie über den Rand und stürzte in den bodenlosen Abgrund.

\*

Seit Tagen machte sich Leandra bittere Vorwürfe.

Rasnor hatte ihr vor über einer Woche berichtet, sie hätten Roya *erwischt*, und es war dieses hässliche Wort gewesen, das ihr dunkle Vorahnungen eingegeben hatte. Danach jedoch war er sämtlichen Fragen ausgewichen, wo Roya denn nun sei und ob sie sich in Sicherheit befände.

Inzwischen glaubte Leandra, einen schlimmen Fehler gemacht zu haben. Diesem Rasnor auch nur einen Hauch Vertrauen geschenkt zu haben war einfach falsch gewesen. Sie hatte nicht gewagt, ihren Freunden von ihrem *Verrat* zu berichten, sie hatte ja wirklich nur im Sinn gehabt, Roya zu schützen. Dass Rasnor sich nun weigerte, ihr etwas über Roya zu sagen, hielt Leandra für das schlimmste aller Zeichen. Sie nahm an, dass Roya etwas zugestoßen sein musste; dass sie vielleicht versucht hatte zu entkommen und von den Drakken bei ihrem Fluchtversuch getötet worden war. Dieser Gedanke lastete furchtbar auf ihr. Rasnor war neuerdings nie erreichbar, sie glaubte, dass er sich verleugnen ließ oder sich absichtlich aus ihrer Nähe fern hielt.

Und dann war da noch diese seltsame Stimme in ihrem Kopf. Offenbar versuchte sie langsam, das Kommando zu übernehmen. Leandra fragte sich, ob es einen Zusammenhang zwischen der Stimme und ihren immer wiederkehrenden Kopfschmerzen gab. Wenn sie tatsächlich so etwas wie diese von ihr vermutete Krankheit hatte – eine Geschwulst im Kopf –, fing man dann an, *Stimmen* zu hören? Und schließlich war da noch das, was Ulfa ihr gesagt hatte – dass sie eine Gefahr wäre. Leandra fürchtete sich inzwischen vor sich selbst. Ihre quälende Angst und Ungewissheit hatte sie in den letzten Tagen zu einer unleidlichen Person gemacht. Sie hatte die Nähe anderer gemieden, sich zurückgezogen und verzehrte sich vor Elend und Furcht vor ihrem Schicksal.

Heute Morgen, nach einer schlaflosen Nacht, die beinahe wie eine Folter gewesen war, hatte es sie hinauf auf das Palastdach getrieben. Das war der einzige Ort, der fernab anderer Menschen lag und den sie einigermaßen unbeaufsichtigt betreten durfte. Hier oben standen nur zwei Drakkensoldaten auf der anderen Seite des flachen Daches, das vor langer Zeit als Drachenlandeplatz gedient hatte.

Sie fühlte sich sterbenselend. Inzwischen war sie fast sicher, dass Roya durch ihre Schuld etwas zugestoßen war, wahrscheinlich war sie sogar tot. Die bohrende Sorge um die mögliche Krankheit und die irre Stimme in ihrem Kopf nagten zusätzlich an ihrer Kraft und ihrem Verstand. Sie hatte Victor verloren, Alina war verschollen und möglicherweise auch tot. Und zuletzt war da noch diese furchtbare Niederlage. Sie hatte so lange gekämpft, alles gegeben und den Tod vieler guter Freunde miterlebt. Alles war vergebens gewesen.

Nun saß sie in sich zusammengekauert und frierend im Wind, nur wenige Schritte vor einem Abgrund, der tief genug war, dass ihn kein Lebewesen dieser Welt überleben würde. Sie fragte sich, ob sie springen sollte.

*Tu es nicht!*, sagte die Stimme.

*Warum denn nicht?*, antwortete sie matt. *Dann hat es wenigstens ein Ende.*

*Roya lebt!*

Leandra schloss die Augen. Hatte sie eben tatsächlich mit der Stimme *geredet*? Bisher hatte Leandra immer versucht, sie zu verdrängen oder zu verleugnen. Es war ihr neu, dass sie und die Stimme zu einem Zwiegespräch in der Lage waren. *Wahrscheinlich beginnt der Wahnsinn jetzt von mir Besitz zu ergreifen*, dachte sie. *Noch zwei Wochen und ich bin ohnehin tot.*

*Es ist kein Wahnsinn! Es ist die Wirklichkeit. Ich bin hier!*, sagte die Stimme.

Leandra rollte mit den Augen. Es war das erste Mal gewesen, dass sich die Stimme selbst mit ›ich‹ bezeichnete. Wie nannte man das …? Ja! *Gespaltene Persönlichkeit.*

*Und wer bist du nun?*, fragte sie in der Art eines gelangweilten Zuhörers.

*Weißt du das immer noch nicht?*

Leandra kniff die Augen zusammen. Langsam wurde ihr dieses Gespräch zu *normal*. Es war kein irres Gegacker und Gekicher in ihrem Hirn und auch keine Flut irrwitziger Bilder, Ideen und Ahnungen, sondern ein beängstigend *normales* Gespräch. Aber vielleicht war es nur die dumme Vorstellung *normaler Leute*, dass der Wahnsinn sich für den Wahnsinnigen auch wahnsinnig anfühlte. Sie lachte ob dieses Wortspiels trocken auf.

*Du bist nicht wahnsinnig*, sagte die Stimme. *Du hast völlig klare Gedanken. Du hast nur noch nicht verstanden, was mit dir geschieht. Oder ... was mit dir geschehen ist.*

Leandra schluckte. Irgendwie war das tatsächlich nicht die Stimme der Idiotie. Ihr Herz schlug plötzlich schneller, denn ein seltsamer Verdacht war ihr gekommen. *Wer bist du?*, verlangte sie zu wissen, diesmal scharf.

*Ich bin ... ein Gast*, sagte die Stimme nach kurzem Zögern.

Leandra spürte eine verzweifelte Spur von Erleichterung. Wenn hier wirklich etwas ... *Magisches* im Gange sein sollte, würde das bedeuten, dass sie *nicht* krank war, *nicht* sterben musste! Außerdem hatte die Stimme behauptet, Roya wäre noch am Leben, und das war fast die wichtigste Nachricht. Sie blickte sich um, ob sich irgendwo jemand versteckte. Jemand mit magischen Fähigkeiten, der sie seit Tagen und Wochen verfolgte und sich in ihre Gedanken einschlich. *Rasnor?*

*Nein, nicht Rasnor!*

*Gut, dann also nicht Rasnor.* Sie stand auf und sah sich genauer um. Hier oben gab es jedoch so gut wie nichts, hinter dem sich ein Mensch verstecken konnte. Der kühle Wind fegte über das ebene Dach; die beiden Drakken blickten kurz zu ihr herüber.

*Und auch niemand, der sich in deiner Nähe versteckt*, fuhr die Stimme fort. *Nein, ich bin* in *dir!*

In mir?

*Richtig. Ich dachte, du hättest es längst verstanden. Aber du bist kein Mensch, der es gestatten würde, dass jemand anderer so nah an ihn herankommt. Oder ... in ihn eindringt. Deswegen hast du es verleugnet, hast den Gedanken gar nicht zugelassen.*

Leandras Herz schlug noch schneller. Die Kopf-schmerzen waren weg, aber die Stimme war deutli-cher, klarer und vor allem *wirklicher* als je zuvor.

*Du bist tatsächlich … in mir?*, fragte sie voller Beklem-mung. *Wer bist du?*

*Ich kam in Hammagor zu dir,* sagte die Stimme.

*In … Hammagor?* Ihre Unruhe wuchs.

*Ja. Erinnerst du dich an den Händedruck mit Quendras? Als du glaubtest, ein magischer Schock würde dich durch-fahren? Das war der Augenblick.*

Leandra versteifte sich. *Quendras? Aber … was … ich verstehe nicht …*

*Ich bin nicht Quendras! Bei allen Dämonen, begreifst du denn immer noch nicht? Ich bin der, der zuvor … der Gast von Quendras war.*

Leandra begriff nicht. Ihr Kopf begann sich wie im Schwindel zu drehen.

*Quendras war dem Tode nahe und Roya suchte Rettung für ihn. Ich half ihm. Und dann … kam ich zu dir. Das ist auch der Grund, warum du mich in meinem Turm nicht mehr angetroffen hast, obwohl ich nach dir verlangt hatte. Begreifst du jetzt endlich?*

Leandra stieß ein Keuchen aus, dann brach sie zu-sammen.

\*

Roya fiel nicht weit.

Eine sanfte Kraft fing sie auf und sie schwebte empor, bis sie auf einer Höhe mit Alina war. Ihre Freundin nahm sie in die Arme und drückte sie fest an sich.

»Bin ich jetzt … *tot*?«, ächzte Roya.

»Nein«, flüsterte Alina. »Keine Sorge. Nur ein biss-chen Magie.«

Roya versuchte, wieder Herr ihrer selbst zu werden. Was hier geschah oder geschehen war, konnte nur

Ulfas Werk sein, und wenn man diesen Gedanken ganz festhielt und an nichts anderes dachte, hatte eigentlich nie eine Gefahr für sie bestanden. Weder für Alina noch für sie selbst.

Roya klammerte sich an Alina fest und ihr wild pochendes Herz beruhigte sich langsam wieder. Noch immer schwebten sie über dem Abgrund. Erstaunlicherweise hatte sie keine Angst mehr.

Es war warm in dieser seltsamen, leuchtenden Aura, in der Alina schwebte. Sie trugen nur ihre Unterhemden, aber die Kühle der Nacht und der Luft über dem Wasserfall kam nicht an sie heran. Es war ein seltsames Gefühl ... eine Erinnerung an ihre Gefangenschaft in Guldors Hurenhaus, denn dort hatten sie auch nur zwei Kleidungsstücke dieser Art gehabt. Doch dann kam noch ein anderes Gefühl hinzu. Es war etwas völlig Verrücktes, doch als Roya plötzlich Ulfa in ihrer Nähe sah, wie ein silberner Schatten sie umkreisend, ahnte sie, was da geschah. Nie hätte sie gedacht, dass ihr so etwas passieren würde.

Es war eine Legende, von der sich junge Mädchen manchmal schwärmerisch zuflüsterten, und Roya hatte sie nie auch nur halbwegs für wahr gehalten. Es ging um die Baumdrachen, diese geheimnisvolle Drachenart, deren Aussehen sich Ulfa für sein Erscheinen erwählt hatte. Baumdrachen waren der Legende nach sehr scheu und zeigten sich nie. Es galt allein schon als unbewiesen, dass es sie überhaupt gab, denn niemand bekam sie je zu Gesicht. Niemand außer jungen Mädchen. Es hieß, in jedem Baumdrachen stecke ein verzauberter Prinz, und manchmal würden sie sich jungen Mädchen für ein oder zwei Jahre als Spielgefährte anschließen, bevor sie plötzlich wieder verschwanden. Und wenn ein Mädchen unsägliches Glück hätte, dann würde sie während dieser Freundschaft mit ihrem geheimnisvollen Spielgefährten den *Drachentanz* erleben.

Roya spürte, wie sie sich beide, eng umschlungen und in der Luft schwebend, um die eigene Achse zu drehen begonnen hatten, während Ulfa sie in der Gegenrichtung umkreiste. Ein aufregendes Kribbeln fuhr durch ihren Leib, und die plötzliche Wärme, die von Alinas Körper ausstrahlte, war überwältigend. Sie hatte gedacht, dieser Zauber beträfe, wenn überhaupt, nur halbwüchsige Mädchen. Und dass sie ihn mit Ulfa erlebten, dem mächtigen Urdrachen der Höhlenwelt, war mehr als überraschend.

»Der Drachentanz!«, flüsterte ihr Alina ins Ohr.

Sie wusste es also auch. Sie hielten sich ganz eng umschlungen, und das Kribbeln in Roya näherte sich einem lustvollen Höhepunkt. Alinas Körper war warm und aufregend und Roya wurde sich ihrer tiefen Zuneigung zu Alina bewusst. Eigentlich kannten sie sich erst seit einem Tag.

»Stimmt«, flüsterte Roya zurück und klammerte sich wohlig noch enger an Alina. Eine heftige Welle der Lust durchströmte sie und sie stöhnte verlangend auf. »Müssen wir … irgendwas tun?«, keuchte sie.

»Sag nichts. Lass es einfach geschehen.«

Das Gefühl körperlicher Erregung schwappte noch höher. Es war elektrisierend wie die Luft im Zentrum eines Gewittersturms und wie ein leidenschaftlicher Geschlechtsakt zugleich. Eine feine, fast nicht wahrnehmbare Musik umfloss sie – so zart und leicht, dass sie nur in ihrem Kopf und in ihren Gedanken zu hören war, aber dennoch die Dichte und Klangfülle eines ganzen Orchesters besaß. Roya blickte für einen verwirrten, ungläubigen Moment nach unten: Sie schwebten tatsächlich über einem drei Meilen tiefen Abgrund. Dennoch hatte sie nicht das Gefühl, in irgendeiner Gefahr zu sein. Es war Ulfas Zauber, den sie spürte; seine Macht und Kraft, die gutartig war und die niemals zugelassen hätte, dass sich Alina eines dummen Beweises wegen in den Tod gestürzt hätte.

Immer schneller drehten sie sich nun um die Achse ihrer Körper, eng umschlungen in der dunkelsten Stunde der Nacht und an einem weit abgeschiedenen Ort. Hier waren sie mit sich und ihrem Wunder allein. Einer plötzlichen Eingebung folgend, ließ Roya Alina los und streifte sich mit einer entschlossenen und fließenden Bewegung ihr Unterhemd über den Kopf. Sie ließ es einfach in die Tiefe fallen. Als sie Augenblicke später Alina wieder umarmte, spürte sie sofort ihre nackte Haut. Alina hatte das gleiche Verlangen verspürt.

Ihre Haut war warm und seidenweich, ihre langen Haare wie die Liebkosung eines warmen Windes. Sie waren Schwestern, waren es seit damals schon, und Roya spürte Tränen des plötzlichen Glücks in den Augen. Noch vor Minuten war für sie eine Welt untergegangen, und jetzt, mit einem Mal, hatte sie *alles*, was sie sich nur wünschen konnte.

Plötzlich spürte sie Ulfa. Sein schlanker, glatter Leib glitt zwischen den ihren hindurch, als gäbe es dort keinen Widerstand; er umschlang und umstreifte zitternd ihre Körper, dabei eine enorme, aufregende Hitze verstrahlend. Das körperliche Wohlgefühl steigerte sich abermals, erreichte einen Höhepunkt, der eigentlich jenseits dieser Welt lag. Roya keuchte hilflos. Sie hielt Alina mit Armen und Beinen umschlugen, hatte dabei das Gefühl, noch nie im Leben jemandem so nahe gewesen zu sein. Plötzlich flossen Gefühle und Bilder durch ihren Kopf. Bilder von Drachen, vom Fliegen durch enge Bergtäler und an den Flanken steiler Felspfeiler vorbei. Mit einem Mal glaubte sie zu wissen, wie sich Drachen fühlten, wenn sie durch die Lüfte glitten. Auch der schwache Geruch nach heißem Kupfer war jetzt da. Sie begann Alina zu küssen, vergrub das Gesicht in ihre Haare und empfand eine unendliche Dankbarkeit dafür, dass sich die Situation, die eben noch so unerträglich und voller Trauer gewesen war, wunderbarerweise in Glück und Hoffnung verwandelt hatte.

Als sich der glühende Ulfa von ihnen löste und irgendwo in die Nacht hinausschoss, wusste sie, dass sie die Freundschaft der Drachen zurückerlangt hatten. Sie begann vor Freude zu weinen.

Bald darauf endete ihre Drehbewegung und sie spürte festen Boden unter den Füßen. Ein rascher Blick sagte ihr, dass sie wieder auf dem Dach des Turmes angekommen waren.

Aufgewühlt ließ Roya sich niedersinken.

Alina saß ihr gegenüber, auf dem kalten Stein, in der Dunkelheit. Sie konnte sie kaum sehen. Roya hatte vor lauter aufschäumenden Gefühlen noch immer Tränen in den Augen.

»Du blödes Huhn! Du wolltest es wirklich tun«, maulte sie, aber es lag mehr Erleichterung als Ärger in ihrer Stimme.

Alina seufzte und schüttelte den Kopf. »Ich … ich weiß es nicht. Wirklich, Roya!«

»Aber du bist hier herauf gekommen!«

»Ja«, gab Alina zu. Doch dann lachte sie leise. »Doch … sieh nur, was daraus geworden ist!«

Gleich darauf war Alina bei ihr und sie lagen sich wieder in den Armen. Der Stein unter ihnen war kalt, aber die Umarmung war warm und Alinas Haut fühlte sich an wie Seide.

Alina stieß einen seltsamen Laut aus. »Ich könnte jetzt … einen *Mann* gebrauchen«, flüsterte sie.

»An so etwas habe ich auch gerade gedacht«, gab Roya zurück.

»So einen wie diesen Marko«, meinte Alina grimmig entschlossen. »Was hältst du von ihm?«

»Keine Ahnung. Denkst du, er würde uns beide schaffen?«

Alina lachte auf. »Spinnst du? Ich bin die *Shaba!*«

»Du meinst, du müsstest ihn mit niemandem teilen? Dass du dich da mal nicht täuschst!«

Wieder lachte sie. »Er ist aber nicht da.«

Roya fand, dass Alina ein wundervolles Lachen hatte. Sie reckte den Kopf und küsste sie auf die Wange. »Also gut«, flüsterte sie, stemmte sich in die Höhe und zog Alina mit sich hoch. »Dann eben ohne ihn!«

Sie ließ ein kleines, schwebendes Licht über ihrem Kopf aufflammen, nahm Alinas Hand und zog sie mit sich. Sie eilten über die Stufen hinab, bis sie ihre Lager erreichten. Dort angekommen, ließen sie sich nieder, und wickelten sich in ihre Decken ein.

Roya fühlte sich wie elektrisch aufgeladen, spürte eine unbändige Lust in sich. Und sie mochte Alina nicht nur sehr gern, sondern fand sie auch noch unerhört aufregend. Ob Alina ebenfalls durch den geheimnisvollen *Drachentanz* so aufgeheizt war, wusste Roya nicht – sie setzte sich jedoch nicht gegen das zur Wehr, was Roya nun begann. Später dachte sie, sie hätten sich die ganze Nacht lang geküsst und gestreichelt; es war wie ein Rausch, der nicht mehr hatte enden wollen, bis sie irgendwann vor Erschöpfung eingeschlafen waren.

Danach träumte Roya vom Fliegen auf einem Drachenrücken; manchmal war der Drache Alina, manchmal Tirao und einmal sogar dieser freche Marko. Immer war Roya nackt und immer war das Fliegen wie ein halber Geschlechtsakt. Der Traum war aufregend, aber so anstrengend wie noch keiner, an den sie sich erinnern konnte. Als sie morgens aufwachte, war ihr

Körper so erhitzt und erschöpft, als hätte sie einen stundenlangen Marsch hinter sich gebracht. Alina lag noch immer bei ihr und sie glühte ebenfalls.

Sie blieben, ohne darüber ein Wort zu verlieren, noch sehr lange liegen, so lange, bis sie beide schon ein schlechtes Gewissen bekamen und dachten, es würde höchste Zeit, an den Heimflug zu denken. Endlich standen sie auf.

»Wir sollten Ulfa noch einmal aufsuchen«, sagte Roya, als sie beim Frühstück vor einem winzigen Feuerchen saßen. »Er muss uns erklären, wie diese Sache mit den Drachen funktionieren soll. Wir brauchen einen guten Plan, damit wirklich alles klappt. Und damit du deinen Victor wieder bekommst.«

Alina sah auf. »Du … du denkst gar nicht, dass er Leandra gehört?«

Roya sackte ein bisschen in sich zusammen. »Doch, natürlich. Aber auch dir. Ich … ich wünsche euch beiden, dass ihr glücklich werdet.«

Alina streckte die Hand aus und drückte dankbar Royas Arm. »Ich hätte nicht gedacht, dass mich überhaupt einmal jemand aufzumuntern versucht. Ich meine, wegen Victor.«

Roya wirkte verlegen. »Am besten, wir hauen ihn zuerst einmal dort raus. Die werden staunen in Savalgor, wenn wir mit tausend Drachen daherkommen, meinst du nicht?«

Natürlich wünschte sich Alina nichts mehr als eine befreite Welt. Aber sie fürchtete zugleich auch den Preis, der dafür zu zahlen war. Es würde ein Krieg werden, wie ihn die Höhlenwelt noch nicht gesehen hatte.

*

Als Leandra erwachte, lag sie in einem dunklen Raum, in Decken eingehüllt auf einem weichen Bett. Sie

665

stöhnte leise auf. Das wievielte Mal war es, dass sie so erwachte?

Auf einem Tisch brannte eine einsame Kerze, ansonsten roch es wie in einem Krankenzimmer – nach Kräutern und Salbe. Man musste sie gefunden und hierher gebracht haben.

Sie fühlte sich schwach und ausgelaugt, ihr Geist war wie in einem Dämmerzustand, ihre Muskeln zu kraftlos, um irgendeine Anstrengung zu bewältigen. Es war wie nach einer langen, schweren Krankheit, und sie hatte bedrückende Erinnerungen an solche Zeiten. Als sie versuchte, ihre Gedanken zu ordnen und sich ins Gedächtnis zu rufen, wie sie hierher gekommen war, war sie plötzlich froh, nicht in der Lage zu sein, heiße Wut zu empfinden. Sie hätte reichlich Grund dazu gehabt.

Es war wie die Krönung einer langen Serie von Misserfolgen, Fehlern und Schicksalsschlägen. Nicht genug mit all dem Pech – nein, nun war sie auch noch das Heim für einen bösen Geist geworden: sie war *besessen!* Tränen stiegen ihr in die Augen, und sie fragte sich, womit sie das verdient hatte.

Sie befürchtete schon, Sardin würde jetzt zu allem seinen Kommentar abgeben, beispielsweise dazu, dass sie gerade verzweifelt weinte. Aber sie spürte nichts. Eine Weile horchte sie in sich hinein, aber die Stimme meldete sich nicht.

*Sardin?*, fragte sie.

Keine Antwort.

Sie überlegte, ob er sie vielleicht aus Mitleid verlassen hatte; aber nein, das passte nicht zu ihm.

*Antworte mir*, forderte sie. *Und rede mit mir, solange ich noch halb betäubt bin und nicht aus dem nächsten Fenster springen kann.*

Nun kam eine Antwort. *Das würde ich nicht zulassen*, sagte er.

Sie hätte beinahe aufgelacht. *Das ist wohl das Einzige, was mir jetzt noch bleibt. Und das lasse ich mir nicht von dir verbieten!*

Diesmal zögerte er. *Ich kann die Kontrolle über dich übernehmen!*

Ein schwarzer Abgrund tat sich vor Leandra auf. *Waas?*, schrie sie in sich hinein.

*Was dachtest du?*, kam die ärgerliche Antwort. *Standest du nicht selbst damals Limlora gegenüber, bevor du sie getötet hast? Hattest du da etwa das Gefühl, sie wäre noch Herr ihrer selbst gewesen?*

Sie stemmte sich in die Höhe, so als könnte sie Sardin dadurch in die Augen blicken. Das Zimmer war dunkel und leer. »Was ... was hast du mit mir vor?«

*Beruhige dich*, kam seine Stimme überraschend sanft. *Ich werde dich in Frieden lassen. Es sei denn, du zwingst mich zu handeln. Aber das muss nicht sein. Also leg dich wieder hin, du bist noch schwach. Im Übrigen möchte ich dir raten, nicht* laut *mit mir zu reden. Sonst könnte jemand auf die Idee kommen, du wärest verrückt. Und würdest Stimmen* hören.

Leandra stöhnte leise. Sie wusste nicht, ob Sardin das in der Art einer irren Selbstironie gemeint hatte. In seiner Stimme schwang ein gutes Stück Bitterkeit mit.

Augenblicke darauf öffnete sich leise die Tür.

»Leandra?«

Es war Victor. Ein halbes Wunder, dass er hier war, offensichtlich durfte er nach ihr sehen. Sie ließ sich wieder auf ihr Kissen fallen.

Er kam herein, setzte sich auf einen Hocker neben ihrem Bett und nahm ihre Hand. Sie seufzte dankbar. Er langte nach unten; an einem Plätschern hörte sie, dass er ein Tuch in einer Wasserschüssel ausdrückte. Bald darauf fühlte sie eine angenehme Kühle auf der Stirn.

»Wie geht es dir, mein Herz?«, fragte er besorgt.

»Es geht«, seufzte sie. »Danke. Wer hat mich ge-funden?«

»Zwei treusorgende Drakken.« Er tupfte ihr die Stirn ab. »Sie waren nicht weit von dir, dort oben auf dem Palastdach. Erinnerst du dich nicht?«

Sie nickte. »Doch, natürlich.«

»Du hattest einen Nervenzusammenbruch, meint der Hochmeister. Kein Wunder bei dem, was dir alles pas-siert ist.«

Es tat ihr gut, dass er so verständnisvoll war. Doch obwohl sie ihn nun gern bei sich gehabt hätte, musste sie Victor für den Moment wieder loswerden. Die Ge-genwart Sardins war ihr so unerträglich, dass sie einen Weg finden musste, dass er sie wieder verließ. Und zwar schnell.

»Victor, ich habe fürchterliche Kopfschmerzen«, log sie. Es tat ihr weh, zu solchen Mitteln greifen zu müs-sen. »Würdest du mich noch eine Weile schlafen las-sen?«

»Ja, natürlich«, sagte er und erhob sich gleich. »Brauchst du noch irgend etwas?«

Sie schüttelte den Kopf. »Nein, danke. Ich rufe dich später, wenn es mir besser geht.«

Er küsste sie auf die Stirn und verließ den Raum.

Leandra hasste das Gefühl, dass Sardin – *ausgerech-net er!* – Zeuge dieser sehr persönlichen Geste gewor-den war. Wenn es irgendjemanden gab, den sie auf kei-nen Fall an ihrem Gefühlsleben teilhaben lassen wollte, dann ihn.

*Sardin!*, schrie sie in sich hinein. *Ich will, dass du mich wieder verlässt! Auf der Stelle! Verlass meinen Körper! Ich kann es nicht ertragen, dass du in mir bist!*

*Beruhige dich, Leandra.*

*Nein, ich will dich nicht! Ich will, dass du verschwindest! Ich hasse dich, und ich halte es nicht aus, dass du in mir bist! Hau ab!*

Dieses Mal antwortete er nicht. Sie horchte in sich hinein, aber da war nichts von Sardins Gegenwart zu bemerken.

*Was willst du von mir?*

*Dass du dich beruhigst. Es führt zu nichts, wenn du jetzt durchdrehst.*

*Ich soll nicht durchdrehen ...?*, kreischte Leandra in Gedanken, außer sich vor Wut. Sie beschimpfte Sardin mit allen Flüchen, die ihr nur einfielen, zählte ihm seine Verbrechen und Untaten auf, beschimpfte ihn wieder und wies ihm danach die Schuld an zahllosen Dingen zu, bis hin zu ihrem persönlichen Unglück, das sich heute offenbar bis in den Himmel steigern wollte.

Sardin schwieg nur.

Sie schrie und schimpfte weiter, tat es nur in Gedanken, krallte dabei ihre Finger in ihr Kopfkissen, biss in ihre Decke. Sie wälzte sich herum, und brüllte nur deshalb nicht lauthals ihre Wut in den Raum hinaus, weil sonst Victor gekommen wäre. Sardin hatte Recht: Er würde denken, sie wäre durchgedreht. Es sei denn, sie sagte ihm wahrheitsgemäß, welcher Wahnsinn ihr widerfahren war. Aber diese entwürdigende Schmach würde sie nie über die eigenen Lippen bringen. *Was willst du?*, schrie sie zuletzt noch einmal, als sie schon völlig erledigt war und ihre ganze innere Kraft verbraucht hatte.

Als Sardin immer noch nicht antwortete, verfiel sie in hilfloses Schluchzen, weinte ihr ganzes Elend in ihr Kopfkissen hinein und dachte, dass sie wirklich am liebsten sterben wollte. Das, was ihr widerfuhr, war einfach zu viel.

Bald darauf schlief sie vor Erschöpfung ein. Der böse Gast hatte sich in irgendeinen abgelegenen Winkel ihres Gehirns zurückgezogen und meldete sich nicht. Wenn sie nur gewusst hätte, ob sie in solchen Momenten wenigstens halbwegs frei von ihm war! Oder kontrollierte er sie inzwischen schon so vollständig, dass sie überhaupt kein Maß mehr für das besaß, was passierte und was Einbildung war?

Als sie wieder aufwachte, es mochten zwei oder drei Stunden vergangen sein, fühlte sie sich ruhiger.

*Sardin*, sagte sie, *rede mit mir.*

*Du scheinst dich beruhigt zu haben*, hörte sie seine Stimme aus ihrem Inneren.

*Lebt Roya wirklich noch?*, fragte sie.

*Ja, sie lebt. Und deine Freundin Alina auch. Sie sind zusammen und schmieden einen Plan gegen die Drakken.*

Leandra krallte ihre Hände in die Decke. Es kam ihr vor, als wäre das Räderwerk ihrer Gedanken stehen geblieben. Sie hörte auf zu atmen, bewegte sich nicht, nicht einmal ihr Herz wagte einen Schlag.

*Was sagst du da?*

*Du hast richtig gehört. Alina ist bis ins Ramakorum vorgedrungen und hat dort Roya gefunden. Sie haben ... –* Sardins Stimme nahm plötzlich einen spöttischen Tonfall an – *... dort sogar meinen alten Freund Ulfa getroffen.*

Leandra begann wieder zu atmen, ganz flach und ruhig. Ihr Herz pumpte ein paar Schläge Blut durch ihre Adern. *Ich glaube dir nicht*, sagte sie.

*Warum sollte ich dich anlügen?*

*Einem wie dir darf man niemals trauen.*

Sie vernahm so etwas wie ein kleines Auflachen. *Damit hast du nicht einmal so ganz Unrecht. Aber ... in diesem Fall ist es die Wahrheit.*

Lange Zeit schwieg Leandra. Sie war wie auf der Lauer. *Sie schmieden einen Plan gegen die Drakken? Das sollte dich doch inzwischen freuen, nicht wahr?*

Sardin zögerte. *Mich? Nein ... ich ...* Er unterbrach sich und sprach nicht weiter.

Leandra hielt es in ihrer Lage nicht mehr aus. Sie stemmte sich hoch und setzte sich auf. Ein Gespräch, das ihren ganzen Verstand und ihre ganze Aufmerksamkeit erforderte, konnte sie nicht im Liegen führen. *Jetzt verstehe ich! Victor hat mir so etwas schon angedeutet. Du willst die Drakken hier haben. Also hast du dich nicht aus Rache meines Geistes und meines Körpers bemächtigt. Du hast etwas vor … Du brauchst mich, um deine Ziele zu erreichen!*

*Zunächst einmal,* antwortete er geringschätzig, *habe ich mich deiner nicht bemächtigt. Das würde sich ganz anders anfühlen, glaube mir! Ich bin nur dein Gast.*

Sie zögerte. Bevor sie etwas sagen konnte, fuhr er fort.

*Zweitens hast du dennoch Recht. Ich brauche dich. Aber dir wird nichts geschehen, und du wirst auch nicht viel von mir spüren, wenn du mir hilfst.*

*Dir helfen? Was sind das für Töne? Nimmst du dir nicht gewöhnlich einfach, was du haben willst?*

Ein Gefühl des Ärgers, den Sardin offenbar empfand, durchströmte sie. *Du willst dich wieder mit mir streiten? Daran habe ich kein Interesse! Leb wohl!*

*Warte! Warte, Sardin! Geh nicht wieder.*

Sie erhielt keine Antwort, wusste aber, dass er noch da war.

*Wirst du … mich wieder verlassen, wenn ich dir helfe?*

Die Antwort kam erst nach einigen Sekunden. *Ja. Das verspreche ich.*

Ihr lag schon eine Bemerkung über die wahrscheinliche Verlässlichkeit eines Versprechens von ihm auf der geistigen Zunge, aber sie hielt sich zurück.

*Was muss ich tun?*

Sardin antwortete nicht gleich. *Ich merke dir an,* sagte er schließlich, *dass du darauf hoffst, mich* schnell *wieder loswerden zu können. Wie gern ich dir diesen Wunsch auch erfüllen würde – und ich würde es wirklich gern tun! –, nun … richte dich lieber auf eine längere Zeit mit mir ein.*

Leandra schloss die Augen und atmete langsam und tief durch. *Längere Zeit*, echote es in ihrem Kopf. Sie hatte wirklich gehofft, dass es rasch gehen könnte, wenn sie sich zur Zusammenarbeit bereit zeigte.

Sardin erriet oder *las* ihre Gedanken. *Mein Problem ist groß. Und es ist schwer zu lösen. Du bist die Einzige, die mir helfen kann.*

Sie stellte ihre Frage zum wiederholten Mal. *Was muss ich tun?*

Wieder herrschte für eine Weile Schweigen. *Ich …*, begann er, brach dann aber ab. *Noch nicht*, sagte er schließlich. *Nein, du bist noch nicht bereit, um das zu verstehen. Für den Augenblick muss dir folgende Antwort genügen: Ich benötige eine bestimmte Antwort, die mir nur die Drakken geben können. Deswegen musst du dich gut mit ihnen stellen.*

Leandra schnappte nach Luft. *Gut mit ihnen stellen? Mit unseren Erzfeinden?*

*Sieh es einfach so: Du spionierst sie aus. Wenn es dir gelingt, herauszufinden, was ich wissen will, werde ich dir eines Tages, wenn ich dich verlasse, ein wichtiges Geheimnis der Drakken verraten. Eines, mit dem es dir gelingen kann, dich gegen sie zu wenden. Und dann wirst du zugleich auch das, was du über sie gelernt hast, gegen sie ausspielen können.*

Leandra fühlte sich hin und her gerissen zwischen den beiden Aussichten, die Sardin ihr gestellt hatte: dass er sie verlassen würde und dass er ein wichtiges Geheimnis der Drakken wusste. *Was ist es?*, fragte sie aufgeregt. *Was weißt du über die Drakken?*

*Später. Das ist mein Lohn für dich.*

*Aber … wir haben keine Zeit mehr! Die Drakken ziehen ihren Würgegriff immer weiter zu!*

*Zwanzig Jahre, Leandra!*, sagte er. *Du hast es von Rasnor selbst gehört! Gib mir eines davon – in dieser Zeit kön-*

nen wir es schaffen! Danach hast du immer noch genügend Zeit, etwas zu unternehmen.

Leandras Herz pochte. *Ein ganzes Jahr?*, fragte sie. *Du willst ein ganzes Jahr in mir bleiben?*

*Es kommt auf dich an. Vielleicht geht es schneller. Aber wenn du nicht mitspielst ... könnte es auch länger dauern. Viel länger!*

# Teil III

◆

# Das Salz der Erde

# 35 ♦ Ein neuer Plan

»… und Ihr wärt wirklich von dem Turm in die Tiefe gesprungen?«, fragte Marko fassungslos.

Alina stöhnte leise. Sie warf Roya ärgerliche Seitenblicke zu. »Ich weiß es nicht«, antwortete sie. »Vielleicht habe ich gespürt, dass Ulfa nur wissen wollte, ob ich es tun *würde*.«

Sie hatten sich in Alinas Zimmer im *Windhaus* getroffen: Alina, Roya, Meister Izeban und Marko. Nach ihrer Rückkehr aus Bor Akramoria gab es viel zu besprechen. Die Neuigkeit, dass sie von den Drachen Hilfe erhalten würden, war wie ein Katapultgeschoss in Malangoor eingeschlagen und hatte sich schnell herumgesprochen. Das und auch noch etwas *anderes*.

Alina beugte sich nahe ans Ohr der unschuldig lächelnden Roya und zischte: »Verräterin!«

Roya zuckte nur mit den Schultern. Richtig Leid schien es ihr nicht zu tun, dass sie Alinas Absicht verraten hatte. Es lag ein gut Teil der angedrohten Bestrafung darin, aber letztlich doch auch ein wenig Stolz, dass ihre Freundin bis hin zur Selbstaufgabe gegangen wäre, um ihrem Volk und ihrer Welt einen entscheidend wichtigen Dienst zu erweisen.

Marko pfiff leise durch die Zähne.

Alina seufzte unwillig. Langsam war es ihr genug. »Ich habe es ja nicht *getan!*«, sagte sie noch einmal. »Als deine Shaba befehle ich dir, nichts darüber weiterzuerzählen! Und nun Schluss damit!«

Marko zuckte gleichmütig die Achseln – die Sache

schien damit für ihn erledigt. »Was tun wir jetzt?«, fragte er.

»Deswegen habe ich euch zusammengerufen«, sagte Alina und deutete auf die einfachen Stühle, die sie aufgestellt hatte. Roya, Izeban und Marko setzten sich.

Sie wandte sich an Marko. »Du bist doch ... so etwas wie ein Krieger, oder?«

Marko nahm Haltung an. Roya warf ihm belustigte Blicke zu. »Marko von Phyrras«, erklärte er ernst. »Provinzkommissar zu Ross, Protektor des Landes Nieder-Kambrum, Brunnenmeister und Oberster Landvermesser von Soligor, sowie Beschützer der braven Leute und Schrecken aller Banditen und Räuber. Darüber hinaus Schriftgelehrter, Schwertkämpfer und meisterlicher Bogenschütze!«

»Brunnenmeister!«, wiederholte Roya und rollte mit den Augen.

Er warf ihr einen vorwurfsvollen Seitenblick zu. In Wahrheit war er hingerissen. Sie war ein witziges, kleines Biest und dafür hätte er sie am liebsten geküsst. Im Augenblick aber ging es um sein Ansehen vor der Shaba. Wenn die Welt erst wieder befreit war, sagte er sich, würde ihm dieses Ansehen vielleicht zum alten Besitzstand zurückverhelfen.

»Schön, Marko. Du verstehst also etwas vom Kämpfen? Von Schlachten, Taktik und Krieg?«

»Das will ich meinen! Ich ...«

Alina gebot ihm mit erhobener Hand Einhalt. »Schon gut. Das genügt. Ich verstehe nämlich *gar nichts* davon. Du bist ab jetzt mein Hauptmann. Du musst ...«

»Euer ... *Hauptmann*?«

»Ja, genau. Der Oberbefehlshaber meiner Armee und mein Erster Berater in militärischen Dingen. Mit allen Ehren und dem entsprechenden Sold. Leider ist derzeit die Kriegskasse leer und die Armeestärke gleich Null. Das zu ändern ist deine erste Aufgabe. Bist du einverstanden?«

»Die ... äh, Kriegskasse? Aber ich ...«

»Bedeutet das ein ›Ja‹?«

»Selbstverständlich, Shaba. Aber ich ...«

»Sei still«, gebot sie ihm mit freundlicher Miene und hob die Hand. »Es gibt viele Dinge, über die wir nun nachdenken müssen. Alles Militärische überlasse ich dir.«

Marko blickte unsicher zwischen den Anwesenden hin und her. Alina warf ihm ein vieldeutiges Lächeln zu, woraufhin er sich widerstrebend entspannte.

»Wir werden noch viele Wochen brauchen«, fuhr Alina fort, »bis wir so weit sind, den Angriff wagen zu können. Ich habe mir schon Gedanken gemacht, und es gibt einiges, wovon ich euch berichten muss. Anschließend können wir uns einen Plan zurechtlegen. Einverstanden?«

Sie nickten.

»Gut, dann hört mir zu. Als Erstes müssen wir Informationen sammeln. Die Drachen werden uns dabei helfen. Wir müssen herausfinden, wo die Drakken ihre Flugschiffe, Bergwerksanlagen und Stützpunkte haben. Besonders wo ihr Hauptstützpunkt ist und an welchem Ort sie die Flugschiffe in die Höhlenwelt herein bekommen.«

»Brauchen die Drachen denn *uns* dazu?«, fragte Meister Izeban. »Es sind doch offenbar hunderttausende und ...«

»Zu einem Krieg gehört ein Meldewesen!«, sagte Marko sofort, offenbar in dem Bestreben, auf der Stelle seine neue Berufung zu erfüllen. »Und ein Plan! Wir müssen wissen, wo die wichtigsten Stützpunkte des Gegners liegen, damit wir dort nötigenfalls sofort das Kommando übernehmen können – versteht Ihr, Izeban?« Er blickte mit wichtiger Miene in die Runde.

»Wir benötigen einen Überblick, müssen uns bestimmte Ziele setzen und ihre Durchführung überwachen!
Sonst endet alles im Chaos und wir werden hohe, un-
nötige Verluste haben. Die Drakken sind in Sachen
Krieg sicher nicht dumm – ganz im Gegenteil!«

Alina lehnte sich zurück und grinste zufrieden.

»Nun gut«, sagte Izeban. »Ich bin bereit. Was soll *ich*
eigentlich tun?«

Alina richtete sich wieder auf. »Für Euch, Izeban,
habe ich eine ganz besondere Aufgabe! Aber die erkläre ich Euch später. Für den Moment möchte ich erst
einmal unser weiteres Vorgehen klären. Wir müssen
hier, in Malangoor, all unsere Informationen zusam-
mentragen. Die Drachen werden uns helfen, indem
sie sich über das Trivocum verständigen und so alle
Neuigkeiten schnell bis in unser Hauptquartier tragen.
Dort sammeln wir alles.«

Marko hob einen Zeigefinger. »Unser Hauptquartier – darüber wollte ich gerade reden. Wo soll .das
sein? Hier in Malangoor?«

Alina und Roya blickten sich lächelnd an. »Ja, genau,
Marko. Malangoor liegt sehr gut versteckt.«

Marko nickte. »Schön und gut, Shaba. Aber für so
ein Hauptquartier brauchen wir Platz. Außerdem ist
es unser wichtigster Stützpunkt, der im Notfall gut zu
verteidigen sein muss.« Er sah sich um und hob die
Schultern. »So schön dieses *Windhaus* auch sein mag –
es ist nicht sehr groß. Und gesetzt den Fall, die Drakken entdecken uns – ein einzelner Schuss würde wahrscheinlich genügen, um es in Flammen aufgehen zu
lassen.«

»Hier gibt es ein kleines Geheimnis«, eröffnete ihm
Roya.

Er zog die Brauen in die Höhe.

»Nicht hier im *Windhaus*«, fügte sie hinzu. »Aber
fast. Hast du dich nicht gefragt, weshalb wir uns die

Mühe gemacht haben, dieses Haus hier oben an der Felswand zu errichten? Das wäre unten, bei den anderen Häusern, viel leichter möglich gewesen.«

Marko sah sich um. »Und weshalb?«

»Es gibt ein kleines Höhlensystem. Na ja, so klein ist es gar nicht. Direkt hier neben dem Haus, in der Felswand.« Sie deutete nach rechts. »Den Zugang haben wir durch einen glücklichen Zufall entdeckt, gleich am ersten Tag. Wir nahmen uns spontan vor, ihn zu unserem ›Stützpunkt‹ zu machen.« Sie zuckte die Schultern. »Da hatten wir noch vor, stehenden Fußes eine Rebellenarmee zu gründen.«

»Tatsächlich? Hier im Pfeiler? Kann ich das mal sehen?«

»Natürlich. Aber vorerst ist da noch überhaupt nichts. Wir haben die Höhlen nicht einmal richtig erforscht. Aber für unser Hauptquartier wäre das geradezu ideal. Es gibt sogar mehrere größere Hallen und Wasser.«

Marko nickte. »Das klingt gut. Dann würde ich sagen: Die wichtigste erste Aufgabe ist, den Hauptstützpunkt der Drakken zu finden.«

»Kennen den die Drachen denn nicht?«, fragte Izeban. »Ich meine, Drachen gibt es schließlich überall und sie müssten doch längst …«

Alina schüttelte den Kopf. »Wir haben auf dem Rückflug bereits mit Tirao darüber gesprochen. Seltsamerweise wissen sie es nicht. Aber das bedeutet eigentlich, dass der Ort nur draußen über dem Meer sein kann. Dort leben keine Drachen, weil es dort keine Nahrung für sie gibt.«

»Ihre Schiffe sollen von Westen kommen«, sagte Izeban. »Das haben wir in Savalgor immer wieder gehört.«

»Ja, ich auch«, pflichtete Roya bei. »Ich werde mich darum kümmern.«

»Du?«, fragte Marko. »Warte … Das geht nicht. Das ist viel zu gefährlich!«

Roya winkte ab. »Ich werde noch heute mit Tirao losfliegen.«

Marko richtete sich auf. »Das kann ich nicht zulassen!«, rief er aus. »Das Militärische obliegt mir und ich …«

Nun richtete sich auch Roya auf. »Mir hast du gar nichts zu befehlen.«

»So?«

»Nein!« Sie schüttelte energisch den Kopf und deutete dann auf Alina. »Ich bin ihr … ihre Stellvertreterin. Sozusagen die Zweithöchste hier vom Rang her gesehen!«

Alina sah Roya mich hochgezogenen Brauen an. »Ach? Bist du das?«

Roya blitzte Alina warnend an. »Ja, bin ich. Ich habe nicht dieses Dorf gegründet, um mich jetzt von euch herumschicken zu lassen! Und …«

Marko, der eben aufbrausen wollte, wurde von Alina mit einer Handbewegung zurückgehalten. »Schon gut«, sagte sie besänftigend zu beiden. »Roya hat Recht. Wir haben nicht das Recht, hier hereinzuplatzen und alles an uns zu reißen. Besonders ich nicht.«

»Aber … Ihr seid die Shaba«, entgegnete Marko entrüstet.

»Schluss jetzt!«, verlangte Alina scharf. »Shaba hin oder her – wir müssen zusammenarbeiten! Das geht nicht, wenn wir hier tun und lassen, was wir wollen, und uns gegeneinander aufbringen. Roya hat dieses Dorf gegründet. Sie hat die Leute aufgelesen und hier in Sicherheit gebracht! Du solltest das respektieren, Marko.«

Marko schwieg. Für eine Weile warfen er und Roya sich noch grollende Blicke zu. Alina fragte sich, ob sie nicht einen Fehler begangen hatte, als sie Marko vor Royas Nase zum Hauptmann ernannt hatte.

»Es ist noch nicht spät«, sagte Roya. »Ich fliege noch heute Nachmittag los. Je eher wir diesen Stützpunkt finden, desto besser!«

Alina nickte. »Gut. Dann ... nun, wir haben noch ein paar weitere Probleme zu lösen. Wie steht es mit Eurem Flugschiff, Izeban? Seid Ihr inzwischen dahinter gekommen, wie man es ... mehr als *schaukelt?*«

Izeban seufzte. »Leider nicht. Wir haben die letzten beiden Tage damit verbracht, es herauszukriegen. Aber wir hatten kein Glück.«

»Dann probiert es weiter. Ich habe zwar noch keinen genauen Plan, aber es könnte sich vielleicht einmal als sehr wichtig erweisen, wenn Ihr dieses Flugboot beherrschen würdet, Izeban.«

Er nickte. »Was machen wir mit diesen Drakkenhalsbändern?«

*Die Halsbänder!*, dachte Alina erschrocken. *Ich habe die Halsbänder völlig vergessen!*

»Ich habe mir Gedanken darüber gemacht«, erklärte Izeban. »Ich denke, dass von den Halsbändern keine unmittelbare Gefahr ausgeht. Sie können niemanden töten.«

Alinas Herz, das sich regelrecht zusammengekrampft hatte, löste sich wieder ein wenig. »Seid Ihr sicher, Izeban?«, fragte sie besorgt. »Was, wenn sie es doch können? Wenn die Drakken nur auf einen Knopf drücken müssen, um damit jemanden umzubringen?«

»Ihr wurdet doch während Eurer Flucht mehrfach von Drakkenpatrouillen kontrolliert, Shaba. Diese Patrouillen konnten Euch offenbar finden, aber *wer* Ihr wart, konnten die Drakken immer erst feststellen, nachdem sie bei Euch gelandet waren und Euch kontrolliert hatten, nicht wahr?«

»Ja, das stimmt.«

Izeban nickte befriedigt. »Dann macht es keinen Sinn, darin so etwas wie einen aus der Ferne auslösbaren *Mordmechanismus* einzubauen. Wenn man jemand umbringt, sollte man doch wissen, *wen* man umbringt, nicht wahr?« Er schüttelte den Kopf. »Nein, ich bin ganz sicher, dass die Halsbänder nur der Auffindbarkeit dienen.«

»Wirklich *vollkommen* sicher, Izeban? So sicher, dass Ihr es wagen würdet, das Leben eines ganzen Volkes darauf zu verwetten?«

»Ihre Waffe ist die Angst, Shaba. Es ist gar nicht notwendig, so etwas Kompliziertes in die Halsbänder einzubauen. Ihre gesamte Vorgehensweise beruht darauf, dass sie vereinzelte Flüchtlinge verfolgen müssen. Sie können jeden davon zu jeder Zeit aufspüren und mit ihren Waffen töten. Wozu dann noch etwas anderes? Nein, da bin ich völlig sicher!«

Mühsam rang sich Alina dazu durch, ihm zu glauben. »Gut, Izeban. Belassen wir es dabei. Trotzdem wäre mir wohler, wenn Ihr diese Sache im Auge behalten würdet, ja? Vielleicht findet Ihr eine Gelegenheit zu beweisen, was Ihr da sagt.«

Er nickte verbindlich. »Wie Ihr wünscht, Shaba.«

Sie wandte sich an Roya. »Habt ihr außer dir noch jemanden in Malangoor, der magiebegabt ist?«

Roya nickte. »Ja, zwei Leute. Aber die beiden werden uns im Kampf kaum helfen können.«

»Ich brauche sie nicht für den Kampf. Ich will sehen, ob mir einer von ihnen beibringen kann, wie man das Trivocum sieht. Denkst du, das ist möglich?«

»Wozu willst du das lernen?«

»Um mit den Drachen reden zu können. Ich glaube, das ist wichtig für mich. Und ich muss auch ihre Sprache lernen. Mit Ulfa kann ich zwar reden, aber er ist zu weit fort von hier.«

Roya nickte verstehend. »Es wäre besser, wenn wir

für so etwas einen Meister hätten. Ich weiß nicht, ob es mit den Leuten klappt, die wir hier haben. Die eine ist eine Heilerin, die ein wenig Elementarmagie beherrscht, der andere ein vierzehnjähriger Junge. Er war Novize, hat aber seinen Meister verloren.«

»Ich werde es mit ihnen probieren.« Sie erhob sich. »Gut, dann lasst uns anfangen.«

\*

In den folgenden Tagen entwickelte sich eine pulsierende Betriebsamkeit in Malangoor. Roya war noch zur Mittagszeit mit Tirao aufgebrochen, um den Hauptstützpunkt der Drakken aufzuspüren. Am Nachmittag hatte Alina eine Versammlung einberufen und mit Markos Hilfe um die Zustimmung und Unterstützung der Malangoorer Bürger geworben. Erwartungsgemäß war keiner unter ihnen, der nicht beim Kampf gegen die Drakken seinen Beitrag leisten wollte. Viele Männer und Frauen erklärten sich bereit, bei den nun notwendigen Erkundungsflügen mitzumachen; manche von ihnen besaßen bereits eine gewisse Flugerfahrung mit den Drachen. Die ersten Flüge fanden noch am gleichen Tag statt.

Einen Tag später kehrten zwei Drachen mit drei neuen Flüchtlingen zurück. Das Glück wollte es, dass sich eine Adeptin unter ihnen befand – eine junge Frau, die kurz vor ihrem Rang als Jungmagierin stand und in der Magie schon ein wenig Übung besaß. Ihr Name war Laura, und Alina wandte sich gleich an sie, um von ihr die Kunst zu erlernen, das Trivocum *sehen* zu können.

Meister Izeban und ein paar Leute hatten zwei Tage damit zugebracht, das Höhlensystem im Stützpfeiler jenseits des *Windhauses* zu erforschen. Er war für ihren geplanten Stützpunkt tatsächlich gut geeignet, und sie begannen sofort damit, es für die kommenden Erfordernisse auszubauen und einzurichten. Marko hatte indes einen anderen Stab ins Leben gerufen: Mit ausgewählten Männern und Frauen arbeitete er daran, erste Landkarten zu zeichnen und Listen aufzustellen. Sie trugen darin ihnen bereits bekannte Minen, Standorte und Stützpunkte der Drakken ein und erweiterten sie ständig um neue Informationen, die ihnen als Ergebnis der inzwischen schon zahlreichen Erkundungsflüge zugetragen wurden. Kaum jemand war übrig geblieben, der sich dem Bau an den Häusern und Hütten hätte widmen können, und so ruhte diese Arbeit nun fast vollständig.

Dafür aber machte sich in Alina das beruhigende Gefühl breit, dass sie dabei waren, etwas in Bewegung zu versetzen. Sie hoffte, dass Roya bald wieder zurückkehren würde. Es schien ihr gut zu gehen, denn von anderen Drachen war die Nachricht eingetroffen, dass sie und Tirao inzwischen weit draußen über dem Meer kreuzten, jenseits der Insel Skyx. Dort versuchten sie, einzelne Flugschiffe der Drakken abzupassen und ihnen ungesehen ein kurzes Stück zu folgen. Auf diese Weise hofften sie, letztlich bis zum geheimnisvollen Hauptstützpunkt der Drakken geführt zu werden.

Alina hatte inzwischen Nerolaan und viele andere Drachen kennen gelernt. Sie flog so oft sie konnte mit Majana, mit der sie Freundschaft geschlossen hatte – eine Freundschaft, die sie begeisterte und die ihr viel bedeutete. Alina empfand sie als ein Symbol dafür, dass die Beziehung zwischen Drachen und Menschen wahrhaftig wieder auflebte. Laura war es rasch gelungen, Alina den Weg zu ihrem *Inneren Auge* und zum *Trivocum* zu weisen, und nun erforschte sie gemeinsam mit Majana die Sprache des jeweils anderen. Schon bald gelang es ihnen, sich zu verständigen, und sie besuchten gemeinsam die Drachenkolonie oben am Stützpfeiler. Sie lag noch einmal gute zwei Meilen höher als Malangoor und durchzog das gesamte Innere des Pfeilers. Alina entdeckte dort eine märchenhafte Landschaft mit weiten Höhlen, zahllosen Bächen, Seen und kleinen Wasserfällen, erleuchtet von hellen, magischen Feuern, nicht unähnlich denen, die sie in Bor Akramoria in der Halle des Urdrachen erblickt hatte. Fast überall waren die Höhlen so groß, dass die Drachen bequem fliegen konnten. Sogar Pflanzen wuchsen dort, in manchen riesigen Hallen gab es sogar kleine Wälder. Sie entdeckte Sandbänke an versteckten Flecken, stille, unterirdische Seen und verwinkelte und geheimnisvolle Labyrinthe, in denen wundersame Pflanzen gediehen. Inzwischen lebten dort schon über vierzig Drachen. Alina mangelte es leider an Zeit, sich alles genauer anzusehen, aber sie nahm sich fest vor, das bei der ersten sich bietenden Gelegenheit nachzuholen.

Am Nachmittag des fünften Tages nach ihrer Ankunft in Malangoor saß sie wieder in ihrem Zimmer im *Windhaus* und brütete über dem Entwurf einer Meldemethode, mit der sie ihre hoffentlich stattfindenden Erfolge möglichst rasch und genau festhalten und in die Landkarten übertragen konnten. Sie hatte feststellen müssen, dass ihr Vorhaben eine große Herausforderung in Sachen Planung darstellte. Fast die gesamte letzte Nacht hindurch hatte sie mit Marko, Izeban und einem Malangoorer namens Alesh über Vorgehensweisen diskutiert.

Es klopfte und die Tür öffnete sich einen Spalt. Meister Izeban schaute herein. »Darf ich eintreten?«, fragte er.

Sie blickte auf. »Natürlich.«

Er nahm Platz, setzte sich jedoch nur steif und aufrecht auf die vordere Kante des Stuhls. Sein freundliches Lächeln hatte sich in eine Miene der Besorgnis verwandelt. »Es gibt ein Problem, Shaba«, sagte er.

Alina zog die Brauen hoch. »Ein Problem?«

Er nickte. »Leider. Seit Tagen diskutieren Marko und ich darüber. Er war der Auffassung, dass wir diese Sache noch nicht äußern sollten, denn es könnte die ... nun, die momentan zuversichtliche Stimmung zunichte machen.«

Ein leichter Druck legte sich auf Alinas Brust. »Um was dreht es sich?«

Izeban holte tief Luft. »Wenn unser Volk die Küsten von Maldoor besiedeln wollte, Shaba – nur einmal angenommen. Wie würden wir uns dorthin bewegen?«

»Maldoor? Das ist sehr weit entfernt. Warum sollten wir nach Maldoor? Dort gibt es nichts als ...«

Izeban schüttelte den Kopf. »Darum geht es nicht. Maldoor ist nur ein Beispiel, weil es weit entfernt ist. Wir würden wir uns dorthin bewegen, Shaba? Mit tausenden von Ruderbooten? Über den weiten Akeanos hinweg?«

»Mit ... Ruderbooten? Nein, natürlich nicht. Wir würden ...« Sie unterbrach sich. Izeban glaubte sehen zu können, wie ihr das Blut aus dem Antlitz wich. »Ihr ... Ihr meint ...?«

Er nickte bitter. »Sie haben ein Mutterschiff, Shaba. Ein riesiges. Es umkreist unsere Welt.«

Alina stand auf. »Woher wisst ihr das?«

»Von Munuel. Am letzten Tag, als er uns wegschickte, erwähnte er etwas davon. Er sagte, Leandra sei dort gewesen – dieser Rasnor hat sie mitgenommen. Es muss gigantisch sein. Wirklich gigantisch. So groß wie ein Berg.« Mit beiden Arme versuchte er es zu umschreiben. »Wisst Ihr, was das bedeutet?«

Natürlich wusste Alina das.

Die Drakken hatten außerhalb der Höhlenwelt eine Reserve. Vermutlich sogar eine so starke, dass sie die

Streitkräfte, die sich derzeit in der Höhlenwelt befanden, leicht aufwog. Jeder General, der über ein solches Schiff verfügte, würde so handeln. Sie fühlte sich plötzlich sehr schwach.

»Ich bin so dumm!«, rief sie verzweifelt aus und begann, im Raum auf und ab zu laufen. »Dass ich nie an so etwas gedacht habe!« Sie hob die Arme in die Luft. »Es ist doch völlig klar, dass sie nicht mit all diesen kleinen Booten gekommen sind!« Sie blickte Hilfe suchend zu Izeban.

Er zuckte verlegen mit den Schultern. »Nun ja, Shaba, ich würde mich an Eurer Stelle nicht so sehr tadeln. Nicht einmal *ich* kam auf diese Idee, bis Munuel es mir erzählte. Was weiß unsereiner schon vom … *Weltall*. Wie groß ist es? Wie viel davon kann man mit kleinen Schiffen durchqueren und wie viel nicht?«

Alina stieß einen klagenden Laut aus, ließ sich wieder in ihren Stuhl sinken und starrte betroffen zum Fenster hinaus. »Was tun wir jetzt? Wenn wir die Drachen losschlagen lassen, gewinnen wir vielleicht die erste Schlacht – aber was ist danach? Die Drakken werden gewarnt sein und mit einer stärkeren Streitmacht wiederkehren.«

»Ja«, sagte Izeban. »Und sie werden sich mit Sicherheit als Erstes auf die Drachen stürzen! Sie werden versuchen, sie zu vernichten. Wie auch immer das endet, es wird ein furchtbares Blutbad geben.«

Alina schwieg lange und starrte ins Leere. Schließlich sah sie Izeban an und fragte: »Und Marko wollte mir das nicht sagen?«

»Doch, natürlich. Aber nicht gleich. Er sagte, er wolle sich etwas überlegen. Etwas, womit wir dieses Mutterschiff vernichten können. Er meinte, man dürfe nicht die gute Stimmung …«

Alina stand wieder auf. »Das Mutterschiff … *vernichten*?«

Izeban lächelte verlegen. »Ich weiß, eine völlig verrückte Idee. Aber so ist er nun mal. Er denkt ...«

»Schafft ihn mir her!«, rief sie. »Auf der Stelle!«

*

Leandra hatte Tage gebraucht, um sich halbwegs an den Gedanken zu gewöhnen, dass Sardin nun ständig bei ihr war. Das Gefühl, *besessen* zu sein, drohte ihr den Schädel zu sprengen. Sardin hatte zwar – so behauptete er jedenfalls – nicht *Besitz* von ihr ergriffen, so wie er es einst mit Limlora getan hatte, aber er war trotzdem da.

Sie wusste nicht, an wie vielen ihrer Gemütsregungen er teilnahm. Ob er ihre Launen, ihre Gefühle, ihren Hunger und Durst, ihre Bedürfnisse spüren konnte. Allein der Gedanke, ihren Körper mit einem *Mann* teilen zu müssen, ohne sich irgendwohin zurückziehen zu können, war schrecklich. Sie war praktisch ständig nackt.

Sardin versicherte ihr, dass er nur in einem winzigen Teil ihres Geistes existierte und dort von ihr nichts mitbekam – aber sie glaubte ihm nicht. Immerhin hielt er sich sehr zurück. Meistens musste sie ihn, wenn sie etwas von ihm wollte, mit Nachdruck dazu auffordern, sich zu melden. Das flößte ihr wenigstens das Gefühl ein, dass er tatsächlich ein Stück entfernt war. Er sprach kaum mit ihr und manchmal vergaß sie für Stunden seine Gegenwart. Aber das Wichtigste war und blieb: Er äußerte er sich nie zu ihren Gefühlen. Manchmal, wenn sie Victor sah, überkam sie ein Gefühl der Sehnsucht und sie wollte ihn umarmen – hätte sie nicht befürchtet, ständig Sardins Kommentare ertragen zu müssen. Das hätte sie wirklich in den Wahnsinn getrieben.

Leandra interessierte nur ein einziges Thema: Wann

würde er sie wieder verlassen und was war es, das sie von den Drakken in Erfahrung bringen musste? Sardins Antwort darauf blieb jedoch stets gleich. Sie sollte sich besser auf eine Zeit mit ihm einrichten; das, was er wissen wollte, würde er ihr sagen, sobald sie das Vertrauen der Drakken gewonnen hatte.

*Ihr Vertrauen gewinnen!*, warf sie ihm wieder einmal vor, als sie an einem Morgen erwacht war. Sie war schlecht gelaunt und verspürte keine Lust, sich aus dem riesigen Bett ihres fürstlichen Gemachs im Shabibsflügel zu erheben. *Wie soll ich das schaffen? Sie wissen, dass ich gegen sie gekämpft habe. Glaubst du, sie würden mir jetzt noch trauen?*

*Deswegen sprach ich von einer langen Zeit, die wir miteinander verbringen müssen*, antwortete er. *Hab Geduld. Du wirst es schaffen. Warum tust du nicht das, was ich dir riet? Das ist der vielversprechendste Weg!*

*Mich Rasnor anbiedern?*, maulte sie. *Das bringe ich niemals fertig!*

*Du erstaunst mich, Leandra. Ich dachte, du würdest* mich *am meisten hassen.*

*Dich habe ich nicht freiwillig gewählt*, spottete sie. *Bei Rasnor müsste ich es tun.*

Sardin schwieg. Er hatte es ihr schon ein Dutzend Mal empfohlen, aber sie weigerte sich mit aller Entschiedenheit. Sie wusste, dass er sie vielleicht sogar eines Tages dazu zwingen würde. Aber darauf würde sie es ankommen lassen.

Leandra brütete dumpf vor sich hin. Sie konnte sich nicht überwinden aufzustehen, denn der Tag bot ihr kein Ziel. Was Sardin von ihr wollte, war eine unmögliche Aufgabe.

*Was ist mit Roya und Alina?*, verlangte sie zu wissen. *Du sagtest, sie schmieden einen Plan gegen die Drakken.*

Sie hörte einen spöttischen Laut Sardins. *Was können die beiden schon gegen diese Übermacht tun?*

Leandra schloss die Augen. Plötzlich war ihr ein vager Gedanke gekommen. Für Momente noch versuchte sie ihn zu greifen – dann hatte sie ihn. Einer neuen Gewohnheit folgend, setzte sie sich auf. *Du sagtest, du würdest ein Geheimnis der Drakken kennen. Eines, das du mir einmal verraten würdest und das ich gegen sie ausspielen könnte.*

*Richtig.*

Leandra begann langsam und gleichmäßig zu atmen, brachte ihre ganze Konzentration auf. *Also gut. Ich schlage dir einen Handel vor. Du sagst mir jetzt, was es ist, und ich werde dir helfen.*

Sardin lachte spöttisch auf. *Bist du von Sinnen? Ich soll es dir jetzt sagen?*

*Traust du mir etwa nicht? Meinem Wort, dass ich dir helfen werde? Du solltest wissen, dass ich Ehre im Leib habe. Im Gegensatz zu dir!*

*Unterlasse deine Beschimpfungen, ja?,* beschwerte er sich. *Außerdem geht es nicht darum! Falls du es nicht verstanden hast – ich* brauche *die Drakken! Ich brauche diese Antwort! Wenn ich dir ein Mittel in die Hand gebe, sie zu vernichten, würde ich meine Antwort nie erhalten!*

Leandras Herz begann schneller zu schlagen. *Du weißt ein Mittel, sie zu … vernichten?*

Er zögerte. *Ja,* behauptete er schließlich.

Sie wusste nicht, ob sie ihm das glauben sollte. *Ist es … der Kryptus? Das magische Siegel des Pakts?*

*Nein.*

Sie nickte leicht. *Also stimmt es, nicht wahr? Der Kryptus ist eine Täuschung.*

Sie vernahm eine Art spöttisches Lachen. *Eine Täuschung? Er hat immerhin zweitausend Jahre lang funktioniert!*

Darüber empfand sie keine Belustigung. *Ich würde mein Leben dafür geben,* sagte sie, *wenn ich einen Weg wüsste, unsere Welt von dieser Drakkenpest zu befreien! Sag mir, warum du so verflucht eigensinnig bist, das nicht zu tun. Du bist auch ein Wesen dieser Welt.*

*Ich … ich kann nicht!*

*Du kannst nicht?*, schrie sie ihn innerlich an. *Natürlich kannst du! Was ist deine erbärmliche Existenz denn noch wert, wenn wir alle in zwanzig Jahren im Staub erstickt sind oder von hier verschleppt wurden?* Plötzlich war ihre ganze alte Wut wieder da. *Welche dreimal verdammte Freude soll dir diese Welt denn dann noch bringen?*

*Leandra!*, schrie er zurück. *Ich kann es nicht!*

*DANN SAG MIR, WARUM!*

Er stöhnte ärgerlich. *Vielleicht kannst du dafür sterben – ich aber kann es nicht!*

*Na und? Dann stirb eben NICHT und hilf uns!*

Sardins Stimme hörte sich plötzlich verloren an. *Du verstehst nicht, Leandra. Genau das ist meine Verdammnis. Ich will sterben und kann es nicht.*

Das verschlug Leandra die Sprache. Für Momente war es in ihrem Geist so still und leer, als wäre Sardin niemals da gewesen.

*Du willst … sterben?*

Er antwortete nicht. Leandra wusste sofort, dass sie auf Sardins großes Geheimnis gestoßen war. Und es war nicht einmal schwer zu begreifen – Roya hatte ihr bereits davon erzählt. Sardin hatte dereinst nach der Unsterblichkeit gegriffen, aber sie war offenbar nicht das, was er sich darunter vorgestellt hatte.

*Es gibt nichts Schlimmeres als die Ewigkeit,* sagte er mit dumpfer, von Kummer erfüllter Stimme. *Seit zweitausend Jahren existiere ich in dieser Daseinsform. Und ich erlebe jedes einzelne Jahr davon, als wäre ich einer von euch. Ich habe zahllose Existenzen durchlebt, habe als Künstler, Heiliger und Vernichter gewirkt. Die einzige Erkenntnis, die mir blieb, ist die, dass allein der Wandel die Essenz des Seins darstellt. Und zum Wandel gehört das Entstehen wie auch das Vergehen. Da ich jedoch das Letztere nicht mehr kann, bin ich zu ewiger Erstarrung verdammt.*

Alles hatte Leandra erwartet, nur nicht ein verzweifeltes Selbstbekenntnis eines niedergeschlagenen Gottes. Sie schwieg lange. Sardins Verdammnis war leicht zu begreifen.

*Vielleicht … ist es eine Strafe,* sagte sie.

*Vielleicht,* räumte Sardin. *Obwohl ich spüre, dass ich nicht die einzige unsterbliche Wesenheit im Universum bin. Dennoch bin ich allein. Wenn ich nur Gefährten hätte – so wie du. Andere, mit denen ich reden kann!*

*Und was willst du tun?*

*Ich muss herausfinden, was ich falsch gemacht habe!*

*Und … dafür brauchst du die Drakken?*

*Ja. Sie versprachen mir einst ein Objekt namens* Okryll – *im Austausch für die Macht über die Höhlenwelt. Dieser Okryll … sollte das Geheimnis der Unsterblichkeit enthalten. Das war es auch, was der Pakt in Wahrheit enthielt. Aber die Bruderschaft konnte ihren Teil nie erfüllen, und so bekam ich von den Drakken auch nie das, was ich wollte.*

Das verwirrte Leandra. *Aber … du bist doch nun unsterblich, oder?*

*Ja. Aber ich habe damals selbst danach gegriffen – nicht durch den Okryll. Das war vor zweitausend Jahren, als ich sah, dass wir den Pakt nicht würden erfüllen können. Ich tat es mithilfe einer Magie. Aber was ich dadurch erreichte, war nur ein dunkler Abgrund. Eine Existenz in einem öden Zwischenreich, in dem mir zwar viele Möglichkeiten offen standen, das aber eines nicht bot: ein Ziel. Das hatte ich nicht geahnt.*

Leandra benötigte nur Sekunden, um sein Problem zu verstehen. *Hättest du vorher nachgedacht, hättest du es wissen können. Dann hättest du auch unsere Welt nicht in den Abgrund reißen müssen, indem du mit deiner Magie das gesamte Trivocum zerstörtest!*

*Das … das weißt du?,* fragte er zögernd.

Leandra seufzte. *Natürlich! Ist es so schwer zu erkennen? Ich finde, du bist für einen Gott nicht sehr weitsichtig.*

*Ich bin kein Gott!*, erwiderte er ärgerlich.

Leandra verzichtete darauf, ihn wegen seiner unsäglich dummen und rücksichtslosen Taten anzuklagen – das würde zu nichts führen. Vielmehr musste sie dafür sorgen, dass er keine neuen Dummheiten beging, denn er schien kurz davor zu stehen. War es etwa ihre Aufgabe in dieser Welt, den größten Narren, der je gelebt hatte, zur Vernunft zu bekehren?

*Dass du kein Gott bist, ist überdeutlich*, erwiderte sie und konnte dabei den Spott in ihrer Stimme nicht unterdrücken. *Denn du scheinst zu glauben, dass du nun durch mich von den Drakken erfahren könntest, wie dein Fehler zu korrigieren wäre.*

*Was ist daran so dumm?*, fragte er höhnisch. *Sie kennen dieses Geheimnis!*

*Du brauchst für diese Antwort die Drakken nicht* – ich *kann sie dir beantworten. Du könntest es sogar selbst!*

Wieder einmal schwieg Sardin. *Er hat zweitausend Jahre gelebt*, dachte sie bei sich, *aber er hat nichts gelernt.*

Sie nahm wieder Verbindung zu ihm auf. *Als du vorhin sagtest, du hättest als Vernichter gewirkt, habe ich dir aufs Wort geglaubt. Aber als Künstler und Heiliger? Das ist wohl ein Scherz!*

*Worauf willst du hinaus?*, grollte er.

*Du verstehst es wirklich nicht, was? Du sagtest, du hättest in deinem öden Zwischenreich nach einem Ziel gesucht! So als würde es dort in einer verzierten Truhe liegen. Ist dir nicht klar, dass du dir ein Ziel nur selbst geben kannst? Indem du Dinge tust, die Sinn machen, die etwas aufbauen und erschaffen? Du hingegen hast immer nur zerstört. Da glaube ich dir gern, dass du verdrossen und einsam in deiner Unsterblichkeit vor dich hin dämmerst.*

Ein weiteres Mal antwortete Sardin nicht. Leandra hatte Schwierigkeiten zu glauben, dass jemand diese schlichte Wahrheit nach einem zweitausendjährigen Dasein in dumpfer Ödnis immer noch nicht erkannt hatte.

*Du bist ein Mann des Verderbens und der Gewalt*, sagte sie voller Hohn. *Du hast sogar geglaubt, du könntest mich mit dieser hässlichen Magie begeistern, die du in mich gepflanzt hast. Denkst du, ich würde Gefallen darin finden – dass ich plötzlich gewaltige Macht besitze, doch dass es mir egal ist, was das für eine Art von Macht ist?*

Er schwieg beharrlich, aber sie wusste, dass er sie hörte. Und was wichtiger war – endlich hatte sie verstanden, woher diese rätselhafte und widerliche Magie gekommen war, die sie damals bei dem nächtlichen Angriff im Südramakorum gegen das große Drakkenschiff gewirkt hatte.

*Magie kann erhebend sein, verstehst du? Etwas Wunderbares, das Gutes bewirkt, und allein in seiner Erscheinung schön anzusehen ist. Was du mir da jedoch eingegeben hast, war schlimmer als Erbrochenes. Es hatte den Gestank von Fäulnis und Verwesung. Es ist mir ein Rätsel, wie du je eine solche Magie wirken konntest, ohne vor Ekel zu sterben!*

*Bist du nun bald einmal fertig?*, maulte er.

*Nein, bin ich nicht! Aber ich werde dich nicht mehr beschimpfen, denn es bringt ohnehin nichts. Ich werde dir sogar einen Gefallen tun!*

*Einen … Gefallen?*

*Ja. Obwohl du gar nicht verdient hast, was ich dir jetzt anbiete. Aber ich tue es trotzdem, damit ich dich endlich loswerde. Du willst sterben, Sardin? Also gut. Ich kann dir den Weg dorthin zeigen.*

Nun schien er ehrlich verblüfft. *Du … kannst es?*

*Ja. Es ist wieder einmal so leicht, dass es jeder sehen könnte.*

*Und … wie soll es gehen?*

*Hilf mir, die Drakken loszuwerden, dann zeige ich es dir!*

*Ha!*, rief er aus. *Du willst mich täuschen!*

*Nein. Das kann ich gar nicht. Du würdest mich ganz sicher erst dann verlassen, wenn ich mein Versprechen eingelöst habe, nicht wahr? Und glaub mir, dass du mich verlässt, ist mir fast so wichtig, wie die Welt von den Drakken zu befreien! Genügt dir das?*

Es dauerte eine Weile, ehe er antwortete, und Leandra horchte bang in sich hinein, ob er in der Lage war, ihren Geist auszuspionieren. Aber selbst wenn er es gekonnt hätte, wäre es wahrscheinlich nicht zu ihrem Nachteil gewesen. Denn sie wusste, dass sie gewonnen hatte. Sie hatte diesem Tölpel etwas Entscheidendes voraus – ein Mindestmaß an Intelligenz.

*Gut,* sagte er. *Ich glaube dir.*

# 36 ◆ Mosaiksteine

Tirao war am Ende seiner Kräfte, als er und Roya sechs Tage nach ihrem Aufbruch von Malangoor endlich wieder das Dorf erreichten. Am Ende seiner Kräfte, aber glücklich. Wie auch Roya.

Sie hatten tatsächlich den Drakkenstützpunkt entdeckt. Roya berichtete von einer Insel mit sieben gigantischen Felspfeilern, die im Kreis standen, mindestens dreihundert Meilen weit draußen auf dem Meer. Dort gab es eine riesige Drakkenstadt und eine gewaltige, metallene Konstruktion direkt unter dem Felsenhimmel, durch die immer wieder Drakkenschiffe auftauchten und verschwanden. Sie beschrieb die Stadt und alles, was sie gesehen hatte, so gut sie konnte, aber in ihrer Müdigkeit wurde ihr erst ganz zum Schluss klar, dass weder Alina noch Marko oder Izeban in den Jubel ausbrachen, den sie erwartet hatte. Sie zeigten sich erfreut über ihre glückliche Heimkehr und auch über die Nachricht ihrer Entdeckung. Aber das war im Wesentlichen alles.

»Was ... was ist denn mit euch los?«, fragte sie betroffen.

Alina zögerte, sah zu Marko und Izeban. »Unser ganzer Plan ist zunichte«, eröffnete sie ihr schließlich.

»*Was* sagst du da?«

»Sie haben ein Mutterschiff«, erklärte Marko. »Wir haben es von Munuel erfahren. Aber ich wollte ... nun ja, die zuversichtliche Stimmung hier nicht verderben.«

Schuldbewusst sah er in Alinas Richtung, die ihm strafende Blicke zuwarf.

»Ein ... *Mutterschiff*? Was meinst du damit?«

Als Marko ihr erklärte, dass es so groß wie ein Berg sein müsste und draußen im All die Welt umkreiste, stöhnte sie voller Entsetzen auf. »Leandra war anscheinend mit diesem Rasnor bereits dort«, erklärte er. »Das hat uns Munuel erzählt. Es ist ein monströses Gebilde, in dem Abertausende von Drakken leben, und sie haben dort eine zweite, riesige Flotte ihrer Flugschiffe.«

Roya blickte Hilfe suchend zu Alina.

»Wir können mithilfe der Drachen vielleicht den ersten Kampf gewinnen«, sagte Alina schulterzuckend, »aber danach ...?«

Für eine Weile herrschte Schweigen unter ihnen. Marko jedoch schien durch Royas Gegenwart zu neuem Kampfeswillen erwacht zu sein. »Wie wäre es«, meinte er, »wenn wir diese Insel eroberten, die Roya entdeckt hat? Dort könnten wir dieses ... *Ding* zerstörten, mit dem sie ihre Flugschiffe hereinbringen!«

Alina starrte ihn an. »Das ... wäre eine Idee!« Ihre Miene hatte sich aufgehellt. »Gar keine schlechte sogar! Wir könnten ...«

»Wartet, Shaba!«, unterbrach sie Izeban und hob beide Hände. »Ich zerstöre nicht gerne Ideen, aber ich fürchte ... dass das nicht genügen wird.«

»Nicht?«

Er schnaufte missmutig. »Vielleicht verschafft es uns ein paar Wochen Zeit, vielleicht sogar Monate. Aber – wenn sie sich einmal einen solchen Zugang geschaffen haben, dann können sie es auch ein zweites Mal. Irgendwo – vielleicht auf der anderen Seite der Welt. Und dann werden sie nur umso härter zuschlagen!«

»Also haben wir verloren?«, fragte Alina mit leiser Stimme.

Marko antwortete auf der Stelle. »Nein!« Es war fast ein Bellen, mit dem er dieses Wort hervorstieß. »Wir müssen nur dieses Mutterschiff vernichten!«

»Du willst es vernichten?«, fragte Roya überrascht.

»Ja. Das habe ich die ganze Zeit schon vor! Wo die Öffnung ist, wissen wir ja jetzt. Wir erobern diese Insel mit ihrem Hauptstützpunkt, fliegen dann einfach mit unserem kleinen Schiff hinaus ins All und vernichten das große. Ich beherrsche das kleine inzwischen schon ganz gut.«

Izeban stieß ein Stöhnen aus. »Marko!«

Marko fuhr herum. »Was ist?«, fragte er ärgerlich.

»Habt Ihr denn gar keine Vorstellung, wie *riesig* das All dort draußen ist? Wie sollen wir denn dieses Mutterschiff überhaupt finden? Und womit sollen wir es zerstören?«

»Es ist riesengroß!«, rief Marko aufgebracht. »Wie ein Berg! Und es …«

»›Riesengroß‹!«, beklagte sich Izeban. »Ein Tropfen Wasser ist ebenfalls riesengroß – für eine Laus! Bis man ihn irgendwo ins Meer fallen lässt … Und womit wollt Ihr es zerstören? Ich wüsste nicht, das wir irgendeine Waffe hätten, die einem so großen Schiff auch nur einen Kratzer zufügen könnte!«

»Vielleicht … mit *Magie!*«

Roya seufzte. »Magie gibt es dort draußen nicht.«

Auch ihr warf er einen strafenden Blick zu. »Dann schlagen wir sie mit ihren eigenen Waffen!«, behauptete er. »Ihre Flugschiffe haben doch auch welche, oder? Ich weiß zwar noch nicht, wie man sie bedient, aber das bekommen wir schon noch heraus.«

Alina war Marko dankbar. Er wusste sicher selbst, dass seine spontan geäußerten Ideen nicht viel wert waren, aber eines hatte er begriffen – sie durften jetzt nicht einfach aufgeben. Jedenfalls nicht, bis sie nicht wirklich alles an Gedanken und Ideen bis ins Letzte überprüft hatten.

»Marko – das ist Unsinn!«, erwiderte Izeban. »Die Waffen eines solchen Drakkenbootes sind viel zu schwach! Und wir würden keine drei Schuss abgeben können, ehe sie zurückschießen. Und dann haben wir noch unser … *Hauptproblem*.«

»Unser Hauptproblem?«

»Ja. Unser Boot ist so langsam wie eine Schnecke. Ich habe alles ausprobiert, um dahinter zu kommen, wie man es schneller macht – vergebens«. Er schüttelte den Kopf. »Offen gestanden, ich habe keine Hoffnung mehr, es herauszufinden. Es entstammt einer viel weiter entwickelten Technik als unserer.«

»So schnell gebt Ihr auf, Izeban? So kenne ich Euch gar nicht.«

Der kleine Gelehrte versteifte sich. »Ich gebe *nie* schnell auf! Ich weiß nur, wo Grenzen zu ziehen sind!«

»Seid Ihr denn sicher, dass Ihr es nicht mehr herausfinden könnt, Izeban?«, wollte Alina wissen.

Izeban seufzte. »Ich habe mich eingehend damit beschäftigt, Shaba. Die Weg, das Flugtempo zu beeinflussen, muss irgendwo in den Tiefen dieser farbigen Scheiben verborgen liegen. Sie verändern sich ständig, zeigen neue Symbole und Schriftzeichen und Felder – es gibt unzählige Ebenen. Doch keiner von uns kann die Schriften und Symbole der Drakken lesen. Immer, wenn wir versucht haben, das in dem Bereich zu beeinflussen, kam es zu völlig unvorhersehbaren Ereignissen. Wir wären ein paar Mal fast abgestürzt.« Er schüttelte den Kopf. »Vergesst das mit dem Boot – es ist einfach hoffnungslos!«

»Ihr seid nur nicht hartnäckig genug, Izeban!«, warf ihm Marko mit einer ärgerlichen Handbewegung vor.

»Nein! Ich will bei diesem Unfug nur nicht sterben, versteht Ihr?«

»Ah!«, maulte Marko. »Dann habt Ihr wohl noch eine andere, bessere Idee!«

Izeban sah ihn trotzig an. »Ja«, sagte er schließlich. »Eine … *kleine* Idee hätte ich vielleicht.«

Gespannte Stille kehrte ein. Ein Stille, die Marko offenbar ärgerte. Jeder hier schien Izeban außergewöhnliche Leistungen zuzutrauen, ihm selbst, Marko, jedoch nicht. »Und?«, fragte er scharf.

»Hundegebell«, sagte Izeban.

Marko brauchte eine Sekunde, bis er begriff, dann lachte er lauthals los.

Er war der Einzige, aber er ließ sich nicht stören. Er hieb sich mit der flachen Hand aufs Knie, gluckste und kicherte und rief schließlich: »Meine Ideen sind also dumm, was? Und was soll ich da zu diesem Unfug sagen, Meisterlein?«

Roya sah fragend zwischen den Anwesenden hin und her. Alina erzählte ihr die Geschichte von Benni und den Drakken. »Warum soll das so naiv sein?«, fragte sie Marko herausfordernd. »Wir wissen nicht, was dieser Hund an sich hatte. Vielleicht sollten wir erst mal versuchen, das herauszufinden!«

Markos Gesicht erstarrte. »Liebe junge Dame«, hob er mit warnender Stimme an, »ich sage ja gar nicht, dass nicht ein interessantes Geheimnis dahinterstecken könnte. Aber selbst wenn du es herausfindest – wie willst du damit das Mutterschiff angreifen? Vielleicht mit einer Hundemeute?«

»Weiß ich nicht«, erwiderte Roya kurz angebunden. »Aber vielleicht gibt es eine Möglichkeit. Wir sollten es erst einmal erforschen!« Damit erhob sie sich. »Ich bin müde und hungrig. Wir sehen uns später.« Gleich darauf war sie verschwunden.

Alina beobachtete Marko und Izeban aus den Augenwinkeln. Trotz ihrer Uneinigkeiten schienen sie ein gutes Gespann abzugeben. Sie zweifelte nicht daran, dass Marko trotz seines Ungestüms im richtigen Moment zu sachlicher und nüchterner Überlegung umschwenken würde. Derzeit versuchte er nur, *Möglichkeiten* aufzutun, so grotesk sie anfangs auch erscheinen mochten. Izeban hingegen war derjenige, der die Tauglichkeit einer Idee von der logischen Seite her zu beleuchten vermochte. Allein, dass sich sein erster Einwand auf die *Weite des Alls* dort draußen bezogen hatte, beeindruckte Alina. Darauf wäre sie nicht so ohne Weiteres gekommen. Aber er hatte Recht: Selbst ein Raumschiff, das so groß war wie ein Berg, würde dort draußen winzig sein. Sie wussten nicht, wie weit entfernt es war und an welchem Ort es sich befand. Das Auffinden dieses Schiffs mochte sich als unmöglich erweisen.

Bevor sich die beiden in eine neue Runde ihres Disputs stürzen konnten, hob sie die Hände. »Hört zu, ihr beiden!«, sagte sie. »Ihr werdet zusammenarbeiten – wie ihr es gewohnt seid. Ich weiß nämlich, dass zuletzt dabei etwas Vernünftiges herauskommt! Izeban kümmert sich um diese Hunde-Sache, und du, Marko, kannst ja dein Glück mit diesem Drakkenboot versuchen! Wenn du damit das große Drakkenschiff vernichten kannst, will ich persönlich dabei sein!«

Um die Form zu wahren, schoss Marko noch einen finsteren Blick auf Izeban ab und erhielt einen ebensolchen zurück. Alina seufzte innerlich. Doch abgesehen von dieser Rivalität lag letztlich doch ein Ausdruck von biestiger, aber wohlwollender Freundschaft darin. Das gefiel ihr. Ihr kam in den Sinn, dass sie in diesem Zusammenspiel eine wichtige Rolle übernehmen konnte: Sie konnte zwischen den beiden schlichten und gleichzeitig den Zusammenhalt festigen. Sie konnte Ideen beisteuern und helfen, einen Plan zu schmieden. Notfalls würde sie für die beiden sogar *kochen*.

*

Leandra hätte es sich denken können – Sardin wusste überhaupt kein Mittel, mit dem man die Drakken vernichten würde. Drei Tage hatte er sich um eine Antwort herumgedrückt, hatte ihr eine dumme Ausrede nach der anderen aufgetischt, bis ihr wieder einmal die Geduld entglitten war und sie ihn in dieser namenlosen Sphäre, in der sie miteinander redeten, angeschrieen hatte.

Was sie inzwischen am meisten ärgerte, war die Tatsache, dass er ein so unsäglicher Kleingeist war. Sie hatte alte Leute erlebt, die um nichts in der Welt von einer irrigen Meinung oder einem Fehlurteil abgerückt wären, ganz egal, wie groß die gegenteilige Beweislast war – und solche Leute hasste sie geradezu. Ganz besonders hinsichtlich der Tatsache, dass man als alter Mensch seinem Lebenswerk gegenüber die Pflicht hatte – jedenfalls empfand Leandra das so –, mit reinem Gewissen von der Bühne des Lebens abzutreten und nicht eine Welt zurückzulassen, die einem Schlechtes nachsagte. Sardin jedoch, wohl der älteste Mensch überhaupt, schien in dieser Hinsicht alle negativen Höchstleistungen brechen zu wollen. Er verhielt sich so dumm und unbelehrbar, dass sich Leandra die Haare hätte raufen können. Dass das Schicksal der Welt von einem solchen Narren geprägt worden war, empfand sie als unerträglich. Es wurde wirklich Zeit, dass dieser *dumme Gott* abtrat!

Dass Sardin sie wieder einmal hatte belügen wollen, schockierte sie nicht einmal mehr besonders. Nach einigen Augenblicken der Wut auf ihn wandte sie sich wieder anderen Gedanken zu, insbesondere der Nachricht, dass Roya und Alina an einer Idee schmiedeten, etwas gegen die Drakken zu unternehmen. Leandra hatte nun zwei neue Ziele: Sie wollte Kontakt mit den beiden aufnehmen, und das würde ihr gleichermaßen dabei dienen, Sardin loszuwerden. Sie hatte ihm gehörig auf den Zahn gefühlt, ob er sie wieder einmal hatte täuschen wollen, aber diesmal schwor er, dass es der Wahrheit entsprach: Roya und Alina hatten sich irgendwo im Ramakorum getroffen und heckten etwas aus.

Sie machte sich keine Illusionen – ein plötzlicher Sieg gegen die Drakken war ausgeschlossen. Aber eine neue Hoffnung hatte sie beseelt. Ihr war eine verwegene Idee zu einer gemeinsamen Flucht gekommen. Es würde vielleicht Wochen oder Monate dauern, denn einen echten Plan hatte sie noch nicht. Doch sie wusste nun, wie sie neue Hoffnung unter ihre Freunde tragen konnte, und allein die Idee gab ihr wieder Kraft.

*

Sechs Tage später gab es vierzehn Hunde in Malangoor. Große, kleine, weiße, braune und schwarze, und sie alle hatten auf einem Drachen mitfliegen müssen. Das allerdings hatte sich als eine kuriose Angelegenheit herausgestellt.

Womöglich war seit zweitausend Jahren kein Hund mehr mit einem Drachen in Berührung gekommen, jedenfalls wenn man davon ausging, dass die Hunde bei den Menschen lebten und die Drachen weit droben unter dem Felsenhimmel. Aber schon vom ersten Augenblick an zeigte sich, dass es eine höchst erstaunliche Beziehung zwischen den beiden Rassen gab.

Den ersten Hund fand Alina in der Gegend nördlich von Turliss. Sie hatte darauf bestanden, selbst fliegen zu dürfen, und war mit Majana unterwegs gewesen, begleitet von drei anderen Drachen. An den Südhängen des Ramakorums fand sie ein von Drakken völlig zerstörtes und entvölkertes Dorf. Sie konnte nur raten, was dort geschehen war. Aber ihre Vermutung bewahrheitete sich: Dort, wo zuvor Menschen gelebt hatten, waren Hunde zurückgeblieben. Es waren sogar mehrere Hunde, die meisten davon holten sie später. Bei dieser ersten Begegnung allerdings konnte Alina nur einen mitnehmen. Sie nannte ihn Mukko.

Er war ein kleines, braunweißes Fellknäuel und kam schwanzwedelnd auf sie zu; kein Zweifel, dass er bei einer netten Familie gelebt hatte. Alina hatte die Drachen ein ganzes Stück entfernt zurück gelassen, da sie damit rechnete, dass sich ein Hund vor einem so riesigen Wesen zu Tode ängstigen würde. Aus diesem Grund wählte sie auch den kleinsten Hund, den sie finden konnte, darauf hoffend, ihn irgendwie bändigen zu können, wenn sie ihn auf den Drachenrücken schaffen musste. Es gab keine andere Möglichkeit, als die Hunde durch die Luft nach Malangoor zu befördern.

Das Wunder geschah, als Alina mit Mukko unter dem Arm zögernd auf die Drachen zumarschierte. Der kleine Mukko, kaum größer als eine Katze, reckte neugierig die Nase vor und wedelte heftig mit dem Schwanz. Als sie vor Majana standen, dem zierlichen und eleganten Drachenmädchen, wollte der Hund auf den Boden; er zappelte und wand sich; Alina hatte den verwirrenden Eindruck, dass er nicht *weg* von dem Drachen wollte, sondern zu ihm hin. Majana reckte den Hals und kam mit ihrem gewaltigen Schädel, wohl dreißigmal so groß wie der ganze Hund, direkt zu ihnen heran.

Verwundert ließ Alina Mukko herunter – und er lief nicht fort. Neugierig beschnupperte er den riesigen Drachen. Majana stupste ihn mit der Nase an und Mukko lief aufgeregt zwischen ihren Beinen umher. Es war überhaupt kein Problem, den Hund mit auf den Drachenrücken zu nehmen.

Bei den anderen Hunden verhielt es sich ebenso. Keiner von ihnen hatte Angst vor einem Drachen, im Gegenteil, sie fühlten sich zu ihnen hingezogen. Als später Roya einmal Tirao nach diesem Wunder befragte, konnte der Drache ihr keine Antwort liefern. Er sagte, er habe nie zuvor mit einem Hund Kontakt gehabt, aber er fände sie *niedlich*. Roya fragte ihn belustigt, ob er für Menschen das Gleiche empfände. Für *sie* schon, antwortete er.

Nachdem sie Hunde bei sich hatten, begann der gefährliche Teil ihres Vorhabens. Sie mussten einen Drakken fangen – besser sogar noch mehrere davon.

Das übernahm Marko. Er stellte noch während der Tage, in denen nach Hunden gesucht wurde, eine Gruppe von mehreren jungen, kräftigen Männern zusammen, ergänzt um die Adeptin Laura, die darauf bestanden hatte, in einem Kampf ihren Mann stehen zu können. Roya sollte ebenfalls mittels ihrer magischen Fähigkeiten helfen. Während die Drachenflieger immer mehr Hunde brachten und die Bevölkerung von Malangoor um weitere Personen wuchs, übten Markos Leute den Waffenkampf und arbeiteten einen Plan aus, wie man einen einzelnen Drakken gefangen nehmen konnte. In Malangoor entstand in diesen Tagen die erste Schmiede und ihre erste Aufgabe war die Herstellung undurchdringlicher Gitterstäbe für ein Drakkengefängnis. Es gab unter den Leuten mehrere, die sich mit der Kunst des Handwerks auskannten, und andere, die Mauern ziehen oder Balkenwerk errichten konnten.

Roya war sehr stolz auf das, was sie zuwege brachten, und eines Abends, als sie und Alina auf dem Balkon des *Windhauses* saßen und hinaus in die wilde Bergwelt des Ramakorums sahen, sagte Alina zu ihr: »Du solltest eigentlich hier die Shaba sein. Es ist unglaublich, was du alles aufgebaut hast!«

Roya lachte und sah sie kopfschüttelnd an. »Nun hör aber mal auf. Sie tun es wegen *dir!* Du bist eine echte Shaba, ich bin nur eine, die ein paar Leute gefunden und sie angespornt hat, sich selbst zu helfen. Aber du bist es, die sie wirklich bewundern!«

»*Ich*?«

»Aber ja! Über deine Reise von Savalgor bis hierher, mitten durch ein von Drakken besetztes Land – davon wird man noch in hundert Jahren reden!«

»Das, was du getan hast, ist sicher nicht weniger bewundernswert«, meinte Alina.

Roya winkte ab und sah wieder hinaus auf die Berge. »Ich hatte die Hilfe der Drachen und meine Magie. Du hattest gar nichts. Nur deinen Mut. Ich bewundere dich wirklich, Alina. Du hast etwas ganz Großartiges getan.«

Alina lächelte. »Danke«, sagte sie leise. »Du machst mir Mut. Morgen ist ein wichtiger Tag. Glaubst du, ihr schafft es?«

Roya holte tief Luft und ließ sich auf ihrem Korbstuhl zurücksinken. »Marko ist zwar ein bisschen großmäulig, aber er plant gut. Ich glaube, er hat wirklich an alles gedacht. Aber wir werden vermutlich zwei oder drei Tage fort sein.«

»Warum so lange?«

»Wir wollen den ersten Drakken, den wir fangen, erst mal irgendwo festsetzen. Wir wissen nicht, ob er vielleicht irgendeine Möglichkeit hat, Hilfe zu rufen. Eine, die wir ihm nicht ansehen können. Vielleicht hat er irgendwas in seinem Panzer oder … in seinem Kopf. Wenn wir ihn gleich hierher bringen und er dann einen Hilferuf absetzt, ist Malangoor verraten. Das wäre das Schlimmste, was uns passieren könnte.«

Alina nickte. »Ja, du hast Recht. Ist das auch eine von Markos Ideen?«

»Ja. Ich sagte ja schon – planen kann er gut.« Sie erhob sich. »Ich gehe jetzt schlafen. Wir fliegen morgen weit und ich will ausgeruht sein. Gute Nacht.« Sie küsste Alina auf die Wange und ging.

Alina ließ sich zurücksinken und starrte in die beginnende Nacht hinaus. Roya wollte heute Nacht allein sein, das hatte sie ihr gerade signalisiert. Sie hatten viele Nächte miteinander verbracht, einfach nur, weil sie sich sehr mochten. Aber Roya begann langsam, sich Marko zuzuwenden, obwohl sie sich über ihn beklagte, wann sie nur konnte. Er wäre ein überheblicher, eingebildeter Klotz, wetterte sie, und nicht selten fluchte sie über ihn. Aber Marko war in letzter Zeit dazu übergegangen, sehr nett zu ihr zu sein und ihre Wutausbrüche duldsam zu ertragen. Und Roya reagierte darauf. Sie knuffte, boxte ihn, einmal musste er sogar eine Ohrfeige einstecken, aber eigentlich war es nur ein Streicheln gewesen. Sie brauchte jemanden, der ihr Zärtlichkeit schenkte.

Alina war in den letzten Tagen klar geworden, dass Roya noch immer unter dem Verlust ihrer Schwester Jasmin litt, die vor über einem Jahr als das erste Opfer dieser schlimmen Geschichte gestorben war. Sie war Jasmin immer sehr nahe gewesen. Die verblüffende Wahrheit bestand darin, dass Roya, obwohl sie ein außergewöhnlich hübsches Mädchen war, noch nie einen Mann gehabt hatte. Sie war noch sehr jung, aber Alina fand, dass es langsam Zeit für sie wurde. Sie hatte für einige Tage ihre große Schwester gespielt, wahrscheinlich auch nur, um sich über den eigenen Verlust hinwegzutrösten – den von Victor. Aber das konnte nicht für ewig anhalten. Marko schien kein übler Bursche zu sein, und dass Roya jetzt so deutlich, wenn auch derb auf ihn zuging, hielt Alina für ein gutes Zeichen. Nun blieb nur noch die Frage, was mit ihr selbst geschah. Ihre Sehnsucht nach Victor war ungebrochen und Maric fehlte ihr natürlich mindestens ebenso sehr. Nun, da sie Roya verlieren würde, hatte sie niemanden mehr, an dem sie sich festhalten konnte. Sie war offenbar eine bewunderte und beliebte, aber dennoch einsame junge Shaba.

*

Roya schlug das Herz bis zum Hals.

Sie kniete an einem Bach, der aus einer Felsengruppe hervorplätscherte. Eine Viertelmeile vor ihr war ein Drakkenboot aufgetaucht, das sich nun mit heulenden Maschinen näherte. Hinter ihr, zwischen den Blöcken der Felsengruppe und den Büschen und Bäumen, die daraus hervorwucherten, hielten sich ihre Freunde versteckt.

Die Wahl war auf sie als *Köder* gefallen, weil sie ein junges Mädchen war. Möglicherweise hatten die Drakken Hemmungen, gleich auf sie zu schießen. Ob es allerdings bei den Drakken tatsächlich so etwas wie *Hemmungen* gab, konnte sie nur hoffen. Sie hatten einen abgelegenen Landstrich südlich von Hegmafor gewählt, und nun, nach eineinhalb Stunden nervösen Wartens, war es so weit: Ein Patrouillenboot hatte Roya entdeckt und das typische Geräusch des anfliegenden Flugschiffs schwoll an. Roya beherrschte sich mühsam und blieb, wo sie war.

Etwa fünfzehn Meilen südwestlich von hier gab es eine Drakkenstadt mit einem riesigen Bergwerk, und sie hatten vor Tagen schon ausspioniert, dass die Drakken in dieser Gegend regelmäßige Patrouillen flogen. Kleine graue Boote, mit zwei Drakkensoldaten bemannt. Sie hatten alles genau vorausberechnet und den eigentlichen Moment dutzendfach geprobt. Wenn alles so klappte, wie sie es geplant hatten, war es geradezu lächerlich einfach. *Wenn wirklich alles so klappte.*

Sie sollte tapfer warten, bis das Boot gelandet war und die Drakken herauskamen. Wenn sie ihr Zeichen gab, indem sie aufstand, würde sie den rechten der beiden Drakken mit einer Magie festhalten, während

Laura, die Adeptin, das Gleiche mit dem linken tat. Sie gingen davon aus, dass es ein normales Patrouillenboot der Drakken mit zwei Insassen sein würde.

War es ein größeres, würde es schwieriger werden. Dann hatten sie es möglicherweise mit bis zu sechs Drakken zu tun. Die Taktik bestand in diesem Fall darin zu warten, bis die Drakken ausgestiegen waren. Laura würde dann das Drakkenboot mit einer glühenden Druckwelle der fünften Iterationsstufe angreifen und es auf einen Schlag zu zerstören versuchen. Sie behauptete entschlossen, dass ihr das gelingen würde; sie stand, wie sie sagte, kurz vor ihrem Aufstieg zur Jungmagierin. Roya hoffte, dass Laura ihnen nicht aus Ehrgeiz etwas vorlog, nachdem sie gehört hatte, dass sie es mit den Freunden der leibhaftigen Leandra zu tun hatte. Der Leandra, die als *die Adeptin* bekannt geworden war.

Waren die Drakken ausgestiegen, würden sie Opfer der vier Bogenschützen werden, die Marko postiert hatte. Er selbst zählte zu ihnen und hatte Roya geschworen, dass er nötigenfalls sogar alle vier Drakken ganz allein innerhalb von wenigen Sekunden fällen könnte.

Mindestens einen wollten sie jedoch am Leben lassen – nämlich den, den sie selbst angriff. Auch sie hatte geübt. Sie beherrschte ihre Magie gut und wusste, dass sie wirkungsvoll genug für ihren Zweck war. Diesen Drakken würden sie dann entwaffnen und nach allen Regeln der Kunst zusammenschnüren. Sie hatten sogar zwei schwere Wurfnetze geknüpft. Alles musste so schnell gehen, dass den Drakken keine Zeit zur Gegenwehr oder zur Flucht blieb. Und es würde Marko sehr glücklich machen, hatte er bei ihrer letzten Besprechung gesagt, wenn keiner von ihnen auch nur einen Kratzer abbekam. Besonders Roya nicht.

Das Drakkenschiff heulte wie ein Orkan, als es in

fünfzig Schritt Entfernung niederging. Das Land war flach bis hinab in eine steppenartige Ebene, in der mehrere krumme Stützpfeiler aufragten. Roya warf einen angstvollen Blick aus den Augenwinkeln zu den Felsen und Büschen, hinter denen sich ihre Freunde versteckt hielten. Aber als sie sich wieder umblickte und sah, wer aus dem Drakkenschiff ausstieg, fluchte sie. Man konnte eben *doch nicht* alles vorausplanen!

Es waren zwei Mönche der Bruderschaft in langen Kutten und zwei bewaffnete Drakken.

*Verdammt!*

Sie hatten überhaupt nicht daran gedacht, dass Bruderschaftler in solch einem Drakkenschiff sitzen könnten – dabei erinnerte sie sich daran, dass Alina einmal davon gesprochen hatte! Sie stöhnte innerlich.

Es war eine Sache, auf Drakken loszugehen, aber eine ganz andere, Menschen zu töten. Und das Schlimmste war, dass diese beiden auch noch Magier sein mussten. Da gab es kein Vertun – wenn sie die beiden angriffen, mussten sie es gründlich tun. Bruderschaftlern war nicht zu trauen, und weil sie Magier waren, würden sie die Männer töten müssen.

»He!«, bellte ihr der eine entgegen. »Was tust du hier? Du hast kein Halsband um!« Er hatte eine dieser durchsichtigen Tafeln in der Hand.

Roya blieb unten. Sie war völlig verunsichert. Die beiden Drakken gingen links und rechts hinter den Mönchen. Wen sollte sie nun packen, sodass es für ihre Freunde unmissverständlich war?

Die vier kamen näher und sie kniete noch immer am Bach. Sie wusste, dass sie das Zeichen geben und aufstehen musste. Ihr Puls raste. Sie bemühte sich verzweifelt, nicht nach ihren Freunden zu sehen.

Doch dann wurde ihr die Entscheidung abgenommen. Um sie herum brach plötzlich die Hölle los.

Die beiden Bruderschaftler waren mit einem Mal stehen geblieben und sahen sich an. Da wusste Roya, dass Laura ein Aurikel geöffnet hatte, denn sie selbst hatte noch gar nicht daran gedacht. Die beiden mussten es gespürt haben – aber sie mussten denken, dass es von *ihr* stammte! Sie sah nur, wie die Hand des einen Mannes nach vorn schoss. Vor ihm entstand eine flimmernde Wolke stygischer Energien, bereit, auf sie abgeschossen zu werden.

Roya schrie vor Schreck auf. Fast im selben Augenblick ertönten mehrere klatschende Geräusche. Roya schnappte entsetzt nach Luft, als der andere Mönch, von vier oder fünf Pfeilen zugleich getroffen, röchelnd in sich zusammensank. Ein Pfeil hatte sich tief in seine Schläfe gebohrt.

Der andere Mönch zuckte entsetzt zusammen und sah nach seinem Bruder. Das gab Roya einen Atemzug lang Zeit. Sie hechtete in dem Moment nach links davon, als der Mann wieder zu ihr blickte und mit wutverzerrtem Gesicht seine Magie auf sie abschoss. Noch während sie nach links kugelte, spürte sie einen schmerzhaften Streich auf ihren nackten Beinen, wie der Hieb mit einer großen Dornenrute. Sie schrie vor Schmerz auf, landete gleich darauf im Nassen und stieß sich den Kopf. Eine Drakkenwaffe wummerte los, im Hintergrund jaulte das Patrouillenboot auf.

*Nein*, dachte sie verzweifelt, *es darf nicht entkommen!*

Als Nächstes wurde Geschrei hörbar – Kampfgeschrei ihrer Gefährten; eine Stimme davon verwandelte sich in diesem Augenblick in einen Schmerzensschrei. Sie versuchte, die Orientierung zurückzugewinnen, rollte sich herum. Ein lauter, trockener Schlag ertönte und irgendein großes Etwas schlug an der Stelle auf, an der sie eben noch gelegen hatte. Sie blickte entsetzt zur Seite und sah einen riesigen, abgerissenen Metallfetzen, der neben ihr im Ufersand steckte. Er hätte sie leicht in zwei Teile schneiden können. Noch während sie mit dem Schock kämpfte, strebte der Kampf um sie herum einem Höhepunkt entgegen. Es wurde brüllend laut, als die Drakkenwaffen in voller Stärke losdröhnten. Wieder krachte es ohrenbetäubend. Eine Wolke beißenden, metallischen Gestanks wehte über sie hinweg. Sie sah einen Drakken an sich vorüberrennen, dann schlug etwas neben ihr ins Wasser. Mit vor Entsetzen geweiteten Augen erkannte sie den anderen Bruderschaftler – sein Kopf war völlig verkohlt. Wieder schrie sie auf. Voller Entsetzen versuchte sie davonzukriechen – sie konnte tun, was sie wollte, sie gewann einfach keine Orientierung. Als sie sich endlich in die Höhe gekämpft hatte, merkte sie, dass jemand hinter ihr stand. Sie wirbelte herum – es war ein Drakken. Sein widerliches Echsengesicht war wutverzerrt, seine Waffe direkt auf ihren Bauch gerichtet.

*Das war's*, schoss es ihr, seltsam nüchtern, durch den Kopf.

Doch dann erschien etwas auf der Brust des Drakken, etwas Silbernes, und sie wusste erst gar nicht, was es war. Dann verschwand es wieder. Der Drakken grunzte kurz, und an der gleichen Stelle platzte und zischte eine seltsame Dampfwolke aus seinem Brustpanzer hervor. Der Drakken verdrehte die Augen und klappte zusammen. Hinter ihm wurde Marko sichtbar, ein Schwert in der erhobenen Hand. Roya stieß ein Röcheln aus und sank auf die Knie.

In der folgenden Minute nahm sie alles nur noch wie durch einen Schleier wahr. Als sie ihre Sinne langsam wieder zurückgewann, merkte sie, dass sie mit dem Po auf den Fersen im flachen Wasser des Baches saß. Sie schloss kurz und erleichtert die Augen, als sie erkannte, dass der Arm, der von hinten ihren Bauch umschlang, zu Marko gehörte. Er kniete hinter ihr, hielt sie fest umarmt, und das war ein unglaublich erleichterndes Gefühl.

Sie ließ den Kopf nach hinten gegen seine Schulter sinken. »Ich hab mich schon gefragt«, flüsterte sie, »ob du alter Angeber sonst zu nichts nütze wärst.«

Er lachte leise auf. Sie spürte einen Kuss auf ihrer rechten Wange und er fühlte sich gar nicht mal schlecht an. »Und ich hab mich schon gefragt«, erwiderte er, »ob ich dich vor dem Drakken oder den Drakken *vor dir* retten soll.«

Am Abend des neunten Tages hatten sie viereinhalb Drakken. Einer war grauenvoll verletzt, fast die ganze rechte Körperhälfte fehlte ihm, aber er wollte nicht sterben. Der rechte Arm und das rechte Bein waren ihm bei der Explosion des Drakkenbootes weggerissen worden, und alles war mit einer weißlichen Flüssigkeit verklebt – wohl das, was diese Drakken anstelle von Blut besaßen. Aber sein Körperpanzer schien noch zu funktionieren, und das war es offenbar, was ihn am Leben erhielt. Er gab keinen Laut von sich, blinzelte nur ab und zu.

Er stellte das dar, was von ihrem ersten Überfall als Beute übrig geblieben war. Danach waren sie entschlossener und zielgenauer zu Werke gegangen. Roya hatte verbissen verlangt, ihr völliges Versagen beim ersten Überfall wieder gutmachen zu können. Marko hatte gar nicht erst versucht, Einwände zu erheben. Glücklicherweise trafen sie auf keine weiteren Bruderschaftler, als sie die folgenden beiden Überfälle durchführten. Es gelang ihnen jedes Mal, das Drakkenschiff zu zerstören, bevor der Pilot, der stets im Schiff zurück geblieben war, wieder abheben konnte. Inzwischen jedoch mussten sie damit rechnen, dass die Drakken die Wracks der Schiffe gefunden hatten und alarmiert waren. Die viereinhalb Drakken mussten für ihre Experimente genügen.

Die Drakken waren in den Höhlen des *Windhauses* eingesperrt, in Zellen, die nach allen Regeln der Handwerkskunst errichtet und verstärkt worden waren. Die

Drakken waren ihr kostbarster Schatz und zugleich ihre größte Gefahr. Rund um die Uhr wurden die Echsenwesen von mindestens vier Männern und Frauen bewacht, da man mit bösen Tricks rechnete. Die Tatsache jedoch, dass sie einige ihrer für unbesiegbar gehaltenen Feinde gefangen genommen und eingesperrt hatten, versetzte ganz Malangoor in eine grimmige Hochstimmung. Immer wieder kamen Leute in den Stützpunkt und wollten, in einer Art gruseliger Abenteuerlust, die Gefangenen sehen. Am vierten Tag schob Alina dem einen Riegel vor und niemand wurde mehr vorgelassen. Sie meinte, sie könnten sonst gleich Eintrittsgelder verlangen.

Meister Izeban war zuversichtlich, dass er herausfinden würde, was hinter dieser seltsamen Sache mit dem Hundegebell steckte. Tagelang plante er seine Experimente und am zehnten Tag begann er damit. Einer der Dorfbewohner hatte mit einem einfachen Trick allen Hunden das Bellen auf Befehl beigebracht. Er hatte jedem Einzelnen von ihnen so lange zu bellen befohlen, bis der Hund vor lauter Verzweiflung darüber, dass er nicht wusste, was er tun sollte, genau das tat – nämlich bellen. Dann wurde er belohnt. Nach ein paar Wiederholungen dieses Tricks verstand es jeder Hund.

Sie führten die Tiere in den Stützpunkt und ließen die Drakken von ihnen ankläffen; die meisten taten es, ohne dass man es ihnen hätte befehlen müssen. Meister Izeban führte genau Buch über Ergebnisse – leider jedoch starb kein einziger Drakken oder zeigte auch nur die kleinste Reaktion. Immerhin, so verkündete Izeban am Abend des ersten Tages, wusste er, dass jeder Drakken von jedem Hund verbellt worden war, das Experiment war also genau siebzig Mal durchgeführt worden.

Sie probierten es in den folgenden Tagen im Freien, aus der Ferne oder der Nähe und unter allen nur denkbaren Bedingungen, aber ihre Versuche blieben ergebnislos. Am fünften Tag starb der halbe Drakken kurz nach einer Reihe von Versuchen, aber sie kamen einstimmig zu dem Schluss, dass er eines »natürlichen« Todes gestorben war. Immerhin ergab sich dadurch die Möglichkeit, die Leiche des Wesens genauer zu untersuchen. Izeban wollte es tun.

»Es ist ein seltsames Wesen«, erklärte er, als er sich nach der Untersuchung seiner Handschuhe und seiner Schürze entledigte. Sie hatten sich in Alinas Zimmer im *Windhaus* getroffen. »Dieses Blut, das diese Drakken da haben – es scheint wie eine Art Klebstoff zu sein. Es ist weißlich, riecht sogar nach Blumen, und wenn es zu fließen aufhört …«

»Nach … *Blumen*?«, krächzte Marko.

Izeban blickte auf. »Ja, mein Lieber. Irgendein süßlicher Geruch. Im Gegensatz zu ihren sonstigen Körperausdünstungen gar nicht einmal unangenehm. Die Innereien dieser Drakken sind mir jedoch ein Rätsel. Teilweise metallisch, teilweise aus Fleisch oder Gallert bestehend.«

»Metallisch?«, fragte Alina verwundert.

Izeban hob die Achseln.

»Und dieser Panzer? Was tut der?«

»Ihr meint wegen der Dampfwolken, nicht wahr? Nun, ich glaube inzwischen gar nicht mehr, dass es wirklich ein Panzer ist. Die Schale ist zwar hart, aber nicht undurchdringlich. Marko hat mehrmals einen Drakken mit dem Schwert durchbohrt, und ich habe, damals bei dem Kampf im Wald, einen Panzer mit meinen Armbrustbolzen glatt durchschießen können. Inzwischen kommt mir dieses Ding eher wie etwas vor, das … wie soll ich sagen … eine Art Wetter aufrechterhalten soll.«

»Ein … *Wetter*?«

»Ja. Es scheint, als hätten die Drakken so etwas wie

ein *Wetter* in diesen Panzern. Es ist feucht und warm darin. Und es herrscht ein gewisser Druck. Deswegen schießt der Dampf heraus, wenn man ein Loch hinein macht.«

»Nett«, grinste Marko. »Lasst uns Löcher in die Drakken machen. Löcher in ihre Panzer!«

Izeban brummte nachdenklich. »Nun – was die von uns getöteten Drakken anging: Die starben alle an ihren Verletzungen – nicht an zerstörten Panzern.«

»Bis auf die, die Benni anbellte«, warf Alina ein. »Die begannen zu toben, und dann platzte ihr Panzer von allein auf.«

Izeban zog die Stirn in Falten. »Er platzte auf? Das wusste ich nicht – das habt ihr nicht erwähnt!«

Alina schluckte. »Nicht? Also – ich habe es vielleicht ungenau beschrieben.« Sie dachte kurz nach. »Nein, wartet – es stimmt gar nicht. Ich glaube, sie versuchten, den Panzer zu *öffnen!* Ihn sich vom Leib zu reißen.«

»Ach!«, machte Izeban erstaunt. »Das ist interessant.«

»Ja. Sie schafften es auch – jedenfalls der Erste. Dann stob diese Dampfwolke auf und er starb. In Sekundenschnelle.«

Izeban dachte eine Weile nach. »Und die anderen? Ich meine, in diesem abgestürzten Schiff, in dem wir Euch fanden? Haben die auch versucht, ihren Panzer loszuwerden?«

»Schwer zu sagen. Zu diesem Zeitpunkt ging es im Drakkenboot drunter und drüber. Benni hat sie gebissen. Vielleicht hat er dabei die Panzer beschädigt.«

»Vielleicht hat es mit den Hunden gar nichts zu tun«, murmelte Roya. »Vielleicht ist es nur dieser Panzer. Wenn sie den nicht tragen, sterben sie.«

Izeban hatte die Augen zu Schlitzen verengt. Er schüttelte langsam den Kopf. »Nein, junge Dame«, erwiderte er. Plötzlich wirkte er aufgeregt. Es war ihm anzusehen, dass das Räderwerk in seinem Gehirn wieder heftig zu ticken begonnen hatte. »Mit den Hunden hat es schon zu tun – nicht aber mit ihrem Gebell!« Er wandte sich um und rief aufgeregt: »Wir müssen etwas probieren – jetzt gleich!«

Sie folgten ihm und eilten gemeinsam zurück in den Stützpunkt. »Einen der vier übrigen müssen wir opfern!«, rief Izeban unterwegs. »Das mit den Panzern werden wir jetzt herausfinden!«

Doch sie hatten wieder kein Glück.

Vier Zellenwächter packten sich einen der Drakken mithilfe einen schweren Fangnetzes, banden ihn, und rissen ihm seinen Panzer vom Leib. Der Drakken saß anschließend reglos da, erst nach Stunden begann er sich zu regen und schließlich zu ächzen. Es war deutlich zu sehen, dass seine schuppige Haut trockener wurde. Womöglich konnte man ihn töten, indem man ihn für einen oder zwei Tage seines Panzers beraubte – aber das Geheimnis des Hundegebells wollte sich ihnen auf diese Weise nicht offenbaren.

»Immerhin wissen wir jetzt, dass das mit dem Wetter stimmt«, sagte Izeban am Abend. »Sie brauchen die Wärme, die Feuchtigkeit und den Druck, sonst geht es ihnen schlechter. Aber ich fürchte, aus dieser Erkenntnis heraus können wir keine wirkungsvolle Waffe gegen ihr Mutterschiff konstruieren.« Er erhob sich. »Ich bin müde. Ich gehe jetzt erst einmal schlafen. Oft sieht so ein Problem am nächsten Morgen besser aus.«

Diesmal behielt Izeban Recht.

Am nächsten Morgen war er schon früh wach und arbeitete an den Listen und Aufzeichnungen seiner Versuche. Gegen Mittag gellte ein Schrei durch den Stützpunkt.

»Ich hab's!«, rief er, als er den Hauptgang heraufgelaufen kam. »Ich habe es herausgefunden!«

Die Nachricht verbreitete sich in Windeseile. Wenige Minuten später waren Marko, Roya und Alina bei ihm.

»Einer ist tot!«, berichtete er aufgeregt. »Nachdem er von einem Hund angebellt wurde!«

»Aber … dann ist es *doch* das Gebell!«, rief Marko.

»Nein! Nicht das Gebell. Es ist … der *Speichel!*«

Sie blickten einander verwirrt an.

»Die Hunde gehen nie sehr nah an die Drakken heran!«, erklärte Izeban. »Sie haben Angst, sie sträuben sich. Aber wenn man sie heranzwingt, dann bellen sie um so heftiger. Dabei fliegen die Speicheltröpfchen nur so durch die Luft! Ich habe es mehrfach probiert – und bei einem der Hunde hat es sofort funktioniert! Der Drakken drehte nach Sekunden durch, versuchte, sich seinen Panzer vom Leib zu reißen, und starb!!« Izebans Stimme hatte sich bei seinen letzten Worten vor Aufregung beinahe überschlagen.

»Nur … bei *einem* der Hunde?«

Izeban ließ die Schultern sinken. »Leider ja! Nur bei einem.« Gleich darauf begannen seine Augen wieder zu leuchten. »Aber gebt mir noch ein wenig Zeit, dann komme ich dahinter!« Schon drehte er sich auf dem Absatz um und eilte wieder davon.

*

Leandras unverhoffte Idee einer Flucht löste ziemliche Verwirrung unter ihren Freunden aus. Niemand hatte damit gerechnet, dass so etwas jetzt noch infrage kam, und schon gar nicht, dass sie einen Weg finden könnten, es zu schaffen. Immerhin waren sie zehn Personen; neben Leandra, Victor, Cathryn und Maric befanden sich noch Jacko, Hellami, Munuel, der Primas, Quendras und Hilda in Rasnors Gewalt. Sie konnten einfach niemanden zurücklassen. Victor, der für eine vorsichtige Verbreitung dieser Nachricht unter den Freunden gesorgt hatte, kam mit der Nachricht zu Leandra zurück, dass man es für unmöglich hielt.

Und sie hatten Recht. Sie waren an ganz unterschiedlichen Stellen im Palast untergebracht und sahen sich kaum. Selbst wenn Einzelne von ihnen zusammenkamen, waren es niemals alle, und stets standen sie dabei unter Aufsicht. Die Idee, sich allesamt unbeobachtet an einem Ort einfinden zu können, um dann gemeinsam zu fliehen, war geradezu aberwitzig. Doch genau diese Unmöglichkeit war Leandras Ansatzpunkt. Niemand würde damit rechnen, dass sie es auch nur versuchten. Sie schrieb einen geheimen Brief und beauftragte Victor, ihn unter den Freunden kursieren zu lassen – natürlich unter allerhöchster Vorsicht. Der Brief berichtete davon, dass Roya und Alina sich gefunden hätten und etwas planten und dass sie alle nun Ideen sammeln sollten, wie ihnen vielleicht eine gemeinsame Flucht von hier glücken könnte. Sie appellierte an ihre Freunde, nicht aufzugeben, sondern einen neuen Anlauf zu versuchen.

Der Brief brachte den von Leandra erhofften Erfolg viel schneller, als sie gedacht hatte. Schon vier Tage später erhielt sie ihn zurück, von jedem einzelnen ihrer Gefährten persönlich unterschrieben. Sogar Cathryn, die sich ständig bei Leandra aufhielt, bestand darauf, ihren Namen darunter kritzeln zu dürfen. Bald traf eine Nachricht von Quendras ein, in der er vorschlug, es doch einmal zu versuchen: sich über das Trivocum zu verständigen.

Dieses Mal hätte Leandra seiner Idee sogar nachgegeben, allein aus Neugierde gegenüber dem, was die Drakken von ihnen wollten: die Magie der Höhlenwelt, um ihre Nachrichten ohne Zeitverlust übermitteln zu können. Aber zugleich kam damit auch das Hauptproblem auf: Sie hatten keine Mittel, diese Idee umzusetzen. Die Bruderschaft mochte in der

*Rohen Magie* Möglichkeiten erfunden haben, miteinander über das Trivocum reden zu können – mehr als einfache Signale gab es in der Elementarmagie jedoch nicht. Der Kodex verbot es seit alters, und so gab es keine magischen Schlüssel, um ein solches Vorhaben in die Tat umsetzen zu können. Auch für die Drakken hätten sie solche Methoden erst entwickeln müssen.

Dass eine Unterhaltung zwischen den Menschen und den Drachen möglich war, mochte daran liegen, dass die Drachen mit ihrer eigenen Magie das Fenster für diese Verbindung aufstießen. Leandra hatte sich nie Gedanken darüber gemacht. Sie teilte dies Quendras mit. Er zeigte sich verwundert, dass es in der Elementarmagie *gar nichts* Entsprechendes gab.

Die erste verwertbare Idee hatte Munuel. Er teilte sie ihr mit, als sie sich einmal kurz in einem Gang trafen und niemand sonst sie beobachtete.

»Wir haben noch zwei Engel!«, raunte er ihr leise zu.

»Zwei Engel?«

»Ja. Deine beiden Freundinnen Azrani und Marina. Sie sind noch immer frei – frag mich nicht, wie sie das geschafft haben. Sie sagten mir, sie hätten damals viele alte Karten gefunden und die Katakomben unter Savalgor bis in die letzten Winkel erforscht. Dort unten halten sie sich verborgen.«

Leandras Herz hatte einen Satz gemacht. »Azrani und Marina? Ich habe sie seit dem Tag von Alinas Hochzeit nicht mehr gesehen. Aber ... wie hast du mit ihnen *reden* können?«

»Ich hielt mich während der Zeit, in der ich den ›Glatzkopf‹ spielte, in den Katakomben verborgen. Dort gibt es ein paar alte Geheimnisse, die nur der Cambrische Orden kennt. Unter anderem einen versteckten Höhlenraum, von dem aus eine kleine, natürliche Lauschröhre in den Sitzungssaal des Rates führt.«

Leandra grinste. »So etwas macht der Orden? Ratssitzungen ausspionieren?«

Munuel lächelte schief. »Eine reine Vorbeugung – und schon Jahrhunderte alt. Ich wüsste nicht, wann wir je davon Gebrauch gemacht hätten.«

»Aber du wusstest davon!«

»Ja. Ich war zeitweise Stellvertreter des Primas, wie du weißt. Auf diese Weise bin ich auch Ötzli auf die Schliche gekommen. Durch diese Röhre habe ich eine Zeit lang mit Marko und seinem Freund Izeban Kontakt halten können. Nun haben deine beiden Freundinnen den Raum entdeckt.« Er räusperte sich. »Ich befürchte, er war in irgendeinem alten Plan verzeichnet.«

»Und … wie hast du herausbekommen, dass sie da sind? Wie seid ihr in Kontakt getreten?«

»Das war Zufall. Ich hatte Marko und Izeban gewarnt und ihnen gesagt, sie sollten fliehen, da Rasnor von ihnen erfahren hatte. Mich quälte die Ungewissheit, wie es ihnen ergangen war. Also benutzte ich mehrmals täglich die Flüsterröhre. Irgendwann meldete sich eine Mädchenstimme.« Er lachte leise auf. »Sie wussten gleich, wer ich war.«

Leandra lächelte froh. »Ein Riesenglück. Und du gehst jedes Mal dazu in den Sitzungssaal? Kannst du das denn?«

Munuel schüttelte den Kopf. »Es gibt vom Palast aus noch einen anderen Zugang zur Röhre. Zwei sogar.«

Zwei Bruderschaftler hatten den Gang betreten und sie mussten sich wieder trennen. Leandra bat Munuel noch flüsternd, Azrani und Marina Grüße auszurichten und ihnen zu sagen, dass sie Kontakt halten sollten.

Einige Tage darauf traf sie Victor beim Essen im Kleinen Speisesaal, und er stahl sich unauffällig an einen Tisch in ihrer Nähe. Er hatte die zu Azrani und Marina passende Idee.

»Als ich mit Alina durch die geheimen Tunnel floh«, erklärte er ihr leise, »wollte sie in die Gemächer der Shaba eindringen. Ich sagte ihr, dass das zwecklos wäre. Den geheimen Schlüssel, den Zugang zu öffnen, dürfe kein Hauptmann der Palastgarde je kennen oder ihn sich ausrechnen können.«

Sie nickte. »Du hast Recht. Das wäre geradezu eine Einladung für jeden Meuchelmörder.«

»Es geht noch weiter, Leandra! Ich vermute: Wenn es so einen Tunnel gibt – und ich *wette*, es gibt einen! –, dann wird er sogar ganz für sich sein. Ich meine, abseits der anderen Geheimtunnel. Er wird dazu gedacht sein, dass sich die Shaba in Sicherheit bringen kann und unterwegs niemand Unliebsamem begegnet. Und besser noch – er wird ziemlich sicher an einem Ort enden, von dem aus man ungesehen aus Savalgor fliehen kann.«

Sie stutzte. »Wie kommst du denn darauf?«

»Überleg doch mal: Wenn du Shaba wärest und durch dein tägliches Geschäft ständig fürchten müsstest, dass jemand versucht, dir zu schaden, eine Revolte anzuzetteln oder dich umzubringen – würdest du dann nicht für eine wirklich gute Fluchtmöglichkeit sorgen?«

»Ja, bei den Kräften. Du hast vollkommen Recht!«

»Gleiches gilt natürlich für die Gemächer des Shabibs. Aber das interessiert uns jetzt nicht. Dieser Geheimgang aus den Shabagemächern könnte ein Fluchtweg für uns sein. Um ihn zu finden, könnten wir die beiden Mädchen von *außen* darauf ansetzen, verstehst du? Sie haben doch so viele alte Karten!«

»Ja – aber wie kommen *wir* dort hinein?«

Victor zuckte mit den Achseln. »Du hast mir erzählt, Rasnor wäre hinter dir her. Du sagtest, er hätte dir die Gemächer bereits angeboten und würde dich am liebsten als … *Shaba* an seiner Seite sehen.«

Sie schluckte. »Weißt du, was das bedeutet? Ich müsste mich diesem Dreckskerl anbiedern!«

Er wirkte verlegen. »Versteh mich nicht falsch ...«

»Ich müsste so tun«, fuhr sie fort, »als würde ich mich auf seine Seite stellen. Und der nächste Schritt wäre, dass er mich in seinem Bett haben will. Wenn ich dieses Spiel einmal anfange, gibt es irgendwann kein Zurück mehr!«

Victor schüttelte den Kopf. »Langsam, Leandra. Da hilft uns, dass Rasnor intelligenter ist, als man meinen möchte. Das hast du selbst festgestellt. Einen dummen, offenkundigen Versuch, sich an ihn heranzumachen, würde er sofort entlarven. Lass dir Zeit. Mach es zurückhaltend, zögernd, misstrauisch. Umso mehr Zeit gewinnen wir zugleich. Deute ihm ein winziges Entgegenkommen an und er wird dir sofort die Gemächer der Shaba anbieten! Lehne es ab. Er wird es dir wieder anbieten. Und nach einer Weile ... stimmst du zu – aber nur unter einer Bedingung!«

»Eine Bedingung?«

Victor lächelte listig. »Ja. Dass er Cathryn endlich das Halsband abnehmen lässt.«

Leandra war geradezu berauscht von Victors Verstandesschärfe. Ein plötzlicher Anfall von Wehmut überkam sie und sie spürte Tränen in den Augenwinkeln.

Er zog fragend die Brauen zusammen. Leandra konnte in diesem Augenblick nicht anders, sie lehnte sich über den Tisch und küsste ihn auf den Mund. »Victor, ich liebe dich!«, flüsterte sie in sein Ohr.

Er schenkte ihr ein unsicheres Lächeln: »Wofür? Dass ich dich in die Höhle des Drachen schicke?«

Sie setzte sich wieder und deutete mit ihrer Gabel auf seine Nase: »Dafür, dass du so klug bist. Und für vieles andere.« Sie hatte Lust ihn zu umarmen und nie wieder loszulassen.

*

Neun Tage später hatte sie es geschafft.

Seit einigen Stunden war sie die Bewohnerin der Gemächer der Shaba und Cathryn trug tatsächlich kein Drakkenhalsband mehr. Es war fast Zauberei, auf welche Weise Victors Plan funktioniert hatte.

Doch Leandra musste auch einen ersten Preis dafür zahlen. Munuel stand mit Azrani und Marina in Kontakt und die beiden sammelten Neuigkeiten aus der Stadt. Nicht viel später erfuhr es Leandra, und das, was man sich über sie erzählte, ging schon über die Schmerzgrenze hinaus.

Offenbar hatte in Windeseile die Nachricht in der Stadt die Runde gemacht, dass sie die neue Shaba von Akrania werden würde. Einige wenige schienen das für einen geschickten Zug von ihr zu halten, mit dem sie Einfluss gewinnen wollte, um etwas für ihr Land tun zu können. Die große Mehrheit der Savalgorer jedoch beschimpfte sie als eine miese Verräterin, die mit dem Feind gemeinsame Sache machte. Es trieb Leandra zu Tränen, so etwas zu hören.

»Mach dir nichts draus«, flüsterte ihr Victor zu, als er ihr an diesem Morgen half, ihre Habe in die Shabagemächer zu tragen. »Wir werden es ihnen allen mit einem Paukenschlag zeigen, wenn wir erst einmal von hier verschwinden! Die werden sich noch wundern!«

Sie hoffte nur, dass ihnen die Flucht auch tatsächlich gelang. »Eine Geburtstagsfeier!«, sagte sie leise. »Ich werde eine Geburtstagsfeier veranstalten!«

»Du hast Geburtstag?«, fragte er. »Aber du hast doch …«

»Nicht ich. Cathryn. Sie wird genau dann Geburtstag haben, wenn wir so weit sind. Dann gelingt es vielleicht, uns alle bei mir zu versammeln.«

Er zwinkerte ihr zu. »Fabelhafte Idee! Könnte von mir sein!«

»Angeber!« Sie sah sich um, aber es war niemand in

der Nähe. »Haben Azrani und Marina ihn schon gefunden – den Geheimgang?«

Er schüttelte den Kopf. »Nein.«

Leandra schnaufte leise. »Sie suchen ihn nun schon
seit neun Tagen!«

»Mach dich lieber darauf gefasst, dass das noch
dauern wird. Wenn er nicht wirklich gut versteckt ist,
ist er als Geheimgang keinen Hosenknopf wert. Eher
noch findest du ihn selbst – von deinen neuen Zimmern aus.«

»Ich hoffe nur, es gibt ihn wirklich.«

Er nickte entschlossen. »Es *gibt* ihn – verlass dich
drauf!«

Bald darauf kam Rasnor hereinspaziert und Victor
verschwand wortlos. Rasnor schien bestens gelaunt. Er
schlenderte umher und fragte nach diesem und jenem.
Seine Zeit der Selbstzweifel schien er hinter sich gelassen zu haben und das machte ihn Leandra nur um
so unangenehmer. Immerhin hatte sie sich mithilfe Victors kluger Planung einen glaubwürdigen Abstand zu
Rasnor geschaffen. Sie konnte ihn von oben herab
behandeln, mit Misstrauen und Zurückweisung, während er sich in der schönen Gewissheit suhlte, dass
ihm der erste und wichtigste Schritt zu ihrem Herzen
gelungen war und alles andere nur noch eine Frage der
Zeit sein konnte. So gesehen befand sich Leandra derzeit in einer guten Position. Nur würde sie diese leider
nicht ewig halten können.

Kaum hatte Rasnor sie verlassen, machte sie sich zusammen mit Cathryn auf die Suche.

Sie nannte nun sechs riesige Zimmer ihr Eigen, dazu
kamen noch eine kleine Vorhalle, zwei großzügige
Bäder mit dem Luxus fließenden warmen Wassers und
mehrere begehbare Kammern, in denen sie unzählige
kostbare Kleidungsstücke in allen Größen fand. Die
Räumlichkeiten waren weitläufig, es gab eine Menge

Nischen, Erker, Winkel und Vorsprünge, ganz abgesehen von vielen schweren Möbelstücken, Wandbildern, Gobelins und Teppichen. Nach einer ersten kurzen Suche holte sie Cathryn zu sich und sagte: »Wir müssen planvoll vorgehen, Trinchen. Jede von uns nimmt sich einen Raum vor und sucht ihn von Norden nach Süden Handbreit für Handbreit ab. Und anschließend kontrollieren wir uns gegenseitig, ja?«

Für Cathryn war es ein Spiel und sie stimmte begeistert zu. Leandra war unendlich froh, dass ihre Schwester das Halsband nicht mehr trug. Sie fuhren mit ihrer Suche fort.

Am Abend hatten sie alle sechs Räume durchkämmt, nur von Mahlzeiten unterbrochen, und hatten nicht den kleinsten Anhaltspunkt gefunden. Ihre eigenen magischen Sinne wie auch die Sardins hatten Leandra nicht helfen können. Rasnor fragte sie beim Abendessen gut gelaunt, was sie denn in den neuen Gemächern so treiben würden. Sie gab ihm unverfängliche Antworten. Für morgen und übermorgen, kündigte er an, wäre er für die Drakken unterwegs. Er wollte wissen, ob sie Lust hätte, ihn zu begleiten.

Leandra spielte kurz mit dem Gedanken, ihm Cathryn mitzugeben, um ihm damit ein gewisses Vertrauen zu suggerieren, aber sie kam davon wieder ab. Cathryn hasste ihn und es würde für sie eine Qual sein. Sie dankte ihm und sagte, sie wolle die Zeit seiner Abwesenheit nutzen, um sich neu einzurichten und sich einen Plan für ein neues Aufgabengebiet zu machen.

Das interessierte ihn. Sie nannte ihm ein paar Dinge, die ihr spontan einfielen. Ein Heim für Waisenkinder aus der Zeit des Drakkenüberfalls, ein erster Entwurf für Verhandlungen bezüglich des Staubs der Bergwerke und ähnliche Dinge mehr. Rasnor zeigte sich zufrieden.

Am Abend begannen sie ihre Suche neu, diesmal gründlicher, und setzten sie am nächsten Morgen fort. Aber sie hatten wieder keinen Erfolg. Es gab zwar einige Stellen, an denen Leandra einen Verdacht hegte, aber weiter kam sie nicht. Es war einfach nichts zu finden. Sie hätte viel dafür gegeben, Victor bei sich zu haben, denn sein scharfer Verstand und seine Kombinationsgabe hätten ihr vielleicht weiterhelfen können, aber Rasnor hatte für die Zeit seiner Abwesenheit den Kontakt seiner *Gäste* untereinander strikt verboten. Als er nach drei Tagen von seiner Reise zurückkehrte, fehlte ihnen noch immer jegliche Spur.

# 38 ◆ Drei Engel

Irgendwann in der folgenden Nacht wachte Leandra auf. Sie wusste sofort, dass jemand da war.

Ein nächtlicher Besucher befand sich in ihrem Schlafzimmer; ein kühler Hauch hatte sich ausgebreitet. Ihr Hirn benötigte nur Augenblicke, um zu begreifen, dass dieser Hauch von einer offenen Tür stammen musste, von einer, hinter der es kühl gewesen war. Als sie dann die dunkle Gestalt vor ihrem Bett stehen sah, wusste sie, dass es soweit war.

Er war gekommen.

Gekommen, um sein Recht einzufordern, mit dem sie ihn geködert hatte. Er würde in ihr Bett wollen, und ganz sicher nicht, um bewegungslos neben ihr liegen zu bleiben.

Leandra wurde schlecht. Wie weit konnte eine Frau gehen, um ihre einzige Hoffnung auf Freiheit zu wahren? Konnte sie sich einem Mann hingeben, bei dem die Worte Abscheu, Verachtung und Ekel nur wie lächerliche Versuche anmuteten, einen geradezu monströsen Widerwillen in Worte zu kleiden? Sie kniff die Augenlider zusammen und sagte sich, dass sie es nicht schaffen würde. Nein, sie würde *kotzen* müssen – mitten in sein widerwärtiges Verrätergesicht hinein. So etwas würde sie niemals fertig bringen, selbst wenn es den Untergang ihrer Welt bedeutete.

»Leandra?«

Sie zuckte zusammen.

Die Stimme war leise gewesen, aber sie hatte sie auf

der Stelle erkannt. Augenblicke später saß sie aufrecht im Bett – dem breiten Bett der Shaba, in dem auch Cathryn schlief, mehr als eine Armlänge entfernt von ihr. Ihre kleine Schwester erwachte von der heftigen Bewegung und stieß ein leises Seufzen aus.

Leandra konnte es nicht glauben. »*Roya?*«

»Ja, ich bin's«, kam es kaum hörbar zurück. »Wer … wer ist da neben dir?«

Leandra glaubte, ihr Herz würde gleich platzen. Sie hätte am liebsten Royas Namen geschrien, hätte über sie herfallen und sie drücken und küssen wollen. Doch Augenblicke später kam ihr der teuflische Verdacht, sie würde nur träumen. Wo, in aller Welt, sollte Roya herkommen?

Verzweifelt blickte sie zwischen Cathryn, die sich eben aufrichtete, und dem Schatten vor ihrem Bett hin und her und wusste nicht, was sie tun sollte. Sie rechnete ernstlich damit, dass im nächsten Moment der Traum zerplatzen und sie aufwachen würde.

»Leandra, was ist? Ich bin's!«, sagte der Schatten. Dann kam er näher, Arme schlangen sich um sie, sie spürte Royas weiche Haare, ihren Duft, ihre warme Haut. Als dieses unfassbare Wesen dann plötzlich neben ihr im Bett lag, sie fest an sich drückte und dabei Leandra schmerzhaft die Hand abknickte, begann sie wirklich zu glauben, dass sie nicht nur träumte. Es war tatsächlich Roya, und wenn es Magie in dieser Welt gab, dann war sie in Augenblicken wie diesem gegenwärtig und nicht in Gestalt irgendeines dummen, schwebenden Lichts in der Luft oder dergleichen.

»Wer bist denn *du*?«, fragte Roya und fuhr Cathryn, die ebenso verwirrt wie auch neugierig herangekrabbelt war, mit den Fingern durch den üppigen Lockenschopf. Nur durch die Fensterreihe im Nebenraum fiel ein wenig graues Nachtlicht herein – mehr als Konturen waren nicht auszumachen.

»Ich weiß, wer *du* bist!«, war Cathryns Stimmchen zu hören. »Du bist Roya!«

»Ja. Aber ich kenne *dich* nicht!«, erwiderte Roya.

Leandra war endlich so weit, das Unfassbare zu akzeptieren. Sie umarmte Roya, die ihr nun den Rücken zuwandte, stürmisch von hinten und küsste sie auf den Hals. Roya kämpfte sich leise lachend frei. Leandra sprang auf, eilte ins Nebenzimmer, wo sie Kerzen wusste. Sie entzündete eine an der Glut des heruntergebrannten Kaminfeuers und kehrte gleich darauf zurück.

»Tatsächlich! Du bist es!«, sagte sie. Sie setzte sich neben sie aufs Bett und hielt die Kerze hoch. »Warst du immer schon so hübsch?«

Roya nahm ihr lächelnd die Kerze aus der Hand. »Danke für die Blumen«, erwiderte sie. Dann aber, als sie Leandra musterte, legte sich ihre Stirn in Falten. »Ich sag's nicht gern, aber *du* hast schon mal besser ausgesehen.«

Leandra seufzte. »Die letzte Zeit war manchmal … etwas schwierig.« Sie streckte die Hand nach Roya aus, immer noch ein wenig ungläubig über dieses Wunder, und fuhr fort: »Aber jetzt, wo du hier bist, habe ich Hoffnung. Wo, in aller Welt, kommst du nur her?«

»Zuerst eine Frage«, erwiderte Roya zögernd. »Du … bist doch nicht wirklich Rasnors Geliebte, oder?«

»Bei allen Dämonen, nein!« Sie hatte beinahe vor Zorn aufgeschrieen und dämpfte sofort wieder ihre Stimme. »Das ist nur ein Trick, eine Täuschung! Damit wir hier in diese Shaba-Gemächer einziehen durften. Hier soll es einen geheimen Fluchttunnel geben. Aber … verdammt, wir suchen ihn nun seit Tagen verzweifelt und können ihn nicht finden!«

Roya deutete zur Tür hinaus. »Er ist gleich dort drüben, im Waschzimmer, unter der großen Steinwanne. Man kriegt ihn nur auf, wenn man eine geheime Zahl kennt, die man auf so einer Metalltafel einstellen muss. Wie es von hier innen geht, weiß ich nicht.«

Leandra starrte hinaus, dann wieder zu Roya und noch einmal hinaus. »Du ... du bist durch den *Geheimgang* gekommen?«

Roya zog die Beine an und setzte sich genau zwischen Leandra und Cathryn. Sie setzte ihr typisches, spitzbübisches Grinsen auf. »Genau! Azrani und Marina stehen draußen Schmiere.« Sie deutete in Richtung Tür.

Leandra wandte den Kopf und plötzlich standen Azrani und Marina dort. Sie winkten ihr grinsend und kamen herein.

Leandra lachte vergnügt auf. Inzwischen kam ihr dies alles wie ein effektvoll einstudierter Auftritt vor. Das passte zu Roya. Sie hätte jauchzen können vor Freude. Sie erhob sich, begrüßte die beiden mit einer Umarmung. Azrani, die inzwischen nur noch schulterlange Haare hatte, trug heute einen ungleich selbstbewussteren Gesichtsausdruck als damals in Guldors Hurenhaus. Sie strahlte Leandra geradezu an. Marina, dunkelhaarig mit einem Pferdeschwanz, hoch gewachsen und schmal, wirkte ebenso wie Azrani voller neuer Energie. Leandra überkam die plötzliche Empfindung, dass ihr im Augenblick niemand auf der Welt mehr Zuversicht hätte bringen können als ihre alten Freundinnen von damals. Es fehlten nur noch Hellami und Alina.

Mit einem erleichterten Seufzen setzte sie sich wieder. Cathryn krabbelte aufgeregt zu ihr und schmiegte sich fest an sie, während die drei ihre Geschichte zu erzählen begannen. Sie klang für Leandras Ohren beinahe wie ein Märchen.

Roya begann mit Alinas Flucht und berichtete bis hin zu dem Tag, an dem sie mit Marko und Izeban in Malangoor eingetroffen war. Anschließend erzählte sie ihre eigene Geschichte, einschließlich der Gründung des Dorfes Malangoor und dem Bau des *Windhauses,* und schloss ihren Bericht mit der Reise nach Bor Akramoria, wo sie und Alina Ulfa getroffen hatten. Azrani und Marina berichteten, wie Roya sie in den Katakomben gefunden hatte, und erzählten von ihrer gemeinsamen Suche nach dem Geheimgang.

»Unfassbar!«, stieß Leandra zuletzt hervor. »Ihr habt ein Dorf und einen Widerstand gegen die Drakken aufgebaut – und ihr wart sogar bei Ulfa!«

Es war den dreien anzusehen, dass sie stolz waren. Stolz auf ihre eigenen Taten, aber auch auf das, was andere geleistet hatten, wie Marko, Izeban, und in besonderem Maße Alina. Und dass sie jetzt gekommen waren, um sie, Leandra, zu befreien, war geradezu unglaublich. Sie sagte ihnen das.

Roya wirkte verlegen. »Nun ja, eigentlich wollen wir dich gar nicht befreien«, sagte sie.

Sie zog erstaunt die Brauen hoch. »Nicht?«

»Nein, Leandra. Wir brauchen deine Hilfe!«

Leandra legte den Kopf schief. »Nun bin ich aber gespannt!«

»Dass uns die Drachen helfen werden, weißt du ja jetzt. Aber da ist noch dieses Mutterschiff. Marko hat uns erzählt, dass du schon dort warst.«

»Das Mutterschiff? Ja, natürlich – stimmt. Rasnor nahm mich mit.« Sie schüttelte bedauernd den Kopf. »Roya, es ist einfach gigantisch. Seit diesem Ausflug weiß ich, dass wir gegen die Drakken im Grund nichts ausrichten können. Es tut mir Leid, aber ich wüsste nicht, wie ich euch da helfen sollte. Falls es *das* ist, was ihr von mir wollt.«

»Hör erst mal zu. Wir haben etwas ganz Unglaubliches über die Drakken herausgefunden – besser gesagt, Meister Izeban hat es. Der kleine Erfinder, Markos Freund. Erinnerst du dich?«

Leandra nickte. »Ja. Und was?«

»Alina hatte anfangs einen Hund dabei. Wenn er einen Drakken anbellte, starb dieser.«

Leandra stutzte. »Er starb?«

»Ja. Eine wirklich rätselhafte Sache. Aber dann wollte Izeban das Ganze genauer erforschen, und ...«

Roya erzählte ihr, was Izeban mit den Hunden und den Drakken alles angestellt hatte.

»Das mit dem Speichel dieses einen Hundes wussten wir«, erklärte sie, »aber zuletzt dauerte es noch eine lange Woche, ehe Izeban die ganze Wahrheit aufdeckte. Eine Zeit lang dachten wir, es funktionierte nur zweimal am Tag – morgens und abends!« Sie lachte leise auf. »Wir verbrauchten ganze sechseinhalb Drakken, bis wir schließlich dahinter kamen.« Leandra schnitt eine Grimasse. »Uuh ... ihr *Schlächter!*«

»Ja, stimmt. Wir mussten noch mal los, um welche zu fangen – es war ganz schön gefährlich. Aber dann haben wir es wirklich herausgefunden. Es ist das Salz!«

»Wie bitte? Das ... *Salz?*«

»Ja, eine völlig verrückte Sache. Erst nachdem die Hunde etwas gefressen hatten – morgens und abends –, funktionierte es. Izeban erklärte, dass zu diesem Zeitpunkt, nach dem Fressen, der Speichel der Hunde voller Salz sein müsste. Das käme vom Magen herauf und so.«

Leandra glotzte sie mit großen Augen an.

»Es wirkt wie ein tödliches Gift auf sie«, fuhr Roya fort. »Aber es muss mithilfe von Wasser zu ihnen transportiert werden – auf Arme oder Beine, dort, wo ihre Schuppenhaut frei liegt. Dann durchdringt es sie in Sekundenschnelle und tötet sie.«

Leandra schüttelte nur ungläubig den Kopf.

»Mit dem letzten Drakken habe ich es selbst probiert«, schloss Roya. »Ich habe ein Wurstbrot verspeist und ihm dann ins Gesicht gehustet. Er fiel tot um.« Sie kicherte.

Leandra fing an zu glucksen und vergrub ihr Gesicht in einem Kissen. Als Roya sie daraus hervorzerrte, waren ihre Augen vor Lachen tränenfeucht. »Das kann doch nicht wahr sein!«, kicherte sie hilflos. »Salz kann einen Drakken töten? Diese unbesiegbaren Bestien ... sie sterben durch ein Tröpfchen Spucke, in dem Salz ist?«

»Nur nach dem Essen«, grinste Roya. »Du kennst doch ihre Anzüge – diese Körperpanzer, nicht? Das sind gar keine Rüstungen, sondern Wetterschalen!«

»Wetterschalen?«

»Haben wir erfunden, den Begriff. Sie schleppen ihr eigenes Wetter mit sich herum. In den Schalen herrschen eine bestimmte Temperatur, Feuchtigkeit und Druck. Sie brauchen das offenbar, um hier leben zu können.«

Leandra nickte. »Ja, ich weiß. Ich war auf ihrem Schiff. Dort herrscht überall so ein ... Wetter.«

Roya erschauerte. »Wirklich?«

Leandra nickte mit hochgezogenen Brauen.

Roya nahm Leandras Hände. »Sie tragen in ihrem Schiff also ... nicht diese Panzer?«

Leandra schüttelte den Kopf. »Nein.«

Roya keuchte. »Dann ist es also wahr! Genau das hat Meister Izeban vorausgesagt! Er war bereit zu wetten, dass die Drakken dort, wo sie lebten, überall solch ein Wetter hätten! Dass sie dort nicht solche Panzer trügen!«

»Ja stimmt. Was bringt dich dabei so aus der Fassung?«

»Und ... ihre Luft ist da sehr feucht? Und es ist warm?«, wollte Roya wissen.

»Ja, und drückend. Es ist furchtbar dort. Ich hab mich halb tot geschwitzt. Man möchte am liebsten nackt herumlaufen. Nun sag schon endlich, was das bedeutet!«

Roya sah sich plötzlich unsicher um, rückte an Leandra und Cathryn heran und flüsterte: »In so einem Schiff scheint keine Sonne, verstehst du? So ein Wetter muss irgendwie hergestellt werden! Weißt du, was das bedeutet?«

Leandra starrte sie eine Weile an und schüttelte den Kopf. Sie verstand immer noch nicht.

*

Rasnor war erstaunt. »Dass du plötzlich so viel Vertrauen zu mir hast?«, meinte er fragend.

Leandra schüttelte den Kopf. »Das hat damit nichts zu tun. Ich meine … ich bin dir natürlich dankbar, dass du Cathryn dieses Halsband hast abnehmen lassen. Aber was Roya, Azrani und Marina angeht – ich möchte einfach, dass sie in Sicherheit sind.«

Er hob die Achseln. »Und diesen Geheimgang lieferst du mir gleich mit? Ich staune wirklich!«

»Wir müssen einander vertrauen lernen«, sagte sie. »Die drei hatten vor, irgendetwas Verrücktes gegen dich und die Drakken zu unternehmen, aber das würde nur schlimm enden. Ich mache mir furchtbare Sorgen um sie.« Sie setzte eine flehentliche Miene auf. »Rasnor, ich möchte dich um etwas bitten.«

Er zog die Brauen hoch.

»Ich … ich wollte dich fragen, ob sie bei mir bleiben dürfen.«

Er versteifte sich. »Bei dir?«

»Ja. Diese Gemächer sind so riesig … sechs Zimmer und zahllose Nebenräume und … Na ja, ich habe doch vor, etwas für Savalgor zu tun. Du weißt schon, das Waisenhaus und so. Und diese Sache mit dem Staub. Sie könnten mir dabei helfen.«

Sein Gesicht spiegelte plötzliches Misstrauen. Er rückte von ihr weg. »Das … das ist doch ein *Trick!*«

Sie schüttelte heftig den Kopf. »Nein, nein! Wirklich nicht! Was sollen wir schon tun?« Sie hob die Achseln. »Ich meine … sogar *ich* habe es inzwischen begriffen. Die Drakken sind uns einfach überlegen!«

Er schnaufte ungemütlich. Es war deutlich zu sehen, dass ihm diese Idee überhaupt nicht behagte. Doch dann wurde Leandra mit Schrecken klar, dass ihn etwas ganz anderes störte: Sein eigentliches Problem lag darin, dass er sie, Leandra, dann nicht mehr für sich allein hätte!

»Du … du wolltest doch immer Freunde haben, oder?«, suchte sie verzweifelt nach einer Ausrede. »Nun kannst du gleich vier haben – vier Freundinnen! Gleich auf der anderen Seite des Ganges!«

Seine Züge entspannten sich immer noch nicht.

»Kennst du eigentlich Azrani und Marina schon?«

Er schüttelte den Kopf.

»Du wirst sie mögen!« Sie versuchte ein Lächeln. Innerlich aber fluchte sie in sich hinein. Sie hatte nicht genügend nachgedacht und war auf dem besten Weg, alles zu verderben.

Er stand auf und schüttelte entschieden den Kopf. »Nein, Leandra. Das mache ich nicht. Vier von euch auf einem Fleck? Das ist mir zu gefährlich! Die Drakken dürften es niemals erfahren. Sie haben von mir verlangt, euch alle voneinander zu trennen.«

»Aber hier, in diesem Stockwerk – da sind doch gar keine mehr! Sie würden es gar nicht merken!«

Er schüttelte nach wie vor den Kopf. »Trotzdem! So gern ich dich mag – es fehlt noch viel, bis ich solches Vertrauen zu dir habe! Ihr müsst da raus, aus diesen Shabagemächern – alle vier!«

Leandra wurde blass. Sie stand ebenfalls auf. »Da raus? Wir alle?«

»Was soll ich denn machen?«, rief er aufgebracht und warf die Arme in die Luft. »Jetzt, wo du mir von diesem Geheimgang erzählt hast. Ihr könntet fliehen.«

Sie fühlte, wie ihr schlecht wurde. Vorhin, als sie zu Rasnor aufgebrochen war, hatte sie gegenüber Roya, Azrani und Marina behauptet, sie könnte Rasnor *zu allem* bringen, sie hätte ihn völlig in der Hand. Und nun stand sie da, hatte den Geheimgang verraten und ihm ihre drei Freundinnen ausgeliefert! Sie sank auf ihrem Stuhl zusammen und schlug die Hände vors Gesicht.

»Na, na, was ist denn los!«, sagte er brüsk. »Ich werde euch nicht gleich an die entgegengesetzten Enden der Welt verstreuen! Ihr könnt euch meinetwegen hin und wieder sehen.«

Leandras Verzweiflung war echt. Sie hatte alles verdorben. »Sie werden mich in der Luft zerreißen, wenn sie es erfahren!«

»Warum denn das?«, fragte er gereizt. »Mit so etwas mussten sie doch rechnen! Schließlich sind wir keine alten Freunde!«

Sie schniefte. »Ich hatte es ihnen noch gar nicht gesagt.«

Er ließ sich wieder in seinen Stuhl fallen. »Du meinst – sie wussten nicht, dass du sie an mich verraten würdest?«

Das Wort ›verraten‹ versetzte ihr einen Stich. Aber sie nickte. Diese kleine, spontane Idee schien ihr eine Winzigkeit Luft zu verschaffen. Sie dachte verzweifelt nach.

Rasnor kam ihr zuvor. Ihr Kummer schien ihn zu bewegen. »Also gut, ich ...« Hoffnungsvoll blickte sie zu ihm auf. Er zuckte mit den Achseln. »Was sollen wir tun? Irgendwann musst du es ihnen sagen!«

»Gib mir ... Zeit!«, bat sie. »Zwei, drei Tage! Dann versuche ich sie zu überreden. Danach kannst du uns ja immer noch woandershin verlegen lassen oder uns trennen!«

»Und dieser Geheimgang? Ihr könntet fliehen!«

Leandras Gedanken rasten. Nun durfte ihr kein Fehler mehr unterlaufen. »Nun vergiss doch endlich diesen Geheimgang! Hätte ich ihn dir verraten, wenn wir fliehen wollten?«

Ihr Argument hinterließ eine gewisse Wirkung, das sah sie seinen Zügen an. Aber überzeugt war er noch nicht. Dann jedoch fiel ihr ein, wie sie es schaffen konnte. Sie rückte ein Stück auf dem Stuhl vor und beugte sich in seine Richtung, um leiser reden zu können. »Im Gegenteil, Rasnor – es ist wichtig, dass du ihn offen lässt! Wenn du ihn jetzt zumachst, wissen sie, was los ist!«

»Aber … dann könnt ihr hinaus!«, entgegnete er entrüstet. »Wann immer ihr wollt!«

Sie setzte ein verzweifeltes Gesicht auf. »Ja doch – das können wir. Aber darum geht es doch gar nicht! Ich will die drei ja *hier* haben, damit sie in Sicherheit sind!« Sie sah ihn flehentlich an. »Gib mir ein paar Tage! Ich verspreche dir, sie werden nicht fliehen – und ich auch nicht! Ich schwöre es!«

Er stieß ein gequältes Seufzen aus.

Leandra hatte nicht einmal gelogen – sie würden tatsächlich nicht fliehen. »Schau mal: ich und die Mädchen – wir haben miteinander gekämpft. Tue es mir nicht an, jetzt vor ihnen wie eine Verräterin dazustehen! Ich wollte doch nur, dass sie in Sicherheit sind!«

Er blickte sie noch einmal kurz von der Seite her an und erhob sich dann abrupt. »Also gut! Ich weiß nicht, welcher Dämon mich reitet, dir zu vertrauen. Ich weiß, dass du durchtrieben bist!« Er drohte ihr mit dem Zeigefinger. »Wehe dir, du hintergehst mich!«

Leandra atmete auf.

»Zwei Tage, nicht mehr!«, maulte er sie an. »In dieser Zeit musst du es schaffen! Und währenddessen: keinerlei Treffen mit deinen anderen Freunden, hörst du? Nicht mit Victor, nicht mit Munuel oder sonst jemandem! Von dir selbst verlange ich, hier zu bleiben. Der Geheimgang ist für dich tabu. Ich werde dich kontrollieren kommen – und zwar oft. Auch nachts! Wenn du nur einmal nicht da bist, hetze ich euch ein Drakkenregiment hinterher! Und sollte auch nur eine von ihnen verschwinden, hat deine Schwester auf der Stelle ihr Halsband wieder. Und du bekommst auch eines! Haben wir uns verstanden?« …

Mit pochendem Herzen zählte Leandra während Rasnors Rede all die Einschränkungen auf, die er aussprach. Sie waren wie Hammerschläge und stauchten das noch glühende Eisen ihres Plans zusammen. Bei jedem Schlag überlegte sie, ob ihr Vorhaben noch durchführbar blieb. Zum Schluss saß sie da wie durchgewalkt, hatte aber noch immer das vage Gefühl, dass es klappen könnte. »Gut!«, keuchte sie und erhob sich.

Er stemmte die Fäuste in die Seiten. »Du bist einverstanden?«

Leandra nickte. »Ja, Rasnor. Danke.« Sie drehte sich auf dem Absatz um und suchte das Weite, ehe ihr die Knie nachgaben.

Als sie seine Gemächer verlassen hatte und auf den Korridor hinaustrat, schnaufte sie, als hätte sie die Treppe zum Palastdach im Laufschritt erklommen. Soweit sie es überblicken konnte, war ihr Plan tatsächlich noch durchführbar. Es war ein gewaltiges Risiko, und sie würden eine Menge zurechtbiegen und ändern müssen. Was ihr am meisten Angst machte, war die Frist von zwei Tagen. Vielleicht würde sie Rasnor so weit bekommen, noch einen Tag hinzuzugeben, wenn sie sich *lieb* und *brav* benahmen. Aber das war genau ihre Masche. Und falls sich ihre Freundinnen nicht so dumm anstellten wie sie selbst, hatten sie eine gewisse Erfolgsaussicht. Sie eilte hinüber zur Tür der Shabagemächer.

Cathryn empfing sie in der kleinen Vorhalle mit

einem Nicken. Das war ein verabredetes Zeichen und bedeutete, dass Roya, Azrani und Marina da waren und auf sie warteten. Leandra nahm ihre kleine Schwester an der Hand und eilte durch das Empfangszimmer und ihr Schlafzimmer ins Badezimmer. Dort warteten die drei.

»Los, ihr Weiber!«, keuchte sie, nachdem sie die Tür hinter sich geschlossen hatte. »Wir haben eine Masse zu tun! Und wir werden es ganz alleine machen müssen. Außerdem haben wir nur zwei Tage Zeit. Und er wird uns dauernd kontrollieren kommen!«

Die drei starrten sie mit großen Augen an. »Noch etwas?«, fragte Roya entgeistert.

*

Rasnor kam sie tatsächlich regelmäßig besuchen.

Roya, Azrani und Marina wussten zwar, dass er kommen würde, er hingegen durfte nicht wissen, dass sie es wussten. So musste die arme Cathryn immer zum Schein Wache stehen, wenn die drei da waren. Das aber änderte sich am zweiten Tag.

In mehreren, überaus waghalsigen Aktionen hatten die drei in Savalgor all das besorgt, was sie für ihren Plan benötigten – dank der überragenden Ortskenntnis, die Marina und Azrani besaßen. Schon am Nachmittag des zweiten Tages tauchte Leandra bei Rasnor auf und erklärte ihm mit dankbarer Miene, dass der Plan geklappt hätte – es wäre ihr gelungen, ihre drei Freundinnen zu überreden. Rasnor zeigte sich zufrieden.

Klug fügte sie hinzu, dass Roya nur schwer umzustimmen gewesen sei – sie hatten im Geheimen verabredet, dass Roya die Widerspenstige spielen sollte; so ein kleiner Kontrapunkt, meinte Leandra, mache die Sache nur umso glaubwürdiger. Azrani und Marina hingegen sollten sich auf eine leicht zurückhaltende Weise zuckersüß geben. Denn es gab eine entscheidend wichtige Angelegenheit, zu der sie Rasnor erst noch überreden mussten.

Am Abend des zweiten Tages saßen sie dann gemeinsam in Rasnors Gemächern und schlürften entspannt einen herbsüßen Likör, den er hatte bringen lassen. Azrani und Marina hatten ihm bereits eine Stunde lang in naiv-schwärmerischem Tonfall vorgetragen, wie wunderbar sie es fänden, in dieser schrecklichen Situation nun doch etwas für das Volk tun zu können. Ein Waisenhaus – das wäre sicher eine wundervolle Sache. Rasnor hatte Leandra mehrfach strapazierte Blicke zugeworfen, die Leandra in gleicher Weise zurück warf – ihm wohlwollendes Verständnis signalisierend. Trotzdem schien er die beiden hinreißend zu finden. Roya blieb verabredungsgemäß bei finsteren Blicken und abfälligen Bemerkungen, doch sie hatte sich aus dem Kleiderfundus der Shabagemächer bedient und trug nun etwas, das ihren jungen, schlanken Körper vortrefflich betonte, und Rasnor konnte trotz der zwischen ihm und Roya herrschenden Zwietracht seine Blicke nicht bei sich halten. Sie hatten wahrhaft alle Register weiblicher Tücke gezogen und Rasnor fühlte sich erwartungsgemäß wie der Hahn im Korb.

»Wie habt ihr es nur geschafft«, fragte er wohlwollend, »euch so lange Zeit in den Katakomben zu verstecken? Die Drakken müssen dort unten inzwischen jeden Winkel durchforstet haben!«

»Sie sind nicht sonderlich schlau«, winkte Marina ab. »Ihre kleinen Zelte sind zwar ganz nett, aber …«

»Ganz nett?«, lachte Rasnor auf. »Da habt ihr aber noch nicht viel gesehen! Diese … *kleinen Zelte* … und Flugschiffe hier in Savalgor sind längst nicht alles!«

Ein Schauer durchströmte Leandra. »Das stimmt«,

mischte sie sich beflissen ein. »Diese Stadt auf der Säuleninsel ...!«

Rasnor blickte kurz zu ihr, dann wieder zu Marina. Er schien sie zu mögen. »Leandra hat Recht. *Die* müsstet ihr erst mal sehen! Sie ist gewaltig!« Er hob die Hände zu einer beschreibenden Geste.

Leandra, die ein kleines Stück schräg hinter Rasnor saß, nickte Marina heftig zu. Marina sah es.

»Wirklich?«, flötete sie. Auch Azrani rührte sich und setzte ein interessiertes Gesicht auf.

»Aber ja!«, rief Rasnor froh. »Sie haben gewaltige Maschinen, Fahrzeuge. Über ihrer Stadt schwebt ein riesiges Flugschiff ...!«

»... und das *große* solltet ihr erst einmal sehen!«, fiel ihm Leandra ins Wort.

Rasnor wandte kurz den Kopf und strahlte sie an. »Ja, richtig! Das Mutterschiff – dort draußen in All!« Er deutete in die Höhe.

Marina legte den Kopf ein wenig schief und hob die Achseln. »Kann man das denn *sehen*?« Ihre Geste war die vollkommene Anmut und sie sah einfach hinreißend aus.

Jetzt war der Moment da! »Ich war schon dort!«, platzte Leandra heraus.

Marina wusste es längst. »*Duuu*?«, machte sie mit großen Augen.

Leandra hätte fast losgelacht. Ihr fiel wieder ein, wie Marina damals dem verblüfften Guldor erklärt hatte, dass Roya schwanger wäre. Sie konnte das wirklich.

»Ja«, sagte Leandra fröhlich. »Er hat mich mitgenommen. Es war ... beeindruckend.« Beinahe hätte sie *toll* gesagt, doch das wäre eine Nuance zu viel gewesen. Sie mussten höllisch aufpassen.

Rasnor starrte Leandra unschlüssig an. Sie dachte schon, er hätte es gemerkt. Aber dann entspannten sich seine Züge und er wandte sich Marina wieder zu. »Wisst ihr was?«, fragte er und hob die Arme. Leandra hielt die Luft an. »Warum machen wir nicht alle zusammen einen gemeinsamen Ausflug auf das große Schiff der Drakken? So wie ich mit Leandra?«

»Das geht?«, keuchte Marina.

»Ja doch!«, sagte Rasnor frohgemut. »Wie wäre es … Ende nächster Woche?«

»Nächste Woche?«, fragte Marina, um einen Tick weniger begeistert als zuvor.

Rasnor zuckte mit den Achseln. »Ich habe in den kommenden Tagen viel zu tun. Aber«, er dachte kurz nach, »nun – wir könnten es auch … übermorgen machen.«

Marina klatschte in die Hände und hüpfte auf ihrem Sessel ein Stück in die Höhe. »Das wäre … *toll!*«, rief sie aus.

Leandra war den Tränen nahe. Bei ihr passte das *toll*. Marina machte ihre Sache einfach fabelhaft.

»Und wir können alle mit?«, fragte Azrani.

»Natürlich! Ich bin ein hoher Offizier bei den Drakken. Ich kann jederzeit auf ihr Schiff, und ein paar Gäste mitzubringen – das ist kein Problem. Besonders …«, fügte er mit einem Augenzwinkern hinzu, »wenn es so *hübsche* sind!«

Leandra schnitt eine Grimasse, die er nicht sah. Als er strahlend den Kopf wandte und zu ihr blickte, warfen ihr die anderen drei *ihre* Grimassen zu. *Verdammt, was sind wir für abgebrühte Gören*, dachte sie und grinste ihn an.

*

»Wisst ihr eigentlich«, sagte Leandra zu Azrani und Marina, »dass ihr wirklich zwei Engel seid? Immer wenn es brannte, seid ihr da gewesen. Jedes Mal, wenn wir an einem toten Punkt ankamen, wart ihr beiden zur Stelle! Das mit Rasnor habt ihr einfach sagenhaft hingekriegt!«

Azrani strahlte und die einst so verschlossene Marina grinste breit. »Nett, dass du das sagst«, erwiderte sie.

Leandra knöpfte ihre Bluse auf. »Damals, bei unserer Flucht aus dem *Roten Ochsen*«, zählte sie auf, »später, als wir die Katakomben unter der Stadt erforschen mussten, und dann, als ich durch diese Röhre floh. Und jetzt seid ihr wieder da! Es ist einfach …«

»Warte mal«, unterbrach Roya sie und trat zu Leandra. »Was hast du da?«

Leandra, die gerade ihre *neuen Kleider* anprobieren wollte, blickte an sich herab. Roya hatte auf ihre rechte Brust gedeutet. Sie erschrak ein wenig, als sie dort schwache blaue Flecken entdeckte. Sie entledigte sich ihrer Bluse und trat mit nacktem Oberkörper nach rechts vor einen Spiegel – ein Luxusobjekt, wie es ihn in dieser Größe sicher nur im Badezimmer einer Shaba gab.

Azrani und Marina ließen die Kleidungsstücke sinken, die sie gerade sortierten, und traten ebenfalls hinzu. Der Spiegel bestand aus poliertem Metall, und das Bild, das er von Leandra zurückwarf, war nicht wirklich scharf. Aber sie konnte sehen, das ihr rechtes Körperdrittel von schwachen bläulichen, grünlichen und orangefarbenen Flecken überdeckt war – von der Schulter über die Brust bis hinab zur Gürtellinie. Sie erschrak.

»Was ist *das*?«, keuchte sie entsetzt.

Spontan fiel ihr Sardin ein, ihre Kopfschmerzen, diese verteufelte Magie und all die grotesken und seltsamen Dinge, die sie hatte erleiden und erdulden müssen. Für Momente hätte sie es am liebsten aus sich heraus geheult – das ganze Elend, das ihr widerfahren war.

*Sardin!*, rief sie verzweifelt in sich hinein. *Was ist das wieder für eine Teufelei?*

Dieses Mal antwortete er sofort. *Ich weiß es nicht, Leandra.*

*Natürlich weißt du es! Willst du mich jetzt auch noch entstellen?*

*Ich schwöre dir – ich weiß nicht, was das ist!*

Sie keuchte leise. Konnte es sein, dass er von ihrem Körper überhaupt nichts wusste? Dass sie wenigstens in dieser Sache für sich allein war? Sie tastete verwirrt über ihre Brust. Die Flecken waren schwach, aber sicher nicht erst seit heute da. Sie hatte sich lange nicht mehr in einem Spiegel betrachtet.

*Es scheint mir, als besäßen sie ein … Muster,* sagte Sardin.

Nun war es ihr egal, sollte er sich an ihrem Anblick ergötzen oder nicht – sie riss den Gürtel ihrer Hose auf und entkleidete sich, bis sie nackt und mit pochendem Herzen vor dem Spiegel stand. Die Flecken zogen sich ihre rechte Seite herab bis zur Hüfte, strebten dann in Richtung ihrer Scham und verschwanden dort.

»Leandra«, hörte sie.

Sie wandte sich um. Alle drei Mädchen standen da und starrten sie und ihr Spiegelbild betroffen an. »Ich … ich habe das auch«, sagte Azrani und deutete auf Marina. »Und sie ebenfalls.«

Leandra starrte sie verwirrt an. »Ihr … habt das *auch?*«

Sie nickten.

Leandra blickte zu Roya, so als erwartete sie, das Gleiche von ihr zu hören. Roya ächzte und fummelte aufgeregt an ihrer Jacke herum. Sie öffnete sie, streifte sich in einem Ruck ihre hellblaue Tunika bis zum Hals herauf und blickte an sich herab. Auf ihrem Oberkörper war jedoch nichts von irgendwelchen Flecken zu sehen. Roya stieß ein erleichtertes Seufzen aus.

»Was ist das?«, fragte Leandra voller Elend. »Eine Krankheit?«

Azrani und Marina sahen sich an. Ihre Blicke waren eine seltsame Mischung aus Bedauern und … *wehmütiger Leidenschaft* – wie Leandra verwirrt feststellte. Marina schüttelte den Kopf. »Nein, eine Krankheit ist es nicht gerade«, sagte sie mit ihrer feinen, hellen Stimme.

Leandra hatte Tränen in den Augen. »Was, um alles in der Welt, ist es *dann?*«

Marina blickte unsicher zu Azrani, dann wieder zu ihr. »Willst du es wirklich sehen?«

»Ist es bei euch etwa … *schlimmer?*«

Azrani lachte leise auf und es klang seltsamerweise nicht unbedingt kummervoll.

Selbst Marina lächelte schwach. Dann knöpfte sie ihre Bluse auf. Wenig später folgte Azrani ihrem Beispiel. Roya trat neben Leandra. Es war nicht allzu hell in dem großen Badezimmer; es gab kein Fenster, nur ein paar Kerzen. Deswegen sahen sie es erst richtig, als die beiden sich aufrichteten und nackt vor ihnen standen.

Leandra und Roya stöhnten beide vor Verblüffung auf.

Roya trat sofort einen Schritt auf Azrani zu und fuhr ihr staunend mit den Fingerspitzen über die rechte Schulter. »Es … es ist … *wunderschön*«, stammelte sie.

Leandra bekam kaum Luft vor Schreck und Staunen. Azranis rechte Körperhälfte war mit einem Drachenmotiv überdeckt, bei Marina war es die linke. Es war wie eine Tätowierung, aber doch unendlich viel feiner und längst nicht so deutlich. Was sie sah, erinnerte sie an alte, kunstvolle Malereien aus dem Inselreich von Chjant, weit im Osten, wo man die Kunst der Körpermalerei beherrschte. Es waren feine, blasse Linien unter der Haut, von sehr dezenter Färbung, aber dennoch erstaunlicher Farbenpracht. Wenn man nicht genau hinblickte, mochte man es vielleicht sogar übersehen. Ein aufmerksamer Blick jedoch offenbarte ein Bild von überwältigender Fülle, Feinheit und Kunstfertigkeit.

Leandra nahm eine Kerze und tat einen Schritt auf Azrani zu. Sie war die kleinere der beiden; ihr Körperbild begann am Hals, wo sich eine schlanke, mit einer Feueraura verzierte Drachenschwinge über die Schulter bis in ihren Nacken dahinzog. Über ihre rechte Brust erstreckte sich eine Drachenklaue, und sie war so gut platziert, dass sie Azranis Brüste noch einmal um eine wundervolle Winzigkeit verschönerte. Eine andere Klaue fand einen anmutigen Bogen über ihre Schulter. Über Azranis schlanke Taille und ihre rechte Seite wand sich der Körper des Drachen, verbrämt von allerlei angedeuteten Klauen, Hörnern und Flammenzungen. Über die Seite bis hin zum rechten Teil ihres Rückens erstreckte sich die andere Drachenschwinge, ebenfalls von reichen Verzierungen umgeben. Unterhalb Azranis Nabel endete der Drachenkörper und lief in einen verwundenen Schweif aus, der ihre ganze rechte Hüfte einnahm und zwischen den Beinen verschwand. Sie trug keine Schambehaarung, bei Marina war es ebenso. Der kleine Schlitz ihres Geschlechts lag wie ein zartes Versprechen mitten im verschwindenden Ende des Drachenschweifes.

Leandras Herz pochte. *Das darf kein Mann sehen*, dachte sie. Sie hatte Azrani immer für ein sehr hübsches Mädchen gehalten und hatte es ihr damals, in Guldors Gefangenschaft, schon gesagt, als sie noch voller Selbstzweifel gewesen war. Jetzt aber, mit diesem geheimnisvollen Bild auf dem Körper, sah sie einfach atemberaubend aus. Und Marina war sogar noch schöner.

Bei ihr war es eine ganze Drachensippe, die sich auf ihrer linken Körperseite tummelte. Unterhalb des Halses öffnete ein ärgerlicher kleiner Drache fauchend seinen Rachen, über ihre linke Brust züngelten gelbe und rote Flammen, die sich bis fast zur rechten Brust hinüberzogen. Ihre Scham war von einer Drachenschwinge bedeckt, die sich wie zum Schutz über sie legte. Wie auch bei Azrani war das Bild trotz seines Farbenreichtums insgesamt blass und den Hauttönen angepasst, sodass es Marinas Körperformen nicht störte. Im Gegenteil, es unterstrich sie noch. Sie hatte volle, runde Brüste, schmale Hüften und einen verlockend geformten Schoß. All dies kam durch die Bilder nur noch schöner zur Geltung. Wer auch immer das erschaffen hatte, musste übermenschliche Kunstfertigkeit besitzen, und er hatte offenbar im Sinn gehabt, Schönes noch schöner zu machen. Nein, das war ganz sicher keine *Krankheit*.

»Wo habt ihr das her?«, fragte sie fassungslos. »Wer hat euch das gemacht?«

Sie schüttelten beide die Köpfe. »Niemand«, sagte Azrani. »Es ist von selbst entstanden. Es begann vor über einem halben Jahr. Meines war vor etwa zwei Monaten vollständig. Marinas' erst vor einem Monat.« Sie deutete auf Leandras Bauch. »Du wirst es wohl auch kriegen.«

Leandra blickte kopfschüttelnd an sich herab. »Aber woher kommt das? Von so etwas habe ich noch nie gehört!«

Roya stieß ein gequältes Seufzen aus und stellte sich vor den Spiegel. »Verdammt – ich will das auch!«, jammerte sie.

Leandra holte tief Luft. Ohne Zweifel – es sah wundervoll aus, aber sie wusste nicht, ob sie es wirklich haben wollte. Doch sie würde wahrscheinlich gar nichts mehr dagegen tun können. Sie stellte sich neben Roya, die sich mit bitter enttäuschtem Gesicht auszuziehen begann und noch näher an den Spiegel herantrat. Auf ihrer Haut war nicht das Geringste zu sehen. Auf Leandras hingegen schon. Sardin hatte gesagt, er sähe ein Muster. Sie studierte die feinen, erst schwach angedeuteten Linien und nickte vorahnungsvoll. Ja. Das auf ihrer rechten Hüfte könnte ein Drachenkopf werden, ein weiterer, oder eine Schwinge, entstand oberhalb ihrer rechten Brust. Mehr war noch nicht zu erkennen. Sie tastete nach ihrer Scham und sah an sich herab. Hatte sie früher mehr Haare besessen? Sie wandte sich um und fragte Azrani mit einem Blick auf den Unterleib, ob sie das selbst gewesen wäre. Sie und auch Marina schüttelten den Kopf. Leandra wandte sich wieder um und stöhnte leise.

*Nein, entstellt werde ich sicher nicht sein,* dachte sie. *Aber ich hätte mich gern selbst dazu entschieden.* Sie sah zu Roya, die sich jetzt ganz entkleidet hatte und mit enttäuschter Miene fast ihre Nase am Spiegel plattdrückte.

»Vielleicht bekommst du es ja noch«, meinte sie verdrossen.

Roya setzte ein ärgerliches Gesicht auf. »Wenn nicht, werde ich den finden, der dafür verantwortlich ist! Da kannst du sicher sein. Ich will das auch!«

Leandra musste über ihre kindliche Unbekümmertheit lächeln. Das war der ganz besondere Zauber Royas.

Es klopfte an der Tür. »Leandra?«, hörten sie Cathryns Stimme. »Seid ihr fertig?«

»Es dauert noch eine Weile!«, rief Roya hinaus. »Pass nur auf, dass Rasnor nicht kommt!«

Leandra blickte in die Runde. Sie standen zu viert da, splitternackt, und boten in hundert Meilen Umkreis den wohl schweißtreibendsten Anblick für jeden Mann. »Wir sollten ihn reinlassen«, sagte sie. »Dann kippt er um und wir sind ihn los.«

Das löste allgemeines Gelächter aus, aber Leandra

stimmte selbst nicht mit ein. Manchmal wurde es ihr einfach zuviel, was ihr das Schicksal so alles zuspielte. Und das ärgste Erlebnis von allen stand ihnen erst noch bevor. Morgen schon würden sie das Mutterschiff der Drakken besuchen und dann schlug die große Stunde.

»Los jetzt!«, sagte sie, wandte sich um und griff nach den Kleidern, an denen sie zwei Nächte lang genäht hatten. Sie reichte sie an die drei anderen weiter. Heute musste noch eine Probe stattfinden.

# 39 ◆ Tödliche Fracht

Leandra war völlig durcheinander.

Sie hatte in der Nacht kaum schlafen können, hatte sich vor lauter Unruhe hin und her gewälzt, war ungezählte Male aufgestanden und hatte sich wieder hingelegt. Die Probe war erfolgreich verlaufen, niemand schien einen Verdacht zu hegen, all ihre Freunde waren informiert. Und auch das Wichtigste war geglückt: Eine Nachricht nach Malangoor war unterwegs. Alles hatte geklappt. Trotzdem fühlte sie sich wie vor dem Gang zum Richtblock.

»Wenn alles so klappt, wie wir es vorhaben, werden wir ein ganzes Volk vernichten!«, hatte sie Roya in der Nacht zugeflüstert. Marina und Azrani schliefen im zweiten Schlafzimmer der Shabagemächer, aber Roya war bei ihr geblieben. Das Bett war riesig; sogar Cathryn schlief noch darin, ganz drüben, auf der anderen Seite.

»Es ehrt dich, dass du selbst bei den Drakken Skrupel hast«, erwiderte Roya leise. »Aber du hast nicht gesehen, was sie mit den Dörfern gemacht haben. Einige sind völlig niedergebrannt. Alina erzählte, dass niemand mehr auf dem Land lebt. Sie haben die Bauern in die Dörfer verschleppt oder manchmal einfach umgebracht. Weißt du, wie viele Höfe es auf dem Land gibt? Allein um Minoor herum sind es Dutzende!«

»Und da ist niemand mehr?«

Roya schüttelte den Kopf. »Keine Seele. In jedem einzelnen Dorf haben sie bei ihrer Ankunft mit einer Feuerwalze ein paar Häuser niedergebrannt, um die Leute einzuschüchtern. In *jedem!*«

Leandra erschauerte. Es war das erste Mal, dass sie Einzelheiten erfuhr. »Wirklich?«

»Meiner Schätzung nach haben sie bereits ein Zehntel unseres Volkes ausgelöscht. Ich habe das Land und die Dörfer gesehen, Leandra. Ich bin wochenlang mit Tirao darüber hinweggeflogen. Sie verschleppen unsere Magier, versklaven jeden, der arbeiten kann, und wenn das auch noch zutrifft, was du über diese Staubwolken gesagt hast, dann ...«

Sie nickte bitter. »Es trifft zu!«

Sie spürte Royas Hand auf der ihren. »Dann solltest du alle Bedenken fallen lassen. Die Drachen können den Kampf nur gewinnen, wenn wir dieses Mutterschiff vernichten. Das sind wir ihnen schuldig. Außerdem ... hier in der Höhlenwelt werden uns sicher noch ein paar Drakken bleiben.«

Leandra war dankbar, dass Roya nicht gesagt hatte: »... werden *ihnen* noch ein paar Drakken bleiben.« Das bedeutete, dass sie wenigstens noch eine winzig kleine Aussicht besaßen, heil zurückzukommen. Auch wenn sie es schafften, das Drakkenschiff zu vernichten, waren ihre Chancen, selbst dabei zu sterben, geradezu gigantisch. Aber sie hatten sich darauf geeinigt. Alina hatte es gewagt und sie würden es auch tun.

*

»Seit wann lauft ihr denn in Ballkleidern herum?«, fragte Rasnor verwundert und deutete auf die vier, die sich abreisebereit vor ihm aufgereiht hatten. Jede von ihnen hatte ein langes, bauschiges Kleid angezogen, dessen Saum bis zum Boden reichte. Roya trug ein dunkelgrünes von jugendlichem Schnitt, Azrani ein rosafarbenes mit Puffärmeln, Marina ein rotes, das jeder Ballnacht angemessen wäre, und Leandra selbst ein dunkelgelbes von edler Machart. Zu jedem der Kleider zählte noch eine kleine Weste – sie sahen aus wie eine hochfeine Damengesellschaft auf dem Weg zur Promenade.

Leandras Nerven waren bis zum Zerreißen gespannt; sie wusste, dass es ihren Freundinnen nicht besser ging, und betete, dass Rasnor nichts merkte.

»Gefällt es dir nicht?«, fragte Marina und drehte sich einmal im Kreis. »Die Kleiderkammern der Shaba sind voll davon. Wir dachten …«

»Doch, doch!«, sagte er grinsend und hob abwehrend die Hände. »Es sieht hübsch aus. Aber … nun, ehrlich gesagt, ich habe Leandra noch nie in einem Rock gesehen. Und Roya auch nicht.«

Roya warf ihm einen trotzigen Blick zu. »Dachtest du vielleicht«, erwiderte sie schnippisch und öffnete ihre Weste, »wir hätten keinen Busen? Oder wären keine Frauen?« Er blickte natürlich genau dort hin. Sie trug ein enges Oberteil, durch das ihre kleinen Brustwarzen leicht hindurchschienen.

»Ist schon gut«, sagte er verlegen lächelnd. »So habe ich es nicht gemeint.«

Roya hatte damit die Sache geschickt erledigt und Leandra atmete auf. Auch dass sie Cathryn nicht mitnahmen, hatte Rasnor akzeptiert. Sie hatten sie unter einem Vorwand in Hildas Obhut zurückgelassen. Der eigentliche Grund lag natürlich darin, dass ihr Vorhaben für Cathryn viel zu gefährlich war. Aber es gab noch etwas anderes: Sie sollte eine letzte, wichtige Nachricht überbringen. Und darin stand auch das, was sie zuvor nicht auszusprechen gewagt hatten: Sie würden im Falle ihres Erfolges wahrscheinlich keine Möglichkeit mehr haben zurückzukehren.

»Fein!«, sagte Rasnor gut gelaunt und klatschte in die Hände. »Dann wollen wir aufbrechen!« Er wandte sich um und marschierte voraus – den Gang des Shabibsflügels hinab. Mit klopfenden Herzen setzten sich die vier in Bewegung und folgten ihm.

Draußen auf dem Marktplatz vor den Toren des Palasts stand zwischen Drakkenbauten und Gruppen dort wartender Menschen ein startbereites Drakkenflugboot. Es war größer als das letzte und sah schnittiger aus. Staunende Blicke begleiteten sie. Was mochten die Leute denken, wenn sie vier feine, berockte Damen mit dem Anführer der Duuma in ein Drakkenschiff steigen sahen? *Ihr werdet euch noch wundern,* dachte Leandra. *Noch bevor der Tag zu Ende ist!*

Sie ließ sich schnaufend auf einen Sitz niedersinken; Rasnor setzte sich unmittelbar neben ihr nieder.

»Was ist, Leandra?«, fragte er wohlwollend. »Ihr wirkt alle … ein bisschen *träge* heute. Nicht gut geschlafen letzte Nacht? Oder habt ihr keine Lust auf den Ausflug?«

»Doch, doch, Rasnor«, sagte sie und tätschelte ihm die Hand. »Wir haben lange diskutiert und sind noch ein bisschen müde. Und so feine Kleider …«, sie zupfte am Stoff über ihren Knien und lächelte ihm zu, »sind ziemlich unbequem, weißt du?«

Er zog erstaunt die Brauen hoch. »So? Warum tragt ihr sie dann?«

»Nur deinetwegen, Rasnor«, lächelte sie. »Und wegen der Drakken.«

Die Tür des Drakkenbootes glitt zu und die Maschinen heulten auf. Kurz darauf erhob es sich in die Luft, drehte sich nach Westen und nahm Fahrt auf. Jetzt gab es kein Zurück mehr.

*

Sechseinhalb Stunden später befanden sie sich im Anflug auf das gewaltige Mutterschiff. Die Reise zur Säuleninsel, der Transport durch den riesigen Tunnel an die Oberfläche und die Reise durchs All hatten sie zu einer Gruppe staunender Kinder gemacht. Sie starrten durch die Fenster hinaus, flüsterten sich ihre Verblüffung zu – selbst Leandra, die dies schon erlebt hatte. Rasnor beobachtete sie hoch zufrieden und plapperte über alles, was ihm einfiel. Er benahm sich, als wäre er der Herr sämtlicher Errungenschaften der Drakken und als wäre dies alles sein Werk.

Leandra starrte voll dumpfer Furcht hinaus auf die tiefschwarzen Formen und die unzähligen, winzigen Lichter des Mutterschiffs. Im Augenblick kam es ihr so gigantisch vor, dass ihr der Gedanke an einen Angriff völlig aberwitzig erschien. Doch sie hatten ihren Plan wieder und wieder durchdacht und geprüft – er müsste funktionieren.

Das kleine Drakkenboot flog in einer weiten Kurve an das große Schiff heran, wurde langsamer und ließ sich schließlich unter den staunenden Blicken von Azrani, Marina und Roya von dem blauen Lichtstrahl einfangen. Gleich darauf wurden sie an Bord des Mutterschiffs gesogen. Nach kurzer Zeit war es verankert, und dann standen sie auf einer metallenen Rampe, die ins Innere des großen Schiffs führte.

»Auf geht's!«, sagte Rasnor und ging voraus.

»Warte, Rasnor!«, sagte Leandra.

Er blieb stehen und drehte sich um. »Was ist?«

»Hier gibt es doch … solche Fahrzeuge, nicht wahr?«

»Fahrzeuge?« Er nickte. »Schon müde? Wollt ihr eins haben?«

Azrani fächelte sich mit der Hand Luft zu. »Ja, bei der Hitze hier! Das wäre nicht schlecht.«

Er trat zu ihnen. »Ihr wirkt den ganzen Tag schon so erschöpft. Was ist los?«

Leandra wich seiner Frage aus. »Wenn wir bei der

feuchten Hitze hier in diesen Kleidern herumlaufen, sind wir im Nu nassgeschwitzt. Würde blöd aussehen, meinst du nicht?«

Er maß ihre Brüste und schien sich vorzustellen, dass sie durch ein nasses Oberteil hindurch noch besser zu sehen sein würden. Leandra ignorierte sein Verhalten – besondere Feinfühligkeit hätte sie von ihm auch gar nicht erwartet.

»Was ist nun?«, fragte sie ungeduldig. »Kriegen wir so ein Fahrzeug?«

Seine Blicke waren nicht sehr erfreut. Leandra ärgerte sich über sich selbst. Die Anspannung und der mangelnde Schlaf der letzten Tage forderten ihren Tribut. »Na schön«, meinte er und wandte sich zu einem Drakkensoldaten, der in der Nähe der Rampe stand. Er wechselte ein paar Worte mit ihm und kehrte zu ihnen zurück. Eine knappe Minute später kam eines der Fahrzeuge angeschwebt.

Es handelte sich um eine sehr flache Plattform, etwa acht Schritt lang und vier breit. Sie besaß hinten einen kastenförmigen Aufbau, unter dem irgendein Gerät summte. Vorn befanden sich die Haltestangen und einige Sitze; das ganze Ding schwebte frei etwa zwei Handbreit über dem Boden. Auf einem Pilotensitz saß ein schmächtiger Drakken in einer dünnen schwarzen Weste. Leandra seufzte dankbar, als das Gerät direkt vor ihnen anhielt. Mit einer Handbewegung verscheuchte Rasnor den Drakken und schickte sich an, selber vorn Platz zu nehmen.

Schwerfällig erklomm Leandra das Fahrzeug.

Es schaukelte ziemlich, bis sie oben war, und hing dann grotesk schräg da – doch dann schwoll das Summen unter dem Kasten an und die Plattform balancierte sich wieder aus. Roya und Azrani folgten, zuletzt kam Marina. Rasnor verfolgte ihr Tun mit verwirrten Blicken.

»Nun müsst ihr mir aber wirklich mal sagen, was los ist!«, forderte er ärgerlich. »Ihr bewegt euch wie Großmütter!«

»Die Hitze!«, keuchte Roya und Azrani und Marina nickten beipflichtend.

Leandra wurde klar, dass sie aufs Ganze gehen mussten. Auch wenn es eine peinliche, dumme und gefährliche Situation werden würde. Sie vertraute darauf, Rasnors Gelüste für ihre Zwecke einspannen zu können. »Hör mal, Rasnor …«

Er starrte sie mit krauser Stirn und Ärger im Gesicht an. »Was denn?«

»Die Hitze hat mir beim letzten Mal schon so zu schaffen gemacht. Erinnerst du dich?«

Er brummte nur und zuckte mit den Achseln.

»Warum verbinden wir nicht das Nützliche mit dem Angenehmen? Wir könnten uns erst mal daran gewöhnen und danach weitermachen – mit unserer Rundfahrt!«

»Daran gewöhnen? Wie meinst du das?«

»Da war doch so eine Halle mit einer riesigen Maschine, wo dichter Nebel herrschte.«

»Ja! Aber da ist es doch *noch* heißer und feuchter!«

Leandra setzte ein Lächeln auf. »Eben drum. Da könnten wir uns dran gewöhnen, verstehst du? Ich meine … mal diese engen Kleider loswerden …«

Er verengte die Augen zu Schlitzen. »Leandra!«, sagte er vorwurfsvoll. »Willst du mich verkohlen?«

»Wieso?«

»Du willst mir doch nicht weismachen, dass du dich da vor mir *ausziehen* willst!«

Sie schnaufte. »Ich will bloß diese Sachen loswerden. Es zwickt und kneift und ist zu eng … alles andere ist mir egal.«

»Ja, dafür würde ich auch was geben«, seufzte Azrani. »Wir haben einfach die falschen Kleider für so einen Tag angezogen.« Sie lächelte ihn schief an. »Dumme Sache.«

Rasnor wirkte äußerst misstrauisch, doch da tat Roya genau das Richtige – das Einzige, was wirklich half. »*Ich ziehe mich vor ihm nicht aus!*«, maulte sie und deutete auf Rasnor. »Da schwitz ich mich lieber tot!«

Noch während sie das sagte, fiel die ganze Angst von Leandra ab. Victor hatte ihr oft genug beschrieben, zu welch genialen Einfällen Roya imstande war. Noch bevor Rasnor etwas erwidern konnte, wusste sie, dass ihre Freundin wieder mal den Nagel auf den Kopf getroffen hatte.

Und es funktionierte. Rasnor schien plötzlich zu fürchten, er könnte die Chance seines Lebens verpassen. Er wandte sich abrupt in seinem Sitz um und drehte an einem Griff, der sich an der Haltestange vor ihm befand. »Also dann, auf zu einem Schwitzbad!«, rief er betont lässig. »Damit es den Damen besser geht!« Das Fahrzeug ruckte an und Rasnor steuerte es den breiten Korridor hinab.

Sie warfen sich erleichterte Blicke zu.

Für eine Weile schwebten sie den langen Gang ins Schiffsinnere hinein. Als sie auf die erste T-Gabelung stießen, hielt Rasnor an und orientierte sich an einem in der Luft schwebenden, leuchtenden Bild, das sich langsam um die eigene Achse drehte. »Aha!«, machte er laut und steuerte das Fahrzeug nach links. Er warf ihnen dabei kurz ein Lächeln über die Schulter zu; Marina reagierte schnell und lächelte zurück. Es war in der Tat feucht und sehr warm, Leandra spürte bereits Schweißperlen am Hals und auf der Stirn. Aber da spielte sicher auch ihre Aufregung mit. In wenigen Minuten würde es so weit sein. Dann würde hier ein Inferno losbrechen und sie mussten zusehen, wenigstens die erste Zeit zu überleben. Was danach kommen würde, lag vollkommen im Dunkeln.

Das Fahrzeug wurde langsamer. Rasnor drehte an seinem Griff, aber es reagierte nicht. Schließlich blieb es stehen. »Was, bei allen Dämonen …!«, fluchte er und drehte weiter ärgerlich an dem Griff. Nichts geschah. Dafür leuchtete auf einer kleinen Tafel, die an der Stange des Piloten angebracht war, ein rotes Quadrat rhythmisch auf. Azrani machte ihn darauf aufmerksam.

Rasnor brummte unwillig und drückte auf das Quadrat. Ein kleines Drakkengesicht erschien darauf. »*uCetu* Rasnor, Ihr führt einen nicht angemeldeten Besuch mit Nativpersonen durch«, schnarrte eine leise, kaum vernehmbare Drakkenstimme aus dem Ding. »Der *uCuluu* verlangt Euch zu sprechen«

Leandra wurde flau im Magen. Sie suchte den Blickkontakt mit ihren Freundinnen und sah, dass auch sie blass geworden waren.

»Was?«, bellte Rasnor. »Seit wann muss ich so etwas anmelden! Ich bin ein *uCetu*!«

»Der *uCuluu* verlangt Euch zu sprechen«, wiederholte die Stimme ungerührt. »Das Fahrzeug wird Euch jetzt unmittelbar in die Kommandosektion bringen. Drückt dazu die grüne Taste.« Das Drakkengesicht verschwand und an seiner Stelle erschien ein grünes Quadrat.

»Mist!«, fluchte Rasnor und wandte sich um.

Die vier saßen wie vom Donner gerührt.

»Zum … *uCuluu?*«, stammelte Leandra.

Rasnor winkte ab. »Mach dir keine Sorgen. Das kriege ich schon hin. Es ist nur … *ärgerlich!*«

»Wer ist das?«, wollte Azrani wissen. Sie war bleich wie ein Laken, trotz der Hitze, die hier herrschte.

»Der Oberste Drakken«, erklärte Rasnor und machte eine Bewegung mit den Fingern. »Der Häuptling von diesem Laden hier.«

Ihn schien das nicht sonderlich zu bekümmern. Offenbar ging es ihm wirklich nur darum, dass er die Gelegenheit verpassen könnte, ein paar nackte Brüste zu sehen. Was jedoch ihren Plan anging, könnte sich die Forderung des *uCuluu* als Katastrophe erweisen. Sie würden sicher nicht mit dem Fahrzeug bis in sein Arbeitszimmer hineinfahren und da sitzen bleiben dürfen. Und wenn sie aufstehen mussten – war alles vorbei.

Rasnor seufzte, wandte sich um und drückte auf die grüne Fläche. Das Fahrzeug ruckte an und bog an der nächsten Abzweigung rechts ab. Schweigend schwebten sie tiefer in das riesige Schiff hinein, wurden von einigen der seltsamen Beförderungsröhren an andere Orte geschossen und erreichten schließlich die besagte *Kommandosektion*. Das Fahrzeug verlangsamte vor einer bewachten Tür – einem flachen, weiten Bogen, der sich an der Stirnseite einer kleinen Halle befand. Rasnor sprang schwungvoll von seinem Sitz und blieb vor dem Fahrzeug stehen.

»Wir warten lieber hier«, erklärte Leandra lächelnd.

»Warum denn?«, erwiderte Rasnor, ebenfalls mit einem Lächeln. »Das hier ist vielleicht gar keine so schlechte Gelegenheit – sie könnte euren weiteren Vorhaben nützen! Mit dem Waisenhaus, versteht ihr? Und besonders die Sache mit den riesigen Staubschloten. Hier seid ihr beim Höchsten aller Drakken – so eine Gelegenheit kommt vielleicht so schnell nicht wieder!«

»Lieber nicht!«, sagte Roya und winkte ab.

Rasnors Gesicht verfinsterte sich. »Langsam reicht es mir!«, beschwerte er sich ärgerlich. »Was habt ihr denn?«

»Nichts, Rasnor. Lass nur …«, versuchte es Marina mit ihrem süßesten Lächeln.

Es half nichts. Rasnor trat zur Seite und deutete auf den Boden neben sich. »Runter jetzt mit euch!«, befahl er. »Wollt ihr mich zum Narren halten?«

Angstvoll musterte Leandra die beiden Drakkensoldaten rechts und links neben der Tür. Sie blickten geradeaus ins Leere; auch sie waren nur einfache Soldaten, keine höheren Ränge. Dass nicht einmal der *uCuluu* ein paar Offiziere vor seiner Tür stehen hatte, kam Leandra seltsam vor. Aber vielleicht würde das ihrem Plan noch eine winzige Chance geben. Ihr war etwas in den Sinn gekommen, das sie mit viel Glück retten konnte. Mit *sehr* viel Glück.

»Gehen wir!«, sagte Leandra schnell und nickte den anderen zu. Sie erhob sich, aber da ertönte ein reißendes Geräusch. Voller Schreck blickte sie an sich herab. Rasnor starrte sie verblüfft an.

Leandra holte tief Luft, sie war der Panik nahe. Mit unsicheren Schritten stakste sie von der Plattform herunter, bei jedem Schritt von reißenden und knirschenden Geräuschen begleitet. Die anderen drei folgten ihr; auch bei ihnen waren Geräusche zu hören, jedoch nicht so stark wie bei Leandra.

»Bei allen Dämonen!«, flüsterte Rasnor. »Was ist das? Warum lauft ihr so? Was ist mit euren Kleidern?«

»Diese Hitze …«, sagte Roya. Ihre Stimme zitterte.

In diesem Augenblick glitt vor ihnen mit einem Zischen die breite, bogenförmige Tür nach oben auf. Sie gab den Blick in einen weiten, ovalen Raum frei. Ganz auf der anderen Seite, hinter einem großen, leeren Tisch, saß ein riesiger, weißlicher Drakken auf einem seltsamen Sitz. Wiewohl der Anblick dieses Ungetüms schockierend war, gestattete sich Leandra kein Zaudern.

»Los! Rein da!«, zischte sie den anderen zu. Bei ihrem Kleid hatte sich rechts eine breite Naht geöffnet, woraufhin sie über den herabhängenden Saum stolperte und beinahe hinfiel; sie schleppte sich, so schnell sie nur konnte, hinein. Die anderen Mädchen folgten ihr rasch, zuletzt trat Rasnor ein, kopfschüttelnd und völlig verwirrt. Er hob die Arme, als wollte er dem riesigen Drakken signalisieren, dass er keine Vorstellung hatte, was hier los war.

Und dann geschah tatsächlich, was Leandra gehofft hatte – das Einzige, was sie noch retten konnte: Die große, metallene Tür glitt wieder zu.

Leandra stand sieben, acht Schritte weit im Raum, der riesige Drakken erhob sich gerade und eine seltsame Ruhe überkam sie plötzlich. In Situationen wie dieser besaß eine Frau manchmal eine verblüffend wirksame Waffe: ihren Körper, kombiniert mit Kaltblütigkeit. Sie würde vielleicht sogar bei diesem Drakkenungetüm wirken.

Sie nickte Roya unmerklich zu und ließ endlich ihren langen Rock los, den sie die ganze Zeit über mit Anstrengung hochgehalten hatte. Er riss hörbar in Höhe ihrer Hüften und fiel schwer zu Boden. Rasnor machte fast einen Satz.

Mit einem entschuldigenden Lächeln stieg sie aus den Überresten auf dem Boden und wandte sich an den *uCuluu*: »Entschuldigt, Herr Oberdrakken! Aber ich konnte dieses Zeug nicht mehr halten. Es muss eine halbe Tonne wiegen!« Ächzend schälte sie sich aus der kleinen, damenhaften Weste, die wie ein Sack an ihr hing, und ließ sie hinter sich zu Boden fallen. Es tat einen regelrechten Schlag, als sie aufprallte.

Nun hatte der *uCuluu* seinen Tisch umrundet und starrte sie mit wütenden Blicken an. Rasnor stand da wie vom Blitz getroffen, sah ihnen mit großen Augen zu und verstand einfach nicht, was hier vor sich ging.

Leandra schälte sich zuletzt noch aus dem nutzlosen, schulterfreien Oberteil ihres Kleides und stand für Momente mit nackten Brüsten da, was Rasnors Augen beinahe aus den Höhlen quellen ließ. Sie zog sich rasch ein dünnes Unterhemd über den Oberkörper, das sie heruntergezogen über dem Bauch getragen hatte. Endlich schien sie fertig zu sein und warf nach einem unschuldigen Schulterzucken dem *uCuluu* und Rasnor ein verlegenes Lächeln zu.

Rasnor starrte sie noch immer völlig entgeistert an. Dann sah er zu den anderen dreien, die sich noch nicht vom Fleck gerührt hatten. »Leandra! Bist du vollkommen verrückt geworden? Was soll das?«

Der *uCuluu*, ein hoch gewachsener gefährlich aussehender Drakken von mehr als fünf Ellen Größe, hatte noch immer nichts gesagt. Er stand in sechs, sieben Schritt Entfernung vom Ort des bizarren Geschehens und beobachtete sie wortlos und mit blitzenden Augen. Leandra nickte Roya wieder zu.

»Wollt ihr euch nicht auch erleichtern?«, fragte sie laut ihre Freundinnen.

Die Antwort war ein mehrstimmiges, befreites Seufzen.

Leandra beobachtete ihre Freundinnen mit scharfen Blicken, während sie sich auszogen. Roya war es gewesen, die so viel Klugheit und Voraussicht besessen hatte, sich eine solche Situation auszudenken und etwas dafür einzustudieren. Leandra biss sich grimmig auf die Lippen. Sie empfand Stolz und tiefe innere Befriedigung, dass sie eine Situation wie diese im Griff haben würden. Gleich würde etwas ausgesprochen Planvolles passieren. Sie drehte sich um und wandte sich wieder an den *uCuluu.*

»Wir haben Euch ein Geschenk mitgebracht, verehrter *uCuluu!*«, sagte sie laut und deutete auf ihre Kleider, die zerrissen am Boden lagen. »Salz!«

Der oberste Drakken stand breitbeinig und mit drohendem Gesicht vor ihr. »Salz?«, fragte er.

Allein an diesem einen Wort hatte man hören können, dass er eine feine, menschlich modulierte Stimme besaß, und vermutlich war er auch um ein Vielfaches klüger und umgänglicher als seine dummen Vernichter-Kreaturen, die er über die Höhlenwelt gesandt hatte. *Schade, dass wir uns nicht mehr unterhalten können,* dachte sie böse.

Augenblicke später ertönte ein kurzes, pfeifendes Geräusch, dann ein Klatschen. Der *uCuluu* stieß einen erstickten Laut aus und ließ die Arme sinken. Ein weiteres Geräusch gleicher Art ertönte, dann ein drittes. Der *uCuluu* taumelte nach hinten.

Rasnor stieß einen Schrei aus und stürzte nach vorn. Leandra fuhr kampfbereit herum, aber da erhielt er schon von Marina einen Schlag quer von hinten über den Kopf. Wie ein Sack kippte er um. Marina hielt mit einem bösen Grinsen einen mit Reis gefüllten Lederstrumpf in der Hand – eine gute halbe Elle lang.

Leandra, noch immer völlig kalten Blutes, sah wieder nach dem *uCuluu.* Das riesige Wesen begann zu röcheln und zu ächzen, verlor das Gleichgewicht und kippte nach hinten um. Mit einem dröhnenden Schlag krachte er auf den Boden. Leandra blickte angstvoll zur Tür. Der *uCuluu* blieb keuchend auf dem Rücken liegen, begann plötzlich wie wahnsinnig mit Armen und Beinen zu strampeln und stieß ein lang gezogenes Röhren aus.

Leandras Herz krampfte sich zusammen. Nun entschied es sich. Wenn die Drakken draußen vor der Tür hörten, dass hier ein Tumult herrschte, würden sie in wenigen Augenblicken hereingestürmt kommen. Aber die Tür blieb noch immer zu. Roya hatte sich bereits nach rechts zurückgezogen und lud die kleine Armbrust nach. Der *uCuluu* strampelte und schlug so heftig um sich wie ein Insekt, das gerade von einer Nadel aufgespießt wurde. Sie traten alle einen Schritt zurück, obwohl er ein gutes Stück von ihnen entfernt lag. Wieder blickte sie zur Tür, aber nichts geschah. Womöglich vermochte sie Geräusche zu dämpfen. Als Leandra wieder zum *uCuluu* sah, keuchte er nur noch und seine

Bewegungen erlahmten. Kurz darauf lag er still da. Sie starrten noch eine Weile voller Angst zur Tür, aber sie blieb nach wie vor geschlossen. Endlich gestatteten sie sich ein erleichtertes Aufatmen.

Mit einem Stöhnen versuchte sich Rasnor aufzurappeln. Azrani beugte sich von hinten über ihn und hielt ihm einen zwei Handbreit langen, gemein aussehenden Dolch in die Seite. »Schön ruhig bleiben, ja?«

Leandra eilte zu Roya und half ihr aus den restlichen Kleidern. Ächzend schälte sie sich heraus und ließ sie zu Boden fallen – die Geräusche waren nicht weniger heftig als bei Leandras Kleidern. Dann übernahm Leandra Azranis Dolch, und gleich darauf hatten sich Marina und Azrani ihrer Last entledigt. Roya überzeugte sich, dass der *uCuluu* wirklich tot war, und holte sich ihre drei Armbrustbolzen wieder. »Ich hätte es mit einem probieren sollen«, murmelte sie finster. »Ich glaube, da wäre genug Salz dran gewesen.«

Rasnor stammelte nur unzusammenhängende Laute. Er war offenbar außerstande zu begreifen, was hier passiert war. »Na, na«, sagte Leandra leise zu ihm. »Wir haben doch unsere Unterwäsche noch an! Du wirst doch nicht die Fassung verlieren?«

»Ihr … ihr habt den *uCuluu* getötet!«, keuchte er.

Marina, die bisher das naive, nette Mädchen für ihn gespielt hatte, kniete sich vor ihn hin. »Ganz recht«, sagte sie kühl. »Und du bist der Nächste, wenn du nicht artig bist!«

Roya kniete sich dazu. »Was machen wir jetzt?«, fragte sie leise.

Leandra sah sich um. »Ich weiß noch nicht. Hauptsache, wir leben noch.«

»Ihr seid wahnsinnig!«, keuchte Rasnor. »Völlig wahnsinnig! Ihr kommt hier nie wieder raus!«

»Schon möglich. Damit haben wir gerechnet.«

Rasnors ungläubige Augen wurden noch größer.

Azrani, die im Raum herumgegangen war, kam zurück. »Da hinten geht's weiter – in ein paar Seitenräume, soweit ich sehen kann. Da ist so ein komisches Vieh in einer Ecke.«

»Ein Vieh?«

»Ja, so ein großer Wurm auf Watschelbeinen. Sieht scheußlich aus.«

Leandra nickte. »Das ist ein Muuni. Irgendein Haustier des *uCuluu*. Ich glaube, es ist ungefährlich.«

Sie einigten sich darauf, dass Leandra fürs Erste bei Rasnor blieb und die anderen die hinteren Räume durchsuchten. Rasnor war für eine ganze Weile nicht in der Lage, seine Gedanken zu ordnen. Irgendwann schaffte er es, sich aufzusetzen. »Was habt ihr vor?« stammelte er endlich.

»Siehst du das nicht?«, fragte sie. »Wir werden die Drakken vernichten!«

Er schüttelte verständnislos den Kopf. »Die Drakken vernichten? Aber … wie denn?«

Sie deutete auf die am Boden liegenden Kleider. »Mit Salz.«

»Salz?«

»Es wirkt tödlich auf sie. Schon in kleinsten Mengen.«

Er brachte ein kleines, dümmliches Lächeln zustande und kicherte. »Und jetzt wollt ihr hier herumgehen und Salz verstreuen? Seid ihr irre?«

Sie schüttelte den Kopf. »Nicht verstreuen, Rasnor. Halte uns nicht für blöde. Wir verdampfen es.«

Er starrte sie eine Weile an, dann nickte er mit offenem Mund. »Jetzt verstehe ich. Deswegen wolltet ihr zu der Halle mit dem Verdunster!«

»Richtig.«

Er sah nach den am Boden liegenden Kleidungsstücken und lachte leise auf. »Nette Idee. Aber hast du denn keine Vorstellung davon, wie groß dieses Schiff ist? Du hast es doch von außen gesehen!«

»Ja, habe ich.« Leandra hob den Kopf, um nach den anderen Ausschau zu halten.

»Glaubst du denn, das bisschen Salz, dass ihr da in euren Kleidern versteckt habt, genügt, um dieses gigantische Schiff zu vergiften?«

»Das lass unsere Sorge sein.« Leandra reckte den Hals, denn die drei anderen kamen wieder. Sie trugen eine große, sechseckige Kiste, die seitliche Griffe besaß. Cathryn hätte gut Platz darin gehabt.

»Ja, das wird sicher gehen«, sagte sie und erhob sich.

*

Fünfzehn Minuten später waren sie wieder mit ihrem Fahrzeug unterwegs. Leandra, die Rasnor ständig mit dem Dolch bewachte, hatte ihm klar gemacht, dass ihm nun zwei Möglichkeiten offen standen: entweder durch den Dolch sofort zu sterben – oder ihnen zu helfen und zu hoffen, dass ihnen ihr Plan doch noch gelang. Danach hätte er die gleichen Chancen wie sie und würde vielleicht, mit viel Glück, überleben. Er entschied sich für die zweite Möglichkeit.

Sie hatten ihre Kleider in die sechseckige Kiste gepackt, den toten *uCuluu* in die hinteren Räume geschleppt und dann die Kiste mit vereinten Kräften auf das Fahrzeug gehievt. Sie war so schwer, dass sie sie zu fünft kaum tragen konnten. Die Drakkenwachen draußen vor dem Raum des *uCuluu* reagierten erwartungsgemäß nicht auf sie – weder auf die schwere Kiste noch darauf, dass die vier Mädchen jetzt nur noch in Unterwäsche unterwegs waren. Die Gegenwart eines *uCetu* schien sämtliche Fragen zu beantworten.

»Es ist einfach unerträglich, von solchen Trotteln beherrscht zu werden!«, fluchte Roya leise.

Leandra saß direkt hinter Rasnor, hatte die Reste

vom Oberteil ihres Kleides um den Arm geschlungen und hielt darunter ihr Messer verborgen, mit dem sie ihn in Schach hielt. Roya tat das Gleiche von der anderen Seite her mit ihrer dreischüssigen Armbrust. Er saß still vorn und steuerte das Fahrzeug durch die Gänge und Korridore in Richtung der großen Halle des Verdunsters. Anfangs hatte er sie noch mit dem Hinweis zu verspotten versucht, dass die Drakken sich, falls ihr Plan tatsächlich gelang, in der Höhlenwelt bitter rächen würden. Als er dann aber erfahren hatte, dass ihnen die Drachen helfen würden, war er verstummt. Inzwischen war er seltsam still. Es schien beinahe, als hätte er das Vertrauen gefasst, dass die vier ihn hier schon wieder lebend herausbringen würden.

»Warum ist diese Kiste so irrsinnig schwer?«, fragte er mit einem Blick über die Schulter, die Hände auf der Steuerstange des Fahrzeugs.

»Das Salz«, sagte Leandra.

»Das Salz, das Salz!«, äffte er. »Kein Salz der Welt ist so schwer!«

»Unseres schon«, erwiderte Leandra. Sie tauschte mit ihren Freundinnen belustigte Blicke.

Rasnor stöhnte nur ärgerlich.

»Du hast mich selbst darauf gebracht«, klärte sie ihn endlich auf. »Oder besser: die Drakken.«

»Die Drakken? Worauf denn?«

»Aufs Verdichten. Sie verdichten doch das Wolodit. Also hab ich es mit dem Salz probiert. Es hat funktioniert.«

Er sah wieder nach hinten. »Du hast es … *verdichtet?* Aber …«

»Mit Magie.«

Seine Augen spiegelten ungläubiges Erstaunen. »So etwas gibt es?«

»Bei euch, in der *Rohen Magie*, sicher nicht. Die ist ja nur für Zerstörung und Tod gut. In der Elementarmagie gibt's so etwas schon. Nützliche Gebrauchsmagien. Struktur, Reibung, Dichte … eine ganze Palette. Wir haben ein bisschen herumprobiert und etwas Gutes gefunden.«

»Ha!«, machte er spöttisch. »Aber ihr habt nichts gefunden, um es *leicht* zu machen, was? Du hast es zusammengeschrumpft, aber es ist so schwer geblieben wie zuvor!«

»Nicht ganz. Aber du hast Recht. Das Gewicht war unser Problem. Solange wir in der Höhlenwelt waren, konnte ich uns mit einer weiteren Magie helfen. Aber die versiegte, als wir ins Weltall hinausflogen.«

Wieder blickte er über die Schulter. »Du hast die ganze Zeit über eine Magie gewirkt?«

Sie warf ihm ein viel sagendes Lächeln zu. »Es gibt viele Formen der Magie, die sehr wirkungsvoll und dabei sehr unauffällig sind. Nicht so wie eure Brutalmethode. Diese nennt man *Stygische Magie*. Wir haben uns abgewechselt, Roya und ich.«

Er schwieg eine Weile. »Und … wie viel Salz habt ihr nun?«

»Ich weiß nicht genau. Es müssen so um die zwölf Fässer sein.«

»*Zwölf* Fässer?«, stieß er verblüfft hervor.

»Ja. Große. Hundertzwanzig-Pfund-Fässer. Ich denke, das wird genügen.«

Rasnor sagte nichts mehr. Ganz offensichtlich war er beeindruckt. Leandra fand, dass er das auch sein durfte.

*

Alina hatte sich die von Majana überbrachte Nachricht aufgeschrieben und sie seit heute Morgen immer wieder gelesen, mindestens ein Dutzend Mal. Mit Tränen in den Augen.

Roya teilte ihr darin mit, dass sie nun ebenfalls ein

Wagnis eingehen müsse, sie und ihre Freundinnen, und es wäre nicht weniger gefährlich als das ihre. Alina solle ihr Glück wünschen. Wenn alles gut ging, würden sie gegen Abend oder in der Nacht ein eindeutiges Signal über das Trivocum hören, Laura solle darauf achten. Ein Signal für den Angriff der Drachen. Wenn es nicht kam, sollten die Drachen es lieber nicht wagen – dann hätten sie es wahrscheinlich nicht geschafft.

Alina hatte den Fehler begangen, ihren Schock und ihren Kummer nicht vor Marko zu verbergen. Marko hatte schließlich aus ihr herausgeholt, in welche Gefahr sich Roya gestürzt hatte, und er war beinahe in einen Tobsuchtsanfall geraten. Abwechselnd fluchte und zeterte er, dann saß er niedergeschlagen irgendwo in einer Ecke und starrte taub ins Leere – und weinte sogar. Sie hatte nicht geahnt, dass er Roya so liebte.

Sie tat es selbst. Wenn Roya, Leandra oder den anderen beiden etwas zustieß, würde sie keine Freude mehr am Leben haben. Das Schlimmste war, dass sie zum Warten verdammt waren, dass sie nicht das Geringste tun konnten. So verbrachten sie den Tag in unerträglicher Anspannung. Ganz Malangoor fieberte, und jeder, der auch nur einen Hauch des Trivocums ertasten konnte, lauschte angestrengt auf das erlösende Signal. Als es am späten Nachmittag tatsächlich kam, konnten sie es zuerst fast nicht glauben.

# 40 ◆ Der Gegenschlag

Alles hatte so wunderbar geklappt, und jetzt dies!

Ein Fehler, ein dummer Denkfehler, fluchte Leandra in sich hinein. Sie hatten zu hastig gehandelt, nachdem sie den *uCuluu* getötet hatten. Dieses seltsame Wesen, der *Muuni* – er musste mitbekommen haben, was vorgefallen war. Wenn er tatsächlich eine gedankliche Verbindung zum *uCuluu* herstellen konnte, dann musste er auch Möglichkeiten haben, Verbindung mit anderen aufzunehmen!

Anfangs war alles noch überraschend gut gelaufen. Sie hatten es tatsächlich geschafft, die Halle des Verdunsters zu erreichen und ihre gesamte tödliche Fracht in das große obere Becken zu kippen, aus dem das Wasser in feine Rohre floss und über der riesigen, heißen Metallspindel zerstäubt wurde. Sie hatten es zuvor ausprobiert – das verdichtete Salz löste sich im Wasser wieder auf. Ein einziges, winziges Körnchen genügte, um einen Eimer voll zu einer ekelhaft salzigen Brühe werden zu lassen. Als sich die Halle mit dem Dampf des salzigen Wassers füllte, konnten sie es deutlich auf den Lippen schmecken – wie am Meer. Und hier hatten sie auch noch das erforderliche Wasser in der Luft – das es laut Izebans Vorhersage durch die Schuppenhaut der Drakken transportieren würde. Sie brachen in Jubel aus, während der hilflos gefesselte Rasnor mit zusehen musste, wie sich sein Traum, Shabib zu sein und mit den Drakken die Welt zu beherrschen, in salzigem Dampf auflöste.

Weit oben in der riesigen Halle befanden sich Dutzende von monströsen, quadratischen Schlünden, die heulend den Dampf aufsogen und irgendwohin weiterleiteten. Sie wussten nicht, wie lange es dauern würde, bis er das ganze Drakkenschiff durchzogen hatte, aber Leandra hatte beim Anblick der riesigen Öffnungen den Eindruck, dass es schnell gehen würde. Eines wussten sich sicher: Wenn ein Speicheltröpfchen eines Hundes einen Drakken in Sekunden töten konnte, dann würden an die fünfzehnhundert Pfund Salz für dieses Schiff genügen. Der *uCuluu* hatte die Gefahr des Salzes nicht gekannt, das war aus dem einen Wort klar hervorgegangen, das er vor seinem Tode geäußert hatte. Bis diese tumben Kreaturen begriffen, was da geschah, wäre längst alles zu Ende. Es mochte sehr gut sein, dass sie alle tot waren, ohne das auch nur einer von ihnen ahnte, was mit ihnen geschah – und woher der Tod zu ihnen kam.

*Hatten sie gedacht.*

Zu diesem Zeitpunkt – er lag etwa eine Stunde zurück – war alles zum Besten gestanden. Dann aber waren die Drakken gekommen. Und sie wussten von Anfang an, was ihnen blühte, denn sie stürmten in seltsamen Anzügen in die Verdunsterhalle – und das mit einem ganzen Trupp. Das Salz in der Luft konnte ihnen nichts anhaben. Es gab nur eine Erklärung: Diese seltsame Wurmkreatur hatte Leandra von dem Salz reden hören und hatte es weitergemeldet. Sie hätte sich ohrfeigen können: Aus lauter Stolz über den schlauen Plan, den sie zusammen ausgeheckt hatten, hatte sie Rasnor beeindrucken wollen – und hatte gequasselt wie ein Waschweib.

Dass sie vor den Drakken gerade noch fliehen konnten, lag allein am dichten Nebel in der Halle und daran, dass sie die oberen Abschnitte, die man über Stege und Leitern erreichen konnte, bereits kannten.

Sie flohen hinauf, trieben den gefangenen Rasnor mithilfe der Armbrust vor sich her und schafften es, durch seitliche Korridore und schmale Gänge aus diesem Teil des Schiffs herauszukommen. Nun wurde es wieder still. Nur rote Lampen blitzten überall rhythmisch auf und aus der Ferne klangen seltsam trötende Signaltöne. Als sie schließlich in andere Bereiche kamen, in denen zuvor rege Betriebsamkeit geherrscht hatte, wurde es gespenstisch. Hier lagen sie zuhauf, die toten Drakken – Opfer ihrer tödlichen Fracht.

Es war beklemmend, wie gut ihr Plan funktioniert hatte. Überall lagen die Toten, mit verrenkten Gliedmaßen und gelblichem Schaum vor den hässlichen Mäulern – was auf einen kurzen, schrecklichen Todeskampf schließen ließ. Wie überall, waren die Gänge von feinem Dunst erfüllt und Leandra konnte das Salz auf den Lippen schmecken. Alle Arten von Drakken hatte es erwischt, Soldaten, Verwalter, Offiziere, auch die großen, vierarmigen Lastenträger und andere. Das Salz hatte sie an allen erdenklichen Orten erreicht, in den Gängen, den Korridoren und Verbindungstunneln, in kleinen Nebenräumen und großen Hallen.

Leandras Herz pochte dumpf, auch Roya, Azrani und Marina tauschten betroffene Blicke.

»Jetzt seid ihr euch selber unheimlich, was?«, geiferte Rasnor. »Da, seht nur: euer Werk!«

Sie antworteten ihm nicht – es war auch nicht nötig. Zwei lange Nächte hatten sie, während sie nähten, mit Unbehagen darüber diskutiert, ob sie *so etwas* tun durften – einen so hinterhältigen Mord an so vielen Wesen zu begehen. Sie waren, allerdings ohne jede Begeisterung, zu dem Schluss gekommen, dass sie das Recht hatten, für ihre Freiheit zu kämpfen. Besonders, da ihrer Welt auf lange Sicht eine ebenso vollständige Vernichtung drohte. Und gegen die Drakken gab es einfach kein anderes Mittel als einen brutalen, tückischen

Gegenschlag. Dennoch – jetzt dieses Ergebnis vor Augen zu haben war grauenvoll. Überall blitzten die roten Lichter, es waren gewiss Alarmlampen, aber ihre Warnung kam zu spät.

Rasnor ihren Zwiespalt erklären zu wollen wäre sinnlos gewesen. Er besaß keinerlei Skrupel und hätte ihre Selbstkritik nur für Hohn und Spott ausgenutzt.

Sie hörten einen Drakkentrupp heranstürmen und eilten in einen Seitenraum, um sich zu verstecken. Hinter metallenen Kästen knieten sie nieder und starrten hinaus auf den Gang. Die Soldaten donnerten in ihren Anzügen an ihnen vorüber. Gleich darauf folgte ein zweiter Trupp. Roya hielt Rasnor in Schach, indem sie ihm unmissverständlich die Armbrust in die rechte Seite drückte.

»Die werden auch bald hinüber sein«, sagte er verächtlich.

Marina packte ihn an der Schulter. »Was sagst du da?«

»Na klar! Diese Anzüge sind für *draußen*, fürs Weltall. Die haben nicht für ewig Luft!« Er befand sich in einer seltsamen Stimmung. Es schien, als hätte er sich wieder seinen alten Hass auf alles und jedes zu Eigen gemacht, ohne Unterschied. *Kein Wunder,* dachte Leandra. *Er hat alles verloren. Wir haben wenigstens noch uns vier, aber er hat gar nichts mehr.*

»Was wollt ihr jetzt tun?«, fragte er.

Roya funkelte ihn voller Hass an. »Ich glaube, ich drücke erst mal ab!«

Das Blut wich ihm aus dem Gesicht. »Langsam, Roya, ich …«

»Zeig uns den Weg zu dieser Halle, wo sie das Wolodit verarbeiten. Dort, wo ein Trivocum herrscht«, verlangte sie.

Er lachte meckernd. »Was wollt ihr denn dort?«

»Das wirst du schon sehen! Was ist? Zeigst du uns den Weg?«

»Und warum sollte ich das tun?«

»Weil wir dich umbringen, wenn du es nicht tust!«, erwiderte sie kalt. »Wenn du uns hilfst, nehmen wir dich vielleicht wieder mit nach Hause.«

Er schüttelte den Kopf. »Von hier aus kommt niemand mehr nach Hause! Womit denn? Ein paar werden vielleicht noch zur Höhlenwelt fliehen, falls sie begreifen, was hier passiert. Aber dann ist auf dem Schiff alles tot. Er wird bestimmt keiner mehr da bleiben, um euch nach Hause zu bringen!«

»*Du* könntest es!«, sagte Leandra. »Wenn wir uns beeilen.«

Er zog die Brauen hoch. »Ich?«

»Natürlich! Mit deinem Rang. Du könntest dir einen Drakken suchen, der fliegen kann, und ihm befehlen, uns von hier fortzubringen.«

Er starrte sie ungläubig an. Leandra wusste selbst, dass sie einen riesigen Berg Glück brauchten – so groß wie dieses Schiff –, um damit durchzukommen. Sie hatten nichts als eine kleine Armbrust und einen Dolch. Allein für Rasnor gab es ein Dutzend Möglichkeiten, sie zu hintergehen.

Er richtete sich auf. »Gut«, sagte er. »Das klingt fair. Ich mache es.«

Leandra beugte sich ganz nah an Royas Ohr und flüsterte, ohne Rasnor anzusehen: »Er wird todsicher versuchen, uns auszutricksen. Pass gut auf ihn auf!«

Roya nickte kaum merklich. Sie stand auf und trat einen Schritt zurück, die Armbrust erhoben. »Dann los. Wir haben keine Zeit mehr zu verlieren!«

Rasnor wandte sich um und trat auf den Gang hinaus. Er sah in beide Richtungen, winkte ihnen dann und trabte im Laufschritt los. Leandra hätte ihren rechten Arm verwettet, dass er etwas plante. Aber sie wusste nicht, was.

*

Rasnor schaffte es tatsächlich, sie ungesehen bis zur Verdichterhalle zu bringen.

Dem Muuni, falls er es tatsächlich gewesen war, der sie verraten hatte, war es offenbar nicht mehr gelungen, den Alarm rechtzeitig auszulösen. Sie begegneten nur zwei Drakkentrupps in Schutzanzügen und schafften es beide Male noch rechtzeitig, sich zu verstecken. Ansonsten aber wirkte das riesige Schiff wie ein stiller Friedhof. Die Lichter brannten überall noch; Maschinen summten und Dampf zischte leise. Aber das war das einzige Zeichen von Leben, das es hier noch gab. Die Masse der Toten war bedrückend und Leandra fühlte sich immer schlechter, als sie über sie hinwegstieg. Es war nicht Mitleid, das sie gepackt hatte, denn es war schwer, so etwas für diese gefühllosen Bestien zu empfinden. Nein, es war einfach die Bestürzung über das Ausmaß der eigenen Tat.

Immer weiter drangen sie vor und dabei wurde ihnen zugleich auch immer klarer, dass der Dampf sehr, sehr schnell selbst in die entlegensten Winkel des Schiffs gedrungen war. Leandra sank der Mut. Einesteils hatten sie genau das gehofft, andererseits aber schwand damit gleichermaßen ihre Hoffnung, von hier noch wegzukommen. Hätten sie mehr Zeit gehabt zu planen, wäre ihnen vielleicht noch etwas eingefallen. Aber es waren nur diese zwei Tage gewesen, die Rasnor ihnen gegeben hatte.

Dann erreichten sie die Verdichterhalle. Ein hoher, rechteckiger Durchgang öffnete sich vor ihnen, dahinter lag das seltsame, graue Nichts der in die Ferne strebenden Halle.

Marina wollte sich direkt durch den Durchgang begeben, aber Rasnor hob die Hand. »Warte«, sagte er. »Vielleicht ist der Verdichter in Betrieb. Dann wirst du so klein wie ein Sandkorn.« Er lächelte ihr zu.

Marina blieb unschlüssig stehen.

Rasnor deutete auf eine der schwebenden Leuchterscheinungen, die sich neben dem Eingang in der Luft
drehte. »Ich muss ihn erst ausschalten.«

Marina blickte kurz zu Leandra und Leandra nickte.

Rasnor trat zu den Symbolen hin und berührte eines
davon mit der Fingerspitze. Nicht geschah. Er wandte
sich lächelnd um. »War wohl nicht an«, sagte er entschuldigend.

Leandra wusste in diesem Moment, dass er irgendwas getan hatte. Diese Verdichter-Sache war eine Lüge
gewesen, das sah sie ihm an. Aber um sie herum ver-
änderte sich nichts. »Los! Du gehst voraus!«, zischte sie
ihn an.

Er zögerte. »Was wollt ihr denn da drin?«

»Das geht dich nichts an. Los jetzt!« Sie ließ das
Stoffbündel um ihren Arm fallen und winkte ihm mit
der blanken Klinge.

Er hob abwehrend die Hände und ging voraus.
Leandra nickte ihren drei Freundinnen zu und folgte
ihm. Nur noch Minuten, dann würden sie ihr Unternehmen zu vollem Erfolg gebracht haben, aber im selben Augenblick war auch ihr Weg zu Ende. Es gab für
sie keine Möglichkeit mehr, nach Hause zu gelangen.

Gemeinsam marschierten sie in Richtung der Hallenmitte. Leandra wusste, dass sie etwa eine Viertelstunde laufen mussten. Immer wieder sah sie nach
dem Trivocum, und erleichtert stellte sie fest, dass hier
alles beim Alten geblieben war – es wurde heller und
heller, bis es schließlich in rötlichen Tönen erstrahlte.
Sie hatten die Hallenmitte erreicht.

Hier lagen Staub und feine Steinchen auf dem Boden;
mit einem heißen Schauer überkam Leandra die Erkenntnis, dass dieser Ort mit Pech von Unmengen Wolodit hätte angefüllt sein können. Dann hätten sie niemals bis hierher vordringen können. »Was wollt ihr nun
hier?«, fragte Rasnor. Seine Stimme besaß wieder jenen

quengelnden Unterton, den Leandra überhaupt nicht ausstehen konnte. Hatte er sich vor Tagen noch wenigstens zeitweise wie ein Mensch mit Gefühl benommen, war er jetzt wieder zu seiner ekelhaften und gemeinen Art zurückgekehrt. Sie wollte ihn loswerden. Wenn sie nun wirklich ihre letzten Stunden, Tage oder Wochen hier in dem toten Schiff verbringen musste, hatte sie keine Lust, sie mit diesem Scheusal zu teilen. Sie wollte mit ihren Freundinnen zusammen sein, nicht mit ihm.

Eben wollte sie ihn anschreien, er solle doch endlich verschwinden, da wurde ihr klar, dass man ihn nicht allein lassen konnte. Er würde versuchen, ihnen zu schaden. Und eine Sekunde darauf wurde ihr noch etwas viel Schlimmeres klar.

Sie spürte ein kurzes Vibrieren im Trivocum, dann nahm sie seinen Seitenblick nach links wahr – in die Richtung, aus der sie gekommen waren. »Roya, pass auf!«, rief sie.

Es war wie ein kurzer Ruck, der über sie hinwegfuhr, und erst danach wurde ihr klar, dass sie selbst es gewesen war, die mit einer instinktiven Reaktion das Trivocum gegen seine Magie stabilisiert hatte. Nicht mehr als ein mäßiger Schlag, wie mit einem stumpfen Gegenstand, vermochte sie zu treffen und ließ sie kurz erbeben.

*Verdammt!*, fuhr es ihr durchs Hirn. *Auch Rasnor kann hier wieder Magie wirken!*

»Ah – jetzt weiß ich, was du hier willst, du Dreckstück!«, kreischte er plötzlich. Wieder warf er einen kurzen Blick nach links. »Ein Signal absenden, was? An deine Drachenfreunde in der Höhlenwelt!«

Leandra sah ebenfalls in die angedeutete Richtung. Als sie dort eine Bewegung wahrnahm, wurde ihr klar, was Rasnor die ganze Zeit geplant hatte. Doch dann spürte sie ihn wieder – diesen Moment, in dem eine seltsame Ruhe über sie kam.

Rasnor war ein Nichts, ein kleiner dummer Spei-
chellecker, und als Magier war er ihr niemals gewachsen – auch wenn er sich ein oder zwei Gewaltmagien
angeeignet hatte. Mit einem trockenen *Wumm!* ploppte
vor ihrem Inneren Auge ein beängstigend großes Aurikel mit strahlenden, hellgelb leuchtenden Rändern auf;
sie wusste nicht mal, in welcher Iterationsstufe sie es
gewirkt hatte. Entschlossen setzte sie sich in Bewegung
und marschierte auf ihn zu. Rasnor konnte es ebenfalls
sehen und ein entsetztes Keuchen entfuhr ihm. Ein bis-
siges Grinsen flog über Leandras Gesicht.

»Roya«, sagte sie leise, als sie an ihrer Freundin vor-
beiging. »Kümmere du dich um das Signal!«

Rasnor wich zurück. Er schlug dabei die Richtung
ein, in die er inzwischen mehrfach geblickt hatte, und
Leandra, die ihm folgte, sah sich gezwungen, ihre Absicht zu ändern. Sie hatte vorgehabt, ihn endlich in die
Hölle zu befördern, diesen verfluchten Verräter, aber
nun war sie froh, dieses Vorhaben nicht zu Ende führen zu können. Sie durfte sich nicht auf eine Stufe mit
ihm stellen. Und außerdem musste sie sich um die
Drakken kümmern, die mit dröhnenden Schritten aus
dieser Richtung gerannt kamen.

In dem Augenblick, da die Drakken schlagartig an-
hielten und die Waffen anlegten, ließ sich Leandra in
einer plötzlichen Geste auf ein Knie nieder, richtete
beide Arme nach vorn und ließ ihre Magie los. Mächtige Energien donnerten durch ihr riesiges Aurikel ins
Diesseits herüber. Sie hatte einen kombinierten Schlüssel gesetzt, etwas mit Druck, Hitze und Richtung. Es
war mehr eine Eingebung als eine zielgenaue Absicht
gewesen.

Aber es reichte vollkommen aus. Mit einem Tosen
stob eine flimmernde Welle von ihr weg, erfasste Rasnor und schleuderte ihn davon – so weit, dass sie ihn
aus den Augen verlor. Sein Glück waren all die Stein-

chen und der Staub, die auf dem Hallenboden lagen; er schlidderte fast wie auf Eis davon. Augenblicke später trafen Leandras Welle und das aufblitzende Feuer der Drakken zusammen. Eine brüllende Feuerwolke brauste auf, aber nichts davon drang zu ihr durch. Auch die Drakken hatten Glück, sie war zu weit entfernt.

Leandra fühlte sich überaus mächtig. Ihr Aurikel blühte immer noch vor ihrem Inneren Auge, und sie fragte sich, ob Sardin mithalf. *Das bist du ganz allein,* hörte sie seine Stimme.

Sie ließ eine zweite Welle folgen, sie war noch stärker als die erste, aber diesmal kam sie nicht so weit, denn die Drakken schossen mit aller Macht. Für Momente wurde sie unsicher, denn sie würde den Schutz aufrechterhalten müssen, um zu verhindern, dass sie unter Feuer gerieten. Hier gab es weit und breit keine Deckung.

*Die Luft hier ist feucht!,* riet ihr Sardin. *Frost und Sturm! Eiskristalle sind scharf – und diese hier enthalten auch noch Salz!*

Leandra erschauerte – Sardins Idee war genial! *Willst du dich langsam zum Retter der Menschheit aufschwingen?,* fragte sie mit wohlwollendem Spott. Augenblicklich setzte sie einen anderen Filter in ihr Aurikel. *Frost* und *Sturm* – das war leicht!

*Retter der Menschheit war ich schon,* behauptete er großspurig. *Oder hättest du das Salz allein so klein bekommen?*

Leandra ließ ihre Magie los und ein heulender Sturm brauste auf.

*Du hast deinen Lohn erhalten,* erwiderte sie.

*Richtig. Aber ich hatte Recht, noch ein wenig bei dir zu bleiben. Jetzt kann ich dir hier zur Hand gehen.*

Winziger Eisstaub formte sich in der Luft, kleine weiße Kristalle, die von dem Sog des Sturmes gepackt wurden und auf die Drakken zuschossen.

*Verdammt – ihre Waffen! Sie schmelzen die Kristalle wieder zu Wasser!*

*Das sehe ich. Das nächste Mal stärker! Soll ich helfen?*

Sie schnaubte. *Dieses eine Mal!*

*Es ist das zweite Mal*, korrigierte sie Sardin.

Einen Augenblick später wurde Leandras Aurikel monströs. Sie prallte entsetzt zurück. Nur durch Zufall nahm sie noch Royas Signal wahr, das sie soeben lossandte. So groß wie ein Haus gähnte ihr Aurikel vor ihrem Inneren Auge, und die gelben Ränder der Erscheinung wirkten zum erstenmal bedrohlich auf sie. Augenblicke später dröhnte ein Bass wie aus den Tiefen der Welt durch die Halle und Leandra musste sich flach zu Boden fallen lassen, um nicht von dem mörderischen Sog mit davongerissen zu werden. Obwohl die Kälte ein gutes Stück vor ihr entstand und mit Macht von ihr wegströmte, hörte sie ihre Haare knistern und ihre Haut fühlte sich an wie gepeitscht.

Augenblicke später war es vorbei.

Ächzend stemmte sie sich in die Höhe. Kein Drakken war mehr zu sehen, vermutlich hatte der Sturm allein schon alle umgebracht. Sie wandte sich um und tappte zu ihren Freundinnen zurück. Sie waren alle unverletzt.

»Jetzt können wir nur noch auf ein Wunder hoffen«, sagte sie seufzend und ließ sich auf den Boden sinken. Roya setzte sich neben sie und legte ihr traurig den Arm über die Schulter.

\*

Alina hatte nie wirklich daran gezweifelt, dass die Drachen die Schlacht gewinnen würden.

Es lag einfach an der schieren Überzahl. Ihrer Schätzung nach mussten auf jedes Drakkenschiff an die hundert Drachen kommen, vielleicht waren es noch mehr. Ulfa hatte ihr bei einem zweiten Besuch in Bor Akramoria versichert, dass alles, wirklich alles, was in der Höhlenwelt auf Schwingen durch die Lüfte flog, sich in den Kampf stürzen würde. Allein schon, weil die Drachen durch ihre große Übermacht die eigenen Verluste geringer halten konnten. Das Gleiche hatte sich Alina danach für die Menschen zu Herzen genommen. Für den Fall, dass das erhoffte Angriffssignal wirklich kam, hatte sie Marko auf einen speziellen Plan eingeschworen.

Alina wusste, dass mit dem Signal am Nachmittag oder am frühen Abend zu rechnen war. Die erste Angriffswelle der Drachen sollte die gegen Abend in den Dörfern gelandeten Flugschiffe der Drakken vernichten, welche die Arbeiter für die nächtliche Arbeitsschicht abholen sollten – natürlich *bevor* die Arbeiter eingestiegen waren. Zur gleichen Zeit mussten weitere Drachen die Drakkengarnisonen der jeweiligen Dörfer zerstören, sodass möglichst keine Meldungen über die Angriffe nach außen gelangen konnten. Erst danach durften die Angriffe auf die Bergbauanlagen stattfinden – und zwar unmittelbar nach dem Schichtende der Tagesmannschaften, wenn sich möglichst viele Leute bereits nahe den Flugfeldern aufhielten und die Bergbauanlagen voller Drakken, aber ohne Menschen waren. Auf diese Weise wollte Alina Verluste unter den Menschen vermeiden, so weit es nur irgend ging.

Dummerweise würde auf den ersten Angriff bald die Nacht folgen – das war nicht anders zu machen. Die Drachen waren in der Dunkelheit vergleichsweise hilflos, mussten sich verstecken, und die überlebenden Drakken würden Zeit haben, sich wieder zu sammeln. Aber wenn alles nach Plan lief, hatten sie den Überraschungseffekt auf ihrer Seite. Und wenn sie den ersten Angriff entschlossen genug durchführten, würde von den Drakken nicht mehr viel zum Sammeln übrig sein.

Wahrscheinlich würde jedoch längst nicht alles so funktionieren, wie sie es sich wünschte. Als sie am späten Nachmittag das Signal zum Angriff an die Drachen weitergeben ließ, fieberte sie ersten Meldungen entgegen und hoffte zugleich, dass sie bald etwas von Roya und Leandra oder aus Savalgor hören würde. Sie wusste nicht, was mit Victor, Jacko oder dem Primas war. Roya hatte nur geschrieben, dass ihre Freunde im Palast ebenfalls auf das Signal lauschten, um dann zu versuchen, sich aus eigener Kraft zu befreien. In dieser Hinsicht war Alina sehr zuversichtlich – mit Munuel, Quendras und dem Hochmeister zählten drei der mächtigsten Magier zur Gruppe der Gefangenen. Nur um die vier, die zum Mutterschiff der Drakken aufgebrochen waren, verzehrte sie sich vor Sorge. Es gab keinen Hinweis von Roya, wann oder auf welche Weise man damit rechnen konnte, dass sie wieder auftauchten.

Doch dann war der Kampf entbrannt und bis Mitternacht bekam sie keine Zeit zum Nachdenken.

Marko führte das Regiment im *Stützpunkt*. Mithilfe einer Sippe von kleinen Silberdrachen, die sich vor ein paar Tagen in Malangoor eingefunden hatten, bestand eine gut funktionierende Verbindung für Nachrichten zu anderen Drachensippen, die ihrerseits Nachrichten sammelten. Zu bestimmten Schauplätzen waren schon vor Tagen Freiwillige geschickt worden, die mittels ihrer Drachen genauere Berichte melden sollten.

Ab dem frühen Abend trafen dann ständig Nachrichten ein. Marko und seine Helfer hatten alle Hände voll zu tun, auf ihren Listen und Landkarten Vermerke einzutragen, welche Orte von den Drachen angegriffen worden waren, welche Erfolge man zu verzeichnen hatte und welches die nächsten Angriffsziele sein sollten.

Am gespanntesten verfolgten sie die Lage in Savalgor. Ein Beobachter meldete, dass sich über der Stadt zwei Dutzend mächtige Sonnendrachen zusammengefunden hatten, die gemeinsam die großen Drakkenschiffe angriffen. An die dreißig Familien von kleinen, wendigen Feuerdrachen machten in den Straßen und Gassen der Stadt Jagd auf Drakken. Zwei Sturmdrachensippen griffen die Drakkenstadt auf dem großen Markt an und andere verfolgten die Drakkenboote, die in der näheren Umgebung ihre Patrouillen flogen.

Eine Stunde nach dem Beginn des Angriffs kam die Nachricht, dass ein großes Drakkenschiff über dem Hafenviertel abgestürzt sei sowie ein kleineres beim östlichen Stadttor. Die meisten anderen Schiffe hatten die Drachen von der Stadt fortlocken können, ehe sie sich dort zu hunderten auf sie stürzten. In Usmar, einer zweiten großen Hafenstadt, gab es weitere Brände, aber die Drachen hatten dort bereits alle größeren Ansammlungen von Feinden oder feindlichen Bauwerken und Flugschiffen zerstört – innerhalb von nur einer halben Stunde. In Tharul verhielt es sich ähnlich; nur in Soligor, wo die Drakken einen größeren Landeplatz für ihre Flugschiffe errichtet hatten, hielten sie ihren Widerstand bis in die Abenddämmerung hinein. Von dort kamen auch die einzigen Meldungen über Verluste unter den Drachen. Doch als die Nacht anbrach, verloren die Drakken auch Soligor.

Was die Bergbauanlagen anging, waren die Erfolge beinahe unglaublich. Es lag offenbar an Alinas Planung und daran, dass die Drachen als intelligente Wesen ihre Kräfte sehr gezielt einsetzten und sich im letzten Angriffsmoment stets noch anders entscheiden konnten. Ein Beobachter berichtete von einem Angriff auf eine Drakkenanlage südlich von Tharul; die Menschen draußen bei den Flugfeldern hatten schnell begriffen, dass die Drachen gekommen waren, um ihnen zu helfen. Sie organisierten sich und halfen, andere Menschen aus den Gebäuden herauszuholen.

Alina stiegen vor Dankbarkeit fast Tränen in die Augen, als sie hörte, dass die Feuerdrachen eine der stärksten Waffen überhaupt waren. Sie waren viel kleiner, leichter und damit wendiger als beispielsweise Sturm- oder Felsdrachen, verfügten aber über eine verheerende Magie, die sie, wie alle Drachen, aus ihren geöffneten Rachen ausstießen. Royas Rettungstat für den jungen Feuerdrachen im Tunnel unter dem Gebirge hatte sich unter ihnen offenbar so weit herumgesprochen, dass sie in Scharen erschienen waren und sich überall dort auf die Jagd nach einzelnen Drakken machten, wo der Platz begrenzt war – in den Gassen von Dörfern und Städten, inmitten von Menschenmengen oder in den Drakkenstädten selbst. Auch einzelne Wachsoldaten im Gelände der Bergbauanlagen wurden von ihnen erledigt. Die schlanken, pfeilschnellen Geschöpfe jagten knapp über dem Boden dahin und zerfetzten die Drakken nicht selten mit ihren Klauen.

Eine Stunde nach Beginn der Angriffe erhielten sie Meldung von der Insel mit den sieben Säulen, weit draußen im Akeanos. Beim Drakkenhauptstützpunkt war die Hölle los. Der Bericht klang geradezu sensationell. Offenbar nahmen an diesem Kampf sogar mehrere riesige, vierflügelige Kreuzdrachen teil – übellaunige Gesellen, deren Kampfkraft berüchtigt war. Sie waren Einzelgänger, mieden alle andere Lebewesen und machten in entlegenen Steppengebieten Jagd auf Mulloohs. Man sagte ihnen nach, dass sie es manchmal sogar mit den schrecklichen Raubechsen auf Og aufnahmen. Der Beobachter vermochte nicht zu sagen, wie oder warum die Kreuzdrachen zu der Angriffsmacht hinzugestoßen waren, vielleicht war es ein Wunsch oder ein Befehl von Ulfa selbst gewesen. Was sie dort aber anrichteten, war verheerend. Sie stießen mörderische Feuerwolken aus, unter denen selbst mittlere Drakkenschiffe brennend vom Himmel stürzten, und zerrissen kleinere Boote mit ihren Klauen und Zähnen einfach in der Luft. Der Mann berichtete atemlos, dass sogar Salmdrachen da seien, die Erzfeinde der Kreuzdrachen, und sich an dem Kampf beteiligten. Die Luft über der Insel kochte nur so vor riesigen Drachen. Sturm- oder Felsdrachen seien noch die kleinsten unter ihnen. Es sei ein regelrechtes Gemetzel, das die Drachen dort anrichteten, in Kürze würde von der Drakkenstadt nichts mehr übrig sein.

Zwischenzeitlich hörte man sogar Berichte vom Nachbarkontinent Veldoor, aus der Eiswelt von Vulkanoor oder dem Inselreich von Chjant. Doch das waren nur sehr spärlich besiedelte Gegenden der Welt, dort hatten die Drakken bisher auch noch keine sonderlich großen Stützpunkte errichtet. Auf Markos Listen waren lediglich zwei Bergbauanlagen auf Veldoor verzeichnet sowie eine auf Chjant. Bei allen dreien ähnelten die Meldungen denen aus Akrania.

Bei Einbruch der Nacht kamen Nachrichten aus den Dörfern. Es waren die Familien- und Sippenoberhäupter, die ihre Erfolge nach Malangoor meldeten, und als die Sonne unterging, etwa drei Stunden nach Beginn der ungleichen Schlacht, stand fest, dass die Drakken eine vernichtende Niederlage erlitten hatten, von der sie sich nicht wieder erholen würden. Die Meldungen über Verluste unter den Drachen waren spärlich, aber den Berichten der Beobachter zufolge mussten etliche Menschen umgekommen sein: in brennenden oder einstürzenden Gebäuden, begraben unter abgestürzten Drakkenschiffen oder ermordet von ziellos um sich schießenden Drakken.

Nach Sonnenuntergang ebbte die Flut der Nachrichten ab und gegen Mitternacht versiegten sie ganz. Marko meinte, dass am nächsten Morgen vielleicht noch einmal Kämpfe aufflammen würden, danach aber wäre der Krieg gegen die Drakken vorbei. Vielleicht würden hier und da noch ein paar versprengte Einheiten übrig bleiben, aber er zweifelte nicht daran, dass man sie innerhalb der nächsten Wochen ausmerzen konnte.

Als sich die Nacht über Akrania legte, wäre es die rechte Zeit für eine rauschende Siegesfeier in Malangoor gewesen. Aber niemand verspürte Lust dazu. Die wichtigste Person von allen, jedenfalls was das Dorf anging, fehlte: Roya. Jeder hier liebte sie und die Ungewissheit über ihr Schicksal sorgte für eine Stimmung angstvoller Ungewissheit im Dorf.

# 41 ♦ Der Trick mit dem Schwanz

ie hatten versucht, Rasnor zu finden, aber vergeblich.

Leandra weigerte sich zu glauben, er wäre bei der Magie, die sie zusammen mit Sardin gewirkt hatte, *pulverisiert* worden – nein, das hielt sie für unmöglich. Obwohl diese Magie nahe an einer Konklusion gewesen sein musste.

*Eine Konklusion?*, fragte Sardin. *Was ist das?*

*Die höchste nur denkbare Entfesselung einer magischen Gewalt*, erklärte sie. *Jedenfalls in der Elementarmagie.*

*Hm. Das klingt nach einer Einschränkung, einer Grenze.*

*Richtig. Stimmt daran etwas nicht?*

Er schien eine Weile nachzudenken. *So etwas passt nicht zu dir, Leandra. Für dich sollte die Welt … grenzenlos sein. Ohne Einschränkung, ohne ein Ende.*

*Seit wann bist du so philosophisch?*, fragte sie.

*Seit kurzem*, lautete seine lakonische Antwort.

Sie schulterte ihren Beutel und machte sich auf den Rückweg. Das Gras unter ihren Füßen war weich und von blaugrüner Farbe, die Büsche am Wegesrand hingen voller saftiger Beeren. Sie waren leider ungenießbar. Nach einem Stück Weg hüpfte sie über einen kleinen, steinigen Hang hinab zu einem Bach und tauchte das Blechgefäß hinein, das sie bei sich trug. Sie trank ein paar tiefe Schlucke und füllte es nach. Dann stieg sie wieder hinauf.

*Seit kurzem?*, nahm sie den Faden wieder auf.

*Ja*, antwortete er milde. *Du hast mir etwas gezeigt.*

Sie lächelte. *Ich habe es geahnt.*

Für eine Weile schwieg er. Sie lief den schwach erkennbaren Pfad entlang, auf eine seltsam geformte Felsengruppe zu, und bog dahinter in eine kleine Senke ab.

*Leandra, ich werde dich jetzt bald verlassen.*

*Das habe ich ebenfalls geahnt,* antwortete sie.

Er stutzte. *Das klingt fast, als würdest du es bedauern.*

*Nun ja. Das Leben hat nicht mehr viel zu bieten. Und da du jetzt so philosophisch geworden bist …*

*Es tut mir Leid, dass ich dir nicht helfen kann,* erwiderte er. Sie spürte echte Traurigkeit in seiner Stimme.

*Ein machtloser Gott,* stellte sie fest.

*Wie oft soll ich dir noch sagen, dass wir keine Götter sind?!*

*Ja, ja, schon gut. Er hat es mir ja selbst deutlich genug gesagt. Denkst du … wie soll ich es ausdrücken … denkst du, du kommst mit ihm aus?*

*Mit Ulfa? Wir sind eins!*

*Ja, richtig. Aber der Augenblick, da ihr euch begegnet … Wird das nicht schwer? Zumindest für dich?*

Er ließ so etwas wie ein Seufzen hören. *Sicher. Aber er wird mich respektieren. Er wird es tun müssen.*

*Natürlich.*

Sie durchmaß die kleine Senke, stieg auf der anderen Seite wieder hinauf und erreichte einen sanften, grasbewachsenen Hang. Ganz oben fand sie Roya. Sie lag nackt auf dem Rücken und sonnte sich. Mit einem Seufzen warf Leandra den Beutel neben ihr ins Gras und ließ sich niedersinken.

»Wieder nichts«, sagte sie. »Wir haben wieder nur Lederkraut.«

Roya stemmte sich auf die Ellbogen und blinzelte Leandra an. Sie reichte ihr das Wassergefäß und Roya nahm einen Schluck.

»Wo sind die anderen?«, fragte Leandra.

Roya reichte ihr das Gefäß zurück, wischte sich über den Mund und wies mit dem Kinn zum Waldrand hinüber. »Azrani geht es nicht gut. Sie verträgt das Zeug einfach nicht.«

Leandra betrachtete Roya eine Weile. Sanft legte sie ihr eine Hand auf den Bauch. »Roya«, sagte sie voller Elend, »du bist so ein wunderschönes Mädchen. Ich hasse den Gedanken, dich hier eingehen zu sehen.«

Roya legte ihre Hand auf die Leandras und ließ sich wieder zurücksinken. Ihre Stimme hörte sich hölzern an. »Vielleicht kommt ja ein wohlmeinender Gott vorbei und vollbringt ein Wunder.«

Leandra seufzte. »Es gibt keine Götter«, erwiderte sie niedergeschlagen.

Leandra erhob sich wieder, nahm den Beutel und ging zu ihrer Kochstelle. In einem flachen Metallgefäß köchelten über einem kleinen Feuer zähe Blätter in einem Wasserbad vor sich hin. *Immerhin haben wir Salzwasser*, dachte sie und holte die neuen Blätter aus dem Beutel.

*Leandra, es ist soweit*, sagte Sardin.

Sie richtete sich auf. *Jetzt schon?*

*Ja. Es wird Zeit für mich. Und denke an meine Worte: Für dich sollte es keine Grenzen geben. Städte aus Gold warten auf dich.*

*Städte aus Gold?*

*Ja, warum nicht?*

*Sardin, hör auf!*, beklagte sie sich. *Mir jetzt noch irgendeine unbegründete Hoffnung machen zu wollen ist nicht fair.*

*Du lebst doch noch!*, sagte er und flößte ihr eine seltsame Zuversicht ein. *Ich hingegen ... nun, ich gehe jetzt sterben. Leb wohl.*

Ein kurzes Flirren ging durch ihren Kopf, dann war er fort. Sie spürte es.

Sie starrte in die Höhe, so als könnte sie ihn dort irgendwo noch sehen.

»Was war das?« Roya hatte sich aufgerichtet und blickte verwirrt zu ihr herüber.

Leandra schüttelte den Kopf. »Nichts, nichts.«

Seltsam. Sie hatte für Wochen den wohl bösesten Geist ihrer Welt in sich getragen und empfand nun sogar einen Hauch Bedauern, dass er fort war. Eine seltsame Wandlung war mit ihm geschehen – er hatte zuletzt *doch* noch etwas gelernt. Das hatte ihn auf gewisse Weise sogar sympathisch gemacht. Sie seufzte leise. Vielleicht lag ihr Bedauern nur an ihrer Einsamkeit und ihrem Schicksal, hier langsam verhungern zu müssen. Sie vertrugen die hiesige Pflanzenkost einfach nicht, Azrani am wenigsten.

Was hatte Sardin gemeint mit seinen *Städten aus Gold?* Hier, in diesem riesigen, toten Schiff, das langsam versagte, gab es sie sicher nicht. Leandra fragte sich, wie lange die künstliche *Drakkensonne* noch halten würde. Wenn sie erlosch, würden sie wieder zurück in die beleuchteten Tunnel des Schiffs gehen müssen. So lange, bis es dort dunkel wurde oder kalt oder bis die Luft ausging. Verdursten würden sie nicht, aber verhungern oder erfrieren oder ersticken. Je nach dem, was zuerst versagte.

Ja, in dieser zerfallenden Welt war Sardin zuletzt sogar noch so etwas wie ein Trost gewesen.

\*

Neun Tage waren seit dem unglaublichen Sieg gegen die Drakken vergangen.

Seltsamerweise hatte es nirgends eine großartige Siegesfeier gegeben. Viele Menschen waren umgekommen, manche Städte bestanden mehr aus Trümmern als aus intakten Gebäuden, und dort, wo die Drakken ihr unheilvolles Werk hatten beginnen können, standen nun die seltsamen, hässlichen Ruinen des Versuchs, eine ganze Welt einem habgierigen Ziel zu opfern.

Es war eine seltsame Zeit.

Die Sonne sandte warme Strahlen durch die Sonnenfenster in eine Welt, die zwar arg in Mitleidenschaft gezogen worden war, sich aber wieder der Freiheit erfreuen konnte. Die Menschen hatten eine neue Shaba – eine bessere, als sie sich je hätten erträumen können – und waren einen korrupten Hierokratischen Rat sowie eine verräterische Magiersekte losgeworden. Und eines der größten Wunder überhaupt geschah: Die alte Freundschaft zwischen den Menschen und den Drachen lebte wieder auf. Selbst angesichts der vielen Trümmer und Toten wäre ein wenig Zuversicht angebracht gewesen. Aber sie wollte nirgends aufkommen.

Jeder wusste es: Vier von ihnen fehlten, und die eine war darunter, die den Stein ins Rollen gebracht hatte. Den Stein, der die wiedergewonnene Freiheit bedeutete. Während die meisten Leute im Land den Namen Leandras kannten, war der Verlust von Roya, Marina und Azrani nur für ihre Freunde von Bedeutung. Aber deren gab es viele. Viele, die sich damit nicht abfinden wollten.

»Sie sind noch auf diesem Schiff!«, rief Victor wütend. »Es umkreist irgendwo da oben die Welt. Wir müssen nur dorthin kommen!«

Jeder im Raum war seiner Meinung: Hellami, Marko, Alina, Munuel, Quendras … alle waren da. Wie auf ein geheimes Signal hin hatten sie sich in den letzten Tagen hier im Palast von Savalgor eingefunden. Alina hatte sogar ihren *Mörder* Matz wieder gefunden, Hilda ihren Bruder Bert, und auch die verschwundene Yo war wieder aufgetaucht – verletzt, aber glücklich und am Leben. Sie alle hätten jederzeit ihr Letztes gegeben, um einen Versuch zu starten, die vier Vermissten zu retten.

Doch es gab einfach keinen Weg.

Das Mutterschiff schwebte irgendwo weit dort draußen, und keiner hatte eine Vorstellung, wie sie es erreichen könnten.

Für Tage hatte große Hoffnung auf Meister Izeban geruht. Inzwischen hätten sie sogar mehrere intakte Drakkenschiffe gehabt, um dort hinaus zu fliegen, und Izeban meinte, er würde es sogar wagen, das Mutterschiff draußen im All zu suchen. Aber nach wie vor fand er keine Möglichkeit, eines von ihnen auch nur ein bisschen schneller als einen Spatzen fliegen zu lassen. Victor wäre selbst das egal gewesen, wie auch Marko und den meisten anderen. Meister Izeban sah sich in der undankbaren Rolle, ihnen das ausreden zu müssen. Zum Glück fand er wenigstens in Quendras Unterstützung.

Mit Zeichnungen, Rechenbeispielen und beschreibenden Gesten versuchten sie ihnen klarzumachen, dass sie auf diese Weise das Mutterschiff niemals erreichen konnten. »Wenn es unsere Welt allein nur mit ihrer eigenen Drehgeschwindigkeit umkreist, wäre es schon fünfzig Mal schneller als wir!«, rief er aus. »Es würde uns davonfliegen!«

Dann platzte die Nachricht herein, dass jemand das Mutterschiff nachts durch ein Sonnenfenster gesehen hätte. Ein strahlender Punkt wäre draußen im All vorübergeflogen. In den folgenden zwei Nächten wurden die Sonnenfenster über Savalgor von hunderten von Augenpaaren beobachtet, von jeder nur erdenklichen Stelle in der Umgebung aus. Und tatsächlich – der Punkt wurde mehrfach gesichtet. Seine Geschwindigkeit war beängstigend hoch. Trotzdem wurden alle Bemühungen, die Drakkenschiffe fliegen zu lassen, noch einmal verdoppelt. Aber es gab nur Misserfolge und zwei gefährliche Bruchlandungen.

Es war schrecklich. Sie alle glaubten zu fühlen, dass die Mädchen noch lebten, aber sie waren nicht in der Lage, ihnen zu helfen. Die Drakkenschiffe gaben ihr Geheimnis nicht preis.

*

Leandra war am Ende ihrer Kräfte.

Sie war völlig ausgezehrt, konnte sich nur noch schleppend bewegen und allein der Gedanke an das Lederkraut bereitete ihr Übelkeit. Azrani war seit dem Morgen ohne Bewusstsein, Marina saß bei ihr und weinte Tränen, die sie nicht einmal mehr hatte. Roya ging es schlecht; sie hatte seit Tagen nichts mehr gegessen.

Immer und immer wieder war sie durch das Schiff gestreift und hatte nach etwas Essbarem gesucht, aber diese Drakken schienen einfach nichts zu haben. Nicht einmal, dass sie ungenießbare Nahrung besessen hätten – nein, es sah so aus, als hätten sie *gar nichts*. Es war Leandra unbegreiflich. Auf dem ganzen riesigen Schiff gab es nichts an Nahrung. Dem, was es in ihrer seltsamen Röhrenlandschaft an Pflanzen gab, widersetzten sich die Mägen der Mädchen nach wie vor.

An die Drakkenleichen selbst gingen sie nicht. Die Kreaturen verwesten nicht einmal, und das war sogar ein Segen, denn in einer solch feuchten Umgebung hätte das schon viel früher ihren Tod bedeutet. Der Verdunster funktionierte noch immer, und zweifellos hätten sich mit seiner Hilfe Fäulnis, Verwesung und Gestank im Schiff ausgebreitet. Aber die Drakkenleichen lagen einfach nur da und schrumpelten langsam.

Leandra tappte durch einen Gang, einen von den zahllosen, die sie noch nicht erforscht hatte. Dieses

Schiff war einfach gewaltig. Doch inzwischen war es auch gefährlich geworden. Mehrfach waren schon Teile explodiert, vermutlich durch mangelnde Wartung oder versagende Maschinen. Es gab niemanden mehr, der irgendwelche Knöpfe drückte. Sie hatte sich angewöhnt, in jeden Gang, den sie nicht kannte, hineinzulauschen, bevor sie ihn betrat. Doch langsam versiegten ihr auch dafür die Kräfte.

»Leandra?«

Müde drehte sie sich um. »Ja?«

Victor stand vor ihr und hielt ihr eine Flasche hin. »Hast du Durst?«

Ein Lächeln huschte über ihr Gesicht. »Ja. Wird Zeit, dass du kommst.«

Dann gaben ihre Knie nach und sie klappte zusammen – und fiel direkt in seine Arme.

Als sie wieder zu sich kam, lag sie in seinem Schoß, nein, es war der von Hellami. Victor und Alina knieten seitlich von ihr, ein kleiner, rundlicher Mann mit lustigem Gesicht und wirren, weißen Haaren befand sich auf der anderen Seite.

Victor fuhr ihr über die Stirn und lächelte ihr zu. »Wie geht's dir?«

*Ich hab gewusst, dass du kommen würdest,* dachte sie. Sie schloss kurz die Augen und nickte. »Es geht«, sagte sie schleppend. »Habt ihr die anderen?«

Alina drückte ihre Hand. »Ja, alle drei. Azrani geht es nicht gut, aber der Hochmeister meint, sie wird wieder.« Sie machte eine kurze Pause, suchte nach Worten. »Was ihr getan habt, war … einfach unbeschreiblich.«

»Haben wir gewonnen?«

Alina nickte, beugte sich herab und küsste Leandra auf die Stirn. »Ja, haben wir.«

Leandra stieß ein langes, erleichtertes Seufzen aus. »Und der Krieg ist …?« Sie unterbrach sich.

Alina zog fragend die Brauen in die Höhe.

Leandra hob matt eine Hand und winkte ab. »Ach, ich wage gar nicht zu fragen.«

Hellami half ihr. »Du meinst, ob der Krieg nun endlich vorbei ist?« Sie nickte. »Ja, Leandra.«

Leandra holte tief Luft und stieß ein langes, erleichtertes Seufzen aus. Ein Seufzen, in dem alles an Sorgen und Ängsten lag, was sie im Laufe des letzten Jahres angesammelt hatte. Sie wollte es endlich loswerden.

Leandra sah etwas an Hellamis Hals. »Was hast du da?«, fragte sie und hob matt die Hand.

Hellami sah an sich herab, zupfte kurz an ihrer Bluse und strich über einen leicht bläulichen Fleck auf ihrem Schlüsselbeinknochen. »Ach, nichts«, sagte sie.

Victor wies auf den kleinen Mann. »Darf ich dir deinen Retter vorstellen? Meister Izeban.«

Leandra blickte nach rechts. »Ach, *Ihr* seid das!«

Der Mann strahlte. »Nein, eigentlich war ich es gar nicht selbst. Es muss ein guter Geist gewesen sein.«

»Ein guter Geist?«

Er nickte. »Für gewöhnlich pflege ich Lösungen durch Studieren und Nachdenken zu erarbeiten. Diese jedoch kam mir nachts, im Traum.«

Leandra blickte fragend vom einen zum anderen. »Wir hatten ein ernstes Problem«, erklärte Victor. »Mit der Fluggeschwindigkeit von Drakkenschiffen.«

Leandra nickte verstehend. Roya hatte ihr davon erzählt. »Und was war das für ein Traum?«

Izeban hob die Hände. »Nun, ich habe mich tagelang mit diesem Problem herumgeschlagen. Vermutlich fing ich deswegen sogar an, nachts davon zu träumen. Ich träumte, ich wäre ein Drakken und flöge mit einem dieser Dinger übers Land. Dann sah ich etwas am Horizont. Ich wollte unbedingt dort hin, war aber viel zu langsam. Da zog ich an einem Hebel und plötzlich zischte das Ding los – mit unerhörtem Tempo!«

»An einem Hebel?«, fragte Leandra.

Alina nickte lächelnd. »Ja. Er hatte sämtliche nur denkbaren Hebel durchprobiert! Nie wurden wir dadurch schneller!«

Izeban grinste breit. »Nun, da war ich ja auch immer ein Mensch! In meinem Traum – da war ich ein Drakken!«

»Und was macht das für einen Unterschied beim Fliegen?«

Er grinste noch breiter. »Einen großen! Ein Drakken hat einen Schwanz. Und, was soll ich sagen: Ganz hinten, hinter dem Pilotensitz, fanden wir tatsächlich so einen Hebel. Wir hatten dort nie nachgesehen!«

Leandra lachte auf. »Und das habt Ihr geträumt, Izeban?«

»Ja. Ist schon seltsam, was?« Er erhob sich.

Leandra hob die Hand. »Wartet einen Augenblick, Izeban. Das, was Ihr da in Eurem Traum am Horizont gesehen habt – was war das?«

Er zuckte verlegen mit den Schultern. »Ja, das war auch seltsam. Es war eine Stadt ... Eine Stadt aus Gold.«

Leandra lächelte. »Das habe ich mir gedacht.«


# E N D E

(des Vierten Romans und des Ersten Zyklus
der Höhlenwelt-Saga)